LA DERNIÈRE CITÉ PERDUE

Les aventures d'Ulysse Vidal
Vol. II

FERNANDO GAMBOA

À la mémoire de Nuria Badal Jiménez
(9/5/1975 — 6/7/2012)

Que son souvenir jamais ne s'éteigne

PRÉAMBULE

Le livre que vous avez entre les mains est, comme vous le savez sûrement, la suite d'un roman intitulé *La dernière crypte* que plus de 300.000 lecteurs dans le monde ont converti en l'un des plus importants best-sellers en langue espagnole de cette ère nouvelle du livre numérique.

Le récit de *La dernière cité perdue* débute plusieurs mois après qu'Ulysse, Cassie et le professeur Castillo sont revenus chez eux, de sorte que les deux romans s'enchaînent naturellement. *La dernière cité perdue* étant néanmoins une histoire complètement indépendante et avec un caractère propre, il n'est pas indispensable d'en connaître les antécédents ni d'avoir lu *La dernière crypte*.

Mais laissons là ces prolégomènes ; que l'aventure commence !

Quelque chose est caché. Va et trouve-le.
Va et regarde au-delà des montagnes.
Quelque chose est perdu derrière les montagnes.
Perdu et qui t'attend.
Va !

RUDYARD KIPLING

Z

6 janvier 1926
Bassin du Xingu, Amazonie

« Cours, papa ! Cours !

— Ne t'arrête pas, Jack ! cria l'homme en faisant feu à deux reprises vers les fourrés, dans la direction des rugissements. Continue d'avancer et ne regarde pas en arrière !

— Non ! supplia son fils en le tirant par le bras. Je ne partirai pas sans toi ! »

À courte distance, une ombre élancée se mouvait avec vélocité.

Ils étaient de plus en plus proches et la puanteur de chair en décomposition leur parvenait de nouveau.

« Je dois les retenir ! » répliqua-t-il.

Jack Fawcett, qui, quelques mois plus tôt, s'était lancé avec un enthousiasme juvénile dans cette aventure au cœur de la forêt amazonienne en compagnie de son père, le colonel Percy Harrison Fawcett, n'était plus qu'une loque émaciée, blessée, aux vêtements en lambeaux et aux yeux exorbités de terreur.

« Mon Dieu ! Mais… que sont donc ces créatures ? » s'exclama-t-il avec horreur.

Comme pour lui répondre, un hurlement effroyable transperça la nuit et il sentit se hérisser les poils de sa nuque.

« Venez ici ! Montrez-vous, démons maudits ! » cria Percival Fawcett, le visage décomposé de fureur. Son vieux Springfield pointé sur la jungle impénétrable, il tira de nouveau.

« Papa, je t'en prie ! Allons-nous-en ! supplia Jack une fois de plus. Ils vont nous attraper ! »

Le colonel regarda derrière lui et ce qu'il vit n'était pas un soldat endurci comme ceux qui s'étaient battus à ses côtés pendant la Grande Guerre, dans les tranchées du front de l'Ouest : c'était un jeune garçon imberbe, son fils, que terrifiait l'imminence d'une mort atroce.

« Malédiction ! jura-t-il en se rendant compte que c'était là une bataille qu'il ne pouvait gagner. Abandonne l'équipement, Jack ! Lâche

11

tout ! » Il indiqua la direction opposée et cria : « Suis-moi ! Vers la rivière ! »

Laissant tomber les fontes qui contenaient leurs provisions et les munitions, ils se lancèrent dans une course effrénée à travers les fourrés. Les chairs griffées par les enchevêtrements de lianes et de branches épineuses qu'ils devaient écarter à mains nues, Jack traînait sa jambe blessée tandis que son père rechargeait son arme et tirait ses dernières cartouches sans même prendre la peine de viser dans leur fuite désespérée.

Deux jours auparavant, ils avaient découvert le cadavre de Raleigh – ou, plus exactement, ce qui en restait – grouillant de mouches et de vers. Ses quatre membres avaient été arrachés brutalement tandis que le ventre et la cage thoracique étaient ouverts comme une boîte de conserve, exposant le vide sanguinolent d'où les organes internes avaient été extirpés.

Leur impression d'être observés s'était avérée de la plus épouvantable façon, et, depuis, ils n'avaient fait que fuir pour sauver leur peau.

Jack se frayait un chemin au travers de l'épaisse végétation, tirant, mordant, s'accrochant à un mince espoir de survie, poussé par les cris d'encouragement de son père, qui l'exhortait à ne pas s'arrêter, à aller plus vite, à demeurer en vie pour revoir un jour leur chère Angleterre.

Soudain, derrière un dernier rideau de lianes, il aperçut la rivière et comprit, accablé, que toute possibilité d'en réchapper venait de disparaître.

Devant lui, illuminé par la froide lumière de la pleine lune, un puissant flot d'eaux troubles se fracassait sur les rochers et les arbres avec une violence telle que le bruit dominait jusqu'aux hurlements de leurs poursuivants.

« Par tous les saints… », murmura le jeune homme. L'autre rive était à plus de cent mètres, mais elle aurait pu aussi bien être à mille ou cent mille : ils avaient à peu près autant de chances de sortir vivants de ces turbulences limoneuses que de remonter à la nage les chutes Victoria.

À cet instant, le colonel Fawcett émergea des fourrés, son petit sac en cuir sur le dos et, après avoir tiré sa dernière balle vers les ténèbres, il laissa tomber son fusil et fit face à son fils :

« Mais... par le diable ! peut-on savoir ce que tu attends ? Jette-toi à l'eau !

— Nous ne pourrons pas traverser ! répliqua le jeune homme en posant sur la rivière un regard aux pupilles dilatées par la panique. C'est un suicide !

— Alors que Dieu nous pardonne, rétorqua le colonel, mais il n'y a pas d'autre issue. »

Et sans lui laisser le temps de réagir, il poussa Jack et se jeta immédiatement à sa suite dans ce chaos d'écume, de roche et de boue.

Emportés par la violence irrépressible de la rivière, père et fils luttaient pour se maintenir à flot, les pieds en avant pour se protéger, et faisaient tout leur possible pour ne pas finir écrasés sur un rocher ou embrochés par l'un des troncs qui glissaient dans le courant comme des projectiles affûtés.

Chaque bouffée d'air qu'ils aspiraient faisait entrer un peu plus d'eau sale dans leurs poumons. Le simple fait de respirer représentait un effort presque surhumain qu'ils ne pourraient plus supporter bien longtemps.

Réunissant ses forces, le colonel parvint à crier le nom de son fils, mais le vacarme des rapides éteignait tous les sons hormis ceux de leur propre fureur ; quelques secondes plus tard, la tête du jeune homme disparaissait définitivement dans les remous.

Dans un dernier souffle, Fawcett poussa un hurlement de désespoir tout en luttant inutilement contre la rivière meurtrière. Puis il réalisa avec horreur ce qu'il s'était réellement passé : devant lui, l'horizon était coupé net, comme s'il avait atteint l'extrémité même du monde, et Percy Harrison Fawcett ne mit qu'un instant à comprendre que, dans un sens, c'était effectivement le cas.

Il était sur le point de tomber dans une gigantesque cataracte.

Et à cette ultime seconde de sa vie, alors qu'il s'était brièvement affranchi de la gravité juste avant d'être précipité dans le vide, il pria Dieu pour que le monde connaisse un jour l'inconcevable secret qui leur avait été révélé dans cette forêt démoniaque.

Il pria pour qu'ils ne soient pas morts en vain, lui et les deux jeunes gens qui l'avaient suivi jusqu'à ce dénouement tragique, et qu'on les reconnaisse un jour comme les auteurs de ce qui était sans doute la découverte la plus extraordinaire et transcendante de toute l'histoire de l'homme sur la face de la Terre.

1

Un matin de novembre, plus de quatre-vingt-dix ans plus tard.

Dans les épais gants de néoprène, mes mains étaient si engourdies par le froid que c'était à peine si je pouvais bouger les doigts.

J'étais depuis plus d'une heure par sept mètres de profondeur, complètement gelé malgré les cinq millimètres d'épaisseur de ma combinaison de plongée, et la vase en suspension rendait ma visibilité si mauvaise que je n'aurais pas vu la quille d'un bateau sur le point de me fracasser le crâne. De fait, je dus coller le manomètre contre la glace du scaphandre pour constater que l'aiguille avait dépassé la marque des trente bars et était en plein dans la zone rouge.

Je n'avais plus beaucoup de temps.

Pour changer.

À l'aide du puissant magnétomètre Excalibur 1000 que je portais attaché au poignet, j'avais déjà trouvé une douzaine d'objets sans valeur enterrés dans la boue spongieuse. Le fond marin avait ici la texture d'une bouillie trop liquide, et, ne pouvant pas compter sur mes yeux, il s'avérait difficile de déterminer où s'achevait l'eau et où commençait le sable. J'étais obligé de littéralement m'enfoncer dans la fange pour en tirer les choses que me révélait le détecteur de métaux et qui allaient s'entasser dans le filet accroché à ma ceinture lestée.

Je calculai qu'à cette profondeur il me restait encore assez d'air pour cinq ou dix minutes ; alors, bien que me sentant au bord de l'hypothermie et aspirant de tout mon être à sortir de l'eau pour courir me coller au radiateur le plus proche, je décidai de régler le détecteur sur la sensibilité maximale pour faire un dernier balayage, tout en sachant que j'allais faire sonner cet engin rien qu'en passant au-dessus du métal en fusion du noyau terrestre.

J'essayai d'ajuster la puissance à l'aide du bouton situé sur le corps de l'appareil, mais l'engourdissement dû au froid et l'épaisseur du néoprène rendaient l'entreprise à peu près aussi aisée que d'enfiler une aiguille avec les orteils.

Chat ganté ne prit jamais souris... pensai-je.

En faisant bien attention de ne pas le lâcher, j'ôtai mon gant droit et, tâtonnant dans cette soupe marronnasse, je tendis la main et fis tourner la petite molette au maximum.

Comme je m'en doutais, l'appareil commença immédiatement à transmettre des signaux hystériques pour toutes les ordures plus ou moins métalliques qui se trouvaient plus bas. Mais je n'avais pas de temps à perdre avec ce genre de choses : j'ignorai donc ses sifflements électriques, attendant qu'il émette le son si particulier qui révélait la présence sans équivoque d'un métal de haute densité.

Je sentais l'étirement du filin attaché à un corps mort qui me servait de point de référence et autour duquel je décrivais une spirale, élargissant de plus en plus la zone des recherches. Tout en tendant l'oreille pour guetter le signal espéré, j'approchais régulièrement le manomètre de mon visage : je constatai que l'aiguille était déjà au-dessous des vingt bars et je devais faire de plus en plus d'efforts pour extraire l'air de mon détendeur.

Encore une minute et je sors, me dis-je.

Et juste à cet instant, il me sembla que le détecteur faisait entendre un bourdonnement grave, comme lointain.

Surpris, je fis volte-face pour me placer à l'aplomb du signal.

Le son était celui d'une mouche de quatre-vingts kilos volant à cent mètres de distance.

Pas de doute, il recommençait.

Laissant le magnétomètre suspendu à mon poignet, je pris un petit râteau dans une poche de mon gilet stabilisateur et je me propulsai vers le fond, bras tendus en avant, espérant que cela ne serait pas trop enfoncé dans la vase.

J'enlevai de nouveau mes gants pour avoir un meilleur toucher et je plongeai mes mains nues dans la bouillasse répugnante, soulevant un nuage de sédiments qui m'enveloppèrent complètement. Mais cela m'était égal ; il n'y avait rien à voir ici, je voulais juste en finir au plus vite.

Je purgeai l'air qui restait dans mon gilet pour descendre davantage, fouillant encore plus profondément dans cette purée liquide, mais mes doigts gourds ne rencontraient rien de solide. L'air avait du mal à sortir du détendeur, et je commençais à me demander si j'avais eu une hallucination auditive lorsque ma main gauche effleura quelque chose de dur. Délaissant le râteau, je tendis la main droite pour éviter que l'objet ne m'échappe dans la vase.

Je le saisis avec fermeté, comme s'il s'agissait de mon trésor le plus précieux, et en l'approchant de mes yeux je constatai avec satisfaction que c'était ce que j'avais cherché toute la matinée. À l'intérieur de la bague dorée, l'on pouvait lire clairement une date et l'inscription : « M. et J. Ensemble pour toujours ».

Engourdi et tremblant de froid dans ma combinaison, je grimpai les derniers barreaux de l'échelle rouillée qui montait le long du quai bétonné.

Arrivé en haut, je lançai mes palmes devant moi et, dans un ultime effort, me hissai sur la jetée, ma lourde bouteille de plongée – maintenant totalement vide – encore sur le dos. Je déposai le détecteur de métaux par terre, puis, avec un soulagement immense, je me débarrassai de mon masque intégral, du gilet stabilisateur, de la bouteille et de la ceinture lestée. Heureux de respirer enfin de l'air frais, je fermai les yeux, levai la tête, et gonflai mes poumons autant que le permettait ma combinaison ajustée.

Les nuages bas dans le ciel plombé laissaient tomber un crachin indolent tandis qu'un envol de mouettes passait en criaillant au-dessus de moi, pestant elles aussi, imaginai-je, contre cette horrible journée.

Alors que je baissais la fermeture éclair dans mon dos, ce moment de calme fut brisé par l'apparition sur le quai d'un coupé Mercedes noir qui vint s'arrêter à quelques mètres dans un crissement de freins.

Un homme en descendit : plus ou moins de mon âge, la trentaine bien tassée, cravate fluo, costume de marque gris et le cheveu gominé comme si une vache l'avait léché.

« Vous l'avez ? » m'apostropha-t-il en venant vers moi, sans même un bonjour.

Levant le bras droit, je lui montrai l'anneau doré enfilé sur mon petit doigt encore ganté.

« Vous avez mis longtemps », dit-il avec un pas en avant. Et, s'emparant de la bague sans hésitation, il l'approcha de ses yeux pour en vérifier l'inscription.

« C'est celui que votre femme a… fait tomber ? » demandai-je sans chercher à dissimuler le sarcasme.

Le type enleva ses lunettes de soleil – plutôt ridicules par une journée comme celle-ci – et glissa la main dans la poche intérieure de son veston.

« En effet, affirma-t-il. Voilà pour vous. » Il me jeta une enveloppe, sans même regarder ; si je n'avais pas fait attention, elle aurait terminé sa course dans l'eau.

Sans attendre que j'en vérifie le contenu, l'homme fit demi-tour et ouvrit la portière de sa voiture. Mais avant d'y entrer, il m'adressa un dernier coup d'œil.

« Attention à ne pas t'enrhumer, dit-il en me tutoyant avec un sourire moqueur. On dirait que le temps est humide, aujourd'hui. »

Mon enveloppe à la main, je le regardai démarrer les trois cents chevaux de sa voiture de sport, et un seul mot me vint aux lèvres :

« Connard. »

Encore dégoulinant, je me dirigeai vers ma vieille Land Rover blanche achetée d'occasion. Je sortis la clef de sa cachette sous le pare-chocs, j'ouvris la portière arrière, jetai l'enveloppe sur le siège passager et commençai à me déshabiller.

De toute évidence, ceci ne ressemblait en rien à la vie de bohème que j'avais menée jusqu'à l'année précédente, donnant des cours de plongée aux touristes dans n'importe quel pays ayant des eaux chaudes, de belles femmes et de la bière bon marché.

Certes, je plongeais toujours, mais le faire dans les Caraïbes ou en Thaïlande, entre les récifs de corail et parmi des poissons multicolores, n'avait rien à voir avec une immersion dans les eaux huileuses d'un port pour nettoyer des coques de yachts ou chercher les bagues en or d'épouses colériques.

Je m'étais mis à mon compte comme homme-grenouille professionnel cinq mois plus tôt, acceptant tout type de travail subaquatique suffisamment payé pour m'en sortir, et j'en avais déjà plus que marre. Mais les choses en étaient là. Même si j'avais la nostalgie des palmiers et des plages dont le sable blanc prenait des tons d'or au coucher du soleil sous d'autres latitudes, j'étais englué dans un état d'apathie si profond, depuis qu'elle était partie, que j'en avais perdu jusqu'à ce besoin viscéral de changer de paysage au bout de quelques mois.

Et puis, je trouvais toujours bizarre de remonter d'une plongée pour découvrir au loin la statue de Christophe Colomb qui pointait sur moi

18

un doigt accusateur. Avec la présence bien reconnaissable de la montagne de Montjuic comme toile de fond de ma Barcelone aussi chérie que, comme aujourd'hui, détestée.

Même sans les pesantes bouteilles d'air comprimé et les plombs, qui étaient restés dans la voiture, faire à pied le trajet depuis l'endroit où je l'avais garée jusqu'à mon immeuble, deux pâtés de maisons plus loin, en portant tout mon matériel acheva de consumer mes dernières forces.

Lorsque j'ouvris enfin la porte de mon minuscule appartement sous les toits, *Carrer París* – hérité de ma grand-mère adorée –, je laissai mon lourd sac de toile à l'entrée, et, me déshabillant en chemin, je courus me mettre sous la douche, pressé que l'intense jet brûlant me libère de ce froid humide qui m'avait transi jusqu'aux os.

Après m'être frotté consciencieusement pendant un long moment et considérant que j'étais débarrassé de toute la crasse des eaux portuaires, je fermai le robinet et, enveloppé dans ma serviette, me plantai devant le miroir. Il y avait là un type brun, ni beau ni moche, en bonne condition physique, mais à l'air fatigué, avec ses cernes marqués et une barbe de plusieurs jours où apparaissaient quelques poils blancs, qui me dévisageait d'un regard interrogateur auquel je ne pouvais pas répondre.

On peut savoir ce que tu es en train de foutre ? demandaient ses yeux noisette.

Je l'ignorai, comme de coutume. J'achevai de me sécher et, la serviette autour des hanches, je m'écroulai sur mon lit comme si je venais d'être abattu par un coup de feu.

Cinq minutes, me dis-je, la bouche collée à l'oreiller, *je me repose cinq minutes et je vais préparer le déjeuner.*

Inutile de dire qu'il n'en fut rien.

Deux heures plus tard, j'étais dans la même position, rêvant de nudibranches aux couleurs tropicales parés d'alliances en or.

La voix de Jason Mraz chantait *I'm yours...* c'était la sonnerie de mon portable, mais il me fallut un bon moment pour réaliser que cela ne faisait pas partie de mon rêve.

Je sortis du lit de mauvais gré et titubai jusqu'à mon sac de plongée, abandonné à l'entrée, pour fouiller dans la poche hermétique. Un coup d'œil à l'écran éclairé me montra le mot « Maman ».

J'avoue que j'eus un instant d'indécision avant de répondre. Je n'avais pas vraiment le courage de supporter une de nos classiques conversations de mère à fils. Mais je savais aussi que si je ne le faisais pas, elle continuerait d'insister jusqu'à la fin des temps, et s'il me venait l'idée d'éteindre le téléphone, elle n'hésiterait pas à se présenter chez moi avec force gesticulations préoccupées et expressions inquiètes. Typique d'elle.

« Bonjour, maman, dis-je enfin après avoir touché le symbole vert sur l'écran et mis le haut-parleur.

— Où es-tu ? interrogea-t-elle directement avec un soupçon de reproche.

— Chez moi, en train d'essayer de dormir un peu, répliquai-je sans dissimuler ma contrariété tandis que je retournais dans ma chambre.

— À cette heure-ci ?

— La journée a été dure, et j'avais besoin… bref. » J'arrêtai là mon explication. Posant le téléphone sur la table de nuit, je m'allongeai de nouveau. « Qu'est-ce que tu veux ? »

Cette fois, c'était elle qui semblait contrariée.

« Comment, "qu'est-ce que je veux" ? Ça te dérange peut-être que je t'appelle ?

— Non, maman…, répondis-je en me massant les paupières. Pourquoi ça me dérangerait ? Je te demandais simplement pourquoi ; ne sois pas si susceptible. »

À l'autre bout du fil, j'entendis un soupir.

« D'accord. Je t'appelais pour savoir si tu viendrais dîner à la maison un de ces soirs, cette semaine.

— Eh bien…

— Tu me l'as promis.

— Ah oui ?

— Mardi dernier.

— J'avais oublié.

— En voilà, une surprise. »

De nouveau cette ombre de reproche.

« C'est bon, d'accord. Je te promets que je viendrai cette semaine.

— Quand ?

21

— Vendredi, ça te va ?

— Plutôt samedi, à vingt heures. Et arrange-toi un peu. Pas comme la dernière fois : tu avais l'air d'un vagabond.

— Mais quelle importance cela… Attends un peu, m'interrompis-je. Ce ne serait pas un autre guet-apens avec la fille d'une de tes copines ? »

Un silence indubitablement coupable vint remplacer la réponse.

« Merde… maman !

— Il serait temps que tu rencontres des gens nouveaux, protesta-t-elle. Tu dois arrêter de vivre comme un ermite. Lara est une chouette fille et elle a envie de te faire ta connaissance. En plus, elle aime partir en voyage, comme toi.

— Maman, tu m'avais promis que tu ne recommencerais pas à jouer les marieuses. Je suis parfaitement bien, et je n'ai aucun besoin de rencontrer une autre femme, même si elle est chouette. Je te l'ai déjà dit cent fois. »

Le petit haut-parleur fit entendre un nouveau soupir, encore plus sonore.

« Entendu…, capitula-t-elle un peu trop facilement. Je n'inviterai pas Lara. Mais viens quand même bien habillé et rasé, je n'aime pas l'allure que tu as dernièrement. »

Je fermai les yeux, un claquement de langue m'échappa, mais j'acquiesçai, incapable de poursuivre cette conversation.

« J'y serai. À samedi, maman.

— N'oublie pas ! » fut son ultime avertissement, juste avant que je raccroche et que le silence prenne de nouveau possession de mon appartement.

Je savais parfaitement que ma mère m'ignorerait complètement et inviterait cette… Lara ? Laura ? Enfin, cela avait peu d'importance. Pour ce dîner, je choisirai consciencieusement les vêtements les plus miteux de ma garde-robe, et, bien évidemment, je ne me raserai pas un poil. Comme cela s'était déjà passé en deux autres occasions, la jeune femme en question tiendrait le coup jusqu'au dessert en fronçant le nez et finirait par prendre congé sur un « j'espère que nous nous reverrons » plus faux que le serment d'un membre du Congrès.

Ce qui n'avait rien de faux, en revanche, c'était le mal de crâne que je sentais poindre juste à l'arrière des yeux, et j'essayais de me souvenir s'il me restait de l'ibuprofène dans l'armoire à pharmacie lorsque Jason

Mraz se remit à jouer de la guitare dans mon téléphone. Je commençais à ne plus supporter ce type.

Les yeux fermés, je tendis de nouveau le bras vers la table de nuit, me mordant les lèvres pour ne pas lâcher une grossièreté au moment de décrocher.

« Je t'ai dit que j'irai, maman, grognai-je. Laisse-moi dormir, s'il te plaît.

— Oh, excuse-moi, répondit une voix masculine. Je te rappellerai plus tard.

— Professeur ? » J'avais immédiatement changé de ton et ouvert les yeux en reconnaissant Eduardo Castillo, le professeur d'histoire médiévale à la retraite qui était autant mon ami qu'il avait été auparavant celui de mon père.

« Je ne savais pas que tu étais en train de dormir, s'excusa-t-il, confus.

— Oui, enfin… non. Plus maintenant. Ce n'est pas grave. Dites-moi.

— Tout va bien pour toi ? demanda-t-il d'une voix lugubre.

— Plus ou moins. Mais vous, en revanche, vous m'avez l'air un peu bizarre. Il se passe quelque chose ? »

Le silence prolongé à l'autre bout du fil me donnait l'impression que c'était effectivement le cas.

« Tu pourrais venir chez moi ?

— Bien sûr, prof. Quand ? »

Encore un long silence.

« Pourrais-tu venir dîner ? Vers vingt et une heures ? »

Bien qu'approchant de la soixantaine, il jouissait d'une excellente santé, mais son attitude me fit craindre qu'il lui arrive quelque chose de grave.

« Vous êtes sûr que vous allez bien ?

— Oui, sois tranquille. Tu peux venir ?

— Promis. Je serai chez vous pour dîner.

— Merci », dit-il. Et il raccrocha.

Je restai les yeux fixés sur l'écran du téléphone pendant quelques secondes. Je n'avais pas la moindre idée de ce qu'il se passait, mais je crois que je ne l'avais jamais entendu parler de la sorte.

Mon estomac émettant des rugissements de protestation, et n'ayant aucune envie de me mettre à cuisiner, je descendis au restaurant chinois en bas de chez moi, espérant qu'ils puissent me faire quelque chose à manger en dépit de l'après-midi déjà bien avancé.

Heureusement, ils eurent pitié de moi : vingt minutes plus tard, j'avais dévoré une copieuse ration de nouilles trois-délices et je jouais bêtement de ma fourchette sur la porcelaine de l'assiette, songeant que si je n'avais pas encore touché le fond, j'étais néanmoins en train de m'enfoncer aussi sûrement que si j'avais eu une ancre attachée aux pieds.

Errant sans but dans le brouillard épais de mes divagations, je réalisai soudain que j'étais le dernier client du restaurant, et que cinq Chinoises aux bras croisés me regardaient avec une expression d'impatience. N'ayant aucune envie qu'elles me prennent en grippe et que quelqu'un crache dans mon plat à ma prochaine visite, je réglai l'addition en y joignant un bon pourboire et me dirigeai ensuite directement vers le Naufragé, un bar au nom on ne peut plus approprié, pour attendre devant une tequila que vienne le moment de retrouver le professeur pour le dîner.

Ce petit troquet du centre historique de Barcelone, avec ses quelques tables de vieux bois, ses photos sépia de l'après-guerre au mur, ses serviettes de papier fripées et sa sciure dans les coins, était toujours la propriété d'Antonio Roman, un ancien contrebandier qui devait avoir maintenant dépassé les quatre-vingt-dix ans et qui avait abandonné son exigeant fonds de commerce aux mains de ses petits-enfants.

Diego – probablement le seul d'entre eux qui avait bien voulu se charger de l'affaire –, un grand type dégingandé portant barbichette, queue de cheval et chemise blanche, essuyait le comptoir vide avec indolence ; me voyant franchir le seuil, il leva un sourcil en guise de brève salutation entre deux vieilles connaissances.

« Comment tu vas, Ulysse ? » demanda-t-il lorsque je m'assis devant le bar ; il se retourna sans attendre la réponse pour prendre la bouteille de José Cuervo qu'il y avait derrière lui.

« Ça pourrait aller mieux. »

Tout en me servant un petit verre de tequila, il déclara sans lever les yeux :

« Tu n'as pas suivi mon conseil, hein ?

— Quel conseil ?

— Lequel, à ton avis ? De l'appeler.

— Je ne peux pas.

— Tu ne veux pas », rectifia-t-il en secouant la tête, laissant là le sujet lorsqu'un autre client leva la main pour demander une bière.

Et il avait raison, bien évidemment.

Sans le chercher – mais sans faire non plus beaucoup d'efforts pour l'éviter –, j'évoquai l'image de Cassandra Brooks assise devant moi, à l'une de ces tables, dans ce bar même. Je me la rappelai en train de me parler avec ce délicieux accent mexicain qu'elle avait, me souriant de ces yeux couleur d'émeraude qui m'avaient ensorcelé dès le premier jour ; et puis elle était partie, sur un vague « à la prochaine », traînant sa petite valise rouge dans le couloir de mon appartement.

Depuis, j'étais prostré dans un état que je ne pouvais décrire que comme une paralysie. Le moral et la volonté ankylosés, le cœur sec, et tout juste assez d'énergie pour ouvrir les paupières le matin.

Et le plus ironique de l'histoire était que j'avais moi-même été la cause de cette séparation.

Après avoir passé tant d'années à bourlinguer de par le monde, sans compagne stable ni rien qui y ressemble, j'avais l'habitude d'une indépendance absolue, où aucune décision ne devait être prise conjointement, où je n'avais aucune explication à donner, à personne… Et lorsque nous avions commencé à vivre ensemble, le moment ne tarda guère – quelques mois tout au plus – qu'un irrésistible besoin de liberté me pousse à partir bien loin pour un temps. À faire un voyage dans un endroit tranquille où je pourrais examiner le cap que prenait ma vie sans me retrouver à partager mon petit-déjeuner avec Cassie.

À mon retour du Vietnam, trois semaines plus tard, elle était encore à Barcelone, mais les choses ne redevinrent jamais comme avant. Je continuais de ressasser mes doutes incompréhensibles – je ne les comprenais pas moi-même –, et peu de temps après nous arrivâmes à la conclusion inévitable que nos chemins devaient se séparer. Même si cela devait être douloureux.

Et ce fut douloureux.

Pire encore : la déception de Cassie devant l'échec inexplicable de cette relation pour laquelle elle avait tout donné fut si grande qu'elle décida alors de couper les ponts et de ne plus jamais me revoir ; mon numéro effacé de son téléphone et mon nom éliminé de ses réseaux sociaux affirmaient haut et clair qu'elle ne voulait plus rien savoir de moi.

Plus tard, j'avais appris par des amis communs qu'elle avait pu récupérer sa vie telle qu'elle était avant – au moins professionnellement –, et exploiter sa spécialisation en archéologie sous-marine, puisqu'elle avait obtenu un poste important sur un site de fouilles de la côte de Cadix, dans le sud de l'Espagne.

Moi, en revanche, j'étais resté échoué comme un vieux marin qui regarde le dernier bateau s'éloigner du quai et se demande ce que diable il va bien pouvoir faire à présent. Si je me tournais vers l'avenir, je ne voyais que du gris, comme cet après-midi barcelonais, gris et apathique.

Il n'y avait pas si longtemps, ma vie d'adulte avait consisté à vagabonder entre les tropiques du Cancer et du Capricorne, sans m'inquiéter du lendemain ni de ce que je laissais derrière moi. Par conséquent, je n'avais conservé pratiquement aucun de mes amis de ma ville natale ; d'ailleurs, tous, sans exception, étaient toujours aussi mariés et engagés dans des existences qu'ils détestaient que la dernière fois que je les avais vus.

J'en étais arrivé à un point où je n'avais plus la force morale ni la patience qu'il fallait pour écouter la litanie de poncifs habituels des retrouvailles : leurs difficultés conjugales, leurs magnifiques enfants, leurs supérieurs iniques...

Ce n'était pas de l'indifférence. Mais il s'agissait de sujets si étrangers à ma propre existence que, la plupart du temps, je n'avais pas la moindre idée de ce qu'ils me racontaient. Et, pour être sincère, cela me touchait rarement.

De plus, à force de les entendre répéter que j'avais tellement de chance de faire ce que je faisais et de vivre comme je vivais, qu'ils auraient tellement aimé pouvoir faire de même, il m'était ingénument arrivé de leur expliquer qu'ils pouvaient très bien en faire autant, qu'il suffisait de donner la priorité à certains aspects de la vie et de ne pas se laisser entraîner par la routine ou les attentes d'autres personnes. Décider de ce que l'on veut « vraiment », et tout faire pour le mener à bien. Pas comme un hobby ni une activité pour le week-end, mais comme attitude permanente et dans tous les domaines. Chercher sa propre voie au lieu de suivre le troupeau.

Pour parler clairement, profiter de la vie.

Malheureusement, c'était généralement à ce moment – normalement après les phrases « ne crains pas de poursuivre tes rêves » ou « vis chaque jour comme si c'était le dernier, parce que ce pourrait être le cas » – qu'ils commençaient à me regarder comme s'ils avaient devant eux un Hare Krishna au crâne rasé et en tunique orangée en train d'essayer de les convaincre à l'aide d'un prospectus et d'un plateau de biscuits qu'ils devaient tout abandonner pour adopter les préceptes du *Bhagavad-Gita*.

De ce côté-là, donc, je n'avais pas grand-chose à attendre.

L'ironie du sort était que, ces derniers mois, j'avais moi-même négligé de suivre mes propres conseils.

À dire vrai, même l'éventualité de revenir à mon existence précédente de plongeur sous-marin nomade, et de travailler comme moniteur de plongée pour touristes dans des contrées exotiques avait cessé de m'enthousiasmer. Était-ce un bien, était-ce un mal ? Cette étape de ma vie était désormais derrière moi et je devais me retrouver moi-même pour décider de ce que je devrais faire dorénavant.

Mais la vérité était que je n'en avais pas la moindre idée.

À part faire un sort à ce verre de tequila et peut-être à un autre ensuite.

Malheureusement, j'avais compris trop tard que, même si je ne pouvais pas vivre avec Cassandra, il m'était encore plus difficile de vivre sans elle. J'avais complètement perdu le nord, comme on dit, et bien que ma mère me houspille sans cesse pour que je me « bouge les fesses », en dépit de ses vaines tentatives pour organiser des rencontres, je n'avais aucune envie de chercher une remplaçante à ma belle Mexicaine, parce que je savais que je ne la trouverais pas.

« Elle me manque, murmurai-je en regardant mon verre sans le voir.

— Sans blague… », railla Diego de l'autre côté du comptoir.

João Gilberto susurrait sa chanson *Desafinado* depuis le petit haut-parleur dans un coin du local, tel un acuponcteur malintentionné qui me planterait ses aiguilles dans le cœur sur un rythme de bossa-nova.

« Je suis un crétin, déclarai-je, et je vidai mon verre cul sec.

— Nous le sommes tous », affirma le barman avec philosophie.

L'alcool me brûla le gosier et je pris une profonde inspiration.

« Mais je ne l'appellerai pas.

— Si tu le dis. »

Nous restâmes silencieux.

« Le passé appartient au passé », conclus-je en vidant un deuxième verre.

Diego haussa les épaules, comme pour dire : « c'est toi qui vois, mon gars ».

Je laissai de l'argent et pris congé d'un tambourinement sur le comptoir.

Depuis que je vivais de nouveau à Barcelone, il n'y avait pratiquement pas eu une semaine sans que le professeur ne m'invite à manger chez lui pour nous remémorer nos aventures et les exagérer à loisir à l'aide de généreuses lampées de vin blanc. Mais cette fois, alors que je poussais la lourde porte de fer de son immeuble de l'*Eixample* et m'enfonçais dans le hall ténébreux, un frisson me parcourut l'échine et j'eus l'intuition que quelque chose de grave était arrivé, et que cela allait m'affecter moi aussi.

En atteignant le cinquième étage, le vétuste ascenseur en bois s'arrêta brutalement et j'en fis glisser la grille pour sortir sur le palier sombre, où une ampoule agonisante éclairait la plaque défraîchie sur laquelle l'on pouvait lire : PROFESSEUR EDUARDO CASTILLO MÉRIDA.

Je sonnai et la porte s'ouvrit immédiatement ; la silhouette familière d'Eduardo se découpa sur le seuil, avec son éternel gilet, son nœud papillon et sa chemise à carreaux. Mais cette fois il n'arborait pas le large sourire avec lequel il m'accueillait toujours, et derrière les lunettes d'écaille surannées, ses yeux bleus à l'éclat terni laissaient transparaître l'inquiétude.

« Ulysse, dit-il en me serrant la main. Merci d'être venu, et pardonne-moi que ce soit dans l'urgence. »

Il me fit signe de le suivre dans le salon et je pris place à table avec une feinte décontraction.

Pendant qu'il allait dans la cuisine nous faire deux cafés, je laissai errer mon regard dans la pièce, me remémorant les aventures communes qui restaient liées à ce salon et à cette table ovale de bois foncé.

Comme toujours, les livres étaient les maîtres absolus de la maison. Ils occupaient non seulement les étagères du sol au plafond, mais en débordaient jusqu'à sur les chaises et dans les couloirs. Empilés dans un ordre abscons, ils imprégnaient toute la demeure de cette odeur caractéristique, évocatrice d'histoire et de littérature, que l'on ne retrouve que dans les recoins les plus perdus des bibliothèques séculaires. À ma gauche, une grande baie vitrée laissait entrer la lumière avare de cet après-midi automnal, éclairant la magnifique mappemonde aux tons ocrés qui couvrait pratiquement tout le mur opposé.

« Avec du lait et trois sucres », dit alors le professeur qui sortait de la cuisine avec un petit plateau.

Je pris ma tasse et, silencieux, j'attendis qu'il parle.

Il but distraitement une ou deux gorgées, et c'est alors que je remarquai les cernes profonds qui soulignaient ses yeux rougis.

« Comment va ta vie, Ulysse ? demanda-t-il enfin.

— Bien... Je crois, répondis-je, étonné de cette question plutôt vague.

— J'en suis ravi, j'en suis ravi..., dit-il au dépôt de café au fond de sa tasse.

— Alors... prof, me décidai-je en voyant qu'il restait muet. Vous allez m'expliquer pourquoi vous m'avez fait venir, ou dois-je le deviner ? »

Le professeur leva les yeux et me regarda comme s'il venait de s'apercevoir de ma présence.

« Oui, bien sûr, dit-il avec un sourire d'excuse. Mais tu veux bien attendre encore un petit peu ? » Consultant sa montre, il marmonna vaguement : « ... sera là d'un moment à l'autre.

— On attend quelqu'un ? »

Et comme dans une pièce de théâtre, le timbre de la grille de l'immeuble sonna juste à cet instant et mon amphitryon se leva pour aller ouvrir.

Sans chercher à connaître la nature de cette visite inattendue, je pris ma tasse de café et m'approchai de la large fenêtre qui donnait sur la rue. Les platanes qui flanquaient la chaussée de part et d'autre étaient déjà presque complètement dénudés, et leurs feuilles mortes tapissaient les trottoirs, réchauffant de leurs tons bruns et jaunes les noirs et les gris omniprésents, tant sur les façades que chez les passants de cette partie de la ville.

Il semblait être sur le point de pleuvoir et je me demandais si je n'aurais pas dû me munir d'un parapluie, quand j'entendis se refermer la porte de l'appartement et, alors que je me retournais pour accueillir le visiteur, une voix reconnaissable entre toutes me parvint du fond du couloir :

« Ulysse ? s'exclama-t-elle avec incrédulité. Mais... *qué diablos* fais-tu ici, *toi* ? »

Le cœur dans la gorge, je me retrouvais sans crier gare face à un visage que je croyais ne jamais revoir.

« Salut, Cassie », murmurai-je, sidéré. Je déglutis avec difficulté.

3

Cassandra était à présent assise de l'autre côté de la table, aussi belle que dans mon souvenir. Ses boucles blondes étaient coupées aux épaules, et dans son visage bruni par le soleil, le vert de ses grands yeux ressortait prodigieusement. Des yeux qui posaient sur moi un regard dur, comme dans l'attente d'une explication de ma part.

« Je peux savoir ce que c'est que cette embuscade ? lâcha-t-elle sans préambule. J'espère ne pas avoir volé depuis Cadix et abandonné mon travail sur le site simplement pour prendre un putain de café avec toi.

— Moi, je n'y suis pour rien, me défendis-je en levant les mains. Je ne savais pas non plus que tu serais là.

— Oh, oui, bien sûr.

— Qu'est-ce que tu insinues ? Tu crois que j'ai tout organisé pour te revoir ?

— Alors tu m'expliqueras, répliqua-t-elle d'un air peu amène, pourquoi le professeur me demande de venir de toute urgence à Barcelone par le premier avion sans me donner de précisions, et que la première chose que je trouve en arrivant, c'est toi en train de m'attendre dans son salon.

— Cassie, insistai-je en m'efforçant de ne pas m'énerver, je te jure sur la tête de ma mère que je n'ai pas… »

Juste à cet instant, Eduardo sortit de la cuisine, apportant un autre café pour la jeune Mexicaine.

« Attendez un peu avant de vous égorger mutuellement, intervint-il d'un ton conciliant en levant une main. Laissez-moi vous éclairer sur la raison de votre présence ici.

— Je suis tout ouïe », maugréa l'archéologue.

Le professeur posa la tasse sur la table et s'assit entre nous, l'air abattu, et, lorsqu'il reprit la parole, l'inquiétude perçait dans sa voix :

« Je vous ai appelés parce qu'une chose terrible est arrivée et j'ai besoin de votre aide. »

Ni Cassie ni moi n'ouvrîmes la bouche, attendant les explications de notre hôte.

« Je vous ai déjà parlé de la docteure Valéria Renner ? » demanda-t-il au bout d'une longue minute, les yeux fixés sur la table.

Cassandra et moi échangeâmes un regard fugace, secouant la tête à l'unisson.

« Non, évidemment… C'est arrivé il y a de nombreuses années, et seul ton père, avec la grande amitié qui nous unissait, était au courant.

— Au courant de quoi ? » demandai-je, intrigué.

La cuiller du professeur touillait le dépôt de café au fond de sa tasse.

« Du fait qu'entre Valéria… » Il s'éclaircit la gorge. « Entre la docteure Renner et moi, eh bien… il existe un lien très particulier.

— Waouh, professeur ! sourit Cassandra. Quel petit cachottier vous faites !

— Comment ? m'étonnai-je. Mais quand ? Je ne vous ai jamais vu avec une femme.

— C'était il y a longtemps, Ulysse.

— Mais pourquoi ne nous avez-vous jamais parlé d'elle ? »

Eduardo Castillo se gratta la tête, visiblement mal à l'aise.

« Eh bien, vous savez comment je suis… Je ne partage pas facilement ma vie privée, et je ne voulais pas que cela s'ébruite à l'université. De plus, je n'ai jamais eu l'occasion de vous la présenter. »

Sceptique, je fronçai les sourcils :

« Pendant toutes ces années, l'occasion ne s'est pas présentée ?

— Valéria est anthropologue, et elle fait énormément de travail sur le terrain. Mais la raison pour laquelle je ne vous en ai jamais parlé… c'est parce que me revoir ne l'intéresse pas vraiment.

— Oh ! je suis désolée, compatit la Mexicaine.

— Je comprends…, dis-je en lui tapotant le dos. Mais nous sommes là pour vous aider à surmonter ce mauvais moment. Vous connaissez le dicton : il y a plus de poissons dans la mer que… »

Je m'interrompis en voyant que mon vieil ami me regardait avec étonnement.

« Mais qu'est-ce que tu racontes ? Que viennent faire ici ces poissons ?

— Allons, prof, j'essayais juste de vous remonter le moral. Je sais que lorsqu'une relation se termine, on voit tout en noir, au début. Mais laissez le temps faire son œuvre ; vous finirez par rencontrer quelqu'un, et alors… » Je laissai la phrase inachevée et lui fis un clin d'œil.

« Ulysse, déclara le professeur en se redressant sur sa chaise, tu te fourvoies complètement. Vous vous fourvoyez tous les deux. » Il nous regarda tour à tour et ajouta : « Je ne vous ai pas appelés pour que vous me consoliez d'une peine de cœur ni rien d'approchant.

— Oh ! Dans ce cas… nous vous écoutons. »

Comme il le faisait toujours quand il avait quelque chose d'important à expliquer, Eduardo Castillo se leva et se mit à déambuler dans le salon, comme s'il était dans son ancienne salle de classe.

« La docteure Renner, dit-il en regardant par la fenêtre, est actuellement l'une des anthropologues les plus réputées au niveau international. Elle a écrit des dizaines d'articles qui sont des références habituelles dans les universités du monde entier, ainsi que deux livres parmi les plus influents en la matière, dont le célèbre *Sociologie et anthropologie du peuple Chamula.* » Il tendit la main et prit sur une étagère un gros volume qui devait bien faire ses mille pages.

« Bon sang ! s'écria Cassandra en claquant des doigts. Je savais bien que ce nom me disait quelque chose. C'est une étude sur le peuple tzotzil du sud du Mexique. Je l'ai lue à la fac.

— Moi, j'attendrai qu'on en fasse un film, fis-je sans que personne m'ait rien demandé. »

Le professeur remit le livre à sa place et reprit :

« Résumons. Depuis trois mois, une expédition financée par l'Université de Vienne, constituée par un petit groupe de scientifiques dont elle fait partie, s'est rendue dans une région peu explorée de l'Amazonie dans le but d'étudier la tribu indigène des Menkragnotis. » Il fit une pause et prit une profonde inspiration. « Valéria est une anthropologue expérimentée. Elle a fait des séjours prolongés dans des endroits loin de tout. C'est pour cela que tout le monde s'est alarmé lorsque ni elle ni personne de son équipe n'ont passé l'appel par satellite qui était programmé... ni aucun autre ensuite.

— Et ils ne pourraient pas tout simplement avoir perdu le téléphone ? avança Cassie. Ou alors il pourrait être tombé en panne ? »

S'appuyant au dossier d'une chaise, Eduardo Castillo nous regarda avec gravité.

« Il y a vingt-trois jours de cela. Ils auraient fini par prendre contact d'une manière ou d'une autre. Valéria est une femme débrouillarde.

— Donc, vous voulez dire qu'elle a disparu ?

— La dernière communication a eu lieu il y a un mois ou presque, comme je vous l'ai dit, confirma-t-il en baissant la tête. Nul n'en a rien su depuis lors.

— Et la police ? demanda Cassandra. Quelqu'un a parlé avec la police brésilienne ? Ils se sont lancés à leur recherche ?

— Ils disent que la région est trop éloignée et trop vaste, et qu'ils ne disposent ni du personnel ni du budget nécessaire pour mettre sur pied une opération de recherches.

— Mais il y aura bien quelqu'un à qui l'on peut réclamer une enquête, non ? insistai-je, déconcerté. Je ne sais pas… L'ambassade, la Croix-Rouge… »

Le professeur secoua la tête lentement.

« Personne. Il n'y a personne à qui recourir. »

Il avait l'air vraiment bouleversé, et si je ne l'avais pas si bien connu, j'aurais juré qu'il était sur le point de laisser couler une larme de désespoir.

« Je suis désolé, prof, dis-je, navré de le voir dans cet état. Je suis sincèrement désolé. » Et, quêtant l'approbation dans les yeux de Cassie, j'ajoutai : « Si nous pouvons faire quelque chose… »

Alors il releva la tête et fixa sur moi ses yeux bleus, qui reflétaient soudain une inflexible détermination.

« Accompagnez-moi.

— Bien sûr, répondis-je. Où ? »

Sans cesser de me regarder, il désigna la mappemonde, derrière lui.

« En Amazonie, Ulysse. Pour aller la chercher. »

4

« Vous voulez bien répéter ? » demandai-je après quelques secondes de stupeur, convaincu d'avoir mal entendu.

Il s'avança d'un pas et s'appuya des deux mains sur la table, nous regardant alternativement l'un et l'autre.

« Je pars pour l'Amazonie chercher Valéria, répéta-t-il en insistant sur chaque mot. Et j'aimerais... *j'ai besoin* que vous m'accompagniez.

— Vous m'excuserez, intervint Cassandra en levant les mains, mais je crains que vous ne sachiez pas vraiment ce que vous dites. »

Le professeur se rassit pesamment.

« Si je n'y vais pas, personne n'ira à ma place. Et je sais que j'aurais de meilleures possibilités si vous veniez avec moi.

— Vous pourriez y aller avec la fichue *Navy*, ce serait la même chose. L'Amazonie est un territoire immense. Cela équivaudrait à parcourir toute l'Espagne, dit la jeune Mexicaine en ouvrant largement les bras, à la recherche d'une pièce de monnaie qui serait tombée de votre poche.

— Je suis conscient que ce n'est pas facile, admit-il calmement. C'est pour cela que j'ai besoin d'aide ; et vous, vous connaissez bien la jungle.

— Pas si vite, prof, le repris-je. C'est vrai que Cassie et moi en avons vu quelques-unes, de jungles, mais jamais en Amazonie ; et, d'après ce que je sais, les forêts d'Amérique centrale ou d'Asie sont des jardinets comparées à celle-là. Et puis, Cassie a raison : il s'agit d'un territoire de presque cinq millions de kilomètres carrés de végétation impénétrable. Un pays tout entier pourrait s'y perdre et n'être jamais retrouvé.

— Je n'ai pas dit qu'elle s'était perdue, m'interrompit le professeur, mais qu'elle avait disparu.

— Et quelle est la différence ?

— La différence, c'est qu'elle, elle sait peut-être où elle se trouve, et comme nous connaissons le lieu où elle était il y a un mois, la zone de recherche en est considérablement réduite.

— Mais même ainsi...

— Écoute, Ulysse, je sais bien que cela peut sembler une folie. » Il fit une pause et respira profondément. « Même à mes yeux, cela paraît insensé. Mais je veux… je *dois* partir à sa recherche. »

Pendant une longue minute, nous gardâmes le silence, en proie à une déconcertante sensation d'irréalité. Et dans mon cas, au moins, avec l'étrange impression que quelque chose ne cadrait pas, qu'il manquait encore une pièce essentielle du puzzle.

Finalement, ce fut Cassandra qui prit la parole.

« Ce que je ne comprends pas bien, dit-elle en scrutant le professeur, c'est votre sentiment de responsabilité envers cette femme. Si un de mes ex disparaissait, et qu'en plus il ne veuille pas me revoir, je vous jure que je ne n'aurais pas l'idée de traverser la moitié du globe pour aller le chercher.

— C'est bon à savoir », fis-je entre les dents.

Sans même me regarder, la Mexicaine me remercia d'un douloureux coup de pied dans le tibia.

« Certes, reconnut Eduardo, les yeux perdus dans le vague, mais elle, c'est la personne la plus importante pour moi au monde. La docteure Renner et moi… bref, elle est…

— Elle est quoi ? » le pressai-je avec impatience.

Il posa sur nous un regard timide.

« Valéria est ma fille. »

Cassandra et moi en restâmes bouche bée. Il ne nous était jamais venu à l'esprit qu'il eût pu avoir eu un jour une relation sérieuse ; tout le monde était persuadé qu'il n'avait vécu que pour sa carrière de professeur d'histoire médiévale. Mais qu'il ait une fille secrète dont nul n'avait jamais entendu parler… C'était à proprement parler incroyable.

Après plusieurs minutes, j'avais encore les yeux comme des soucoupes et j'étais incapable d'articuler une phrase cohérente. Je me sentais comme si ma mère m'avait annoncé un beau jour que j'étais en réalité le fils du Saint-Esprit.

« Mais… mais comment est-ce possible ? » balbutiai-je.

Eduardo esquissa une moue d'amusement devant notre évidente confusion.

« Eh bien, vois-tu… », il haussa les épaules. « On ne t'a jamais parlé des petites abeilles et des fleurs ?

— Ne faites pas le malin. Pourquoi ne nous avez-vous jamais parlé d'elle ? »

Le professeur se gratta la tête de nouveau, de plus en plus gêné.

« J'ai fait la connaissance de sa mère, Lorena Renner, quand j'étais à la faculté, à la fin des années soixante-dix. » Il leva les yeux au plafond, se remémorant sans doute certains des moments qui avaient eu lieu quarante ans plus tôt. « C'était une vraie beauté, extrêmement intelligente, mais elle avait aussi très mauvais caractère ; alors les beaux gosses de la fac la considéraient avec méfiance et préféraient se tourner vers des proies plus faciles. Mais un jour, nous nous sommes retrouvés ensemble à une fête universitaire. Nous avions beaucoup bu, nous nous plaisions, je proposai de la raccompagner chez elle... et voilà : Valéria naissait neuf mois plus tard.

— Le fruit d'une nuit de passion », fit observer Cassandra.

Le professeur cessa de regarder le lustre et poussa un profond soupir.

« Quelque chose dans ce genre, admit-il. Mais sa mère et ses grands-parents ne l'envisageaient pas de la même manière, et j'eus beau insister, ils ne me permirent jamais de la voir.

— Vous n'avez pas connu votre fille ? s'exclama l'archéologue, stupéfaite.

— Pas avant ses dix-huit ans, dit-il tout bas avec tristesse. Et à ce stade, je n'étais qu'un étranger pour elle. Dès que Lorena était tombée enceinte, je lui avais proposé de l'épouser ou au moins de reconnaître l'enfant et de prendre mes responsabilités en ce qui concernait les dépenses nécessaires. Mais elle refusa toujours, alléguant qu'une erreur ne se corrigeait pas en la faisant plus grande... Elle se contenta de donner son propre nom à sa fille et fit en sorte qu'elle n'entende jamais parler de moi. »

Les mains posées sur la table et le regard lointain, mon vieil ami était perdu dans ses souvenirs.

« Je suis vraiment désolé, prof, dis-je avec sincérité en lui pressant l'épaule. Et vous ne l'avez jamais revue depuis ?

— Valéria ? Si, je l'ai revue il y a deux ans environ... aux funérailles de sa mère. »

Il glissa alors les doigts dans la poche de sa chemise et en sortit une photo qu'il montra à Cassandra.

« Nous l'avons prise à l'enterrement, précisa-t-il. C'est la seule que je possède où nous sommes ensemble.

— Elle est très belle, dit Cassie en hochant la tête, et elle a vos yeux. »

Plein de curiosité, je tendis la main pour prendre la photo. On y voyait le professeur en costume et cravate noire et, à sa gauche, également vêtue de noir, une femme dans la trentaine qui dépassait mon vieil ami de presque dix centimètres et qui était, comme l'avait dit Cassie, extrêmement séduisante. Sa peau était blanche avec quelques taches de rousseur et une longue chevelure sombre et lisse encadrait des traits fermes et décidés : la mâchoire large, les pommettes hautes qu'un sourire triste faisait ressortir, un nez mutin, mais l'on remarquait par-dessus tout d'étincelantes prunelles bleu marine qui regardaient fixement l'objectif.

« Il est clair qu'elle doit ressembler à sa mère », affirmai-je en lui rendant la photo.

Cassandra se pencha vers lui et lui prit la main.

« Combien je regrette, professeur. C'est une histoire bien triste. »

Les yeux rouges, il nous regarda.

« Comprenez-vous maintenant pourquoi je dois partir à sa recherche ? »

Nous restâmes un long moment plongés tous les trois dans un profond silence. Le professeur avait l'esprit quelque part en Amazonie ; moi, je fixais le professeur, sans trop savoir que penser de tout ceci ; et Cassie m'observait, sachant avant moi ce que j'étais sur le point de dire.

« D'accord, prof, soupirai-je avec résignation. Il n'y a rien qui me retient ici, alors, si vous croyez que je peux vous aider, je vous accompa…

— J'irai, déclara Cassandra avant que j'aie terminé ma phrase.

— Merci, bredouilla mon vieil ami en nous regardant avec un mélange d'orgueil et de gratitude. Merci à tous les deux. J'étais certain que je pouvais compter sur vous.

— Mais, et ton travail ? m'étonnai-je en me tournant vers l'archéologue. Tu n'étais pas en pleine campagne de fouilles à Cadix ?

— Mon travail ne regarde que moi, rétorqua-t-elle d'un air de défi. De plus, les prochains mois vont être consacrés à la classification de tout ce que nous avons sorti de l'eau, et c'est une chose que d'autres peuvent faire. »

Le professeur se leva de nouveau, l'air soulagé.

« Alors nous sommes d'accord », dit-il en joignant les mains. Et, souriant pour la première fois, avec une lueur d'espoir brillant au fond des yeux, il ajouta : « Nous partons pour l'Amazonie.

— Nous devrions nous retrouver demain pour organiser la logistique, suggérai-je, et je crois que d'ici une semaine nous pourrions être en route. »

Le professeur s'éclaircit la gorge bruyamment et nous jeta un regard scrutateur par-dessus ses lunettes.

« En fait, dit-il d'une voix faible, j'avais dans l'idée de partir un peu avant.

— Avant ? demandai-je, soupçonneux. Combien de temps avant ? »

Eduardo Castillo regarda sa montre et dit négligemment :

« Notre vol part demain à sept heures, je calcule donc qu'il nous reste… environ neuf heures. »

Cassie arqua les sourcils avec stupéfaction.

« Mais… comment ? » Elle nous regardait tour à tour, complètement déconcertée. « Nous venons juste de vous dire que… »

Le professeur lui fit un clin d'œil et répondit avec un sourire espiègle :

« J'ai acheté les billets hier. J'étais absolument certain que vous me diriez oui. »

5

Exactement vingt-sept heures après avoir pris le café chez le professeur, nous franchissions le seuil d'un Airbus et empruntions la passerelle pour descendre sur le tarmac de l'aéroport.

Nous avions abandonné Barcelone dans le froid et sous la menace de pluie d'un ciel plombé ; et sans avoir vraiment compris pourquoi, nous nous retrouvions en train de marcher vers un bâtiment de couleur crème sur lequel se détachaient en grandes lettres dorées les mots *AEROPORTO DE SANTARÉM*. L'air que nous respirions était chaud, humide et dense, chargé d'odeurs de forêt, de rivière et de kérosène ; à l'ouest, le soleil était suspendu au-dessus de la ligne verte des arbres comme un gigantesque feu de signalisation à l'orange, qui nous exhortait à faire attention sans que nous le remarquions vraiment.

Comme si je ramenais chez lui un ami ivre mort, luttant pour le maintenir dans une position la plus perpendiculaire au sol possible, j'aidais le professeur à conserver sa dignité sur le court trajet qui menait au terminal.

Il ne cessait de trébucher, encore assommé par la dose de cheval d'anxiolytiques qu'il prenait à chaque fois qu'il était obligé de monter dans un avion.

« Allez, prof, remuez-vous, le houspillai-je en le soutenant d'un bras passé autour de ses épaules. Je ne vais pas vous porter jusqu'à l'hôtel.

— Le pauvre… », haleta Cassandra, qui marchait devant nous, chargée de nos trois bagages à main. « Il est toujours sous l'effet des comprimés. Laisse-lui un peu de temps.

— Encore ? Je lui ai fait boire quatre Red Bull. Il devrait être comme une pile électrique.

— Tu as fait quoi ? » Elle s'arrêta et me fit face, suffoquée.

« Que voulais-tu que je fasse ? Demander son admission dans un centre de désintoxication ?

— Ce que tu peux être stupide ! Tu pourrais lui provoquer une crise cardiaque avec une telle quantité de caféine !

— N'exagère pas, tout de même. »

Juste à cet instant, le professeur releva la tête et nous observa par-dessus la monture de ses lunettes.

« Nous sommes arrivés ? demanda-t-il, la voix mal assurée et le regard flou.

— Bienvenue au Brésil, professeur », dit Cassandra en s'approchant de lui, et, posant les sacs par terre, elle lui demanda : « Comment vous sentez-vous ? »

Battant des paupières avec effort, le professeur Castillo regarda derrière lui, vers l'avion que nous venions de quitter, puis il leva les yeux vers le ciel bleu au-dessus de nos têtes, et enfin observa ses propres mains, qu'il ouvrit et ferma plusieurs fois comme s'il venait de les découvrir.

« Bien, je crois, articula-t-il avec difficulté. Mais... pourquoi je tremble ? »

Le trajet jusqu'à l'hôtel à travers les faubourgs de Santarém n'était pas précisément une jolie promenade. De l'autre côté de la vitre du taxi s'étendait à perte de vue un vaste bidonville où s'entassaient les taudis, constitués pour la plupart de guère plus que quatre murs en aggloméré recouverts de bâches et de sacs de plastique, séparés par des ruelles de terre que l'époque des pluies devait transformer en rivières de boue et d'ordures. De temps en temps, des ombres furtives aux traits indigènes pointaient le bout de leur nez sur la route : des gamins crasseux et presque nus, leurs mères chargées de paniers et des hommes oisifs, assis sous un arbre, entourés de canettes de bière vides.

En vingt minutes environ, nous avions atteint le centre-ville, chaulé et exclusif, et nous arrêtions devant le Brasil Grande Hotel ; après avoir laissé nos bagages dans nos chambres respectives, nous prîmes rendez-vous pour dîner une heure plus tard. On m'avait donné une chambre double pour moi tout seul, avec un lit immense près de la fenêtre, sur lequel je me jetai avant que la porte n'ait fini de se refermer derrière moi.

Après une courte sieste et une bonne douche, je revêtis ma plus belle chemise hawaïenne, et à dix-neuf heures je descendais l'escalier pour retrouver mes amis dans la salle à manger, comme nous l'avions accordé.

Ils étaient arrivés avant moi et le professeur, poussé par son sens marqué de la politesse, se leva pour m'accueillir.

Moi, en revanche, je l'examinai de haut en bas en me retenant de sourire.

« Salut, prof. Que faites-vous habillé comme un explorateur en Afrique ? On a encore perdu Livingston ? »

Il regarda ses vêtements kaki.

« C'est une tenue pour les tropiques, affirma-t-il en lissant sa chemise. C'est ce qu'ils avaient de mieux au magasin.

— Eh bien, avec cette allure, on dirait plutôt que vous partez pour un safari au Kenya.

— Que veux-tu, nous ne pouvons pas tous avoir ton bon goût... » Puis, me désignant, il ajouta avec un sourire en coin : « Au fait, ils ont appelé de la réception : le joueur de maracas de l'orchestre veut que tu lui rendes sa chemise. »

Après notre habituel échange de plaisanteries, auquel Cassandra assistait avec une impartialité amusée, nous prîmes place et un serveur guindé ne tarda guère à venir prendre notre commande. En attendant qu'on nous apporte nos plats, nous décidâmes de nous renseigner sur tout ce que nous ne savions pas encore concernant ce voyage.

En effet, la réunion chez le professeur s'était achevée abruptement, puisque j'avais dû rentrer chez moi à toute vitesse pour préparer mon bagage ; et pendant le vol, mon vieil ami était tellement drogué qu'il aurait été incapable de seulement me donner son numéro de téléphone. Par conséquent, nos informations se limitaient pratiquement à ce qu'il nous avait raconté la veille dans son salon, et maintenant que j'étais assis dans le restaurant de cet hôtel, à moins de trois pâtés de maisons de l'Amazone, plusieurs questions me venaient à l'esprit.

« Prof, dis-je en me versant un peu d'eau, savez-vous combien de personnes accompagnaient votre fille dans cette expédition ?

— Je crois me souvenir qu'ils étaient six ou sept au total, répondit-il en se frottant le menton. Un archéologue, l'anthropologue, un médecin, un guide, et deux ou trois assistants.

— Et je suppose que l'on n'a pas de nouvelles d'eux non plus.

— Tu supposes bien.

— D'accord... Et personne ne s'est inquiété d'aller à leur recherche ? À part nous, bien sûr. »

Le professeur s'agita sur sa chaise, comme si la question le gênait.

« Si, dit-il. De fait, par le biais de l'université qui les a financés, une opération de sauvetage est en train d'être mise sur pied. Mais ils m'ont avoué que plusieurs semaines pourraient s'écouler avant qu'ils soient prêts, et nous n'avons pas... Valéria n'a pas autant de temps.

— Bien sûr, murmura Cassandra. Mais il y a quelque chose qui me chiffonne : vous ne trouvez pas qu'organiser une expédition pour une destination si lointaine, avec seulement sept personnes et un téléphone portable pour tout moyen de contact avec le monde extérieur, a été un peu... Je ne sais pas comment dire...

— Précipité ? C'est le mot, corrobora le professeur Castillo. J'ai découvert qu'ils ont dû partir pratiquement avec ce qu'ils avaient sur le dos, sans pouvoir planifier correctement la logistique ni la sécurité.

— Et pourquoi une telle urgence ? » demandai-je.

Se rejetant en arrière sur sa chaise, il se passa les mains sur le visage d'un geste las. Enlevant ses lunettes d'écaille et les posant sur la table, il déclara :

« Pour une raison que je ne vous ai pas encore dite : la région où nous allons, le territoire des Menkragnotis, est vouée à disparaître dans quelques semaines. »

6

La Mexicaine et moi étions restés bouche bée à cette nouvelle révélation.

« Pouvez-vous… répéter ? insistai-je, croyant avoir mal entendu.

— J'ai dit, obtempéra-t-il en se penchant en avant, que c'est une question de semaines avant que toutes ses terres disparaissent.

— Je ne comprends pas, s'effara Cassandra. De quoi parlez-vous ? Comment diable une région pourrait-elle disparaître ? »

En guise d'explication, le professeur ouvrit un dossier jaune qu'il avait à côté de lui, et après avoir fait de la place au centre de la table, il déplia une section de carte à échelle 1:500.000 du bassin de l'Amazone.

« Ceci, dit-il en passant la main sur une vaste surface, est le territoire menkragnoti. À environ sept cents kilomètres au sud de Santarém, la ville la plus proche, et à mille sept cents kilomètres à l'ouest de Salvador de Bahia et la côte atlantique. Une extension de forêt vierge qui semble petite à l'échelle amazonienne, mais où l'Autriche tiendrait tout entière. Totalement isolée, sans communication et pratiquement inexplorée. Une fois sur place, ajouta-t-il en levant les yeux, nous ne pourrons recevoir aucune aide extérieure en cas de difficultés. Il n'y aura que nous et les Menkragnotis. »

Il nous laissa un instant pour assimiler ce que tout cela impliquait, puis posa l'index sur un tracé bleu irrégulier qui parcourait ce territoire du sud au nord.

« Et ceci est le Rio Xingu, l'une des plus grandes rivières du monde, même si ce n'est que l'un des nombreux affluents de l'Amazone. Comme vous voyez, le Xingu traverse la région indigène menkragnoti, ce qui a été une bénédiction pour ces derniers pendant des siècles, mais qui finira par être leur Némésis, leur perdition.

— Expliquez-nous, demanda Cassie en se penchant sur la carte avec intérêt.

— Eh bien, dit-il, le doigt toujours sur la rivière, voilà plusieurs années, une grosse entreprise de construction brésilienne appelée AZS a jeté son dévolu sur cet immense bassin fluvial, et, avec la connivence du gouvernement, a décidé d'en tirer profit en élevant un important barrage hydroélectrique sur le cours moyen du Xingu. La retenue de ce barrage inondera des milliers de kilomètres carrés de forêt, dont l'intégralité du territoire menkragnoti.

– Merde ! m'exclamai-je. Et quand sera inauguré le barrage dont vous parlez ?

— Il a déjà été inauguré, répondit-il d'un air préoccupé. Ce n'est plus qu'une question de temps avant que le niveau de l'eau commence à monter. »

Cassandra fixa le professeur.

« C'est pour cela que l'expédition de Valéria est partie si précipitamment et sans s'être correctement préparée ?

— En effet, acquiesça-t-il sombrement. Et c'est pour cela que nous nous voyons obligés de faire la même chose. Valéria voulait étudier les Menkragnotis et sauver tout ce qu'elle pourrait de leur culture ancestrale, avant qu'ils soient expulsés de leurs terres et que leurs traces soient perdues dans l'exil. » Les dents serrées, il leva les yeux de la carte : « Et à présent, nous devons la retrouver… avant que toute la région ne soit submergée sous des dizaines de mètres d'eau. »

Après notre dîner frugal, que nous n'avions guère savouré, réfléchissant aux nombreuses difficultés de notre entreprise, nous débarrassâmes la table et déployâmes la carte tout entière sur la nappe.

« Bon, la dernière position connue de Valéria est juste ici, dit le professeur en montrant une croix noire. Un village menkragnoti sur la rive du Xingu. »

Le lieu, une simple marque au crayon au milieu de nulle part, était à cinq cents kilomètres de la route la plus proche.

« Je vois… murmurai-je. Mais comment diable allons-nous arriver jusque là ? Il n'y a aucun chemin d'indiqué.

— C'est parce qu'il n'y en a pas, déclara le professeur. Ni chemin ni piste forestière ni rien qui y ressemble.

— Et la rivière ? suggéra Cassie. C'est généralement le moyen le plus pratique de se déplacer dans ce genre d'endroit.

— C'est notre seule option, mais il y a un inconvénient.

— Lequel ? »

Le professeur Castillo se pencha sur la carte et désigna quelque chose du bout de son stylo.

« Vous voyez ces points bleus qui marquent le cours du Xingu ?

— Où il y a écrit *cachoeiras* ?

— Cela signifie "cascades", précisa-t-il. Et il y en a dix-sept sur son parcours ; certaines font des dizaines de mètres de haut et elles sont toutes infranchissables.

— Mais alors, comment pouvons-nous naviguer sur la rivière avec ces cataractes ?

— Eh bien, comme l'a fait ma fille, affirma-t-il avec une assurance forcée. En utilisant le transport fluvial pour descendre l'Amazone jusqu'à Belo Monte, sur le cours inférieur du Xingu, puis en remontant la rivière sur des bateaux plus légers jusqu'à São Félix do Xingu, et de là, rejoindre le village indien en pirogue. »

Cassie fronça les sourcils avec perplexité.

« Pardon, professeur, mais je crois que je n'ai pas entendu la partie où nous évitons les cataractes. »

Il sourit et fit le geste de charger quelque chose sur son dos.

« Il faudra aller par voie de terre en portant les embarcations pour ces tronçons », expliqua-t-il. Et, voyant l'expression de Cassandra, il ajouta avec un sourire : « Mais ne t'inquiète pas, nous n'irons pas seuls. Nous engagerons des porteurs pour nous aider à transporter les pirogues et notre équipement. »

Il fallait avouer que le plan semblait palpitant, mais je n'étais pas totalement convaincu.

« Et combien de temps pensez-vous que nous mettrons à arriver par ce moyen ? demandai-je.

— C'est difficile à savoir, marmonna-t-il en regardant de nouveau la carte. Mais je dirais environ quinze à vingt jours.

— C'est beaucoup, objectai-je en secouant la tête.

— Oui, je sais, admit-il. Mais il n'y a pas de chemin plus rapide. Je vous ai dit que c'était un des endroits les plus inaccessibles de…

— Et la voie des airs ? l'interrompis-je. Pourquoi n'irions-nous pas en volant ? »

Le professeur Castillo secoua la tête et montra la vaste étendue d'un vert uniforme.

« Impossible, dit-il avec fermeté. Comme tu peux le constater, il n'y a pas de pistes d'atterrissage dans la région, et c'est trop loin pour qu'un hélicoptère puisse l'atteindre.

— Un hélicoptère, non, mais un avion aurait l'autonomie suffisante.

— Tu ne m'écoutes pas, Ulysse. Je viens de te dire qu'il n'y a pas de pistes, j'ai vérifié. Nous ne pourrions pas atterrir. »

Je levai alors les yeux de la carte avec un sourire malicieux.

« Et qui a parlé d'atterrir ? »

7

Le lendemain, après avoir acheté en ville l'équipement et les provisions nécessaires, nous décidâmes de ne pas perdre plus de temps et de prendre le premier bateau en partance pour l'aval. Ce qui nous amena, vingt-quatre heures après avoir atterri à Santarém, à nous retrouver au port fluvial pour embarquer sur le *Bahia do Guajará*.

C'était un de ces typiques bateaux amazoniens conçus pour le transport de passagers, d'environ trente mètres de long et à peine cinq de large. Construit en bois et peint en bleu et blanc, il comportait trois ponts, dont deux couverts pour protéger les voyageurs du soleil et de la pluie, et ressemblait davantage à une maison flottante qu'à un navire. Mais ce qui me surprit le plus ce jour-là, tandis que nous nous frayions un chemin dans le flot des passagers chargés de paquets, d'enfants et d'animaux, ce fut le nombre impressionnant de gens allongés dans des hamacs – les uns au-dessus des autres, suspendus n'importe où sans ordre aucun –, qui encombraient le pont du bateau.

« Fais attention à cela ! me cria le professeur depuis le pont, désignant la petite mallette noire que je tenais à la main. Elle contient le GPS et le téléphone par satellite, notre seul lien avec le reste du monde.

— Ne vous inquiétez pas, prof, répliquai-je en montant l'étroite passerelle qui menait du quai au bateau. Je m'en occuperai comme de mon propre enfant. »

Un « pff » se fit entendre dans mon dos.

« J'espère que non, chuchota Cassie. Si tu avais un enfant, tu l'abandonnerais un jour ou l'autre pour filer au Vietnam "remettre ta vie en question" »

Je fis comme si je n'avais rien entendu, comprenant la rancœur qui l'habitait encore ; et je savais que ce ne serait pas le seul direct au menton que je recevrais au cours de ce voyage.

Une fois sur le pont avec nos sacs à dos, notre équipement et les provisions achetées le matin même, il fallait maintenant emporter le tout à la cabine que nous avions réservée sur ce bateau de croisière fluviale qui devait nous mener de Santarém à Belo Monte, sur le cours inférieur du Xingu.

« Nom d'un chien... ce rafiot est plein à craquer ! fis-je en regardant autour de moi.

— Ce n'est rien de le dire ! ajouta une Cassie tout aussi impressionnée. Il y a au moins deux fois plus de passagers qu'il le devrait. Heureusement que nous avons une cabine.

— Certes », convint le professeur. Il regarda la clef qu'on lui avait donnée au guichet et ajouta : « Par chance, nous avons la suite numéro 1. »

Cependant, notre optimisme retomba quelque peu lorsque nous arrivâmes devant une porte à la peinture écaillée portant un « 1 » tracé au stylo-bille, et que nous l'ouvrîmes.

« Mince alors... murmura le professeur.

— Pas question que je dorme ici », déclara Cassandra après avoir avancé la tête sans franchir le seuil.

La prétendue suite n'était qu'un réduit asphyxiant équipé de deux paires de lits superposés, une fenêtre ridicule près de la porte, des matelas sales empilés contre le mur et une simple ampoule nue oubliée au plafond. L'odeur d'humidité donnait la nausée et un couple de cafards nous observaient hardiment de l'autre bout de la pièce, comme étonnés que d'autres qu'eux aient l'intention de loger ici.

« C'est scandaleux ! », fis-je en regardant par-dessus l'épaule du professeur, alors que les moteurs du bateau se mettaient en marche. « Ils auraient quand même pu déposer des chocolats sur les oreillers ! »

Nous optâmes finalement pour utiliser la cabine comme placard, et, suivant l'exemple du reste des passagers, nous cherchâmes un coin où suspendre les hamacs que, prévoyants, nous avions achetés le matin même en ville, en même temps que les provisions et une partie du matériel de camping.

Lorsque nous eûmes terminé notre installation, le crépuscule était là, le ciel s'était couvert et l'équipage commençait à monter les vieilles tables en plastique qui devaient bientôt transformer le « pont-promenade-dortoir » en salle à manger du bateau.

« Ulysse, demanda Cassandra à ce moment-là. Tu as pu t'arranger pour l'avion ?

« — Oh ! Oui ! dis-je en me frappant le front. J'avais oublié de vous en informer. Lorsque nous arriverons à Belo Monte après-demain, ils nous y attendront déjà.

— Super. C'est parfait.

— Fantastique…, grommela le professeur sans le moindre enthousiasme.

— Allons, prof. Ne faites pas cette tête ; ce sera amusant, vous verrez. »

Cassandra sourit et me frappa doucement le haut du bras de son poing fermé.

« À dire vrai, j'ai cru que tu étais devenu fou à lier lorsque tu as dit que nous n'atterririons pas. J'ai pensé que tu voulais nous faire sauter en parachute ou quelque chose de ce genre.

— En réalité, dis-je en haussant innocemment les épaules, amerrir, ce n'est pas tout à fait la même chose qu'atterrir… encore que je ne sois pas certain que ce soit le bon terme quand on parle d'une rivière. Il faudrait peut-être dire *arrivierrir* ?

— On s'en fout, répondit-elle avec indifférence. L'important, c'est que nous nous épargnerons bien des jours en pirogue, et l'hydravion nous laissera juste devant le village menkragnoti. Au fait, tu as eu du mal à convaincre les types de l'entreprise de construction pour qu'ils nous le louent ?

— Eh bien, ils ont d'abord refusé tout net, bien que je leur aie expliqué que l'urgence de la situation était en grande partie leur faute, à cause de leur barrage, et que leurs pilotes étaient sûrement ceux qui connaissaient le mieux la zone. De fait, ils sont allés jusqu'à me menacer, arguant qu'il s'agit d'un territoire protégé et autres imbécillités du même style, et ils répétaient qu'ils engageraient des actions en justice contre nous si nous persistions dans notre projet de nous y rendre.

— Sérieux ? s'étonna-t-elle. Et comment ont-ils fini par nous prêter l'hydravion gratuitement ?

— Euh… je leur ai dit qu'ils pouvaient se mettre leurs actions légales où je pense et que je trouverais un autre pilote pour nous emmener. J'ai dit aussi que l'opinion publique apprendrait quelle attitude misérable avait eu AZS dans cette opération de sauvetage et que restaurer leur image si quelque chose nous arrivait risquait de leur coûter bien plus cher. Et ils refusaient toujours. Mais deux heures plus tard, un gros ponte de l'entreprise m'a appelé pour me présenter ses excuses pour ce "malentendu" ; ils m'ont offert un avion avec son pilote, qui nous déposera à l'endroit dont je leur ai donné les coordonnées ; en prime, nous n'aurons qu'à utiliser le téléphone par satellite pour qu'il revienne nous chercher. Ce sera du gâteau », déclarai-je en levant le pouce.

Au même moment, comme un augure, un éclair déchira dramatiquement la nuit au-dessus de nos têtes, les vannes du ciel s'ouvrirent, et un déluge torrentiel s'abattit sur le *Bahia do Guajará*.

8

L'aube se leva dans un ciel complètement dégagé. Un soleil incandescent brillait à la proue du bateau et, de chaque côté, par-delà plusieurs kilomètres d'eaux brunes, étales et placides, la fine ligne sombre de la jungle se profilait sur l'horizon ; comme une frise verte et irrégulière, placée artificiellement entre le fleuve et le ciel pour qu'ils ne se mêlent pas, pour éviter qu'ils ne fassent plus qu'un. Le ciel au-dessus, le fleuve en dessous, et, transitant entre eux sans appartenir vraiment à aucun des deux espaces, une insignifiante embarcation de bois qui semblait naviguer indolemment vers l'infini.

Sans attendre mes deux amis, qui dormaient encore, je me glissai hors de mon hamac – nous étions suspendus tous les trois l'un au-dessus de l'autre –, et j'allai faire un tour sur le pont pour me dégourdir un peu, car la nuit avait été longue. Jusqu'au petit matin, une fraternité de Brésiliens ivres avaient décidé de pallier la chaleur à l'aide de doses généreuses de *cachaça* avec des glaçons, tandis qu'ils revisitaient tous les grands succès de la musique pop amazonienne avec autant d'enthousiasme que de fausses notes.

Heureux de profiter de cette parenthèse momentanée d'un silence uniquement mitigé par les ronflements sourds du moteur, je me penchai sur le plat-bord pour mieux admirer ce paysage fantastique. Le cours de l'Amazone était semé de débris végétaux et d'arbres énormes – parfois plus grands que le bateau lui-même –, qui devaient avoir été arrachés par les pluies de la veille. Le fleuve les entraînait sur des centaines, voire des milliers de kilomètres, jusqu'à son embouchure dans l'océan ; et qui sait ? ils finiraient peut-être par s'échouer sur les côtes de l'Afrique.

J'étais perdu dans ces pensées, presque somnolent, lorsque deux bosses roses brisèrent la surface de l'eau, à quelques mètres de moi, et s'enfoncèrent de nouveau après avoir expulsé un petit jet de gouttelettes.

Ébahi, je me penchai un peu plus sur le bastingage, cherchant à voir ce que c'était.

« Ici on les appelle *bõtos* », fit une voix éraillée sur ma droite.

Surpris, je tournai la tête, et m'aperçus que l'un des passagers qui avaient beuglé impitoyablement durant une bonne partie de la nuit s'était placé à côté de moi sans que je le remarque et observait attentivement le fleuve d'un œil vaseux.

« Vous, vous les appelez dauphins d'eau douce, non ? » demanda-t-il sans se retourner. Son castillan était parfait, malgré un accent brésilien prononcé.

« Oui, répondis-je en guettant de nouveau le fleuve. Je n'en avais jamais vu. Je comprends maintenant pourquoi on les appelle aussi dauphins roses : quelle étrange couleur. »

L'homme se tourna vers moi, et une bouffée d'alcool de canne m'emplit les narines.

« C'est parce que ce sont des gringos, affirma-t-il.

— Des gringos ?

— La légende du fleuve dit que lorsque la nuit tombe, ils se transforment en gringos, grands, blonds et beaux, expliqua-t-il très sérieusement. Ils s'approchent de la rive quand c'est la fête dans les villages, et sous leur apparence humaine, ils séduisent les jeunes filles et les mettent enceintes ; des fois ils en transforment quelques-unes en *bõtos* femelles, et on ne les revoit jamais.

— Ne serait-ce pas plutôt, aventurai-je en arquant un sourcil, que lorsque c'est la fête au village, les jeunes filles s'amusent avec des jeunes garçons, et si elles tombent enceintes, elles accusent les pauvres dauphins ? »

L'inconnu me regarda d'un air choqué ; à mon avis, il était peu enclin à accepter ma théorie scandaleuse.

« Et comment expliquez-vous que certaines d'entre elles disparaissent ?

— Elles ne pourraient pas avoir tout simplement fugué avec leurs amants ? »

L'homme me scruta pendant un moment, contrarié par mon scepticisme.

« D'où êtes-vous ? » demanda-t-il en plissant les yeux, comme si mon origine pouvait justifier mon incrédulité.

« D'Espagne.

— Hum... Espagnol », marmonna-t-il avec l'air de dire que cela expliquait bien des choses.

À dire vrai, j'aurais préféré rester seul, mais je lui posai quand même la question de rigueur dans ces cas-là ; comme lorsque l'on parle du temps qu'il fait quand on se retrouve à partager l'ascenseur avec un inconnu.

« Et vous allez aussi à São Félix ?

— Non, je débarque avant, à Porto de Moz. Je suis juste allé à Santarém pour acheter du mercure.

— Du mercure ? répétai-je, croyant avoir mal compris.

— J'ai une mine, au sud. Sans mercure, je ne peux pas extraire l'or.

— Vous avez une mine d'or ? demandai-je avec un peu plus d'intérêt. Vous êtes un *garimpeiro* ? »

L'homme fronça les sourcils et me regarda comme si je venais de l'insulter.

« Je ne suis pas garimpeiro, répliqua-t-il avec hauteur. Je suis entrepreneur et propriétaire. Rien à voir avec ces sales garimpeiros.

— Je vous demande pardon, je dois m'être trompé de mot.

— Ce n'est pas grave, répondit-il du bout des lèvres. Beaucoup de gens commettent cette erreur.

— En réalité, je ne pensais pas qu'ils restaient des chercheurs d'or dans cette partie du monde. Je croyais que tout avait été déjà extrait. »

L'homme esquissa un sourire incrédule et secoua la tête.

« L'Amazone est l'endroit où il y a le plus d'or de la terre entière, affirma-t-il avec une fierté de propriétaire. Un quart des réserves mondiales en or se trouvent sous nos pieds. Plus qu'en Afrique du Sud, en Alaska ou au Canada.

— Vraiment ? m'étonnai-je sincèrement. J'ignorais complètement qu'il y en avait autant.

— Des milliers et des milliers de tonnes…, chuchota-t-il comme s'il me confiait un secret connu de lui seul. Le problème est de l'extraire, ici dans la forêt ; et aussi que le gouvernement donne les meilleures terres à ces stupides indigènes, qui n'en tirent aucun profit.

— Eh bien… commençai-je, conscient que je m'engageais sur un terrain glissant. Tout bien considéré, les indigènes ont toujours vécu sur les terres dont vous parlez. Je dirais bien qu'elles leur appartiennent.

— La terre appartient à qui la travaille », rétorqua-t-il immédiatement, de nouveau indigné par ma réponse.

Je brûlais de lui expliquer la différence entre travailler la terre et en spolier autrui, mais je décidai de me taire : inutile de discuter avec un homme qui extrayait de l'or à l'aide de mercure, alors qu'il savait certainement aussi bien que moi que cela polluait les rivières et empoisonnait la forêt irrémédiablement.

« Vous êtes au Brésil pour faire du tourisme ? demanda-t-il au bout d'un long et incommodant silence, alors que je croyais qu'il allait partir.

— Plus ou moins.

— Et où allez-vous ?

— Au Xingu supérieur, répondis-je, dans le territoire menkragnoti. »

À ces mots, l'homme recula d'un pas en écarquillant dramatiquement les yeux. Son irritation semblait s'être évanouie d'un seul coup. Il posa une main sur mon épaule et secoua la tête en me regardant d'un air sombre.

« Ces terres sont très dangereuses, tout le monde le sait. Les Indiens ne veulent voir personne sur leur territoire, déclara-t-il en englobant du geste tous les passagers du bateau. Si vous allez là-bas... »

Il ne finit pas sa phrase, mais, avec une grimace, il fit le geste sans équivoque de se passer le pouce sur la gorge.

Prétendre que la brève conversation que je venais d'avoir avec ce type ne m'avait pas laissé un peu inquiet serait mentir, car même si le professeur semblait certain de l'hospitalité des indigènes, pour ma part je n'en étais pas si sûr. En outre, il y avait le sujet de la faune.

J'essayais de ne pas trop y penser, mais nous n'avions pas une seule dose de sérum anti-venin sur nous ; or, avant notre départ, j'avais découvert qu'il existe plus d'une douzaine d'espèces de serpents venimeux dans la région, tous mortels, dont le terrible fer de lance, la furtive feuille pourrie, le gigantesque *surucucu*, ou l'agressive et agile couleuvre taya, dont on dit qu'elle attaque les hommes dès qu'elle en voit un. Quant aux eaux du Xingu, elles sont également l'habitat des caïmans, des raies venimeuses, des anguilles électriques capables de vous tuer un homme d'une seule décharge, ou des omniprésents piranhas qui dévorent en quelques secondes tout ce qui tombe dans la rivière.

Mais ce qui me préoccupait le plus, c'était que nous n'avions pas eu le temps de seulement commencer le traitement prophylactique contre la malaria ; par conséquent, la moindre piqûre d'un moustique infecté pourrait nous tuer si nous n'étions pas évacués immédiatement.

La liste des choses qui pouvaient mal tourner était interminable. Mais celles qui m'inquiétaient vraiment, c'était précisément celles qui n'étaient pas sur la liste. Les inconnues.

J'étais en train de ruminer ces pensées lorsque je retournai à mon hamac, et Cassandra, qui était déjà levée, me dit bonjour avec une indifférence lasse.

« Ne te voyant pas, j'ai cru que tu avais décidé de descendre du bateau en marche. »

Fatigué, je m'assis sur son hamac.

« J'étais en agréable conversation avec un passager. Et descendre… je ne sais pas, mais je te jure que cette nuit, je pensais sérieusement à en jeter quelques-uns par-dessus bord. »

— Pour ma part, je tuerais pour une bonne douche froide. J'ai l'impression d'être dans un sauna, dit-elle en se passant la main dans le cou.

— Malheureusement, ma chère, je crains que cela ne soit que le début. »

C'était la voix du professeur qui, la tête dépassant de son hamac comme celle d'une taupe, presque à ras de plancher, venait de faire son apparition en se frottant les yeux avant de chausser ses lunettes.

« Si, comme nous l'espérons, un hydravion nous attend demain à Belo Monte, nous partirons aussitôt. Il peut donc s'écouler un certain temps avant que nous ne puissions de nouveau jouir de ces luxes que sont les douches ou des lits décents. »

Nous consacrâmes le reste de la journée à traîner sur le pont, perdus à la fois dans la contemplation de l'horizon lointain et infini de la jungle et dans nos propres pensées, mais tous trois intimidés à la perspective de pénétrer dans les entrailles d'un monde inconnu, où nous pourrions disparaître sans laisser la moindre trace.

La monotonie du voyage fut brisée à la tombée du jour, lorsqu'une panne de moteur nous obligea à nous rapprocher de la rive droite du fleuve pour effectuer les réparations. C'était la première fois que cela arrivait depuis notre départ de Santarém, et tous les passagers, dans un silence plein d'expectation, allèrent vers le bastingage de tribord. Comme ensorcelés, nous suivions des yeux le puissant projecteur du bord dont le faisceau balayait la berge, ne révélant que les silhouettes spectrales d'une armée d'arbres dont les racines plongeaient dans le lit même du fleuve. Il n'y avait là ni plage ni terre ferme, seulement une végétation luxuriante dont émanaient des odeurs intenses et contradictoires de fleurs, d'humidité et de pourriture.

Avec quelques autres voyageurs, j'aidai l'équipage à lancer une demi-douzaine de bouts depuis la poupe, essayant d'assurer le bateau du mieux possible grâce aux arbres tout proches dont les ramures se penchaient au-dessus de nos têtes. Il fallait éviter que le courant, bien que plus faible qu'au centre du fleuve, nous entraîne pendant les réparations.

Et ce fut précisément à cet instant, alors que j'achevais de coincer un bout dans un taquet, que les divertissements commencèrent.

Tout d'abord, ce fut une série de claquements secs, comme de grêlons épars rebondissant sur le toit de bois du bateau. Plus d'un leva les yeux pour découvrir avec étonnement qu'il n'y avait pas de nuages et que les étoiles brillaient comme des joyaux dans le ciel.

Mais quelque chose percuta soudain mon épaule, quelque chose de dur, comme un caillou noir et arrondi, qui rebondit et tomba sur le sol, à mes pieds. Intrigué, je me penchai pour le ramasser ; et, à l'instant où je l'eus entre les doigts, surpris de sa légèreté, le caillou se mit à s'agiter, me causant une telle surprise que je le jetai instinctivement par-dessus bord. Ce n'est qu'alors que je me rendis compte que sur le pont, des gens poussaient des cris de panique ; des dizaines d'enfants couraient et sautaient en riant, tandis que la plupart des passagers se bornaient simplement à s'envelopper avec indifférence dans leurs capes de pluie comme si s'étaient des tentes.

Je ne comprenais rien.

Je commençais à croire que tout le monde avait été saisi de folie en même temps. Mais une autre de ces choses m'atteignit, puis une autre, et une autre encore, comme des petites balles noires lancées par un farceur caché dans les fourrés. En quelques secondes, le pont était presque entièrement tapissé de ces mystérieux objets noirs, qui surgissaient du néant pour s'écraser, de plus en plus nombreux, contre le bateau.

Je dois avouer que je mis quelques instants à réaliser que ces objets n'en étaient pas, que c'étaient des êtres vivants. Pour être exact, c'étaient de gros scarabées volants qui, pour une raison inconnue, se précipitaient sur le navire comme des kamikazes et mouraient peu de temps après avoir touché le sol.

Le bruit assourdissant qu'ils produisaient en percutant le bateau ressemblait à des rafales de mitraillette ; et, tandis qu'une partie des passagers tentaient de se protéger de cet assaut insensé comme ils le pouvaient, d'autres se bornaient à se couvrir et à faire comme si de rien n'était, jouant aux cartes ou bavardant avec animation, comme si d'être bombardés par des scarabées suicidaires était la chose la plus normale du monde.

Presque aussi incroyable que l'apparition de ces insectes fut leur soudaine disparition. Au bout d'une minute, l'attaque cessa complètement et seule la myriade de brillants corps noirs qui frémissaient sur le sol et craquaient sous les tongs des passagers, empêchait que l'on puisse penser que cela n'avait été qu'un cauchemar dû à une mauvaise digestion.

Mais ce n'était pas encore fini.

L'équipage, armé de balais et de pelles, s'affaira immédiatement à nettoyer le pont et jeter à l'eau tous ces petits passagers clandestins, pour la plus grande joie d'une impressionnante quantité de poissons qui, presque invisibles dans le flot boueux à peine éclairé par les lumières du bateau, faisaient bouillir l'eau autour de la coque dans leur banquet frénétique, dévorant avidement tous les scarabées morts dont nous les régalions.

C'est à ce moment, alors que la situation semblait revenir à la normalité, que nous nous aperçûmes que ce n'étaient pas les seuls insectes venus nous recevoir. Le silence de la forêt et le clapotis du fleuve furent progressivement envahis par un bourdonnement aussi familier qu'inconcevable dans sa magnitude : les moustiques arrivaient.

Qui n'a jamais été dans la jungle ne peut avoir la moindre idée de ce que représente le fait de se retrouver avalé par une nuée de millions de moustiques. Comme une plaie biblique faite d'ailes et de trompes, l'imparable marée se jeta sur le bateau, profitant de notre immobilité, attirée par les lumières et l'odeur du sang frais. Avant d'avoir pu réagir, j'avais les mains et les vêtements couverts de moustiques et je devais lutter pour qu'ils ne s'introduisent pas dans mes narines pendant que je me protégeais les oreilles et crachais ceux qui tentaient de se glisser dans ma bouche.

Les passagers couraient de tous côtés en criant et en donnant inutilement de grandes claques dans l'air.

J'y voyais à peine ; les maudites bestioles s'accrochaient même aux cils et je pensai stupidement à aller chercher les bouteilles de répulsif ; mais devant une attaque d'une telle ampleur elles n'auraient pas servi à grand-chose, alors j'optai pour rejoindre le professeur et Cassandra.

J'avançais les yeux à peine entrouverts, le bras tendu devant moi comme si je déambulais dans une maison plongée dans l'obscurité, appelant mes amis à haute voix au milieu du tumulte tandis que je m'efforçais de deviner où étaient nos hamacs.

Soudain, une main surgie de nulle part m'attira sans ménagements, me faisant trébucher et m'étaler de tout mon long sur le plancher de bois.

Je levai les yeux pour chercher le coupable. À mon grand étonnement, la lumière jaunâtre d'une ampoule nue me révéla que je me trouvais dans le réduit où nous avions rangé nos bagages. Une douzaine de passagers, dont Cassandra et le professeur Castillo, me regardaient avec amusement.

« Waouh ! Ulysse, dit la Mexicaine avec un sourire moqueur, tu ne pouvais pas mieux tomber. »

9

Lorsque le soleil se leva sur la jungle le lendemain matin, nous étions déjà en train de remonter le flot transparent et teinté de tanins du Rio Xingu.

Le lit de cet affluent était bien plus étroit que celui de l'Amazone ; ses rives étaient distantes d'une centaine de mètres seulement de chaque côté, ce qui permettait d'apercevoir de temps en temps un singe en train de se nourrir sur la branche d'un arbre, ou un cormoran effilé plonger en piqué dans les eaux couleur de thé.

La vie sur le bateau était néanmoins essentiellement barbante. L'unique moyen de combattre l'ennui était d'approcher d'autres voyageurs et d'essayer de lier connaissance ; mais avec l'accent brésilien si marqué de cette partie de l'Amazonie, toute conversation finissait par se convertir en une succession de malentendus et de gesticulations, qui s'avéraient ne pas être aussi universelles qu'on le croit.

Au milieu de la matinée, alors qu'il restait encore environ quatre ou cinq heures de navigation – selon l'équipage – pour arriver à notre destination, Belo Monte, je déambulais sans but sur le pont quand je découvris Cassandra à la poupe, installée toute seule sur des sacs de riz. Absorbée, elle contemplait le sillage du bateau qui se perdait dans les méandres que nous laissions en arrière.

Je m'approchai sans rien dire et m'assis près d'elle ; elle ne se retourna pas.

« Jolie vue, n'est-ce pas ? » risquai-je au bout d'un moment.

La jeune Mexicaine me regarda du coin de l'œil, sans répondre.

« Tu m'en veux toujours ? » demandai-je.

Elle se tourna lentement vers moi.

« Je devrais ?

— Non. Enfin… je ne crois pas. Mais, depuis que nous nous sommes séparés, je n'ai pratiquement plus eu de nouvelles. »

Cassie fixa les yeux sur l'horizon et exhala profondément.

« Ces mois que nous avons passés ensemble, murmura-t-elle avec lenteur, pourquoi tout est allé de travers ? Je croyais sincèrement que toi et moi... » Elle n'acheva pas sa phrase.

« Je le croyais aussi, vraiment. Mais il est arrivé ce qui est arrivé.

— Mais, pourquoi ? Pourquoi n'avons-nous pas été capables de trouver une solution ? »

Les prunelles de l'archéologue scintillaient à la lumière du soleil et leur vert étincelant semblait faire partie intégrante de la forêt qui nous entourait.

Je remarquai que ses cheveux blonds ondulés étaient légèrement plus courts que la dernière fois que je l'avais vue et lui arrivaient à présent un peu au-dessous des épaules. Exactement comme je me la rappelais, à notre première rencontre, à bord d'un autre bateau et durant une autre expédition, dans la mer des Caraïbes. De nombreux mois avaient passé depuis lors, mais, en la regardant, j'aurais juré que quelques minutes seulement s'étaient écoulées depuis que j'en étais tombé éperdument amoureux.

Je me laissai entraîner... je m'approchai lentement ; je fermai les yeux et tendis les lèvres pour les poser sur les siennes.

Je ne m'attendais pas à donner un baiser dans le vide.

J'ouvris un œil et la vis là, rejetée en arrière, me dévisageant comme si c'était un orang-outang qui venait de tenter une manœuvre de séduction.

« Mais qu'est-ce que tu fais ? » siffla-t-elle, les sourcils froncés.

Évidemment, je ne sus quoi lui répondre.

« Je... je ne sais pas, balbutiai-je stupidement. J'ai cru que tu... que je... »

Cassandra leva la tête et respira profondément.

« Tu vois ? Je me référais exactement à cela. Tu n'écoutes pas ce que je te dis. Je te parle du passé, de mes sentiments, de ce qui nous est arrivé... et toi tu ne penses qu'à t'envoyer en l'air.

— Euh, en fait, je voulais juste t'embrasser.

— Tu ferais mieux de la fermer, d'accord ?

— Ne m'interprète pas mal, Cassie. Sincèrement, tout ce que je désire c'est que nous soyons bien, que nous soyons amis de nouveau.

— Ouais, des copains de pieu, quoi.

— Maintenant, c'est toi qui te comportes comme d'habitude, récriminai-je en secouant la tête. Tu commences par me confondre et

61

puis, quand je fais ce que je crois être correct, tu m'accuses d'être un crétin dépourvu de sensibilité.

— Te confondre, moi ? répliqua-t-elle avec indignation. Parler de ce qui nous est arrivé, c'est te confondre ?

— Oui, dis-je sans réfléchir. Enfin… non. Mais tout a été si compliqué.

— Sûr, et me mettre ta langue dans la bouche simplifie tout, n'est-ce pas ?

— Mon Dieu ! criai-je au ciel en sautant sur mes pieds. Je préfère me jeter à l'eau plutôt que continuer de discuter avec toi.

— Je t'en prie, m'invita-t-elle du geste, ce ne sera pas moi qui t'en empêcherai. »

Furieux contre elle, contre moi et contre les pirouettes du destin, je fis demi-tour et m'en allai vers la proue du bateau, le plus loin possible de la Mexicaine et des coliques émotionnelles qu'elle me provoquait.

De toute évidence, rien n'avait changé depuis que nous avions vécu ensemble, à Barcelone. En dépit de l'attirance que nous éprouvions l'un pour l'autre, les différences – ou peut-être trop de similitudes – entre nos caractères faisaient de notre vie commune une dispute perpétuelle pour les sujets les plus insignifiants, d'épuisantes montagnes russes de sexe et d'aventures, avec de profondes ornières d'humeur, de frictions et de malentendus.

Le plus curieux était que, tout en m'étant senti énormément soulagé lorsque nous nous étions séparés, au cours des mois la mémoire – toujours perfide – avait décidé d'elle-même d'effacer les mauvais souvenirs ; et, ces derniers temps, rares étaient les jours où elle ne m'avait pas manqué à un moment ou un autre.

Encore que des scènes comme celle qui venait d'avoir lieu m'aidaient à me rappeler pourquoi nous n'étions plus ensemble.

10

Vers quatorze heures, sous un soleil de plomb on ne peut plus équatorial, nous quittions enfin le *Bahia do Guajará*, entourés d'une multitude désordonnée qui se bousculait devant l'étroite passerelle qui menait à terre : des centaines de passagers chargés de valises pleines à craquer et de sacs pansus, de poules dans des paniers d'osier, de cochons aux pattes entravées ou d'enfants qui, accrochés dans le dos de leur mère, pleuraient de peur devant ce pittoresque simulacre du débarquement de Normandie.

Simultanément, une autre foule aux caractéristiques similaires s'agglutinait à l'extrémité opposée de la même passerelle, pressée de s'approprier les meilleurs emplacements où suspendre les hamacs pour le voyage de retour vers Santarém. Si l'on y ajoutait les vingt ou trente marchands de poisson séché, vendeurs de boissons fraîches ou de colifichets divers ainsi que le flot de débardeurs torse nu qui proposaient leurs services à grands cris, cela donnerait une esquisse assez juste du chaos qui régnait sur le quai rudimentaire de la petite localité de Belo Monte. Le dernier port d'un fleuve qui, à partir de là, s'enfonçait sur deux mille kilomètres à l'intérieur de la forêt vierge.

La frontière délabrée de ce que nous pourrions plus ou moins appeler la civilisation.

À l'autre bout du débarcadère, notre prochain moyen de transport se balançait dans le courant, amarré à l'appontement de bois. C'était un superbe avion Cessna Caravan Amphibian bleu marine, avec le logotype AZS peint en grandes lettres jaunes de chaque côté du fuselage.

Dès que nous nous dirigeâmes vers l'hydravion avec nos sacs sur le dos, la portière s'ouvrit et un homme en sortit, prenant appui sur les flotteurs pour atteindre le quai, un type dont l'aspect en arrivait à me faire réexaminer l'idée de remonter la rivière en pirogue.

Tout ce qui pouvait être le parfait contraire de l'image que l'on se fait généralement d'un pilote se trouvait condensé en à peine un mètre soixante de petit bonhomme brun à la moustache aussi hirsute que sa tenue était négligée. Du coin de l'œil, je vis que le professeur et

Cassandra l'observaient également de haut en bas sans dissimuler leur appréhension.

Avec ses vieilles claquettes, son pantalon court effrangé et sa chemise constellée de taches d'huile, il ne lui manquait plus que le chapeau de cowboy et une paire de pistolets pour ressembler à un lieutenant de Pancho Villa.

« *Boa tarde*, nous accueillit-il d'une voix rocailleuse.

— *Boa tarde*, répondîmes-nous en chœur.

— Vous êtes le pilote de l'hydravion ? demandai-je en priant pour qu'il réponde non.

— *Eu sou*, déclara-t-il en me serrant la main et confirmant mes craintes. *Getúlio Oliveira, a sua disposição.* »

Il dut alors se rendre compte de la tête que nous faisions en le regardant, et il se désigna lui-même avec un air légèrement méprisant pour nous informer :

« *É meu dia livre…* »

Charger notre équipement dans le petit avion et préciser le point exact de la rivière où nous voulions amerrir prit moins de vingt minutes. Avant d'avoir eu le temps de réaliser, j'étais donc assis à la place du copilote, m'amusant à comparer le trajet qu'indiquait le GPS avec la carte de navigation que j'avais sur les genoux. De temps en temps, je regardais par la fenêtre l'océan végétal qui filait à trois cents kilomètres à l'heure sous nos pieds.

Aussi loin que portait le regard, tout n'était que jungle. Pas un village, pas une route, pas une seule clairière où la lumière du soleil puisse atteindre la terre. Vue des airs, la forêt amazonienne pouvait ressembler à n'importe quelle autre : rien que des arbres, encore des arbres et toujours des arbres, se répétant à l'infini dans une monotonie glauque et assommante. Mais l'expérience me disait que cette impression était fausse et que sous la canopée qui nous occultait le sol de la jungle, se dissimulait une vie plus effervescente que nulle part ailleurs, avec les milliers d'espèces d'oiseaux, de mammifères, de reptiles et d'invertébrés – dont beaucoup n'avaient encore jamais été classifiées par les biologistes – qui en avaient fait leur royaume. Un royaume dans lequel nous n'avions pas été invités, et où les humains n'étaient pas les bienvenus.

J'espérais seulement que le pilote dépenaillé assis à ma gauche qui manœuvrait les commandes avec nonchalance serait plus soigneux de l'entretien de son avion que de sa personne, et que nous n'ayons pas à passer par les affres d'un atterrissage en catastrophe au milieu de cette extension infinie et inhabitée.

Derrière moi, allongé sur deux sièges et de nouveau sous l'effet d'un cocktail d'alcool et d'anxiolytiques, le professeur Castillo ronflait. Il n'y avait pas eu d'autre moyen de le faire monter dans l'appareil : il avait beau s'être résigné à voler pour nous épargner des semaines de randonnée difficile, juste au moment d'embarquer, il avait eu une crise de panique en découvrant l'aspect fragile du petit hydravion.

Il nous avait priés de l'attendre un instant, avait avalé deux comprimés et, sous le prétexte d'acheter une boisson fraîche, il était entré dans la cantine du débarcadère où, voyant qu'il ne revenait pas, j'étais allé le chercher pour le retrouver écroulé sur le bar devant trois verres de caïpirinha vides, en train de déblatérer à propos d'une barque avec des ailes où il n'avait aucune intention de monter, mort ou vif. J'avais presque dû le traîner sur le quai où, avec l'aide de Cassie et du pilote, nous l'avions installé dans l'hydravion, plongé dans son sommeil d'ivrogne, sachant que c'était le seul moyen qu'il fasse ce vol avec nous.

De son côté, Cassandra avait pris place à la dernière rangée de sièges, me faisant comprendre par là qu'elle n'avait aucune envie de me parler. Getúlio Oliveira, pas très content non plus de travailler pendant son jour de congé, se limitait à répondre par monosyllabes aux quelques rares questions que je lui posais. De sorte que sous l'effet narcotique du paysage monotone et du ronronnement du moteur, les deux nuits blanches passées sur le bateau finirent par gagner la bataille, et, sans m'en apercevoir, je m'endormis comme un enfant, le relevé cartographique du bassin du Xingu encore dans les mains.

Je me souviens que, dans mon rêve, je marchais dans une forêt comme je n'en avais jamais vu auparavant : lumineuse et semée de fleurs éclatantes de chaque côté d'un sentier couvert de petits cailloux, comme dans un jardin bien soigné. Un magnifique ara aux plumes bleues, rouges et jaunes, vint se poser sur une branche tout près de moi, et, sans que je sache pourquoi, poussa soudain un cri strident dans cette oasis de paix et d'harmonie. Je me souviens aussi de l'avoir observé avec intérêt, croyant reconnaître une voix familière dans celle de cet oiseau bruyant, lorsque le chemin de graviers sembla se dissoudre sous mes pieds et je tombai vers le bas comme dans un piège, pour rejaillir

65

ensuite propulsé violemment vers le haut, tandis que le perroquet recommençait à crier quelque chose avec un très net accent mexicain.

Alors j'ouvris les yeux, juste à temps pour voir le nez de l'hydravion recevoir une giclée d'écume et d'éclaboussures, et réaliser avec effroi que l'énorme et sombre masse liquide qui recouvrait tout le pare-brise était le Rio Xingu. Apparemment, nous étions arrivés.

Lorsque nous frappâmes de nouveau la surface la rivière, je fus projeté vers le plafond, et seule la ceinture de sécurité m'évita de me cogner la tête. Les impacts répétés des flotteurs sur l'eau faisaient trembler l'appareil comme s'il devait se briser en mille morceaux, et quelqu'un cria, mais sans accent mexicain, cette fois.

Et bien que surpris de prime abord, je finis par reconnaître à qui appartenait cette voix terrifiée.

C'était la mienne.

11

L'appareil rebondit sur l'eau, esquivant d'un cheveu un gros rocher qui aurait pu fracasser les flotteurs de l'hydravion s'ils l'avaient seulement effleuré.

Le pilote luttait pour amerrir de manière orthodoxe contre le vent, mais en même temps cela nous laissait à la merci du courant qui entraînait l'avion et lui interdisait de s'immobiliser.

« *La gran diabla* ! s'écria Cassandra, deux sièges derrière moi. Cette boîte de conserve n'a donc pas de freins ? »

Pour toute réponse, le pilote ralentit le moteur et tenta de se tourner à l'aide du timon de queue. Mais la grande masse d'eau de la rivière nous poussait dans une seule direction et il ne réussit qu'à imprimer un périlleux balancement à l'appareil, au risque de le faire se retourner.

Par chance, les lisières de la forêt s'étiraient à plus de cent mètres de chaque côté de l'avion, ce qui nous épargnait le danger de heurter un arbre ; mais la menace la plus immédiate, c'étaient les écueils qui affleuraient à peine à la surface et ne se distinguaient que lorsque nous arrivions dessus.

« *Não posso determe* ! hurla Getúlio Oliveira pour couvrir le bruit du moteur. *Tenho que desdobrar e tentar aterrissar a contracorrente!* »

Redécoller pour tenter d'amerrir à contre-courant... J'étais totalement d'accord avec lui. J'acquiesçai énergiquement de la tête.

« Oui, oui ! Redécollez ! »

Le pilote actionna les ailerons et poussa la manette des gaz, augmentant les révolutions du moteur en même temps que les vibrations qui secouaient la fragile structure en aluminium du fuselage.

Je regardai alors vers l'horizon, pour m'assurer que nous avions la place de décoller, et ce que je vis me parut si inexplicable que je mis un moment à comprendre ce qu'il y avait devant nous.

Ou, plus exactement, ce qu'il n'y avait pas.

La rivière.

À environ deux cents mètres de distance, tel un décor que l'on aurait oublié de finir de peindre, l'horizon disparaissait brusquement. Passé ce point, la rivière, la forêt et notre avenir parmi les vivants, s'évanouissaient comme si nous avions atteint le bord du monde et que plus rien n'existe au-delà.

Ce fut Cassandra, qui le voyait aussi, qui me révéla la vérité :

« *Dios mío...*, bredouilla-t-elle d'une voix faible. C'est une cataracte. »

Agrippé à la poignée du plafond comme si cela pouvait me sauver, je regardais avec effroi le bord de l'abîme s'approcher de plus en plus rapidement.

Je pouvais distinguer maintenant les nuées d'eau pulvérisée qui émergeaient de l'autre côté du précipice ; et le visage en sueur du pilote qui, les yeux fixés sur la fin de l'horizon, se penchait en avant sans dire un mot, ne présageait rien de bon.

L'aiguille de l'anémomètre indiquait déjà quarante nœuds, mais le fait que nous ne nous soyons pas encore élevés d'un centimètre me faisait supposer que ce n'était pas une vitesse suffisante pour décoller.

La cascade était à moins de cent mètres à présent, et le moteur rugissait, à son maximum.

Soixante-dix mètres.

Mes phalanges étaient blanches à force de serrer.

Cinquante mètres.

Quarante-cinq nœuds, et nous ne nous élevions toujours pas.

Trente mètres.

Dans mon dos, une voix prononça mon nom.

Vingt mètres.

Je tournai la tête, et Cassandra plongea ses yeux dans les miens.

Dix mètres.

Ses lèvres bougèrent, essayant de me dire quelque chose. Je tentai de sourire.

Soudainement, les vibrations et les chocs contre la surface de l'eau cessèrent d'un coup ; et, tandis que nous nous regardions dans les yeux, j'eus l'impression que nous demeurions suspendus dans l'air comme par magie...

J'ouvris la bouche pour lui répondre ; mais l'air s'échappa brusquement de mes poumons et mon cœur décida de se séparer de mon corps à l'instant où l'hydravion, emportant ses passagers, bascula sur le bord de la cataracte, le nez pointé sur les rochers qui nous attendaient en bas, enveloppés d'un brouillard écumeux.

Comme un pantin de chiffon, je subis une violente poussée et je fermai les paupières, dans l'attente de l'impact ; je savais que c'était la fin, mais je n'avais pas assez de souffle pour crier ni le temps de prier.

Nous tombions dans le vide.

Une seconde.

Deux secondes.

Trois secondes.

Le rugissement du moteur augmenta encore.

J'étais toujours vivant...

Était-ce possible ?

Je levai la tête et vit le pilote tirer à lui les commandes de toutes ses forces, les veines du cou prêtes à exploser et le regard fixé sur le pare-brise. Au-delà du tableau de bord, et comme si je m'éveillais tout juste d'un simple cauchemar, je vis la rivière et la forêt se déployer dans toute leur sérénité au-dessous de nous, tandis que l'hydravion se redressait et regagnait lentement de l'altitude sous l'impulsion des six cents chevaux de son moteur, le vent de face et empli des soupirs de soulagement de ses passagers.

Cinq minutes plus tard, alors que nous commencions à récupérer des pulsations normales, Getúlio Oliveira se plaça de nouveau dans l'axe du même tronçon de la rivière où nous avions fait notre première et maladroite tentative d'amerrissage, mais cette fois à contre-courant. Il y eut encore quelques soubresauts au moment de l'impact à la surface de l'eau, mais en revanche, une fois sur ses flotteurs, il était facile de contrôler l'appareil et d'empêcher qu'il soit entraîné par le courant. Il pouvait nous emmener où nous voulions.

Le problème, c'est qu'il n'y avait aucun endroit où débarquer.

Des arbres de vingt ou trente mètres de hauteur occupaient entièrement la berge et leur épais feuillage rendait l'approche impossible.

Je me rendais compte à présent que nous n'avions pas anticipé cet obstacle, et aucun de nous n'avait songé à faire l'acquisition d'un canot gonflable en prévision de cette éventualité.

Je consultai le GPS, et, si les coordonnées du professeur étaient correctes, le village menkragnoti devait se trouver un peu plus loin que la ligne des arbres, à quelques centaines de mètres de la rive.

« C'est là, dis-je en pointant le doigt sur la droite. Nous devons débarquer ici. »

Le pilote me regarda et haussa les épaules.

« *Desculpa*, dit-il, *mas eu não posso chegar mais perto. Há muitas árvores e se estraga na aeronave, se a companhia de seguros que disparou. Tudo o que posso fazer, é deixá-los no banco de areia logo à frente* », ajouta-t-il en montrant une étroite frange jaunâtre devant nous.

Je me tournai vers Cassandra en l'interrogeant du regard.

« Qu'est-ce que tu en penses ? Je crois qu'il dit qu'il ne veut pas se risquer à s'approcher de la rive, à cause des arbres. Tout ce qu'il peut faire, c'est nous déposer sur ce banc de sable.

— Que veux-tu que je te dise ? Ce n'est pas très futé de rester au milieu d'une rivière inconnue, alors que la nuit ne tardera pas à tomber.

— Je suis d'accord avec toi là-dessus.

— Mais il semble aussi que nous n'ayons pas d'alternative, ajouta-t-elle d'un air résigné.

— Sur ce point également. » Je me retournai vers le pilote et lui demandai de nous emmener vers le banc de sable qu'il y avait devant nous pour nous y débarquer.

12

Une fois l'hydravion solidement amarré à l'aide de piquets et de cordes, nous ne mîmes que quelques minutes à débarquer tous nos bagages et le matériel de camping sur le petit îlot qui ne faisait guère que quelques dizaines de mètres carrés. Le sable fin était d'un jaune ocré sillonné de traces de caïmans et le pilote nous expliqua que ce devait être un de ces endroits où ils venaient le matin s'étendre au soleil, pour réguler leur température. Nous devions seulement faire attention de ne pas nous trouver là lorsque cela arriverait, le lendemain.

Le professeur dormait encore à moitié ; nous l'installâmes sur les sacs à dos, espérant qu'il ne tarderait pas trop à se réveiller. Puis nous prîmes congé de Getúlio Oliveira d'une simple poignée de main en nous souhaitant bonne chance, après avoir confirmé qu'il reviendrait nous chercher au même endroit lorsque nous l'appellerions avec le téléphone par satellite.

Sur quoi l'aviateur déguisé en révolutionnaire zapatiste remonta dans son hydravion, mit le moteur en marche, et ayant récupéré ses amarres, il fit tourner l'appareil et accéléra en direction de la cataracte. Presque aussitôt, poussé par le courant, l'avion s'éleva majestueusement et s'éloigna vers le nord jusqu'à n'être plus qu'un point sur l'horizon.

Un point que je restai à regarder jusqu'à ce qu'il disparaisse complètement, avec la sensation qu'en réalité ce petit appareil n'était pas un moyen de transport, mais une machine à remonter le temps. Une machine dans laquelle nous avions embarqué au XXIe siècle et qui nous avait déposés dans un endroit aussi perdu et inhospitalier qu'il l'était cinq cents ans plus tôt.

Lorsque je baissai les yeux, le professeur Castillo commençait à s'éveiller et, encore assommé, battait des paupières sous sa main placée en visière.

« Où... où sommes-nous ?

— Tout près des coordonnées que vous nous avez fournies, sur le Xingu, l'informa Cassie, assise près de moi. Juste au milieu, pour être précise.

71

— Oh ! fit-il en se redressant un peu et se voyant entouré d'eau de toutes parts. Et comment s'est passé le vol ?

— Très tranquille, prof. Une véritable promenade, répondis-je en jetant à Cassandra un coup d'œil en coin.

— Oui, une promenade parfaitement ennuyeuse, renchérit la Mexicaine avec ironie tout en secouant le sable de son pantalon. Mais une question stupide m'est venue à l'esprit... » Elle se tourna vers la rive distante et, la regardant, elle demanda : « Comment diable allons-nous sortir d'ici ? »

Après en avoir débattu un instant tous les trois, nous décidâmes d'attendre. Nous pensions que si le village menkragnoti était aussi proche que nous le supposions, quelqu'un devait probablement avoir vu ou entendu l'hydravion ; alors on viendrait s'informer, on nous verrait et nous demanderions de l'aide pour traverser en canot.

C'était le plan. Un plan assez médiocre, il faut bien le dire, mais vu les circonstances, nous ne pouvions guère faire autre chose. Les eaux turbulentes et sombres de la rivière n'incitaient pas précisément à la baignade, et la quantité de traces de caïmans sur le banc de sable laissaient augurer une population nombreuse de reptiles qui ne devaient pas être bien loin.

« Et que ferons-nous si personne ne vient ? demanda Cassandra qui, assise sur son sac à dos, jouait avec un bâton.

— Ils viendront, affirmai-je avec un aplomb que j'étais loin de ressentir. Je ne crois pas que beaucoup d'avions passent dans le coin, et je suis sûr que cela aura piqué leur curiosité. »

Le professeur, un peu remis de son voyage personnel, essuya son front en sueur à l'aide d'un mouchoir.

« Eh bien, je dirais qu'ils ne sont pas pressés. Il y a déjà un bon moment que nous sommes arrivés et personne n'a fait son apparition. »

Tendant le bras, je plaçai la main sous le soleil et vis que quatre doigts le séparaient de l'horizon.

« Je calcule qu'il nous reste une heure de lumière, dis-je en comptant quinze minutes par doigt. C'est encore assez pour que nous soyons découverts et sauvés avant la tombée de la nuit.

— Espérons-le... parce que je crois bien qu'il y en a d'autres qui, eux, commencent à sentir une certaine curiosité envers nous », fit la jeune Mexicaine avec un signe en direction d'un amas de troncs flottants sur le bord de la rivière.

72

Regardant mieux l'endroit qu'elle montrait, j'eus un frisson en réalisant que ces formes allongées qui se laissaient bercer par le courant n'étaient pas précisément des troncs.

Et, à l'instant même où m'envahissait une effrayante compréhension, le professeur se mit soudain à crier derrière nous.

Mon cœur bondit et je me tournai vers lui : « Mais que...? »

Le vieil ami de mon père semblait avoir perdu l'esprit : un bras en l'air, il sautillait sur le sable.

« Mince ! s'exclama aussitôt Cassandra. Là-bas ! »

C'est alors que je le vis aussi.

Sur la rive où nous aurions dû débarquer, un indigène se dressait hiératiquement, totalement nu à l'exception d'un pagne minuscule, la peau couverte de peintures compliquées et un arc disproportionné dans la main droite ; impassible, il nous observait de loin, sans réagir aux moulinets de bras et aux cris d'Eduardo Castillo, comme si la chose ne le concernait pas.

Cassandra et moi nous joignîmes immédiatement au professeur, et nous étions à présent trois à sauter et crier à pleins poumons, comme des naufragés – ce que nous étions, de fait.

« Eh ! appelait Cassie en agitant la main. Holà ! »

— Ici ! hurlais-je de mon côté.

— L'ami, nous aurions besoin que vous alliez chercher quelqu'un pour nous aider à traverser tout de suite, avant qu'il ne fasse nuit ! expliquait Eduardo dans ses mains en porte-voix. »

L'archéologue et moi le considérâmes avec un sourire.

« Mais que faites-vous, prof ? Il ne parle même pas notre langue.

— Eh bien, je…

— Hey ! regardez ! interrompit Cassie en désignant l'indigène. Il s'en va ! »

Sans avoir montré le moindre signe de compréhension ni geste d'adieu, l'inconnu avait fait demi-tour et s'enfonçait tranquillement dans la jungle, poursuivant apparemment sa promenade vespérale.

« Ce n'est pas possible… grondai-je, contrarié.

— Mais, il nous a vus ? demanda le professeur en se massant le cou avec préoccupation.

— Comment aurait-il pu ne pas nous voir ? répliqua Cassandra. Il aurait fallu qu'il soit aveugle et sourd.

— Mais alors ?

— Il sera sûrement allé chercher de l'aide au village », hasardai-je.

Cassandra se laissa tomber sur son sac à dos.

« Ou alors, déclara-t-elle sombrement, il se pourrait que les visites ne soient pas aussi bien reçues que nous l'espérions. »

Alors que seulement deux doigts ne séparaient plus la boule orangée du soleil de la cime des arbres, et que la dense végétation des rives devenait plus sombre et d'autant plus menaçante, je décidai qu'il fallait faire quelque chose.

« Nous devons partir d'ici », déclarai-je en me relevant.

Cassie haussa les épaules, les paumes tournées vers le haut :

« Ça, nous le savions déjà. La question, c'est comment.

— Comme nous pourrons, répliquai-je. S'il faut y aller à la nage, nous nagerons.

— Et que fais-tu des caïmans ? demanda le professeur. N'est-il pas plus sûr d'attendre ici ?

— Je ne crois pas. D'après ce que j'en sais, les caïmans préfèrent chasser de nuit ; si nous restons sur cet îlot ridicule, nous finirons par leur servir de dîner ».

Cassandra secoua la tête et eut un geste circulaire :

« Eh bien, je ne crois pas que nous aurions plus de possibilités à la nage : ces salopards sont juste là et nous bloquent le chemin. Dès que nous entrerons dans l'eau, ils se précipiteront sur nous.

— C'est probable, mais j'ai une idée pour les distraire et gagner du temps.

— Tu veux leur chanter quelque chose ? ironisa le professeur. Avec un peu de chance, cela pourrait leur faire peur.

— Je parle sérieusement ; j'ai eu une idée qui pourrait fonctionner, insistai-je pour les convaincre. Mais vous devrez m'aider, nous n'avons plus que quelques minutes de jour. »

13

Pendant que le professeur et Cassandra montaient la structure de la tente que nous avions achetée à Santarém, j'étendais une des moustiquaires sur le sol en la déployant de toute sa surface.

« C'est fait, dit Cassie derrière moi. Et maintenant ?

— Apportez-la ici et posez-la sur la moustiquaire. »

Ils obtempérèrent, et j'attachai rapidement le fin filet aux barres de plastique renforcé, jusqu'à ce qu'il soit fermement fixé à l'aide de brides.

« Je ne comprends toujours pas. Pourquoi veux-tu une tente recouverte d'une moustiquaire ? Tu crois que cela arrêtera les caïmans ? dit le professeur Castillo, déconcerté.

— Ce n'est pas pour que nous nous y réfugions, prof. » Je retournai la structure, toit vers le bas, et expliquai : « Nous venons de fabriquer un filet de pêche. »

Cassie me regarda avec inquiétude.

« Nous sommes encerclés par les caïmans... et tu veux te mettre à pêcher ?

— Exactement, déclarai-je. Mais ce n'est pas ce que tu crois.

— Alors, explique-toi », insista le professeur.

Prenant notre chalut improvisé, je m'approchai de la rive et le plongeai dans la rivière.

« L'idée, indiquai-je en entrant dans l'eau jusqu'aux genoux et tenant le filet par un coin, c'est de capturer quelques poissons et de les utiliser comme appât pour distraire les caïmans. Si nous parvenons à les attirer d'un côté de l'île, nous pourrions partir à la nage de l'autre.

— Tu ne parles pas sérieusement ? Tout ce que tu vas faire, c'est attirer tous les caïmans à un kilomètre à la ronde ! protesta Cassandra.

— Je pense également que c'est une idée terriblement mauvaise, renchérit le professeur. Il me vient à l'esprit mille choses qui pourraient mal tourner.

— Et à moi aussi ! répliquai-je. Mais si aucun de vous ne trouve rien de mieux, c'est le seul plan que nous ayons. C'est cela ou rester assis à attendre de voir ce qui se passe. Que décidez-vous ? »

Mes deux amis échangèrent des regards dubitatifs. Mais ils eurent beau faire entendre des claquements de langue désapprobateurs, lever les yeux au ciel et secouer la tête, ils finirent par céder et se mirent à l'eau avec moi, surveillant qu'aucun animal plus gros qu'une truite ne fasse mine de trop s'approcher.

« Il faut bien tenir notre nasse pour qu'elle ne bouge pas ; le courant pousse les poissons vers nous. Nous devons seulement être prêts à la relever dès qu'il y en aura un dedans.

— Et s'ils n'y tombent pas, s'inquiéta le professeur, qui regardait de tous côtés avec nervosité.

— Nous prendrons quelque chose, ne vous tracassez pas. Faites juste attention que rien ne vienne nous surprendre par-derrière.

— Sois tranquille, je suis le premier intéressé... »

L'eau translucide et couleur de thé bien infusé nous passait entre les jambes avec une force non négligeable, et même si elle ne nous arrivait qu'aux mollets, nous devions faire attention de ne pas glisser sur la vase gluante du fond. N'ayant rien à quoi nous raccrocher, nous pourrions alors être entraînés par le fleuve jusqu'à la cataracte, qui se trouvait à moins de cinq cents mètres de là.

Au bout de trois minutes, Cassie commença à s'impatienter.

« C'est complètement nul, grogna-t-elle. Les poissons doivent être en train de bien rigoler.

— Un peu de patience…

— Nous devrions réfléchir à autre chose.

— Patience… ils viendront.

— Tu crois peut-être que les poissons sont complètement id… »

Elle n'eut pas le temps de terminer sa phrase, car notre filet venait de subir une forte secousse qui nous avait tous pris par surprise.

« Il y en a un dedans ! clama le professeur avec enthousiasme. Nous en avons attrapé un !

— Tirez ! criai-je. Tirez fort ! »

Eduardo se joignit à nous pour empoigner un des côtés de la structure, et, à nous trois, nous réussîmes non sans effort à tirer notre filet hors de l'eau.

« Putain qu'il est lourd ! » jura Cassandra.

Et ce n'était pas étonnant : attrapé au fond de notre chalut de fortune, il y avait un énorme silure qui devait bien peser ses quinze kilos.

Voyant l'animal qui se tordait spasmodiquement, menaçant de déchirer la fragile moustiquaire tandis que nous le ramenions sur le banc de sable avec des cris de joie, nous replongeâmes une partie de la structure dans l'eau pour diminuer le poids qu'elle devait supporter.

« Quelle chance nous avons eue ! se félicitait le professeur.

— Nous avons notre appât ! » riais-je, euphorique.

J'avais à peine prononcé ces mots que je crus apercevoir une ombre du coin de l'œil, à environ deux mètres sur ma droite ; le sourire encore sur les lèvres, je me retournais avec curiosité quand une explosion d'eau et d'écume éclata juste au centre du filet que nous traînions derrière nous.

Au milieu de la confusion, tandis que nous tenions toujours notre nasse improvisée sans comprendre ce qu'il se passait, une tête énorme et repoussante surgit soudain du néant. Ouvrant une mâchoire monstrueuse, pleine de dents pointues et jaunâtres, la créature se jeta sur le silure, et le temps qu'un battement de cils, elle nous avait arraché le filet des mains avec une force brutale et l'entraînait dans la rivière ; et d'un puissant coup de queue final, elle plongea en l'emportant.

Est-il besoin de dire que deux secondes plus tard, nous étions de retour sur notre banc de sable, haletants et le cœur battant à tout rompre tandis que nous nous essayions de nous remettre de cette terrible frayeur.

« Le fils de chienne…, jura le professeur en reprenant son souffle. Je ne l'ai… je ne l'ai même pas vu venir. »

Cassandra, écroulée dans le sable et la respiration saccadée, leva la tête pour me regarder :

« Je disais bien que c'était une mauvaise idée… une des pires que tu aies eues.

— Prenez-le du bon côté, répondis-je en me soutenant des deux mains sur les genoux. Grâce à nous, ce caïman n'aura peut-être plus faim. C'est un de moins dont nous aurons à nous préoccuper. »

Un quart d'heure plus tard, debout au centre du minuscule îlot, je voyais avec impuissance le soleil disparaître derrière la forêt tandis que les ombres prenaient possession de la rivière.

« Si seulement nous avions du bois, regrettai-je à haute voix en regardant les cimes des arbres, nous pourrions faire un feu pour tenir les caïmans à distance.

— Nous pourrions brûler les vêtements et une partie de l'équipement, suggéra le professeur en tapotant le sac qui lui servait de siège. Nous avons beaucoup de choses qui flamberaient bien.

— Trop bien, objecta Cassie. Tout serait consumé en un instant et nous nous retrouverions dans la même situation. »

Tandis qu'ils parlaient, j'ouvris la caisse métallique où nous rangions tout le matériel susceptible d'être abîmé par l'humidité, j'en sortis trois lampes frontales et en donnai une à chacun.

« À présent qu'il est clair que nous mettre à l'eau est un suicide, nous n'avons plus le choix : il faut résister ici, et faire un feu d'une manière ou d'une autre, insista le professeur.

— Je suis d'accord, dis-je en ajustant la lampe sur mon front. Mais, au lieu de faire un feu de joie avec nos vêtements, nous pourrions fabriquer des torches et les allumer l'une après l'autre. De cette manière, elles dureraient plus longtemps. Qu'en pensez-vous ?

— J'en pense que c'est tout ce que nous avons… » concéda Cassandra à contrecœur. Elle ouvrit son sac à dos et en ôta une des barres d'aluminium qui lui conférait sa rigidité, puis elle enroula au bout de celle-ci un de ses t-shirts de coton, qu'elle arrosa d'une giclée d'alcool de la trousse à pharmacie.

Le professeur et moi l'imitâmes point par point, et, en un instant, nous étions tous les trois munis de torches rudimentaires, attendant le moment opportun pour les allumer.

La nuit devint alors presque absolue, car les nuages venaient de couvrir la réconfortante lumière du mince croissant de lune, qui avait à peine eu le temps de faire acte de présence.

« *La gran diabla*, murmura Cassie en frissonnant. Il fait sacrément noir, tout d'un coup. »

Sans transition, nous ne disposions plus pour tout éclairage que de nos lampes frontales, que nous avions réglées au minimum pour économiser les batteries, et ne pas nous éblouir mutuellement. Mais ne pas distinguer au-delà de deux mètres me rendait nerveux : je remis le faisceau à son maximum pour faire un balayage des alentours du banc de sable.

La lumière passant sur la rivière, je vis un étrange phénomène que je n'arrivai pas à identifier : des myriades de brillantes sphères couleur d'ambre paraissaient flotter à la surface de l'eau tout autour de nous.

Aiguisant mon regard, j'observai celles qui étaient le plus près pour essayer d'en déterminer l'origine, mais je ne comprenais toujours pas de quoi il s'agissait… jusqu'à ce que deux d'entre elles s'éteignent un bref instant pour se rallumer aussitôt.

Un battement de paupières.

Cette multitude de petits globes jaunes n'était pas autre chose que des yeux.

Il y avait des dizaines d'yeux dans l'eau. Des yeux qui nous guettaient, nous étudiaient, et s'approchaient furtivement dans la nuit.

14

« Vite ! criai-je. Allumez les torches ! »

Cassandra et le professeur Castillo, qui avaient vu la même chose que moi, mirent encore un instant à réagir.

« Ce sont les caïmans ! comprit alors le professeur avec terreur. Ils sont déjà là !

— Nous sommes encerclés ! Ces salopards nous ont encerclés ! » La Mexicaine désignait l'obscurité avec un mélange d'horreur et de stupéfaction.

Pendant ce temps, j'avais sorti mon briquet de ma poche et tentais de l'allumer sous la boule de t-shirts de ma torche.

L'alcool prit rapidement, et une timide flamme bleue s'épanouit au bout de la barre d'aluminium, mais, à ma grande déception, elle n'éclairait pas beaucoup plus que ne l'aurait fait une simple bougie.

« Et merde ! » grognai-je.

Prétendre mettre en fuite des caïmans affamés avec ce feu ridicule était comme d'affronter un groupe de lions en brandissant une punaise.

« Ça ne marchera pas », murmura Cassandra, désolée, en regardant son propre flambeau avec la même expression de frustration.

« Nous devons essayer, les houspillai-je, il faut tenir comme nous pourrons ».

Soudain, un énorme reptile surgit du néant et se précipita sur le sable, à deux mètres seulement de l'endroit où nous nous tenions.

Proférant une malédiction, je sautai en arrière et heurtai Cassandra, qui était juste derrière moi ; immédiatement, un autre caïman, puis un autre, sortirent de l'eau à leur tour et avancèrent vers nous, ouvrant tout grand leurs gueules terrifiantes.

Désespérés, nous agitions les torches devant les monstrueux reptiles, en leur hurlant des insultes et des obscénités dont ils ne semblaient pas faire grand cas.

Alors Cassie, faisant témérairement un pas en avant, brandit sa torche à quelques centimètres de l'œil de l'animal le plus proche qui, nous surprenant tous – elle la première – fit volte-face avec un mouvement brusque et retourna se mettre en sécurité dans la rivière aussi vite qu'il en était sorti.

« C'est ça ! s'écria l'archéologue en se tournant vers nous. Les yeux ! Approchez vos flammes de leurs yeux ! »

Sans hésiter, le professeur et moi l'imitâmes, et nous harcelâmes les deux autres caïmans jusqu'à ce qu'ils reculent.

« Nous avons réussi ! hurla Eduardo, enthousiasmé par son exploit. Nous les avons fait fuir ! »

Exultant et croyant à peine que nous avions récupéré notre petit havre, nous donnions libre cours à notre joie.

« Humains, un ; reptiles, zéro ! cria le professeur en levant l'index.

— Alors ? Vous venez, mes salauds ? » Tournée vers les ténèbres, la Mexicaine les défiait d'un poing menaçant. « Qu'est-ce qui vous arrive, sales lézards ? On a peur du feu ? »

À cet instant précis, comme si la mère Nature avait décidé de nous châtier justement pour ces fanfaronnades, un éclair déchira l'obscurité, aussitôt suivi de grosses gouttes qui, en quelques secondes, se déchaînaient en une violente averse tropicale.

« Oh, ce n'est pas vrai ! protestai-je avec incrédulité en voyant la pluie éteindre la flamme de ma torche. C'est une blague ! »

En un clin d'œil, nous fûmes de nouveau plongés dans une nuit profonde, encore accentuée par les rideaux de pluie qui nous renvoyaient le reflet de nos lampes frontales sous forme de lueurs fugaces. Nous ne pouvions plus rien distinguer au-delà de quatre ou cinq mètres autour de nous – plus ou moins les limites de notre îlot –, mais nous savions que les caïmans étaient toujours là, et que ce n'était qu'une question de temps avant qu'ils reviennent à la charge.

Trempés, désarmés et presque aveuglés, notre situation commençait à devenir assez préoccupante.

« Si quelqu'un a une suggestion à faire, proposai-je en scrutant les ombres, ma torche éteinte à la main, ce serait un bon moment pour parler.

— Les voilà ! m'interrompit Cassandra en criant. Ils reviennent ! »

Le cœur battant, je regardai dans la même direction qu'elle, et, effectivement, une énorme bête surgie des ténèbres se traînait sur le sable, suivie de plusieurs de ses congénères, qui émergeaient des eaux sombres comme une légion infernale de monstres affamés.

Le plus grand, un Léviathan de plus de cinq mètres de long qui allait en tête, s'approchait posément, nous observant de ses prunelles jaunâtres et sans vie, sans se presser, comme s'il savait que nous n'avions pas d'issue possible.

Nous commençâmes à reculer tous les trois, dans un silence terrifié, serrés les uns contre les autres au centre de l'îlot tandis que nous étions peu à peu encerclés, lentement, mais inexorablement.

« Ulysse, je… », murmura Cassie d'une voix tremblante dans mon dos.

Je me tournai vers elle et vis dans ses yeux – ou voulus y voir – ce que je n'y avais pas vu depuis bien longtemps.

« Je sais », répondis-je simplement.

Alors, le caïman le plus proche se hissa sur l'un des sacs posés sur le sol et ouvrit son énorme gueule, prêt à se jeter sur moi.

Au bord du désespoir, il me revint à l'esprit une scène que j'avais vue au cinéma : j'ôtai mon ceinturon et en repassai l'extrémité dans la boucle, improvisant une sorte de nœud coulant.

« Mais que fais-tu ? demanda le professeur, effaré.

— Si je dois vous dire la vérité, répondis-je sans me retourner, je n'en suis pas très sûr. »

Puis je sortis de son étui le petit couteau de plongée que je portais toujours sur moi, attaché à la cheville, et, ainsi armé d'un ceinturon et d'un couteau, j'attendis l'attaque du caïman avec l'espoir insensé de l'esquiver, de lui immobiliser les mâchoires avec le ceinturon, puis de lui crever les yeux : la seule partie de son anatomie qui semblait ne pas être cuirassée. Avec le recul que donnent le temps et la distance, c'était d'une stupidité inouïe.

Le gigantesque reptile s'avança lourdement ; en tendant la main, j'aurais presque pu le toucher. Il se redressa sur ses pattes avant et leva la tête, en position d'attaque.

Le visage ruisselant de pluie, je pliai les genoux et me préparai à sauter.

Le caïman leva la tête un peu plus haut et la tourna pour ne pas me perdre de vue ; et avec une rapidité inattendue chez une créature de cette taille, il s'élança en avant, propulsé par près d'une tonne de muscles.

Je bondis sur le côté, l'esquivant de quelques millimètres.

Un sifflement se fit entendre.

Pendant un instant, l'animal parut être suspendu en l'air, comme congelé, puis il s'effondra à mes pieds comme un géant renversé.

Mettant ce moment à profit, je serrai fermement mon couteau et m'apprêtai à me jeter sur sa tête exposée ; et c'est alors que je remarquai une chose étrange.

Une longue et fine baguette de bois empennée de plumes blanches était plantée dans le crâne de la bête étendue, inerte, dans la boue.

Je contemplais le reptile sans bien comprendre pourquoi j'étais vivant alors que lui semblait définitivement être mort, quand un nouveau sifflement déchira l'air et un autre caïman, qui s'était hissé sur le premier, tomba à son tour, également abattu par la longue flèche qui lui était entrée par la nuque et ressortait par la mandibule.

« Ils sont venus... », murmura Cassandra avec incrédulité en regardant les silhouettes dressées et armées d'arcs immenses qui s'approchaient de nous en glissant sur les eaux. « Ce sont les Menkragnotis... »

15

C'étaient trois minces pirogues ; sur chacune d'elles, un homme à la proue et un autre à la poupe pagayaient dans le sens du courant, tandis qu'un archer, debout au centre du frêle esquif, bandait un arc long de près de deux mètres et tirait avec vivacité et une précision infaillible sur tous les caïmans qui sortaient la tête de l'eau. Et en quelques instants, environ une douzaine de ces énormes reptiles gisaient morts sur le sable, le crâne traversé d'une flèche indigène.

Nous n'étions pas encore remis de notre surprise lorsque les trois embarcations accostèrent. Tandis que les archers se plaçaient autour de nous, formant un périmètre défensif sans cesser de viser les monstres qui battaient en retraite, certains de leurs compagnons avaient lâché leur pagaie et vinrent nous prendre par le bras pour nous entraîner sans ménagement dans leurs canoës, nous séparant pour nous faire monter chacun dans une pirogue.

« Attendez ! protesta le professeur. Laissez-moi au moins prendre la mallette du téléphone ! »

Sans faire attention à ses plaintes – que de toute manière ils ne paraissaient pas comprendre –, les indigènes l'obligèrent à se rasseoir dans le canoë et à s'y tenir tranquille.

« Ne vous inquiétez pas, le rassurai-je en élevant la voix tandis que j'étais entraîné vers une autre pirogue. Nous reviendrons chercher le matériel plus tard ; pour le moment, les caïmans prendront soin que personne ne l'emporte. »

Non loin de moi, je vis Cassandra être embarquée dans un canoë qui se perdit rapidement dans l'ombre, suivi de près par celui où se trouvait le professeur Castillo.

De mon côté, à peine m'étais-je installé au fond de la pirogue – longue d'environ dix mètres et creusée dans un seul tronc – que l'archer y montait d'un bond et, après qu'il m'ait indiqué par signes que je devais éteindre ma lampe, nous fîmes face au courant et nous nous enfonçâmes dans la nuit à la force des pagaies.

Nous glissions dans le clapotement incessant de l'averse, scandé par les claquements rythmés des rames.

Laissant derrière nous le banc de sable ensanglanté, nous étions plongés dans une obscurité épaisse, mais les indigènes semblaient savoir exactement où ils allaient, leurs puissants coups de pagaie nous emmenant vers une rive que je n'arrivais pas à localiser.

Mes mains encore tremblantes agrippaient le bord de la pirogue, dont le fond commençait à se remplir d'eau de pluie. Mais après avoir échappé d'un cheveu à la mort, et n'en revenant toujours pas de la miraculeuse apparition des Menkragnotis, me mouiller les fesses était bien le cadet de mes soucis.

La chance que nous avions eue était difficile à croire, et bien que j'aie failli un court instant leur reprocher de ne pas être venus un peu plus tôt, ce qui nous aurait épargné de passer un fort mauvais moment, je ne pensais qu'à les serrer dans mes bras et les remercier dès que nous aurons débarqué.

Au tangage parfois brusque du bateau, j'avais deviné que nous étions en train de remonter la rivière, et lorsque le canoë commença à glisser en douceur et les rameurs à ralentir leur cadence, je supposai que nous avions quitté le lit principal du Xingu pour nous engager dans un bras latéral à l'abri des courants. La pluie elle aussi avait diminué d'intensité, comme si nous nous étions soudain mis à couvert ; je découvris rapidement qu'en effet, nous passions sous d'épaisses frondaisons qui nous en protégeaient.

Finalement, notre embarcation sembla s'échouer sur un fond sableux. L'archer assis devant moi sauta à l'eau ; ses compagnons firent de même et ils joignirent leurs efforts pour sortir la pirogue de la rivière et la traîner dans une petite anse, avec moi toujours dedans qui ne savais pas trop ce que je devais faire.

L'un des indigènes s'approcha alors et me prit par le bras pour m'inviter à descendre.

« Merci ! dis-je avec effusion à la nuit, espérant néanmoins que je n'étais pas en train de parler à un arbuste. Merci mille fois, mes amis. Vous nous avez sauvé la vie. *Moito obrigado.* »

Les indigènes firent la sourde oreille, ou alors ils n'avaient pas compris un mot, ou les deux à la fois, car ils ne réagirent pas.

Ce qui ne fut pas le cas du professeur et de Cassie, qui nous avaient précédés et étaient déjà là.

« Ne te donne pas cette peine, dit la voix d'Eduardo non loin de moi, nos amis ne sont pas très bavards.

— J'ai voulu donner une accolade à l'un d'eux, fit à son tour la voix de Cassie, mais le rustre m'a repoussée. »

Je regardais alentour, sans rien voir que des ombres qui semblaient être en train de sortir les pirogues de l'eau. Alors quelqu'un me poussa dans le dos, et je compris qu'ils voulaient que nous nous mettions en marche.

Nous avancions en file indienne sous une pluie éparse, suivant un sentier étroit où épines et branches invisibles me griffaient constamment le visage et les bras. Mes deux amis étaient juste derrière moi, pestant contre la témérité qu'il y avait à se promener dans la jungle la nuit et sans lampe-torche, tandis que je me demandais comment faisaient les Menkragnotis qui allaient en tête ; pouvaient-ils seulement savoir où se posaient leurs pieds nus ou s'orienter, sans voir les étoiles dans le ciel ou d'éventuelles marques sur le sol ? La seule chose qui me venait à l'esprit, c'est qu'ils devaient être doués d'une vision nocturne bien plus développée que la nôtre, mais même si c'était le cas... comment dire... même un chat aurait eu du mal à évoluer avec cette désinvolture naturelle.

Pendant le trajet, qui se fit éternel bien qu'il n'ait probablement pas duré plus d'une vingtaine de minutes, j'essayai une ou deux fois d'allumer ma lampe frontale, mais nos gardes du corps m'obligèrent aussitôt à l'éteindre en m'indiquant par signes que la lumière les éblouissait. Par chance, mes yeux s'habituèrent peu à peu à cette obscurité totale et je finis par deviner, plus que voir, la trace du sentier sous mes pieds et quelques branchages que je réussis à éviter à temps.

Mon oreille aussi s'adaptait progressivement au silence de la forêt. Un silence qui était tout sauf silencieux, car, dès que je fus capable de faire abstraction du bruit de mes pas et du tambourinement de la pluie sur la canopée, le monde s'emplit de sons étranges qui allaient du sublime au terrifiant.

Au-dessus de nous s'alternaient les extravagants coassements des grenouilles arboricoles et une dizaine de chants d'oiseaux différents : des cancans aigus des perroquets aux roucoulades des oiseaux de nuit en quête amoureuse, eux-mêmes brisés par le cri d'un singe ou le lointain rugissement d'un félin en train de marquer son territoire...

J'étais si absorbé dans ma découverte des sons environnants que la soudaine exclamation de Cassandra me fit sursauter :

« Je vois de la lumière là-bas, devant ! annonça-t-elle avec enthousiasme. Ils nous conduisent à leur village ! »

16

Sans la moindre transition, nous émergeâmes du luxuriant sous-bois pour déboucher sur une grande esplanade circulaire, éclairée par une débauche de feux de camp et une lune timide qui commençait à se montrer de temps en temps, entre les nuages de plus en plus dispersés. C'était une place de terre de la taille de deux ou trois terrains de football, dont le périmètre était délimité par des cabanes couvertes de palmes, toutes tournées vers l'intérieur ; au milieu de ce vaste espace dégagé se détachait puissamment une construction imposante qui en occupait le centre exact : c'était une version agrandie des cahutes qui l'entouraient, d'une forme identique, mais dont les dimensions me semblèrent insensées pour un édifice aussi rudimentaire, car elle devait faire au moins quarante mètres de long pour vingt de large, avec un toit pyramidal qui commençait au niveau du sol et s'élevait à quinze mètres de hauteur ou plus. Elle me faisait penser à une gigantesque tente canadienne érigée à base de simples troncs et feuilles de palmier.

Dès notre entrée sur la place, de nombreux enfants, suivis de leurs mères et de dizaines de curieux, s'approchèrent de nous avec des exclamations d'étonnement. Au contraire de nos sauveteurs, qui n'avaient toujours pas ouvert la bouche.

Les hommes ne portaient qu'un pagne pour tout vêtement, mais ils étaient en revanche abondamment parés de panaches de plumes éclatantes accrochés dans la nuque, de bracelets colorés, de colliers autour du cou ou enroulés sur les bras, d'anneaux d'oreilles arrondis fabriqués à partir d'os d'animaux, et leur corps était complètement recouvert de dessins complexes de la tête aux pieds. Curieusement, les femmes – elles aussi vêtues d'un pagne – n'avaient quant à elles, que quelques discrets pendentifs et presque pas de plumes ni de peintures corporelles. Mais la tenue des enfants de ce village était encore plus sommaire, car tout ce qui les couvrait, c'étaient les cheveux qu'ils avaient sur la tête.

Ils avaient cependant tous, sans exception, un point commun : une bande de peinture rouge qui leur traversait le front d'une oreille à l'autre. Il n'était pas difficile d'imaginer que cela devait être le signe distinctif que cette tribu avait adopté pour se différencier de ses voisins.

À la suite de notre escorte, nous avancions sur l'esplanade en direction de la grande cabane centrale – couramment appelée *maloca*, nous informa le professeur – lorsqu'un petit enfant s'approcha de Cassandra, visiblement dans l'intention de toucher le bout de sa chevelure blonde ; mais, sous nos yeux stupéfaits, un des guerriers s'interposa et, sans dire un mot, lui assena une claque qui l'envoya rouler sur le sol.

« *Ku alawe manin* ! cria-t-il alors à l'assistance sur le ton d'un avertissement. *Ku alawe* ! »

Tout le monde recula d'un pas, les femmes prirent leurs enfants dans les bras, et à la lumière ondulante des flammes, nous vîmes les expressions d'intérêt devenir inexplicablement méfiantes.

Les dizaines de feux de camp disséminés partout créaient une danse fantasmagorique dans la nuit, comme si tout ceci appartenait à un rêve exotique qui disparaîtrait aux premières lueurs de l'aurore ; les habitants du village assistaient à notre défilé impromptu en formant un couloir de chuchotements et de coups d'œil craintifs, mais restaient cette fois à la distance respectueuse que leur imposaient les avertissements et les bourrades des guerriers.

Lorsque nous atteignîmes l'entrée de la maloca, gardée par deux guerriers emplumés portant une lance dans une main et une torche dans l'autre, un bruissement tendu parcourut la foule des curieux. Les gardes croisèrent leurs armes, nous barrant le passage.

Le brouhaha qui nous accompagnait depuis notre arrivée dans le village cessa brusquement, remplacé par un lourd silence où l'on n'entendait plus que le crépitement des torches. Je me tournai discrètement vers le professeur et Cassie, les interrogeant du regard, mais ils haussèrent les épaules, montrant clairement qu'ils n'avaient eux non plus pas la moindre idée de ce qu'il se passait.

De fait, les indigènes ne s'étaient pas seulement tus : ils étaient tous complètement immobiles, et même un petit chien qui aboyait et bondissait quelques instants plus tôt avait maintenant l'air d'avoir été empaillé. Je venais de me donner une minute avant de commencer à demander des explications, quand une voix éraillée surgit de la noirceur de l'entrée comme d'un énorme gosier, murmurant des mots incompréhensibles.

Semblant obéir à un ordre, les gardes s'écartèrent et les guerriers nous poussèrent à l'intérieur sans trop de ménagements, nous conduisant vers le fond de la maloca, jusqu'à ce que la voix se remette à parler d'un ton grave et ils nous forcèrent à nous arrêter.

Pas la moindre flamme éclairait l'intérieur de la grande construction, où il faisait encore plus noir que dehors.

« Bonsoir, saluai-je dans le vide. Il y a quelqu'un ?

— Ulysse… un peu de patience ! me morigéna Cassandra dans la nuit.

— Je suis très patient, Cassie. Mais je commence à être fatigué de tant de silence et de toute cette mystérieuse cérémonie. »

Et je portais déjà la main à ma lampe frontale pour l'allumer, lorsqu'une petite étincelle brilla à quelques mètres de nous. En quelques secondes, l'étincelle devint une flamme, la flamme, un feu, et, derrière le feu, apparut la silhouette d'un vieillard au visage si parcheminé qu'il semblait avoir cent ans ; assis à même le sol, il nous regardait avec sévérité.

« *We aleké la ba maloka…*, dit-il en pointant sur nous un doigt osseux, de la même voix éraillée que nous avions entendue avant. *Anu la mere cala, mi aroa kané ja… Vana* ! »

Bien évidemment, je ne compris pas un traître mot, et le mutisme de mes compagnons me disait qu'eux non plus.

Ce fut le moment que choisit un nouveau personnage pour entrer en scène. C'était un homme jeune, plus grand et au teint plus clair que les autres indigènes, avec un trait surprenant : des yeux d'un bleu inattendu qui ressortaient extraordinairement dans son visage cuivré. Au lieu d'un pagne, il était vêtu d'un vieux short de sport, et, à l'exception de la bande rouge peinte sur son front, il n'avait aucun ornement corporel et ne portait pas de plumes comme les autres hommes du village.

« Moi appeler Iak, et lui être chaman ; grand chef Mengké des Menkragnotis, dit le nouvel arrivant dans un espagnol approximatif. Nous donner bienvenue vous.

— Merci, s'empressa de répondre le professeur. Nous aussi sommes… »

L'interprète l'interrompit d'un geste ; il n'avait pas fini de parler.

« Mais pas pouvoir être ici. » Il tendit la main vers l'extérieur et déclara : « Mengké dire partir de village. Maintenant. »

17

Je dois avouer que je ne m'attendais pas à cela.

Manifestement, le professeur non plus ; Cassie, après le premier instant de stupéfaction, fut la première à réagir.

« Partir ? Mais pourquoi ? » demanda-t-elle, déconcertée.

L'interprète se pencha respectueusement vers l'aïeul pour lui transmettre la question.

Ce dernier répondit par un chapelet de mots incompréhensibles, accompagnés néanmoins de gestes révélateurs : il nous désigna l'un après l'autre, puis se désigna lui-même, posa la main sur sa poitrine, et, tirant la langue, il tordit la tête sur le côté.

« *Vocês* maudits, précisa Iak. Si homme *branco* rester dans village, nous mourir. »

Interdit, je me tournai vers mes compagnons :

« Il a dit ce que je crois qu'il vient de dire ?

— D'après le vieil homme, nous sommes maudits... et, si nous restons au village, nous les tuerons tous, confirma le professeur, aussi stupéfait que moi.

— En voilà une idiotie ! répliquai-je à notre truchement. Dites au chaman que nous ne sommes pas maudits, que nous n'allons tuer personne, et que...

— *Anu aroa manha* ! me coupa le vieillard avec impatience. *Ta ouaré me ilae la aleke anu* !

— Mengke dire *brancos* tous apporter maladie. Si rester, nous malades aussi et mourir.

— Je comprends maintenant, déclara Cassandra. Ce qu'ils veulent dire, et ils n'ont pas vraiment tort, c'est que nous, les blancs, sommes porteurs de maladies qui pourraient s'avérer mortelles pour eux, et si nous restons ici, ils risquent de les attraper.

— Un instant : il parle des maladies de l'époque des conquistadors ? Mais il y a des siècles de cela ! objecta Eduardo.

— Je ne sais pas quoi vous dire, professeur. Toutes ces tribus qui vivent à l'écart de l'homme blanc ne sont pas encore immunisées contre certaines épidémies communes dans le monde. Un simple virus pourrait décimer la moitié de la population de ce village.

— Et si nous promettons de ne pas leur éternuer dessus ? » grommelai-je en ne plaisantant qu'à demi.

Mais Eduardo Castillo avait fait un pas en avant et s'adressait au chaman d'un ton solennel :

« Nous vous sommes sincèrement très reconnaissants de nous avoir sauvé la vie sur la rivière, et je vous garantis que nous ne souhaitons pas vous causer le moindre mal. » Il attendit que l'interprète ait traduit ses paroles avant de poursuivre : « Mais, même si nous le voulions, nous ne pouvons pas partir. »

L'ancêtre écouta et transmit sa réponse au truchement.

« Mengké dit vous pas préoccupés. Cette nuit dormir ici, et demain guerriers conduisent sur rivière, jusque prochain village.

— *Moito obrigado*, remercia le professeur avec une inclinaison de tête. Mais nous sommes ici pour une raison de la plus haute importance et nous ne pouvons pas encore partir. »

Sortant la photo de son portefeuille, il la montra au vieil homme.

« Voici ma fille, Valéria. » Il s'approcha un peu plus, mais l'interprète lui prit la photo pour la donner au chaman. « Nous savons qu'elle est venue ici il y a quelques semaines. Mais ensuite elle a disparu, et nous sommes à sa recherche. »

Le vieillard étudia l'image pendant quelques secondes, le visage impassible, puis il secoua la tête et rendit le cliché à Iak, qui à son tour le redonna au professeur.

« Mengké dit jamais voir cette femme », affirma-t-il.

Pendant un moment, Eduardo Castillo regarda la photo sans comprendre, comme s'il doutait de leur avoir montré la bonne.

« Mais… vous devez l'avoir rencontrée, balbutia-t-il, déconcerté. Elle est venue ici, c'est certain. »

L'indigène en short de sport sembla hésiter un instant ; il regarda le chaman – qui secoua imperceptiblement la tête – et répondit au professeur d'un ton sans réplique :

« *Você* tromper. Femme *branca* pas être dans village. Jamais.

— Mais…

— *Kaualé* ! s'écria le chaman d'une voix coupante en se relevant à l'aide de son bâton.

— Jamais », répéta l'interprète.

92

Sur quoi deux guerriers s'interposèrent entre le sorcier et nous, et, sans une once d'amabilité, nous indiquèrent la sortie.

« Calmez-vous, prof, murmurai-je à mon vieil ami. Nous n'en tirerons rien de plus, et je ne crois pas qu'il nous convienne de les mettre de mauvaise humeur.

— Mais c'est impossible, insistait le professeur d'histoire, sa photo toujours à la main. Les coordonnées sont indiscutables. »

Cassandra le prit par le bras avec douceur : « Il y a peut-être eu un malentendu. Le mieux que nous pouvons faire, c'est de les écouter et d'aller dormir. Demain sera un autre jour.

— Mais c'est que…

— Cassie a raison, dis-je en l'entraînant par l'autre bras. Au matin, nous verrons les choses différemment, et nous essayerons de nouveau. Mais pour l'instant, nous devons partir.

— Valéria est venue ici », répéta-t-il comme pour lui-même, tandis que les guerriers nous conduisaient hors de la maloca. « Elle *doit* être venue ici. »

Nous nous retrouvâmes de nouveau à l'extérieur. La petite foule était toujours là, dans une attitude d'expectation, mais gardant ses distances dans un silence incommodant.

« N'y pensez plus pour l'instant, dis-je tandis qu'on nous escortait vers une hutte modeste, un peu à l'écart des autres. Il y a sûrement une explication logique à tout cela, vous verrez.

— C'est certain », fit Cassie pour consoler le professeur, dont la confusion tournait rapidement à l'abattement. « Et il y a sûrement un détail auquel nous n'avons pas pensé, car il est évident, ajouta-t-elle en se tournant vers la grande maloca à l'entrée de laquelle le chaman nous regardait nous éloigner, que ces gens-là n'auraient aucune raison de nous mentir, vous ne croyez pas ? »

18

L'endroit où nous devions dormir n'était guère qu'une paillote sans murs, que l'on appelle une *palapa* en Amérique du Sud, où l'on avait suspendu trois vieux hamacs aux poteaux qui en soutenaient le toit de palmes. Aucun objet quotidien n'indiquait que quelqu'un habite ici, et nous supposâmes qu'il s'agissait d'une sorte de « chambre d'amis », un simple espace où les visiteurs inattendus pouvaient venir accrocher leurs hamacs pour la nuit.

Mis à part l'éclat ténu d'une lune voilée par les nuages et affadie par les feux de camp, l'obscurité était presque totale ; nous pouvions cependant distinguer les silhouettes des deux guerriers postés à l'extérieur.

« Ils sont là pour nous protéger, ou pour nous surveiller ? » demanda Cassandra avec un signe du menton dans leur direction.

L'attitude des gardes, qui étaient assis sur des troncs et bavardaient tranquillement, n'avait rien de martial, mais j'eus l'intuition que rien de ce qui se passait alentour ne leur échappait.

« Tu peux parier sur la deuxième option. » Je regardai le professeur, qui s'était allongé dans un hamac sans dire un mot et n'avait plus bougé.

« Pour ma part, je ne le leur reproche pas, déclara la Mexicaine dont je ne distinguais que le reflet pâle de notre petit feu de camp dans sa chevelure blonde. C'est incroyable qu'ils aient risqué leur vie pour nous sauver des caïmans, à plus forte raison sachant que nous représentons un danger pour eux. C'était très noble de leur part.

— Oui, très noble... mais ils n'ont pas hésité à nous donner un coup de pied aux fesses.

— Un coup de pied ?

— Au cas où tu ne l'aurais pas remarqué, ils nous ont chassés du village.

— Ne sois pas injuste. Notre simple présence est un péril ; et si la fille du professeur n'est pas venue ici, c'est normal qu'ils ne veuillent pas de nous.

— Bien sûr... bien sûr.

— Qu'est-ce que tu insinues ?

— Eh bien, j'ai la désagréable impression que tout ce qui les préoccupe, c'est de se débarrasser de nous le plus vite possible... et je ne suis pas aussi certain qu'ils nous disent toute la vérité. »

Cassandra poussa un soupir sonore dans l'obscurité.

« Tu charries, Ulysse. Il faut toujours que tu compliques tout en t'imaginant des trucs.

— C'est ce que tu crois ? Que j'imagine des trucs ?

— Je crois que la journée a été longue et que tu es... que nous sommes trop fatigués pour penser clairement. Demain matin, tu ne verras pas les choses de la même manière et tu te rendras compte de ton erreur.

— De fait, intervint le professeur, songeur, du fond de son hamac, il se pourrait que tout soit effectivement dû à une erreur, et qu'en réalité ma fille ne soit jamais venue ici.

— Vraiment ? fis-je d'un ton sceptique. Et pourquoi donc ? »

Il se leva, s'empara d'un petit bâton qu'il y avait par terre, et dessina une ligne serpentine dans la terre rouge. « Vous vous souvenez que je vous ai dit que Valéria n'était pas arrivée jusqu'ici comme nous l'avons fait, mais qu'elle avait remonté le Xingu en pirogue ? » Il fit une marque à une extrémité du tracé onduleux.

« Oui, vous nous en avez parlé, confirma la jeune archéologue.

— Ce qui signifie qu'elle a dû naviguer pendant des jours, ou même des semaines, et aura certainement rencontré d'autres tribus, aussi intéressantes que celle-ci, voire plus.

— Où voulez-vous en venir ? » lui demandai-je sans y aller par quatre chemins.

Le professeur Castillo se redressa, et dans sa voix perçait ce qui ressemblait beaucoup à de l'espoir :

« À l'éventualité que Valéria n'ait peut-être jamais mis le pied dans ce village-ci, tout simplement. »

Cassandra se gratta la tête en regardant le professeur d'un air sceptique.

« Et vous croyez qu'elle a décidé de rester avec une autre tribu ? Dans un autre village ?

— Exactement.

— Et vous n'oubliez pas quelque chose ? objectai-je. Que me dites-vous des coordonnées qu'elle a envoyées avant sa disparition ? Elles désignaient précisément cet endroit et pas un autre.

— Il pourrait également y avoir une explication à cela, dit-il en ôtant ses lunettes pour en nettoyer les verres avec un pan de sa chemise. Les coordonnées de ce village n'indiquent peut-être pas le lieu où elle se trouvait, mais celui vers lequel elle se dirigeait. Donc, une simple erreur de transmission ou de transcription du message pourrait nous avoir conduits au mauvais endroit. »

L'archéologue secoua la tête, comme pour s'éclaircir les idées.

« Attendez un peu, dit-elle en haussant les sourcils. Êtes-vous en train d'insinuer que quelqu'un aurait confondu "je suis" avec "j'irai" et que pour cela nous sommes maintenant au bout du monde, en compagnie d'indigènes qui ne peuvent pas nous voir, après avoir manqué d'être dévorés par des caïmans ? »

Le professeur acquiesça en nous jetant un regard timide par-dessus la monture d'écaille de ses lunettes.

« C'est plus ou moins l'idée… oui. Cela expliquerait tout.

— Bordel à... » Cassandra se retourna pour jurer horriblement sans que nous l'entendions.

« Je n'arrive pas à y croire…, soufflai-je en me laissant tomber dans mon hamac, ne sachant trop s'il fallait rire ou pleurer. Je n'arrive pas à y croire... »

Vers minuit, alors que, vaincus par l'épuisement, nous dormions profondément, et que les deux gardes avaient abandonné leur poste, certains que nous n'irions nulle part, une silhouette se glissa furtivement dans notre *palapa*. Au contact d'une main me secouant légèrement l'épaule, j'ouvris les yeux pour me trouver face à un regard bleu fixé sur moi.

C'était l'indigène qui nous avait servi de truchement quelques heures plus tôt. À la lueur des braises du feu de camp, je le vis porter un doigt à ses lèvres, puis il me fit signe de réveiller Cassie et le professeur.

« Que veux-tu, Iak, lui lançai-je, hargneux et la bouche pâteuse. Tu es venu nous presser de partir au plus vite ? »

L'Indien baissa la tête d'un air troublé.

« Moi apporter quelque chose, dit-il à voix basse.

— Un cadeau de départ ? grinçai-je sans faire l'effort de dissimuler ma mauvaise humeur.

— Non, non... répondit-il sans réagir à la pique. Être un... un... »
Il chercha le mot adéquat, et, ne le trouvant pas, il posa sur ses genoux le sac en feuilles tressées qu'il portait à l'épaule.

Y glissant la main, il en sortit un coffret de laiton oxydé, de la taille d'une boîte à chaussures, sur le couvercle duquel l'on distinguait la forme en relief de ce qui semblait être un écu repoussé.

Iak me tendit l'objet avec révérence, sans cesser de regarder de tous côtés, comme inquiet que quelqu'un puisse le voir.

« Cela appartenir à père de moi, dit-il avec solennité. Et avant, appartenir à père de père de moi ; pour lui, donner nom Iak à moi. »

Il ôta le couvercle de la boîte avec difficulté, ce qui me laissa supposer qu'il ne devait pas l'ouvrir très souvent.

« Moi coupable hommes *brancos* aller territoire de morcegos, chuchota-t-il. Aînés interdire, mais moi vouloir savoir de père de père de moi. » Iak me regarda avec une expression désolée, comme en quête de compréhension ou même de rédemption. « Moi pas obéir et montrer ceci à femme de photographie... Elle partie après deux jours.

— Tu peux répéter ? exigeai-je, le visage presque contre le sien. Tu veux dire que le vieux nous a menti ? Que la femme blanche est vraiment venue ici ? »

L'indigène acquiesça d'un air contrit.

« Mengké dire mensonge pour bien de tous, l'excusa-t-il néanmoins. Lui pas aimer mensonge. »

Puis il se mit à fouiller dans la boîte, et à la lumière de ma lampe je pus entrevoir des objets qui paraissaient venir tout droit de la boutique d'un antiquaire : il y avait là une montre à gousset, de vieilles photographies sépia presque effacées, une boussole toute simple accrochée à une fine chaînette d'argent et ce qui semblait être les vestiges d'un sextant oxydé. Mais ce qu'Iak y cherchait, c'était un livre qui avait dû jadis être relié en cuir, mais qui était maintenant crevassé, moisi, et d'aspect aussi friable que de la pâte feuilletée.

Alors il tendit la main, m'invitant à l'examiner.

Muet de surprise, je regardai Iak avec des centaines de questions qui se pressaient sur mes lèvres. Je baissai les yeux sur le livre qu'il m'avait déposé entre les doigts et je l'ouvris ; malgré le papier jauni par le temps et la moisissure due à l'humidité qui en noircissait les feuilles, je réussis à lire la préface de la première page.

Mon cœur manqua un battement lorsque je compris que là pouvaient se trouver les réponses à nombre de nos questions, et même à celles que nous ne nous étions pas encore posées.

« Cassie. Professeur, appelai-je en chuchotant, faisant des efforts surhumains pour dominer mon excitation. Il faut que vous voyiez ça. »

Se touchant presque, trois têtes se penchaient sur le livre qui se trouvait maintenant sur les genoux de Cassandra, et qui n'était d'ailleurs pas vraiment un livre.

Sur les feuillets jadis blancs, une écriture serrée et tracée à la plume d'une main ferme révélait qu'il s'agissait en réalité d'un journal. Un journal rédigé en anglais et dont Cassie traduisait la page de titre à voix haute – le préambule que je venais de lire moi-même :

« *Ceci est le journal de Jack Fawcett, et celui de l'expédition fatidique qui nous amena, mon père, le colonel Percival Harrison Fawcett, mon ami fidèle Raleigh Rimell (puissent-ils reposer en paix) et moi-même, à découvrir la Cité perdue de Z.* »

Saisie, la Mexicaine nous regarda : le professeur et moi étions bouche bée et ne pouvions détacher les yeux de cette première page qui laissait sourdre une immense mélancolie.

« Qu'est-ce que cette Cité perdue de Z ? hésita-t-elle, déconcertée.

— Je l'ignore, bredouilla Eduardo. Je n'en avais jamais entendu parler.

— C'est peut-être expliqué un peu plus loin, avançai-je.

— Et tu dis que ceci appartenait à ton grand-père ? » demanda Eduardo à Iak qui, assis devant nous, nous observait avec attention.

L'indigène acquiesça.

« Menkragnoti pas comprendre symboles homme *branco*, mais grand-père donner à père de moi, et père donner à moi, pour garder et donner à fils avant moi mourir.

— Bien sûr ! s'écria Cassandra en se tapant sur le front. C'est de là que vient son nom : en réalité, ce n'est pas Iak, mais Jack. Comme l'auteur du journal, son grand-père.

— Ceci expliquerait également ses yeux bleus, fit remarquer le professeur Castillo.

— Vous croyez vous aussi que c'est authentique ? » lui demandai-je.

Mon vieil ami était tellement perdu dans ses pensées que ma question le prit par surprise.

« Authentique, dis-tu ? Évidemment que je le crois authentique. Mais ce qui est plus important, déclara-t-il en posant l'index sur la reliure, c'est que là-dedans il y a la clef pour savoir ce qu'est devenue ma fille. Si nous considérons comme véridiques les affirmations d'Iak, Valéria est venue dans ce village, elle a lu ce journal, et est partie deux jours plus tard. Par conséquent, si nous découvrons ce qu'elle a trouvé elle-même dans ces pages, nous parviendrons peut-être à en déduire où elle est allée et pourquoi, puis suivre ses pas jusqu'à la retrouver », acheva-t-il avec un enthousiasme croissant.

La première partie du journal – du moins la part restée lisible – portait sur l'enfance et l'adolescence de Jack lui-même, et donnait quelques informations sur la trajectoire de son père.

À ce qu'il semblait, le colonel Percy Harrison Fawcett avait été un véritable aventurier, la quintessence même de l'explorateur, probablement le dernier du XXe siècle. Membre fondateur de la *Royal Geographic Society* et comptant parmi ses amis des personnages tels que sir Arthur Conan Doyle – qui, selon Jack, s'était inspiré de l'expérience de son père pour écrire son célèbre roman *Le monde perdu* –, ce Britannique né dans le Devon en 1867 avait effectué pas moins de sept expéditions dans la forêt amazonienne entre 1906 et 1924, commandité par les gouvernements du Pérou, de Bolivie et de Colombie dans le but d'établir clairement les frontières de ces trois pays au cœur de la jungle ; cela l'amena à explorer une grande partie de l'Amazonie et à pénétrer dans des lieux où nul n'était allé auparavant et – citant Jack textuellement – « où il serait difficile que quiconque revienne ».

Au cours de ces expéditions, *Père* – comme le désignait Jack dans son journal – était entré en contact avec des dizaines de tribus indiennes qui n'avaient jamais vu ni même entendu parler de l'homme blanc. La plupart de ces tribus inconnues s'étaient révélées amicales et accueillantes, avec une structure sociale avancée ; mais d'autres semblaient n'avoir jamais dépassé l'âge de pierre et avaient pour coutumes des pratiques aussi dégénérées que l'anthropophagie, leurs membres pouvant à peine être considérés comme des êtres humains.

Mais ce qui marquait par-dessus tout la vie de Percy Fawcett et, par conséquent, celle de son fils Jack et de l'ami de celui-ci, Raleigh, c'étaient les légendes amazoniennes à propos d'une fabuleuse cité

100

perdue, que le colonel avait décidé de baptiser du nom énigmatique de
« Z ».

À chacun de ses voyages, Percy Fawcett recueillait de nouveaux
récits sur l'histoire et le destin de cet endroit chimérique ; et son
obsession pour obtenir une preuve qui vienne en confirmer l'existence
croissait en proportion. Cette preuve, il finit par la trouver à la
Bibliothèque Nationale de Rio de Janeiro, en lisant un manuscrit que
signait le chanoine J. de la C. Barbosa, dans lequel était narré
l'incroyable voyage au Mato Grosso d'un certain Francisco Raposo. Le
texte raconte que Francisco Raposo était le guide d'un groupe de dix-
huit colons partis chercher dans la jungle des terres fertiles sur
lesquelles s'établir ; ils avaient traversé des montagnes, des marécages
et des rivières jusqu'à atteindre les rives du Xingu ; c'est là que, fuyant
des Indiens hostiles, ils étaient tombés sur les vestiges d'une grande
cité, abandonnée depuis bien des siècles.

Il n'en fallait pas plus à Percy Fawcett pour être convaincu – si tant
est qu'il en eût eu besoin –. Il décida donc de partir immédiatement à la
recherche de Z, en suivant les pistes vagues du manuscrit ; pour toute
compagnie, il emmenait son fils Jack et Raleigh – jeunes, forts, et
débordants d'enthousiasme. Il vendit l'exclusivité de sa future
découverte à une maison d'édition américaine ; avec cet argent, plus ce
qu'il avait réussi à obtenir de quelques cercles de géographie, il
organisa rapidement l'expédition, et, au début de 1925, ils quittaient la
ville brésilienne de Cuiabá, proche de la frontière bolivienne, avec six
porteurs, huit mules et deux chiens nommés Pasteur et Chulim.

À partir de là, les pages qui narraient les premières semaines de
voyage étaient tellement détériorées qu'il était impossible de les
déchiffrer. La première entrée lisible suivante portait la date du 29 mai
1925, et voici ce qu'elle disait :

*Aujourd'hui nous avons laissé derrière nous le campement que
Père appelle du Cheval mort, parce que c'est là que, lors d'une
expédition précédente, il perdit un cheval qui avait été mordu par un
serpent venimeux. Ces deux jours de repos nous ont fait un bien
merveilleux, car la marche depuis Cuiabá a été longue et pénible – qui,
dans notre Angleterre si bien domestiquée, aurait imaginé que
parcourir un peu plus de deux cents milles à travers la jungle puisse
prendre près de deux mois ! –. La jambe de Raleigh va un peu mieux,
bien que les piqûres de tiques soient toujours infectées et qu'il boite*

encore, mais il est fort et je ne doute pas qu'il guérira. Père, quant à lui, semble sain comme un chêne, et, quoiqu'ayant plus du double de mon âge et s'étant aminci considérablement depuis notre départ, il n'a pas amoindri d'un iota le rythme de notre marche et je peux voir le feu de l'obstination briller dans ses yeux en permanence.

Nous avons renvoyé les porteurs avec des lettres pour la famille. Nous n'avons gardé que six mules et les chiens, car Père ne souhaite pas que quiconque sache où nous nous dirigeons. (passage illisible)... *chef du village kayapo nous a prévenus en plusieurs occasions contre les Morcegos, une mystérieuse tribu qui, dit-il, habite le lieu où nous allons et que tous les autres peuples de la région craignent comme le diable en personne. Père affirme cependant que ceci n'est guère qu'un mythe, à l'égal du croquemitaine occidental, et que durant les vingt années qu'il a parcouru cette partie du monde, il n'a jamais trouvé aucune tribu avec laquelle il n'ait pu, dans le respect et l'humilité, traiter amicalement, toute belliqueuse qu'elle fût au commencement. Il est vrai que les récits à propos de l'inhumaine mauvaiseté des Morcegos apparaissent clairement exagérés et doivent être le fruit de légendes et de contes pour faire peur ; je pense donc que Père a raison et que notre rencontre avec cette tribu inconnue n'a pas lieu d'être plus problématique qu'avec les terribles Jivaros ou les Yanomamis si farouches.*

Quoi qu'il en soit, nous foulerons bientôt un sol où nul homme blanc n'a jamais posé un pied et nous découvrirons des lieux ignorés du reste de l'humanité. De ce moment débute notre véritable voyage.

Que Dieu nous vienne en aide.

Juste à cet instant, alors que nous étions tous fascinés par l'incroyable récit que Cassandra traduisait et nous lisait tout haut à la lumière du feu, le vieux sorcier Mengké surgit de l'obscurité tel un spectre, appuyé sur son bâton et en compagnie de six guerriers patibulaires armés de lances.

La canne pointée sur l'indigène aux yeux bleus, le chaman l'apostropha dans sa langue indéchiffrable, puis il arracha le journal des mains de Cassie et le feuilleta en secouant la tête d'un air mécontent.

Finalement, il nous regarda longuement, et, d'un geste qui n'admettait aucune discussion, il nous ordonna de le suivre.

20

Encadré par deux guerriers menkragnotis, il me vint un mauvais pressentiment. Je me sentais un peu comme un mouton en route pour une réunion de bergers.

« J'ai l'impression qu'il n'a pas beaucoup apprécié qu'Iak nous montre le journal de son grand-père », murmurai-je en avançant.

Je me tournai vers Eduardo Castillo qui, curieusement, ne semblait pas s'inquiéter de notre situation délicate ni des lances acérées : ce qui se lisait sur son visage, c'était une colère royale.

« Ce misérable nous a menti dès le début…, grinça-t-il.

— Calmez-vous, professeur, dit Cassandra en passant son bras sous le sien pour le tranquilliser. S'il nous a menti, il y a certainement une raison. Alors il vaut mieux rester sereins si nous voulons savoir ce qu'il s'est vraiment passé avec votre fille. »

Le professeur respira profondément tandis que nous suivions le chaman vers la maloca, faisant un effort pour contrôler sa rage croissante.

Dès que nous pénétrâmes – pour la deuxième fois de la nuit – dans la grande hutte collective, nous nous rendîmes compte que quelque chose avait changé. En dépit de l'attitude intimidante des guerriers, à la lumière du feu qui brûlait au centre de la vaste pièce, il me sembla distinguer dans les yeux du vieux sorcier quelque chose qui ressemblait à de la contrition, voire de la culpabilité.

Il nous invita du geste à nous asseoir sur des nattes de palmes, puis il fit un bref discours à voix très basse.

« Nous beaucoup regretter, nous traduisit Iak, presque sur le même ton. Mais pas avoir autre choix que pas dire vérité.

— C'est bon, c'est bon…, l'interrompit le professeur avec impatience. Ce que je veux savoir, c'est ce qui est arrivé à ma fille, et pourquoi vous nous avez menti. »

L'interprète transmit les paroles de mon ami à l'aïeul, qui paraissait avoir perdu un peu de sa superbe.

« Homme *branco* maudit pour Menkragnotis », déclara-t-il par le truchement d'Iak, comme s'il s'agissait d'un fait si évident qu'il n'y avait besoin d'aucune explication supplémentaire. « Si nous dire vérité, vous disparaître comme femme que vous chercher. Alors venir autres hommes *brancos* chercher vous, et autres encore… jusqu'à fin de Menkragnotis.

— Cela n'a aucun sens, s'insurgea Eduardo Castillo. En outre, je ne comprends pas… Vous dites que nous allons disparaître comme ma fille ? Pourquoi ? Où est-elle ? » demanda-t-il avec angoisse.

Il y eut un nouvel échange entre les indigènes, et, pour toute réponse, Iak haussa les épaules :

« Nous pas savoir.

— Comment ça, vous ne savez pas ! explosa le professeur. Vous me prenez pour un imbécile ? Dites-moi où est ma fille !

— Dire vérité, affirma l'interprète, tout penaud. Elle être avec nous, mais après, partir avec autres compagnons.

— Cela, nous le savons déjà, s'impatienta Eduardo. Mais où est-elle allée ? »

Iak traduisit les paroles du professeur, et le chaman nous regarda d'un air désolé. Avec un geste vague qui désignait un lieu au-delà des murs de la maloca, il dit d'une voix apeurée :

« *Menka tamú taj…* »

Iak regarda longuement le vieux Mengké, puis il se tourna vers nous avec hésitation, le visage décomposé, comme s'il lui en coûtait de devoir répéter ces mots.

Nous avions tous les trois les yeux fixés sur lui, attendant la réponse avec inquiétude.

Tête basse, l'indigène semblait chercher le terme le mieux adapté dans son vocabulaire limité.

« En Enfer, dit-il finalement d'une voix faible. Femme *branca* pas écouter avertissements de Mengké… et maintenant, elle être en Enfer. »

21

Un lourd silence tomba sur toutes les personnes présentes sous le toit de la maloca. Mais j'étais particulièrement inquiet pour le professeur, qui était devenu livide en entendant cela.

« Vous dites... », commença-t-il. Il semblait faire un immense effort pour réussir à faire sortir un son de sa bouche. « Ma fille, vous dites qu'elle est... »

Iak le regarda sans comprendre.

« Elle aller en Enfer », répéta-t-il en appuyant sur les mots.

En dépit du caractère dramatique de cette affirmation, je n'étais pas très sûr de l'interpréter correctement ; en fait, j'avais l'intuition que quelque chose s'était perdu avec la traduction.

« Mais... comment ? demandai-je tout en appréhendant la réponse. Vous voulez dire qu'elle est morte ? »

Je m'interrompis en sentant une main se poser sur mon épaule. C'était Cassie, qui me désigna le professeur d'un mouvement de tête : le visage plongé dans ses mains, il était agité de sanglots silencieux.

« Ulysse... », murmura la Mexicaine.

D'une voix affligée, Mengké dit quelques mots à Iak, qui nous les traduisit lentement.

« Mengké dit beaucoup regretter, mais lui prévenir femme *branca*, et elle vouloir partir en Enfer.

— Pardon ? m'étonnai-je, nageant en pleine confusion.

— Mengké dire à femme *branca* pas partir en Enfer, répéta notre truchement. Mais elle s'échapper la nuit avec autres, et maintenant pas savoir si elle vivante. »

Je secouai la tête, comprenant qu'il y avait un malentendu :

« Attends... l'Enfer est... un endroit ? »

L'interprète me regarda comme si je lui avais demandé d'où viennent les bébés.

« Nous dire *Menka tamú*, mais moi pas savoir mot pareil dans ta langue. » Il fit un geste pour désigner la même direction que l'avait subtilement fait le chaman et ajouta : « Nous appeler ainsi lieu où personne aller et personne revenir. Où vivre seulement démons. »

Les couleurs revenaient aux joues du professeur Castillo qui, les yeux rougis et le visage altéré, semblait néanmoins se remettre du choc d'avoir cru sa fille perdue à jamais.

Curieusement, à partir de cet instant, nos rapports avec les Menkragnotis s'étaient transformés, et nous étions passés du statut de visiteurs indésirables à quelque chose qui ressemblait à celui de parents dans le malheur. Mengké alla jusqu'à nous inviter à nous asseoir sur le banc réservé aux membres du conseil, et les guerriers étaient sortis de la maloca sur son ordre, nous libérant de devoir sentir dans la nuque le poids de leur regard inquiétant.

« Pourquoi appelez-vous cet endroit l'Enfer ? » s'enquit Cassandra.

Iak transmit la question au chaman et nous traduisit immédiatement la réponse :

« Moi apprendre ce mot dans ta langue. Homme *branco* dire Enfer pour lieu de douleur et mort, non ? *Menka tamú* être lieu de souffrance où rien vivre, seulement démons morcegos.

— Démons morcegos, répéta Cassie, songeuse. N'est-ce pas la tribu que mentionnait Jack Fawcett dans son journal ?

— Peut-être tribu avant, mais plus être maintenant, déclara Iak, traduisant ce que disait le chaman. Peut-être hommes avant, mais maintenant…

— Les Morcegos sont les ennemis des Menkragnotis ? » hasardai-je, pensant qu'il devait s'agir de quelque chose de ce genre.

Iak secoua la tête.

« Morcegos être ennemis de tous les hommes. Ennemis des esprits de forêt, ennemis des dieux et de lumière de soleil. Être maudits pour manger viande impure. Être la mort, et *Menka tamú* être maison de eux, acheva-t-il d'un air sombre.

— De la viande impure ?

— Dans ta tribu, viande d'homme pas être impure ? répliqua Iak en me regardant avec surprise.

— Tu veux dire que ce sont… des cannibales ? » demanda Cassandra avec appréhension.

Une sueur froide s'empara du professeur Castillo, qui pressait ses mains l'une contre l'autre sans pouvoir dissimuler son inquiétude croissante.

« Et vous dites que ma fille est partie pour ce… *Menka tamú* ? dit-il d'une voix enrouée par l'angoisse.

— Nous pas pouvoir éviter, se désola Iak en baissant la tête. Elle pas dire.

— Mais... pourquoi ? Pourquoi ma fille aurait-elle voulu se rendre dans cet endroit ?

— Rappelez-vous qu'elle est anthropologue, fit observer Cassandra comme si elle avait lu dans mes pensées. La possibilité de découvrir une tribu inconnue et isolée, et de plus mentionnée dans le journal de Fawcett, devait être une tentation trop forte pour y résister.

— Oui, mais Valéria était venue étudier les Menkragnotis, objecta le professeur. On ne change pas le but d'une expédition comme cela.

— Eh bien, moi je dirais, déclarai-je en lui jetant un regard en coin, que c'est exactement ce qu'elle a fait. »

22

De l'autre côté de la mince paroi de feuilles qui nous séparait de la forêt, les cris des animaux nocturnes venaient s'ajouter à la pénombre qui nous enveloppait, à peine diluée par la lumière du timide foyer, pour multiplier la sensation d'irréalité dans laquelle nous étions plongés.

« Iak, fit soudain Cassie d'une voix songeuse, dans le journal de ton grand-père, il mentionne aussi les ruines d'une cité perdue, qu'il appelle "Z". Cela vous dit quelque chose ? »

L'intéressé traduisit directement la question à Mengké, comme si elle avait été posée à ce dernier, et attendit que son aîné réponde.

« Nous pas connaître », affirma-t-il. Et il poursuivit, répétant les paroles du chaman au fur et à mesure qu'elles sortaient de sa bouche : « Légendes parler de lieu où vivre hommes anciens, avant Menkragnotis arriver ici, mais personne savoir où être exactement. Légende dire être grande cité en pierre noire comme nuit noire, alors nous dire Cité noire. Mais personne avoir jamais vue, ajouta-t-il en désignant ses yeux de l'index et du majeur, parce que seulement être légende. »

Les derniers mots d'Iak semblèrent flotter dans l'air comme une volute de fumée que l'on craindrait de voir s'évanouir rien qu'en la mentionnant.

« Cette légende de la Cité noire... demanda lentement le professeur à l'indigène aux yeux clairs, vous l'avez aussi racontée à ma fille ?

— Comme moi raconter à vous. »

Le regard fixé sur le plafond de palmes, Cassie essayait de débrouiller le fil des événements. « Donc, si j'ai bien compris, vous avez raconté cette légende à Valéria... à la femme blanche, précisa-t-elle en baissant les yeux sur Iak, tu lui as montré le journal, et alors elle est partie avec toute son équipe à la recherche des ruines de cette cité perdue, qui se trouve, d'après le journal, quelque part sur le territoire morcego.

— En trouvant la Cité noire, résuma le professeur, elle trouverait "Z", la cité de Fawcett...

— Et en trouvant Z, elle pensait trouver les Morcegos, achevai-je. »

L'énigme de la disparition de Valéria commençait à s'éclaircir, maintenant que nous avions relié les pièces de l'antique légende menkragnoti à celles du journal de Jack Fawcett. Deux noms différents pour un seul endroit : le lieu où l'audacieuse anthropologue croyait trouver la mystérieuse tribu des Morcegos.

Il ne manquait qu'un détail d'importance pour compléter le tableau.

« Où est la Cité noire ? » lançai-je brusquement.

Iak regarda brièvement le chaman avant de répondre.

« Pas savoir…, dit-il en oscillant de la tête. Nous raconter légende des hommes anciens, mais prévenir pas aller là-bas. Après montrer femme *branca* livre des ancêtres de moi, mais pas dire comment aller Cité noire… parce que personne savoir où être cité », acheva-t-il en haussant les épaules.

En dépit de l'apparente sincérité d'Iak, cet écheveau laissait toujours dépasser quelque fil.

« Un moment, insistai-je, un peu perdu. Vous disiez tout à l'heure que cette cité des hommes anciens se trouve sur le territoire des Morcegos, non ? »

Iak me regarda comme si j'étais un enfant qui s'entêterait à poser une question stupide.

« Territoire morcego très grand. Si pas savoir où aller, pouvoir marcher des années dans forêt sans trouver rien, inutile chercher Cité noire ou morcegos sans savoir. » Une expression inquiète passa sur son visage. « Et si morcegos trouver hommes *brancos* sur territoire... » Il laissa sa phrase en suspens, comme pour nous permettre d'en imaginer les conséquences.

Le professeur d'histoire médiévale à la retraite et père de Valéria ôta ses lunettes et s'essuya le front avec sa manche sale avant de les remettre d'une main tremblante.

« Donc, ma fille est partie à la recherche de cette tribu de cannibales morcegos dont tout le monde a peur, sans savoir exactement où la trouver ; pour ce faire, elle s'est enfoncée dans des territoires inexplorés que vous, qui vivez dans la forêt, connaissez sous le nom d'Enfer. » Il respira profondément, et expira avec une lassitude infinie. « Je voudrais vous poser une question, et, pour l'amour de Dieu, je vous supplie de me donner une réponse sincère. Croyez-vous que je… reverrai ma fille vivante ? »

109

Iak traduisit la question à Mengké dans un murmure attristé. Le chaman baissa les paupières, et, lèvres serrées, il fit un signe de négation peinée.

De retour dans notre palapa, Cassie et moi reprîmes notre place sur les mêmes souches que deux heures plus tôt ; mais nous, en revanche, nous n'étions plus les mêmes.

Le professeur, un peu à l'écart dans l'obscurité, demeurait absorbé dans un silence malheureux, tête basse et les yeux fixés sur la pointe de ses bottes, comme s'il pensait pouvoir y trouver une réponse à son désespoir.

À côté de moi, Cassandra se taisait elle aussi ; le regard lointain, elle jouait rêveusement avec le cadran de sa montre de plongée. De mon côté, je ne cessai de ruminer tout ce que nous venions d'apprendre dans la maloca, et je ne pouvais m'ôter de l'esprit l'idée qu'il nous manquait encore une pièce de cet étrange puzzle.

« Tu ne crois pas que tout cela est un peu trop... invraisemblable ? » demandai-je comme pour moi-même.

Cassie se tourna vers moi, un sourcil levé :

« Ulysse... nous séjournons dans une tribu de la forêt amazonienne, à la recherche de la fille inconnue du professeur, elle-même partie en quête d'une tribu mystérieuse qui, semble-t-il, habite une cité perdue dont moi, qui suis archéologue, je n'ai jamais entendu parler de ma vie. » Elle grimaça un sourire : « Cela sans mentionner le fait qu'il y a à peine quelques heures, nous avons bien failli être dévorés par une meute de caïmans, peu de temps après avoir été précipités dans une cataracte en hydravion. Quelle partie de cette putain d'histoire te paraît invraisemblable ? demanda-t-elle en plissant le front.

— Oui, je sais bien, reconnus-je sans relever le sarcasme. Mais je trouve peu crédible que, sur la seule foi de conjectures et de coïncidences, un groupe de scientifiques s'enfonce comme ça dans la jungle, sans trop savoir où ils vont. Je ne sais pas... il me semble que ces choses-là n'arrivent que dans les films.

— Je ne comprends pas où tu veux en venir.

— Je n'en suis pas très sûr non plus. Je crois juste qu'il y a quelque chose qu'on ne nous a pas dit.

— Comme quoi ?

— Aucune idée, avouai-je en suivant des yeux la silhouette d'Iak qui traversait la place en direction de sa hutte. Mais nous devons le découvrir d'une façon ou d'une autre. »

Pendant ce temps, le professeur Castillo avait enfin cessé de regarder par terre pour se tourner vers Cassandra, qu'il observait avec un soudain intérêt.

« Pardon, ma chère, dit-il d'une voix qui s'efforçait au calme, pourrais-tu s'il te plaît m'éclaircir au sujet de la partie où nous nous précipitons dans une cataracte en hydravion ? »

23

Le lendemain matin, de bonne heure, nous décidâmes d'aller récupérer l'équipement que nous avions laissé sur l'îlot au milieu de la rivière. Après avoir convaincu Mengké que c'était le moyen le plus rapide de nous voir repartir comme nous étions venus – et lui mentir sans vergogne, l'assurant que son récit nous avait tellement troublés que nous n'avions aucunement l'intention de suivre les traces de Valéria –, le chef des Menkragnotis facilita notre entreprise en nous procurant une douzaine d'hommes pour nous accompagner et nous aider, d'abord à rejoindre le banc de sable en pirogue, puis à tout transporter jusqu'au village.

Nous allions donc sur le sentier par lequel nous étions arrivés la nuit même, guidés là encore par des guerriers menkragnotis qui, dans un silence absolu, semblaient léviter à quelques centimètres de la terre plus que marcher dessus. Tandis que nous ne faisions que piétiner des branches et trébucher sur le moindre caillou, eux ne faisaient pas un bruit et se glissaient au milieu de la végétation avec autant de grâce qu'un poisson dans l'eau.

En les voyant se mouvoir de la sorte, je compris alors que ces hommes étaient aussi bien adaptés à cet environnement que l'étaient les jaguars, les oiseaux ou les singes qui ne cessaient de sauter d'arbre en arbre au-dessus de nos têtes. Plus exactement, il ne s'agissait pas d'adaptation, mais d'intégration. Ces indigènes étaient peut-être la seule représentation de l'espèce humaine qui soit devenue partie intégrante de son habitat au lieu de prétendre le changer en fonction de ses besoins, comme les autres civilisations l'avaient fait depuis des milliers d'années.

À nos yeux d'Occidentaux, ils pouvaient paraître ignorants et primitifs, mais ils vivaient en parfaite harmonie avec la nature, plus que nous ne serions jamais capables de le faire, en dépit de toutes les fleurs que nous pourrions glisser dans nos cheveux et de tous les slogans écologistes que nous nous entêterions à seriner.

Le professeur marchait juste derrière les furtifs Menkragnotis, attentif à ne pas mettre le pied sur quelque animal rampant ; Cassandra

112

venait ensuite, avec le pas agile de celle qui est habituée au travail de terrain, et semblait apprécier la randonnée ; je fermais la marche, suivant du regard le balancement de la courte queue de cheval de la Mexicaine, qui, comme le pendule d'un hypnotiseur, me fit reculer dans le temps, jusque dans le désert du Mali. Dans ces lointains parages du Sahara, il n'y avait pas si longtemps, était née une belle histoire d'amour qui, sans que je sache comment, avait commencé à se fissurer dès l'instant où nous avions décidé de vivre ensemble à Barcelone, et que nous nous étions retrouvés englués dans une routine à laquelle ni l'un ni l'autre n'étions...

« Ça va ? » dit une voix devant moi.

Je battis des paupières, un peu désorienté au moment de revenir au monde réel. Cassie me scrutait avec curiosité.

« Tout va bien ? » répéta-t-elle. Elle s'était retournée, mais continuait de marcher à reculons. « Tu n'as pas ouvert la bouche de tout le trajet. Il se passe quelque chose ?

— Non, rien du tout, répondis-je en secouant la tête. J'étais juste un peu distrait, en train de penser à des trucs à moi.

— À des trucs à toi », souligna-t-elle, et, les yeux plissés, elle se remit dans le sens de la marche, se retournant encore une fois pour répéter, avec un indéchiffrable sourire de Joconde : « À des trucs à toi... »

Quelques minutes plus tard, voyant que l'épais sous-bois s'éclaircissait, je devinai que nous approchions enfin de la rivière.

Le rugissement du courant se faisait de plus en plus assourdissant, bien davantage que dans mes souvenirs de la nuit précédente ; je me fis néanmoins la réflexion que c'était assez logique, après douze heures passées dans la relative tranquillité de la forêt.

Lorsque j'arrivai au bord de l'eau, les Menkragnotis y étaient déjà, et je m'étonnai de les voir penchés en avant, parlant avec animation en désignant les flots.

Je remarquai alors le professeur qui, adossé à un tronc, secouait la tête d'un air affligé, et Cassie qui portait les mains à son front dans un geste incrédule.

« Non, non, non..., répétait la Mexicaine. On est foutus... »

Déconcerté, je les rejoignis en quelques enjambées, pour m'apercevoir qu'hélas ! leurs réactions n'étaient absolument pas exagérées.

Les caïmans, comme pour venger leurs congénères abattus la nuit précédente, avaient pris leur revanche : telle une horde d'Attilas cuirassés, ils avaient décidé de prélever le prix du sang froid de leurs frères et s'étaient acharnés sur nos sacs et notre équipement.

Ils les avaient non seulement détruits méthodiquement, mais avaient aussi dispersé tout leur contenu entre le banc de sable – où il ne restait plus grand-chose –, les berges et sur des rochers saillants au beau milieu de la rivière. Les reptiles s'étaient même retrouvés emberlificotés dans nos vêtements : ainsi, un petit saurien portait autour du cou un de mes t-shirts à l'effigie de Bruce Springsteen, et un autre, qui était celui que les Menkragnotis morts de rire montraient avec le plus d'insistance, avait sur la tête, tel un aberrant couvre-chef, un soutien-gorge de sport taille 95.

Je ne sais pas ce qui nous embêtait le plus : la disparition de tout notre équipement, ou l'hilarité des Menkragnotis. C'étaient les rois du rictus impassible et des airs circonspects, mais quand il s'agissait de se moquer des malheurs d'autrui, ils perdaient toute retenue.

« Je ne vois pas la mallette », dit alors Cassandra d'une voix soucieuse en regardant de tous côtés, sans prêter attention au charivari.

« La mallette noire ? m'inquiétai-je.

— Elle n'est plus là. Elle a disparu », confirma-t-elle en se retournant vers moi, les sourcils froncés.

La main en visière, je m'approchai du bord autant que je pus, et, forçant la vue, je constatai qu'elle avait raison. Sur le sable jaune du minuscule îlot, une dizaine de caïmans se chauffaient au soleil, la gueule béante, au milieu des vestiges de nos bagages… mais il n'y avait pas trace de la caisse en aluminium où nous rangions l'équipement le plus fragile, ni, et c'était bien pire, de la petite mallette en plastique noir qui renfermait le GPS et le téléphone par satellite.

Les deux seuls instruments qui nous auraient permis de continuer de chercher Valéria devaient être à présent en train de descendre la rivière en direction de l'Atlantique.

« Cette fois c'est la fin…, murmura le professeur dont la voix se brisa. C'est fini. Maintenant, nous n'avons plus la moindre chance. »

Abattus et sans même songer à aller sur le banc de sable pour y reprendre le peu de vêtements qui n'auraient pas été lacérés par les caïmans, nous nous bornâmes à parcourir la berge pour ramasser ce que le courant avait laissé accroché aux branches et entre les racines.

Avec l'aide des Menkragnotis – qui, sans bien comprendre la raison de notre profonde déception, avaient cessé de rire en voyant notre air consterné –, nous mîmes une heure environ à récupérer deux pantalons, plusieurs chemises, quelques sous-vêtements et un petit sac à dos rouge. Et, munis de ce pathétique bagage, nous retournâmes vers le village, silencieux et tête basse, et convaincus que notre opération de sauvetage improvisée venait de prendre fin.

De fait, nous risquions fort d'avoir nous-mêmes de sérieux problèmes pour revenir à la civilisation : nous n'avions plus aucun moyen de contacter l'hydravion d'AZS pour que l'on vienne nous chercher, et la cabine téléphonique la plus proche était à quelques centaines de kilomètres et sept cataractes de distance.

24

À notre retour au village, Iak accourut vers nous pour nous dire qu'après s'être beaucoup fait prier, Mengké avait fini par accepter de lui rendre le journal de son grand-père. Essayant de ne pas penser à la fatalité qui semblait s'acharner sur nous, nous nous mîmes donc à étudier les pages encore lisibles, avec l'espoir d'en découvrir un peu plus que ce que nous savions déjà.

Lorsque nous eûmes achevé de les déchiffrer, ces fragments – qui ne représentaient malheureusement qu'une toute petite partie du journal – nous avaient éclairés suffisamment pour que nous puissions nous faire une idée de ce qu'avait été cette fabuleuse expédition, près d'un siècle auparavant. Néanmoins, la malchance voulut que l'humidité et les moisissures aient dévoré la seconde moitié du volume, et nous ne pûmes rien apprendre sur les derniers jours de Percy et Jack Fawcett ni les circonstances qui avaient amené celui-ci à finir dans ce village perdu des rives du Xingu.

« La seule chose que nous sachions avec certitude, murmura Cassie en levant les yeux du texte que nous avions examiné plusieurs heures durant, c'est que ce journal est authentique et que Jack Fawcett est le grand-père d'Iak. Tout le reste, je le laisserais de côté.

— Et pourquoi donc ? Pour ma part, il me semble assez convaincant, déclara le professeur en désignant le livre toujours ouvert sur les genoux de la jeune femme.

— Il l'est. Mais ce qu'il raconte est si... » Elle mit quelques secondes à trouver un adjectif approprié : « Si abracadabrant, que j'ai du mal à en accepter la véracité.

— Tu fais référence à la Cité noire ?

— Écoutez ceci, dit-elle en baissant les yeux sur le journal : "... le sentier de pierre déboucha sur une chaussée bien plus large, et, peu après, les vestiges d'une arcade aux dimensions cyclopéennes nous donnaient la bienvenue à ce qui dut être en son temps une grande place entourée de magnifiques bâtiments construits en pierre et en maçonnerie. Père laissa son havresac sur le sol, et, agenouillé et les bras ouverts, il se mit à rire aux éclats d'un bonheur sans mélange. Raleigh, oublieux de sa jambe meurtrie, se mit à sauter de joie tel un saltimbanque, et moi, j'élevai au Ciel une prière reconnaissante pour nous avoir concédé la grâce de survivre jusqu'à ce Noël 1925, le jour que nous découvrîmes enfin la Cité perdue de Z, comme l'avait baptisée mon père voici près de dix ans, alors qu'elle n'était encore qu'une simple hypothèse, que…" »

La jeune Mexicaine leva les yeux et se tourna vers le professeur avec un haussement d'épaules.

« Je ne peux pas en lire plus. Les pages suivantes sont rongées par la moisissure.

— Eh bien, je ne sais pas, dis-je avec un geste indécis, je reconnais que c'est un peu bizarre, mais…

— Bizarre ? répéta-t-elle en grimaçant. Ce serait bizarre de te voir faire la vaisselle, mais cela, c'est… » Elle secoua la tête sans finir sa phrase et se retourna vers Eduardo : « Professeur, on n'a jamais rien découvert qui soit plus grand qu'un hameau en adobe de ce côté de la cordillère des Andes, et vous le savez. Alors, une ville comme celle que décrit Jack Fawcett dans ce journal, au beau milieu de la forêt amazonienne, c'est un peu… *Caramba* ! C'est complètement impossible !

— Je dirais qu'*impossible* est un terme beaucoup trop catégorique, mademoiselle Brooks.

— Appelez-le comme vous voudrez, mais le fait est que ça ne se peut pas, insista-t-elle. Même si l'archéologie n'est pas votre domaine, vous êtes quand même professeur d'histoire, et vous savez aussi bien que moi que les civilisations ne sont pas des îles, mais des conséquences de leur environnement. Les cités ne surgissent pas du néant comme par magie ; il doit préexister une base culturelle, économique et sociale sur laquelle se fonde leur croissance. À ce jour, aucune n'a été découverte en Amazonie, il est donc improbable qu'il en existe une seule, perdue dans la jungle.

— Celle-ci est peut-être l'exception qui confirme la règle. »

Cassie le regarda avec un mélange d'impatience et de compassion.

« Je comprends que vous vouliez croire à l'existence de cet endroit, mais j'ai peur que votre fille soit partie à la poursuite d'une hallucination. Valéria est peut-être une anthropologue réputée, mais moi, je suis archéologue… vous pouvez me faire confiance quand je vous dis que ce n'est pas possible.

— Mais dans tous les cas, intervins-je après avoir écouté leur conversation en silence, quelle importance cela a-t-il ? Que cette cité soit ou non une fantaisie du grand-père d'Iak nous est complètement égal. Ce qui compte, c'est que Valéria, elle, y a cru, et qu'elle est allée à sa recherche, convaincue que c'est là que vit la tribu des Morcegos. Nous devons faire la même chose et suivre ses traces.

— Mais, Ulysse... Si la Cité de Z n'existe pas, Valéria et son équipe peuvent tourner en rond dans la jungle jusqu'à la fin des temps, dit Cassandra en fermant le livre comme une institutrice devant la énième question d'un élève un peu obtus. Ils ont des semaines d'avance sur nous, et Dieu seul sait où ils peuvent être à présent. De plus, je te rappelle que nous avons perdu les cartes et le GPS.

— Et si cette Z existait vraiment ? insista Eduardo. Ma fille pourrait s'y trouver !

— Professeur, je vous ai déjà dit que cela est...

— De toute façon, j'irai, déclara-t-il en faisant la sourde oreille aux protestations de l'archéologue. S'il y a une chance de retrouver Valéria, même infime, je dois la saisir.

— J'irai aussi, renchéris-je sans réfléchir. Je ne vais pas vous laisser vous amuser tout seul. »

Cassandra nous regardait avec incrédulité.

« Mais personne ne m'écoute, ici ? s'écria-t-elle, exaspérée. Je vous dis qu'il n'est pas possible que cet endroit existe et ce n'est pas en fonçant les yeux fermés que vous allez trouver quelque chose. Ni Valéria, ni les Morcegos, ni cette putain de cité !

— Nous t'avons écoutée, Cassie, l'interrompis-je en posant une main distraite sur son genou. Mais, que tu aies raison ou non, le professeur va partir à la recherche de sa fille, et moi, je ne vais pas le laisser y aller seul. Pendant ce temps, si tu veux, tu pourrais rester ici et essayer de contacter quelqu'un pour que... »

Remarquant soudain les regards de plus en plus noirs que me jetait la Mexicaine, je me tus sans finir ma phrase.

« Serais-tu en train de suggérer, Ulysse Vidal, commença-t-elle en se mettant debout tout en citant mon nom en entier – ce qui était indubitablement la pire des combinaisons –, que pendant que *toi* tu t'enfonceras dans la forêt pour chercher une cité perdue en compagnie du professeur, *moi* je devrais t'attendre sagement à la maison... à raccommoder tes chemises, peut-être, hein, vénéré patron ?

— Euh... je..., bredouillai-je piteusement. C'est toi qui as dit qu'il était impossible que...

— Et qu'est-ce que ça peut foutre, ce que j'ai dit ! Je ne suis pas venue jusqu'ici pour rien... Et puis, *diablos* ! qui c'est, la fichue archéologue, hein ? Ce serait bien plus logique que toi tu restes ici et que j'aille moi avec le professeur. »

Ce dernier leva les mains pour réclamer la paix :

« D'accord, d'accord... vous n'allez pas vous battre pour cela : nous irons tous les trois. Nous utiliserons le journal autant que faire se peut pour suivre les pas de Valéria, nous la trouverons, et nous reviendrons avec elle, sains et saufs. Vous verrez, ensemble, nous y parviendrons, conclut-il en nous serrant dans ses bras. Vous verrez. »

Et en entendant ces mots, je songeai que mon vieil ami avait depuis longtemps la réputation bien méritée de ne jamais tomber juste avec ses prédictions.

25

Tandis que le professeur Castillo s'absorbait dans la lecture du journal et examinait les autres objets contenus dans la boîte, en quête de détails qui nous auraient échappé, Cassie et moi nous étions installés sur une vieille natte de palme en compagnie d'Iak, devant sa hutte ; nous expliquions à ce dernier ce que nous avions découvert sur son grand-père et les raisons qui l'avaient conduit dans ces parages.

« C'était un homme bien, déclara Cassandra après avoir achevé notre récit. Tu peux en être fier. »

L'indigène eut un rire doux et sans joie.

« Fier ? répéta-t-il amèrement. Comment pouvoir être fier ? Moi être sang impur, pas vrai Menkragnoti. Eux pas aimer moi ; pour cela moi vivre seul ici. Menkragnotis, trouver grand-père perdu dans forêt, avec blessure et presque mort de faim, alors eux décider garder lui... »

Il leva les yeux au ciel comme pour y chercher un mot. « Comme mascotte, grimaça-t-il. Lui gagner épouse avec le temps, mais être prisonnier de tribu jusqu'à jour où mourir, avant naissance de père de moi. Lui aussi être sang impur. Iak jamais appartenir à conseil d'aînés, et si femme vouloir donner enfants un jour, c'est par pitié, parce que enfants de moi seront aussi enfants d'homme *branco* de sang impur.

— Mais c'est très injuste ! s'indigna Cassandra. Tu n'es pas responsable des péchés des hommes blancs.

— Être loi menkragnoti, dit-il stoïquement.

— Mais alors... pourquoi restes-tu ici, s'ils te méprisent autant ? m'étonnai-je.

— Où aller ? Pour Menkragnoti être sang impur, mais pour hommes *brancos*... pour eux, être moins que animal. Moi passer années dans mines, près Marabá, avec hommes *brancos*. Être pires années de ma vie. Être sang impur avec Menkragnotis être mauvais, mais être Indien avec hommes *brancos* être beaucoup pire », conclut-il sombrement.

La profonde amertume que dégageaient ses paroles rendait inutile toute tentative de le consoler ou de le conseiller. Ainsi étaient les choses hélas ! et nous ne pouvions faire davantage que répondre à son infortune par un silence compréhensif.

« C'est alors que tu as appris à parler espagnol ? demanda Cassie pour changer de sujet.

— Oui. Autres travailleurs, de tribu appelée Bolivie, enseigner. Pas apprendre plus. Vouloir savoir lire aussi, mais... » Il eut un geste fataliste. « De toute façon, moi voir là-bas que jamais pouvoir vivre comme homme *branco*. Alors, mieux revenir et vivre avec tribu de Iak... même si eux pas aimer moi.

— Au moins, déclarai-je d'un ton positif, on dirait que tes chefs n'ont pas été trop fâchés contre toi pour nous avoir montré le journal de ton grand-père. »

Le petit-fils de Jack Fawcett se tourna à demi et me dédia un regard morose.

« Eux chasser moi de village pendant une lune complète.

— Ils t'ont chassé du village ? se scandalisa Cassandra. Mais c'est ridicule. Tu n'as rien fait !

— Moi désobéir à conseil et montrer boîte de grand-père, comme faire avec femme *branca*. Ça être prix que moi payer.

— Je ne comprends pas, insista-t-elle. Que fais-tu de mal en nous aidant ?

— Eux dire que si aller chercher femme *branca* vous aussi disparaître, et venir autres hommes *brancos* pour chercher vous, et après, autres, et autres...

— Précisément, si tu nous aides, ce sera plus facile de localiser cette Cité noire, où nous trouverons la fille du professeur et les autres membres de son équipe. »

Iak secoua la tête d'un air lugubre.

« Ça être grande peur de conseil et chaman, vous trouver Cité noire. Eux dire que alors être sûr que vous pas revenir jamais. »

À cette affirmation si catégorique succéda un silence embarrassé.

« Bon, finis-je par dire, de toute façon je crois difficile que nous trouvions la Cité noire, la cité perdue de Z ou quel que soit le nom qu'on veuille lui donner. Nous n'avons qu'une vague idée de la direction que nous prendrons, nous avons perdu notre matériel, et le journal de Fawcett n'a pas non plus été d'un grand secours. Alors je suis navré de vous dire, achevai-je en croisant les bras, que nous en sommes presque au même point qu'au commencement. »

121

À cet instant, un toussotement bruyant attira mon attention vers le professeur, qui était toujours assis, la boîte en laiton de Jack Fawcett ouverte sur ses genoux.

« En réalité, déclara-t-il en nous jetant un regard sagace par-dessus ses lunettes d'écaille, ceci n'est pas complètement exact, mon cher ami. » Ses lèvres s'étirèrent en un sourire de triomphe : « Car moi, je crois désormais savoir où se trouve cette mystérieuse cité de Z. »

26

Cassandra et moi étions restés bouche bée en entendant l'affirmation du professeur. Pour ma part, j'étais presque sûr que le pauvre homme souffrait d'une forte insolation.

« Que voulez-vous dire par là ? demandai-je, inquisiteur. Nous avons tous les trois lu le journal, et nous n'y avons rien trouvé d'utile.

— C'est vrai, reconnut-il, mais je n'ai pas parlé du journal.

— Mais alors ? » s'étonna Cassie.

En guise de réponse, Eduardo Castillo ouvrit la main, nous montrant une fine chaîne en argent noircie par le temps, accrochée à une vieille montre à gousset. Je l'avais aperçue quand Iak avait pris le journal de son grand-père dans la boîte, mais je n'y avais pas vraiment prêté attention.

Le professeur la retourna, et, avec l'ongle, il gratta le vert-de-gris qui recouvrait le dos en cuivre de la montre ; alors, il nous la tendit, révélant l'élégant monogramme gravé dans le métal : « P. H. F. ».

« Ce sont les initiales de Percy Harrison Fawcett, observa Cassandra. C'est la montre de l'arrière-grand-père d'Iak.

— Effectivement, corrobora Eduardo, enchanté.

— C'est bien joli, dis-je, mais je ne vois pas quel est le rapport avec la localisation de Z.

— Attends et tu vas voir. »

Tel un mage ouvrant le couvercle de son coffre aux mystères, il fit de même avec le clapet de la montre ancienne, révélant le cadran au verre fendu dont les aiguilles s'étaient arrêtées à midi – ou minuit – vingt, un jour du siècle dernier. Après avoir perdu quelques secondes à essayer de deviner quelle clef pouvait bien renfermer l'heure indiquée, mes yeux se posèrent sur la face interne du clapet, où des symboles semblaient avoir été grossièrement gravés à la pointe du couteau.

« Qu'est-ce que c'est que ça ? », interrogea Cassie, me prenant de vitesse, comme presque toujours.

Le professeur sourit et, en les caressant du doigt, il déclara avec fierté :

« Ce sont des nombres, ma chère. Et vu que le dernier symbole est très clairement un "Z", je ne crois pas me tromper en affirmant qu'il s'agit des coordonnées géographiques de l'endroit que nous cherchons. »

Dans la pénombre de la petite hutte d'Iak – à qui nous avions assigné des fonctions de contre-espionnage à l'extérieur –, nous déchiffrâmes les inscriptions de la montre tandis que le professeur les écrivait au dos du journal, avec un stylo-plume qu'il avait sauvé du naufrage.

« Bon, dis-je lorsque nous eûmes achevé la transcription. Si nous ne nous sommes pas trompés, il y a deux séries de nombres, l'une au-dessus de l'autre : 75838 et 524834. Si nous les traduisons en degrés et minutes, cela nous donnerait : 7° 58' 38" sud et 52° 48' 34" ouest.

— Un instant... comment as-tu fait cela ? demanda Cassandra, intriguée.

— C'est tout simple : les deux derniers chiffres sont toujours les secondes de degrés, les suivantes, les minutes de degrés, et les numéros restants sont les degrés de latitude ou de longitude. Étant donné que nous sommes au sud de l'équateur et dans l'hémisphère ouest, la conclusion est évidente, expliquai-je avec un sourire satisfait.

— Et c'est tout ? C'est aussi facile que ça ? fit-elle avec incrédulité. Ce sont les coordonnées de Z ?

— À mon avis, oui.

— Magnifique ! s'exclama le professeur avec enthousiasme. Il ne nous reste plus qu'à y aller ! Nous devons partir tout de suite !

— Attendez un peu, objecta Cassandra. Je m'en voudrais de jouer les trouble-fête, mais... vous n'oubliez pas un détail ? Toutes nos cartes ont servi de goûter aux caïmans, et le GPS, Dieu seul sait où il se trouve maintenant. Sans carte ni GPS, dit-elle en montrant ses mains vides, ces coordonnées sont inutiles.

— Mais que racontes-tu ? protesta Eduardo Castillo. Mister Fawcett a enregistré ces coordonnées il y a près d'un siècle : il n'y avait alors pas de cartes de la région et encore moins de GPS.

— Mais rappelez-vous que c'était un cartographe expérimenté, et il avait avec lui les instruments nécessaires pour repérer sa position. Donc, à moins que l'un de vous ait apporté un sextant de chez lui...

— Nom d'un chien ! jura le professeur en frappant rageusement du pied. Je croyais que nous l'avions.

— Un moment, prof..., murmurai-je, songeur, le regard perdu au plafond. Ne vous désespérez pas tout de suite ; nous pouvons encore faire quelque chose à ce sujet. »

J'essayais de me rappeler mes cours de navigation, et je me souvins qu'il existait une méthode pour calculer le cap, si l'on connaissait les coordonnées de départ et d'arrivée. Le problème était que le jour où avait eu lieu ce cours était aussi celui de la finale de la Champions League, et...

« Voyons voir, dis-je au bout d'un moment. Vous souvenez-vous, par hasard, des dernières coordonnées envoyées par Valéria, qui doivent plus ou moins correspondre à l'endroit où nous nous trouvons maintenant ?

— Oui, bien sûr. Je les ai tellement regardées qu'elles ont fini par se graver dans ma mémoire : c'est 8° 26' 34" sud et 52° 39' 09" ouest.

— Génial. Vous me prêtez votre stylo un instant ? »

J'inscrivis ces nouvelles coordonnées avec les premières, et après quelques simples soustractions, je déduisis que nous étions environ 29 minutes plus au sud et neuf minutes et demie plus à l'est que les coordonnées gravées dans la montre. Je savais qu'une minute d'arc de latitude – c'est-à-dire un soixantième de degré – équivaut exactement à un mille nautique, soit plus ou moins mille huit cents mètres, et, comme nous étions à faible distance de l'équateur, je pouvais appliquer la même mesure aux degrés de longitude – qui diminuent à mesure que l'on va vers les pôles – sans trop de risques d'erreur. J'avais donc deux côtés d'un triangle rectangle : un de vingt-neuf milles vers le nord, et l'autre de neuf milles et demi vers l'ouest. Il ne me restait plus qu'à appliquer le théorème de Pythagore : *le carré de l'hypoténuse est égal à la somme des carrés des deux autres côtés.*

Avec un bâton, j'avais gribouillé mes nombres et mes opérations sur le sol de la cabane, et, en levant les yeux un instant, je rencontrai ceux de Cassie qui, fixés sur moi, m'observaient comme s'il m'était sorti un troisième œil au milieu du front.

« Mais... depuis quand tu es si calé en chiffres ? s'étonna-t-elle. Toi qui ne te rappelais jamais ton code de carte de crédit...

— Quand tu es partie... je veux dire, quand nous nous sommes séparés, j'ai passé mon brevet de navigation de plaisance, et j'ai donc été obligé d'apprendre quelques bricoles à propos des caps et des coordonnées.

— Excellent. Je suis ravie que tu n'aies pas perdu ton temps », me complimenta-t-elle, encore que son ton me donnât l'impression d'un reproche voilé.

« Viens-en au fait, Ulysse, réclama alors le professeur. Tu as tiré une conclusion de tout ce fatras de nombres ?

— Un peu de patience, prof. »

Je repris mon petit bâton et réalisai quelques opérations supplémentaires. Pour finir, après l'extraction d'une racine carrée sur laquelle je suai sang et eau, j'inscrivis un nombre dans le sable : 30,51.

« La voilà, dis-je en désignant le sol avec orgueil. C'est la distance qui, d'après Fawcett, nous sépare de la Cité noire.

— Trente kilomètres seulement ?

— Milles, ce sont des milles. En kilomètres, cela fait environ cinquante-six ou cinquante-sept, pratiquement au nord de notre position.

— Peu importe ! C'est tout près !

— Professeur, intervint Cassandra, pensez que les distances ne sont pas équivalentes en terrain dégagé et dans la forêt, où l'on peut mettre une journée entière pour faire cinq cents mètres.

— Mais nous avons la rivière, non ? Elle coule plus ou moins du sud vers le nord.

— Ce n'est pas bête, reconnus-je. Avec de la chance, nous pourrions gagner beaucoup de temps avec une pirogue.

— Tout cela me semble parfait, approuva Cassandra avec une pointe de raillerie, mais nous ne savons toujours pas dans quelle fichue direction nous devons parcourir ces cinquante kilomètres et quelques.

— Ce n'est pas un problème non plus, assurai-je, encouragé par mon succès en trigonométrie. Professeur, vous me prêtez votre stylo-plume encore une fois, s'il vous plaît ?

— Bien évidemment », dit-il en me le tendant presque avec vénération.

Mais son sourire se figea lorsqu'il me vit commencer à démonter son cher stylo et à sortir les petites pièces de son mécanisme avant de les laisser négligemment sur le sol.

« Mais… que diable…

— Patience, prof, dis-je avec un clin d'œil. Ayez un peu de foi.

126

— Il m'a dit la même chose il y a à peu près un an... », marmonna la Mexicaine entre ses dents, juste assez fort pour que je l'entende.

Je fis mine d'ignorer le commentaire et poursuivis ma tâche jusqu'à arriver à la pièce que je cherchais : le petit ressort. Je le tendis pour lui faire perdre sa forme, puis m'approchai de Cassandra et saisis une mèche de ses cheveux.

« Hey ! Mais qu'est-ce que tu fais ? Qu'est-ce que tu veux faire à mes cheveux ?

— S'il te plaît, Cassie. J'ai besoin que tu restes tranquille et que tu te taises quelques minutes, je dois faire quelque chose.

— Mais..., protesta-t-elle de nouveau.

— C'est important. »

À son corps défendant, la fougueuse archéologue se tint tranquille et j'en profitai pour frotter le fil de fer contre sa chevelure blonde, qui, malgré tous ces jours sans prendre une douche décente, me semblait toujours aussi douce.

« Et voilà, dis-je au bout d'une minute. Je crois que c'est prêt. »

Cassandra se tourna vers moi, un peu surprise.

« Je crois comprendre le truc de frotter le fil de fer dans les cheveux, pour le charger d'électricité statique. Mais, qu'est-ce que vient faire le fait de me taire ? dit-elle d'un air soupçonneux.

— Oh, en fait, rien du tout », répliquai-je en lui tournant le dos.

Sentant le regard assassin qu'elle me lançait, je pris un des bols d'eau que l'on nous avait laissés, et, posant le fil de fer sur une petite feuille pour qu'il flotte, je le laissai bouger librement jusqu'à ce qu'il s'immobilise complètement.

« Je ne comprends toujours pas, grommela le professeur.

— C'est très facile, expliquai-je. En frottant le fil de fer sur les cheveux, je l'ai chargé en électricité et il est maintenant sensible au champ magnétique ; donc, il indique là plus ou moins le nord. Ce qui veut dire que la Cité noire est... », je fermai un œil comme pour viser et pointai le doigt sur un point de l'horizon, un peu à gauche de ce que marquait le fil de fer, « ... approximativement dans cette direction. »

Le professeur et Cassie me regardèrent, mi-stupéfaits, mi-sceptiques.

« Tu en es sûr ? demanda la Mexicaine.

— Eh bien, aussi sûr que l'on puisse l'être avec un bout de fil de fer et un bol rempli d'eau.

127

— Et il n'aurait pas mieux valu consulter une boussole pour ce faire, fit observer le professeur en entrelaçant ses doigts, au lieu de démolir mon beau stylo-plume et utiliser Cassandra comme aimant ?

— Une boussole ? Évidemment, mais que je sache nous... »

Avant que j'aie pu terminer ma phrase, il avait sorti de la boîte de Jack Fawcett un petit compas magnétique muni d'une chaînette pour le suspendre au cou, et, le tenant entre deux doigts, il le faisait osciller devant moi.

« Il y avait aussi ceci parmi les affaires du grand-père d'Iak, dit-il en arquant un sourcil. Tu aurais pu demander avant. »

27

Nous n'eûmes pas trop de mal à convaincre Mengké et le conseil des aînés – pressés de nous voir enfin quitter leur village – de nous fournir deux vieilles pirogues pour descendre le Xingu en direction de São Félix, à environ trois cents kilomètres en aval, vers le nord. Nous ne leur avions évidemment pas dit que notre véritable intention était de nous arrêter à mi-chemin pour chercher la Cité noire ; si nous l'avions fait, ils ne nous auraient probablement pas proposé les huit hommes qui marchaient à présent devant nous en portant nos embarcations pour les mettre à l'eau passée la *cachoeira do Ubá*, l'immense cataracte qui avait bien failli faire culbuter notre hydravion avec nous dedans.

Convaincre Iak de nous accompagner avait été plus difficile, car se retrouver si près du territoire morcego ne lui disait rien qui vaille. À contrecœur, il finit pourtant par réunir son maigre paquetage et accepta de passer sa période de bannissement à nous servir de guide lors de notre trajet sur la rivière. C'était peut-être une manière de nous manifester de la reconnaissance, ou peut-être d'expier sa part de responsabilité pour avoir montré à Valéria le journal de son grand-père.

Peu après avoir abandonné le village sous le regard impatient – et même soulagé, disons-le – de Mengké et des autres membres du conseil de la tribu, nous marchions sur un sentier flanqué d'arbres gigantesques aux racines comme les contreforts d'une église. Leurs cimes, elles, se perdaient dans un enchevêtrement vert si serré qu'elles ne laissaient qu'à peine passer la lumière du jour.

Nous progressions avec lenteur au milieu de la végétation ; coiffés de leurs plumes jaunes, les guerriers allaient en tête, chargés des lourds canoës ; Iak les suivait, avec son short décoloré, une besace de toile dans le dos et un arc avec une douzaine de flèches dans la main droite ; le professeur Castillo, Cassandra et moi fermions la marche. Dans le sac à dos rouge que je portais, il y avait le peu d'affaires que nous avions sauvées de la fureur des caïmans, la vieille montre de Fawcett avec les coordonnées de Z, et les trois hamacs dans lesquels nous avions dormi et dont les Menkragnotis nous avaient généreusement fait cadeau, bien que tout porte à croire que la peur d'attraper une maladie les aurait amenés à les brûler de toute façon.

Heureusement pour nous, nous nous étions dès le départ habillés en tenues de randonnée et bottes de caoutchouc – ce qu'il y a de mieux pour marcher dans la jungle – ; si les moustiques étaient déjà un véritable cauchemar maintenant, volant sans retenue autour de notre visage ou se posant par dizaines sur les manches longues de nos chemises pour essayer de nous piquer au travers du tissu – incompréhensiblement, ils semblaient ignorer les Menkragnotis –, je n'osais même pas imaginer ce qu'il en aurait été si nous avions débarqué de l'hydravion en short et sandales de plage.

« J'étais en train de penser… », songeai-je tout haut.

Cassandra se retourna brusquement : « Penser ? Tu te sens bien ? Tu veux t'asseoir un instant pour te remettre ? »

Faisant la sourde oreille, je poursuivis, sachant qu'aucun des indigènes à part Iak ne comprenait un mot de castillan.

« Je me disais que si l'on considère la position où nous pensons trouver Z, nous l'avons peut-être survolée à l'aller, vous ne croyez pas ?

— C'est vrai, répondit le professeur. Aucun de vous n'a rien vu ?

— Je dormais, comme vous, avouai-je.

— Eh bien, moi j'étais bien réveillée et je regardais par la fenêtre, et je vous assure que je n'ai rien vu qui retienne mon attention, déclara Cassandra.

— C'est curieux, non ? On devrait avoir vu quelque chose de là-haut.

— Ne te fais pas d'illusions, Ulysse. Même en admettant que cette Z existe, il s'agira probablement d'un modeste centre religieux, avec quelques constructions en pierre effondrées et envahies par la végétation. Une jungle comme celle-ci, ajouta-t-elle avec un geste circulaire de son index levé, pourrait avaler une ville comme New York en seulement quinze ou vingt ans.

— Tu n'exagères pas un peu ? douta le professeur.

— Exagérer ? Au sud de Mexico et au nord du Guatemala, un territoire infiniment plus petit que l'Amazonie, on découvre chaque année une nouvelle cité maya dissimulée par la végétation. Sans aller plus loin, Machu Picchu, qui est aujourd'hui l'un des sites archéologiques les plus célèbres du monde, n'a été découverte qu'il y a une centaine d'années ; et pourtant, elle se trouve au milieu du Pérou, dans une province pas spécialement boisée ni inaccessible. Alors, imaginez ce qui pourrait se cacher ici, dans une région pratiquement inexplorée, sous des arbres hauts comme des immeubles. »

Après une bonne heure de marche, le sentier déboucha sur la berge de la rivière et les porteurs déposèrent les canoës sur une étroite frange de sable jaune au bord de l'eau, dont les vaguelettes venaient doucement lécher la petite plage où nous nous tenions à présent.

Devant nous, les flots du Xingu s'élargissaient calmement et sans remous jusqu'à la ligne des arbres de l'autre rive, parfaitement visible à moins de deux cents mètres.

Bien plus près, sur notre droite, un brouillard d'eau enveloppait presque la moitié des vingt mètres de hauteur de la *cachoeira do Ubá*, qui s'abattait sur les rochers dans un rugissement de tonnerre digne d'un avion à réaction. Par chance, nous partions dans la direction opposée : un cours d'eau paisible, disait Iak, sans rapides ni cascades scélérates sur les cent kilomètres suivants.

Le seul inconvénient, c'était que les cours d'eau paisibles étaient l'habitat favori des caïmans et des piranhas. Mais notre ami menkragnoti nous assura que les premiers n'attaquaient généralement pas les pirogues et jamais avant le milieu du jour ; quant aux seconds, ils n'attaquaient que s'ils sentaient le sang. Ou s'ils étaient affamés. Ou s'ils se croyaient menacés. Ou si vous tombiez à l'eau. Ou s'il leur en prenait la fantaisie.

« Mais plus dangereux être *puraqué* ; vous dire anguille électrique. Peut tuer homme à plusieurs mètres avec un seul doigt dans eau, et certaines attaquer toujours jusqu'à proie plus bouger. Très dangereuses. Très dangereuses, insista-t-il avec gravité. »

Nous échangeâmes des regards inquiets, nous demandant soudain si cette descente en pirogue était une aussi bonne idée qu'elle nous avait paru dans la tranquille pénombre de la palapa. Mais avant que nous ayons eu le temps de nous poser la question, les huit Menkragnotis faisaient demi-tour sans un mot, nous laissant seuls avec l'exilé aux yeux bleus, sur la rive d'une des rivières les plus inexplorées du monde, avec deux vieux canoës, quatre pagaies, et un nœud à l'estomac.

131

28

Tout en pagayant nonchalamment à l'arrière de la pirogue que je partageais avec le professeur Castillo – qui, assis à la proue, plongeait sa rame dans l'eau avec circonspection, craignant de voir surgir à tout moment une gueule pleine de dents prêtes à le saisir –, je laissais notre embarcation glisser dans le courant léger ; je sentais mon cœur battre à grands coups, subjugué par l'omniprésence de cette forêt luxuriante qui revêtait le moindre espace de terre ferme et dont le chaotique bouillonnement émeraude venait déborder jusque sur les berges de la rivière.

Le silence susurrant de la jungle n'était brisé que par le clapotement rythmé de nos pagaies et le croassement occasionnel d'un oiseau qui s'envolait à notre apparition. Il y eut un instant où, égayé par l'image d'un nuage solitaire dans le ciel bleu cobalt qui se reflétait fidèlement dans les eaux tanniques du Xingu, la pensée me vint que jamais plus je ne me trouverais aussi proche du véritable paradis.

L'homme blanc n'avait pas encore mis la main sur cette forêt grouillante de vie, où jaguars, serpents, poissons et oiseaux évoluaient toujours dans le même environnement que celui qu'ils habitaient mille, dix mille ou cent mille ans auparavant. Ici, tout était pur, vierge, réel... Les préoccupations et les misères autour desquelles tournaient nos existences n'avaient plus le moindre sens au sein de cette nature dans son expression la plus authentique ; et, pour les plus chanceux, un bref éclair de lucidité peut nous faire lever les yeux de notre nombril, et découvrir que la planète Terre sur laquelle nous naissons et nous mourrons, mais où nous savons si mal vivre, est exactement ainsi. Telle qu'elle a toujours été, et telle qu'elle continuera d'être longtemps après l'extinction de notre espèce.

« C'est incroyablement beau... », murmura Cassandra dans l'autre pirogue.

Je me tournai vers elle et la vis tout aussi belle, avec ses cheveux dorés brillants sous un rayon de soleil et ses yeux écarquillés dans sa contemplation fascinée de ce qui l'entourait.

« Tu as tout à fait raison, ma chère, répondit le professeur. Je dois dire que c'est vraiment dommage.

— Qu'est-ce qui est dommage ? » demandai-je.

Il se retourna à demi pour me jeter un regard surpris.

« Tu ne te souviens déjà plus du barrage qui a été construit en aval ?

— C'est vrai. J'avais complètement oublié.

— Alors, tu ferais bien de ne plus l'oublier, parce que dans quelque temps, toute cette région se retrouvera sous les eaux.

— Quelle belle saloperie ! se plaignit Cassie avec amertume. Quand cela arrivera, toute cette forêt disparaîtra. Avec ses arbres, ses animaux, ses... »

Elle s'aperçut alors qu'Iak s'était retourné et la regardait fixement.

« De quoi vous parler ? » demanda-t-il avec étonnement.

C'était difficile à croire, mais, alors que nous nous étions arrêtés dans un méandre de la rivière, les deux canoës nez à nez, Iak nous répétait que personne au village n'avait connaissance de ce barrage, ni du fait que la plus grande partie de leur territoire allait être noyée sous les eaux.

« Hommes de ville venir il y a longtemps, nous expliqua-t-il, pour offrir cadeaux en échange que Menkragnotis partir. Mais personne accepter : pourquoi nous vouloir machines à laver ou télévisions ?

— Et que s'est-il passé ? m'enquis-je de ma pirogue.

— Rien. Eux fâchés et partir, et jamais revenir.

— Ils devaient travailler pour le constructeur..., supposa Eduardo.

— Mais c'est incroyable que ces fumiers non seulement se foutent de laisser les Indiens sans terres, mais qu'ils ne les préviennent même pas pour qu'ils puissent être évacués. Quelle bande de fils de putes ! » protesta Cassandra, furibonde.

« Combien de temps leur reste-t-il, à votre avis, professeur ? demandai-je en me mordant les lèvres avec rage.

— C'est difficile à dire... » Il posa sa pagaie sur ses genoux, rajusta ses lunettes et réfléchit un moment. « Même si un réservoir aussi gigantesque n'est pas une baignoire et met très longtemps à se remplir, il faut tenir compte du fait que le village menkragnoti n'est pas beaucoup plus haut que le Xingu. Un bon mois, peut-être, ou, s'il pleut beaucoup en amont, quelques semaines, voire moins... Mais on ne peut pas vraiment savoir.

— Semaines... », répéta Iak, qui leva les yeux vers le ciel comme pour vérifier s'il n'allait pas se mettre à pleuvoir à l'instant même. Puis il regarda à l'horizon que nous avions laissé derrière nous et, pagayant pour faire virer la pirogue, il déclara : « Moi devoir retourner.

— Non ! s'écria le professeur en tendant le bras pour attraper le bord de l'autre embarcation. Tu dois nous aider à descendre la rivière ! »

L'indigène secoua la tête avec fermeté.

« Moi regretter beaucoup. Mais devoir retourner à village et prévenir mon peuple. Iak pas aimer eux, mais être Menkragnoti et lutter pour mon peuple. »

Notre modeste expédition de sauvetage était sur le point de prendre fin à peine commencée.

« Tu te trompes, Iak. Si tu pars maintenant, toi et les tiens vous perdrez tout. La seule manière de sauver ton peuple est de venir avec nous et de nous guider », argumentai-je en improvisant au fur et à mesure.

L'Indien s'immobilisa, sans comprendre. À vrai dire, ni Iak, ni personne d'autre, car ils me regardaient tous trois d'un air perplexe.

Cassie glissa un coup d'œil en coin au professeur et chuchota : « Cela me semble très bien, mais... en quoi trouver Valéria aidera-t-il son peuple ?

— Vous ne voyez donc pas ? fis-je en écartant les bras. Les Menkragnotis seront impuissants contre le pouvoir d'une société de construction et les intérêts politiques qu'il y a derrière. Que peuvent-ils faire ? Tirer des flèches sur le barrage ? En fait, ils n'ont qu'une seule chance, et c'est que nous trouvions les ruines de cette cité mystérieuse, tous les quatre.

— Je ne comprends pas, avoua le professeur.

— Réfléchissez : que croyez-vous qu'il arriverait si nous découvrions les vestiges d'une civilisation inconnue au beau milieu de l'Amazonie ? »

Sa réponse fusa aussitôt :

« Eh bien, il est probable que les archéologues afflueraient du monde entier, une foule d'investigations seraient entamées et on aurait droit à un bon reportage du *National Geographic*.

— Ce qui signifierait que ceci serait déclaré patrimoine de l'humanité... et ils seraient obligés de stopper l'inondation ! comprit Cassandra avec exaltation.

— Exactement.

— *Caramba* ! Tu as raison ! » s'écria la Mexicaine. Elle sembla sur le point de se jeter sur moi pour me serrer dans ses bras, mais s'interrompit au dernier moment ; j'ignore si elle avait eu peur de tomber à l'eau ou s'il y avait une autre explication moins prosaïque.

Iak, lui, demeurait imperturbable, la pirogue pointant toujours dans la direction contraire à celle que nous voulions suivre.

« Toi dire que si trouver cité des hommes anciens... moi sauver mon peuple ?

— Tu peux en être sûr, affirmai-je comme pour me convaincre moi-même en même temps que lui. Non seulement tu les sauveras, mais, s'ils sont justes, ils pourraient même faire de toi un membre du conseil des Menkragnotis. »

Cassandra et le professeur Castillo acquiescèrent énergiquement.

Pour toute réponse, l'indigène aux yeux bleus tourna de nouveau son canoë vers l'aval et se mit à pagayer vigoureusement. C'était pour lui une course contre la montre, contre son passé et son destin obscur.

135

29

Grâce au rythme soutenu que nous avait imposé Iak, et l'aide du courant qui nous poussait, nous avions parcouru en quelques heures quarante-cinq ou cinquante kilomètres, d'après mes calculs, lorsque l'indigène nous signala que nous devions nous diriger vers la rive gauche de la rivière, pour accoster sur l'une des rares grèves sablonneuses qui la jalonnaient.

La mauvaise nouvelle, c'était que nous venions de nous apercevoir que, dans l'excitation du départ, nous avions oublié nos lampes frontales au village menkragnoti. Nous nous consolâmes un peu à la pensée que sans piles de rechange, elles n'auraient de toute façon plus duré très longtemps.

Sur un signe d'Iak, nous échouâmes les pirogues sur le sable et débarquâmes ; l'Indien tendit le bras pour nous désigner, une centaine de mètres plus loin, l'endroit où le Xingu cessait d'être la rivière au courant paresseux qu'il avait été jusqu'à présent pour se transformer en un impressionnant bouillonnement d'écume ponctué de rapides et de brisants.

« *Corredeira Tareraimbú* commencer ici et être très dangereuse, annonça-t-il avec un geste éloquent de sa main mimant la forme des vagues. Devoir porter pirogues sur sentier. Après *correideira*, continuer sur rivière. »

Un bref coup d'œil aux rapides qu'il nous montrait suffit pour tous nous mettre d'accord.

« Maintenant que je commençais à prendre du plaisir à ramer... », regretta le professeur.

Je l'enlaçai d'un bras compatissant : « Ne vous inquiétez pas, prof. Quand nous serons de retour à Barcelone, je vous promets de vous emmener au parc pour que vous puissiez ramer un moment pendant que je donne du pain aux canards.

— Tu n'as qu'à emmener ta mère, grogna-t-il en repoussant mon bras.

— Je pourrais l'appeler, si vous insistez, mais je ne suis pas sûr qu'elle voudra venir », répliquai-je en riant.

Le sourire du professeur s'effaça et son expression joviale se fit brusquement plus sérieuse.

« Puisque nous parlons de ta mère, commença-t-il d'une voix hésitante, me déteste-t-elle toujours pour... pour ce qui est arrivé à ton père ? »

Je dois avouer que la question me prit par surprise, car j'ignorais que le sujet préoccupait encore le vieux professeur.

Bien des années plus tôt, il était arrivé une tragédie dont le professeur avait indirectement été le responsable. Un jour, en effet, alors qu'il était encore professeur d'histoire à l'Université Autonome de Barcelone, il avait demandé à son meilleur ami et collaborateur – mon père – de lui rendre le service d'aller voir une petite église des Pyrénées, afin d'en examiner et photographier le retable, qui datait du quatorzième siècle.

Le malheur voulut qu'il ait neigé sur cette route de montagne quelques jours auparavant, et, cette nuit-là, l'asphalte était recouvert d'une fine couche de neige gelée extrêmement glissante. Sur le chemin du retour, mon père perdit le contrôle de sa voiture dans un virage et fut précipité dans le ravin ; il ne survécut pas.

Pour ma part, j'avais assumé cet événement comme une fatalité du destin, et, peu à peu, le professeur était devenu pour moi une sorte de parrain adoptif. Ma mère, en revanche, cherchait désespérément un coupable à accuser de la mort de son mari ; sa colère avait pris pour cible l'homme qui était à présent mon meilleur ami, et elle n'avait pas encore été capable de lui pardonner.

« À dire vrai, je l'ignore, avouai-je en revenant sur terre. Elle vous considère toujours comme responsable de ce qui est arrivé ce jour-là. »

Mal à l'aise, je me grattai le menton où la barbe commençait à pousser.

« Mais je dirais qu'elle a fini par se faire une raison avec le temps, et la haine du début n'est plus que du ressentiment.

— Du ressentiment...

— Oui. Et vous pouvez vous estimer heureux, affirmai-je en lui donnant une claque amicale dans le dos. Elle m'en veut toujours d'avoir découpé des bonshommes dans ses rideaux quand j'avais quatre ans. »

Après avoir mangé pour déjeuner les piranhas qu'Iak avait pêchés – et que j'avais dû étêter, étriper et cuisiner –, nous nous remîmes en marche avec une énergie renouvelée.

Après que nous ayons porté nos pirogues sur plusieurs kilomètres, Iak nous fit signe de nous arrêter près de deux colonnes de granit aux contours arrondis par l'érosion, sur le sentier qui contournait les rapides, juste à l'endroit où ceux-ci terminaient. Désignant les deux blocs verticaux et l'étroit passage qu'ils laissaient entre eux, il déclara sans préambules :

« Légende que Mengké raconter sur hommes anciens, dire que chemin de *Menka tamú* commencer entre Crocs de Tareraimbú. Ça être Crocs de Tareraimbú.

— Vraiment ? s'étonna le professeur. Il n'a rien mentionné à ce sujet lorsqu'il nous a parlé de la Cité noire.

— Mengké pas vouloir toi savoir. Lui pas raconter tout. »

Le professeur commençait à avoir des doutes quant à la véracité du récit. « Tu en es sûr ? Mengké ne pourrait-il avoir ajouté lui-même ce détail à la légende ? »

Iak croisa les bras, serra les lèvres et haussa les épaules. Il n'avait pas dit un mot, mais la réponse était claire.

« À moi, ça me va, déclara Cassie après avoir réfléchi un instant. J'en ai ma claque de porter cette putain de pirogue, et puis, ces deux rochers en forme de crocs ressemblent tout à fait à une entrée. »

Le professeur examina les deux rochers de haut en bas. « Tu n'as pas tort, concéda-t-il, mais ils pourraient tout autant ne rien signifier du tout.

— Au cas où vous voudriez le savoir, je calcule que nous avons déjà parcouru une cinquantaine de kilomètres vers le nord, et je crois que nous nous dirigeons maintenant vers l'ouest. Alors…, fis-je avec une inclinaison de tête vers les deux monolithes.

— D'accord, soupira le professeur. Le chemin en vaut un autre. Si nous devons nous perdre, perdons-nous pour de bonnes raisons. »

Et sans nous donner – ni se donner – le temps de réfléchir, il franchit d'un pas décidé l'étroit passage entre les Crocs de Tareraimbú, Iak sur les talons.

Cassie et moi échangeâmes un regard bref, sachant qu'en pénétrant dans la jungle nous laisserions la rivière derrière nous, et avec elle notre seul moyen de partir d'ici. Mais nous n'étions pas venus là pour autre

138

chose ; alors, sans avoir besoin de parler, nous prîmes une profonde inspiration et emboîtâmes le pas à Iak, qui avait déjà disparu derrière les rochers.

30

Le début de notre trajet, suivant la direction indiquée par la boussole de Jack Fawcett que je portais suspendue au cou, s'avéra être extrêmement difficile en comparaison avec le sentier parallèle à la rivière que vous avions suivi juste avant : il avait beau être boueux et semé d'embûches, c'était quand même un sentier.

Nous progressions à présent bien plus lentement, Iak en tête qui écartait et coupait les lianes avec sa machette, devant nous glisser entre les arbustes aussi serrés que des haies et surveiller en permanence où nous posions les pieds et les mains. Dans un enchevêtrement végétal aussi exubérant, le risque de rencontrer un serpent venimeux qui risquerait de ne pas apprécier notre présence devenait statistiquement une simple question de temps.

Nous n'étions pas très chargés, mais nos vêtements étaient quand même trempés de sueur, et le rythme pénible que nous devions soutenir pour nous frayer un chemin à travers les fourrés commençait à affecter notre moral. Après seulement deux heures de marche, notre enthousiasme initial avait fait place à un silence pesant, et celui-ci s'était ensuite converti en un concert de halètements et d'ahans qui, mon expérience me le disait, n'étaient que l'antichambre des premières plaintes et des premiers jurons.

« Je crois que nous devrions nous reposer un moment », dis-je en touchant l'épaule d'Iak, qui marchait juste devant moi, ruisselant de sueur.

Celui-ci regarda derrière moi et, voyant que le professeur suffoquait, il fit des yeux un signe d'acquiescement. Nous nous affairâmes aussitôt à aménager un espace autour de nous, de la taille d'un petit igloo, où nous nous blottîmes à même le sol, plus épuisés qu'aucun de nous n'aurait voulu l'admettre.

Entourés d'un épais mur végétal que la lumière du soleil peinait à percer, nous nous retrouvions dans une pénombre déprimante où nous avions du mal à distinguer nos visages. Iak sortit alors de sa besace quelques lanières de viande fumée et en donna une à chacun ; c'était dur comme le cuir d'une semelle et une légère odeur de pourriture s'en dégageait, mais, sans chercher à en connaître la provenance, je me mis à la mastiquer, réalisant soudain que j'étais affamé.

« À quelle distance se trouvaient les coordonnées de Z, déjà ? demanda le professeur tout en essayant de déchirer avec ses dents un morceau qu'il pourrait mâcher.

— C'était juste un calcul approximatif, répondis-je pour tenter d'esquiver la question. Je ne crois pas que nous devions le prendre très...

— Combien ? insista-t-il.

— À partir du fleuve, huit ou neuf kilomètres... peut-être dix.

— Et en deux épuisantes heures de marche, nous n'aurons pas fait cinq cents mètres, dit-il en regardant la sente étroite que nous avions laissée derrière nous.

— Plutôt trois cents, à mon avis, déclara Cassie avec découragement.

— D'accord, mais ce ne sera pas comme ça tout au long, répliquai-je, inquiet de la tournure que prenait la conversation.

— Tu n'en sais rien, objecta le professeur.

— Non, je n'en sais rien. Mais nous complaire dans nos problèmes ne sert à rien. Alors, dis-je en désignant l'épais sous-bois, si ceci est le seul chemin, nous le suivrons, point final. Nous plaindre ne le rendra pas plus aisé, et si nous devons tracer notre propre sentier, nous le ferons. »

Le professeur Castillo regarda autour de lui, comme pour constater une fois de plus où nous nous étions fourrés.

« Peut-être... mais c'est précisément ce qui m'inquiète. Il est évident que personne n'est passé par ici depuis bien longtemps, ce qui veut dire que Valéria non plus.

— Non, prof. L'expédition de votre fille a pu prendre un autre chemin. Du reste, s'ils avaient encore leur GPS, ils auraient pu... non, ils ont dû marcher en ligne droite vers leur objectif, et non faire des détours comme nous l'avons fait. »

L'homme sembla ruminer mes paroles, mais avec un visible effort pour les avaler.

Je fixai sur lui un regard dur. « Professeur, votre fille Valéria est dans cette direction, dis-je en tendant un bras vers l'ouest, et nous la trouverons, même si nous devons traverser cette fichue jungle amazonienne tout entière à coups de machette. Alors, cessez de vous

141

inquiéter et de chercher la petite bête, parce que si nous n'y mettons pas tous du nôtre, nous ne pourrons pas réussir, croyez-moi. »

Derrière les verres sales de ses lunettes, les yeux bleus de mon vieil ami lancèrent des éclairs.

« Tu as raison, je me conduis comme un imbécile. » Il se releva d'un bond, s'empara de la machette d'Iak, et, sans dire un mot, se mit à attaquer la végétation à grands coups de taille, comme si c'était la coupable de ses malheurs.

Trois visages stupéfaits, les yeux écarquillés et des lanières de viande séchée dépassant des lèvres, observaient ce brusque changement d'attitude.

« Allons ! nous exhorta-t-il d'un ton impatient. Qu'attendez-vous donc ? Pour trouver ma fille, c'est par là ! »

Quelques heures plus tard, remplaçant Cassie sur le front, qui elle-même avait pris la relève du professeur pour qu'il se repose, je luttais avec acharnement contre des arbustes hérissés de longues épines ligneuses qui, m'expliqua Iak, étaient souvent utilisées comme fléchettes de sarbacane pour la chasse. Il affirmait qu'elles pouvaient perforer l'épaisse couche de graisse qui enveloppe les porcs sauvages, et, comme j'eus le loisir de le vérifier dans ma propre chair, elles n'avaient aucun problème avec la toile de coton et la peau humaine, arrivant même à percer le muscle au-dessous.

Par chance, nous avions enfin laissé derrière nous l'impénétrable et oppressante végétation des abords de la rivière, où nous avions été obligés de marcher dans une quasi-obscurité en pleine journée ; encore que, disons-le, le nouveau décor n'incitait pas non plus à sauter de joie. Certes, nous progressions plus vite, mais l'inextricable enchevêtrement de lianes de toutes tailles qui pendaient des arbres immenses me donnait l'impression d'être une mouche prise dans une monstrueuse toile d'araignée ; elles entravaient jusqu'à la liberté de mouvement nécessaire pour jouer de la machette afin de me frayer un chemin.

C'est alors qu'un mirage surgi de nulle part apparut juste devant moi, sous la forme d'un petit arbre – selon les standards amazoniens, évidemment –. Avec son écorce grisâtre et ses petites fleurs rouges, il était comme isolé, offrant un espace dégagé de deux ou trois mètres autour de son tronc ; une véritable invitation au repos, comme la vision d'un canapé et d'une bière froide.

Sans y réfléchir à deux fois, je m'en approchai, lâchai ma machette, et, après avoir vérifié que le sol semblait libre de serpents, scorpions et autres, je me laissai tomber sur le moelleux tapis de feuilles, attendant que mes compagnons me rejoignent.

Le premier à arriver fut le Menkragnoti, que j'accueillis avec un large sourire, tout fier de ma découverte.

« Regarde ce que j'ai trouvé ! Viens t'asseoir, le serveur passera prendre notre commande », invitai-je en m'adossant au tronc tout en tapotant le sol à côté de moi.

L'indigène au regard clair ouvrit des yeux comme des soucoupes ; il cria quelque chose dans sa langue et se jeta sur moi pour m'écarter de l'arbre en me tirant par le bras avant que j'aie eu le temps de dire ouf.

« Mais qu'est-ce que tu fais, enfin ? protestai-je en me levant. Es-tu devenu fou ? Il n'y a pas de serpent, ni rien d'autre, j'ai vérifié !

— Pas serpents, pas araignées, pas rien.

— Oui, c'est ce que je viens de dire !

— Ça être *palo santo*, tout mort autour de *palo santo*. Si toi asseoir près arbre, toi mourir aussi.

— Mais qu'est-ce que tu racontes ? L'arbre va me tuer ? » demandai-je, sur le point d'éclater de rire.

Iak eut un claquement de langue impatient ; saisissant la machette, il s'approcha d'un jeune arbuste voisin et le sectionna net à la base, le transformant en une espèce de longue lance. Puis, le tenant par son extrémité, il l'approcha avec précaution du palo santo et en effleura l'écorce une ou deux fois.

Le professeur Castillo et Cassie firent leur apparition juste à cet instant et me jetèrent un regard interrogateur à la vision de cet homme qui approchait un arbre comme s'il affrontait un tigre du Bengale.

Je haussais les épaules sans répondre, lorsque la Mexicaine leva les sourcils avec incrédulité.

« Mais qu'est-ce que… ? »

Comme une averse soudaine, des milliers de petites fourmis jaunâtres se laissaient choir des plus hautes branches de l'arbre, pleuvant littéralement sur tout l'espace dégagé et s'étendant comme une bouillonnante marée ambrée jusqu'au pied du *palo santo*.

Iak se tourna alors vers moi, hors de lui.

143

« Si toi asseoir près *palo santo*, répéta-t-il en me morigénant comme une mère gronderait un enfant turbulent, fourmis tangarana tomber sur toi, et mordre avec venin, et alors toi... » Il pencha la tête sur le côté, langue pendante.

Sur ce, il fit demi-tour sans ajouter un mot.

Si l'on exceptait les huit mètres de l'anaconda indolent qui avait traversé devant nous nonchalamment, comme s'il était en promenade, et le cours que nous donna Iak sur la manière d'obtenir de l'eau des lianes et des tiges de bambou – en frappant chaque segment jusqu'à en trouver un qui sonne plein –, le reste de l'après-midi s'écoula sans rien qui soit digne d'être rapporté.

À l'inévitable apparition des moustiques, Iak – qui semblait ne pas en être affecté – nous suggéra de badigeonner de boue toutes les parties de notre corps dont la peau était exposée ; pour faire bonne mesure, je suggérai d'en enduire également nos vêtements, car les maudites bestioles m'avaient déjà piqué ce matin au travers du tissu. De sorte que nous finîmes tous recouverts de boue de la tête aux pieds, ne laissant libres que deux fentes pour les yeux et une autre pour la bouche, cette dernière étant indispensable pour proférer des malédictions adressées aux myriades d'insectes qui nous tourmentaient. Avec nos vêtements déchiquetés par les épineux et notre air d'avoir lutté contre la jungle depuis des jours, quiconque nous aurait croisés à cet instant jurerait avoir rencontré une bande de zombis répugnants revenant d'une nuit de débauche.

Lorsqu'il commença à faire plus sombre, nous nettoyâmes un espace où installer notre bivouac, nous balayâmes le sol à l'aide de branchages pour déloger d'éventuels serpents, et, pendant que nous accrochions les hamacs, l'indigène sortit de sa besace une sorte d'arc miniature et un bâton d'un peu plus d'un empan de long dont le bout pointu avait été durci au feu. Puis il ramassa un peu de bois sec sur un arbre mort, enroula autour du bâton la corde de l'arc qu'il fit glisser vivement d'un côté et de l'autre, jusqu'à ce que le foret de bois se mette à tourner comme la mèche d'une perceuse ; une volute de fumée blanche s'éleva, une petite braise rouge se mit à briller sur laquelle Iak souffla deux ou trois fois, et, à notre plus grande joie, se transforma en une flamme joyeuse qui illuminait autant nos visages qu'elle nous réchauffait le cœur, ce dont nous avions bien besoin.

J'étais tellement fasciné d'observer cette façon de faire du feu, immuable depuis des milliers d'années, que j'en avais complètement oublié que dans une poche latérale de mon pantalon, il y avait un simple et néanmoins fort pratique briquet.

Nous n'avions toujours pas de viande fraîche, puisqu'il était impossible à Iak de chasser dans la débauche anarchique de cette forêt ; mais, entre les fruits que nous avions ramassés sur le sol – des goyaves, des mangues, et quelque chose qui ressemblait à du raisin mais qui n'en avait absolument pas le goût, avec un gros noyau central – et le reste de viande fumée, nous en eûmes assez pour faire un dîner décent autour du feu.

Nous devions évoquer un campement de vieux boys scouts réchappés des tranchées de Verdun.

Derrière nous, au-delà de l'exigu cercle de lumière, arbustes et branchages ne cessaient de s'agiter ; les grenouilles arboricoles coassaient comme si leur vie en dépendait et des milliers d'oiseaux, de primates, d'insectes et de reptiles criaient, caquetaient ou rugissaient dans l'obscurité, comme un rappel permanent que nous avions pénétré sans invitation sur leurs domaines.

« Si je n'étais pas si fatiguée, fit Cassie entre deux bouchées de la mangue qu'elle devait tenir à deux mains, je pourrais presque avoir peur d'entendre quelque chose ramper derrière moi.

— Toi, femme courageuse, affirma solennellement Iak en désignant l'archéologue.

— Tu peux en être certain », confirma le professeur avec un sourire las.

Mais la jeune Mexicaine ne les regardait pas : c'était moi qu'elle observait. J'étais assis, silencieux, de l'autre côté du feu et je sentais le poids de ce regard posé sur moi, comme si elle essayait de me faire comprendre de cette manière quelque chose que ses lèvres n'arrivaient pas à exprimer.

Ce fut moi qui finis par parler le premier :

« À quoi penses-tu ? » dis-je tout bas.

L'archéologue mordit dans son fruit avant de répondre.

« Je pensais, chuchota-t-elle, que ce que je vois est réellement incroyable.

145

« — Je trouve cela incroyable aussi… Nous retrouver de nouveau dans la jungle, toi et moi, entourés de tout le…

— Non, Ulysse, me coupa-t-elle d'un air malicieux. Ce qui me semble incroyable, c'est que tu ne te rendes même pas compte que tu as une tarentule grosse comme un ouistiti en train de te grimper sur le bras. »

31

Je devais être vraiment épuisé, ou c'était peut-être l'effet sédatif de la fumée de la termitière que nous avions jetée dans les flammes pour éloigner les moustiques, mais en dépit de l'épisode de la tarentule – qu'Iak avait simplement écartée du revers de la main –, je dormis comme un bébé cette nuit-là.

À peine réveillé, je me redressai dans mon hamac, et, voyant que les autres dormaient encore, je sautai à terre en me frottant les yeux, songeant à aller chercher quelques fruits pour notre petit-déjeuner. Et c'est alors que j'eus la frayeur de ma vie en constatant que nous n'étions plus seuls dans notre campement : à moins d'un mètre de mes pieds nus, un énorme serpent était lové sur les braises éteintes de notre feu de camp. À en juger par sa taille et le diamètre de son corps, aussi épais que ma jambe, je pensai d'abord à un anaconda ; mais les soupçons me vinrent en remarquant son étrange couleur jaunâtre et les triangles noirs de son dos.

Réagissant à ma présence, le reptile leva la tête, et je vis alors ses pupilles, elliptiques comme celles d'un chat : un signe sans équivoque que je me trouvais face à un serpent venimeux.

Ou plus exactement : un gigantesque serpent venimeux.

Ce fut le moment que choisit inopportunément Cassandra pour s'éveiller à son tour, s'étirant bruyamment avant même d'ouvrir complètement les yeux. Mais elle vit quand même immédiatement qu'il se passait quelque chose : suivant la direction de mon regard, elle découvrit l'ophidien à demi enterré dans les cendres, sa menaçante tête triangulaire dressée et pointée vers moi.

Hélas ! ce laps de temps suffit également au serpent pour détecter Cassie ; il se tourna vers elle et fit ce que font tous les serpents quand ils se sentent pris au piège.

Attaquer.

Comme un ressort, il détendit ses trois mètres de muscles et, gueule béante, se jeta sur la Mexicaine, qui n'eut que le temps de reculer d'un pas en poussant un cri étranglé.

Sans réfléchir, je me précipitai vers le feu de camp et saisit la queue du reptile. Ce n'était pas la chose la plus intelligente à faire, certes, mais au moins l'animal se retourna sur lui-même aussitôt, oubliant Cassandra pour faire face à la menace la plus immédiate. C'est-à-dire moi.

Sans le lâcher, je le tirai en arrière, pensant que c'était la meilleure manière de le contrôler, mais j'eus la malchance de trébucher sur mon sac à dos et tombai à la renverse, laissant échapper un serpent désormais vraiment furieux contre moi.

L'agressif ophidien ondula avec vivacité et je le vis avec horreur venir se placer juste entre mes jambes, dresser sa tête hideuse à plus d'un mètre de hauteur et tendre son corps écailleux en fixant sur moi ses petits yeux maléfiques.

Il semblait comprendre que j'étais à sa merci ; sans hâte, il ouvrit la gueule, exhibant ses crochets pointus où le venin perlait déjà. Au recul de sa tête, je réalisai qu'il prenait son élan avant de me sauter au visage.

J'étais perdu.

Dans un geste de protection instinctif, je croisais les bras devant moi et serrai les dents, dans l'attente de la morsure inéluctable qui allait m'être fatale.

Je sentis un choc, mais, au lieu de la douleur des crocs se plantant dans ma chair, ce fut celui d'un poids mort tombant lourdement sur mon entrejambe.

J'écartais alors les bras de mon visage, pour voir se convulsionner dans de grandes giclées de sang le corps sectionné du serpent, dont la tête avait disparu.

Désorienté et encore incapable de réunir mes esprits, je regardai à ma droite : Cassie était là, debout, les lèvres étirées en un sourire inquiétant, une machette dégoulinante de sang à la main.

« J'avais toujours rêvé de faire quelque chose comme ça », déclara-t-elle tranquillement en dégageant une mèche rebelle de sa figure.

Notre petit-déjeuner de ce matin-là consista bien entendu en une grillade de *surucucu de fogo*, ainsi qu'Iak nous l'avait appris. L'un des serpents les plus craints d'Amazonie, autant pour son agressivité que pour sa mauvaise habitude de dormir bien caché dans les cendres chaudes. Mais la sale bête était si grosse que nous n'en mangeâmes que la moitié ; c'est pourquoi, sur le conseil malintentionné de la Mexicaine lorsque nous nous remîmes en marche, je dus emporter plus d'un mètre de serpent sur les épaules, telle une lourde et extravagante étole. Notre provision de viande fraîche.

La forêt semblait être un peu moins impénétrable que la veille, et nous avancions donc plus rapidement. C'était peut-être pour cela, ou parce qu'un peu de lumière arrivait à percer le plafond de la jungle, ou tout simplement parce que nous avions le ventre plein, mais nous avions tous les quatre plus d'entrain ; le professeur nous régala même de plusieurs de ses conférences sur ses sujets favoris, tous plus ennuyeux les uns que les autres.

Plus tard, ce fut Cassandra qui nous raconta les découvertes inattendues faites lors des fouilles archéologiques qu'elle dirigeait sur la côte de Barbate, dans le détroit de Gibraltar ; Iak, lui, nous montra des plantes que nous ne connaissions pas et nous parla de leurs incroyables propriétés médicinales : la *jaracá*, indispensable contre les morsures de serpent ; l'immortelle des marais pour les hémorragies ; ou la *para-para*, une petite fleur blanche d'aspect innocent, mais qui, une fois séchée et broyée, expliquait le Menkragnoti, provoquait des fourmillements désagréables si elle entrait en contact avec la peau, suivis d'une paralysie temporaire du corps tout entier.

Pour ma part, je tentai bien d'animer la promenade en entonnant une chanson de l'artiste uruguayen Jorge Drexler, mais, à la moitié du deuxième couplet, un coup de tonnerre retentit au-dessus de nous et, fort sagement, on m'obligea à me taire immédiatement.

Je m'efforçai donc de me distraire en jetant de temps en temps un coup d'œil à la boussole, pour vérifier que nous allions bien vers l'ouest. Appliquant une curieuse méthode qui consistait à s'allonger sur le sol et bander son immense arc à l'aide des pieds et des mains pour lui donner un maximum de puissance, Iak essayait aussi de chasser – sans grand succès – les singes qui, bien que de plus en plus rares, sautaient d'arbre en arbre au-dessus de nous. L'arrière-petit-fils de Percy Fawcett secouait la tête d'un air déçu et avait un sourire gêné à chaque tir manqué. Manifestement, la chasse n'était pas son fort.

Pour tromper l'ennui, je décidai de parler à Cassie d'un sujet qui m'était revenu à l'esprit ; dépassant le professeur, je me plaçai derrière elle.

« Cassie, que t'apprêtais-tu à me dire, l'autre jour ? »

Elle se retourna à demi en arquant un sourcil.

149

« L'autre jour ? Pourrais-tu être un peu plus explicite ?

— Mais si : quand nous étions encerclés par les caïmans, sur la rivière, alors que nous croyions mourir... » Je souris légèrement. « Cela paraissait important. »

La jolie Mexicaine avança le menton en regardant en l'air, comme fouillant dans sa mémoire.

« Ben non, *mano*, dit-elle en secouant la tête. Je ne vois vraiment pas de quoi tu parles.

— Mouais... et je présume que tu ne te souviens pas non plus de ce que tu voulais me dire lorsque l'hydravion était sur le point de s'écraser, non ?

— Non plus.

— Bien sûr, bien sûr... Tu sais que tu mens très mal ? »

Pour toute réponse, la Mexicaine esquissa un sourire énigmatique et me tourna le dos.

Peu après, j'entendis le professeur Castillo maugréer derrière moi et lui jetai un coup d'œil pour le voir se gratter furieusement le dos en maudissant la faune locale.

« J'ignore ce qui a bien pu me piquer, grogna-t-il, mais j'ai un bouton qui me démange affreusement.

— Allons, prof, ne vous inquiétez donc pas et cessez de vous gratter. Ce n'est certainement pas grave du tout.

— Ce n'est peut-être pas grave, mais je te jure que c'est en train de me rendre fou ; je dirais même qu'il y a quelque chose qui bouge, là-dedans.

— Ne soyez pas aussi parano !

— Parano ? s'indigna-t-il. Regarde, alors ! »

Il s'approcha tout en relevant sa chemise par-derrière.

Indubitablement, il avait sous l'omoplate droite un étrange gonflement de la taille d'une grosse bille rouge, avec une petite tache de sang juste au centre.

Mais ce qui me retourna vraiment l'estomac, ce fut constater qu'effectivement, il y avait quelque chose qui remuait à l'intérieur.

Le professeur, torse nu, était assis sur un tronc et me regardait passer au feu la lame de mon couteau de plongée pour la désinfecter ; Cassie et Iak avaient pris place de chaque côté de lui, autant pour lui

150

donner du courage que pour le tenir bien fort quand arriverait le moment de faire l'incision.

Lorsque je jugeai que le fil aiguisé du couteau devait être libre de germes, je m'approchai de mon vieil ami par-derrière et lui posai une main sur l'épaule.

Il tourna la tête avec un regard méfiant.

« Mais, as-tu déjà fait ce genre de chose ? demanda-t-il avec angoisse.

— Vous voulez vraiment que je vous réponde ?

— Maudit sois-tu, Ulysse ! C'est exactement le type d'occasion où il faut mentir effrontément !

— Ne vous inquiétez pas, répétai-je pour la dixième fois en dix minutes. Tout ira bien, je sais ce que je fais. »

Sans dire un mot, Cassandra me jeta un regard interrogateur.

Je lui répondis de même, en silence, mais avec un haussement d'épaules et une grimace incertaine qui venaient contredire mes propres paroles.

N'ayant pas pu voir l'aveu muet de mon incompétence, le professeur saisit entre les dents le bâton que lui passait le Menkragnoti et s'apprêta à subir la petite opération pour laquelle nous n'avions bien entendu aucun produit anesthésique, pas même la typique bouteille de whisky des westerns pour soûler notre patient.

« Bien, prof, dis-je en m'efforçant de paraître tranquille. Nous y allons. Je compterai jusqu'à trois et je ferai l'incision, d'accord ? »

Avec son bâton dans la bouche, Eduardo Castillo acquiesça à contrecœur.

« Prêt ? Un... »

Et je coupai par surprise. Le vieux professeur cracha son bout de bois et poussa un hurlement qui dut s'entendre à des lieues à la ronde.

Heureusement que Cassie et Iak le maintenaient fermement, parce que sinon, il se serait retourné pour me jeter au visage le chapelet d'insultes impossibles à répéter qu'il me dédia, cramoisi de rage et de douleur.

« Ça y est, prof, dis-je en lavant la blessure à l'eau. Cela valait mieux.

— Tu peux toujours causer ! rugit-il. On ne fait pas des choses pareilles, merde ! »

L'ignorant, je me penchai sur l'incision d'environ cinq centimètres de long, mais peu profonde, et ce qui en surgit soudain semblait venir tout droit d'un film de science-fiction : une espèce de larve d'un demi-centimètre d'épaisseur, pourvue d'un bec noir et de minuscules pattes comme des crochets, dardait sa tête hors de la plaie comme un répulsif *alien* en miniature furieux d'être exposé en pleine lumière.

« *Dios santo* ! Mais qu'est-ce que c'est que ça ? s'exclama Cassandra avec horreur.

— Quoi ? Que se passe-t-il ? » s'alarma le professeur, qui, oubliant un instant sa douleur, essayait de se retourner.

La réponse arriva de la droite, par la bouche d'Iak :

« Être *sotuto*. Mouche doit piquer depuis des jours et laisser larve, et larve grandir beaucoup.

— Et comment l'enlevons-nous ? demandai-je en voyant la répugnante bestiole se rétracter à l'intérieur des chairs. Il faudra faire une incision plus profonde.

— Il n'en est pas question ! s'écria notre patient, horrifié à cette perspective.

— Pas besoin, affirma l'indigène avec un sourire suffisant. *Sotutos* aimer musique. »

Je crus à une plaisanterie, mais je compris qu'il n'en était rien lorsque je vis Iak ramasser un petit bout de bois et en effiler la pointe jusqu'à ce qu'elle soit aussi fine qu'une aiguille ; puis, il revint vers le professeur, qui s'efforçait en vain de regarder ce qui se passait dans son dos.

C'est alors que le descendant de Percy Fawcett fit la dernière chose à laquelle on se serait attendu. Il se mit à siffler.

Cassandra et moi observions d'un air sceptique l'indigène qui sifflait le ver comme un oiseleur appelant son chardonneret.

Mais ce qui suivit nous stupéfia : la tête de l'horrible larve apparut et elle darda le corps hors de la plaie, tel un serpent hypnotisé par la flûte du fakir. Je n'en croyais pas mes yeux. C'était exactement le genre d'anecdote à laquelle personne ne croit même si l'on jure qu'elle est véridique ; et pourtant, cela était en train de se passer.

À cet instant précis, alors que le parasite était à moitié sorti, Iak fit un mouvement vif de la main droite et la larve fut embrochée sans coup férir. Il ne lui resta plus qu'à l'extraire d'un coup sec, provoquant un nouveau cri de douleur du professeur, et un soupir de soulagement chez les autres.

Puis l'indigène confectionna un emplâtre avec la fibre d'une liane qu'il appelait échelle de singe, et le nectar rouge d'un arbre qu'il qualifiait de sang-de-dragon. Il malaxa le tout consciencieusement, cracha dedans deux ou trois fois, le recouvrit de boue et colla l'ensemble sur la blessure du professeur en lui promettant que cela calmerait la douleur et empêcherait l'infection. Après la scène à laquelle nous venions d'assister, nous ne pouvions faire autrement que de le croire.

32

Nous marchâmes durant plusieurs heures, ce jour-là, traversant parfois des zones où la végétation était aussi solide que des murs de briques, et d'autres fois des terrains dégagés où les arbustes, lianes ou palmiers poussaient comme dans un jardin bien soigné, et où seuls les arbres gigantesques me rappelaient du haut de leur soixantaine de mètres où nous nous trouvions en réalité.

« C'est comme la voûte d'une cathédrale… déclama le professeur, dont l'imagination et la langue semblaient avoir été libérées par l'extrait de liane qu'Iak lui avait fait boire pour calmer la douleur. Une cathédrale infinie…

— Oui, rétorqua Cassandra en agitant la main devant son visage pour disperser une nuée d'insectes, une cathédrale avec de sérieux problèmes de moustiques.

— Les moustiques sont aussi des créatures de Dieu, nous rappela-t-il avec un sourire idiot. C'est leur maison également. »

L'archéologue leva les yeux au ciel et j'apostrophai Iak, qui marchait maintenant en queue de notre petit peloton.

« Mais je peux savoir ce que tu lui as fait boire ?

— Seulement médecine pour douleur, comme ayahuasca, répondit-il sobrement.

— Je n'y crois pas ! Tu lui as donné un hallucinogène ?

— Un tout petit peu, comme pour enfant, se défendit-il en haussant les épaules. Pas rien passer de mal.

— Mal, non, fit Cassie en voyant le professeur tendre les mains vers le ciel. Mais on dirait que cela a éveillé chez lui une ferveur religieuse que nous ne lui connaissions pas. »

Et comme pour corroborer ses dires, l'ex-professeur d'histoire médiévale à l'Université Autonome de Barcelone, iconoclaste et athée pratiquant, s'agenouilla les bras en croix, et entreprit de rendre grâce au Seigneur pour les merveilles de la création, au milieu d'un halo de moustiques qui entourait sa tête telle une auréole de sainteté.

Avec l'arrivée du crépuscule venait le moment d'installer notre rudimentaire campement. Nous dégageâmes le sol humide, suspendîmes les hamacs, Iak fit le feu à sa manière et nous rôtîmes le reste du surucucu, car, comme le Menkragnoti n'avait cessé de le répéter pendant tout le trajet, le gibier n'était plus seulement rare : il avait complètement disparu.

Assis autour du feu, si épuisés que nul n'avait la force de parler, nous réalisâmes brusquement que la faune s'était considérablement raréfiée dans cette partie de la forêt. C'était à peine si l'on entendait le lointain tohu-bohu de quelques singes sautant de branche en branche, ou un couple isolé de perroquets en train de dialoguer comme les membres d'un débat, dans une obscurité dominée par un silence croissant qui, plus nous en prenions conscience, plus il nous paraissait sinistre.

Iak lui-même était devenu plus nerveux à mesure que nous nous enfoncions dans la jungle, et, à la flamme dansante du feu dans la nuit, l'on décelait dans ses yeux quelque chose qui ressemblait beaucoup à de la peur.

Je n'osai cependant pas lui demander de qui, ou de quoi, il avait peur.

« Quelle distance avons-nous parcourue, à votre avis ? s'enquit Cassandra à voix basse, brisant le lourd silence.

— Entre huit et douze kilomètres, peut-être, aventurai-je sans grande conviction, les yeux fixés sur les flammes.

— Pas plus ? s'étonna le professeur, qui semblait remis de ses hallucinations. Je me sens comme si je venais de courir un marathon. »

Je levai les yeux pour lui offrir un sourire las.

« Rien de plus normal... pensez que vous avez parcouru votre propre chemin de croix. »

Un petit rire échappa à Cassie et le professeur me jeta un regard surpris.

« Quel chemin de croix ? De quoi parles-tu ?

— De rien en particulier, prof. Je pensais tout haut... Pourquoi voulais-tu savoir quelle distance nous avions déjà parcourue, Cassie ? »

La jeune femme me regarda longuement en silence, comme si elle hésitait à m'expliquer ce qu'elle avait en tête.

« N'avais-tu pas calculé qu'en partant de la rivière nous devrions faire neuf kilomètres pour arriver aux coordonnées de Z ?

— Approximativement, précisai-je en levant le doigt.

— D'accord, approximativement... Mais le fait est que pour le moment, nous n'avons rien vu qui nous permette de penser que nous

155

nous trouverions près d'une cité perdue ni rien qui y ressemble. Il n'y a pas de route, pas de bornes, ni aucun autre signe.

— Fichtre, Cassie. C'est pourtant toi, l'archéologue ; tu sais parfaitement que nous pourrions être en cet instant même assis sur un gisement archéologique sans nous en rendre compte. Même moi, je sais cela.

— Sans doute. Mais nous n'avons rien vu du tout, et ça m'inquiète.

— Que veux-tu dire ? » demanda Eduardo Castillo avec intérêt.

Cassandra posa sur nous un regard songeur.

« Et si nous nous étions trompés ?

— En ce qui concerne les distances ? Je t'ai dit que...

— Non, Ulysse, m'interrompit-elle. En ce qui concerne la direction.

— Tu veux dire que... » Le professeur laissa sa question en suspens.

L'archéologue sous-marine se frotta la nuque, mal à l'aise.

« Nous nous sommes basés uniquement sur des suppositions et des calculs approximatifs, dit-elle d'un air soucieux. Rien ne nous garantit que l'histoire que nous a racontée Mengké soit vraie... et encore moins que ce soit le chemin qui mène à Z. Les mystérieuses ruines décrites par Jack Fawcett dans son journal n'existent peut-être que dans l'imagination d'un explorateur du siècle dernier après qu'il s'est enfilé une bouteille de whisky, ou alors... »

Cassandra se tut lorsque je lui posai une main sur le genou et lui désignait le professeur d'un signe du menton.

En dépit de la lumière chiche et de la couche de boue qui le recouvrait, son visage s'était visiblement crispé et l'on devinait les muscles tendus de sa mâchoire.

« Tu as raison, bredouilla-t-il avec abattement. Tu as complètement raison. Tout ceci est ridicule... Cette expédition improvisée, vous pousser à m'accompagner, à risquer votre vie, chercher une tribu qui n'existe peut-être même pas au cœur de l'Amazonie... » Il plongea la tête dans ses mains en gémissant : « J'ai dû devenir fou, et je vous ai entraînés dans ma folie. » Il posa sur nous un regard noyé. « Pardonnez-moi, je suis tellement désolé.

— Arrêtez de dire des bêtises ! le morigénai-je en me levant. Personne n'a à demander pardon à personne, ici. Cassandra et moi sommes venus de notre propre gré. De plus, je suis convaincu que nous sommes sur la bonne voie pour trouver cette fichue Cité noire. Et, si nous trouvons la cité, je suis certain que nous trouverons votre fille. N'en doutez pas. »

Le professeur enleva ses lunettes et sécha ses larmes avec la manche de sa chemise déchirée.

« Merci de tes mots d'encouragement, Ulysse. Mais j'ai encore assez de lucidité pour me rendre compte que tout ceci a été une terrible erreur. En outre, nous avons perdu tout notre matériel, y compris le GPS, sans mentionner le téléphone Iridium, notre seul moyen de contact avec le reste du monde. » Il leva les yeux et s'efforça de parler avec conviction. « Ce qu'il y a de plus sensé à faire, c'est de faire demi-tour dès demain. Nous chercherons une manière de retourner à la civilisation et nous attendrons que l'autre expédition se mette en route, et alors...

— Vous plaisantez ? l'interrompis-je avec brusquerie sans en croire mes oreilles. Après être venu jusqu'ici, vous voulez rebrousser chemin ? Comme ça ? »

Le professeur me regarda, sans répondre.

« Je n'y crois pas ! m'exclamai-je en m'attrapant la tête à deux mains. Nous ne pouvons pas abandonner maintenant, alors que nous sommes si près du but.

— Si près de quoi, Ulysse ? Nous ne savons même pas où nous sommes.

— Nous, peut-être pas, mais lui, si », dis-je en désignant le Menkragnoti, qui n'avait pas encore ouvert la bouche.

L'indigène cilla et me regarda avec étonnement.

« Moi pas savoir, fit-il au bout d'un moment, confondu. Moi seulement suivre direction que vous dire... Iak jamais être ici avant.

— Mais nous sommes près du territoire morcego, non ? insistai-je. Où devrait se trouver la cité des hommes anciens. »

Sans répondre, le petit-fils de Jack Fawcett fouilla les cendres du feu de camp avec un bâton et laissa son regard errer sur l'obscurité qui nous environnait. L'on n'entendait pas d'autres bruits que le crépitement des branches en train de brûler, et le rugissement lointain d'un singe hurleur se réverbérant dans la nuit.

Le silence qui s'était emparé de cette jungle, censée être peuplée de milliers d'animaux, devenait presque angoissant.

Ce n'était pas un silence naturel. C'était un silence contenu, tendu, dans l'expectative.

157

Oui, c'était le mot juste. Expectative.

Comme si tous les êtres vivants de cette forêt immense savaient d'une façon ou d'une autre que quelque chose de terrible était sur le point de nous arriver.

Quelque chose que nous ignorions.

Quelque chose qu'ils avaient peut-être déjà vu.

« Seul *Menka tamú* être tellement silencieux », déclara alors Iak en regardant autour de nous. Dans sa voix perçait la peur, une peur atavique et primitive. « Seule grande peur faire taire forêt ainsi. »

33

Le matin suivant commença plus calmement que celui de la veille. Sauf lorsque Cassie remarqua, au moment d'enfiler ses chaussettes avant de sortir de son hamac, qu'elle avait deux marques minuscules à la cheville gauche.

« Putain de moustiques, grogna-t-elle en se grattant les petites croûtes dont, à sa grande surprise, coulèrent deux fins fils de sang. *La diabla...* »

Notre ami menkragnoti s'approcha de la Mexicaine, examina les piqûres un instant, et conclut avec assurance :

« Pas moustique. Cette nuit toi donner à manger à vampire. »

Nous nous mîmes à rire à cette saillie de l'indigène.

« Que c'est curieux, déclara le professeur, moi qui croyais que le type avec des crocs et une cape noire était l'inspecteur du fisc. »

Iak le regarda sans comprendre.

« Toi rire parce que vampire boire sang de femme ? »

Le sourire de Cassie se figea en voyant le visage grave du Menkragnoti.

« Mais... tu parles sérieusement ? demanda-t-elle avec incrédulité.

— Vampires venir la nuit, quand toi endormie, dit-il en mimant de la main l'arrivée d'une chauve-souris. D'abord mordre et après boire ton sang avec langue. Toi pas voir, mais eux manger de toi. »

Le visage bronzé de l'archéologue pâlit soudainement.

« *Dios mío*, balbutia-t-elle en retombant lourdement au bord de son hamac. Quelle horreur ! Rien qu'à l'idée qu'une de ces sales bestioles m'a bouffée...

— Toi pas inquiéter, la rassura Iak en lui donnant une petite tape sur le genou. Mais dormir toujours avec bottes, et moi donner herbes pour eux plus venir, parce que sinon, revenir chaque nuit, et à la fin, eux boire tout ton sang. »

Être dans une partie de la jungle apparemment moins fréquentée par les animaux comportait un avantage imprévu : les manguiers, goyaviers, plantes de la passion et chérimoliers que nous trouvions sur notre chemin étaient pratiquement intacts et chargés de fruits, comme attendant que quelqu'un passe par là faire la cueillette. Ce que nous faisions dès que nous en avions l'occasion.

Un autre détail que nous avions remarqué, c'était le changement de configuration du terrain que nous traversions : d'abord complètement plat, il s'était converti en une succession de collines et de petites éminences de tailles diverses, même si nous ne fûmes à aucun moment obligés de les escalader, puisqu'il y avait toujours un moyen facile de les contourner.

Le sol de la forêt était aussi de plus en plus praticable, sans arbustes ni broussailles, mais peuplé de grands kapokiers et d'hévéas – Iak nous montra comment en extraire la sève blanche aux propriétés adhésives –, qui nous permettaient enfin d'avancer sans devoir nous frayer un passage à coups de machette.

Nous progressions donc bien plus tranquillement, faisant juste attention à ne pas marcher sur un serpent caché sous les feuilles mortes. Le professeur allait en tête avec Iak, qu'il bombardait de questions sur le séjour que Valéria avait fait au village menkragnoti ; Cassie et moi les suivions nonchalamment et sans dire grand-chose – l'expérience m'avait appris que c'était le meilleur moyen de ne pas finir par nous disputer.

« Et si Eduardo avait raison ? demanda alors la Mexicaine de but en blanc.

— À quel sujet ?

— Tu sais bien, répondit-elle sans me regarder. Quand il disait que c'était une erreur de nous enfoncer dans la jungle sans même savoir où nous allons.

— Nous allons à Z, répliquai-je aussitôt. À la Cité noire des hommes anciens, ou quel que soit le nom que l'on voudra lui donner… Nous sommes à la recherche de la fille du prof.

— S'il te plaît, Ulysse… » Elle leva les yeux et planta dans les miens son regard vert. « Tu sais parfaitement qu'il est presque impossible que nous trouvions cette putain de cité. C'est sûrement un mythe, comme l'Eldorado ou Shangri-La. » Elle fit une pause et claqua la langue. « Mais, même si elle existe, nous ne savons pas non plus avec certitude si Valéria et ses compagnons y seront. À la fin, c'est peut-être nous qu'il faudra venir secourir. »

Évidemment, je savais bien que la blonde archéologue disait vrai. Mais s'il y avait une chose qu'une vie pleine de hasards et de certitudes inachevées m'avait enseignée, c'était que, comme on dit, qui ne risque rien n'a rien. Autrement dit, si nous faisions demi-tour maintenant, je ne cesserais de penser que la réponse s'était peut-être trouvée seulement quelques mètres plus loin.

« Tu as sans doute raison. Mais je crois quand même que nous devrions continuer un peu plus. Au cas où, tu vois… »

Nous nous étions arrêtés dans une clairière pour manger une partie des fruits que nous avions cueillis en chemin, lorsqu'un coup de tonnerre tout proche fit trembler le sol et, en quelques secondes, les vannes du ciel s'ouvrirent comme si le Tout-Puissant avait décidé de nous envoyer un nouveau Déluge.

Dans un rugissement assourdissant, l'averse s'écrasait sur la canopée et traversait aussitôt le toit végétal, nous laissant en un instant trempés comme si nous avions pris une douche tout habillés. Nous n'avions pas le temps de nous construire un refuge et il n'y avait nul endroit où nous mettre à l'abri ; nous courûmes vers la colline la plus proche, où la forêt plus épaisse nous offrirait un semblant de protection.

Iak ouvrait la marche, nous derrière, sous le parapluie illusoire de grandes feuilles de bananier qui ne servaient pas à grand-chose. Nous commençâmes à escalader le versant de la butte, nous accrochant à ce que nous pouvions pour ne pas glisser ; à mi-hauteur, sous l'abri tout relatif d'un palmier, nous découvrîmes au-dessus de nous ce qui paraissait être l'entrée d'une grotte. Malheureusement, une paroi pierreuse verticale couverte de plantes grimpantes nous empêchait de l'atteindre.

« Aidons-nous des lianes pour monter ! » criai-je pour dominer le tumulte de la pluie.

Le professeur me regarda comme si je venais de lui demander de danser en caleçon.

« Vous préférez rester ici à vous mouiller ?

— Cherchons un autre endroit ! » répondit-il.

Je savais que mon vieil ami avait le vertige, mais je n'étais pas d'humeur à discuter.

« D'accord, dis-je en lui posant une main sur l'épaule. Vous, attendez ici, je vous enverrai un taxi. »

Sans lui laisser le temps de répliquer, je m'agrippai à une liane dont la naissance se perdait dans les hauteurs, et, assurant l'appui de mes pieds sur la paroi, je commençai mon ascension, sachant bien qu'aussi bien le professeur Castillo que Cassie avaient largement assez de force et d'agilité pour me suivre. Quant à Iak, la question ne se posait même pas : l'indigène était déjà accroché à une épaisse liane et grimpait à côté de moi. Il me dépassa rapidement et arriva au niveau de la grotte avant tout le monde.

Lorsque j'atteignis la cavité – qui faisait presque deux mètres de diamètre et paraissait s'étirer dans le ventre de la colline –, je découvris juste en face une sorte de replat comme une terrasse qui ferait un poste d'observation privilégié sur les alentours. Évidemment, avec les trombes d'eau qui tombaient, je décidai de reporter à un autre jour la contemplation du paysage, et, après avoir aidé le professeur à monter le dernier mètre – j'avais également tendu la main à Cassie, mais elle l'avait écartée d'un revers offensé –, nous nous réfugiâmes tous les trois dans la large caverne.

Et je dis tous les trois, car Iak s'y était déjà enfoncé ; je supposai qu'il devait être en train de vérifier qu'aucun animal dangereux n'avait eu la même idée que nous.

« Iak ! appela Eduardo, étonné de ne pas voir revenir le Menkragnoti. Où es-tu ? »

Sans quitter la pénombre de l'entrée, juste à la limite qu'atteignait une diffuse lumière du jour, mais pas la pluie, nous guettâmes l'intérieur de la grotte comme qui regarde au fond d'un puits, espérant voir apparaître la silhouette d'Iak.

Mais l'indigène ne venait pas, et ne répondait pas non plus à nos appels. Il est vrai que le fracas de l'averse derrière nous ne permettait peut-être pas que nos cris aillent bien loin.

« Il lui sera arrivé quelque chose ? dit enfin Cassandra.

— Ne vous inquiétez pas, il doit être en train de vérifier qu'il n'y a pas de serpents. » Je donnai un petit coup de coude à Cassie et ajoutai : « Ni de vampires.

— Ce n'est pas drôle, répliqua la Mexicaine. J'espère qu'il ne lui est rien arrivé.

— Et s'il avait croisé un jaguar ? s'affola le professeur.

162

— Les jaguars ne vivent pas dans des grottes, prof, soupirai-je avec impatience, ce sont les ours qui le font, et il n'y en a pas ici.

— Et si c'étaient ces Morcegos, qui effraient tellement les Menkragnotis ? suggéra la jeune femme, elle aussi préoccupée.

— Ça suffit maintenant ! Un peu de calme. On dirait deux randonneurs dans un film de terreur. Nous allons nous asseoir tranquillement pour attendre son retour, il ne lui est sûrement rien arrivé. Ou vous croyez peut-être, dis-je avec un sourire forcé, qu'un monstre va surgir brusquement du fond de la caverne pour tous nous dévorer ? »

Et j'avais à peine prononcé ces mots qu'un bruit de pas précipités, mêlés à une respiration haletante, se faisait entendre dans l'obscurité, et s'approchait rapidement.

163

34

Nous nous relevâmes d'un bond, pour voir Iak surgir de l'obscurité en courant et levant haut un bout de tissu jaune vif que je n'identifiai pas de prime abord. À notre grande surprise, il s'agissait d'un vêtement moderne – et onéreux – : un ciré en nano fibres ultra-respirantes, le genre d'article que l'on ne trouve que dans des magasins spécialisés en équipement technique pour le *trekking* ou l'alpinisme.

Nous échangeâmes des regards stupéfaits, mais la même idée nous était venue à l'esprit quant à la signification de cette trouvaille. Le professeur esquissait déjà un sourire, prêt à mettre des mots sur la piste indéniable que ce vêtement nous donnait, lorsque Cassie vit quelque chose de curieux ; elle s'empara de l'imperméable et le déploya devant elle sur ses deux bras tendus.

« Et merde, bredouilla-t-elle en ouvrant des yeux immenses.

— Mais… que diantre ? » balbutia le professeur.

Dans le dos du ciré, des lignes parallèles le déchiraient de haut en bas. Des lacérations nettes, comme si elles avaient été découpées par une lame affûtée.

Il y en avait quatre.

« Quel animal a bien pu faire cela ? demandai-je à Iak avec un frisson.

— Moi pas savoir, répondit-il avec d'un air inquiet. Moi jamais voir rien de pareil.

— Ce doit être un jaguar, hasarda Cassie. Il n'y a aucun autre animal, par ici, qui ait des griffes capables de faire cela. »

L'indigène posa la main grande ouverte sur les déchirures, qui dépassaient largement ses doigts écartés.

« Main de jaguar pas si grande.

— Alors, c'est peut-être un jaguar énorme, je n'en sais rien. Mais il est clair que ce n'est pas un perroquet qui a fait ça.

— Ce qui est sûr, fis-je observer en passant un doigt sur le bord, c'est que c'est coupé trop nettement pour que ce soient des griffes.

— C'est nouveau, ça, *mano*, ricana Cassandra. Depuis quand es-tu expert en animaux sauvages ?

— On a vécu presque un an ensemble, rappelle-toi. »

À la tête qu'elle fit, je compris qu'elle n'avait pas du tout goûté la boutade. Je ne doutai pas qu'elle me le fasse payer d'une façon ou d'une autre, et plus tôt que tard. Avec les intérêts.

L'averse, qui avait redoublé de force quelques minutes auparavant, bombardant la forêt avec fureur, semblait perdre de son intensité par moments. Un timide rayon de soleil se glissa même un instant entre les nuages comme pour annoncer la fin de la tempête.

« Ce qui est important, dis-je au professeur – et évitant du même coup le regard de Cassandra –, c'est que sauf coïncidence improbable, ce ciré confirme que l'expédition de votre fille est passée par ici. »

Le visage de mon vieil ami était néanmoins assombri par l'inquiétude.

« Certes, murmura-t-il sans quitter des yeux les quatre déchirures parallèles de l'imperméable. Mais... qu'a-t-il bien pu leur arriver ?

— Allons, professeur, ne vous mettez pas martel en tête, intervint Cassie. Il a pu arriver n'importe quoi. De plus, si vous regardez bien, ajouta-t-elle en lui tendant le vêtement, il n'y a aucune tache de sang dessus, ce qui veut dire qu'en principe, personne ne le portait quand il a été déchiré.

— C'est vrai, reconnut-il, manifestement soulagé. Où l'as-tu trouvé, *amigo* ? Il y avait autre chose, à part l'imperméable ? »

Le Menkragnoti secoua la tête.

« Moi pas voir rien. Moi trouver ça là-bas, expliqua-t-il en désignant l'ombre épaisse au fond de la grotte, mais pas voir rien d'autre. »

Pour nous en assurer, nous pénétrâmes plus avant dans la grotte, à la lueur de la petite flamme de mon briquet, cherchant des indices qui auraient pu nous dire qui avait été là et quand. Mais après dix minutes à explorer la pénombre sans découvrir aucune autre piste, nous arrivâmes à la conclusion que ce vêtement avait dû être apporté ici par un animal. Probablement un singe, qui l'aurait trouvé ailleurs.

« Ce qui est étrange, dit le professeur, songeur, tandis que nous retournions à l'entrée de la caverne, c'est qu'il ne semble pas y avoir de singes, par ici.

165

— Vous avez raison, convins-je. Plus nous avons avancé, moins nous avons vu d'animaux. » Je me tournai vers Iak, qui avait de nouveau le ciré entre les mains. « À quoi est-ce dû, d'après toi ? C'est un peu bizarre, non ? Surtout si l'on considère qu'il y a de la nourriture en abondance. »

Le Menkragnoti, qui regardait fixement l'imperméable jaune, finit par lever les yeux, au bout d'un long moment, le visage assombri.

« Ici être terre de mort... dit-il à voix basse. Terre de morcegos, et animaux se cacher d'eux.

— Terre de mort, tu dis ? Je n'en ai pas l'impression, mentis-je effrontément avec un geste vers l'extérieur. Tout est si tranquille que l'on se croirait plutôt au paradis.

— Un instant, intervint le professeur en s'approchant. Tu dis que ceci est déjà la terre des Morcegos ? Alors, cela voudrait dire que nous ne sommes pas très loin de la Cité noire, non ? »

L'indigène aux yeux bleus se borna à hausser les épaules.

« Iak seulement savoir que cité des hommes anciens être sur terre de morcegos, et terre de morcegos être terre de mort. »

Étranger au discours du Menkragnoti, je me grattais la barbe d'une semaine qui me couvrait les joues, plongé dans mes propres pensées.
« Je me demandais... même si le ciré a été apporté ici par un singe, celui-ci n'a pas pu le trouver bien loin. Ce qui signifie que si l'expédition de Valéria a pris un autre chemin pour atteindre les coordonnées du journal, et est passée près de cette grotte...

— C'est que nous ne devrions pas être loin des coordonnées de Z ! » conclut le professeur avec enthousiasme.

Juste à cet instant, la voix de Cassie nous parvint de l'extérieur de la caverne.

« Vous avez peut-être bien raison, dit-elle sans se retourner, les yeux fixés sur l'horizon. Vous avez peut-être bien raison... »

Plus intrigués par les curieuses intonations de sa voix que par les mots qu'elle venait de prononcer, nous la rejoignîmes sur la corniche qui, au bord de la grotte, dominait les environs.

La pluie avait presque complètement cessé et les rayons du soleil perçaient sporadiquement les nuages, illuminant de petites portions de forêt et faisant rutiler comme des paillettes l'infinité de gouttelettes qui semaient les frondaisons des plus grands arbres. Depuis notre poste d'observation privilégié, un peu au-dessus du toit de la jungle, nous avions une vue imprenable sur un paysage parsemé de collines basses et de promontoires de formes et tailles diverses entièrement recouverts par la végétation et dispersés chaotiquement à perte de vue.

Cassie tendit alors le bras, et, désignant un point à environ cinq cents mètres de la base de notre falaise, elle l'éleva vers l'horizon.

« Il y a quelque chose là-bas », murmura-t-elle.

Suivant la direction de son index, je distinguai une frange d'arbres qui me semblèrent un peu différents, comme si le sous-bois y était moins dense que dans le reste de la forêt. Je crus y voir le lit d'une rivière passant entre deux promontoires, comme n'importe quel cours d'eau. Or celui-ci avait quelque chose d'étrange... comme incohérent, mais il me fallut encore quelques instants pour mettre le doigt dessus. Et j'en demeurai bouche bée.

La curieuse coulée d'arbres que nous montrait Cassandra, et qui prenait fin abruptement au bout de deux ou trois kilomètres, était nettement, absolument et inexplicablement rectiligne.

35

Oubliant de manger, de nous reposer ou toute autre occupation triviale similaire, nous quittâmes notre petite éminence à l'aide des mêmes lianes et plantes grimpantes que nous avions utilisées pour l'escalader. Une fois arrivés en bas, nous descendîmes jusqu'au pied de la colline, non sans de nombreuses glissades dans la boue fraîche.

Dès que le terrain eût récupéré son horizontalité, nous partîmes au pas de course vers ce que nous avions vu de la corniche de la grotte, en file indienne et suivant la direction repérée grâce à la boussole de Jack Fawcett. Dans la forêt, il est étonnamment facile de perdre tout sens de l'orientation, et, sans l'aide d'une bonne vieille boussole – les GPS modernes ne fonctionnent pas sous les épaisses frondaisons –, il n'est pas rare de finir par tourner en rond ou d'aller à l'opposé de ce que l'on voudrait.

Le long de l'écorce des troncs les plus gros, de petits filets d'eau coulaient encore, comme des robinets mal fermés, et des averses intermittentes arrosaient la terre déjà détrempée chaque fois que le vent secouait les cimes des arbres, à des dizaines de mètres au-dessus de nos têtes.

« Enfin une bonne douche ! plaisantai-je en ouvrant les bras, tête renversée. J'avais hâte de me débarrasser de toute cette boue.

— Si tu veux mon avis, répliqua Cassie dans mon dos, je préfère la boue aux moustiques. »

En me retournant pour lui répondre, je vis qu'elle avait gardé les restes du ciré, dont elle avait mis la capuche, le laissant envelopper ses épaules. Il ne lui manquait plus que le panier de galettes pour sa mère-grand.

« J'espère pour toi que nous ne croiserons aucun loup daltonien, ou tu risques d'avoir des problèmes. »

La Mexicaine me dédia un sourire torve.

« Le Petit Chaperon rouge était un peu stupide.

— Et myope, ajoutai-je. Comment a-t-elle pu confondre un loup avec sa grand-mère ?

— Et sa mère était une irresponsable. On n'a pas idée d'envoyer sa fille dans les bois avec un panier ridicule.

— Arrêtez donc de jouer et restez attentifs, nous reprit le professeur. Quoi que nous cherchions, ce devrait être dans les parages. Il ne faudrait pas que nous allions trop loin. »

Encore quelques pas et Iak s'accroupit pour tâter le terrain, puis il écarta une fine couche d'humus et de terre, d'abord avec un bâton, puis avec la main. Sans avoir besoin de nous consulter, nous nous agenouillâmes à côté de lui pour l'aider à repousser la boue de nos mains nues.

À notre grande déception, nous ne réussîmes qu'à dégager une large pierre sans la moindre inscription. Et à nous retrouver encore une fois crottés jusqu'aux oreilles.

« Tant pis, soupira le professeur en se relevant. Il faudra continuer de chercher. »

Cassie leva un regard découragé sur la canopée : « Je me demande comment nous nous apercevrons que nous sommes arrivés à la frange d'arbres que nous avons vue de la grotte. De loin, c'était très net, mais là-dessous tout est trop sombre et dense pour distinguer quoi que ce soit. »

Quant à moi, j'avais encore les yeux fixés sur cette roche étonnamment plate ; saisi d'une soudaine inspiration, j'entrepris d'en dégager davantage, balayant la boue à longues pelletées de mes avant-bras. Quelque chose me disait qu'il y avait là un peu plus que l'on pouvait le penser à première vue.

« Si tu as l'intention de nettoyer toute la forêt, je te préviens que tu en auras pour un moment, fit Cassandra qui me regardait, les bras croisés.

— Toi être pécari qui cherche manger », rigola le Menkragnoti.

Je ne daignai pas leur répondre : plus grande était la surface que je mettais au jour, plus nette se faisait l'image que j'avais en tête.

« Vous allez m'aider, demandai-je enfin en levant les yeux, ou pensez-vous rester plantés à me regarder ?

— Mais, t'aider à quoi ? s'enquit le professeur. Nous n'avons pas la moindre idée de ce que tu es en train de faire.

— C'est pourtant clair : j'essaye de dégager ce truc !

— Oui, nous voyons bien. Mais, pourquoi ?

— Aidez-moi et vous verrez. »

169

Mes amis échangèrent des regards perplexes, mais le professeur, avec un haussement d'épaules, finit par s'accroupir de nouveau, vite imité par Cassie et Iak, qui s'agenouillèrent sans grand enthousiasme pour me donner un coup de main. Avec leur aide et suivant mes indications, nous ne mîmes pas très longtemps à déblayer une zone de près de cinquante mètres carrés. Me considérant comme satisfait, je leur demandai de se relever et reculai de quelques pas pour observer le résultat.

« Qu'est-ce que vous en pensez ? dis-je d'une voix exultante. C'est hallucinant, non ? »

Cassandra arrêta un instant d'ôter les plaques de boue qui maculaient ses vêtements et leva les yeux sur moi.

« Hallucinant ? Moi, je ne vois rien du tout.

— Moi non plus, renchérit le professeur. Rien qu'un sol rocheux et des cailloux par-ci par-là. Je n'arrive pas à voir la partie hallucinante.

— Regardez bien », insistai-je.

Iak plissa les yeux pour aiguiser le regard, il pencha la tête en avant et finit par dire :

« Ça ressembler... à chemin. »

L'archéologue et l'ex-professeur virent alors avec d'autres yeux l'esplanade semée de petits arbres qui s'ouvrait devant eux.

« Que le diable m'emporte ! Il a raison ! murmura Eduardo Castillo avec une surprise sincère.

— C'est vrai, dit à son tour Cassie. On dirait qu'il y a des marges bien définies... et une orientation claire, ajouta-t-elle en observant le terrain avec attention. Cette assise de roche... ça devait être autrefois comme de grands pavés imbriqués les uns dans les autres. »

L'archéologue se tourna vers moi et me regarda, les yeux écarquillés et inhabituellement brillants.

« Comment t'en es-tu rendu compte ?

— En fait, il n'y a pas grand mérite à cela. Je me suis simplement souvenu de certaines chaussées romaines qu'il y a en Espagne et qui sont toujours utilisées comme sentiers de randonnée au bout de deux mille ans. Le reste n'a été qu'une association d'idées qui, par chance, s'est avérée exacte.

— Dans tous les cas, déclara le professeur, si j'étais venu seul, je ne m'en serais pas aperçu. Au bout du compte, tu n'es peut-être pas aussi bête que tu le parais, ajouta-t-il en me donnant un affectueux coup de coude.

— Euh... merci, répondis-je, pas très sûr qu'il s'agisse d'un compliment.

— Alors, s'il y a un chemin, réfléchit Cassie, cela signifie que...

— Personne ne construirait une telle chaussée pour n'aller nulle part, affirmai-je avec emphase. Nous sommes peut-être devant la première vraie preuve que la Cité noire n'est pas qu'un mythe, et que les déclarations faites dans son journal par Jack Fawcett à propos de Z n'étaient pas des élucubrations, et que...

— ... Et que ma fille doit être là-bas », souffla le professeur avec une émotion contenue, les pieds sur le chemin de pierre et les yeux tournés vers l'ouest.

36

Impressionnés par le mutisme oppressant de cette forêt sans vie, nous suivions les vestiges imprécis du chemin de pierre. Il émergeait parfois de la boue comme une ample chaussée de plusieurs mètres de large, mais, le plus souvent, il n'y avait guère plus qu'une ombre indistincte, une bande estompée où les arbres n'arrivaient pas à prendre racine.

Une autre singularité de ces parages était que, contrastant avec le tracé rectiligne et pratiquement plat de la route, le terrain était, de part et d'autre, de plus en plus étrange, avec une succession de tertres et de monticules aux formes vaguement régulières, qui semblaient monter la garde de chaque côté comme une antique escorte vaincue par le temps.

À mesure que nous avancions, non seulement ces espèces de buttes devenaient plus nombreuses, mais nous découvrîmes aussi que, devant nous, ce que nous avions pris de loin pour un plateau peu élevé était en fait un solide entrelacs d'arbustes épineux, une sorte de haie cyclopéenne qui ressemblait beaucoup à celle que nous avions eu tant de mal à traverser lorsque nous avions laissé la rivière derrière nous. Il était hors de question de nous attaquer de nouveau à un tel obstacle, et aucun de nous n'eut seulement l'idée de le suggérer.

Lorsque nous atteignîmes le bout de la voie, nous vîmes qu'elle s'interrompait brusquement et inexplicablement devant cet infranchissable mur végétal. Nous ne pûmes faire autrement que nous arrêter, scrutant consciencieusement les alentours pour nous assurer que la chaussée ne changeait pas de direction à partir de ce point.

« C'est une impasse, déclarai-je, les poings sur les hanches, déconcerté de ne rien voir. Pourquoi quelqu'un aurait-il construit une route qui ne va nulle part ?

— Nous sommes peut-être allés trop loin, hasarda le professeur.

— Que voulez-vous dire ?

— Eh bien, il se pourrait que nous soyons passés devant une bifurcation sans la voir. Un croisement qui mènerait aux véritables ruines de Z. Nous avons d'emblée cru que nous étions sur une voie principale, mais il se pourrait que nous nous trompions. Ce n'est peut-être que l'extrémité d'une voie secondaire. »

Cassandra se racla bruyamment la gorge pour manifester qu'elle n'était pas d'accord.

« Vous avez une idée de ce que cela a dû représenter, la construction d'une telle chaussée de pierre au beau milieu de la jungle ? dit-elle en pointant le doigt vers le sol. Votre idée de la voie secondaire est, sauf votre respect, complètement stupide.

— Vraiment ? répliqua-t-il, un peu piqué. Vous avez peut-être une meilleure théorie, mademoiselle Brooks ?

— En effet, affirma-t-elle avec assurance, j'ai une autre explication, et beaucoup plus simple, en prime. Et si, en fait... nous étions déjà arrivés à Z ? »

Le professeur Castillo cilla, comme s'il n'était pas certain d'avoir bien entendu.

« Pardon ?

— Réfléchissez, nous incita la Mexicaine en désignant le chemin par où nous étions venus. Nous avons parcouru plusieurs kilomètres sur une chaussée de pierre parfaitement rectiligne, entourée de monticules qui pourraient bien être les ruines de statues ou de petits bâtiments. À mon avis, il y a déjà un bon moment que nous nous promenons dans la Cité noire sans nous en être aperçus. »

Le professeur n'était pas convaincu. « Mais, ces monticules ne sont-ils pas un peu trop dispersés pour être les vestiges d'une cité ? À mes yeux, cela ressemble davantage à un parc mal soigné avec des amoncellements de terre. Je n'ai pas vu la densité de ruines que l'on pourrait s'attendre à trouver dans un tel cas.

— Dans un tel cas ? répéta sarcastiquement l'archéologue. Vous parlez sérieusement ? Rien que ce que représente cette chaussée est déjà exceptionnel ! Nous ne savons rien de ceux qui vivaient ici ni des raisons qui les ont poussés à édifier quoi que ce soit au beau milieu de la forêt, lâcha-t-elle sans presque reprendre sa respiration. Ils n'aimaient peut-être pas élever des bâtiments et n'avaient pas de temples, ou, à l'exception des statues, ils construisaient peut-être uniquement en bois et adobe et il n'en resterait donc rien. En réalité, professeur, nous en ignorons absolument tout. Alors, supposer que ce que nous avons vu jusqu'à présent ne sont pas les vestiges d'une cité parce que cela ne ressemble pas aux ruines du Parthénon serait extrêmement arrogant de notre part... pour ne pas dire autre chose. »

Cassie était hors d'haleine après ce discours, et Eduardo garda un silence prudent, peu enclin à réveiller l'indignation de la fougueuse Mexicaine.

« Et toi, Iak, qu'en dis-tu ? demandai-je à notre guide, curieux de connaître son opinion. Crois-tu que l'endroit que nous avons traversé en venant est la Cité noire de la légende ? »

L'Indien aux yeux bleus gonfla les joues et laissa échapper l'air.

« Moi pas savoir. Mais légende dire grande cité, comme personne pas construire avant. Dire rois de tous les peuples venir voir grands temples et adorer dieux pendant beaucoup de temps.

— Par conséquent, déclara le professeur en glissant un coup d'œil en coin à Cassandra, cela écarterait la théorie de la cité construite en bois et adobe.

— Je ne le dirais pas si vite, rétorqua Cassie, réticente à abandonner son hypothèse. Iak ne parle que d'une simple légende indigène. »

Le côté humoristique de la situation ne manquait pas de sel. « Tout bien considéré, souris-je, n'est-ce pas précisément cette simple légende indigène qui nous a conduits jusqu'ici ? »

Un long moment plus tard, le professeur et Cassie se perdaient toujours en conjectures, embarqués à présent dans une querelle byzantine sur l'architecture des constructions méso-américaines. Iak était resté accroupi au bord de la chaussée, les yeux dans le vague ; de mon côté, le mur végétal qui se dressait devant nous mobilisait toute mon attention, ainsi que le sentier de pierre qui venait mourir à sa base.

Une idée absurde me traversa alors l'esprit et je décidai de la mettre à l'épreuve. Sans rien dire, je pris la machette des mains d'Iak, je m'avançai vers la muraille végétale faite d'un enchevêtrement d'arbustes, de lianes et de plantes grimpantes, puis j'assenai un coup sec à la liane la plus proche, d'où s'échappa un petit filet d'eau quand je la sectionnai proprement en deux.

Mes amis arrêtèrent aussitôt de discuter et me regardèrent avec étonnement.

« Mais qu'est-ce que tu fais ? m'interpella le professeur en me voyant affronter l'intimidante végétation tel don Quichotte marchant sus aux moulins.

— T'aurais pas un peu perdu la boule ? rit la Mexicaine. Les lianes ne sont pas coupables, tu sais. »

Je ne pris pas la peine de répondre. Si j'étais dans l'erreur, ils pourraient toujours se moquer de moi plus tard.

La machette bien aiguisée taillait dans l'inextricable luxuriance comme un couteau partagerait un gâteau d'anniversaire. À chaque coup, je priais néanmoins pour ne pas tomber sur un serpent venimeux, sachant qu'ils aimaient ce genre de cachette. Je restais donc attentif aux lianes qui pendaient au-dessus de moi aussi bien qu'à l'endroit où je posais les pieds, histoire de ne pas mettre ma botte où il ne le fallait pas.

Je me frayai ainsi un passage sur plusieurs mètres à travers les fourrés avant de me rendre compte que je marchais sur la chaussée de pierre.

Exactement ce que je pensais.

Le chemin était toujours là.

Je me retournai aussitôt pour communiquer ma découverte à mes amis : silencieux, le professeur, Iak et Cassandra m'observaient avec stupéfaction à l'entrée de l'étroit corridor.

Comme un mineur, j'avançais à quatre pattes dans le tunnel exigu dont le creusement s'avérait être très ardu, et mes coups de machettes allaient en s'affaiblissant. Après vingt minutes de lutte acharnée contre Mère Nature, j'avais le bras droit ankylosé par l'effort.

« Il fait de plus en plus noir, là-dedans… murmura Cassie derrière moi.

— Je ne sais même pas où je vais, protesta à son tour le professeur, lui aussi à mi-voix. S'il y a un serpent dans le coin, je marche dessus à coup sûr.

— Ne vous inquiétez pas, prof, dis-je en m'appuyant sur la machette pour souffler un peu. Si j'en rencontre un, je vous le ferais savoir avec un grand cri d'agonie. Ah, au fait, il me semble distinguer un peu de lumière, juste devant.

— Tu vois de la lumière ? s'écria Cassandra. Alors, qu'est-ce que tu attends ? Vas-y, ne t'arrête pas !

— Laisse-moi récupérer un peu, je ne sens plus mon bras.

— Pas question, *mano*, tu te reposeras plus tard, me pressa-t-elle en haussant la voix. Tu dois nous sortir d'ici rapidement. »

Après avoir cohabité avec la blonde archéologue, je savais qu'il valait mieux lui obéir que la contrarier. Je serrai donc les dents et me remis à jouer de la machette avec énergie, ouvrant la voie vers un mince rayon de soleil qui louait à cache-cache entre les feuilles.

J'étais sur le point de déclarer forfait lorsque la végétation se fit moins dense et, après quelques derniers coups de taille qui sollicitèrent mes deux mains pour pouvoir y mettre assez de force, je réussis à ménager un étroit orifice.

Comme si je revenais à la surface après une longue immersion, je sortis la tête par le trou pour respirer de l'air frais, et la lumière du soleil m'aveugla après cette dernière demi-heure passée dans une obscurité complète.

Progressivement, ma vue commença à s'accommoder.

D'abord, en ombres et lumière.

Puis apparurent des formes floues et des couleurs.

Mais lorsque je pus voir clairement ce que j'avais devant moi, je refusai d'en croire mes yeux.

C'était tout à la fois trop réel et bien trop fantastique pour que je puisse l'accepter.

37

Avec impatience, le reste de notre quatuor émergea à la hâte de l'étroite caverne végétale.

Et leur réaction à tous ne fut rien d'autre que d'incrédulité.

Une incrédulité aussi absolue qu'impérieuse.

Même dans les rêves les plus fous à propos des ruines de Z, il était impossible d'arriver à imaginer un lieu pareil.

Cela ne ressemblait à rien que je connaisse, et, à l'expression de leur visage, je ne croyais pas non plus que Cassie ou le professeur Castillo aient jamais rien vu de tel.

De l'endroit où nous étions, nous pouvions distinguer, au milieu de la végétation touffue de la jungle ou même la dépassant, une demi-douzaine de constructions de pierre ; bien qu'effondrées, très érodées et drapées du lourd manteau vert de la forêt, il était évident que c'étaient des vestiges de bâtiments.

La base du plus proche s'inscrivait indéniablement dans un carré, et des colonnes tronquées où s'enroulaient des plantes grimpantes émergeaient de ses décombres.

Mais ce n'était que la première des édifications que l'on pouvait voir.

D'autres structures présentaient un aspect encore plus défini et tout aussi inexplicable. L'une d'elles, par exemple, ressemblait au socle d'un grand obélisque aux réminiscences égyptiennes, dont les restes écartelés gisaient à ses pieds, enveloppés d'un suaire de lierre.

Mais ce qui acheva de nous stupéfier, ce furent les deux éminences pentues de forme régulière situées à gauche et à droite ; couvertes d'un épais entrelacs végétal, elles laissaient néanmoins deviner la structure sous-jacente de deux pyramides à degrés qui se dressaient majestueusement par-delà la cime des arbres.

La plus proche des deux, sur notre gauche, reposait sur une large assise de cinquante ou soixante mètres de côté. Ses marches s'élevaient à un angle de presque quarante-cinq degrés jusqu'à la dernière terrasse où, partiellement caché, un grand cube de pierre noire dominait la canopée.

Ébahie par ce qu'elle voyait, Cassandra en tomba – littéralement – sur les fesses, et elle resta dans cette position, assise par terre, complètement dépassée.

Le professeur, qui réussissait à grand-peine à conserver sa verticalité, balbutiait des mots sans suite tout en désignant une chose après l'autre d'une main tremblante, les yeux exorbités.

Pendant ce temps, notre ami menkragnoti s'était tourné face au soleil et s'était mis à réciter une litanie de prières dans sa langue complexe, tout en se passant les mains sur le visage à plusieurs reprises avant de les élever vers le ciel ; je n'arrivais pas à savoir s'il rendait grâce ou s'il demandait pardon pour sa présence en ces lieux.

« Eh bien, si ce n'est pas la Cité noire, murmurai-je alors, secouant difficilement ma propre stupeur, cela doit beaucoup y ressembler. »

Dieu seul sait combien de temps nous demeurâmes ainsi, fascinés, hypnotisés par le panorama inconcevable qui se déployait devant nos yeux.

Sans Iak qui nous fit remarquer que le soleil commençait à descendre sur l'horizon et que nous ferions bien de chercher un endroit où nous installer pour la nuit, nous serions restés en extase des heures durant, sans bouger.

Nous réussîmes enfin à reprendre notre progression sur la chaussée de pierre, avançant avec prudence et complètement silencieux, intimidés par les structures qui se dressaient autour de nous ; nous étions peut-être en train de prendre conscience que cette cité en ruines était un lieu sacré que nous profanions par notre simple présence. Comme un Olympe où nous serions entrés sans frapper.

« Vous entendez ? » murmurai-je en me tournant vers mes compagnons, une main en cornet derrière mon oreille.

Ils s'arrêtèrent tous les trois à l'instant et tendirent l'oreille, puis ils secouèrent la tête.

« Je n'entends rien, dit Cassandra à voix basse.

— Précisément. Absolument rien. Comme un cimetière.

— Mais il y a déjà plusieurs jours que c'est le cas, non ? fit observer le professeur.

— Pas à ce point, insistai-je. Ici, l'on n'entend rien de rien, pas même des insectes. Le silence est absolu. »

Eduardo écouta de nouveau et acquiesça aussitôt.

« Tu as raison, confirma-t-il d'un air inquiet. L'on n'entend même pas le vent.

— Terre de morcegos, terre de mort... fredonna un Iak visiblement nerveux qui ne cessait de regarder de tous côtés. Terre de morcegos, terre de mort...

— Il commence à me rendre nerveuse, notre copain, avec sa chansonnette sur les Morcegos, pesta la Mexicaine.

— Nous sommes deux, avoua le professeur.

— Vous exagérez, les morigénai-je amicalement. Je suis sûr que cette histoire de Morcegos n'est qu'une légende pour tenir les étrangers à l'écart.

— Une légende... comme l'existence de cette cité ? répliqua Cassie.

— Réfléchissez un peu. Avez-vous vu un champ cultivé depuis que nous avons quitté la rivière ? Le dessin d'un sentier ? Des marques territoriales ? argumentai-je. La présence humaine laisse toujours des traces, même minimes. Quelle tribu pourrait vivre dans un territoire aussi isolé, sans gibier ni agriculture ? »

C'était une question purement rhétorique, mais le Menkragnoti s'empressa de répondre.

« Morcegos pas être tribu. »

Nous nous tournâmes vers lui comme un seul homme.

« Morcegos être... », il prit une inspiration : « ... morcegos », conclut-il gravement sans un battement de cils.

Peu après, alors que les dernières lueurs crépusculaires se délavaient au-dessus de nous, nous prîmes le chemin de la pyramide la plus proche, en dépit des réticences d'Iak. Nous avions jugé que ce serait un bon endroit où passer la nuit, si nous pouvions l'atteindre avant que l'obscurité ne prenne possession de la jungle.

Avec de grosses branches vertes ouvertes en quatre à une extrémité et bourrées de brindilles sèches avec un peu de résine, nous avions confectionné des torches rudimentaires. Et c'est ainsi que notre petite expédition de troglodytes modernes arriva au pied de la pyramide, et, nous accrochant aux lianes et aux arbres qui la coiffaient, nous en commençâmes l'ascension.

Il nous fallut plus d'une demi-heure pour la gravir jusqu'au sommet, alors que la nuit avait déjà étendu son épais manteau. Exténués et en nage, nous nous assîmes au bord du faîte, à la lumière jaunâtre de nos torches presque consumées.

« J'ai du mal à croire que je suis au sommet d'une pyramide, souffla Cassie avec émotion, dans la forêt amazonienne !

— Ce que j'ai du mal à croire, moi, haletai-je, c'est qu'ils n'aient pas eu l'idée de faire un escalier.

— Nous devrions jeter un coup d'œil à l'intérieur avant que les torches ne s'éteignent », dit le professeur en se relevant.

Suivant son exemple, nous nous mîmes debout et fîmes face à l'énigmatique structure de pierre qui couronnait l'édifice.

C'était une sorte de cube de granit d'environ neuf mètres de côté, que les éléments avaient érodé au point d'en avoir arrondi les angles et effacé tout relief qui aurait pu exister sur la paroi externe. Le mur, comme le firent observer Cassie et Eduardo avec une émotion mal contenue, semblait avoir été élevé avec de grands blocs de pierre de formes et tailles diverses, mais qui s'encastraient à la perfection les uns dans les autres, sans trace de ciment ni de mortier.

L'historien et l'archéologue ne cessaient de répéter, tout en passant la main sur la pierre sombre, que ce type d'architecture était caractéristique des cultures andines et que des structures identiques pouvaient être vues à Cuzco ou à Saqsaywaman, au Pérou.

Pour ma part, cela me faisait penser à un gigantesque Tetris de roche noire dont chaque pièce aurait pesé mille tonnes.

En essence, c'était une construction sobre, sévère, atemporelle, affranchie de tout ornement superflu. Comme si sa simple existence était en soi suffisamment explicite sans qu'il y ait besoin d'aucune justification pour l'admirer. Un cube presque parfait, à l'exception d'un extravagant portail pentagonal, haut comme un homme, lugubre et imposant, qui n'invitait absolument pas à pénétrer à l'intérieur.

Et pourtant nous étions plantés là, tous les trois – Iak le prudent derrière nous –, échangeant des regards à la fois dubitatifs et surexcités, sans arriver à nous décider à entrer dans cet invraisemblable cube de granit noir.

Ce fut Cassandra qui prit les devants, murmurant entre ses dents :

« C'est un petit pas pour l'homme… paraphrasa-t-elle, mais un grand pas pour cette femme. »

Et sans y réfléchir davantage, elle pénétra dans les ténèbres à la lueur brasillante de sa torche mourante.

180

38

Emboîtant le pas à la Mexicaine, nous la rejoignîmes au centre de la salle. Pour le peu que nous en voyions, c'était une pièce complètement vide, habitée seulement par quelques plantes grimpantes qui avaient réussi à y pénétrer.

« On dirait qu'il n'y a rien, ici », chuchota Cassandra qui jetait des regards déçus autour d'elle.

Le professeur fit quelques pas prudents, comme pour vérifier les dires de l'archéologue.

« C'était peut-être un appartement royal, hasarda-t-il. S'il s'était agi d'un temple, il devrait y avoir un autel, que ce soit pour faire des offrandes ou pour les sacrifices.

— C'est possible, concéda la jeune femme en le rejoignant, mais n'oubliez pas que nous ignorons tout des constructeurs de cet endroit. Ils n'avaient peut-être même pas de dieux, allez savoir. »

En dépit de la faible lumière, je pus voir clairement mon vieil ami se tourner vers Cassie, un sourire moqueur sur les lèvres.

« Tu parles sérieusement ? Combien de civilisations connais-tu qui n'ont rendu de culte à aucun type de déité ?

— Arrêtez de jouer aux devinettes, les interrompis-je. Commençons par nous assurer qu'il n'y a pas de bestioles là-dedans ; je n'ai pas envie d'être réveillé en sursaut au milieu de la nuit. »

Acceptant ma suggestion, ils remirent donc à plus tard leur débat sur les religions et avancèrent prudemment dans la salle, en décrivant de grands arcs avec leurs torches agonisantes au ras du sol.

Pendant ce temps, Iak n'avait toujours pas osé franchir le seuil de l'entrée, et j'avais beau insister pour qu'il nous rejoigne et l'assurer qu'il n'avait rien à craindre, il secouait la tête sans autre explication. Après avoir essayé deux ou trois fois, je finis par abandonner ; acceptant la méfiance de l'indigène avec un haussement d'épaules, je retournai vers le fond de la pièce.

À l'instar de mes deux amis, je balayais le sol de pierre poudré de terre avec la flamme déclinante de ma torche, bien que, pour une raison que j'aurais été bien en peine de formuler, j'étais convaincu qu'aucun animal n'aurait choisi ce cube pour demeure. Ayant atteint le mur opposé en me traînant presque sans avoir rien vu, mes soupçons se confirmèrent ; je me redressai donc dans un craquement de vertèbres, levai ma torche et regardai vers le plafond.

Et je manquai de mourir de frayeur.

« Prof ! Cassie ! criai-je d'une voix que ces quatre murs amplifiaient exagérément.

— Que se passe-t-il ? s'inquiéta la Mexicaine, à l'autre bout de la pièce.

— Un serpent ? s'alarma le professeur. Tu as vu un serpent ?

— Non, il n'y a pas de serpent, répondis-je en m'efforçant de parler moins fort. Vous devez venir voir ça.

— Putain, Ulysse ! Tu m'as fait peur ! me reprocha Cassandra en portant la main à son cœur.

— Que veux-tu nous montrer ? » Le professeur s'approcha, et poussa un horrible juron lorsqu'il découvrit ce que je voulais leur montrer.

À environ un mètre au-dessus de ma tête, ciselés dans la pierre et enchâssés dans un visage que déformait une expression maléfique, deux yeux énormes me regardaient avec fureur. Sous le nez large et camus, là où aurait dû se trouver la bouche, des mâchoires prognathes et simiesques se projetaient en avant, exhibant des crocs aigus de prédateur. À partir de là, tout le crâne semblait se rétrécir vers le haut, s'allongeant à l'extrême pour s'achever en une espèce de protubérance au sommet ; l'ensemble formait une tête que je ne pouvais qualifier autrement que de grotesque.

Mais je fus encore plus surpris lorsque je m'aperçus que ce n'était pas le portrait de ce monstre digne d'un film de série B qui retenait le plus l'attention de Cassie et Eduardo, mais la frise qui l'encadrait, constituée de curieuses marques à base de traits et de points.

D'une main tremblante, l'historien les caressait du bout des doigts, comme un aveugle en train de lire en braille.

« Je sais que c'est… impossible, balbutia-t-il avec incrédulité, mais on dirait…

— Ça y ressemble vraiment, renchérit Cassandra d'une voix enrouée par l'émotion.

— Mais, comment est-ce possible ? interrogea le professeur en secouant la tête tout en reculant d'un pas. Personne... Jamais... Mais, quand ? Par tous les saints ! Quand ?

— Comment savoir ? reprit la jeune femme sans pouvoir contenir son trouble. Mais le fait est que nous l'avons sous les yeux, c'est indéniable.

— À propos... intervins-je en levant le doigt. Cela vous dérangerait de m'expliquer de quoi vous parlez ? »

Ils se tournèrent vers moi d'un seul mouvement et me toisèrent avec surprise. Si les yeux pouvaient parler, ces deux paires-là m'auraient traité au mieux d'abruti.

« Mais tu ne vois donc rien ? demanda le professeur en désignant la frise.

— Je vois des points et des petits bâtons.

— Ces points et ces petits bâtons... sont une écriture.

— Une écriture ? m'étonnai-je en les examinant. Mais comment savez-vous que ce ne sont pas juste des points et des bâtons sans signification ?

— À cause des schémas, *mano*, répondit l'archéologue à sa place en montrant les symboles. Tu ne vois pas qu'ils se répètent et que leur structure change, comme les lettres de l'alphabet dans un texte ?

— Ce serait un alphabet ?

— Un alphabet similaire à l'écriture cunéiforme, pour être précis, déclara le professeur avec une excitation croissante.

— D'accord, concédai-je après avoir fixé le mur pendant quelques instants. Nous avons découvert un alphabet semblable au cuni...

— Cunéiforme, corrigea Cassandra.

— Cunéiforme, c'est ça. Mais, au risque de me faire insulter... Et alors ? Les Mayas avaient bien leur écriture constituée de glyphes, et les Incas avaient aussi la leur avec les quipus. Que voyez-vous d'extraordinaire au fait que ceux d'ici aient écrit à l'aide de traits et de points ? »

L'archéologue leva les yeux au ciel, tandis que le professeur y adressait une prière pour qu'on lui accorde d'être patient.

« Il n'existe aucune civilisation connue en Amérique, expliqua-t-il avec un soupir, qui ait utilisé ce genre d'écriture. Il s'agit d'un fait unique sur tout le continent, absolument exceptionnel. Plus qu'exceptionnel, corrigea-t-il, c'est tout bonnement impossible !

— Oui… bon… si vous le dites. Mais il fallait bien qu'ils écrivent d'une façon ou d'une autre, non ?

— Oui, oui, bien sûr. Mais qu'ils l'aient fait à l'aide d'un alphabet aussi semblable à l'écriture cunéiforme est absolument inouï ! »

J'avais beau m'efforcer, je n'arrivais pas à voir ce qu'il y avait d'incroyable dans cette affaire, et je suppose que mon visage dut me trahir, parce que Cassandra me regarda soudain fixement et demanda, d'une voix étrangement douce :

« Tu n'as aucune idée de ce qu'est l'écriture cunéiforme, n'est-ce pas ?

— Pas la moindre. »

L'archéologue échangea un regard avec le professeur, et celui-ci s'éclaircit la gorge avant de prendre la parole.

« Voyons, par où vais-je commencer… dit-il en se grattant la barbe. Vois-tu, cette écriture est en fait une évolution des pictogrammes préhistoriques, qui consistaient à dessiner des hommes, des animaux ou des objets pour décrire quelque chose. Petit à petit, ils se sont schématisés jusqu'à devenir ce que tu vois ici : des traits verticaux et horizontaux, et ce qui ressemble à des points, mais, si tu regardes bien, tu verras que ce sont comme de petits triangles. Tu me suis ?

— Évidemment. Que je n'y connaisse rien en archéologie ne veut pas dire que je sois complètement idiot.

— Très bien. Donc, l'écriture cunéiforme est connue depuis le XVIIe siècle, mais elle ne fut complètement traduite qu'en 1913, lorsque Aaron Bartonin, dans son livre…

— Excusez-moi de vous interrompre, prof, mais vous venez de dire que l'on n'a jamais vu cette écriture auparavant.

— En Amérique, Ulysse. On n'en a jamais trouvé *en Amérique*.

— Vous êtes en train de me dire… que cette écriture vient d'ailleurs ? »

L'ex-professeur d'histoire médiévale eut un sourire exultant.

« Exactement, mon ami. Le cunéiforme est la plus ancienne écriture jamais découverte, et, jusqu'à aujourd'hui, elle n'a été vue que sur les sites archéologiques de l'antique Sumer. »

J'avais du mal à en croire mes oreilles. Bien que l'histoire antique ne soit pas précisément mon fort, je savais que la civilisation sumérienne avait existé – et disparu – il y a bien longtemps, sur les rives du Tigre et de l'Euphrate. Juste où se trouve aujourd'hui l'Irak.

« Vous faites référence à la Sumer de Mésopotamie, au Moyen-Orient ?

— Il n'y en a jamais eu d'autre, que je sache.

— Mais c'est extrêmement ancien, non ? »

Le professeur regarda l'archéologue et l'invita d'un geste à répondre.

« Les dates sont approximatives, dit-elle, mais on considère que les textes cunéiformes les plus anciens que l'on ait trouvés jusqu'à présent auraient été écrits il y a plus de cinq mille ans. Une période bien antérieure, ajouta-t-elle, les pupilles dilatées par l'excitation, à celle de n'importe quelle civilisation américaine dont on ait connaissance.

— Mais vois-tu, mon ami, le *quand* n'est pas la question la plus importante, précisa le professeur en posant une main sur mon épaule. »

Je sus immédiatement ce qu'il voulait dire :

« La question, c'est *comment*.

— Exactement, sourit-il avec la satisfaction du maître devant la bonne réponse de son élève. Comment a bien pu arriver jusqu'ici un type d'écriture utilisée à l'autre bout du monde, des milliers d'années avant que Christophe Colomb mette le pied sur ce continent ? » Il respira profondément et ses yeux revinrent aux symboles incompréhensibles. « C'est *cela*, la vraie question. »

39

La flamme des torches ne dura guère plus longtemps, ce soir-là. Ainsi, sans lumière ni rien où accrocher les hamacs, nous finîmes par nous coucher tous les trois à même le sol. Iak, que l'endroit continuait de tenir en respect, refusait toujours de pénétrer dans la sombre salle et préféra dormir à la belle étoile, devant l'entrée.

La nuit fut longue et inconfortable. Malgré la chaleur étouffante, le sol de pierre s'avéra être non seulement dur, mais aussi plutôt froid et je saluai les prémices de l'aube d'une salve d'éternuements, priant pour que le soleil se lève enfin et me réchauffe.

Néanmoins, ce ne fut pas la lumière du jour qui me réveilla de bon matin, mais une psalmodie qui venait de l'extérieur de la salle, déjà baignée d'une fantasmagorique teinte orangée qui annonçait l'aurore naissante.

Je me frottai les yeux et me redressai, endolori par ma couche granitique, puis je fis quelques pas titubants vers l'entrée, intrigué par cette étrange litanie.

En arrivant sur le seuil, aveuglé par l'apparition incandescente du soleil sur l'horizon, je me frottai de nouveau les yeux, paupières fortement serrées, pour tenter de me débarrasser des brumes du sommeil.

J'étirai les bras, cambrai le dos, bâillai bruyamment... et me figeai, pétrifié tel un Christ à la bouche grande ouverte.

Sur ma droite, au coin de la terrasse sur laquelle se dressait le grand cube de pierre, Iak était agenouillé face au soleil levant. Il levait et baissait les mains en signe de louange et entonnait avec ferveur le chant qui m'avait éveillé.

Mais ce n'était pas ce spectacle qui m'avait tellement surpris.

De mon mirador privilégié, dominant la mer végétale qui s'étendait à perte de vue dans toutes les directions, je pouvais contempler pour la première fois ce que, malgré mon ignorance complète du sujet, je sus être quelque chose d'extraordinaire.

À mes pieds se déployaient les ruines des innombrables bâtiments, couverts du voile émeraude de la forêt, mais encore reconnaissables, de ce qui devait avoir été une somptueuse métropole pleine de temples, de monuments et de palais, probablement comparable en magnificence à Babylone ou Angkor Vat.

Ce que nous avions entrevu la veille, au niveau du sol, n'était qu'une infime partie des constructions que l'on devinait ou qui apparaissaient entre les arbres de la jungle. Le gris sombre des pierres de certains édifices se distinguait aux endroits où la végétation était moins dense, et, en comptant seulement ceux que je voyais aux alentours de la pyramide, il était facile de supposer qu'il y en avait des dizaines dans les environs.

De nombreux obélisques, comme celui que nous avions vu en arrivant, se dressaient ici et là. Certains plus hauts que d'autres, d'autres plus solides que certains, et il y en avait même qui se tenaient encore bien droits, fiers d'avoir résisté au passage des années.

Mais le plus étonnant de cette cité en ruines était, sans le moindre doute, ses fabuleuses pyramides.

D'où je me trouvais, je pouvais en voir au moins dix. L'une était de forme triangulaire avec une large base et s'élevait suivant un angle obtus ; une autre était à degrés, comme celle que nous occupions ; quelques-unes consistaient en trois ou quatre immenses volumes carrés de tailles décroissantes posés l'un sur l'autre.

À cet instant, tandis que j'étais toujours absorbé par cette vision inimaginable, j'entendis le pas lourd et traînant de deux pieds fatigués qui vinrent s'arrêter à côté de moi.

« Oh ! Mon Dieu ! » s'exclama soudain la voix du professeur.

Un moment plus tard, nous étions tous les trois réunis – le Menkragnoti n'avait pas fini ses prières – devant l'inconcevable panorama qui se déployait sous nos yeux. Le professeur Castillo et Cassie, encore sous le coup du choc initial, se désignaient mutuellement un édifice ou un autre, attribuant une origine et un style architectural à tout ce qu'ils voyaient : telle tour ressemblait à celles des Mayas du Yucatan ; ces pyramides à trois étages étaient plutôt des ziggourats mésopotamiennes ; les obélisques étaient similaires à ceux de l'ancien empire égyptien...

Je compris que si je n'intervenais pas, entre ces deux-là qui débattaient de conception architecturale et l'autre qui saluait le soleil levant, je n'étais pas sorti de l'auberge.

« J'ai faim », déclarai-je sans qu'ils me prêtent la moindre attention.

Je poussai un bruyant soupir, mais ils ne daignèrent même pas me regarder.

En revanche, Cassandra me saisit le bras et me désigna l'endroit par où nous avions pénétré dans la cité.

« C'est un mur ! s'écria-t-elle.

— Quoi ?

— Un mur, Ulysse. Ce que nous avons traversé hier pour entrer dans la cité, ce n'est rien d'autre qu'une muraille dissimulée par la végétation. Regarde bien. »

Sans enthousiasme, je suivis des yeux la direction de son doigt, et, effectivement, ce qui semblait être un mur haut et solide s'élevait perpendiculaire à la chaussée que nous avions suivie, et il était évident qu'il faisait tout le tour de la cité, telle une grande muraille de Chine cachée sous le vert luxuriant de l'Amazonie.

« D'accord, tout ce que vous dites me paraît très intéressant, concédai-je avec impatience. Mais je crains que vous n'oubliiez le plus important. »

Cassie et le professeur échangèrent un regard dubitatif.

« Que veux-tu dire ? demanda ce dernier en scrutant l'horizon par-dessus ses lunettes, comme si la réponse se trouvait au loin. Il y a quelque chose que je n'ai pas encore vu ?

— Je n'y crois pas ! Votre fille ! m'écriai-je, la main tendue vers la jungle qui nous attendait en contrebas. Nous sommes venus ici à la recherche de votre fille ! »

Avec notre maigre bagage – les restes d'un ciré jaune, le matériel de chasse d'Iak, et un petit sac à dos rouge contenant quelques vêtements –, nous entreprîmes de descendre de la pyramide en nous suspendant aux degrés, comme des bébés descendant d'une chaise.

En arrivant au niveau du sol, ruisselant de sueur après l'effort – et un atterrissage qui manquait un peu de dignité pour le professeur, ce qui lui valut quelques ecchymoses et des rires mal dissimulés de ma part –, je m'aperçus aussitôt que quelque chose avait changé.

« Hum… c'est bizarre », murmurai-je en appuyant mon pied sur le sol et en le levant à plusieurs reprises.

À côté de moi, Cassandra me regarda avec étonnement.

« Ça s'appelle une trace, persifla-t-elle. Mais, à moins que tu la fasses sur la Lune, je crois que ça ne vaut pas grand-chose.

— Merci pour cette magnifique contribution, répondis-je avec un sourire forcé, mais observe ceci.

— Je vois : c'est la marque de ta botte dans la boue, répliqua-t-elle, légèrement agacée.

— Mais tu ne remarques rien ? Regarde ce qui se passe. » Je plongeai la main dans la boue en appuyant de tout mon poids, et la retirai. « Ça se remplit d'eau ! »

La Mexicaine me regarda comme si je venais de m'attribuer la découverte du fil à couper le beurre.

« Mais enfin, Ulysse ? Tu ne te souviens déjà plus qu'il a plu, hier ? C'est normal que le sol soit mouillé.

— Ce serait normal s'il avait été comme ça hier soir, mais ce n'est pas le cas. Après l'averse, la terre était humide. Mais aujourd'hui, elle est carrément détrempée.

— Et ? »

Le professeur s'approcha alors pour savoir de quoi nous discutions ainsi. Je lui fis part de ma découverte et, au contraire de Cassie, sa réaction fut tout sauf insouciante.

« Nom d'un chien… maugréa-t-il en passant les doigts dans ses cheveux clairsemés. Ça a commencé.

— Qu'est-ce qui a commencé ? demanda l'archéologue, plutôt énervée à présent. Vous pouvez m'expliquer de quoi diable il s'agit ?

— Mais tu as donc déjà oublié le barrage qui a été construit en aval de la rivière ? fulminai-je. La forêt commence à s'inonder ! »

Comprenant enfin, Cassandra écarquilla les yeux.

« Mais cela ne doit arriver que dans plusieurs semaines ! s'écria-t-elle en se tournant vers le professeur. C'est vous qui l'avez dit !

— Halte-là ! protesta-t-il en levant les mains. J'ai dit qu'il pourrait s'écouler des semaines avant que cela n'arrive, mais ce n'était qu'une supposition. S'il pleut beaucoup en amont, même à des centaines de kilomètres d'ici… cela peut survenir bien plus vite.

189

— Plus vite de combien ? »

Sans répondre, Eduardo Castillo se retourna vers le chemin de pierre qui nous avait conduits jusqu'ici, il prit une longue inspiration et partit au pas de course sans regarder en arrière.

« Très vite, l'entendis-je murmurer en s'éloignant. Trop vite… »

En un rien de temps, nous reprîmes conscience du calme oppressant qui enveloppait les lieux. Seul le bourdonnement épisodique de quelque petit insecte venait se mêler au bruit de nos pas dans les feuilles mortes qui tapissaient la chaussée où nous posions un pied hésitant, comme des astronautes foulant le sol d'un nouveau monde. De chaque côté de la route, l'on arrivait parfois à voir, ou à deviner sous leur couverture de plantes, les vestiges effondrés des édifices que nous avions découverts du haut de la pyramide.

Le plus souvent, ce n'étaient que les décombres amoncelés de ce qui avait été jadis de fières constructions, comme les pièces d'un Lego géant balayées d'un revers de main par un enfant. Mais il arrivait qu'une partie des structures encore debout apparaissent au milieu des quelques rares feuillages plus clairsemés, laissant voir de robustes colonnes bombées ou des linteaux gravés de cette curieuse écriture cunéiforme, dont je doutais qu'il y ait eu un jour quelqu'un capable de la déchiffrer.

C'était une cité fantôme où nous déambulions, apeurés comme des gamins perdus, essayant de l'imaginer telle qu'elle avait dû être lorsque ses rues bouillonnaient d'activité et que les énormes blocs de granit poli de ses bâtiments reflétaient la lumière du soleil de l'équateur.

« C'est ce que j'ai vu de plus impressionnant de toute ma vie », murmurai-je, profondément ému.

Cassandra, qui marchait juste devant moi, posait partout un regard halluciné.

« Le mot impressionnant est un peu faible pour ça, dit-elle à voix basse sans même se retourner.

— Je suis d'accord, dit doucement le professeur, émerveillé par la somptuosité qui l'entourait. Mais il y a un détail que je n'arrive pas à m'expliquer.

— Un seul ? m'amusai-je.

— Non, bien sûr… sourit-il timidement. Mais je me demande pourquoi aucun satellite, aucun avion, n'a jamais détecté tout ceci d'en

190

haut. Avec Google Maps, je peux voir ma voiture garée dans la rue sur l'écran de mon ordinateur ; mais, en revanche, on dirait que personne n'a remarqué un immense gisement archéologique qui s'étend sur plusieurs kilomètres carrés. C'est incompréhensible.

— Pas tant que ça, affirma Cassie. Pensez que la résolution qu'emploient les satellites pour photographier une rue de Barcelone n'est pas la même que celle utilisée pour une zone boisée comme n'importe quelle autre, où personne ne s'attend à trouver quoi que ce soit de spécial.

— De plus, ajoutai-je en désignant le bâtiment le plus proche, de la position d'un satellite, cet endroit est virtuellement invisible sous les arbres.

— Et les avions ? insista le professeur. On ne verrait rien non plus d'un avion ?

— C'est pareil. Il serait très difficile de voir quelque chose des airs, même en cherchant consciencieusement et en volant à très basse altitude. Les pyramides les plus hautes dépassent à peine la cime des arbres, et, comme elles sont couvertes de végétation, un avion ne les verrait pas, encore qu'il doive s'écraser dessus.

— Je comprends », dit-il. Mais, alors qu'il regardait de nouveau les vestiges de cette cité perdue, il marmonna entre ses dents : « Mais quand même... »

Environ deux cents mètres plus loin, près du bord de la chaussée, se dressaient les restes solennels de puissantes colonnes enveloppées de plantes grimpantes. Elles soutenaient un toit qui n'existait plus, comme si le poids du ciel tout entier reposait sur elles.

« Ce devait être un grand temple », dit le professeur d'une voix rêveuse en caressant la pierre.

Entre les imposants piliers – ils devaient faire plus de trois mètres de diamètre –, les lianes et le lierre avaient envahi presque tout l'espace, mais Cassandra parvint quand même à ouvrir un étroit corridor à coups de machette, pour découvrir que derrière les premières colonnes, c'était une véritable forêt de ces colosses de pierre qui s'étendait à perte de vue. Serrées en formation compacte, beaucoup d'entre elles étaient encore intactes et dressaient fièrement leurs quatre ou cinq mètres de hauteur.

Je poussai un sifflement admiratif. « Tu m'en diras tant ! Je parie que ces hommes anciens en avaient une toute petite.

— Sacrément mégalomanes, qu'ils étaient..., renchérit l'archéologue.

— Ne jugez pas et l'on ne vous jugera point, déclara Eduardo derrière nous.

— Vous nous faites une autre crise biblique ? souris-je.

— Tu peux t'épargner le sarcasme. Ce que je veux dire, c'est que nous ne pouvons pas juger une civilisation, peut-être éteinte depuis des centaines d'années, à l'aune des valeurs du XXIe siècle.

— Sur ce point, je dois vous donner raison, reconnut Cassie.

— Bon, d'accord, convins-je à mon tour. Mais regardez autour de vous. Quelle que soit la perspective, la cité tout entière a été édifiée à une échelle démesurée, comme si elle n'avait pas été conçue pour que des hommes y vivent, mais exclusivement pour glorifier leurs rois, leurs dieux, ou autre chose.

— En réalité, ajouta le professeur, il n'y a rien d'anormal au fait que les hommes érigent des temples pour solliciter la faveur des puissants. Que ceux-ci soient éthérés ou faits de chair et d'os.

— Ou alors… toussota Cassandra, pour implorer leur pardon. »

Intrigué par son commentaire, je me tournais vers la jeune femme, lorsqu'un cri lointain brisa le silence de la jungle : Iak !

Nous abandonnâmes à toute vitesse la forêt de colonnes, accompagnés par le bruit de succion que faisaient nos bottes de caoutchouc, et courûmes dans la direction d'où venait la voix du Menkragnoti.

Mon cœur battant la chamade, je craignais un malheur, imaginant déjà voir Iak moribond, victime de l'attaque d'une vipère.

« Iak ! criait Cassie, qui courait derrière moi. Iak ! Où es-tu ? »

Nous ne reçûmes aucune réponse. Mais, un instant plus tard, nous arrivâmes dans une petite clairière : là, nous tournant le dos, l'indigène était accroupi, apparemment tranquille et bien loin de mourir empoisonné.

« Putain ! m'écriai-je, hors d'haleine. Quelle peur tu nous as faite ! J'ai cru que tu étais en train d'agoniser !

— Que se passe-t-il, Iak ? demanda Cassandra, haletante elle aussi. Nous étions inquiets pour toi. »

L'intéressé se tourna à demi vers nous, l'air aussi innocent que l'enfant qui vient de naître.

« Moi pas vouloir inquiéter, dit-il d'une voix contrite, mais vous voir ici. » Et il désigna le sol, juste devant lui.

Cassie et moi nous approchâmes avec curiosité. À cet instant, le professeur nous rejoignait, et, s'arrêtant à l'orée de la clairière, il s'appuya des deux mains sur les genoux, la bouche ouverte comme un poisson hors de l'eau.

« Quoi ? parvint-il à dire tandis qu'il cherchait à reprendre son souffle. Que s'est-il passé ? »

J'étais penché sur ce que l'Indien voulait nous montrer. Je me redressai, et fit signe à mon vieil ami de s'approcher.

« Je crois que ceci va vous intéresser, professeur. »

40

Nettement gravée dans la terre d'un petit monticule, l'empreinte d'une botte s'enfonçait dans la boue au milieu des feuilles mortes.

« C'est une trace de pas ! s'écria le professeur, électrisé. Une trace de pas récente !

— On dirait bien. » Je me tournai vers Iak : « Elle a combien de temps, à ton avis ? »

L'indigène se frotta le menton d'un air pensif.

« Être tout mouillé et pleuvoir beaucoup… » Et, comme le détective d'une mauvaise série télévisée, il conclut : « Moi pas savoir. Peut-être un jour ou une semaine.

— C'est forcément eux, affirma Eduardo avec allégresse. Dans quelle direction crois-tu qu'ils allaient, Iak ? »

Le Menkragnoti se releva, fit quelques pas, et, après avoir écarté quelques feuilles du bout du pied, il tendit le bras vers l'avant, à l'opposé d'où nous venions.

Sans y réfléchir à deux fois, le professeur m'arracha des mains la machette et partit dans la direction qu'indiquait le doigt pointé de notre guide ; il assena quelques coups à une liane gênante, et pénétra avec décision dans les fourrés sans un regard en arrière.

Cassie et moi échangeâmes un coup d'œil, stupéfaits par l'énergie soudaine de l'historien, au moment où la tête de celui-ci surgissait de nouveau d'entre les buissons, les sourcils levés dans une expression impatiente.

« Mais enfin ! lança-t-il. Peut-on savoir ce que vous attendez ? »

Derrière Iak qui allait devant en scrutant le sol à la recherche d'autres empreintes sur lesquelles nous guider, nous marchions en silence et presque sur la pointe des pieds, comme si un simple bruit eût pu effacer une trace ou distraire notre pisteur. Le professeur était visiblement agité ; il collait aux talons du Menkragnoti, et, lorsque ce dernier s'immobilisait pour examiner quelque chose avec attention, il se penchait aussitôt par-dessus son épaule pour observer ce que notre éclaireur avait trouvé.

L'indigène avançait avec assurance, se repérant à des signes imperceptibles à nos yeux, car le sol était presque intégralement recouvert d'une mince pellicule d'eau.

Il finit par s'arrêter devant un grand kapokier. Il fit le tour de l'énorme tronc d'au moins trois mètres de diamètre, revint à son point de départ, et, faisant face au professeur, il déclara avec résignation :

« Pas plus de traces.

— Comment ça, il n'y a plus de traces ? Tu es sûr ? As-tu bien regardé ?

— Moi bien regarder. Pas plus de traces, répéta Iak en secouant la tête.

— Mais c'est impossible ! » insista Eduardo qui se pencha sur la terre boueuse comme s'il avait égaré une lentille. « Elles ont dû s'effacer, mais si nous cherchons bien, nous pouvons...

— Professeur, l'interrompis-je.

— Quoi ? aboya-t-il en relevant la tête.

— Vous perdez votre temps. Si Iak dit qu'il n'y a plus de traces, c'est qu'il n'y en a plus.

— Je m'en fiche royalement ! Je n'ai pas l'intention de cesser de suivre une piste qui pourrait être celle de ma fille rien que parce que...

— Vous ne m'avez pas compris, prof. Je ne dis pas que nous avons perdu la piste, mais qu'il n'y a plus de traces, et c'est en vain que vous en chercherez.

— Que veux-tu dire ? Je ne comprends pas ce que... »

Pour toute réponse, je tordis le cou en arrière, levant les yeux sur l'arbre imposant qui se dressait devant nous et dont la cime allait se perdre dans l'entrelacs de ramures, de feuillages et de lianes de la canopée.

« Tu crois que... commença le professeur, l'index pointé vers le haut.

— Vous avez une autre explication ?

— Eh bien... je ne sais pas, hésita-t-il en regardant les premières branches du kapokier, qui naissaient à presque vingt mètres au-dessus de nos têtes. Il me semble difficile que quelqu'un puisse, ou veuille, grimper là-haut. Je ne vois pas comment.

— Moi, je pourrais, dit Cassie, qui regardait en l'air, la main en visière. »

Nous nous tournâmes tous vers la menue Mexicaine avec la même expression incrédule.

« Ne faites pas ces têtes d'abrutis, se vexa-t-elle. Chez mes parents, à Acapulco, nous avions énormément d'arbres et j'adorais y grimper. Et j'étais très douée.

— Je n'en doute pas, dis-je. Mais je suis sûr que ce n'étaient pas des kapokiers de quarante mètres de haut, et puis... eh bien, tu n'as plus douze ans.

— Serais-tu en train de me traiter de vieille ?

— Mais non, Cassie, s'il te plaît. C'est juste que... enfin, je n'ai rien dit.

— J'aime mieux ça. Alors, c'est entendu.

— Mais, comment comptes-tu t'y prendre ? demanda le professeur en passant la main sur l'écorce. Le tronc est très lisse, je ne vois pas à quoi tu pourrais t'accrocher. »

Les lèvres de la jolie Mexicaine s'étirèrent en un de ses sourires malicieux. Elle tendit le bras et saisit une des lianes qui pendaient des premières branches, des mètres plus haut.

« Et qui a dit que j'avais l'intention de grimper par le tronc ? »

Alors que j'admirais la progression agile de l'intrépide archéologue, qui s'élevait le long de la liane à la force des jambes et des poignets sans que cela semble lui coûter le moindre effort, je ne pus éviter de ressentir un pincement de fierté, et, il fallait bien l'avouer, quelque chose qui ressemblait à la nostalgie de l'époque où je tenais entre mes bras cette femme étonnante.

« Comment ça va ? » cria le professeur, les mains en porte-voix.

Les joues un peu rouges, Cassandra jeta un coup d'œil en bas.

« C'est ce que j'ai fait de plus amusant depuis bien longtemps !

— Fais quand même attention, dis-je, sachant qu'une chute de cette hauteur lui serait fatale.

— Mais fais pas suer ! C'est moins dangereux que... »

Tout à coup, la liane céda avec un craquement sourd. Cassandra poussa un cri aigu. Paniquée, elle était précipitée vers le sol.

Sans possibilité de réagir, le professeur étouffa un gémissement avec la main, tandis que je me jetais instinctivement en avant, les bras vainement tendus.

Pendant une fraction de seconde, le temps sembla s'arrêter.

Et, effectivement, il s'était arrêté.

La tête en bas et les bras pendants, Cassandra était restée inexplicablement suspendue en l'air, à une dizaine de mètres du sol.

Et, au comble de la confusion, je vis la Mexicaine me regarder à l'envers, avec un large sourire, avant de se mettre à rire de bon cœur.

Il me fallut encore un instant pour comprendre le secret de cette lévitation miraculeuse.

La peste avait enroulé la liane autour de ses jambes comme une acrobate de cirque et s'était lâchée volontairement dans le seul but de nous faire mourir de peur !

« T'es vraiment une belle saloperie ! m'indignai-je, les bras toujours stupidement tendus.

— Tu n'as pas intérêt à me refaire un coup pareil ! » la menaça un professeur blanc comme un linge.

Le Menkragnoti, en revanche, semblait avoir apprécié le tour et il laissa échapper un petit rire, ce qui était assez peu habituel chez lui.

« Purée, vous n'avez vraiment pas le sens de l'humour », se plaignit Cassie. Et, dans une belle démonstration d'abdominaux et de souplesse, elle se retourna sur elle-même et se raccrocha à la liane pour continuer son ascension.

Cinq éternelles minutes plus tard, elle était juchée à califourchon sur la première branche du kapokier. Elle jeta un coup d'œil alentour, et se mit debout, confirmant que le vertige n'était pas un problème pour elle. Puis, avançant le long de la branche presque horizontale et aussi épaisse qu'une poutre, elle arriva à l'endroit où, s'élargissant de plus d'un mètre, elle s'unissait à l'énorme tronc.

« Quelqu'un est venu ici ! s'écria-t-elle soudain. Il y a un emballage de barre énergétique, et je dirais que...

— Que quoi ? s'impatienta le professeur.

— Je dirais que ce quelqu'un a passé la nuit sur cette branche : il y a une sorte de nid confectionné avec des feuillages... » Elle réfléchit un instant et ajouta : « Comme ceux que font les gorilles.

— Il n'y a pas de gorilles ici, Cassie, rappelai-je.

— Je sais bien, idiot. J'ai dit *comme*. Mais c'est l'œuvre de quelqu'un qui est monté jusqu'ici pour y dormir.

— Cela n'a aucun sens…, dit le professeur. Surtout si l'on considère toutes les constructions qu'il y a dans les environs pour se mettre à l'abri de la pluie.

— Ça, je le sais, répliqua-t-elle d'en haut. Je vous explique juste ce que je vois, et je suis certaine que quelqu'un s'est trouvé ici il n'y a pas très longtemps, parce que les feuilles coupées sont encore un peu vertes.

— Bien observé.

— Merci ! »

Quant à moi, il y avait un détail qui m'intriguait encore davantage.

« Cassie, criai-je. De là où tu es, crois-tu que tu pourrais passer sur un autre arbre ? »

La voix de l'archéologue nous parvint aussitôt, moqueuse.

« Tu crois que je m'appelle Tarzan ? Grimper jusqu'ici est une chose, mais sauter d'arbre en arbre comme un singe, c'en est une autre.

— Je ne te demande pas de le faire. Je veux juste savoir si tu crois que ce serait possible. »

Elle regarda autour d'elle pendant un long moment, et finit par hocher la tête.

« Oui, confirma-t-elle, quoique sans grande conviction. Je suppose que je pourrais, les branches sont très rapprochées. Mais, pourquoi cette question ?

— Eh bien, il n'y a pas d'empreintes autour de cet arbre, alors il se pourrait que cette personne ne soit pas descendue par là.

— C'est vrai, reconnut le professeur d'une voix songeuse. Mais cela signifie aussi qu'elle peut être partie dans n'importe quelle direction, et il sera impossible de suivre ses traces.

— Pas forcément », affirmai-je. Et, regardant de nouveau en l'air : « Cassie, tu vois quelque chose d'autre, de ta position ?

— Des arbres.

— D'accord, soupirai-je. Mais encore ?

— D'un peu plus haut, peut-être… » Et, avant que j'aie eu le temps d'émettre la moindre objection, elle se hissait déjà sur la branche du dessus, et de là sur la suivante, et je ne tardai pas à la perdre de vue dans l'inextricable baldaquin vert foncé.

Plusieurs minutes passèrent sans que nous l'entendions. Le professeur finit par l'appeler en criant à pleins poumons.

« Cassandra ! Tout va bien ? »

Silence.

« Cassie ! » insista-t-il encore plus fort.

Rien.

« J'espère qu'il ne lui est rien arrivé, s'inquiéta-t-il.

— Ne vous tourmentez pas. Si elle était tombée, nous l'aurions vue, vous ne croyez pas ? » plaisantai-je bêtement.

À cet instant, venant de très haut et comme surgie d'outre-tombe, la voix lointaine de l'archéologue nous parvint.

« Hé ho ! Vous m'entendez ?

— Plus ou moins ! criai-je. Tu as beaucoup grimpé ?

— Je suis arrivée au sommet de ce putain d'arbre ! Je crois bien que d'ici je distingue ma maison !

— Vois-tu quelque chose... à part des arbres ? s'enquit le professeur.

— Je veux !

— Qu'est-ce que c'est ?

— Je ne sais pas !

— Qu'est-ce que tu veux dire par *je ne sais pas* ? m'égosillai-je.

— Ben ça ! Que je ne sais pas !

— Et tu ne pourrais pas nous le décrire ? demanda le professeur d'une voix aussi forte qu'il le pouvait.

— Je pourrais. » Elle fit une courte pause, et, hurlant du haut de l'arbre, elle ajouta : « Mais ce serait mieux que vous le voyiez vous-mêmes... »

41

Dans le sillage de Cassandra, qui était descendue de son arbre et avançait maintenant d'un pas ferme entre les fourrés, nous atteignîmes en une demi-heure ce que l'archéologue avait vu de son perchoir.

Rendus muets par la surprise, nous nous arrêtâmes à l'orée d'une vaste clairière, essayant de comprendre ce que nous avions devant nous.

Sur une élévation de terrain, au beau milieu d'une zone inexplicablement dégagée dans cette jungle insatiable qui dévorait tout, une grande construction rectangulaire, en partie dissimulée par une couche de terre et de végétaux accumulés pendant des siècles, nous dominait de ses bons quinze mètres de hauteur. C'était un bâtiment colossal, mais sobre, apparemment sans ornements. Aux quatre coins se dressaient encore les restes de quatre tours effondrées. Jadis, cela devait ressembler à une monumentale table de pierre retournée à l'envers.

Tout autour de la colline basse où était érigé l'édifice s'étendait un espace sans arbres, sans buissons, où ne poussait même pas le plus petit brin d'herbe. Une frange d'environ vingt-cinq mètres de terre ponctuée çà et là de souches oubliées. Absolument et définitivement stérile, comme si l'on y avait déversé des tonnes de sel dans l'intention d'en éliminer toute vie à jamais, telle une Carthage amazonienne.

Mais, en réalité, si nos cœurs avaient manqué un battement, ce n'était pas seulement pour cela.

Juste devant l'entrée principale du bâtiment – épargnée par l'accumulation de terre, mais obstruée par des tonnes de blocs et de colonnes de pierre –, nous découvrîmes, déconcertés, quelque chose de terriblement encourageant, et, en même temps, très inquiétant. Quelque chose que nous ne nous attendions absolument pas à voir.

Des cabanes.

Ou, plus exactement, ce qui avait été des cabanes.

C'étaient à présent les vestiges carbonisés de cinq cahutes en bois dont il ne restait guère que les fondations pour soutenir inutilement quelques pans de murs noircis.

Ce que nous avions sous les yeux était le résultat d'un incendie dévastateur.

Ainsi que la preuve que nous n'étions pas les premiers Blancs à mettre le pied dans la Cité noire.

« Quelqu'un a-t-il la moindre idée de ce que cela signifie ? » demandai-je avec un involontaire trémolo dans la voix.

Le silence qui répondit à ma question était des plus éloquents ; je vis que mes compagnons contemplaient les ruines charbonneuses en retenant leur souffle.

« Je n'y comprends rien », dit faiblement Cassie.

Le professeur Castillo fut le premier à faire le rapprochement et à articuler quelque chose de cohérent.

« Valéria. » On l'entendit à peine. Il fit quelques pas hésitants. « Valéria ! » cria-t-il cette fois en se précipitant en avant.

Cassie et moi le suivîmes aussitôt, saisis d'un mauvais pressentiment.

Lorsque nous le rejoignîmes, il était planté au milieu des décombres calcinés, jetant autour de lui des regards à mi-chemin entre le soulagement et la contrariété.

« Ceci n'a pas été fait par l'expédition de ma fille », affirma-t-il avec assurance au bout de quelques secondes.

Je suivis son regard et vis immédiatement qu'il avait raison. Les vestiges brûlés de ces constructions de bois étaient bien loin d'être récents. Bien qu'épargnés par la voracité de la végétation, qui semblait ne pas oser franchir la lisière de la clairière, il sautait aux yeux qu'ils étaient là depuis très longtemps.

Bien plus longtemps que quelques semaines.

Cassie ramassa un petit morceau de bois et il se désagrégea pratiquement entre ses doigts.

« Tout est pourri, dit-elle en se redressant avec un coup d'œil circulaire. Cela doit être vieux de plusieurs années. Peut-être même des décennies.

— Mais qui a bien pu... ? pensa tout haut le professeur. Non, cela n'a aucun sens. Et cette terre... » Il se pencha pour en ramasser une poignée la porta à ses narines.

« On dirait qu'un défoliant a été répandu, observai-je. Comme l'agent orange qu'utilisait l'armée américaine au Vietnam. Mais je me demande bien pourquoi. »

Cassie écarta quelques planches du bout du pied. « Je suppose que les inconnus qui ont construit ces cabanes auraient la réponse.

— Ce qui est sûr, c'est que ce n'étaient pas des Indiens, observa le professeur en passant la main sur une poutre noircie. Ces madriers ont été coupés et poncés avec des outils modernes, et on les a même assemblés à l'aide de clous. » Il se tourna vers nous, comme si ce détail était la clef de tous les mystères, et acheva d'une voix songeuse : « Les indigènes n'utilisent pas de clous.

— Ce doit l'œuvre de Percy Fawcett ! » s'écria Cassie avec une fébrilité subite. Elle se tourna vers notre ami indien, qui était demeuré à la lisière de la clairière : « Ceci a été construit par ton père et ton grand-père, Iak ! »

Bien sûr ! pensai-je immédiatement. *Qui, sinon les Fawcett, pourrait être venu ici.* Pourtant, quelques secondes plus tard, tandis que j'examinais avec curiosité les cendres d'une autre cabane, je compris que la Mexicaine avait fait erreur.

Presque invisibles dans les décombres, et bien que tordus par les flammes, les débris de plusieurs couchettes étaient parfaitement identifiables parmi les planches cassées et les lambeaux de tissu rongé de vieux matelas.

Je n'en savais pas beaucoup au sujet de l'expédition de Fawcett ; mais je pouvais être sûr d'une chose, c'est que ses huit mules, chargées du matériel indispensable à une longue expédition dans des territoires inconnus, ne transportaient certainement pas des lits superposés en fer.

Le professeur Castillo, en quête d'indices sur les hommes qui avaient vécu ici, déplaçait les morceaux de fer et de bois lorsqu'il mit au jour une tasse en fer-blanc et une cuvette en laiton oxydé.

« Je me demande qui ils étaient, fit-il sans s'adresser à personne en particulier. De toute évidence, quelqu'un a occupé les lieux il y a des années... mais qui ?

— Des archéologues, peut-être ? hasarda Cassie sans trop de conviction. Pourtant, la découverte d'un endroit pareil aurait dû être annoncée en fanfare.

— Et si c'étaient des *garimpeiros* ? suggérai-je. Des chercheurs d'or.

202

— Des chercheurs d'or ? Ici ? répondit le professeur avec scepticisme.

— Bien sûr ! approuva Cassandra en claquant les doigts. Ils auront peut-être eu vent de la légende de la Cité noire, tout comme nous, et seront venus vérifier si elle existait vraiment, croyant la trouver pleine de trésors.

— La légende de l'Eldorado... souris-je par association d'idées.

— En voilà une belle idiotie, broncha l'historien. Tout le monde sait bien qu'à l'origine, le mythe de l'Eldorado vient du nom que les Espagnols donnèrent au chef des Chibchas, lorsqu'ils le virent se badigeonner de poudre d'or avant de plonger dans le lac de Guatavita, à quelques kilomètres de ce qui est aujourd'hui Bogota. El Dorado était un homme, affirma-t-il, catégorique, pas un lieu. Tout le reste, c'est pour les romans d'aventures et les films d'Hollywood. »

Très étonné par ces informations, je me tournai vers l'archéologue, une question sur les lèvres :

« Tout le monde le sait ? »

Elle répondit d'un hochement de tête, et il était inutile que j'avoue en entendre parler pour la première fois.

« Une troisième théorie me vient à l'esprit : des chasseurs de trésors. Si des chercheurs de trésors avaient eu vent de la Cité noire, dit la Mexicaine en englobant du geste les ruines calcinées, ils n'auraient pas hésité à partir à la recherche de son or, ses joyaux ou ses reliques archéologiques ; et, bien entendu, ils n'auraient pas parlé de leur découverte à la communauté scientifique. »

— Cela ne manque pas de logique, concordai-je. Venir jusqu'ici, avec tous les moyens que cela implique, me semble être une entreprise un peu trop complexe pour d'humbles *garimpeiros*. Par conséquent, si nous écartons l'hypothèse des archéologues, ce ne pouvait être que des chasseurs de trésors. »

Eduardo Castillo eut l'air de soupeser cette éventualité, puis il l'accepta d'un geste négligent.

« En réalité, cela n'a pas beaucoup d'importance. Ce que nous devons faire, c'est explorer les alentours et essayer de trouver des traces de l'expédition de Valéria, dit-il en désignant l'imposant édifice de pierre noire. Il faut savoir si eux aussi sont venus ici. »

Nous n'eûmes qu'à nous approcher de l'entrée principale pour constater qu'effectivement, celle-ci était obstruée par des tronçons de colonnes effondrées et d'énormes fragments de l'encorbellement qui devait la couronner jadis.

De sorte que, déterminés à jeter un coup d'œil à l'intérieur, nous nous dirigeâmes vers l'angle de l'édifice, dans l'intention d'en faire le tour, espérant trouver une autre entrée.

« Ce que je n'arrive pas à comprendre, remarquai-je tandis que j'avançais à côté de Cassie, les yeux fixés sur le sol stérile que nous foulions, c'est pourquoi quelqu'un aurait pris la peine de faire une telle chose à la terre, en l'abîmant de manière si impitoyable. Ceux qui ont fait ça ne se sont pas contentés de débroussailler et de couper les arbres, ils ont voulu être certains que rien ne repousserait ici.

— C'est peut-être Attila qui a fait une promenade à cheval, suggéra Cassie.

— Peut-être bien, souris-je. Mais il y a autre chose qui m'intrigue encore plus : pourquoi diable ont-ils mis le feu à leurs cabanes ? Après avoir vu les couchettes et les ustensiles, il est évident qu'ils habitaient là. »

La jeune Mexicaine prit son temps pour répondre.

« Ils ne voulaient peut-être pas laisser le lit fait aux chercheurs d'or qui viendraient par la suite.

— J'en doute. Il aurait été stupide de risquer que quelqu'un voie la fumée et vienne jeter un coup d'œil, tu ne crois pas ?

— Alors, l'incendie a probablement été accidentel.

— Dans les cinq cabanes ? Et puis, si c'était le cas, ils les auraient reconstruites, argumentai-je en secouant la tête. »

L'archéologue finit par se tourner vers moi en arquant un sourcil interrogateur.

« Et qu'est-ce que ça peut faire, Ulysse ? En tout cas, ajouta-t-elle avec un sourire soulagé, je suis contente qu'ils aient survécu et que nous n'ayons pas trouvé un tas de squelettes grillés. »

Elle avait à peine terminé de prononcer ces paroles que nous tournions le coin de l'édifice, et son sourire de soulagement se figea sur ses lèvres.

42

Devant nous, sur trois rangées bien ordonnées, dix-sept croix grossièrement taillées et assemblées avec du fil de fer étaient plantées dans la boue.

Le professeur Castillo gardait ses distances, comme s'il craignait, en s'avançant, de découvrir le nom de Valéria sur l'une d'entre elles.

« Croyez-vous que... » murmura-t-il, blanc comme un linge et incapable de faire un pas de plus.

Faisant taire mon inquiétude, je m'approchai rapidement de la première croix :

« C'est du vieux bois. Il est moisi et vermoulu, précisai-je en le grattant de l'ongle. Tout compte fait, on dirait bien que l'incendie a quand même fait des victimes.

— Elles pourraient aussi bien appartenir à l'expédition de Percy Fawcett », déclara la Mexicaine en s'accroupissant à côté de moi ; elle avait l'air peu encline à accepter la destinée finale de ces inconnus.

Je secouai la tête.

« Ils n'étaient que trois, Cassie, rappelle-toi. De plus, ajoutai-je en posant le doigt sur la barre horizontale de la petite croix, regarde ça. »

Elle ferma à demi les yeux, scrutant la surface de la planche.

« Je ne vois rien. On dirait bien que quelqu'un a gravé quelque chose dans le bois, mais c'est illisible. »

Je pris mon couteau de plongée et repassai soigneusement une partie de l'inscription.

La Mexicaine se redressa d'un bond. « Merde alors ! Il y a écrit 1918-1940 !

— 1940 ? répéta le professeur avec incrédulité en nous rejoignant. Tu en es sûre ?

— Attendez », dit-elle. Elle alla vers les croix suivantes, passa la main sur plusieurs d'entre elles, d'abord sans résultat, et, enfin, elle éleva la voix avec animation : « En voilà une autre. Les lettres sont illisibles, je suppose que c'est un nom, mais en dessous, il y a une date qui se termine par un quatre et un zéro.

— Bon, ceci nous le confirme, dis-je. Je ne sais pas quoi, mais c'est confirmé.

— Donc... pensa tout haut l'historien, si les croix sont de 1940, cela veut dire que ces gens se sont trouvés là seulement quinze ans après les Fawcett.

— C'était peut-être une opération de sauvetage, avançai-je.

— Au bout de quinze ans ? Si c'est le cas, on peut dire qu'ils auront pris leur temps.

— Quoi qu'il en soit, déclarai-je en contemplant les troublantes sépultures, qu'ils aient été chasseurs de trésors ou expédition de sauvetage, je crois bien que les choses ne se sont pas déroulées comme ils l'avaient prévu. »

Et nous restions là, tous les trois, plantés devant un énigmatique cimetière, au milieu d'une mystérieuse cité inconnue, et sans la moindre idée de ce que tout cela pouvait bien signifier.

Le professeur, ayant surmonté sa frayeur initiale, déambulait entre les croix, s'agenouillant parfois près de l'une ou de l'autre. Il fronça les sourcils :

« On dirait qu'elles portaient toutes des inscriptions, mais elles sont tellement détériorées qu'il est impossible de les lire.

— Sous ce climat, observai-je, le bois mort se décompose rapidement.

— Mais il y a quelque chose d'assez étrange, reprit-il comme s'il ne m'avait pas entendu, les mains posées sur deux des croix.

— Au sujet de ces tombes ? » demanda Cassie.

Le professeur Castillo leva les yeux et fit une grimace dubitative.

« C'est justement ce qui me paraît bizarre : que ce soit des tombes.

— Et pourquoi vous semblent-elles bizarres ? Parce qu'il n'y a pas de fleurs ?

— Non, ma chère. Parce qu'elles sont trop près les unes des autres. Vous ne voyez pas ? dit-il en écartant les bras pour montrer que moins d'un mètre les séparait. C'est comme si... comme si on avait seulement planté des croix, sans rien dessous.

— Êtes-vous en train de suggérer qu'elles sont seulement ornementales ? m'étonnai-je. Sincèrement, j'aurais de meilleures idées pour décorer le jardin. »

Mon ami secoua la tête.

« Non, ce n'est pas ce que je veux dire. Bien que les inscriptions soient illisibles, elles sont indéniablement là, et je suis sûr que chacune de ces croix représente quelqu'un qui est mort en ce lieu.

— Alors...

— Alors, rien. Je dis seulement que même si les croix rendent vraiment hommage à des gens qui ont perdu la vie, je crois qu'il n'y a personne d'enterré dessous. Et ne me demandez pas ce que je veux dire par là, parce que je n'en sais pas davantage.

— Excellent, dit Cassie avec naturel, comme si tout ceci n'était qu'une sorte de jeu. Un nouveau mystère à mettre sur la liste. » Elle se tourna vers nous et demanda : « Quelqu'un les a comptés ? »

Trente minutes plus tard, nous avions fait le tour complet de l'étrange et solitaire édifice, et nous étions revenus à notre point de départ, devant la façade principale.

Pas curieux pour deux sous, Iak était assis sur une souche, à l'extérieur de la clairière, et fumait tranquillement une cigarette qu'il avait dû se rouler lui-même. Manifestement, il n'avait pas l'intention de faire un pas de plus.

« Bon, soupira Eduardo d'un air déçu, nous ne pouvons pas entrer, en fin de compte. Je croyais que nous trouverions une porte à l'arrière.

— Un instant... Nous pourrions essayer par ici », dis-je en désignant le chaos de colonnes brisées qui s'entassait devant nous.

Le professeur me jeta un regard de doute.

« Il n'y a pas la place de passer. Ce monceau de pierres semble être sur le point de s'effondrer. Sincèrement, je n'aimerais pas que cela arrive quand je suis dessous.

— Ne vous inquiétez pas, répondis-je en resserrant les courroies de mon sac à dos, c'est moi qui irai. »

Et, sans leur laisser le temps de protester – ni me laisser celui de trop y penser –, je me juchai sur une grande roche rectangulaire d'où il me sembla voir un étroit couloir où je pourrais me faufiler, parmi les décombres de colonnes et de linteaux amoncelés les uns sur les autres.

Je dus presque ramper pour m'introduire sous une énorme dalle, qui devait peser plusieurs centaines de tonnes et qui reposait en équilibre précaire sur les restes d'une cloison fissurée, elle-même étayée par les incertains contreforts que formaient les débris ; j'étais sûr qu'ils risquaient de s'écrouler rien qu'en les effleurant, entraînant dans leur chute tout ce qu'ils soutenaient.

M'efforçant de ne pas m'arrêter à cette idée, je me mis à avancer à quatre pattes dans l'obscure cavité qui allait en se rétrécissant. Tandis que je me frayais un chemin en écartant les toiles d'araignée avec les mains, je priais pour ne pas me trouver nez à nez avec un serpent, et, alors que je me traînais sur le ventre pour franchir un passage particulièrement étroit, je sentis distinctement le corps allongé et plein de pattes d'un insecte glisser le long de mon cou pour s'aventurer ensuite sur mon cuir chevelu, sans que je puisse seulement bouger un bras pour me l'ôter.

J'atteignis de la sorte un point où la voie semblait se fermer devant moi, m'obligeant à rebrousser chemin. Mais la faible lueur qui se coulait par les fissures me permit de voir qu'un autre couloir s'ouvrait presque à quatre-vingt-dix degrés sur ma droite. Je me faufilai en haletant par ce nouvel orifice et constatai qu'il s'élargissait peu à peu ; j'avançai donc plus aisément, accroupi pour commencer, puis, après quelques mètres, je pus me relever.

Malheureusement, ce fut à cet instant que je me rendis compte que la lumière du jour n'arrivait pas jusque là, et je me retrouvai plongé dans l'obscurité la plus complète.

Quel idiot je suis de ne pas y avoir pensé plus tôt ! songeai-je, avant de me souvenir que j'avais un briquet sur moi. Joignant le geste à la pensée, je glissai la main dans ma poche, tendis le briquet devant moi et fit jaillir l'étincelle.

« Jésus, Marie, Joseph ! » s'écria soudain une voix qui n'était pas la mienne.

Sursautant de saisissement, je me retournai pour découvrir Cassandra, ainsi que le professeur Castillo qui émergeait derrière elle de l'étroite galerie de débris.

« Mais… commençai-je, stupéfait de les voir là. Je croyais que… » Mais je m'interrompis : ils ne me regardaient ni l'un ni l'autre. Ils avaient les yeux fixés sur quelque chose qui se trouvait dans mon dos.

La petite flamme du briquet éclairait un portail, ourlé de symboles étranges qui paraissaient avoir résisté à l'écoulement des siècles ; au-delà, l'on pouvait deviner le néant d'une immense salle, soutenue par une légion de colonnes qui se perdaient dans la nuit.

« Fabriquons-nous des torches », suggérai-je, tourné vers les ténèbres, sachant que nul ne dirait le contraire.

Quelques moments plus tard – après avoir parcouru en sens inverse l'incertain passage, ramassé du bois et de la résine, et refait le même chemin –, torches flambantes en main, nous franchissions le seuil de ce lieu ténébreux, presque froid, et plus silencieux encore que le royaume de la jungle, à l'extérieur.

Nous descendîmes les quelques marches glissantes d'un court escalier de pierre et débouchâmes dans une salle souterraine, si vaste que nous en distinguions à peine les limites. Le plafond était porté par des dizaines de larges colonnes, entièrement gravées de symboles cunéiformes, de la base jusqu'au chapiteau ; le professeur les caressa du doigt, avec un étrange mélange de bonheur et de frustration.

« Mon règne pour un appareil photo, murmurait-il. Mon règne pour un appareil photo... »

Soudain, je me pris les pieds dans quelque chose – ma torche n'éclairait pas beaucoup plus que le briquet – ; poussant un juron, j'atterris brutalement sur le sol dur tandis je laissai échapper le flambeau, qui alla rouler plusieurs mètres plus loin.

« Qu'est-ce qui t'est arrivé, *mano* ? s'enquit Cassandra. Tu vas bien ?

— Oui, merci. J'ai juste trébuché sur je ne sais pas quoi... et je suis tombé.

— Voilà qui est étonnant.

— Que veux-tu, je suis incapable de voir dans le noir, personne n'est parfait », rétorquai-je, un peu lassé de ses continuelles allusions à ma maladresse supposée. Me frottant le poignet droit, endolori par la chute, je me relevai et décochai un coup de pied vengeur à ce qui m'avait fait tomber.

Étonnamment, le bruit que cela fit en glissant sur la pierre était indubitablement métallique.

Intrigué, je m'accroupis, tâtonnait un peu, et ramassai l'objet. Il devait peser quatre ou cinq kilos, était froid comme l'acier au toucher, et sa forme était si reconnaissable que je me demandai un instant si je ne m'étais pas cogné la tête en atterrissant.

Je rappelai mes amis, qui s'étaient un peu éloignés : « Je crois que vous devriez venir voir.

— Voir quoi ? dit le professeur.

— C'est une surprise. »

Le double halo de lumière s'approcha lentement et s'arrêta près de moi ; pas un mot ne sortit de la bouche de mes compagnons : seulement une exclamation de stupéfaction exhalée de concert.

J'aurais certainement eu la même réaction, si j'avais vu l'un d'eux tenir entre les mains une vieille mitraillette rouillée.

« C'est... ce que je crois que c'est ? dit Cassie avec perplexité.

— Ça doit être ici depuis longtemps, répondis-je en lui montrant l'objet, mais c'est de toute évidence un pistolet-mitrailleur militaire.

— Une arme des années quarante ? supputa le professeur, se rappelant la date inscrite sur les croix.

— Je ne suis pas vraiment expert en la matière, mais, maintenant que vous le dites, je crois que c'est très probable. La conception semble être assez ancienne, et elle est complètement oxydée.

— Mais qu'est-ce foutaient des soldats dans le coin ? fit Cassandra, déconcertée.

— L'armée brésilienne a peut-être envoyé un détachement, avança le professeur.

— Et ils n'auraient informé personne de l'existence de ce site ? rétorqua l'archéologue. Une telle découverte ne serait pas passée inaperçue dans un rapport, tout ineptes que soient les militaires brésiliens.

— Mademoiselle Brooks ! se défendit-il. J'essaye juste d'établir une théorie pour expliquer ce que nous avons vu dehors. »

Pendant que Cassie et Eduardo étaient embarqués dans leur querelle, une idée germait dans mon esprit.

« Moi, ce que je vois... suggérai-je au bout d'un moment, c'est que si nous avons trouvé une mitraillette, il est possible qu'il y ait aussi des outils ou du matériel appartenant aux propriétaires de cette arme et que nous puissions dénicher d'autres choses qui nous seraient peut-être utiles.

— Tu n'as pas tort, reconnut le professeur.

— Ça roule », dit Cassie, et, s'enfonçant dans l'obscurité, elle lâcha une déclaration prémonitoire : « Nous aurons peut-être d'autres surprises. »

211

44

Nous parcourûmes la salle, à la recherche de tout objet insolite, ou qui puisse nous sembler d'utilité, ignorant les imposantes colonnes couvertes de leur écriture indéchiffrable. Il était bien sûr inévitable que l'un ou l'autre de mes compagnons s'attarde, ensorcelé par une gravure, pestant de ne pas avoir au moins un crayon et une feuille de papier pour en tirer un calque.

Séparés de moins de deux mètres, comme dans une battue, nous scrutions le moindre recoin, lorsque Cassandra s'immobilisa, avant de s'écarter brusquement.

« Je crois qu'il y a quelque chose... », annonça-t-elle en s'éloignant.

Nous la suivîmes, et, effectivement, elle avait raison : il y avait bien quelque chose.

Le problème, c'était savoir ce que c'était exactement.

En apparence, c'était une montagne de caisses en bois pourries, dont la plupart, brisées, laissaient échapper leur contenu, formant ce qui ressemblait à un rempart improvisé. Tout autour, des centaines de douilles de balles oxydées étaient disséminées sur le sol.

« Qu'est-ce qui a bien pu se passer ici ? s'interrogea le professeur en ramassant une des douilles de cuivre.

— On dirait les traces d'une fusillade, observa Cassandra.

— Vous avez remarqué la disposition des caisses et de ces sacs de sable ? dis-je.

— C'est une barricade, affirma Eduardo.

— Exactement.

— Une terrible bataille a dû avoir lieu ici, déclara Cassie en franchissant prudemment les restes du parapet. Ce qui expliquerait les croix que l'on a vues dehors.

— C'est possible... Mais il y a un détail plutôt étrange, dis-je en baissant ma torche vers le sol. Il y a des centaines de douilles à l'intérieur de la barricade, mais pas une seule devant elle. »

Le professeur et mon ex-compagne regardèrent à leur tour et confirmèrent mon observation.

« Tu as raison, déclara l'historien. C'est curieux, non ? »

De sa main libre, la jeune archéologue se grattait la nuque d'un air songeur.

« On croirait que les seuls à avoir des armes à feu étaient ceux qui s'étaient retranchés derrière la barricade. La question que je me pose, c'est : contre quoi se défendaient-ils, si ce n'était pas d'autres hommes armés ? Il n'y a par ici ni tribus hostiles ni animaux sauvages. Étaient-ils en train de se battre entre eux ?

— Je ne crois pas, répondis-je. Si c'était le cas, on verrait des douilles des deux côtés. De plus, même s'il n'y en a plus aujourd'hui, nous ne savons pas s'il y avait des indigènes mal embouchés il y a un demi-siècle. Encore que je ne voie non plus ni flèches ni lances.

— Ni de corps... », lâcha le professeur. Sa phrase sembla flotter un moment dans l'air.

« Des corps, répéta Cassie. Vous voulez dire... des cadavres ? »

Eduardo Castillo haussa les épaules.

« Eh bien, avec tous ces coups de feu, il semble logique qu'il y ait eu des morts, non ?

— Je vous rappelle qu'à moins de cent mètres d'ici, il y a un cimetière, dis-je avec un geste vers l'extérieur.

— Et moi, je te rappelle que ce ne sont probablement que des croix sans sépultures.

— Alors, qu'est-ce vous en pensez ? demanda la Mexicaine. Parce qu'à en juger par les dégâts, les choses n'ont pas dû bien se terminer pour ceux qui étaient retranchés. Que sont-ils devenus ?

— Ils se sont peut-être enfuis, aventura le professeur.

— Ou alors, murmurai-je en franchissant les vestiges de la barricade, poussé par une vague intuition, ils sont restés. »

À la lumière de la torche, j'examinai soigneusement le mur du fond, scrutant sa surface froide avec attention : au bout de quelques instants, je distinguai une mince lézarde dans la pierre.

Sous le regard médusé de mes compagnons, je pris mon couteau de plongée et en glissai la lame dans la fente, dont je suivis le contour, révélant ce qui ressemblait, par la taille et la forme, approximativement à une porte.

Une porte bloquée par une grande dalle de pierre maladroitement encastrée.

« À trois, dis-je en utilisant le canon de la mitraillette comme levier, nous poussons en même temps. D'accord ?

— Arrête de bavarder et mets-toi au travail », répliqua Cassandra qui, de même que le professeur, avait l'épaule appuyée contre le rocher.

Nous avions posé les torches par terre, derrière nous, afin d'avoir les mains libres pour forcer un bloc qui devait peser au moins une tonne.

À dire vrai, nous n'étions même pas certains de pouvoir le faire bouger, ni que l'effort en vaille la peine, mais s'il y avait une chose que nous avions en commun, tous les trois, c'était la curiosité ; alors, si pour la satisfaire il fallait déplacer mille kilos de roche, eh bien, on les déplaçait.

« Vous êtes prêts ? Un, deux, et... trois ! »

Je pesai de toutes mes forces sur la crosse de la mitraillette et tendis les muscles au maximum ; le canon commença à se tordre sous la pression. J'entendais Cassie et le professeur qui ahanaient derrière moi tandis qu'ils poussaient avec zèle.

« Allez-y, les encourageai-je. Fort !

— La... ferme ! » grogna l'archéologue entre ses dents.

Constatant que la lourde plaque n'avait pas bougé d'un millimètre, j'étais sur le point de m'avouer vaincu, lorsqu'un claquement se fit entendre de l'autre côté, suivi d'un bruit qui évoquait des branches cassées. Nous prenant au dépourvu, la porte de pierre céda brusquement et bascula en avant, nous entraînant dans sa chute ; nous roulâmes pesamment les uns sur les autres, dans un épais nuage de poussière et d'échardes.

Dans ce brouillard pulvérulent, la lumière des torches se diluait et je voyais à peine à un empan devant moi.

« Vous allez bien ? demandai-je dans une quinte de toux.

— Je crois..., répondit le professeur, je crois que je suis entier.

— Cassie ? » m'inquiétai-je.

Je sentis quelqu'un souffler sous moi, et un coude qui se plantait dans mon plexus solaire.

« Tu veux ôter ta main de mes fesses ?

— Oh ! pardon, je ne savais pas que tu étais dessous.

— Ouais, bien sûr..., regimba la Mexicaine en me repoussant sans ménagements.

— Quelqu'un arrive à voir quelque chose ? » s'informa le professeur, qui tentait vainement d'écarter la poussière de la main.

Je m'efforçai de me relever sans marcher sur personne, me demandant ce qui s'était passé exactement.

« Qu'est-ce qu'il s'est passé ? disait précisément Cassie, comme lisant dans mes pensées.

— Au craquement que nous avons entendu au moment où la plaque cédait, répondis-je en me couvrant le nez de ma manche sale pour pouvoir respirer, je suppose qu'elle n'était pas aussi lourde que nous l'avons cru : en fait, elle était juste solidement étayée par-derrière.

— Et quand les étais ont cédé... déduisit la Mexicaine.

— Je crois que je distingue quelque chose, dit le professeur, les yeux à demi fermés derrière ses verres épais. Je vois un cercle sur le mur, au fond de la pièce. »

En accommodant le regard, on pouvait effectivement deviner un cercle plus clair, avec un vague dessin en son centre.

Le nuage de poussière se dissipait peu à peu, permettant de voir de plus en plus clairement. Ce qui ne voulait pas dire que je comprenne ce que je voyais.

Nous étions debout dans l'encadrement de la porte que nous venions de jeter à terre, lorsque la poussière commença à retomber, et, à la lumière des torches, toujours posées par terre derrière nous, je pus enfin discerner nettement, entre les ombres dansantes de nos propres silhouettes, ce qu'il y avait devant nous.

Sauf que cela paraissait tellement invraisemblable que mon cerveau refusait de l'assimiler : sur le mur opposé de la pièce, une bannière suspendue au plafond venait presque toucher le sol.

Une bannière rouge, avec, reconnaissable entre tous, un symbole noir au centre d'un cercle blanc.

Le drapeau nazi.

45

« Cette fois, je ne comprends plus rien à rien..., bredouillai-je, éberlué.

— On est deux », renchérit Cassandra à côté de moi.

Le professeur Castillo, resté sur le seuil, ne disait rien ; il s'efforçait peut-être de trouver une raison à la présence de *cette* bannière en *cet* endroit.

La salle dans laquelle nous venions de faire une entrée fracassante était une vaste pièce d'au moins deux cents mètres carrés, encombrée de rayonnages, de caisses de bois et de bidons ; dans un coin, il y avait de grosses bonbonnes. À l'opposé de la porte végétait une table grossière sur laquelle, sous l'épaisse couche de vieille poussière, sommeillaient quelques documents jaunis, et ce qui semblait être, à première vue, des livres empilés au bord.

Après avoir ramassé les torches, Cassandra fut la première à pénétrer dans le brouillard de poussière en suspension qui flottait encore. Elle fit quelques pas prudents en regardant de tous côtés avant de s'arrêter devant le mur du fond, juste au-dessous de la déconcertante bannière.

Et elle recula brusquement, la main sur la bouche.

« Que se passe-t-il ? demandai-je, alarmé, en courant vers elle. Merde ! » m'exclamai-je alors en découvrant ce qu'il y avait par terre.

Lorsque le professeur Castillo nous rejoignit à son tour, l'archéologue s'était déjà accroupie pour examiner sa « trouvaille » : le cadavre momifié d'un militaire, encore revêtu de son uniforme noir, une atroce expression d'angoisse sur un visage dépourvu d'yeux, qui tenait entre ses doigts parcheminés la photo d'une femme.

« C'était un officier SS », affirma le professeur avec assurance.

Cassie et moi nous tournâmes vers lui dans une interrogation muette.

« L'uniforme noir et le symbole qu'il porte au revers appartiennent à la police secrète de Hitler, précisa-t-il en désignant le corps. C'était, sans l'ombre d'un doute, un officier de la *Schutzstaffel*. Un colonel, pour être exact, à en juger par ses galons. »

La sensation d'irréalité était si prégnante que j'eus un instant l'impression d'être couché dans mon lit, dans mon appartement barcelonais, en train de faire un cauchemar extravagant.

« Regardez ça », dit alors la Mexicaine. Et, sans faire de manières, elle glissa la première phalange de son index dans l'orifice que le nazi momifié avait dans la nuque. « Ce type s'est tiré une balle dans la bouche.

— Il tient encore le pistolet, corrobora le professeur, montrant le vieux Luger auquel s'accrochaient toujours les doigts sans vie.

— Et pour quelle raison a-t-il fait une chose pareille ? » m'étonnai-je en voyant que, outre les munitions et des outils, les étagères étaient pleines de boîtes de conserve et de sacs de farine ou de riz qui n'avaient jamais été ouverts. « Les vivres ne semblent pas avoir été un problème, observai-je en soupesant ce qui devait être une boîte de haricots périmée depuis des décennies.

— Il devait se sentir terriblement désespéré, murmura l'historien en secouant la tête avec pitié.

— Ou terriblement effrayé..., suggérai-je en remettant la boîte de conserve à sa place. Le pauvre diable s'est enfermé ici, a condamné la seule issue et s'est fait sauter la cervelle. Je ne trouve pas ça très logique.

— Ce que je trouve encore plus incongru, dit Cassandra en se relevant et en regardant autour d'elle, c'est qu'il n'y ait pas d'autre cadavre. Vous n'êtes pas d'accord ?

— C'était peut-être le dernier survivant.

— Et il aurait survécu... à quoi ?

— À ce qu'il s'est passé là-bas », répondis-je en me tournant vers l'ouverture obscure que nous venions de franchir.

Ce fut alors que, pour la première fois depuis notre arrivée dans cette cité oubliée, j'eus le sentiment que quelque chose n'allait pas.

J'aurais été incapable de définir ce que c'était, et je ne voulus pas non plus partager avec mes compagnons la sensation oppressante qui me nouait la gorge. Mais l'instinct atavique que nous avons en nous depuis les temps où nous vivions dans les arbres était en train de me crier de sortir d'ici immédiatement.

Je glissai un coup d'œil en coin vers Cassie et le professeur, mais ils étaient occupés à fouiller la salle et paraissaient relativement tranquilles. Excités par notre découverte inattendue, mais tranquilles.

217

Je leur tournai le dos pour leur dissimuler la préoccupation qu'ils auraient pu lire sur mon visage, et tentai de faire taire cette sonnerie d'alarme qui retentissait dans ma tête, cherchant à me convaincre que c'était le côté obscur de mon imagination qui me jouait des tours.

Après avoir examiné à fond tous les recoins de la pièce, le professeur Castillo faisait les cent pas, les mains dans le dos et l'air pensif.

« Nous oublions de nous poser la question qui compte vraiment, dit-il, comme s'il parlait pour lui-même. Que diantre venaient faire les nazis par ici en 1940 ? Le Brésil était du côté des Alliés, pendant la Seconde Guerre mondiale ; ils avaient donc dû se déplacer en secret. Mais comment ? Et, plus important encore, pourquoi ?

— Espionnage ? » aventurai-je.

Le ricanement de Cassie ne me surprit pas vraiment.

« Très bien, mademoiselle l'intelligente, tu as une meilleure idée ?

— De toute évidence, c'étaient des archéologues.

— Bien sûr, ironisai-je, nous avons là les typiques fouilles archéologiques SS. Encore que, si je me souviens bien, ces types-là étaient plus portés à enterrer les gens qu'à les déterrer.

— En fait, intervint le professeur, Cassandra n'est pas si loin de la vérité. »

L'intéressée m'adressa un regard de satisfaction et me tira la langue.

« On sait que les nazis, poursuivait l'historien en croisant les mains dans le dos, ont organisé des expéditions au Tibet, en Afrique du Nord, en Amérique du Sud et jusqu'en Antarctique, à la recherche de reliques archéologiques.

— Voilà qui me rappelle les films d'Indiana Jones.

— C'est que c'était vraiment comme cela, dit-il avec un grand sérieux. Ce cinglé d'Hitler était fanatique d'occultisme et des civilisations mythiques. De plus, son obsession était de démontrer l'origine ancestrale de la race aryenne dont, d'après lui, les Allemands étaient les descendants. De sorte que, avant, et même pendant la Seconde Guerre mondiale, il n'a cessé d'envoyer des expéditions dans tous les recoins de la planète, avec pour mission de trouver les preuves qui viendraient justifier à la face du monde la suprématie des Aryens sur ce qu'il appelait les races inférieures.

— Vous croyez donc, demanda Cassie en s'asseyant tranquillement sur une chaise, que c'est la raison qui a conduit les nazis ici ? Chercher des preuves pour ratifier leurs théories de supériorité raciale ?

— C'est à envisager. C'était très important pour eux.

— Mais… comment ont-ils trouvé cet endroit ?

— Va savoir. » Il haussa les épaules. « Comme dans notre cas, l'histoire des hommes anciens a pu leur arriver aux oreilles et ils l'auront prise au sérieux. Ou bien ils sont partis sur la piste de Fawcett et de sa quête pour découvrir Z. Il est probable que nous ne le saurons jamais avec certitude.

— Ou alors si… », murmurai-je. Ils se tournèrent vers moi d'un seul mouvement et me virent debout devant la table, en train d'examiner les documents qu'il y avait là.

Sous mes yeux, des feuillets jaunis, mais sans trace de l'implacable moisissure, étaient éparpillés en désordre sur la table. Au centre, une lampe à pétrole était posée sur un exemplaire usé du *Mein Kampf* d'Adolf Hitler, et, dans l'angle gauche, quatre livres reliés en cuir fané étaient impeccablement empilés ; sur chaque couverture figurait, en relief dans la peau, un emblème que je n'avais jamais vu auparavant : une épée verticale nouée d'un ruban s'y inscrivait dans un médaillon ovale, entourée des mots *Deutsches Ahnenerbe*.

« Deutsches Ahnenerbe ? fit Cassandra. C'était peut-être le nom du mort ?

— Je ne crois pas, répondit le professeur en se caressant la nuque. Ce nom ne m'est pas inconnu… Il me semble que l'Ahnenerbe était une faction mystique de la SS, ou quelque chose dans ce genre.

— C'étaient sans doute eux qui s'occupaient d'archéologie pour Hitler, supputa la Mexicaine. Ce serait logique.

— C'est probable. Mais il me faudrait consulter quelques documents pour… »

Le professeur continuait de parler, mais je ne lui prêtais plus aucune attention. Bien que je n'en comprenne pas le premier mot, lorsque j'ouvris un des livres et découvris une écriture manuscrite irrégulière, ponctuée de dessins élaborés, de symboles mystérieux et d'annotations marginales, je sus immédiatement que j'avais sous les yeux un carnet de notes ou un journal. Et c'était probablement celui de l'officier nazi qui gisait derrière moi, momifié, avec un orifice de balle dans la tête.

219

46

« Il écrivait comme un cochon, cet oiseau-là, maugréait le professeur en tournant précautionneusement les pages de l'un des volumes. Même si je comprenais l'allemand, il n'y aurait pas moyen de déchiffrer ces gribouillis.

— Ce devait être le médecin de l'expédition, rigola Cassandra, qui avait un autre tome entre les mains.

— Enfin, soupirai-je en fermant d'un coup sec celui que je feuilletais moi-même. Étant donné que nous n'avons rien tiré au clair et que les torches ne tarderont pas à s'éteindre, je propose que nous partions.

— Mais il y a encore beaucoup à voir, ici ! protesta Eduardo en désignant les montagnes de matériel empilé autour de nous. N'importe laquelle de ces caisses pourrait renfermer d'autres informations, ou de l'équipement utile.

— Possible. Mais quand les torches se seront consumées, c'est sûr que vous ne trouverez plus rien. Nous pourrons toujours revenir plus tard pour fouiller davantage.

— Je suis d'accord, approuva la Mexicaine. Mais je suggère que nous emportions les cahiers pour les étudier tranquillement, au cas où nous pourrions en tirer quelque chose.

— Alors, c'est entendu, dis-je en glissant les quatre livres dans le petit sac à dos rouge. Sortons d'ici une bonne fois, j'ai hâte de retrouver la lumière du jour. »

Sur le point de sortir, je me souvins soudain de quelque chose ; revenant sur mes pas, je pris le *Mein Kampf* qui se trouvait sur la table et me le glissai sous le bras.

Cassandra et le professeur me dévisageaient, abasourdis.

« Peut-on savoir pourquoi diable tu veux emporter ce fichu bouquin ? » se scandalisa l'archéologue.

Je regardai brièvement l'œuvre d'Hitler, avant de lui répondre avec un clin d'œil :

« J'en ai marre d'utiliser des feuilles de bananier comme papier hygiénique. »

Lorsque nous ressortîmes de l'édifice – qui s'était avéré receler un autre mystère, tout aussi inexplicable que celui que nous avions découvert à l'extérieur –, nous fûmes accueillis par un Iak extrêmement soulagé, comme si revenions d'une excursion en Averne.

« Vous inquiéter moi, nous tança-t-il avec sévérité. Mettre longtemps pour revenir et moi croire pas revoir vous.

— C'est qu'il y avait une queue pas possible, argumentai-je, le pouce pointant par-dessus mon épaule.

— Une queue ?

— Ne l'écoute pas, dit Cassie en me jetant un regard de reproche. Nous n'avons pas eu de problème, Iak, désolée que tu te sois préoccupé.

— Bon, dis-je en m'époussetant les vêtements. Après ces joyeuses retrouvailles, nous ferions bien de poursuivre ce que nous faisions, vous ne croyez pas ?

— Étudier le journal de l'officier nazi ? suggéra le professeur.

— Mais enfin, prof ! Vous avez encore oublié votre fille ?

— Oh ! Non, bien sûr, rougit-il. Mais il se passe tant de choses que... »

Cassie fit entendre un claquement de langue désapprobateur. « Ne vous occupez pas de lui. Vous ne le connaissez pas encore ?

— Si, évidemment, acquiesça-t-il, confus. Donc... vers où devrions-nous aller, maintenant ?

— Nous devrions retourner à l'endroit où nous avons trouvé la dernière empreinte. Iak arrivera peut-être à retrouver la piste.

— Ce serait une perte de temps, déclarai-je après un toussotement feint. Nous aurons plus de chances si nous continuons par la route. Ensuite, nous cherchons un lieu élevé et nous allumons un grand feu pour faire des signaux de fumée – ou autre chose qui puisse attirer l'attention. Si l'expédition de Valéria est dans le coin, ils nous verront forcément.

— Ce n'est pas une mauvaise idée », reconnut le professeur avec un léger geste d'approbation.

Iak ne dit rien, et Cassandra haussa les épaules avec l'air de considérer que même si l'idée venait de moi, elle n'était pas complètement absurde.

Guidés par le Menkragnoti, nous mîmes moins d'une demi-heure à revenir à la chaussée empierrée, qui s'enfonçait dans la forêt suivant un tracé complètement rectiligne, flanquée de constructions en ruines impossibles à identifier.

À l'arrière, Cassandra et Iak bavardaient avec animation sur ce qu'allait représenter la redécouverte de ce site pour la survie du peuple indigène ; le professeur, quant à lui, marchait à l'avant, perdu dans ses pensées. Ne sachant que faire, je le rejoignis et lui donnai une tape affectueuse sur l'épaule.

« Que vous arrive-t-il, prof ? Vous ne vous souvenez plus si vous avez éteint la lumière en sortant de chez vous ?

— Hein ? Non, non... répondit-il distraitement. Je réfléchissais à quelque chose qui me turlupine.

— À quel sujet ?

— Au sujet du lieu d'où nous venons de sortir, cet étrange temple à demi souterrain.

— À mes yeux, ça ressemblait plutôt à une vieille cave.

— Peu importe. Je ne comprends pas pourquoi, avec tous les endroits susceptibles d'y installer un campement, les nazis ont choisi celui dont l'unique accès était pratiquement bloqué par les décombres.

— Il y avait peut-être une autre entrée que nous n'avons pas vue. »

Le professeur secoua la tête.

« Tu as bien vu que nous avons fait tout le tour de l'édifice en regardant soigneusement, mais nous n'avons pas trouvé le moindre indice.

— Alors, il se pourrait qu'ils l'aient choisi justement pour cette raison.

— Je ne te suis pas.

— Je veux dire que pour une raison ou une autre, ils cherchaient peut-être un endroit avec une unique issue. Il se pourrait même, hasardai-je en l'observant du coin de l'œil, qu'ils aient eux-mêmes provoqué l'écroulement de l'entrée.

— Et pourquoi auraient-ils fait une chose pareille ?

— À mon avis, pour le même motif qui les a poussés à élever une barricade. Pour se protéger.

— Mais... se protéger de quoi ? »

N'ayant évidemment pas la réponse à cette question, je haussai les épaules sans rien ajouter, et le professeur hocha la tête. Puis, il se passa la main sur le front et resta à regarder les gouttes de sueur qui l'emperlaient.

« Reposons-nous un moment, dit-il faiblement.

— Allons, prof, vous n'allez pas vous arrêter maintenant. Je croyais que vous étiez en meilleure forme. »

M'ignorant, il s'assit sur un tronc d'arbre abattu et sortit son mouchoir de sa poche pour s'essuyer.

« J'ai besoin de souffler, Ulysse. Je ne supporte pas cette humidité.

— Si vous avez besoin d'intimité, on peut vous laisser seuls, persifla Cassandra en arrivant à notre hauteur.

— Jalouse ? » rétorquai-je.

La Mexicaine me dédia un regard indifférent et alla s'asseoir quelques mètres plus loin. Iak la suivit comme son ombre.

Le professeur se tourna alors vers moi avec une expression interrogatrice.

« Que diantre s'est-il passé entre vous pour que vous soyez maintenant comme chien et chat ?

— Vous savez ce que c'est…, répondis-je en contemplant mes ongles toujours aussi rongés. Ces choses-là arrivent.

— Eh bien, non, je ne sais pas. Vous étiez le couple le plus amoureux du monde, et puis, sans crier gare, vous vous êtes séparés. Il s'est passé quelque chose de grave ?

— Pas exactement.

— Mais alors ? »

C'était précisément la question que je m'étais posée pendant des mois… et je n'étais toujours pas certain d'en connaître la réponse.

« Je suppose…, murmurai-je, plus pour moi-même qu'à l'intention de mon vieil ami, que je suis arrivé à la conclusion que je ne suis pas fait pour la vie de couple. Il y a en moi quelque chose qui me pousse à rester seul. Alors, plutôt que de prolonger une relation qui aurait fini par se briser tôt ou tard, j'ai jugé que plus tôt j'y mettrais fin, moins douloureux ce serait pour nous deux. » Je levai les yeux vers la cime des arbres et achevai : « Encore qu'il se pourrait que je me sois trompé. »

Le professeur me regarda fixement, comme pour évaluer le genre d'imbécile qu'il avait devant lui.

« Pourtant, tu avais déjà été en couple auparavant, remarqua-t-il, étonné. Je me souviens même d'une fille avec qui tu es resté assez longtemps.

— C'était d'autres temps, prof. À l'époque, je prenais tout comme quelque chose de provisoire, et chaque femme était, en quelque sorte, comme une petite aventure dont je jouissais sans arrière-pensée. Mais, l'âge venant, les perspectives changent, et Cassie... » J'eus un claquement de langue désabusé.

« Cassandra est différente, acheva le professeur, devinant ce que j'avais été sur le point de dire.

— Je comprenais que notre histoire allait être autre chose, continuai-je sans le démentir. Alors, avant que mon attitude ne provoque une longue agonie de silences et de reproches, j'ai suggéré que nous fassions une pause pendant un temps, avec l'espoir idiot de sauver au moins notre amitié.

– À mon avis, ce n'est pas vraiment une réussite.

— Pas du tout. C'est même un désastre total. En plus, à chaque fois que je la vois, elle...

— Elle te manque ?

— Bien plus que je ne l'aurais imaginé. »

Nous restâmes silencieux, à regarder le sous-bois. Entre hommes, ces sujets sont toujours gênants à aborder.

Ce fut finalement mon vieil ami qui rompit le silence, avec l'inévitable question :

« Et tu le lui as dit ?

— Bien sûr que non. Après l'avoir forcée à la séparation, je ne peux pas lui dire ça. Ce serait mesquin de ma part.

— Ce serait la vérité.

— Mais je ne peux pas. Je ne dois pas.

— Si, tu peux, et tu dois.

— Vous savez, prof ? soupirai-je en me relevant. Je n'ai pas très envie de continuer d'en parler.

— Mais je suis votre ami, et je ne supporte pas de vous voir comme cela. »

Décidé à éviter un interminable débat sur ma vie sentimentale, je tendis la main vers le sac à dos.

« Alors, tant que nous ne serons pas sortis de cette fichue jungle, tranchai-je avec une grimace maussade, vous feriez bien de vous y habituer. »

Sur ces mots, je me remis en chemin, passant près de Cassie et Iak sans les regarder.

J'avais toujours été très jaloux de mon intimité, même auprès de mes amis les plus proches – qui n'étaient pas très nombreux, il faut le dire –. Mais la rupture avec Cassie avait été si déstabilisante, et j'avais dû donner tant d'explications – surtout à ma mère, qui n'arrivait pas à accepter que je me sépare à la première occasion, alors que je paraissais enfin prêt à me caser –, que j'avais fini par décider de ne plus jamais aborder le sujet. Chaque fois que j'en reparlais, je sentais les cicatrices se rouvrir et ressusciter une douleur que je croyais, sinon morte, du moins enterrée à profondeur raisonnable.

Je savais bien que n'importe quel psychanalyste me dirait qu'il me fallait résoudre cette étape de ma vie ainsi que mes conflits sentimentaux – voire mentaux tout court – avant de pouvoir aller de l'avant, et que le fait de ne vouloir en parler avec personne, et avec Cassandra moins que quiconque, était la preuve irréfutable que j'avais un problème. Et que je devais y remédier.

Mais qu'est-ce qu'ils en savaient, les autres ?

Je marchais sans faire attention, perdu dans mes pensées et essayant de justifier à mes propres yeux pourquoi j'avais agi comme je l'avais fait, lorsque mon cœur fit un bond. Je me figeai sur place, pétrifié.

Il y avait *quelque chose* au bout du chemin.

Quelque chose de terriblement familier, mais il m'était en même temps impossible d'assimiler que c'était ce que cela semblait être.

47

Apparaissant entre les branchages, une sculpture impossible se dressait, noire, droite et imposante, sur un affleurement rocheux de quelques mètres de hauteur.

Un monolithe parfait, d'environ neuf mètres de haut, qui s'élevait vers le ciel au mépris du bon sens.

Dans un silence intimidé, nous contemplions l'inconcevable structure, impressionnés et incrédules, ne sachant trop si ce que nous avions sous les yeux avait quelque chose à voir avec l'histoire et l'archéologie, et non avec quelque aberration de notre imagination.

Soulignant encore l'importance du mystérieux monument, un réseau de sentiers venait y mourir comme les rayons d'une roue. Comme si nous avions là, et nulle part ailleurs, le véritable centre de la Cité noire, et que celle-ci ne soit en fait guère plus qu'un simple ornement, un accessoire décoratif éphémère et superflu.

À dire vrai, je ne m'étais jamais senti aussi troublé par aucune construction, sculpture ou édifice, que j'aie pu voir auparavant. Ni devant les pyramides égyptiennes, ni au Machu Picchu, ni au Colisée de Rome, je n'avais ressenti à ce point le magnétisme et l'attraction indescriptible qui émanaient de cette simple et néanmoins extraordinaire structure. Il y avait en elle quelque chose qui vous poussait à courber la tête en signe de respect envers des forces archaïques et inconnues. Un frisson me parcourut l'échine, et, malgré la chaleur suffocante de la forêt, ma chair se hérissa.

Cette masse rectangulaire, parfaite, haute comme un immeuble de trois étages et large d'un mètre sur quatre, paraissait avoir été taillée dans une espèce de marbre couleur de jais. Ce que venait démentir sa surface mate où rien ne se reflétait ; au contraire, elle semblait absorber chaque photon de lumière qui l'atteignait. Elle m'évoquait une sorte de porte ouverte sur le néant ; un sinistre trou noir capable d'avaler tout ce qui le touche et à l'intérieur duquel on pouvait tomber comme dans un puits insondable.

Alors, quand je vis Cassandra s'avancer et escalader le promontoire rocheux pour s'approcher du monolithe, la main tendue, ma première réaction fut de crier :

« Stop ! Ne fais pas ça ! »

La Mexicaine sursauta et se tourna vers moi.

« Quoi ? s'alarma-t-elle en regardant tout autour. Que se passe-t-il ?

— Je ne sais pas, mais je crois que tu ne devrais pas toucher à *ça*. »

Elle leva les sourcils avec incrédulité et glissa un coup d'œil au professeur, comme en quête d'une réponse qui expliquerait mon attitude.

« T'es bourré ou quoi ? » lâcha-t-elle finalement. Puis, m'ignorant superbement, elle grimpa sur le piédestal pour se retrouver tout près de l'énorme bloc noir.

« Fais att… » commençai-je. Mais je n'avais pas fini ma phrase qu'elle y avait déjà posé la paume de sa main.

Pendant quelques interminables secondes, l'archéologue resta silencieuse, comme un médecin prenant le pouls de son patient. Puis elle tourna la tête pour nous dire avec stupéfaction :

« Il est chaud. »

Quelques minutes plus tard, le professeur et moi avions rejoint Cassie près du monolithe – impossible de convaincre Iak qu'il n'y avait pas de danger. Nous caressions du regard la perfection de ses lignes, ses angles précis, son aspect immaculé ; on aurait juré que les éléments naturels, qui avaient détruit la cité qui s'élevait là jadis, n'avaient pas osé y toucher.

Le professeur Castillo, à l'instar de Cassie un moment auparavant, passait la main sur cette chose avec une révérence que je ne lui avais jamais vue.

« C'est incroyable, murmurait-il. Il a une texture… inattendue.

— Ce n'est pas du granit, affirma Cassie, ni du marbre. C'est comme… je ne sais pas, du graphite, mais infiniment plus dur. »

Vaincu par la curiosité, je les imitai enfin, essayant d'identifier le matériau que j'effleurais du bout des doigts.

« C'est doux et lisse, mais très dur en même temps. Ça me fait penser à de la fibre de carbone.

227

« — Mais ce n'est pas le cas, c'est de la roche pure, remarqua le professeur.

— Et c'est chaud, nous rappela Cassandra. Comment est-ce que ça peut être chaud ?

— C'est peut-être dû à la couleur noire, avançai-je, elle ne reflète pas la chaleur du soleil, mais l'absorbe toute la journée et l'accumule comme une pile.

— Une pile ?

— Bon, pas exactement. Plutôt comme un... euh, comme un accumulateur de chaleur. »

La jeune femme arqua un sourcil moqueur.

« Mouais.

— Vous avez prêté attention, interrompit le professeur, au fait qu'il n'y a pas la moindre marque ? Pas d'écriture, pas de gravure... rien.

— Je n'ai jamais rien vu de pareil, reconnut Cassie. Il y a des années que suis archéologue, mais je n'ai jamais entendu parler d'un seul monument qui ressemble à ça.

— Il n'y a pas quelque chose dans ce genre à Stonehenge ? demandai-je. Il y a aussi des monolithes, non ?

— Tu plaisantes ? Ce sont des mégalithes, Ulysse, pas des monolithes. Des alignements grossiers de pierre brute, réalisés par un peuple qui vivait dans des baraques en adobe. Ça reviendrait à comparer un cendrier en argile avec le *David* de Michel-Ange.

— Et que me dis-tu de Tiahuanaco, en Bolivie ? suggéra alors le professeur Castillo tout en faisant le tour du monolithe. Il y a également de grandes pierres taillées comparables à celle-ci.

— Comparables en taille et en forme, peut-être, reconnut l'archéologue en levant les yeux, mais elles font partie d'un ensemble. Leur fonction est claire : murs de temples qui n'existent plus, ou structures plus complexes de type astronomique ou religieux. En aucun cas on n'y trouve des blocs de cette importance et d'une telle perfection, isolés et sans autre fonction apparente que d'*être*, tout simplement. De plus, c'est une roche très étrange. Elle paraît réfractaire à l'érosion de...

— Venez ici ! cria soudain la voix du professeur, de l'autre côté du monument. Vite ! Venez voir cela ! »

Cassie et moi courûmes vers lui aussitôt, faisant le tour du monolithe pour découvrir, juste à côté, un orifice parfaitement rond qui s'ouvrait dans le lit de roche et s'enfonçait dans l'obscurité, comme une bouche d'égout que l'on aurait oublié de couvrir.

« On dirait un puits, dit le professeur, accroupi au bord, les mains sur les genoux.

— Et un animal a dû tomber dedans, observai-je, dans la même position. Ça empeste la viande en putréfaction.

— Laissez-moi voir... », dit Cassie en se penchant sur la sombre ouverture.

Alors, sous nos yeux ébahis, la jolie archéologue se racla la gorge comme un camionneur et envoya un respectable crachat à l'intérieur du trou.

Trois secondes plus tard, elle leva la tête avec son sourire de petite fille espiègle.

« Si c'était un puits, affirma-t-elle, il est complètement à sec.

— Bon, nous continuerons de nous désaltérer grâce aux lianes, se résigna le professeur, tel un naufragé qui aurait trouvé sur la plage une caisse de bouteilles de bière vides.

— Vous savez quoi ? dis-je en jetant un regard alentour. Cette zone rocheuse est élevée, sèche et dégagée sur plusieurs mètres à la ronde. Elle ferait un bon emplacement pour allumer notre feu, vous ne croyez pas ? »

Tandis que je ramassais du bois et des brindilles, je découvris Iak qui, adossé à un tronc d'arbre, semblait indifférent à notre affairement et ne faisait pas le moindre geste pour nous aider. Il gardait les yeux fixés sur le monolithe, comme s'il s'attendait à le voir bouger à tout instant.

« Hé, Iak, tu pourrais nous donner un coup de main », lançai-je en passant près de lui.

Le Menkragnoti se limita à baisser les yeux et resta silencieux, comme s'il ne m'avait pas entendu.

« Aide-moi au moins à porter ça », insistai-je en levant le fardeau de bois que je tenais entre mes bras.

L'indigène secoua la tête.

« Ça être lieu sacré d'hommes anciens », dit-il en regardant le monument avec méfiance.

Le professeur Castillo ôta ses lunettes et se passa la main sur le visage, d'un geste las.

« Écoute, Iak, dit-il. Nous ne pouvons pas t'obliger, mais je t'assure que les hommes anciens dont tu parles ne sont plus là depuis bien longtemps. Il n'y a ici personne pour se formaliser que nous entrions dans leurs temples ou que nous examinions ce qu'ils ont laissé derrière eux. En fait, nous honorons leur mémoire en étudiant qui ils étaient et ce qui leur est arrivé.

— De plus, ajouta Cassandra en s'approchant de l'indigène, tout ce que nous pourrons découvrir au sujet de cette cité et de ceux qui l'habitaient peut être d'une grande aide pour sauver ton peuple. Rappelle-toi que l'importance de cet endroit peut être décisive pour arriver à stopper l'inondation qui menace les tiens. »

Le Menkragnoti aux yeux bleus sembla méditer ces paroles, et, même s'il finit par faire un faible geste d'assentiment, son expression manifestait clairement qu'il était loin d'être convaincu.

48

Dès que nous eûmes réuni tout le bois à peu près sec que nous trouvâmes – et ce n'était pas beaucoup –, nous allumâmes le feu destiné à attirer l'attention de quiconque serait dans les parages, en espérant que ce quelqu'un soit Valéria ou un autre membre de son expédition qui puisse la prévenir.

Puis nous nous séparâmes afin de ramasser tous les fruits que nous pourrions et en faire provision, puisque la chasse avait cessé d'être une alternative. Enfin, nous décidâmes d'inspecter les alentours, à la recherche de quelque indice de la présence de Valéria dans la cité.

Au cours de notre exploration, nous découvrîmes, non loin de là, une nouvelle pyramide, assez semblable à celle de la veille, bien que sans salle de pierre pour la couronner, et nous convînmes que ce serait un bon endroit où nous installer pour la nuit, bien au-dessus du sol de plus en plus spongieux de la forêt, et avec une vue dégagée sur le voisinage.

Mais la véritable raison, c'était qu'aucun d'entre nous n'avait envie de passer la nuit près de l'intimidant monolithe.

Comme si un sens au-delà de notre perception, un instinct atavique oublié, nous soufflait qu'il fallait nous en éloigner. Que de ce monolithe apparemment inerte émanait quelque chose d'étrange et indubitablement dangereux.

Quelque chose dont nous devions rester à distance le plus possible.

À la fin de la journée, nous laissâmes derrière nous le feu allumé et entreprîmes de gravir la pyramide qui, revêtue de son épais suaire végétal, serait passée, à des yeux profanes, pour une formation rocheuse curieusement verticale et symétrique.

En atteignant la plateforme qui en couronnait le sommet, où plusieurs arbres avaient réussi à fixer leurs racines, nous pûmes accrocher nos hamacs tant bien que mal ; le crépuscule arrivait et nous nous installâmes pour contempler le coucher de soleil tout en faisant un sort à une montagne de mangues, goyaves et bananes sauvages.

Lorsque nous eûmes terminé notre dîner, la nuit tombait sur la forêt, et, comme les soirs précédents, nous nous retrouvâmes plongés dans un silence angoissant.

Un silence bien plus inquiétant que la cacophonie nocturne de toute autre jungle que j'aie pu connaître auparavant.

Un silence qui évoquait par trop celui d'un cimetière.

Afin de nous apporter chaleur et courage, nous allumâmes un petit feu de camp à la lueur des étoiles, et nous nous assîmes tout autour sans parler, chacun perdu dans ses pensées.

« Votre fille fera une drôle de tête, lorsqu'elle verra que son père est venu la chercher, dit Cassie, brisant le silence.

— Dieu t'entende, ma chère. Dieu t'entende... »

Une voix lugubre s'éleva dans l'ombre ; celle d'Iak, qui préférait rester à l'écart de la lumière des flammes.

« Ton dieu pas venir ici..., murmura-t-il d'un air sombre.

— Comment ?

— Ça être territoire morcego.

— Et c'est reparti avec les Morcegos ! renâclai-je. Jusqu'à quand vas-tu nous bassiner avec ce refrain ? Nous avons déjà passé deux jours dans la cité et nous n'en avons pas vu la moindre trace. Tu ne vois pas que nous sommes seuls ? Si cette tribu a existé, il est clair qu'ils ne sont plus là.

— Morcegos pas être tribu..., objecta-t-il en s'approchant du cercle lumineux, où son visage soudain éclairé sembla flotter dans l'air. Toi rien comprendre. Morcegos pas plus être hommes, et si toi pas voir eux, seulement veut dire qu'eux voir toi.

— Oh ! Quel splendide argument ! Donc, ne pas les voir est le signe de leur existence... Tu sais quoi ? Tu pourrais très bien gagner ta vie comme prédicateur.

— Pas la peine d'être désagréable, me récrimina Cassandra. Se moquer des croyances d'autrui est un manque de respect.

— Je ne me moque pas. J'en ai juste marre de cette histoire de croquemitaine.

— Eh bien pas moi, répliqua-t-elle en se tournant vers Iak. Tu disais que les Morcegos ne sont plus des hommes ? Que sont-ils, alors ? »

Le Menkragnoti prit son temps. Alors que nous croyions qu'il n'allait pas répondre, il fit un pas en avant et s'assit près du feu.

« Personne pas savoir, dit-il à voix basse. Chamans expliquer légendes très vieilles que personne croit à fils de chaman, et à fils de fils de chaman.

— Et quelles sont ces légendes ? demanda le professeur qu'intéressait tout ce qui évoquait les récits poussiéreux.

— Chamans dire qu'hommes anciens utiliser morcegos pour se protéger des autres tribus. Mais un jour eux partir et laisser seulement morcegos... et morcegos attendre retour d'eux.

— Tu veux dire que les Morcegos ont été abandonnés par les hommes anciens ? Très intéressant... Est-ce que ce n'étaient pas des tribus alliées ? Ces Morcegos pourraient avoir été des sortes de mercenaires à la solde des hommes anciens ? Une collaboration, en somme, où les hommes anciens apportaient leurs connaissances et leur culture à une tribu belliqueuse en échange de la sécurité que celle-ci leur offrait ? »

L'indigène haussa les épaules.

« Moi pas savoir ».

Le professeur caressa sa barbe en bataille, songeur. « Hum... Ce genre de coopération serait assez inhabituel.

— N'oubliez quand même pas qu'il ne s'agit que d'une légende, déclarai-je avec un geste de refus.

— Tu es un incrédule, m'accusa la Mexicaine comme si c'était une insulte.

— Tu veux peut-être dire sceptique ? À vous voir, on se demande qui sont les scientifiques, ici. Vous vous laissez entraîner par votre imagination fantaisiste. »

Cassandra secoua la tête, l'ombre d'un sourire ironique flottant sur les lèvres.

« Et tu me dis ça alors que nous sommes assis autour d'un feu au sommet d'une pyramide, à quelques centaines de mètres d'un monolithe qui est le jumeau de celui de *2001, l'Odyssée de l'espace*... au milieu des ruines d'une cité perdue d'Amazonie ? »

Ce fut au tour du professeur de sourire en me regardant, avant de dire « touché ».

« Ce que je veux dire, argumentai-je, cherchant à retrouver ma contenance après cette estocade, c'est que vous vous laissez prendre à une histoire qui a certainement été inventée pour tenir les étrangers à l'écart.

233

— Est-ce que c'est vrai ? demanda Cassie en se tournant vers le Menkragnoti. Est-ce que tout ceci ne pourrait pas être une simple légende, créée pour que l'homme blanc ne s'approche pas de vos terres ?

— Morcegos être réels, affirma Iak. Eux ici avant arrivée d'homme *branco*, eux démons de la nuit et maîtres de Cité noire. Animaux savoir, et pour ça pas trouver gibier ici, ajouta-t-il en balayant la jungle d'un geste circulaire.

— D'accord, mais même si ces Morcegos existent encore, ce dont je doute fort, il sera toujours possible de négocier avec eux. Comme le disait Percy Fawcett dans son journal, même avec les indigènes les plus hostiles, l'on peut arriver à un accord. »

Affligé, Iak secoua la tête de nouveau.

« Toi non plus rien comprendre… se lamenta-t-il. Si Morcegos venir, toi pas pouvoir parler avec eux.

— Hé, *amigo*, intervint Cassie, il y a toujours moyen de négocier. Avec n'importe qui. »

Comme au ralenti, Iak se pencha vers Cassandra, et, avant que je comprenne ce qu'il faisait et sans me laisser le temps de réagir, il avait tiré sa machette et l'appuyait sur la poitrine de l'archéologue.

« Si eux trouver, eux tuer, couper en morceaux et manger ta viande. Et si toi avoir beaucoup de chance, ajouta-t-il sombrement, eux faire d'abord une chose… et autre après. »

L'archéologue était jeune, mais elle avait déjà affronté des situations de vie ou de mort avec un courage étonnant. Cette fois, pourtant, elle resta muette tandis qu'elle assimilait les paroles du Menkragnoti et que celui-ci remettait sa machette au fourreau.

« Allons, Iak… murmurai-je, la gorge nouée. Arrête un peu avec tes contes à faire peur, tu es en train d'effrayer…

— Silence ! coupa soudain le professeur, qui se dressa d'un bond. Vous avez entendu ? »

Le cœur au bord des lèvres, Cassie et moi échangeâmes un regard.

« J'ai entendu un bruit, là, en bas. Je suis certain d'avoir entendu quelque chose remuer.

— Bon sang, prof ! protestai-je tout bas. Ce n'est pas le moment de plaisanter.

— Ce n'est pas une plaisanterie, répondit-il gravement. Je te jure que cela ressemblait à quelque chose qui bougeait entre les arbres.

234

— Un singe, peut-être ? hasarda Cassandra.

— Tu as vu beaucoup de singes, ces trois derniers jours ? »

La blonde Mexicaine ne répondit pas.

Le professeur s'approcha alors du bord de la terrasse, mit ses mains en porte-voix, et cria dans la nuit.

« Valéria ! »

Silence.

« Il y a quelqu'un ? Valéria ! » appela-t-il plus fort.

Pas de réponse.

Une troisième fois, le professeur Castillo mit ses mains autour de sa bouche et cria le nom de sa fille.

Mais ce ne fut pas Valéria qui répondit.

Pour le coup, nous entendîmes tous clairement le bruissement qui agitait les fourrés, entre nous et le monolithe.

Et là, juste au moment où je plissais les yeux pour mieux scruter la nuit, une ombre furtive passa devant le rougeoiement du feu que nous avions laissé allumé.

Ce fut un mouvement fugitif, un battement de paupières à peine perceptible sur la lueur ardente. Mais je n'avais aucun doute : *quelque chose* avait bougé là-bas.

Et c'était gros.

Je tendis l'oreille, les sens en éveil, guettant un son qui me révélerait la nature de ce que j'avais entraperçu pendant une fraction de seconde.

Mais le seul bruit que j'entendais était celui de mon cœur qui cognait à grands coups désordonnés.

Puis la voix empreinte de terreur d'Iak, derrière moi, qui disait faiblement :

« Maintenant eux savent. Eux savent que nous être ici. »

49

C'est à peine si je fermai l'œil, cette nuit-là.

J'avais suggéré d'établir des tours de garde, et, toutes les deux heures, l'un de nous restait éveillé, guettant les bruits et alimentant notre feu pour qu'il ne s'éteigne pas.

Je ne savais pas ce que j'avais vu, si j'avais vraiment vu quelque chose.

Je tentai de me convaincre que ce n'avait été qu'un inopportun jeu d'ombres et de lumières que j'avais mal interprété à cause des histoires effrayantes qu'Iak s'entêtait à nous raconter. Au pire, c'était peut-être un singe ou un tapir égaré que la chaleur aura attiré et que j'avais vu passer devant les flammes.

Je ne prenais pas au sérieux les légendes menkragnotis, mais je ne cessais de penser que la plupart des fables, même les plus absurdes, reposent généralement sur un fond de vérité.

Et puis, il n'y avait dans cette forêt ni tapirs ni singes.

Plus inquiet que je ne l'aurais avoué, je déambulai une bonne partie de la nuit au sommet de la pyramide, un œil sur ses pentes et l'autre sur la silhouette noire et nette du monolithe qui, telle une immense pierre tombale, me paraissait inexplicablement un peu plus sinistre chaque fois que mon regard s'y posait.

C'était mon tour de garde lorsque le soleil fit enfin son apparition sur la canopée. Avec un soupir de soulagement, je m'assis en tailleur sur la pierre froide, et, ayant jeté dans le feu les dernières branches qui restaient, j'essayai de me réchauffer.

J'observai mes compagnons de voyage qui, allongés dans leurs hamacs, semblaient plongés dans un sommeil placide : l'indigène aux ancêtres impurs qui se battait pour sauver son peuple, tenant fermement son arc, la tête sur son baluchon en guise d'oreiller ; l'historien à la retraite embarqué dans une aventure insensée, à la recherche d'une fille qui avait l'air de ne guère s'intéresser à lui, avec qui il n'avait parlé qu'en une seule occasion et dont il ne possédait qu'une unique photo ; et enfin, dormant à poings fermés avec son abandon habituel, comme elle le faisait autrefois dans mon lit, celle que je savais être le grand amour de ma vie. Hélas ! nous avions à présent trop de choses en commun pour vivre séparés, mais trop également pour pouvoir vivre ensemble.

« Et merde ! grommelai-je en me frottant les yeux. J'étais si bien, célibataire. »

À cet instant, planant élégamment sur leurs larges ailes rouge et bleu étendues, un couple d'aras – les premiers animaux à sang chaud que je voyais depuis notre arrivée dans la cité – nous survola à vive allure, dans un vacarme de craillements et de cancans, comme s'ils avaient pour mission de réveiller la jungle tout entière.

Alors, étrangement heureux d'être là, en cet endroit, à ce moment, j'oubliai mes angoisses de la nuit et respirai à pleins poumons l'air frais de l'aurore. Pendant ce temps, perçant l'inégal baldaquin végétal comme de sombres récifs dans un océan d'eaux vertes et agitées, apparaissaient les silhouettes énigmatiques d'autres pyramides.

Je ne tardai pas à entendre les premiers grognements de protestation, quelques bâillements, et, tandis que j'offrais mon visage au soleil, les yeux fermés, mes compagnons s'éveillèrent et se levèrent à leur tour, aussi ignorants que moi, en ces instants de paix sylvestre, de ce que le sort nous réservait pour la journée qui commençait… et qui allait nous paraître interminable.

« Bonjour, dit Eduardo Castillo en s'asseyant à côté de moi. Mazette… quel panorama !

— Pas mal, non ?

— L'on voit toute la cité, d'ici… », et, se relevant, il ajouta : « Et je dirais que nous ne sommes pas loin d'en avoir atteint le centre.

— Je suppose », répondis-je avec indifférence, plus intéressé par la chaleur que par notre situation géographique.

Le professeur fit quelques pas. Je l'entendais marcher nerveusement de long en large et je priai pour qu'il me laisse jouir tranquillement du petit matin.

Évidemment, c'était trop demander.

Il ne s'était pas écoulé une minute qu'il me secouait par l'épaule.

« Lève-toi, Ulysse. Il faut que tu voies cela.

— Si vous m'apportez un café au lait, répliquai-je sans bouger, je vous suis où vous voudrez.

— Ne sois pas stupide. Lève-toi et viens.

— Comme messie, vous seriez plutôt du genre emmerdeur... maugréai-je en me mettant debout de mauvaise grâce. Mais enfin, qu'est-ce que vous avez à me montrer de si important ?

— Regarde ! » fit-il en pointant le doigt devant lui.

Je battis des paupières et tentai d'accommoder ma vision, mais je ne voyais qu'une étendue de jungle exactement semblable à celle que je contemplais quelques secondes plus tôt.

« C'est hallucinant... la forêt d'Amazonie ! Je n'aurais jamais cru.

— Bon sang ! pesta-t-il. Regarde le bord de la terrasse. »

J'obtempérai, mais ne distinguai rien d'autre que l'angle qu'elle formait.

« Tu vois le coin ?

— Oui, évidemment.

— Parfait. Maintenant, regarde. »

Le bras tendu, il se mit à tourner sur lui-même en comptant chaque angle, comme dans une émission de *Sesame Street*. Bouche bée, je suivais des yeux le bout de son doigt, tout en me demandant si le vieil ami de mon père n'était pas atteint de sénilité précoce.

« Trois... disait-il avec enthousiasme, sans s'arrêter de tourner. Quatre... » Arrivant au point de départ, il s'immobilisa et s'écria : « Et cinq ! »

Je le regardai sans comprendre.

« Vous voulez que je fasse rimer cinq avec dingue, ou vous attendez que je devine quelque chose ?

— Bon Dieu, Ulysse ! Mais tu ne vois pas ? Cinq angles équivalent à cinq côtés. Cette pyramide a cinq faces ! C'est une pyramide pentagonale ! Je ne sais pas comment nous ne nous en sommes pas rendu compte hier en arrivant !

— Ah ! Je vois, dis-je en me frottant le menton. Et cela signifie que...

— Et qu'est-ce que j'en sais ? s'exclama-t-il, surexcité. Mais c'est absolument inouï ! En outre, si tu observes l'horizon, tu verras que les restes de la muraille qui entoure la cité ont aussi cinq côtés ! Ne trouves-tu pas cela extraordinaire ?

— D'accord, prof, ces gens-là aimaient les pentagones, concédai-je avec désinvolture. Après tout ce que nous avons vu ici, je crois que c'est un détail sans importance.

« — Qu'est-ce qui est un détail sans importance ? » fit la voix de Cassandra derrière nous.

Le professeur Castillo lui fit part de sa découverte, et l'archéologue, qui semblait encore plus frénétique que l'historien, commença à compter et recompter ces fichus coins comme si elle ne faisait pas confiance à ses yeux.

« Mais comment avons-nous pu ne pas le voir cette nuit ? s'étonnait-elle. C'est quelque chose d'unique ! C'est littéralement incroyable ! »

J'étais sur le point de leur demander ce qu'il y avait d'extraordinaire là-dedans, lorsqu'il me sembla entendre un bourdonnement familier : cela venait du nord. Je regardai dans cette direction, faisant signe à mes amis de garder le silence.

« Que se passe-t-il ?

— Chut ! »

Le bruit devint de plus en plus net, jusqu'à ce que le professeur et Cassie l'entendent eux aussi. Le bourdonnement s'amplifia, et, presque aussitôt, nous pûmes distinguer un point noir dans le ciel qui allait en grossissant, jusqu'à révéler la silhouette d'un avion. Un avion qui volait à basse altitude, et qui se dirigeait droit vers nous.

Nous courûmes attiser les restes du feu de camp, y jetant des feuilles et des branches vertes pour faire de la fumée.

Le pilote nous vit et fit virer de bord son appareil en passant au-dessus de nous, qui hurlions et agitions les bras comme des naufragés désespérés.

C'était un DC-3, un grand bimoteur à hélice construit par les Américains à la fin de la Seconde Guerre mondiale pour transporter des troupes et du matériel. Au XXIe siècle bien entamé, j'aurais cru qu'il n'y en avait plus que dans des musées ou à la casse. Mais quelle importance ? On nous avait trouvés, et le pilote devait être, en ce moment même, en train de communiquer notre position pour qu'on envoie une équipe de secours à notre rescousse.

L'appareil, de couleur aluminium et dépourvu de logotype, se mit à décrire des cercles au-dessus de nos têtes, et, tandis que le professeur et Cassie sautaient de joie et s'embrassaient, je ne pus éviter de remarquer que ces cercles montaient toujours plus haut. Sans que je comprenne pourquoi, l'avion s'élevait en une spirale parfaite qui s'éloignait de plus en plus. Je m'apprêtai à partager mon étonnement avec mes compagnons, lorsque j'eus la réponse à ce comportement étrange.

La portière latérale du bimoteur s'ouvrit, et plusieurs formes sombres en tombèrent, sept au total ; aussitôt, de grandes voiles rectangulaires se déployèrent, révélant de quoi il s'agissait.

Des parachutistes.

Un silence stupéfait avait remplacé la liesse de l'instant précédent ; la tournure que prenaient les événements suscitait tant de questions que nul ne savait quoi dire.

« Ils viennent à notre secours ! » s'écria finalement le professeur, transporté.

Et, tandis que j'observais avec perplexité les sept parachutes descendant du ciel, le bon sens – que j'aurais bien fait d'écouter –, me susurrait à l'oreille que le hasard faisait rarement aussi bien les choses.

50

Les parachutistes, cherchant un endroit adéquat pour atterrir sans courir le risque de s'emmêler dans les branches traîtres des arbres, descendirent sur la seule zone dégagée possible : au pied du monolithe. Il se posèrent l'un après l'autre sur l'affleurement rocheux, ramassèrent rapidement leur harnachement et, l'ayant fourré dans des sacs de plastique noir, ils entassèrent ceux-ci au pied d'un exubérant noyer du Brésil.

Pas encore remis de notre stupéfaction, nous les observions du haut de notre perchoir privilégié, taraudés par la même question : *comment diable nous ont-ils trouvés ?*

Mais l'exaltation fit taire nos doutes et nous finîmes par sauter en agitant les bras pour attirer l'attention de nos sauveteurs. Ces derniers nous virent, et, nous retournant notre salut, nous firent signe de venir les rejoindre.

« C'est un putain de miracle ! s'écria Cassie, qui avait commencé à descendre les marches raides de l'escalier en prenant garde de ne pas glisser.

— Tu peux le dire ! renchérit le professeur avec ferveur tout en lui emboîtant le pas. C'est comme si quelqu'un leur avait indiqué précisément où nous trouver ! »

Avant de descendre à mon tour, je me tournai vers Iak : le Menkragnoti, debout en haut de l'escalier, semblait indécis et regardait les nouveaux venus avec méfiance.

« Que se passe-t-il, Iak ? demandai-je. Tu ne viens pas ? »

Le visage grave, l'Indien baissa les yeux.

« Eux qui être ?

— Je ne sais pas, reconnus-je. Mais ils nous ont trouvés et on dirait qu'ils sont venus à notre secours.

— Moi pas besoin de secours.

— Je suis sûr que non, Iak. Mais nous, nous avons besoin d'aide pour retrouver la fille du professeur, ainsi que pour rentrer chez nous.

241

« — Moi aussi vouloir retourner, répliqua-t-il en s'asseyant au bord de la terrasse, son arc posé à côté de lui. Mais ta maison, pas être ma maison. »

Je le regardai longuement, cherchant une réponse à lui donner, mais je devinai que je ne parviendrais pas à le convaincre, quoi que je dise. Au bout du compte, quelle importance cela avait-il qu'il attende ici ? Il nous rejoindrait plus tard, quand il serait certain qu'il n'y avait pas de raison de s'inquiéter. Au fond de moi, je comprenais son attitude soupçonneuse envers des inconnus qui étaient – littéralement – tombés du ciel ; alors, sans insister davantage, j'entrepris de descendre la pente raide de cette pyramide couverte de terre et d'une végétation encore humide de rosée.

« Je n'arrive pas à croire qu'ils nous aient trouvés ainsi, déclarai-je une fois de plus en rejoignant mes amis, après les avoir mis au courant de la décision d'Iak de rester à distance.

— C'est exactement ce que nous disions, indiqua le professeur tout en surveillant où il posait le pied. Je me demande bien comment ils ont pu nous localiser. C'est un sacré coup de chance.

— Il y a dû avoir un peu plus que de la chance, remarqua Cassandra, quelques mètres plus bas. Quelqu'un leur a forcément communiqué nos coordonnées. »

Le professeur s'immobilisa.

« Tu crois que ma fille… aurait pu ?

— Ce serait une explication plausible, acquiesça la jeune femme en se retournant pour lui sourire. Elle a peut-être fini par récupérer son téléphone par satellite et aurait pu passer un appel de secours en donnant sa position, qui devrait être à peu près la même que la nôtre.

— Mais alors… cela voudrait dire qu'elle est ici, tout près, dit-il en regardant de tous côtés, comme si Valéria pouvait s'être cachée derrière un arbre pour lui faire une surprise.

— Ou bien ce n'est qu'une heureuse coïncidence.

— Ou alors, intervins-je, il s'agit d'une troisième éventualité que nous n'avons pas envisagée. »

Étonnés, tous deux se retournèrent de conserve.

« Et quelle est cette troisième éventualité ? demanda Cassie en haussant les sourcils.

— Aucune idée », avouai-je. Je regardai en direction des sept hommes en uniforme qui venaient vers la base de la pyramide. « Mais mon petit doigt me dit que nous n'allons pas tarder à le savoir. »

Il nous fallut une dizaine de minutes pour retrouver le niveau du sol, et l'homme qui devait être le commandant de l'opération de sauvetage s'avança immédiatement devant les autres, main tendue et sourire aux lèvres. Ce qui n'était pas vraiment en accord avec son aspect général et celui de ses compagnons : les sept nouveaux-venus, en uniforme de camouflage et chargés de volumineux sacs à dos, avaient tous une machette et un pistolet accrochés à la ceinture, et, plus surprenant, portées négligemment en bandoulière, des mitraillettes comme celles que l'on voit aux commandos dans les films. Et c'était exactement ce dont ils avaient l'air : un commando de combat, plus qu'une équipe de sauvetage.

Le chef du groupe, aussi grand que moi, avec quelques cheveux blancs dans la brosse courte qui couvrait son crâne, la mâchoire carrée et un port militaire impossible à dissimuler, me serra la main un peu trop énergiquement et se présenta formellement avec un vague sourire.

« *Bom dia. Eu sou teniente Ricardo Souza, e este de aqui*, déclarat-il en pointant le pouce derrière lui, *es meu equipe de salvamento de la Unidade Central de Resgate : sargento Gerais*, dit-il en désignant l'homme le plus proche, un long type maigre à l'expression renfrognée, *cabo Nazario* – l'individu, pas très grand, mais costaud, hocha la tête sans cesser de regarder autour de lui d'un air méfiant sous la visière de sa casquette camouflée –, *e o resto da equipe são companheiros Daniel, Fabio, Thiago e Luizao.* »

En entendant leur nom, les intéressés faisaient un vague geste d'assentiment : Daniel, le rouquin nerveux ; la montagne de muscles à la peau bronzée qui s'appelait Luizao ; Fabio, avec ses cheveux en crête et sa barbe fournie ; et Thiago, qui était non seulement couvert de tatouages, mais avait en plus des piercings dans le nez et la bouche.

Mais tous, y compris le lieutenant Souza, et indépendamment de leur aspect, étaient des hommes athlétiques et burinés, avec l'air de ne pas avoir le rire facile.

J'observais l'insigne avec le sigle UCR brodé en jaune que Souza portait sur l'épaule droite de son uniforme, lorsqu'il m'adressa la parole, m'invitant à me présenter :

« *E você é... ?*

— Ulysse Vidal, répondis-je avec un large sourire, essayant de faire abstraction de son apparence militaire. Et voici Cassandra Brooks et Eduardo Castillo. »

L'officier sortit un petit calepin, tourna quelques pages, et sembla vérifier si nos noms coïncidaient avec ce qui y était noté.

Puis il leva les yeux, et s'aperçut que j'observais ses armes avec suspicion.

« La jungle est dangereuse », sourit-il, passant au castillan. Il tapota son pistolet-mitrailleur en ajoutant : « Et cette région est connue pour ses tribus hostiles.

— Un Heckler & Koch MP5, récitai-je de mémoire. N'est-ce pas un peu exagéré ? On dirait que vous allez à la guerre.

— Je vois que vous vous y connaissez en armes, répliqua-t-il en éludant la question. Vous êtes militaire ?

— Militaire ? » J'esquissai un sourire. « Non, pas du tout. » Et, regardant Cassie du coin de l'œil avec un léger sentiment de culpabilité : « C'est seulement le résultat d'avoir passé trop d'heures à jouer sur la PlayStation.

— Vous parlez un espagnol impeccable, intervint alors le professeur d'un air un peu étonné.

— Merci, répondit le lieutenant. J'ai travaillé de nombreuses années au Salvador, au Nicaragua et en Colombie. » Ses yeux s'étrécirent soudain. « Au fait, en arrivant, il m'a semblé que vous étiez quatre.

— Ah, oui. C'est notre guide, un indigène menkragnoti, mais il n'a pas voulu descendre. Vous savez bien que les...

— Vous pouvez lui demander de venir, s'il vous plaît », coupa Souza.

Nous regardâmes tous les trois vers le sommet de la pyramide, mais, à notre grande surprise, Iak n'était pas en vue.

Nous l'appelâmes, mais, soit il ne nous entendait pas, soit il avait décidé de nous ignorer.

« Ne vous inquiétez pas pour lui, dit Cassandra en se tournant vers le lieutenant. Il sait très bien se débrouiller tout seul, et il nous a clairement déclaré qu'il n'avait pas besoin d'être secouru. S'il ne veut pas encore venir, laissez-le. »

Souza lui jeta un regard inquisiteur.

« Impossible. Mes ordres sont de ramener tout le monde.

— Mais... »

Il la fit taire d'un geste de la main, et, du même mouvement, il leva deux doigts et désigna la pyramide.

Aussitôt, deux de ses hommes laissèrent leurs sacs à dos sur le sol et partirent au pas de course vers l'escalier de la pyramide, auquel ils s'attaquèrent sans effort apparent.

« Excusez-moi, lieutenant, dis-je. Je peux vous poser une question ?

— Bien sûr, répondit-il, mains croisées dans le dos.

— Nous sommes heureux et surpris que vous nous ayez trouvés, mais... comment avez-vous fait ? » Et, me souvenant de l'hypothèse soulevée par Cassie lors de notre descente, j'ajoutai : « Vous avez reçu un appel pour vous indiquer notre position ?

— Un appel ? releva Souza en se penchant en avant, l'air intéressé. Vous avez un téléphone par satellite ?

— Nous en avions un... Mais nous l'avons perdu dans la rivière ; nous supposions donc que quelqu'un d'autre vous avait prévenus.

— Quelqu'un d'autre sait que vous êtes ici ?

— Eh bien, expliqua le professeur d'une voix attristée, nous croyons que l'expédition de ma fille est aussi dans le coin, et nous pensions...

— L'expédition... de votre fille ? tiqua l'homme, de plus en plus étonné. Il n'a pas été porté à notre connaissance que vous seriez plus de trois.

— Oui, évidemment. Nous sommes... euh, nous étions... l'opération de sauvetage. »

Le lieutenant nous regarda tour à tour avec incrédulité. J'imaginai ce qu'il voyait : un barbu émacié dans des vêtements en lambeaux, si couvert de boue qu'il était difficile de distinguer où s'achevait le tissu et où commençait la peau... Et Cassie et le professeur ne valaient guère mieux. À ses yeux, nous devions ressembler à un trio de vagabonds au bord de l'inanition.

« De sauvetage, hein ? » fit-il en se tournant vers ses hommes, un retroussis moqueur au coin des lèvres, auquel ces derniers répondirent par des rires mal dissimulés.

Je croisai les bras dans une vaine tentative pour récupérer un peu de dignité. « Alors, dis-je, si personne ne vous a appelés pour informer de notre position, comment diable nous avez-vous trouvés ?

— On m'a seulement communiqué les coordonnées possibles, et nous sommes venus suivant le protocole en vigueur, répliqua-t-il avec raideur. La manière dont l'alarme a été donnée n'est pas de mon ressort, et on ne m'en a pas informé. Mon équipe et moi nous bornons à obéir aux ordres.

— Et quels sont ces ordres ? »

Le lieutenant leva le menton, et, alors qu'il était sur le point de me répondre, une voix métallique s'échappa du walkie-talkie qu'il portait à la ceinture.

« *Ninguém aqui em cima*, informa la voix avec un zeste d'étonnement. *O índio está desaparecido.* »

51

« Voyons un peu, dit Souza en joignant le bout des doigts, assis sur la troisième marche de l'escalier de pierre. Récapitulons : il y a vous trois, et l'Indien disparu... Un seulement ?

— Oui, confirma le professeur, un seul. De fait, le reste de sa tribu ne sait même pas que nous sommes là.

— Vraiment ?

— C'est une longue histoire, répondit-il. Je vous dirais seulement qu'ils croient que nous sommes partis en aval, vers la civilisation.

— Je vois..., déclara-t-il avec un regard furtif à ses hommes, qui formaient un demi-cercle autour de nous. Et il y a aussi... votre fille, n'est-ce pas ?

— Eh bien, elle fait partie d'une expédition anthropologique que nous soupçonnons, en effet, de se trouver également par ici.

— Et vous l'avez vue ? »

Le professeur secoua tristement la tête.

« Nous n'avons pas eu cette chance.

— Dans ce cas, pourquoi croyez-vous qu'elle est dans les parages ?

— À cause de ceci, intervint Cassie, montrant ce qui restait du ciré jaune. Nous l'avons trouvé dans une grotte, pas très loin, et nous supposons qu'il appartenait à un membre de l'expédition. De plus, nous avons trouvé des traces à proximité. »

Souza regarda l'imperméable déchiré et, serrant les lèvres, il baissa la tête d'un air pensif. On aurait cru qu'il comptait mentalement jusqu'à dix.

« Bien, grommela-t-il. Ce n'est pas ce que nous attendions. Ce sera un peu plus compliqué, mais nous n'avons pas d'autre choix que de nous adapter aux nouvelles variables de l'opération.

— Ce qui veut dire ? demandai-je d'une voix mal assurée. Vous allez nous aider à chercher la fille du professeur Castillo ? »

Le lieutenant leva les yeux, élargissant un sourire pour lequel il ne semblait pas être très entraîné.

« Évidemment, dit-il en se mettant debout. C'est d'ores et déjà notre priorité maximale. »

Le soleil était plus haut sur l'horizon tandis que, suivant docilement le lieutenant Souza, nous marchions entre les arbres clairsemés, à la recherche d'un endroit où installer un campement. Le niveau de l'inondation avait monté pendant la nuit, et les zones les plus basses étaient déjà recouvertes d'un ou deux centimètres d'eau. Mais je décidai de ne pas mentionner ce détail à mes amis. D'abord parce qu'ils devaient s'en être rendu compte eux-mêmes, et ensuite parce que si ce n'était pas le cas, il n'aurait servi à rien de les inquiéter alors que nous ne pouvions rien y faire.

Souza était en tête suivi d'un de ses hommes derrière lui ; nous venions ensuite, et deux autres hommes fermaient la marche. Les trois derniers avaient été envoyés dans différentes directions pour chercher des traces de l'expédition de Valéria.

J'essayai une ou deux fois de lier conversation avec le caporal Nazario, mais soit il était sourd, soit il ne comprenait pas un mot de castillan ni d'anglais, soit il avait reçu l'ordre de ne pas nous parler, car je ne parvins pas à lui arracher une syllabe.

« Ulysse… », susurra une voix derrière moi.

Je me retournai, et Cassie, qui me suivait, me fit aussitôt un signe de main péremptoire pour que je continue de regarder devant moi.

« Ne te retourne pas », chuchota-t-elle de nouveau.

Obéissant, j'écartai légèrement les bras en un geste d'interrogation muette.

« Je crois qu'il se passe quelque chose de bizarre, dit-elle dans un souffle presque inaudible. Tu ne trouves pas que ces types sont comme… trop calmes ? »

Je faillis me retourner pour lui demander ce qu'elle voulait dire, mais je me retins et me limitai à hausser les épaules en silence.

« Ils ont dû voir toute la cité depuis les airs, expliqua la Mexicaine, ils ont atterri devant le monolithe, et maintenant que nous marchons dans les ruines d'une cité inconnue… ces lascars se promènent tranquillement comme si c'était la chose la plus normale du monde. »

Comme une décharge électrique, les paroles de Cassie activèrent les rares neurones qui m'accompagnaient parfois, et je me demandai comment je n'avais pas encore mis le doigt sur ce détail.

Je me rendais soudain compte que les membres de cette étrange équipe de sauvetage ne semblaient manifestement pas étonnés par ce qui les entourait. C'était à peine s'ils jetaient un coup d'œil rapide aux édifices qui nous laissaient sans voix ; mais, surtout, ils ne faisaient pas le moindre commentaire – le lieutenant Souza pas plus que ses hommes – sur la nature ou l'origine de cet imposant site archéologique.

Poursuivant mon raisonnement, il me venait seulement deux hypothèses à l'esprit : la première, c'était qu'ils étaient si professionnels – ou obtus – que rien au monde ne pouvait les distraire de leur mission, pas même un environnement aussi extraordinaire que celui qui se déployait autour de nous.

La seconde… eh bien, la seconde me paraissait si invraisemblable que je me refusais à l'envisager.

Je ne cessais de ruminer tout cela, lorsque le lieutenant donna l'ordre de nous arrêter sur un terrain élevé – et donc sec – entouré d'arbres. Ce ne fut qu'en arrivant à sa hauteur que je découvris, se dressant devant nous, une masse de granit où s'ouvrait une brèche qui, s'enfonçant dans la roche, allait se perdre dans l'obscurité.

« Cet endroit est parfait, déclara Souza, tourné vers nous, les mains sur les hanches. Nous établirons le campement sur cette esplanade, et nous peignerons la zone à partir d'ici pour chercher l'autre expédition. »

Puis il distribua des ordres sur un mode quasi télépathique à ses hommes, qui s'affairèrent immédiatement à délimiter et déblayer consciencieusement le terrain ; après quoi, ils prirent dans leurs sacs à dos des petits paquets que, comme dans une chorégraphie, ils jetèrent au sol en même temps.

Tels des papillons sortant de leur chrysalide, les paquets se déployèrent et s'enflèrent, et, le temps d'un battement de paupières, quatre tentes gonflables orange fluorescent occupaient le centre de la clairière, comme si elles avaient jailli de la terre elle-même. Je songeai fugitivement qu'avec un peu de fumée, cela aurait fait un tour de magie époustouflant.

Sous nos yeux éberlués, en dix minutes ils avaient monté le camp autour d'un cercle de pierres, à l'intérieur duquel des bûches venaient s'entasser rapidement pour faire le feu.

Alors, Souza s'accroupit devant un des volumineux sacs à dos, il l'ouvrit, et, tel un prestidigitateur, il en sortit un épais sachet d'aluminium. Il prit le temps de lire l'étiquette collée dessus, puis, se

249

tournant vers nous en le secouant comme un hochet, il demanda avec un sourire grimaçant :

« Quelqu'un veut des macaronis à la napolitaine ? »

52

Nous mangeâmes à nous en faire péter la panse.

Jusqu'à cet instant, je n'avais pas réalisé combien j'étais affamé, et je me régalai de ces simples macaronis à la sauce tomate déshydratée comme si c'était de la langouste au caviar. À côté de moi, mes deux amis étaient adossés à un tronc ; repus et joyeux, ils échangeaient des plaisanteries à propos de la viande sèche et coriace d'Iak ou du serpent rôti que j'avais été obligé de transporter sur des kilomètres.

Il y avait longtemps que je ne les avais pas vus aussi gais et sereins, ce qui était assez révélateur de ce que nous avions subi ces derniers jours. Le professeur Castillo, assis tel un bouddha miséreux avec des lunettes d'écaille, était détendu et calme, certain que tout allait s'arranger, maintenant que l'équipe de sauvetage était là. Cassie avait également récupéré cet enthousiasme qui faisait briller ses yeux, et sa bonne humeur retentissait dans la jungle avec de brusques éclats de rire qui en repoussaient le silence oppressant comme un rayon de soleil dissipe les ténèbres.

Même Souza s'était départi de l'attitude martiale qui semblait lui être naturelle : assis avec nous, il nous avait demandé de lui raconter nos aventures et les événements qui nous avaient amenés à nous retrouver dans cette situation, s'était exclamé à certains moments et s'était esclaffé à notre description de certaines circonstances peu glorieuses par lesquelles nous étions passés.

À la position du soleil, je calculai qu'il était alors à peu près midi. Nous étions seuls avec le lieutenant et un de ses hommes ; les autres s'étaient dispersés dans toute la cité, à la recherche de traces qui auraient pu nous permettre de localiser l'équipe de Valéria.

« Au fait, dis-je à Souza, il y a une ou deux choses qui nous étonnent un peu, à votre sujet. »

Le lieutenant se raidit, se forçant à conserver le sourire.

« Allez-y, j'essayerai d'éclaircir vos doutes.

— D'accord. La première, c'est que je n'arrête pas de me demander comment vous pensez nous faire sortir tous d'ici. Sauter en parachute, c'est relativement facile, mais revenir... je ne vois pas comment vous allez faire. »

Souza m'adressa un sourire rassurant avant d'écarter la question avec une moue insouciante.

« Vous n'avez pas à vous préoccuper de ces détails. Nous n'en sommes pas à notre première opération de ce genre, et je vous assure que tout est maîtrisé.

— Mais...

— Tranquillisez-vous, m'interrompit-il, ce sera une sorte de surprise.

— D'accord, cédai-je, lui accordant le bénéfice du doute. Mais j'aurais une autre question.

— Je vous écoute.

— Eh bien, je me demandais... » Je jetai un coup d'œil à Cassandra. « Nous nous demandions pourquoi vous n'aviez pas l'air d'être frappés par tout ce qui nous entoure. Vous vous rendez compte que nous sommes dans un site archéologique inexploré ? Que nous sommes les premiers à pouvoir en révéler l'existence au reste du monde ? »

Le lieutenant ouvrit des yeux innocents.

« Vraiment ? s'étonna-t-il en regardant autour de lui, comme s'il s'en apercevait pour la première fois. À dire vrai, je n'en avais aucune idée. Aucun d'entre nous n'a de formation en archéologie ou similaire. Sincèrement, je croyais que les ruines incas étaient plutôt fréquentes, en Amérique du Sud.

— Ceci n'est pas inca, rectifia le professeur. Il s'agit d'une civilisation inconnue jusqu'à présent, alors sa valeur historique est incalculable. Machu Picchu ou Tenochtitlan ne sont que des villages sans importance comparés à cet endroit.

— Si vous le dites », répliqua-t-il. Il se leva et épousseta son pantalon, décidément fort peu intéressé. « Ça m'a l'air passionnant, mais, si ça ne vous dérange pas, je préférerais remettre cette conversation à plus tard. Je dois m'occuper de coordonner mon équipe. Reposez-vous. Nous nous chargeons de tout. » Il désigna l'énorme mulâtre qui montait la garde un peu plus loin et ajouta : « Je vous laisse Luizao, pour que vous vous sentiez en sécurité. Moi, je serai de retour avant la tombée du jour. »

Sur ce, il se retourna, prit son arme, fixa sa radio à sa ceinture, et s'enfonça dans la forêt sans plus d'explications.

Dès qu'il fut hors de vue, je me levai à mon tour. « Bon, que faisons-nous, maintenant ? »

Cassie bâilla à s'en décrocher la mâchoire et s'allongea sur son ciré jaune citron, notre petit sac à dos en guise d'oreiller.

« Moi, j'ai envie d'une bonne sieste. C'est la première fois depuis une semaine que nous pouvons nous reposer tranquillement, alors je compte bien profiter de l'occasion.

— Et tu n'aimerais pas continuer d'explorer ?

— Les ruines seront toujours là dans une heure, rétorqua-t-elle. Et elle ferma les yeux pour bien me faire entendre que la conversation était terminée.

— Et vous, prof ? lançai-je en me tournant vers lui. Vous allez aussi vous la couler douce ?

— C'est-à-dire, Ulysse... je ne suis plus tout jeune, et les derniers jours ont été épuisants, s'excusa-t-il d'une voix lasse. Je crois que le plus intelligent à faire, pour l'instant, c'est de laisser les professionnels s'occuper de la recherche de ma fille, et de reprendre des forces pendant ce temps.

— Enfin, soupirai-je avec une feinte résignation en me rasseyant par terre. Si l'archéologue n'est pas intéressée par l'exploration de la mystérieuse Cité noire, et le père affligé n'a pas envie de partir à la recherche de sa fille perdue dans la forêt, il ne m'incombe pas de...

— Pourquoi tu ne la fermes pas un moment ? me coupa Cassie, un œil ouvert.

— Je voulais seulem...

— Tu voulais seulement nous emmerder.

— Je ferais tout pour mes amis.

— Va te faire foutre, répliqua-t-elle en me montrant son majeur, puis elle se retourna sur son imperméable déchiré.

— Que... que veux-tu faire ? » demanda cependant le professeur d'une voix traînante.

Je le regardai avec étonnement.

La vérité, c'est que la Mexicaine avait raison : je cherchais juste à les asticoter un peu. En fait, j'étais aussi fatigué qu'eux et je ne m'attendais pas à ce que l'un ou l'autre dise oui.

« Euh... je ne sais pas, bredouillai-je en improvisant. Nous pourrions faire un tour dans les environs, pour inspecter et tout ça... »

Le professeur fit entendre un claquement de langue et se leva avec un soupir.

« D'accord. En route. Où veux-tu aller ? »

Suivant son exemple, je me levai également, et, regardant alentour, mes yeux s'arrêtèrent sur l'orifice sombre qui s'ouvrait dans la roche.

« Là-bas ? Qu'est-ce que vous en pensez ? Ça a l'air intéressant, non ?

— Je te rappelle que nous n'avons pas de lampes-torche, objecta-t-il en jaugeant l'obscurité qui commençait à quelques mètres de l'entrée.

— Mais lui, si », répliquai-je en désignant le nommé Luizao, qui ne nous avait pas quittés des yeux depuis le départ de son supérieur.

Je m'approchai nonchalamment du type en question, un mulâtre musculeux haut de deux mètres. Un paquet de Camel à la main, il y prit une cigarette et la porta à sa bouche.

J'en profitai immédiatement pour sortir mon briquet et lui offrir du feu, comme si je me trouvais dans un bar auprès d'une séduisante damoiselle.

L'individu regarda le briquet et, de l'un des battoirs qu'il avait pour mains, il l'écarta presque avec mépris.

O.K., pensai-je avec ironie, *ça commence bien.*

« Tu t'appelles Luizao, n'est-ce pas ? demandai-je avec mon plus beau sourire. Écoute... le professeur et moi avons eu l'idée d'aller explorer un peu la grotte, là derrière, précisai-je en désignant l'ouverture noire. Je voudrais savoir si tu peux nous prêter ta lampe. » Joignant le geste à la parole, je posai un doigt sur l'objet en question, qui dépassait d'une des poches de l'uniforme, puis le pointai sur moi.

Je réalisai trop tard – juste à l'instant où je vis l'expression de son visage – que la barrière de la langue et ma pantomime venaient de provoquer un malentendu grotesque. Le type croyait que je lui faisais des propositions amoureuses.

Il me toisa avec incrédulité, grogna entre ses dents une insulte que je ne compris pas, et, d'un geste sans équivoque, il me somma de déguerpir avant d'y laisser quelques dents. Je restai stupidement planté devant lui, réfléchissant au moyen de dissiper l'absurde quiproquo ; l'homme sortit son propre Zippo de sa poche et alluma sa cigarette ; puis il m'envoya sa fumée à la figure, comme un dernier avertissement.

Je fis aussitôt demi-tour, pris le professeur par le bras comme pour l'inviter à une promenade, et retournai avec lui auprès de ce qui restait du feu de camp.

« Ça n'a pas marché ? s'enquit-il avec un sourire en coin. Tu n'es peut-être pas son genre.

— Très drôle... grinçai-je. Mais je crois que nous avons un problème.

— Un problème ? demanda-t-il patiemment, comme si je venais de lui révéler que nous avions des yeux au milieu du visage. Quel problème ? »

Ayant rejoint Cassie, je pressai le professeur de s'asseoir de manière à présenter le dos à l'irascible Luizao.

« Je crois que ces gens-là ne sont pas ce qu'ils prétendent », affirmai-je tout bas.

Eduardo Castillo se tourna lentement vers moi et me regarda fixement, pour s'assurer que je ne plaisantais pas.

« Tu veux bien m'expliquer...

— Je soupçonne le lieutenant Souza et ses hommes de ne pas être une équipe de sauvetage... déclarai-je tandis que les pièces se mettaient soudain en place dans mon esprit, et de ne pas être venus ici à notre secours. »

Mon vieil ami cilla avec scepticisme.

« Mais qu'est-ce que tu racontes ? s'étonna-t-il en regardant le mulâtre en tenue de camouflage et arme au poing. Ils ne seraient pas là pour nous secourir ? Mais pourquoi seraient-ils ici, sinon ? »

53

Assis devant les braises dans un silence tendu, nous étions à présent trois à tourner le dos à Luizao.

« Je crois que tu es un peu parano… déclara Cassie lorsque je les eus mis au courant de mes soupçons.

— Je trouve aussi que tu exagères, renchérit le professeur. Que ce type utilise un briquet avec le logotype du constructeur ne signifie pas obligatoirement que ces gens ne sont pas qui ils disent être. Moi, par exemple, j'ai dans ma cuisine un briquet publicitaire de La Caixa et cela ne veut pas dire que je suis banquier.

— Primo, argumentai-je avec patience, il ne s'agit pas d'un bête briquet de plastique, mais d'un Zippo, un briquet en acier que l'on n'offre pas au premier venu. Et deuxio : que ce briquet porte le sigle d'AZS, l'entreprise qui a décidé d'inonder ces terres avec son barrage, me semble un peu gros pour n'être qu'une simple coïncidence. Réfléchissez, insistai-je, et vous verrez qu'il y a anguille sous roche.

— Tu charries, *mano*, répliqua Cassandra avec une moue d'ennui. Il peut y avoir mille raisons pour expliquer ce fichu briquet sans avoir recours à des théories complotistes. Ce n'est pas plutôt que tu en veux au mulâtre de t'avoir envoyé bouler ? suggéra-t-elle avec un clin d'œil.

— Ça ne m'amuse pas, Cassie. Je parle sérieusement.

— Eh bien on ne dirait pas. Ce que tu affirmes me paraît être une couillonnade.

— Je n'ai encore rien affirmé. Je vous raconte juste ce que j'ai vu. Si vous utilisez vos méninges, vous vous rendrez compte que quelque chose ne colle pas. Personnellement, je n'avale pas leur histoire d'avoir reçu l'ordre de venir nous secourir sans savoir d'où ni de qui il provient. De plus, qui aurait pu le faire ? Personne ne savait où nous étions… Bon sang ! même nous, nous ne le savions pas !

— Sur ce point, tu as raison, reconnut le professeur, songeur. Nous n'avons pas non plus dit aux Menkragnotis que nous venions ici. »

Cassandra fit un geste en direction de la grande pyramide.

« Un avion a peut-être vu le feu que nous avons allumé et a donné l'alerte, avança-t-elle, rechignant à s'avouer vaincue.

— Nous l'aurions entendu, réfutai-je immédiatement.

— Pas s'il avait volé très haut.

— Et tu crois que les pilotes de ligne s'amusent à demander des secours chaque fois qu'ils aperçoivent un feu dans la forêt ? » la coupai-je d'une voix plus sarcastique que je ne l'aurais voulu.

La jolie Mexicaine me dédia un regard furibond.

« Va te faire voir ! » m'assena-t-elle avec vivacité.

Le professeur Castillo, quant à lui, écarta les bras avec résignation.

« D'accord, Ulysse. Quelle est ta théorie ?

— Je n'en ai pas.

— Nous nous connaissons suffisamment, et je sais très bien quand tu as quelque chose derrière la tête. Allez, envoie. »

En effet, mon vieil ami avait raison. Mais la seule conclusion à laquelle j'étais arrivé était tellement tirée par les cheveux que je ne l'envisageais qu'à mon corps défendant.

« Que se passerait-il… », commençai-je avec hésitation, m'attendant à ce qu'ils me déclarent fou à lier et m'attachent à un arbre, « si ces types avaient vraiment été embauchés par l'entreprise de construction ? La même entreprise, rappelez-vous, qui nous a si généreusement fourni un hydravion qui devait nous déposer devant le village menkragnoti, et qui, au cas où vous l'auriez oublié, nous a laissés en plan sur un banc de sable au milieu de la rivière, à la merci des caïmans.

— Tu ne crois quand même pas que…

— Attendez, prof. Je n'ai pas encore fini. » Je fis une courte pause pour mettre de l'ordre dans mes pensées. « Si nous avons réussi à convaincre Iak que trouver la cité des hommes anciens était la seule chance de sauver sa tribu, pourquoi les dirigeants de l'entreprise de construction ne seraient-ils pas arrivés à la même conclusion… mais à l'inverse ?

— À l'inverse ?

— S'il n'y avait pas de Cité noire, rien n'empêcherait d'inonder la forêt.

— Mais la cité existe. Il me semble que c'est indéniable, déclara-t-il avec un geste circulaire.

— Si un arbre tombe dans la forêt et qu'il n'y a personne pour l'entendre… Fait-il du bruit dans sa chute ? »

Le professeur me regarda fixement pendant quelques secondes.

« Es-tu en train de me dire… que l'objectif du lieutenant Souza et son équipe n'est pas de nous secourir, mais d'éviter que l'existence de cet endroit soit divulguée ? », comprit-il en avalant sa salive.

Il venait de répondre à sa propre question, de sorte que je n'ajoutai rien.

« Mais… insista-t-il, encore réticent à accepter cette éventualité, si c'est le cas, pourquoi sommes-nous toujours en vie ? Si leur intention était de nous réduire au silence, ils auraient pu nous mettre une balle dans la tête dès qu'ils nous ont vus. Problème résolu.

— Je ne sais pas quoi vous dire. Je n'ai pas toutes les réponses.

— Moi, si… intervint Cassie d'une voix songeuse. Et s'ils avaient dans l'idée de nous utiliser comme appât ?

— Comme appât ? s'étonna le professeur, déconcerté. Un appât pour quoi ?

— Pas pour *quoi*, mais pour *qui*.

— C'est ça ! m'écriai-je en me donnant une grande claque sur le front. Vous vous rappelez leur expression de surprise lorsque nous leur avons dit que l'expédition de Valéria pourrait être tout près ?

— Et n'oublions pas Iak, ajouta Cassandra. Ils sont partis le chercher dès que nous leur avons dit où il était. Pourtant, nous avions bien précisé qu'il ne voulait pas être "secouru".

— J'ai peur qu'ils ne nous gardent en vie seulement parce que nous pouvons leur servir à attraper les autres. Et, comme il ne leur viendrait pas à l'esprit que nous puissions avoir des soupçons quant à leurs véritables intentions, ils n'ont même pas besoin de nous surveiller… » Je ne pus éviter de sourire avec amertume. « Au bout du compte, qui voudrait fuir quelqu'un qui vient le sauver ?

— Et quand ils nous auront tous… conclut sombrement l'archéologue.

— Un instant, intervint le professeur, mains levées. Vous vous entendez ? » Il nous regardait alternativement d'un air de reproche. « Vous êtes partis dans une spirale complotiste, assumant qu'ils veulent tous nous tuer, simplement parce que le gars, là-bas derrière, a un fichu briquet avec le logotype d'une entreprise de construction. » Il secoua la tête avec incrédulité. « Mais vous avez donc perdu la tête ? »

Objectivement, je ne pouvais pas lui donner tort, mais quelque chose me disait encore qu'il faisait erreur ; alors, erreur pour erreur, je préférais appliquer le dicton que j'employais toujours pendant une immersion : « mieux vaut cent *aucasoù* qu'un seul *jaicruque* ».

J'inspirai profondément, espérant être convaincant au moment de prendre une décision inéluctable. « Je comprends, prof. Et il est possible que vous ayez raison... mais je ne veux pas courir le risque. Nous devons partir. »

À cet instant précis, la voix de Souza retentit derrière nous tandis qu'une main se posait sur mon épaule et la serrait sans ménagements.

« Partir ? s'écria-t-il presque jovialement. Mais nous venons juste de faire connaissance ! »

54

« Je déteste avoir raison », grommelai-je dans l'obscurité, assis à même la terre froide et humide, pieds et mains liés avec d'épaisses brides de plastique noir.

Juste à côté de moi, le professeur et Cassandra se trouvaient dans les mêmes conditions.

Également attachés, également furieux et également dans le noir.

De l'entrée éloignée, seule une vague lueur nous parvenait, si ténue qu'elle ne nous permettait même pas de distinguer le bout de notre nez.

L'ironie du sort avait voulu qu'on nous place dans la grotte que j'avais suggéré d'explorer un peu plus tôt ; je supposais qu'ils n'avaient pas envie de nous avoir sans cesse sous les yeux, et qu'ils cherchaient aussi à éviter que nous n'ayons des idées saugrenues, comme de nous mettre à crier ou nous enfuir en courant. Le temps d'un battement de paupières, nous étions passés de la confortable condition d'appât à celle de simples otages à maltraiter.

« Tu aurais quand même te retenir de l'ouvrir, me récrimina Cassie pour la troisième fois consécutive.

— Et comment pouvais-je savoir que ce type était derrière nous en train de nous écouter ? protestai-je.

— J'imagine que le mulâtre a dû appeler Souza par radio pour lui dire que nous avions un air bizarre. Et le hasard a voulu qu'il nous prenne en flagrant délit. Mais, quoi qu'il en soit, cela ne sert à rien de nous disputer à ce sujet. Malheureusement, ce serait arrivé tôt ou tard, dit Eduardo, venant à ma rescousse.

— En fait, c'est aussi bien. Au moins, nous savons à quoi nous en tenir.

— Oh, oui ! grogna Cassandra. Je ne sais pas comment te remercier.

— Vous croyez qu'ils sont en train de nous surveiller ? chuchota le professeur.

— Dans le noir, cela n'aurait aucun sens, mais vous pouvez être sûr que quelqu'un garde l'entrée. Pourquoi ? Vous songez à faire une promenade ?

— Nous pourrions essayer.

— En sautillant comme des kangourous, pieds et poings liés ? persifla l'archéologue. Quelle bonne idée, professeur ! C'est sûr qu'ils ne remarqueraient rien.

— Je n'ai pas parlé de sortir », répliqua Eduardo.

La Mexicaine resta silencieuse un instant.

« Vous ne seriez pas en train de suggérer de…

— Pénétrer plus avant dans la caverne. Je ne vois pas d'autre issue. »

Je laissai échapper un rire sans joie. « Menottés et dans le noir ? Vous parlez sérieusement ?

— Nous pourrions utiliser ton briquet pour nous éclairer.

— C'est la première chose qu'ils m'ont prise, répondis-je avec amertume, avec mon couteau de plongée. Ces types-là savent ce qu'ils font.

— Nous devons absolument trouver quelque chose, insista-t-il d'une voix faible. Nous ne pouvons pas rester tranquillement ici, alors qu'ils sont à la recherche de Valéria dans l'intention de... » Il laissa la phrase en suspens, incapable de l'achever.

« Tranquillement ? lança Cassandra. Je vous rappelle que nos perspectives d'avenir sont pires que celles de votre fille.

— Oui, bien sûr… Pardon.

— Vous n'avez pas à demander pardon, Eduardo. J'imagine comment vous devez vous sentir, dit la jeune femme, se radoucissant devant l'angoisse du professeur.

— Ne vous inquiétez pas, tous les deux, déclarai-je avec entrain. Nous ne savons pas encore exactement quels sont leurs projets à notre sujet, mais nous aurons certainement l'occasion de nous enfuir à un moment ou un autre. Nous n'avons qu'à attendre et être prêts à saisir notre chance dès qu'elle se présentera.

— Insinuerais-tu que tu as un plan ? » demanda l'archéologue, une nuance d'espoir dans la voix.

Tout en sachant pertinemment qu'elle ne me voyait pas, je me tournai vers elle avec une grimace.

« Faire des prières, ça compte ? »

Les heures passant amenèrent la nuit à l'extérieur, et une obscurité encore plus épaisse à l'intérieur de la caverne, où ne s'infiltrait plus la moindre lueur.

Nous avions cessé de parler depuis longtemps, car aucun d'entre nous n'avait plus le cœur à le faire. Dans le silence qui régnait, nous entendîmes nettement un bruit de pas du côté de l'entrée et sûmes immédiatement que quelqu'un venait. Peut-être dans l'intention de se débarrasser de nous une fois pour toutes.

Reflété par les parois humides, l'éclat blanc d'un faisceau lumineux balaya la grotte, et le lieutenant Souza apparut, accompagné du sergent Gerais, chacun portant une lampe puissante.

Il se planta devant nous et nous regarda d'un air sarcastique. « Comment allez-vous ? Êtes-vous bien installés ?

— La chambre est calme, répliquai-je en m'efforçant au flegme, mais le service laisse vraiment à désirer. »

Souza laissa échapper un rire sibyllin et nous aveugla avec sa lampe.

« Je me réjouis de vous voir de si bonne humeur, parce que je vais avoir besoin de votre aide.

— Allez vous faire foutre, riposta Cassie.

— Je ne vous ai pas encore dit pourquoi j'ai besoin de vous, argua-t-il sans broncher. Sait-on jamais, nous pourrions arriver à un accord.

— Un accord ? répéta le professeur.

— C'est cela, un accord. Vous, vous m'aidez, et moi, je vous aide.

— Vous pourriez être un peu plus concret ? »

Il s'éclaircit la gorge. « Voyez-vous, les gens qui nous ont engagés, comme vous l'avez compris, ne désirent pas que l'existence de cet endroit soit divulguée. J'aimerais donc que vous m'aidiez à localiser votre ami indien et les membres de l'autre expédition, laquelle, à en juger par certaines traces découvertes par mes hommes, devrait être dans les environs.

— Vous voulez dire que vous ne les avez pas trouvés ? s'enquit le professeur avec une joie mal dissimulée.

— Ne vous faites pas d'illusions, *amigo*. Les trouver n'est qu'une question de temps. Mais, plus tôt nous le ferons, plus vite nous en aurons terminé avec tout ceci. »

Je n'en croyais pas mes oreilles. C'était vraiment le comble du cynisme.

262

« Récapitulons, dis-je avec une fureur contenue. Vous voulez que nous vous aidions à capturer les autres... pour pouvoir nous éliminer tous plus rapidement ? »

Souza fit un geste de surprise. « Vous éliminer ? Qui a parlé de vous éliminer ? Notre intention est de vous faire signer un contrat de non-divulgation avant de vous ramener à la civilisation. Nous ne sommes pas des assassins.

— Vous êtes des mercenaires, rétorqua Cassandra. Je ne vois pas beaucoup de différence. »

Le lieutenant esquissa un sourire las.

« Je préfère la définition "sécurité privée", mademoiselle Brooks. Et cette différence, ajouta-t-il avec gravité, c'est ce qui vous garde en vie. »

À cette menace à peine voilée succéda un long silence.

« Et si nous refusons de signer ? » osa finalement demander Eduardo en avalant sa salive.

Souza approcha son visage de celui du professeur, et lui dit tout bas, bien qu'assez fort pour que nous l'entendions aussi :

« Voilà une éventualité que, pour votre bien, j'espère ne pas voir se produire. »

Sur cette précision lourde de sous-entendus, le lieutenant Souza nous invita à en débattre pendant quelques minutes, et nous laissa de nouveau seuls.

« Il ment, affirmai-je sans hésiter. Dès qu'il nous aura tous, il nous tuera. Vous pouvez en être certains.

— Et pourquoi ferait-il cela ? » Le désir qu'avait le professeur de trouver Valéria prévalait par-dessus tout. « Il nous a donné sa parole que...

— Il ment, le coupai-je.

— Tu n'en sais rien.

— Nous ne savons pas non plus s'il dit la vérité. Cette histoire de contrat de non-divulgation est un conte à dormir debout. » Je pris une profonde inspiration. « Vous connaissez le principe du rasoir d'Ockham ?

— Comment ? dit-il, interloqué. Oui, bien sûr, je le connais. Mais qu'est-ce que cela vient faire... ?

— Le principe du rasoir d'Ockham dit qu'à conditions égales, l'explication la plus simple est généralement la bonne, n'est-ce pas ?

263

— En effet. Et alors ?

— Réfléchissez, professeur. L'hypothèse la plus simple, c'est que Souza nous ment. Il serait absurde de leur part de se compliquer la vie en nous faisant signer un prétendu contrat de non-divulgation, puis de nous conduire hors de la forêt, comptant qu'aucun de nous ne bavardera jamais. Je crains plutôt que le plus facile pour eux, ce soit nous tirer une balle dans la tête, nous mettre dans un trou et éliminer définitivement le problème. Et je crois que c'est exactement ce qu'ils vont faire. »

55

« Alors, demanda Souza quand il revint, accompagné de Luizao, cette fois. Qu'avez-vous décidé ?

— Nous collaborons, répondis-je d'un air résigné. Mais vous devez nous donner votre parole que nous sortirons tous vivants de cette forêt, y compris la fille du professeur.

— Évidemment. Donc, vous signerez le contrat de non-divulgation ?

— Nous le signerons.

— Parfait. Autre chose ?

— Eh bien, maintenant que vous le dites… ce ne serait pas mal d'être détachés.

— Oh ! bien sûr. Et vous êtes certains de n'avoir besoin de rien d'autre ? Des rafraîchissements ? Un massage des pieds, peut-être ?

— Pardon ? »

Derrière les faisceaux des lampes, un rire cruel éclata.

« Voyons un peu... Me prenez-vous pour un imbécile ?

— Je ne comprends pas…

— J'ai entendu tout ce que vous avez dit pendant que vous étiez seuls, précisa-t-il comme qui énonce une évidence. J'ai laissé derrière moi une radio avec le canal ouvert, et je connais du début à la fin votre puéril plan de fuite. » Il fit une pause et soupira. « Ainsi, vous vouliez avoir l'air d'être des collaborateurs soumis jusqu'au moment où vous auriez vu une opportunité de vous échapper ? Pathétique, en vérité. Je dois toutefois reconnaître que ce truc du rasoir de *machin* m'a semblé très intéressant. Comme on dit : je me coucherai moins bête ce soir, acheva-t-il d'une voix moqueuse.

— Sale connard…, gronda Cassie.

— Vous faites erreur, mademoiselle, répliqua-t-il froidement. Je suis un professionnel qui cherche seulement à bien faire son travail. » Un ton plus bas, il ajouta : « Si j'étais un connard, je vous traînerais dehors par les cheveux et je laisserais mes hommes s'amuser avec vous toute la nuit.

— Touche-moi et je te jure que je t'arrache les couilles », rétorqua la Mexicaine d'une voix glaciale.

Le mercenaire rit doucement.

« Eh bien, je constate que la demoiselle a du caractère. Il faudrait peut-être lui apprendre les bonnes manières.

— Va te faire foutre.

— Vous feriez mieux de ne pas me donner des idées.

— Vous êtes un mec courageux, à ce que je vois, intervins-je pour détourner son attention. Menacer une femme qui a les mains attachées... Qu'est-ce que vous savez faire d'autre ? Cogner sur des enfants ?

— Ça alors... voilà le chevalier qui vient défendre l'honneur de la princesse, grinça-t-il entre ses dents. Comme c'est touchant ! Dommage que, dans le monde réel, le loup mange le Petit Chaperon rouge et les sept nains violent Blanche-Neige... Enfin... Je vous laisse avec Luizao, il vous tiendra compagnie pour que vous passiez une bonne nuit.

— Attendez ! s'écria le professeur, alors que Souza avait déjà tourné les talons et commençait à s'éloigner. Dites-nous au moins ce que vous pensez faire de nous. »

Souza fit entendre un rire étouffé.

« L'histoire du rasoir m'a bien plu, railla-t-il cruellement. Ça m'a vraiment bien plu. »

La lampe de Luizao – qui nous surveillait en silence, à cinq ou six mètres de distance – était éteinte ; mais, au moindre mouvement de l'un de nous, au plus petit bruit, elle s'allumait immédiatement et nous illuminait tour à tour. Pourtant, notre geôlier n'ouvrait pas la bouche ; il se contentait de nous éclairer, le temps de s'assurer que nous ne faisions rien d'étrange, et éteignait de nouveau sa lampe, nous laissant dans les ténèbres.

« Et maintenant, chuchota le professeur, que va-t-il nous arriver, à votre avis ?

— S'ils ne nous ont pas encore tués, c'est parce qu'ils ont l'intention de se servir de nous d'une façon ou d'une autre, déclara Cassandra.

— Tu veux dire... en tant qu'otages ?

— Oui, c'est ce que je veux dire. Nous sommes un as qu'ils ont dans la manche, au cas où ils parviendraient à entrer en contact avec le groupe de votre fille, mais sans réussir à les capturer. » Elle réfléchit quelques instants. « J'imagine qu'ils pourraient les menacer de nous tuer tous les trois s'ils ne se livrent pas, ou quelque chose du même genre.

— Ce serait terrible, s'inquiéta le professeur en avalant sa salive. Si ma fille tombait aux mains de ces bâtards par ma faute, je… je ne me le pardonnerais jamais.

— Si cela devait arriver, vous n'auriez pas beaucoup de temps pour vous lamenter, je le crains. »

Comme cela m'arrive souvent, je regrettai aussitôt de ne pas avoir tourné sept fois ma langue dans la bouche avant de parler. J'allais m'excuser, lorsque mon vieil ami déclara avec une fougue inattendue :

« Nous ne pouvons pas le permettre. Il faut sortir d'ici immédiatement.

— Sur ce point, nous sommes d'accord tous les trois. Le problème, c'est comment, objecta Cassie.

— Tu n'as pas une idée, Ulysse ? souffla le professeur. Tu es doué pour ces choses-là, normalement.

— Un vrai génie… répondis-je avec découragement. Vous n'avez qu'à nous voir.

— Si tu dis cela à cause de la radio, tu ne pouvais pas savoir qu'il l'avait laissée derrière lui pour nous espionner. Aucun de nous n'aurait pu le prévoir.

— Et moi, je n'écarterais pas la possibilité qu'il ait recommencé, remarqua Cassandra, alors il serait peut-être plus sûr de chuchoter.

— Tu as raison. Le type qui nous surveille, je crois qu'il ne parle pas un mot d'espagnol, mais il vaudrait mieux éviter qu'il comprenne quelque chose.

— Nous pourrions parler en anglais, suggéra Eduardo.

— Je ne sais pas... peut-être que l'anglais lui est plus familier que l'espagnol, et nous aurions tout faux.

— Je ne parle pas d'autre langue… avoua la Mexicaine.

— Latin ? hasarda le professeur.

— Vous plaisantez ? répliquai-je. L'objectif, c'est que ce soient *eux* qui ne comprennent rien.

— Alors, dites-moi…

— J'ai une idée, dit Cassandra. Vous connaissez la *jerigonza* ?

— Jamais entendu parler. C'est une danse de ton pays ?

— Que tu es bête ! La *jerigonza* est un jeu auquel je jouais avec mes amies, quand j'étais petite. Nous l'utilisions pour que nos parents ne puissent pas savoir de quoi nous parlions ; il consiste à remplacer toutes les voyelles par une seule. Si on n'est pas très attentif, c'est impossible de suivre une conversation.

— Je n'ai rien compris.

— Écoute, je vais te donner un exemple : *Ji m'ipilli Cissindri Briiks, it ji siis irchiiligui siis-mirini.*

— Putain, on dirait du chinois.

— J'ai simplement changé toutes les voyelles en "i". Il faut un peu d'entraînement pour parler vite, mais si nous le faisons à voix basse, il n'y aura pas moyen que quelqu'un sache ce que nous disons.

— Moi y compris, se plaignit le professeur.

— Ce n'est pas si difficile. Allez, essayez. »

Le professeur se racla la gorge une ou deux fois, et commença à parler, très lentement.

« *Je m'eppelle Edeerde Cestelle... je see prefesser e le retrete... d'hestere medeevel.*

— Bravo ! s'écria la Mexicaine. À toi, maintenant, Ulysse. Essaye avec le u.

— *Çu mu puru... unu umbucullutu grussu cumu unu musun...*

— Tu as peut-être une meilleure idée ?

— *Nun.*

— Bon, alors c'est d'accord. Maintenant, il faut réfléchir à un plan. »

56

À dire vrai, nous ne fûmes pas longs à prendre le coup, et cela finit même par être presque amusant. À plus forte raison lorsque nous nous imaginions Souza en train de nous écouter à la radio, à l'autre bout de la grotte, et se demander en quelle fichue langue nous parlions et pourquoi nous avions l'air si gais.

Car nous étions là, tous les trois, pieds et poings ligotés, au fond d'une caverne ténébreuse et sachant que nos heures étaient comptées... et riant à gorge déployée dès que l'un de nous ouvrait la bouche. Luizao ne se dérangeait plus pour nous éclairer, convaincu que nous avions perdu la boule.

Le problème était que pas une seule idée sensée ne nous était venue à l'esprit ; il ne nous restait donc qu'à envisager les autres : les insensées.

Le seul plan – si tant est que l'on puisse le nommer ainsi – que nous avions pu mettre sur pied consistait essentiellement à nous jeter tous les trois en même temps sur notre garde et essayer de l'immobiliser sous notre poids ; dans la confusion qui s'ensuivrait, nous espérions pouvoir nous emparer de son arme, et, si la chance était de notre côté, le laisser assommé sur le sol.

La liste de détails qui pouvaient mal tourner était si longue que cela ne servait à rien de les énumérer. De sorte que, conscients que notre situation était désespérée, nous prîmes la décision de tenter le coup. Advienne que pourra.

« *Vos otos prots* ? chuchota la Mexicaine.

— *Prot*, murmura le professeur.

— *O troos, on o vo*, dis-je. *On...* »

Lentement, attentif à ne pas faire le moindre bruit, je pliai les jambes et, prenant appui sur le mur, je me mis debout.

« *Doox...* »

J'évoquai inopportunément l'image du mulâtre que nous avions l'intention de neutraliser. Une montagne de muscles entraînée à tuer, et qui n'hésiterait pas à le faire, le cas échéant. J'eus alors la conviction que nous étions en train de commettre une erreur gravissime. Pourtant, j'achevai dans un murmure :

« *Ot... troos !* »

Et je fis un premier bond en avant, pieds attachés, mains dans le dos, et aussi aveugle que si j'avais les yeux fermés, dans la direction où je supposais que se trouvait le mercenaire.

Derrière moi, j'entendais la respiration saccadée du professeur, et j'assumai que Cassie était sur ses talons. Alors, sans hésiter, je fis un nouveau saut, m'efforçant de ne pas perdre l'équilibre.

Simultanément, une intense lumière blanche jaillit à quelques centimètres de mon visage ; la sensation suivante fut une douleur fulgurante à la tempe droite. Je m'écroulai, entraînant dans ma chute mes deux amis, qui étaient derrière moi.

« *Qué querem facer voçés* ? interrogea, mi-incrédule, mi-amusée, la voix caverneuse du Brésilien. *Voçés queré atacarme* ? »

J'avais la tête qui tournait et c'était à peine si je me rappelais où j'étais, mais il n'y avait pas besoin d'être devin pour comprendre ce qui venait de se passer. Nous avions tout simplement été découverts avant même de nous approcher.

Surmontant ma douleur, j'ouvris les yeux, juste assez pour voir Luizao nous mettre en joue avec son fusil semi-automatique, sa lampe braquée sur nous. Je pouvais presque entendre les engrenages travailler sous son crâne tandis qu'il essayait de décider ce qu'il allait faire de nous.

La réponse nous parvint avec un léger cliquettement, suivi d'un frottement métallique : il venait de déverrouiller et charger son arme.

« *Eu so moito cansado de voçés*, déclara-t-il d'une voix étrangement indifférente. *Adeus...* »

À cet instant, j'eus la certitude qu'il allait nous tirer dessus.

Je voulus dire quelque chose, n'importe quoi. Mais pas un son ne sortit de ma bouche. En fait, je n'avais plus rien à dire. La sentence sans appel était tombée.

Je me figurais déjà le doigt du mulâtre en train d'appuyer lentement sur la détente ; une intense odeur de pourriture m'agressa les narines, et je me demandai si c'était là l'odeur de la mort.

Il y eut un cri étouffé, suivi d'un gargouillement impossible à identifier. Cela venait de la direction où se trouvait Luizao. La lanterne qui m'aveuglait se détourna, sembla entrer en lévitation et s'éleva en l'air, comme si elle flottait.

J'étais si déconcerté que je ne n'arrivais même pas à imaginer ce qu'il pouvait être en train de se passer. La lampe tomba bruyamment sur le sol. Et pendant la fraction de seconde que dura la chute tournoyante du faisceau de lumière, il avait éclairé une scène qui, aujourd'hui encore, me glace le sang dans les veines.

La masse énorme du corps de Luizao paraissait flotter au plafond de la grotte. Sa tête, elle, disparaissait à l'intérieur d'un trou que je n'avais pas remarqué avant. De l'ouverture jaillissaient deux membres noirs que prolongeaient deux mains gigantesques aux longs doigts effilés.

Deux mains qui avaient attrapé le mercenaire par la tête, et qui le maintenaient suspendu en l'air tandis qu'il se débattait désespérément à grands coups de pieds dans le vide.

Mais, comme je le disais, cette image ne dura qu'un éclair.

La lampe gisait à présent par terre, éclairant un petit cercle inerte sur la paroi.

De l'obscurité nous parvinrent les horribles râles de l'agonie, qui s'achevèrent dans un craquement ignoble, comme celui d'une branche qui se déchire jusqu'à se rompre.

Puis, une averse épaisse et chaude m'éclaboussa le visage.

Et enfin, le choc sourd d'un corps heurtant le sol.

57

« Par tous les saints… balbutia la voix du professeur, le premier à oser dire quelque chose. Que s'est-il passé ? »

Je n'eus pas la force de lui répondre.

J'ignorais ce qu'ils avaient pu distinguer au sein de la confusion, mais, dans mon cas de mon côté, la vision que j'avais eue ne cessait de se répéter dans mon esprit, et j'en étais encore paralysé de terreur.

Ces bras qui soulevaient Luizao à plus d'un mètre de hauteur, tandis qu'il se contorsionnait spasmodiquement…

« On dirait qu'il s'est effondré, déclara la Mexicaine dans la nuit, aussi ébahie qu'Eduardo. Mais nous ne l'avons pas touché ! Tu as vu quelque chose, toi, Ulysse ?

— Je ne sais pas ce que j'ai vu, avouai-je, hébété. C'est comme si… comme si… Mon Dieu ! Je te jure que je n'en sais rien ! »

Je finis enfin par baisser les yeux, qui étaient restés fixés sur la noirceur du plafond ; ils se posèrent sur la lampe qui, toujours allumée, éclairait inutilement la paroi.

Couché sur le flanc, je rampai lentement vers celle-ci, saisis la lampe des deux mains et la pointai vers le haut, où un trou large d'un bon mètre béait au plafond comme une gueule ténébreuse.

Mais il n'y avait rien d'autre.

« Éclaire en bas », demanda alors Cassandra d'une voix tremblante.

J'obtempérai ; le faisceau de lumière parcourut le mur de la grotte, atteignit le sol, et s'arrêta sur les grandes bottes du mulâtre qui regardaient vers le ciel.

Je remontai le long de ses jambes, sa taille, son torse – à côté duquel les bras s'étaient abattus dans une pose étrange, comme s'il se préparait à partir en courant d'une minute à l'autre –, les épaules, et…

Un cri étranglé jaillit de la gorge de l'archéologue tandis que le professeur, cédant à d'incoercibles nausées, vomissait à grand bruit. Serrant les lèvres avec force, je respirai profondément pour ne pas me joindre à lui.

La tête n'était plus là.

« *Dios mío...* bredouillait Cassie en pointant la torche sur le large cou qui, brutalement sectionné, baignait dans une mare de sang. Qui a bien pu faire cela ? Comment est-ce possible ?

— Qui... ou quoi », précisait le professeur qui, armé du couteau qu'il avait pris à la ceinture de l'infortuné mercenaire, était en train de couper mes liens après s'être libéré et avoir tranché ceux de Cassandra. « Toi, tu as vu quelque chose, n'est-ce pas, Ulysse ? affirma-t-il en levant les yeux sur moi.

— Je vous ai déjà dit que je n'en sais rien... soufflai-je. Ça n'a duré qu'un instant... j'ai vu ce type, la tête enfoncée dans le trou, là-haut... il donnait des coups de pieds dans le vide.

— Rien d'autre ?

— Rien d'autre. Tout est allé très vite. » Inutile de les effrayer en leur parlant d'une chose que je n'étais même pas certain d'avoir réellement vue.

« Mais...

— Pourquoi n'arrêtons-nous pas de nous inquiéter de ce qu'il s'est passé, l'interrompis-je avec brusquerie, pour nous préoccuper de ce que nous allons faire ? Nous devrions fouiller le cadavre pour prendre tout ce qui pourrait nous servir et ficher le camp sans perdre de temps, avant que la relève n'arrive... ou la chose qui lui a fait cela.

— Et où irons-nous ? demanda Cassie avec anxiété. Je te rappelle que dehors, il y a toujours une demi-douzaine de gros bras qui risquent de ne pas être très contents de retrouver leur compagnon décapité.

— Peut-être, avança timidement le professeur, que si nous leur expliquons ce qu'il s'est passé et que nous n'avons rien à y voir, alors... »

L'archéologue aux prunelles vertes eut un rire âpre et pointa la lampe sur moi.

« Oh ! Je vois... » fit le professeur.

Étonné par ce commentaire, je baissai les yeux.

Et je compris alors ce que voulait dire le ricanement amer de Cassie. J'étais couvert de la tête aux pieds du sang de Luizao.

Indubitablement, ce n'était pas le meilleur moyen de me présenter devant ses camarades en clamant mon innocence.

« Enfin... soupirai en me tournant vers l'intérieur de la caverne. Cela ne nous laisse qu'une seule issue possible.

273

— On dirait bien », convint Cassandra, qui tendit au professeur le pistolet Glock 9 mm de Luizao, non sans avoir vérifié que le cran de sûreté était mis.

Puis, sans faire de manières, elle fouilla le corps, prenant entre autres la mitraillette qu'il portait encore en bandoulière et qu'elle s'accrocha à l'épaule, ainsi que deux chargeurs qu'elle glissa dans les poches latérales de son pantalon. Enfin, elle me passa la lampe et le couteau, tel le bourgeois livrant les clefs de sa ville.

« Attends un peu... Vous gardez les armes à feu et tu me donnes la lampe-torche ? protestai-je avec incrédulité. Et comment suis-je censé me défendre en cas de besoin ? En les aveuglant ?

— Tu as le couteau... observa-t-elle avec un geste de la tête, en plus de ta langue acérée.

— Tu me la gardais, celle-là, hein ? »

La Mexicaine ne répondit pas, mais, dans la pénombre, je pus voir friser les commissures de ses lèvres.

Alors, dans ce bref silence, nous entendîmes des pas qui venaient de l'entrée.

Sans y réfléchir à deux fois, nous nous précipitâmes en courant vers l'intérieur de la grotte.

Lampe-torche à la main, je pris la tête, balayant le sol du faisceau de lumière et exhortant mes compagnons à ne pas traîner en arrière. Persistant sur ma rétine, la scène atroce que j'avais entrevue quelques instants plus tôt flottait encore dans mon esprit, et j'avais l'affreuse impression que je ne les guidais pas vers la liberté, mais vers des ténèbres menaçantes qui, peut-être, abritaient en leur sein quelque chose de bien plus dangereux qu'une poignée de mercenaires.

58

Le disque de lumière oscillait de gauche à droite au rythme de ma course. Les yeux au sol, je ne voulais penser qu'à l'endroit où je posais les pieds, attentif à ne pas trébucher ; mais je devais faire des efforts pour écarter de mon esprit l'image de membres noirs surgissant des ténèbres.

« Attends un peu, Ulysse, haleta le professeur, très en arrière.

— Je regrette beaucoup », répondis-je, le souffle court moi aussi, mais sans ralentir pour autant, « mais nous ne pouvons pas nous arrêter maintenant. Si ces types nous rattrapent, nous risquons de passer un mauvais quart d'heure, croyez-moi.

— Alors, continuez tous les deux, parce que moi, j'ai les poumons sur le point d'éclater, se plaignit-il.

— Allons, ne faites pas votre martyr.

— Bah, arrêtons-nous une minute, plaida Cassie. Ce sera pire si nous sommes obligés de porter le grand-père.

— Allez au diable, maugréa le professeur. Je me demande si, quand vous aurez mon âge, vous serez capables de... »

Ses récriminations s'interrompirent soudainement. Un choc se fit entendre, suivi d'une plainte.

Alarmé, je m'arrêtai si brusquement que Cassie me rentra dedans.

« Professeur ? » appelai-je dans un murmure terrifié, me retournant pour éclairer derrière nous.

Sur la pointe des pieds, je rebroussai chemin sur quelques mètres, inspectant le sol de la caverne – remarquant au passage qu'il paraissait un peu trop régulier pour être naturel –, mais il n'y avait pas trace de l'historien.

« Professeur, appela Cassandra à son tour. Où êtes-vous ? »

Revivant l'horrible événement qui n'avait pas quitté mon esprit, j'éclairai le plafond avec angoisse, voyant déjà le corps de mon ami en train de s'y balancer avec des râles d'agonie. Mais non. Il n'y avait aucune ouverture menaçante au-dessus de nos têtes.

« Mais où diable a-t-il bien pu se fourrer ? questionnai-je tout bas, désormais plus intrigué qu'inquiet.

— Il s'est peut-être trompé de chemin », aventura Cassie.

L'idée n'était pas sotte. Je fis encore quelques mètres en scrutant les ombres, balayant chaque pouce de la grotte du faisceau de ma lampe.

Corroborant l'hypothèse de l'archéologue, un couloir semblait s'ouvrir dans le mur gauche, que nous n'avions vu ni l'un ni l'autre en passant.

Nous nous avançâmes avec précaution, et vîmes que ce nouveau passage était pratiquement identique à celui où nous nous trouvions.

Cassie fit quelques pas de plus, et, sans oser élever la voix :

« Professeur... vous êtes là ? »

Silence.

C'est alors que me parvint l'écho, pas très éloigné, de plusieurs voix qui parlaient avec animation. En portugais.

Les mercenaires avaient découvert le corps de Luizao.

Ils seraient sur nous d'un instant à l'autre.

« Professeur ! Merde ! lâchai-je avec angoisse. Si vous m'entendez, répondez ! »

J'allais réitérer mon appel, lorsque Cassandra me fit taire en me broyant le bras.

« Tu as entendu ? Il m'a semblé qu'il répondait. »

Je tendis l'oreille, m'efforçant d'ignorer les autres voix, qui s'approchaient de plus en plus.

« Ici... répondait un écho lointain. En bas... »

Nous nous précipitâmes dans la direction d'où semblait venir la voix, mais Cassie m'arrêta de nouveau en plaquant brusquement le bras sur mon ventre.

« Là... dit-elle en saisissant la main qui tenait la lampe pour la pointer sur le sol, à quelques mètres de nous. Un trou. »

Et, en effet, touchant presque le mur de la grotte, s'ouvrait une sorte de puits. Comprenant ce qu'il s'était passé, nous nous penchâmes sur le bord : j'éclairai le vide, et, comme je le craignais, le professeur était là, presque trois mètres plus bas, plongé dans l'eau jusqu'à la taille. Ses yeux bleus brillaient de joie.

« Dieu soit loué, soupira-t-il. J'ai cru que vous ne me trouveriez pas.

— Vous allez bien ? s'inquiéta Cassie.

— Cela a été une belle dégringolade, mais l'eau a amorti la chute : je crois n'avoir rien de cassé. Vous pouvez me remonter quand vous voulez. »

La Mexicaine et moi échangeâmes un regard furtif et je sus que nous pensions la même chose.

« Comment tu vois ça ? » s'enquit-elle avec un coup d'œil vers le bas.

Mon esprit en ébullition envisageait toute sorte d'idées irréalisables, comme d'utiliser nos vêtements pour en confectionner une corde à jeter au professeur. Mais, derrière nous, la rumeur croissante des voix me fit revenir sur terre.

« Prof, vous m'entendez ?

— Évidemment. Qu'y a-t-il ?

— Il y a que les méchants sont presque sur nous. Nous n'allons pas pouvoir vous tirer de là avant qu'ils arrivent et nous découvrent, Cassie et moi. »

Une longue seconde s'écoula. Incrédule, mon vieil ami semblait avoir du mal à assimiler ce qu'impliquaient ces mots.

« Qu'est-ce que tu veux dire ?

— Ne vous inquiétez pas, si vous ne faites pas de bruit, ils ne vous trouveront pas, là où vous êtes. Je vous promets que nous reviendrons vous chercher dès que possible. »

La phrase sonna vaine, même à mes propres oreilles, mais il répondit quand même :

« Oui, bien sûr. D'accord... je vous attends ici.

— Un instant, Ulysse, objecta Cassandra. Je trouve ça très risqué. Il sera difficile de retrouver cet endroit. Sans compter, ajouta-t-elle en baissant la voix pour que je sois seul à l'entendre, qu'il y a ces salopards armés et... la chose qui lui a arraché la tête au métis. Je ne crois pas que ce soit une bonne idée de laisser le professeur seul ici.

— Je sais, je sais... mais je ne vois pas comment nous pourrions le sortir de ce trou à temps. Souza et ses hommes seront là dans quelques secondes, et alors, ce sera bien pire, pour nous tous.

— Mais il y a forcément un moyen, insista-t-elle, presque suppliante. Nous ne pouvons pas l'abandonner. »

Elle avait raison, bien sûr, mais plus j'y réfléchissais, moins je voyais de solutions.

Les murs de la caverne se renvoyaient le bruit des pas précipités des mercenaires ; je pouvais déjà compter quatre voix au moins, et je pouvais même distinguer le reflet de leurs lampes-torches.

« Écartez-vous ! » ordonnai-je d'un ton pressant en me penchant sur le puits.

Et, saisissant sous les bras une petite Mexicaine éberluée, je la soulevai vivement.

« Pardon, soufflai-je en effleurant ses lèvres d'un baiser fugace.

— Pardon de quoi ? Qu'est-ce que… »

Elle n'avait pas fini sa phrase que je la lâchai et l'envoyai rejoindre le professeur dans son trou.

Les voix de nos poursuivants atteignaient déjà l'angle du couloir. Alors, j'éteignis ma lampe, et, les bras collés au corps et sans regarder en bas, je me laissai tomber à mon tour dans les ténèbres.

59

Serrés contre la paroi, nous vîmes les faisceaux de lumière balayer nerveusement les murs, bien au-dessus de nos têtes, et s'écarter sans avoir révélé le puits où nous étions.

Quelques éternelles secondes plus tard, nous entendîmes le bruit de pas et les voix s'éloigner et poussâmes en chœur un triple soupir de soulagement. C'était miraculeux, mais cette action désespérée semblait avoir porté ses fruits. Je finis par rallumer la torche, en la couvrant de ma main, et éclairai mes amis.

« Vous allez bien, tous les deux ? »

La réponse me parvint sous la forme d'une gifle sonore.

« Un simple "bien, merci" aurait été suffisant, protestai-je, vexé, en me frottant la joue.

— Ne me refais jamais un coup pareil ! explosa l'archéologue, le doigt pointé sur moi. Qu'est-ce qui t'a pris, de me jeter dans un puits ? Tu aurais pu me tuer, imbécile !

— Je n'avais pas le temps de discuter, me défendis-je. Et puis, il n'y avait pas plus de trois mètres ; tu vois bien qu'il ne t'est rien arrivé. Professeur, donnez-moi donc un coup de main !

— Tu mériterais plutôt un coup de poing ! rétorqua ce dernier en secouant la tête. Vous étiez censés me faire sortir de là, pas m'y rejoindre.

— J'ai dû prendre une décision rapide, et, sur le moment, celle-ci m'a semblé être la seule issue possible.

— Issue ? » Cassie s'étranglait presque de fureur « Nous jeter dans un trou te paraît être une issue ? Mais quel... !

— Je ne peux qu'être d'accord avec Cassandra, déclara le professeur. Ce que tu as fait est complètement stupide.

— Bon, je crois que ça suffit, dis-je en levant les mains. Il est inutile de nous disputer au sujet de qui a jeté qui dans le puits et pourquoi. Ce que nous devons faire maintenant, c'est trouver le moyen d'en sortir.

— Sans blague ? » grogna Cassie.

De fait, le panorama n'était guère prometteur, comme je le constatai en dirigeant ma torche sur les parois de pierre lisses et humides.

« Nous ne pourrons jamais grimper, observai-je avec déception.

— Et si nous faisions une tour humaine ? proposa Eduardo après avoir évalué la hauteur du puits. Au moins l'un de nous pourrait sortir.

— Possible. Mais, et les deux autres ? Nous en serions au même point qu'il y a quelques minutes, en pire.

— Et toute cette eau ? demanda une Cassie un peu calmée en plongeant les mains dans le liquide sombre qui entourait sa taille. D'où peut-elle venir ?

— L'inondation, je suppose, déclara le professeur.

— J'imagine, oui, mais… tant que ça ?

— Pense que nous nous trouvons à plusieurs mètres au-dessous du niveau du sol.

— Un instant, les coupai-je, la main enfoncée dans l'eau. Vous ne sentez pas comme un courant ?

— Hum… oui, c'est vrai », convint le professeur après m'avoir imité.

J'éclairai les parois du puits, uniformément lisses et boueuses, sauf en un endroit où des blocs de pierre, qui semblaient être tombés d'en haut, formaient un entassement désordonné.

« Elle vient de là », annonça la jeune archéologue qui, accroupie, était submergée jusqu'au menton.

Elle se releva pour me tendre l'arme qu'elle portait en bandoulière.

« Tiens ça et passe-moi la torche. »

Comprenant ce qu'elle voulait faire, j'obtempérai sans discuter.

Après avoir vérifié que la lampe était un modèle étanche, elle prit une longue goulée d'air et plongea dans le petit mètre d'eau sombre.

La lumière nous permettait de voir facilement ce qu'elle faisait : chercher s'il existait une faille dans laquelle nous pouvions nous glisser. Si de l'eau passait par là, nous pourrions éventuellement en faire autant.

L'eau se troubla lorsque l'archéologue souleva quelques pierres, et nous cessâmes de distinguer nettement le rayon diffus de la torche. Cassandra ressortit, des mèches blondes collées sur son visage dégoulinant à la bouche entrouverte.

« Il y a un conduit. Il est bloqué par des éboulis, haleta-t-elle, mais je crois que nous pouvons enlever les pierres et voir ce qu'il y a derrière.

— Fantastique, fit le professeur, mais s'il y a eu un éboulement, ne risquons-nous pas d'en provoquer un autre, en bougeant les blocs ? »

Cassandra répondit avec naturel :

« Oui, c'est évidemment possible.

— Et même dans le cas où nous arriverions à ne pas faire s'effondrer le puits sur nous, s'inquiéta-t-il encore, nous n'avons aucune garantie de trouver une issue… je me trompe ? »

Ce fut à mon tour de le regarder avec indulgence.

« Prof, si vous voulez une garantie, achetez-vous plutôt un lave-linge. »

Le brave homme nous regarda, et, serrant les lèvres, il capitula :

« D'accord. Nous n'avons rien à perdre. »

Cassie et moi plongions tour à tour pour déplacer les pierres qui nous barraient le chemin, tandis que le professeur Castillo, qui tenait la lampe-torche, s'efforçait de nous éclairer le mieux possible, nonobstant l'eau de plus en plus trouble.

« Comment ça va ? » s'enquit-il alors que je sortais la tête pour respirer, Cassandra plongeant à son tour.

Il me fallut un instant pour reprendre un peu mon souffle avant de répondre, d'une voix haletante.

« Bien, je crois… Nous avons enlevé un tas de caillasses et le toit ne nous est pas encore tombé sur la tête. Je dirais que c'est plutôt une bonne chose.

— Mais, tu crois vraiment que nous pourrons partir par là ?

— Pour le moment, je ne vois pas d'alternative, alors, pourquoi ne pas essayer ? Nous aurons peut-être de la chance.

— Espérons que ce sera le cas, marmonna-t-il d'un air penaud. C'est de ma faute. Si je n'étais pas tombé dans ce puits, nous n'en serions pas là.

— Prof, vous me fatiguez ! Quand nous serons de retour à Barcelone, prenez rendez-vous chez le psy si vous voulez et déballez-lui ce que vous avez sur le cœur. Mais pour l'instant, la seule chose qui importe, c'est sortir de ce trou le plus vite possible.

— Oui, bien sûr. Mais c'est que je… »

Il fut alors interrompu par une Mexicaine ruisselante et à l'air peu amène.

« Professeur, siffla-t-elle avec humeur, pourriez-vous avoir l'extrême amabilité de diriger votre putain de lanterne là où il faut ? On n'y voit que dalle, là-dessous ! »

J'eus le temps d'entendre une excuse du professeur avant de prendre la relève de Cassie pour affronter, presque à tâtons, le mur de pierres que nous ne cessions de déplacer, sans résultat apparent.

Agrippant des deux mains un bloc particulièrement lourd, je tirai dessus de toutes mes forces, poussant sur mes pieds posés de chaque côté ; j'ignore si ce fut le fait d'ôter précisément cette pierre, ou à cause de la pression exercée par mes pieds, mais le fait est que plusieurs centaines de kilos de roche s'effondrèrent subitement comme un château de cartes.

Comprenant en un éclair que je risquai d'être pris dans l'éboulement, j'eus le réflexe de me rejeter en arrière ; quelqu'un me saisit alors le bras et me tira hors de l'eau.

« Que s'est-il passé ? s'alarma Cassie, qui me tenait avec fermeté.

— Je ne sais pas… hoquetai-je, encore sous le coup de la frayeur. J'ai essayé de bouger un caillou assez gros et tout a cédé. Il faudra attendre un moment, le temps que les sédiments se déposent, pour jeter un coup d'œil. J'espère que tout ne s'est pas effondré. Au fait, ajoutai-je avec un sourire maladroit, merci de ton aide.

— Tu m'en devras deux, fit-elle en levant deux doigts.

— Deux ?

— Tu as déjà oublié le serpent que j'ai décapité dans la forêt ?

— Ah, oui, ça…, hésitai-je comme si j'avais du mal à me rappeler l'incident. En fait, j'avais la situation bien en main.

— Vraiment ? fit-elle, sarcastique. Eh bien, ton regard paniqué ne disait pas la même chose.

— C'était un regard de concentration. J'attendais le moment opportun pour me jeter sur lui.

— Mouais, c'est ça. J'essaierai de m'en souvenir, la prochaine fois.

— Mes chers amis, intervint le professeur, votre conversation est terriblement édifiante, mais je crois que l'eau est un peu plus claire. »

D'un coup d'œil, je vis qu'il disait vrai ; je plongeai donc sans y réfléchir à deux fois afin d'évaluer l'amplitude des dégâts. Je commençai par palper la paroi, où de nouvelles pierres semblaient être venues remplacer celles qui étaient à présent éparpillées au fond. Je tendis le bras, cherchant le mur de roche, mais en vain : j'avais beau tâtonner, je n'arrivais pas à le toucher.

Je n'y voyais pas assez. Je ressortis un instant, et, ignorant les questions de mes compagnons, je pris la torche des mains du professeur, et, après m'être rempli les poumons, je me submergeai de nouveau.

La vase en suspension créait devant moi une zone d'ombre, à l'endroit du mur de pierre. Attentif à ne pas provoquer un autre éboulement, je m'en approchai avec prudence : la zone plus sombre était en fait une ouverture, d'environ cinquante centimètres de diamètre.

Avec d'extrêmes précautions, je me glissai par l'orifice, pour émerger dans un conduit oppressant et obscur, large de deux bons mètres et haut d'un mètre et demi, inondé jusqu'à mi-hauteur.

Ma torche éclairait les murs et le plafond d'un tunnel revêtu de dalles de pierre qui disparaissaient sous une épaisse couche de lichens vert foncé... le fond de la galerie se perdait au loin, dévorant le faisceau de lumière blanche reflétée sur l'eau sombre.

Un passage souterrain, peut-être sans issue, lugubre et inquiétant. Accablant, silencieux, macabre comme un caveau profond.

Un endroit où, pour rien au monde, je n'aurais souhaité pénétrer.

Et pourtant, le seul endroit où nous pouvions aller.

60

« Cet endroit me donne la chair de poule, chuchota Cassie d'une voix à peine audible, le regard errant sur les ombres épaisses qui nous enveloppaient.

— Ce qu'il y a, c'est que nous sommes dans l'eau depuis un bon moment et tu as dû prendre froid. » J'esquissai un mouvement pour lui frotter le dos, mais je me retins à la dernière seconde. « Dès que nous serons au sec, cela passera.

— Non, Ulysse, ce n'est pas le froid. C'est ce lieu... Il me paraît...

— Inquiétant », acheva le professeur.

Je distinguai le geste d'assentiment de la jeune femme, accompagné d'un soupir.

« Terriblement inquiétant, reprit-elle dans un murmure.

— C'est vrai qu'il n'inspire pas vraiment confiance, reconnus-je, mais je crois que le découvrir a été une chance inespérée.

— Certes, convint-elle, mais j'ai quand même un mauvais pressentiment.

— C'est parce que cela ressemble à un décor de film d'épouvante, affirma Eduardo avec un flegme tout académique. Ton subconscient évoque des lieux obscurs, ténébreux, comme ceux que nous voyons dans nos cauchemars.

— Merci beaucoup, professeur, grogna Cassandra. Je me sens beaucoup mieux, maintenant.

— Allons, c'est juste une façon de parler.

— Ça, vous l'expliquerez au gugusse sans tête que nous avons laissé derrière nous.

— Et pourquoi n'arrêtez-vous pas vos bavardages, dis-je tout en m'efforçant vainement de repousser l'atroce vision, pour vous consacrer à trouver un moyen de sortir d'ici ?

— O.K., on y va ! » La Mexicaine s'empara de la lampe-torche, et, courbée, car même pour elle, le plafond était trop bas pour pouvoir se redresser, elle se disposa à ouvrir la marche.

« Attends, la retins-je en lui tendant l'arme qu'elle m'avait passée quelques instants plus tôt. Tu ne veux plus porter la mitraillette ? »

L'archéologue se retourna avec une grimace de fatigue.

« Elle est trop lourde. »

L'eau était incroyablement froide et j'étais gelé jusqu'à la moelle. Le flot coulait mollement entre mes jambes, me poussant légèrement en avant, comme pour me presser de sortir de là, et, malgré les reflets chatoyants de la lumière sur sa surface et sur les murs suintants, l'atmosphère de l'étroit passage était insupportablement oppressante.

Nous avancions avec une sensation perturbante, en silence et pliés en deux, comme écrasés par l'impression angoissante que ce lieu appartenait à une hallucination à laquelle nous serions incapables d'échapper.

« Je me demande ce que peut bien être cet endroit... », murmurai-je, simplement pour briser le silence qui m'asphyxiait.

Le professeur, qui marchait entre Cassie et moi, se retourna légèrement dans la pénombre.

« C'est précisément la question que j'étais en train de me poser, chuchota-t-il à son tour. Et, ou je me trompe fort, ou cela devrait être une ancienne canalisation d'eaux usées.

— Vous voulez dire...

— Un égout.

— Merveilleux.

— En fait, expliqua-t-il en passant la main sur la paroi, les égouts sont des constructions extrêmement complexes, qui exigent un niveau technologique et social bien plus avancé que celui nécessaire pour édifier des pyramides ou des temples.

— Les égouts, parodiai-je d'une voix solennelle. Le summum de la civilisation humaine !

— Hum... les choses se compliquent, déclara soudain l'archéologue en s'arrêtant brusquement.

— Encore plus ?

— Le tunnel se divise, juste devant. Que faisons-nous ?

— Y a-t-il quelque détail qui te fasse préférer un couloir plutôt que l'autre ? demanda le professeur.

— À vrai dire, non. Ils sont identiques.

— Alors, dans ce cas...

— Celui de gauche, répondis-je avec fermeté.

— Te voilà bien sûr de toi, s'étonna Eduardo en arquant les sourcils.

— Eh bien, quand nous avons suivi Souza et compagnie dans la forêt, nous avions le soleil du matin sur notre gauche ; nous marchions donc vers le sud.

— C'est-à-dire...

— C'est-à-dire qu'à mon avis, nous devrions aller vers le nord pour nous éloigner d'eux le plus possible.

— Parfait, petit futé, persifla Cassie, mais qui nous dit que le tunnel de gauche va vers le nord ?

— Facile. Vous vous rappelez la boussole de Jack Fawcett ?

— Ne me dis pas que... »

Je ne dis rien. Mais je glissai la main sous ma chemise, et en sortis le pendentif oxydé que je portais au cou. Le bras tendu, j'ouvris les doigts : sur ma paume reposait la vieille boussole, dont l'aiguille pointait indiscutablement vers la gauche.

« Lorsqu'ils m'ont fouillé, ils ont dû penser que c'était un simple médaillon, souris-je, et ils n'ont même pas eu l'idée de l'ouvrir. »

Guidés par l'aiguille aimantée, nous continuâmes donc de patauger dans le tunnel de gauche ; néanmoins, nous ne pûmes faire que quelques dizaines de mètres avant de nous retrouver confrontés au même dilemme : cette fois, le conduit se divisait en trois embranchements apparemment identiques.

Nous décidâmes d'appliquer le même raisonnement, et choisîmes de nouveau le couloir de gauche ; mais, quelques pas plus loin, il fallut encore choisir ; puis une autre fois, et une autre encore... Cassie finit par s'arrêter à l'intersection suivante.

« On s'est plantés, camarades.

— Que se passe-t-il ? demanda le professeur.

— Il se passe que nous sommes des imbéciles, soupira-t-elle avec lassitude.

— Pourquoi ? m'étonnai-je. Qu'y a-t-il ?

— Tu vois cette flèche ? répondit-elle en éclairant le mur, sur sa droite. C'est moi qui l'ai faite, il y a déjà un bon moment. Nous n'avons fait que tourner en rond.

— Merde... Mais comment est-ce possible ?

— Et qu'est-ce que tu crois ? rétorqua-t-elle en m'aveuglant avec la lampe. Toi et ta fameuse idée de suivre ta putain de boussole...

« — Mais… », commençai-je. C'est alors que je vis que l'aiguille s'obstinait à pointer vers la gauche. « C'est impossible, une boussole ne peut pas se tromper.

— Sauf si elle est affectée par une grande masse ferreuse et cesse d'indiquer le nord, fit remarquer le professeur.

— Une masse ferreuse ?

— Oui. Un gisement de roche ferrifère, par exemple, ou toute autre chose dont émanerait un fort champ magnétique. »

Cassie et moi échangeâmes un regard entendu : nous pensions à la même chose.

« Ce doit être le monolithe, affirma l'archéologue avec conviction. Il doit être fait d'un matériau ferromagnétique. »

Le professeur réfléchit une seconde et avança :

« Il se pourrait même qu'il soit en magnétite pure. »

Épuisé par les difficultés continuelles qui ne cessaient de se présenter, je m'adossai à la paroi humide et froide.

« Nous voilà bien, grommelai-je. Si la boussole est inutilisable, je ne vois pas d'autre moyen de nous repérer dans ce fichu labyrinthe. Nous pourrions tourner en rond pendant des jours sans trouver la sortie. »

L'archéologue toussota pour réclamer notre attention.

« À dire vrai, dit-elle d'une voix contrariée, je crains que nous n'ayons pas autant de temps. » Elle agita la main devant le faisceau de la lampe et ajouta : « Je crois que la pile est presque morte ».

Je secouai la tête.

« Génial ! Que pourrait-il nous arriver de plus ? »

À cet instant, comme en réponse à ma question inopportune, nous entendîmes, venu des noires profondeurs de la galerie, au-delà de la limite où la lumière faiblissante de la torche se diluait dans l'obscurité, un bruit qui nous fit taire sur-le-champ.

Une sorte de halètement rauque, comme celui d'un chien fatigué, suivi d'un grognement grave. Mais qui n'était pas celui d'un chien.

C'était plus gros.

Beaucoup plus gros.

C'est alors qu'un épouvantable rugissement retentit dans le ténébreux enchevêtrement des étroits tunnels. Mes cheveux se dressèrent sur ma tête et mon sang se glaça.

61

« Dépêche-toi Cassie ! Plus vite !

— Je vais aussi vite que je peux ! »

Elle m'avait donné le Zippo frappé du logotype d'AZS qui avait appartenu à Luizao, et, tous les quelques mètres, je me retournais et l'allumais pour vérifier qu'il n'y avait rien derrière moi, mitraillette au poing pointée dans la même direction.

J'étais terrifié.

Nous n'étions pas seuls ; et il n'y avait pas besoin d'avoir beaucoup d'imagination pour deviner qui – ou quoi – d'autre déambulait aussi dans ces galeries oppressantes.

Je courais plié en deux, ne cessant de me cogner la tête contre le plafond bas, suivant sans réfléchir le rayon de lumière de la torche que tenait Cassie, ouvrant la marche.

« Nous sommes perdus », déclara la Mexicaine qui venait de s'arrêter, le souffle court, à un énième carrefour.

Elle avait une arme également, le pistolet de Luizao, sur lequel elle maintenait notre lampe moribonde en le tournant dans toutes les directions.

« Peu importe, maintenant, Cassie.

— Mais nous n'avons aucune idée d'où nous allons ! Nous courons en aveugles ! »

Comme s'il n'était pas assez angoissant de nous savoir perdus dans ce labyrinthe, la peur atavique qu'avait déclenchée ce rugissement d'outre-tombe était la goutte qui fait déborder le vase.

Pourtant, l'expérience m'avait appris que notre pire ennemi n'était pas la troupe des mercenaires lancés sur nos traces, ni même les périls inconnus qui nous guettaient dans l'ombre. Notre pire ennemi, c'était nous.

Ou, plus exactement, notre propre imagination débridée.

Le véritable danger, c'est toujours la panique, et, si nous la laissions s'emparer de nous, nous finirions tôt ou tard par commettre une erreur fatale.

Il me fallait à tout prix trouver quelque chose pour nous redonner du courage et calmer notre nervosité. Sauf que c'était plus facile à dire qu'à faire.

« Vous savez ce que je pense ? » improvisai-je alors.

Ils ne me répondirent ni l'un ni l'autre, mais je savais qu'ils m'écoutaient.

« Pourquoi ne faisons-nous pas une halte, ici même, pour attendre qu'il fasse jour ?

— Tu parles sérieusement ? demanda le professeur avec incrédulité.

— Dois-je te rappeler que nous sommes sous terre ? dit à son tour Cassie.

— Je suis totalement sérieux, professeur. Et, Cassie, c'est précisément pour cela que c'est une bonne idée. Si ce labyrinthe a une issue, nous ne la trouverons pas dans le noir, et la torche ne va pas tarder à mourir. Alors, pourquoi ne pas nous arrêter, attendre que le jour se lève, et chercher à ce moment des traces de lumière venues de la surface ?

— Et que fais-tu de l'animal, ou Dieu sait quoi, qui est ici en bas, avec nous ?

— Nous ignorons ce que c'est, prof. Mais dans tous les cas, dis-je avec une petite tape sur la mitraillette, nous avons assez d'artillerie pour tenir en respect n'importe quel animal qui s'approcherait trop près. »

Une fois de plus, ils ne dirent pas un mot, mais accédèrent à la suggestion dans un silence résigné. Ils avaient besoin de se raccrocher à quelque chose, et je venais de leur en offrir la possibilité.

« Cela pourrait marcher…, finit par admettre le professeur.

— Ce qui est sûr, reconnut Cassandra à son corps défendant, c'est que cavaler dans le noir n'a pas donné grand-chose.

— Donc, c'est entendu, conclus-je. Il ne doit pas rester plus de trois heures avant l'aube, alors je vous propose de prendre du repos en attendant. Éteignons la lampe pour économiser les piles et calmons-nous ; cessons de penser à des mercenaires et des animaux à notre poursuite, ou toute autre chose du même genre. »

Je n'eus pas besoin de le répéter : l'archéologue avait éteint la lumière et, en un clin d'œil, nous nous retrouvâmes enveloppés d'une noirceur épaisse et profonde.

Ce n'était pas une obscurité confortable peuplée d'ombres et de silhouettes devinées. Ce n'était pas non plus la nuit emplie de sons et de murmures de la jungle. Non. C'étaient des ténèbres catégoriques, écrasantes, où seul l'infime bruissement de nos corps se mouvant dans l'eau nous permettait d'affirmer que nous n'étions pas devenus sourds et aveugles d'un seul coup.

« Je crois bien que je n'ai jamais, jamais été dans un lieu aussi sombre que celui-ci », chuchota Cassandra d'une voix inquiète.

Mais je me souvenais bien d'une autre situation périlleuse que nous avions vécue, il n'y avait pas si longtemps : « Pourtant, je dirais que dans ce fameux cénote mexicain, il n'y avait pas vraiment plus de lumière qu'ici.

— Peut-être, reconnut-elle après un instant de réflexion. Mais nous n'avions pas été obligés d'éteindre notre torche. »

Elle avait raison. L'année précédente, nous nous étions trouvés entraînés dans une quête sur la piste du mythique trésor des Templiers qui, parmi bien d'autres vicissitudes, nous avaient amenés à risquer notre vie dans des grottes sous-marines inconnues, au sud de Mexico.

Néanmoins, comme l'évoquait justement Cassie, nous disposions alors de deux lampes-torches ; sans compter le fait que malgré le danger que nous courions, nous avions quand même une légère notion de ce que nous faisions et où nous allions.

Mais cette fois, c'était différent.

Cette fois, nous étions immobiles. En attente. Sans rien d'autre à faire que de laisser nos sens, exacerbés par notre imagination, s'égarer comme des tentacules le long des tunnels inondés, avides du moindre indice apte à nourrir nos terreurs.

Pourtant, tout ce qu'ils parvenaient à percevoir, c'était cette obscurité lugubre et sans faille, et ce silence lourd, tiède et obscène. Comme une haleine abjecte vous soufflant dans la nuque, souillant votre peau, et dont vous ne pourriez vous défaire.

Il y a de nombreuses sortes de silence.

Il y en a de réconfortants ou de transcendants, des solitaires et des tristes…

Mais celui-ci, c'était un silence pernicieux.

Je n'aurais su dire pourquoi. Nous avons de ces réactions ataviques au-delà de tout raisonnement, qui sont gravées au fer rouge dans notre mémoire génétique et ne s'éveillent que dans des situations extrêmes, lorsque le cœur animal de notre cerveau nous dicte que le moment est venu de se cacher, de lutter ou de fuir…

Et, en cet instant précis, le mien hurlait à pleine gorge, m'exhortant à courir et ne plus m'arrêter avant d'être rentré chez moi.

C'est peut-être pour cela que je sursautai violemment lorsque le professeur demanda, d'une voix dont il ne pouvait dissimuler le tremblement :

« Qu'est-ce que cela peut bien être… ce qui a rugi ? Vous croyez que c'est ce qui a décapité le mercenaire ? »

Personne ne répondit. En partie parce que nous ignorions la réponse, mais, surtout, parce que nous ne voulions pas la connaître.

Cassie arrivait mieux à la dissimuler, mais la peur suintait de chacun de ses mots :

« Ulysse est le seul à avoir vu quelque chose.

— Je vous ai déjà dit que je n'en sais rien. Je ne sais pas ce que j'ai vu… et je peux vous assurer que j'ignore ce qui a tué Luizao. Il m'a semblé voir une sorte de… de grands bras, qui le tenaient en l'air… » Au bout d'un long moment, me remémorant une vision que j'aurais préféré avoir oubliée, j'ajoutai : « C'est tout. Et il n'y a probablement aucun rapport avec le rugissement que nous avons entendu. C'était peut-être un singe hurleur, il aurait pu tomber dans le trou, tout comme nous, hasardai-je encore sans grande conviction

— Un singe ? ricana Cassandra. Tu te moques de moi ?

— Et pourquoi pas ?

— Pour moi, ça ne ressemblait pas au hurlement d'un singe.

— Ce ne sont que des hypothèses. Si ce n'était pas un singe, c'était peut-être un jaguar.

— Vous savez quoi ? intervint le professeur, avant que l'archéologue et moi nous embarquions dans une autre de nos disputes. Ce serait probablement un bon moment pour parler de ce qu'il se passe.

— Ce qu'il se passe ? répliquai-je, donnant libre cours à la mauvaise humeur que j'avais retenue jusque là. Ce qu'il se passe, c'est que ces salopards d'AZS ont décidé d'inonder la région avec leur maudit barrage et qu'ils ne peuvent pas se permettre que quelqu'un aille révéler l'existence de cet endroit. C'est pour ça qu'ils veulent se débarrasser de nous, et c'est pour ça que nous sommes fourrés dans ce pétrin, perdus dans cette merde d'égout préhistorique et poursuivis par des types en armes qui cherchent à nous liquider. Voilà ce qu'il se passe !

— Par conséquent, insista-t-il avec calme, comme un père tenterait de tranquilliser un enfant exalté, tu es convaincu qu'ils étaient au courant de l'existence de la Cité noire ?

— Vous en doutez ? Ils ont dû la découvrir au cours de prospections préliminaires, peut-être même avant que ne débute la construction du barrage.

— Ce serait donc pour ça qu'ils n'ont eu aucun mal à nous trouver, et qu'ils n'avaient pas l'air étonnés pendant la traversée des ruines…, dit Cassie d'une voix songeuse. Et comme l'hydravion qui nous a amenés appartient aussi à la société, ils savaient où nous allions. Il ne leur restait plus qu'à additionner deux et deux.

— Après coup, tout est clair comme de l'eau de roche, se lamenta le professeur avec amertume.

— L'aspect positif, c'est que nous avons maintenant une motivation de poids pour sortir vivants d'ici : dénoncer le constructeur.

— Je suis d'accord. Après avoir retrouvé Valéria, bien sûr.

— Ne vous inquiétez pas, prof. Vous pouvez être certain que nous ne partirons pas d'ici sans votre fille. »

Cette affirmation était plus un vœu pieux qu'autre chose. Je le savais, Cassie le savait, et, bien évidemment, Eduardo Castillo le savait. Mais, même vain, c'était un espoir réconfortant.

À dire vrai, au point où nous en étions, je pensais que ce serait un miracle si nous retrouvions la fille du professeur ; cela, à supposer qu'elle fût encore en vie, ce dont je doutais aussi. Mais s'il y avait un moment où un pieux mensonge se justifiait, c'était clairement celui-ci.

« Merci à tous les deux, dit-il alors d'une voix vibrante de reconnaissance. Sans vous, je ne serais jamais arrivé jusque là.

— Vous n'avez pas à nous remercier, professeur, répondit Cassie. De plus, si nous ne vous avions pas accompagné, nous n'aurions jamais découvert cet incroyable gisement archéologique. »

Incapable de m'en empêcher, j'étais sur le point d'expliquer à Cassandra le peu d'enthousiasme qu'éveillaient en moi ces monceaux de pierres abandonnées, quand, soudain, une bouffée putride envahit mes narines.

Cette odeur, je l'avais déjà sentie auparavant.

C'était l'odeur de la mort.

Retenant mon souffle et le cœur battant à tout rompre, je portai doucement la main à la poche de ma chemise, j'y pris le briquet, puis, ouvrant le clapet avec un clic qui me fit l'effet d'une porte qui claque, j'appuyai du pouce sur la petite roulette d'acier, luttant pour contrôler la panique qui s'emparait de moi.

Avec une extrême lenteur, je tendis le bras dans la nuit, dans la direction d'où venait le raclement sinistre d'une respiration rocailleuse.

62

La flamme minuscule éclaira l'étroit couloir de son infime explosion de lumière. Sa lueur ne perçait l'obscurité visqueuse que de quelques mètres à peine ; assez pour me révéler une vision atroce, digne du plus horrible des cauchemars.

À peine un peu plus loin que le bout de mon bras tendu, une forme noire et menaçante se découpait sur les ténèbres du corridor. Anthropomorphe, énorme, disproportionnée. Une grande figure sèche et dégingandée, pourvue de bras noueux interminables qui tendaient vers moi les longs doigts aux griffes acérées que j'avais vus arracher sans coup férir la tête d'un homme.

Mais le plus terrifiant fut de prendre conscience en un éclair que cette apparition hallucinante allait se jeter sur moi d'une seconde à l'autre.

Une seconde de vie que l'avare lueur bleutée d'un briquet parvint à rallonger en surprenant l'être monstrueux à l'instant où il était prêt à attaquer dans la nuit.

L'étincelle ridicule, mais providentielle, le fit s'arrêter net.

Et non seulement il s'était figé, mais, ébloui, il avait instinctivement levé le bras devant sa face menue et sinistre pour protéger ses immenses yeux noirs.

Puis il fit un pas en arrière avec un meuglement furieux, surpris et irrité par le bref jaillissement lumineux.

Tout ceci ne dura pas plus d'une seconde.

Deux au maximum.

À la troisième, un hurlement s'échappait de mes poumons tandis que j'empoignais l'arme que je portais en bandoulière et plaçais le doigt sur la détente sur laquelle j'appuyai vigoureusement, sans m'inquiéter d'un détail tel que viser avant de tirer.

Mais seul un cliquetis décevant se fit entendre.

Le cran de sûreté était mis.

Sans baisser les yeux, je palpai la mitraillette à l'aveuglette, cherchant le maudit loquet, mais je n'arrivais pas à le trouver, nerveux comme j'étais, et avec si peu de lumière.

À cet instant, Cassie dirigea sa lampe-torche vers moi, et je pus enfin ôter la fichue sécurité.

Lorsque je regardai de nouveau, l'abomination s'était dissoute dans l'obscurité ; c'était comme si elle n'avait jamais été là.

Mais ce fugace face-à-face m'avait suffi pour reconnaître les yeux énormes, la mâchoire proéminente, les dents aiguës et le crâne absurdement allongé : je venais de voir la même créature que j'avais vue la veille, sculptée dans la pierre.

Sauf que cette fois, elle était réelle.

Très réelle.

Et elle venait me chercher.

Pendant un long moment, nous demeurâmes tous les trois complètement immobiles, gardant un silence absolu. Comme des enfants qui, s'étant réveillés en sursaut d'un cauchemar, restent aux aguets, les yeux fixés sur la porte de la chambre, s'attendant à voir s'y découper le profil du monstre qui vient de les effrayer.

« Il est parti ? » chuchota Cassie.

Je mis un instant à répondre, le temps de maîtriser ma voix pour qu'elle ne tremble pas.

« On dirait, oui.

— Qu'est-ce que c'était, à ton avis ? souffla le professeur.

— Aucune idée. Je sais seulement que c'était sur le point de m'attaquer.

— Mais... était-ce un homme ou un animal ?

— C'est à vous de me le dire. Moi, je suis juste un humble plongeur sous-marin.

— Il m'a semblé t'entendre murmurer qu'il ressemblait assez à la sculpture que nous avons trouvée dans la pyramide, le premier soir, déclara Cassandra en balayant du faisceau de sa torche les deux extrémités du couloir.

— Non, Cassie. J'ai dit que c'*était* une de ces créatures, pas qu'elle y ressemblait.

— Mais c'est... », commença le professeur. Il hésita, et acheva : « c'est impossible. Ces bas-reliefs sont des représentations allégoriques, de pures métaphores.

— Je vous jure que ce que je viens de voir n'avait rien de métaphorique. En outre, les métaphores ne puent pas la viande pourrie, que je sache.

— Il a raison, dit la jeune femme. Je l'ai senti moi aussi. C'était répugnant.

— Mais enfin, insista le professeur, qui n'avait rien eu le temps de voir, les représentations que nous avons trouvées ont des centaines, voire des milliers d'années. Comment les images démoniaques de cette civilisation disparue pourraient-elles s'être animées ?

— Et comment le saurais-je ? Ces créatures étaient peut-être la civilisation elle-même. »

Le professeur et Cassie secouèrent la tête en même temps.

« Les créateurs d'une telle cité ne seraient pas du genre à décapiter les gens ni à se traîner dans des égouts, affirma l'archéologue mexicaine avec un geste vers le haut.

— Tu n'as donc pas lu *La Route* ? répliquai-je.

— Que veux-tu dire ?

— Je veux dire que, au moins dans les livres et au ciné, lorsqu'une civilisation s'effondre, ses habitants "civilisés" finissent par se transformer en sauvages ou en zombis. »

La jeune femme eut un claquement de langue désapprobateur.

« Cela n'arrive que dans les films, Ulysse, assena-t-elle avec dédain. Il y a une foule d'exemples de grandes civilisations qui ont pris fin, et, même si cela a pu entraîner un recul, parfois de plusieurs siècles, personne ne s'est jamais transformé en bête.

— Il y a toujours une première fois.

— Je dois avouer, intervint le professeur d'une voix songeuse, que ta théorie, toute extravagante qu'elle soit, ne me semble pas aussi insensée que cela. Tu oublies juste un détail : ce que nous avons vu, gravé dans le mur, n'était pas un être humain.

— Pour moi, vous pouvez appeler cela un démon si vous voulez, suggérai-je tout en examinant le fusil d'assaut qui m'avait été bien peu utile.

— En réalité, déclara Cassandra d'un air désinvolte, je crois que ces choses, quelles qu'elles soient, ont déjà un nom.

— Ah oui ? »

Elle grimaça un sourire amer : « Mais tu n'as donc pas compris, Ulysse ? Nous venons de voir un morcego. »

La révélation de Cassie, pour évidente qu'elle m'apparaisse, ne m'aidait guère à voir ces créatures d'un meilleur œil.

Avec toutes les horreurs que nous avions entendues sur leur compte, c'était plutôt le contraire.

Mais cela n'avait en fait pas beaucoup d'importance.

L'unique vérité était qu'il nous fallait encore sortir de ces égouts ; et que les rats qui les hantaient mesuraient deux mètres de haut et ressemblaient à des extraterrestres.

« Tu crois toujours que c'est une bonne idée de rester ici ? »

La question de la jeune femme me prit par surprise.

« Je ne sais vraiment pas, avouai-je sans vouloir y réfléchir. Une autre possibilité t'est-elle venue à l'esprit ?

— Maintenant, ils savent où nous sommes, éluda-t-elle.

— Ils nous retrouveraient même si nous partions.

— Peut-être... mais, du moins au Mexique, un *peut-être* vaut toujours mieux qu'un *à coup sûr*. »

L'aphorisme n'était pas mauvais. Je hochai la tête.

« D'accord. L'argumentation est faiblarde, mais tu m'as convaincu. Qu'est-ce que vous en pensez, vous, prof ? »

Mon vieil ami était adossé au mur, épaule contre épaule avec Cassandra ; l'épuisement se peignait sur son visage.

Il ouvrit la bouche pour répondre, mais son expression changea brutalement, nez et sourcils froncés :

« Vous sentez ? demanda-t-il, alarmé, en jetant des regards de tous côtés.

— Merde ! Ils sont revenus ! » m'écriai-je.

Instinctivement, je tirai une rafale vers les ténèbres – je n'avais pas remis le cran de sûreté – et l'air fut immédiatement saturé de fumée à l'odeur de poudre.

« Cours, Cassie ! criai-je sans me retourner. Courez et ne vous arrêtez pas ! »

J'allumai de nouveau le Zippo, mais, cette fois, je ne vis rien. Pourtant, la puanteur intense révélait sa présence toute proche.

J'entendis le clapotis que faisaient Cassandra et le professeur en s'enfonçant dans les tunnels, et je me précipitai à leur suite, courant à reculons et faisant jaillir de temps en temps la flamme du briquet tout en priant pour ne pas me trouver nez à nez avec une de ces ignobles créatures.

La jeune Mexicaine ne cessait d'exhorter à grands cris un Eduardo épuisé, tandis que je les pressais tous deux de ne pas ralentir. L'odeur pestilentielle de chair en putréfaction, loin de diminuer, devenait de plus en plus insoutenable.

Je captai, ou je crus capter, un crachement venant des ténèbres, à quelques mètres de moi, et j'appuyai de nouveau sur la détente, le canon pointé vers le néant, jusqu'à ce que le crépitement assourdissant de l'arme eût cessé de résonner entre les parois de pierre.

J'avais vidé le chargeur.

Je me souvins alors que les munitions que nous avions ramassées sur le cadavre de Luizao étaient restées dans les poches de pantalon de Cassie.

Je pressai le pas pour me rapprocher.

« Cassie ! criai-je. J'ai besoin des chargeurs !

— Et merde ! répondit-elle sur le même ton, plus loin que je ne le pensais. C'est vrai ! Je les passe au professeur pour qu'il te les donne !

— Vite ! Je crois qu'ils sont sur moi ! »

En réponse, la lumière de la torche de Cassie se tourna dans ma direction tandis qu'elle criait :

« Tous à terre ! »

Je n'eus que le temps d'obtempérer ; les balles de son pistolet sifflèrent au-dessus de ma tête, et un hurlement de douleur déchira les ténèbres.

« Je l'ai eu ! exulta Cassandra. Je crois que j'ai tué cette saloperie ! »

Mais elle n'avait pas fini sa phrase qu'un chœur de hurlements inhumains jaillit de toutes les directions du réseau labyrinthique, et nous sûmes qu'il n'y avait pas qu'un démon dans cet enfer.

« Ils sont partout ! brailla le professeur, épouvanté. Mon Dieu ! Ils sont partout ! »

À cet instant précis, je sentis des mains fortes s'accrocher à mes cheveux, et des ongles qui s'enfonçaient dans mon cuir chevelu.

63

Je me tordis instinctivement, et, fermant les yeux, je mis toutes mes forces dans le coup de poing désespéré que je lançai vers le haut, terrifié à l'idée de subir le sort du mulâtre.

Inexplicablement, à l'impact de mon poing succéda un sonore « putain de ta mère » proféré avec un très net accent argentin.

Une main grande ouverte apparut alors devant mes yeux, et la même voix me pressa de m'y accrocher.

J'hésitai un instant ; était-ce un des hommes de Souza ? Mais un instant seulement. Il n'était pas difficile de comprendre que cela valait mieux que d'affronter les monstres. J'empoignai donc la main offerte, qui fut rapidement rejointe par plusieurs autres. Ce n'est qu'alors que je réalisai que je quittais l'oppressant couloir par une ouverture au plafond et que je respirais de nouveau l'air chaud et humide de la forêt.

Cassie et Eduardo ne tardèrent pas à émerger à leur tour, aidés par trois inconnus : deux femmes et un homme munis de torches, qui regardaient constamment autour d'eux, visiblement nerveux.

« Merci… bredouilla le professeur d'une voix haletante tandis qu'ils le hissaient. Merci mille fois. »

Aussitôt, une lampe s'alluma et éclaira son visage, tandis qu'une voix féminine s'exclamait avec incrédulité :

« Professeur Castillo ? »

Il y eut un instant de flottement durant lequel personne ne dit mot.

Même la rumeur des morcegos semblait s'être tue pendant ce fugitif instant de reconnaissance.

« Valéria ? répondit le professeur avec une émotion contenue. C'est… c'est toi ? »

Ils s'approchèrent timidement l'un de l'autre, observant leurs traits familiers avec attention.

« C'est impossible… Comment avez-vous… ? balbutiait-elle. Mais d'où… ? »

Elle n'eut pas le temps de formuler la question : son père la serrait déjà dans ses bras.

« Dieu soit loué, murmura entre ses larmes mon vieil ami. Tu n'imagines pas… Tu n'imagines pas ce que… »

Incapable d'achever sa phrase, il fondit en larmes, sanglotant de joie et de soulagement tandis qu'il étreignait sa fille.

Malgré les émouvantes retrouvailles auxquelles j'assistais sous l'éclairage erratique des torches, je ne pus éviter de remarquer que les grognements des morcegos se faisaient entendre de nouveau. Et ils étaient de plus en plus proches.

« Je ne veux pas jouer les trouble-fête, dis-je en jetant un coup d'œil dans le puits obscur dont je venais de sortir, mais ce serait peut-être une bonne idée de remettre les présentations à plus tard et de ficher le camp d'ici au plus vite.

— Je suis aussi de cet avis, renchérit Cassie. Je crois qu'ils n'ont pas apprécié que j'en refroidisse un.

— Vous en avez tué un ? » releva d'un ton sceptique la voix de l'autre femme, avec l'accent brésilien, elle.

Pour toute réponse, la Mexicaine dirigea le faisceau de sa lampe sur le Glock noir encore fumant qu'elle tenait à la main. « Je dirais que je lui ai fait un trou ou deux », se rengorgea-t-elle.

C'est alors qu'un hululement de colère éclata juste sous nos pieds, mettant abruptement fin à la conversation.

« Il faut partir ! cria Valéria en se dégageant sans ménagements de l'étreinte paternelle. Ils vont sortir ! »

Et assumant que nous la suivions, la fille du professeur pénétra dans l'épais sous-bois sans regarder en arrière.

Nous courions en aveugles, pataugeant à grand bruit dans le sillage de Valéria, qui ouvrait le chemin sans faire attention aux branchages surgis du néant qui nous fouettaient le visage.

J'ignorais complètement où nous nous dirigions, mais ce n'était certainement pas le moment de s'arrêter pour le demander. En queue de peloton et précédé de la silhouette menue de Cassandra qui se découpait sur la lumière de sa lampe, je me contentai de me laisser guider, confiant que Valéria, elle, savait où elle allait.

Il fallut bien dix minutes pour que le rythme de la tête de file se fasse un peu moins précipité, et nous finîmes par nous regrouper tous les six pour marcher d'un pas plus prudent et silencieux.

Nul n'ouvrit la bouche pendant notre course, qui s'acheva lorsque, au milieu des fourrés, apparut un tumulus haut d'environ trois mètres pour autant de large. Le tumulus en question était prolongé par un mur droit, que la fille du professeur se mit à suivre sans s'arrêter.

Ce que j'avais tout d'abord pris pour un autre amoncellement de décombres s'avéra être une sorte de parapet large et bas.

Mais cette seconde impression était erronée elle aussi, comme je le vis en découvrant un deuxième « parapet », parallèle au premier ; tous deux prenaient fin de chaque côté d'un somptueux portail pentagonal auquel l'on accédait par deux escaliers de pierre de la même forme.

Valéria s'immobilisa devant cette insolite construction, et, flanquée de ses deux compagnons, elle se tourna vers nous pour annoncer avec un sourire satisfait :

« Bienvenue chez nous. » Elle leva haut sa torche et, d'un geste de l'index, nous invita à regarder en l'air.

Pendant quelques secondes, le professeur, Cassie et moi gardâmes un silence perplexe, ignorant complètement ce qu'elle voulait nous montrer.

Environ dix mètres au-dessus de nous, faiblement éclairée par la lumière des flambeaux, une sorte de corniche presque rectangulaire saillait de la façade principale – légèrement courbe et inclinée vers l'arrière –, comme un étrange encorbellement trop allongé et trop haut pour être de quelque utilité.

L'ensemble, que les flammes éclairaient par en dessous, était sans nul doute parfaitement théâtral, mais, après tout ce que j'avais vu dans cette cité, je n'y voyais rien de spécialement remarquable.

Soudain, comme les jongleurs que l'on peut parfois croiser, la nuit, sur certaines plages touristiques, Valéria lança de toutes ses forces sa torche vers le ciel, dépassant la corniche qui nous dominait.

Et c'est alors que je compris.

Pendant une fraction de seconde, fugitivement illuminés par la torche virevoltante, nous pûmes distinguer les traits érodés d'une formidable tête d'animal. Une tête au regard vide et à la gueule béante sur un rugissement silencieux, surgissant de la nuit noire comme une apparition d'un autre monde.

Ce que j'avais pris pour un encorbellement n'était autre qu'une gigantesque mâchoire inférieure.

Nul n'était capable de dire quoi que ce soit.

Pas un son ne sortit de nos bouches ouvertes.

Lorsque la torche retomba et s'éteignit dans un chuintement sur le sol boueux, j'avais encore les yeux fixés sur la sculpture colossale, comme hypnotisé par la vision qui s'était imprimée sur ma rétine ; un peu comme quand, après avoir regardé brièvement le soleil, il continue de briller un bon moment derrière nos paupières fermées.

Terriblement impressionné, le professeur baissa les yeux et regarda sa fille : « Que... qu'est-ce que c'est que... ça ?

— Nous croyons qu'il s'agit d'un temple.

— Un temple ? répéta Cassie, abasourdie. Avec une tête d'animal ?

— En réalité, ce n'est pas seulement la tête. Ce que vous voyez là, de chaque côté, précisa l'Argentin en désignant ce que j'avais pris pour des parapets, ce sont les pattes avant étendues. L'ensemble du temple reproduit le corps au complet d'un animal allongé.

— Mais... quel animal ? Et comment savez-vous que c'est un temple ? » insista Cassandra, l'esprit en ébullition.

Le jeune homme allait répondre, mais Valéria le devança avec brusquerie.

« Je voulais seulement que vous le voyiez, déclara-t-elle en se détournant pour monter l'escalier, telle une aristocrate rentrant dans son palais. Mais à présent, nous devrions arrêter les questions stupides et poursuivre cette conversation à l'intérieur. S'attarder dehors n'est pas une bonne idée. »

La bouillante Mexicaine avait déjà la réplique aux lèvres lorsque nous entendîmes un froissement de végétation agitée derrière nous.

Tout bien considéré, le conseil n'était pas si mauvais.

Craignant une arrivée imminente des morcegos, nous grimpâmes les marches quatre à quatre et franchîmes l'imposant portail pentagonal – couronné d'une étoile à cinq branches elle aussi – sans musarder en chemin.

Une fois à l'intérieur, Valéria se tourna vers nous, le visage sévère. On aurait presque cru que notre présence la dérangeait.

« Nous sommes en sécurité, ici, affirma-t-elle en croisant les bras. Les morcegos n'osent pas pénétrer dans cette enceinte.

— Vraiment ? » fit Cassie, d'un air plus que sceptique.

Valéria Renner, amaigrie, les traits tirés, et bien plus négligée que sur la photo où elle apparaissait en compagnie de son père – mais, même ainsi, indéniablement séduisante – posa sur elle le regard inquisiteur de ses yeux d'un bleu glacial.

« Nous sommes ici depuis presque quinze jours ; nous les avons sentis et entendus rôder dans le coin. Nous ignorons la raison de leurs réticences à entrer ici, bien que nous puissions imaginer que c'est probablement dû à son aspect zoomorphe, dit-elle avec un geste vers le haut pour se référer à la féroce effigie de la façade. Mais croyez-moi, vous pouvez être tranquilles. S'ils avaient voulu entrer, ce serait déjà fait. » Sur ces mots, elle se tourna vers son père et le toisa avant de lui demander, sans autres préambules : « Et maintenant, professeur Castillo… Allez-vous m'expliquer ce que diable vous êtes venu faire ici ? »

Le récit – forcément long – des événements qui nous avaient conduits jusque là, fut narré par le professeur, assis près du feu allumé au centre d'une vaste salle, qui ressemblait indubitablement à un temple.

Pendant qu'il parlait, je traînais avec curiosité au fond de l'immense espace où, sur un haut piédestal placé devant un autel qui rappelait celui des églises chrétiennes, était érigé un trône d'exquise facture, taillé dans un unique bloc de brillant quartz blanc.

Cet endroit soulevait une infinité de questions, mais, à dire vrai, j'étais bien trop fatigué pour demander quoi que ce soit. J'optai donc pour retourner auprès des autres, non sans remarquer au passage les colonnes massives des latéraux, les murs ciselés de symboles compliqués, et les bas-reliefs de ce que je supposai être des créatures mythologiques sculptées avec un incroyable brio.

Avant de nous installer autour du feu, nous avions fait les présentations : l'Argentin à qui j'avais donné un coup de poing s'appelait Claudio Schwartz ; natif de Buenos Aires, c'était un séduisant archéologue blond aux yeux bleus, au physique de jeune premier, spécialiste des cultures amazoniennes précolombiennes. La femme, nommée Angélica Barbosa, était une Brésilienne de Sao Paulo dont le vif regard noir et le corps athlétique que l'on devinait sous ses vêtements démentaient les cinquante-six ans qu'elle affirmait avoir. Valéria l'avait engagée comme médecin de l'expédition, notamment pour sa vaste expérience en herpétologie ainsi qu'en infections et parasites des tropiques.

Debout, les yeux errant dans les coins de la salle, j'écoutai la fin du récit du professeur ; enfin, Valéria demanda :

« Donc, vous dites que vous êtes venus ici pour me secourir ? » Un soupçon de sarcasme perçait dans sa voix sans qu'elle puisse le dissimuler.

« Je sais qu'en nous voyant comme ça, c'est difficile à croire, allégua son père d'un air piteux, mais c'était bien notre intention.

— Le moins que l'on puisse dire, vous m'excuserez, c'est que vous laissez un peu à désirer, comme équipe de sauvetage, déclara-t-elle en nous regardant l'un après l'autre.

— Nous n'avons pas eu le temps de passer nous changer, répliqua Cassandra avec irritation.

— C'est l'intention qui compte, n'est-ce pas ? ajouta le professeur.

— Eh bien, je regrette de vous informer que ce n'est pas le cas, répondit sèchement l'anthropologue. Au lieu d'être une solution, vous représentez un problème de plus. »

Cassie fronça les sourcils. Elle commençait vraiment à s'énerver, pour le coup.

« Un problème ? J'ai du mal à en croire mes oreilles ! On a risqué notre vie pour venir jusqu'ici te sauver les miches, alors tu pourrais au moins montrer un peu de gratitude.

— C'était peut-être votre intention, répliqua froidement Valéria, mais, au bout du compte, je dirais que c'est nous qui vous avons "sauvé les miches". Donc, de mon point de vue, c'est plutôt toi qui devrais nous remercier.

— Tu oses demander que nous... » Furibonde, la Mexicaine fit mine de se lever, mais le professeur l'en empêcha.

« Tout le monde se calme, dit-il avec un geste apaisant. Nous sommes tous embarqués sur le même bateau, à présent, et la seule chose dont nous devons nous préoccuper, c'est de sortir d'ici le plus vite possible, avant de finir aux mains de ces... » Il sembla hésiter quant au nom qu'il fallait leur donner. « ... de ces morcegos, ou d'être rattrapés par les mercenaires.

— Des mercenaires ? releva Angélica, plus étonnée qu'alarmée. Quels mercenaires ?

304

— Ceux qui ont été envoyés pour nous réduire au silence, intervins-je en pénétrant dans le cercle lumineux du feu de camp. Nous, et vous aussi, je regrette de vous en informer. Ils sont arrivés ce matin, en parachute, alors que nous faisions des signaux de fumée, précisément dans l'espoir que vous les voyiez.

— Attends un peu... De quoi parles-tu ? demanda une Valéria stupéfaite. Vous êtes en train de dire qu'il y a désormais des mercenaires qui veulent nous tuer ? C'est une plaisanterie ? Mais, pourquoi ? »

Au lieu de lui répondre directement, je me tournai vers le professeur et l'invitai à mettre sa fille au courant.

« C'est long à expliquer... », commença-t-il. Il réfléchit un instant, choisissant ses mots : « Dans les grandes lignes, il semblerait qu'AZS, l'entreprise de construction promoteur du barrage élevé en aval de la rivière, veuille éviter à tout prix que l'existence de cette cité soit révélée au reste du monde, et ils sont prêts à tout pour éliminer les témoins. Ce qui, j'en ai peur, nous englobe tous, ici présents.

— Mais comment peuvent-ils savoir qu'Angélica, Claudio et moi sommes ici ? s'étonna l'anthropologue. Notre expédition est quasi clandestine. Même le gouvernement brésilien et la FUNAI ignoraient que nous venions.

— Certes... mais... nous le leur avons dit.

— Vous le leur avez dit ? explosa-t-elle, exaspérée. Pourquoi diable avez-vous fait cela ?

— Ce n'est pas notre faute, s'excusa le professeur pour apaiser sa fille. Ils se sont présentés comme une opération de sauvetage, même si la suite a révélé qu'ils sont tout le contraire.

— Je n'arrive pas à y croire... »

Il haussa les épaules et tenta de détourner la conversation : « Mais, vous n'avez donc pas entendu l'avion approcher ?

— Je crois, si, répondit Angélica en se tournant vers l'Argentin. De fait, Claudio a dit avoir entendu un bruit de moteur, ce matin, mais quand nous sommes sortis, nous n'avons rien vu.

— Mais alors, si vous n'avez pas entendu arriver l'avion... comment nous avez-vous trouvés ? »

Valéria avança la tête, sourcils arqués.

« La question devrait plutôt être, comment ne pas vous trouver ? persifla-t-elle, les joues encore empourprées par la colère. Dans le

305

silence profond de la forêt, vos coups de feu ont dû s'entendre à des kilomètres à la ronde. Et, comme Elano, notre guide, et le premier membre de notre expédition à avoir disparu, était armé... nous avons cru qu'il s'agissait de lui. C'est pour cela que nous nous sommes risqués à sortir de nuit. Nous espérions le trouver.

— Désolée de te décevoir », grogna Cassie.

Mes préoccupations, quant à moi, étaient bien éloignées de l'humour sarcastique de l'archéologue. Inquiet, je grattai ma barbe déjà longue.

« Donc, raisonnai-je, si vous nous avez localisés si facilement...

— Les mercenaires que vous dites être à notre recherche en auront fait autant, et ils essaieront de suivre votre piste, qui les conduira jusqu'ici, déduisit Valéria, qui avait rapidement saisi la situation.

— Alors, maintenant, ajouta Claudio, nous devrons non seulement nous cacher la nuit à cause des morcegos, mais aussi pendant la journée à cause des mercenaires dont vous parlez. Génial ! » conclut-il avec une grimace.

Je m'assis à côté de Cassie et m'inclinai vers l'arrière, coudes appuyés sur le froid dallage de pierre.

« Bien. Prenons les choses du bon côté ; tout est beaucoup plus clair, à présent. Maintenant que nous vous avons trouvés, il ne reste plus qu'une chose à faire : sortir de cette cité immédiatement. »

Valéria me regarda d'un air contrarié.

« J'ai peur que cela ne soit pas aussi facile que tu le crois », dit-elle sombrement.

Un je-ne-sais-quoi dans sa voix indiquait qu'elle était au courant de quelque chose que nous ignorions.

« Et pour quelle raison ? demanda Cassandra d'un ton qui trahissait encore son hostilité. Qu'est-ce qui nous en empêche ? »

Cette fois, la réponse vint de la bouche d'Angélica.

« Les morcegos. Ils ne laisseront aucun de nous sortir vivant d'ici. »

64

« Excuse-moi, dis-je en faisant mine de me déboucher l'oreille. Pourrais-tu répéter ? »

Mais ce fut Valéria qui, après avoir inspiré profondément, reprit la parole.

« Lorsque nous sommes arrivés ici, il y a huit jours, commença-t-elle d'une voix basse, n'évoquant visiblement qu'à contrecœur des événements qu'elle aurait préféré ne pas avoir à se remémorer, notre expédition comptait huit membres. Nous avions établi notre campement dans la partie ouest de la cité ; Elano a disparu dès la première nuit. Et c'était justement lui qui nous avait servi de guide. Nous avions alors supposé qu'il était parti à l'aube pour une raison ou une autre, et qu'il avait dû avoir un accident ; après avoir attendu quelques heures, nous avons donc entrepris de le chercher aux alentours du campement, mais sans succès. Comme il se faisait tard, nous avons décidé de continuer nos recherches le lendemain matin. Mais, cette même nuit, Flavio, un biologiste du Costa Rica, a également disparu sans laisser de traces. C'était comme s'ils s'étaient volatilisés.

— Et cela ne vous a pas fait soupçonner qu'il se passait quelque chose d'étrange ?

— Bien évidemment. Crois-tu que nous soyons stupides ? Mais tu auras probablement constaté qu'il ne semble pas y avoir d'animaux dangereux, dans cette jungle ; nous supposions donc qu'ils avaient dû tomber dans un puits en sortant la nuit pour se soulager, ou quelque chose du même genre. L'hypothèse paraissait d'autant plus plausible que nous avions découvert plusieurs trous comme celui dont nous vous avons tirés ce soir, qui donnent sur ce qui doit être un ancien réseau d'égouts.

— Oui, l'interrompit le professeur, nous sommes également arrivés à cette conclusion.

— Nous avons donc décidé de pénétrer dans un de ces tunnels, poursuivit Valéria avec une intonation plus sombre, pour y chercher nos compagnons disparus.

— Oh ! merde… », lâchai-je, imaginant ce qui viendrait ensuite.

Les muscles de la mâchoire de Valéria se crispèrent, mais elle ne laissa pas transparaître ses émotions.

« Cette nuit-là, souffla-t-elle d'une voix étranglée, nous avons découvert que nous n'étions pas seuls. » La fille du professeur marqua une longue pause, respirant profondément, avant de reprendre enfin, le regard lointain : « Ces démons ont attrapé Helmut, un Autrichien. C'était un grand anthropologue. Il avait été mon tuteur, à l'université. Il hurlait de terreur et s'accrochait à ma main pendant qu'ils l'emportaient en le traînant par les jambes… » Elle regarda vers le ciel et déglutit avant d'ajouter, en tirant sur sa chemise : « J'ai encore de son sang sur mes vêtements. »

Le professeur se pressa contre sa fille, essayant de la réconforter en lui caressant le dos.

« Je suis désolé.

— Nous avons dû abandonner le campement en hâte. Toutes nos affaires sont restées là-bas, reprit-elle d'une voix altérée, comme si elle se parlait à elle-même. Dans notre fuite, nous avons cependant eu la chance de trouver cet endroit où les morcegos semblent avoir peur d'entrer… C'est ici que nous nous abritons depuis lors. Le lendemain, nous sommes quand même retournés au campement, mais ces monstres avaient tout détruit, et ils avaient emporté tout ce qui aurait pu nous être utile, soupira-t-elle. Nous n'avons pu sauver que ces quelques lampes, ajouta-t-elle en désignant les lampes frontales posées sur le sol, à côté d'elle. Mais nous essayons de ne pas trop nous en servir, parce que nous n'avons pas de piles de rechange.

— Ce que je ne comprends pas, remarquai-je après avoir attendu quelques secondes pour m'assurer qu'elle avait achevé son récit, c'est pourquoi vous dites que les morcegos ne vous laisseront pas partir. »

Valéria posa sur moi son intense regard bleu, d'autant plus frappant qu'il contrastait avec le noir de jais de la chevelure emmêlée qui lui effleurait les épaules.

« Le matin suivant, dit-elle en faisant manifestement un effort pour se reprendre, deux des nôtres ont essayé de s'échapper, en plein jour, dans l'espoir de trouver un village où ils auraient pu demander de l'aide pour les autres.

— Et que s'est-il passé ?

— Un jour plus tard, nous avons découvert leurs têtes plantées sur des pieux, juste au pied de cet escalier, dit-elle en désignant l'entrée.

— *Dios mío...*, souffla Cassandra qui porta une main à son cœur.

— D'ailleurs, ajouta Valéria, qui se tourna vers elle en haussant un sourcil, l'un d'eux avait un ciré jaune. Exactement comme celui que tu portes noué à la taille. »

Le feu de camp crépitait faiblement, éclairant à peine six visages sales, émaciés et mornes, et faisait naître des ombres qui dansaient derrière nous comme des spectres noirs sur le mur.

Nous étions tous restés plongés dans un silence bouleversé, que le professeur brisa, un long moment après que Valéria eût terminé : « Tout ceci n'a aucun sens.

— Il y a peut-être quelque chose qui en a, dans toute cette histoire ? ironisai-je amèrement. »

Perdu dans ses pensées, il secoua la tête sans faire attention à moi.

« Ces Morcegos..., murmura-t-il, je n'arrive vraiment pas à comprendre comment une tribu, même totalement isolée, a bien pu dégénérer jusqu'à atteindre un tel niveau de sauvagerie et de violence disproportionnée. On dirait qu'ils ont perdu jusqu'à la moindre trace d'humanité. »

Valéria fronça les sourcils. Elle paraissait sincèrement étonnée par les mots de son père.

« Humanité ? répéta-t-elle. Mais qui a dit qu'ils étaient humains ? »

Ce fut au tour du professeur Castillo de ciller avec surprise. Le demi-sourire qui s'était esquissé sur son visage s'effaça rapidement lorsqu'il comprit que sa fille parlait sérieusement.

« Comment pourraient-ils ne pas être humains ? demanda-t-il, déconcerté. Qu'es-tu en train d'insinuer ?

— Je n'insinue rien du tout, Eduardo. Je veux juste dire qu'en tant qu'anthropologue, je n'ai jamais entendu parler d'aucune race qui se soit autant éloignée d'*Homo sapiens*.

— Est-ce que par hasard tu envisagerais que c'est... une nouvelle espèce ? l'interrompit Cassandra du bout des lèvres.

— J'ignore si c'est une nouvelle espèce, ou une ancienne espèce... Mais ce dont je suis sûre, c'est qu'il s'agit d'une autre espèce.

— Autre espèce mon cul ! objecta Cassie avec véhémence. Ce sont des humains. Puants, difformes, et de sacrés fils de pute. Mais indiscutablement humains. »

Valéria sembla compter mentalement jusqu'à dix avant de répondre.

« Vous m'excuserez, mademoiselle…

— Brooks, rappela Cassandra, bien que les présentations aient été faites quelques instants plus tôt. Cassandra Brooks.

— Vous êtes archéologue ; moi, je suis une anthropologue réputée, souligna-t-elle avec hauteur. Cela, c'est mon domaine de compétence. Vous vous y connaissez peut-être beaucoup en cailloux et en ruines, mais votre opinion n'a en fait que bien peu de valeur dans ce cas précis. De toutes les personnes présentes, je suis la seule à posséder des connaissances suffisantes sur l'être humain et son comportement pour pouvoir arriver à des conclusions raisonnables », ajouta-t-elle sans forfanterie, énonçant simplement un fait indiscutable.

Cassie s'empourpra de colère, mais, faisant preuve d'une maîtrise de soi assez inhabituelle, elle garda pour elle son avis et ses invectives.

Leurs positions respectives semblaient irréconciliables : dès que l'une ouvrait la bouche, l'autre avait l'air prête à lui sauter à la gorge sans motif apparent.

Ces deux-là s'étaient détestées au premier regard.

« Je voudrais savoir autre chose : que signifie le mot "morcego" ? s'informa le professeur.

— Chauve-souris, répondit aussitôt sa fille. Je pensais que vous l'auriez deviné. En raison de leurs mœurs exclusivement nocturnes, de leur intolérance à la lumière et de leur peau noire, ils sont connus dans tout le bassin amazonien sous le nom d'hommes chauve-souris : *homes morcegos*. Mais je dois dire qu'avant de venir ici, nous croyions qu'il ne s'agissait que d'un mythe ; comme les loups-garous ou les morts-vivants.

— Vous en avez vu de près ? demanda alors Angélica en posant les yeux sur chacun de nous. Nous, nous avons senti leur odeur, et nous les avons entendus bouger dans l'ombre, autour du temple, presque toutes les nuits. Mais nous n'avons jamais eu l'occasion de les voir clairement. »

Le professeur me désigna du doigt, et la Brésilienne attendit que je prenne la parole.

« Euh... oui... C'est-à-dire... Il faisait très noir, là-dessous, mais j'en ai eu un à moins d'un mètre de distance.

— *Deus meus...* souffla-t-elle en ouvrant des yeux comme des soucoupes. Et comment était-il ?

— Laid, répondis-je spontanément. Terriblement laid.

— Il ressemblait à un homme ? interrogea Valéria.

— Eh bien... oui et non, nuançai-je en faisant appel à ma mémoire. Il avait des bras, des jambes, un nez, une bouche, et tout ce qu'un humain est censé avoir... mais en même temps, tout était différent. Ses membres étaient trop longs ; et son visage... enfin, je ne sais pas comment l'expliquer, parce que je ne l'ai vu qu'un instant, mais j'ai eu l'impression qu'il avait le crâne oblong, comme un ballon de rugby. Et puis, ses yeux étaient très grands et très noirs, comme ceux d'un chat, la nuit ; et il avait la mâchoire comme, euh, qui saillait vers l'avant, presque comme un mufle, et une bouche avec les gencives noires et pleine de longues dents pointues. Pour être sincère, achevai-je en me tournant vers le professeur, puis vers mon ex-petite-amie, qui m'écoutaient avec intensité, je n'ai pas la moindre idée de ce que peuvent être ces bêtes-là. Mais je suis sûr d'une chose : ils ne ressemblent à aucune race humaine que je connaisse. »

Presque une minute s'écoula, dans un silence troublé, que le professeur brisa encore une fois avec une question, l'air songeur, comme s'il s'interrogeait lui-même :

« Quelle relation peuvent avoir les morcegos avec les ruines de cette cité ?

— Aucune, à mon avis, répondis-je comme si c'était une évidence. Peut-être ont-ils découvert il y a bien longtemps les ruines de la Cité noire, avec ses égouts obscurs et des trous où se cacher, et ils s'y sont installés comme des rats dans une grange abandonnée. Ils ne pouvaient pas rêver de meilleur endroit.

— Précisément. C'est exactement ce que je veux dire. Cela n'a aucun sens.

— Aucun sens ? Mais ça a justement tout le sens du monde. Cet endroit est le paradis des morcegos. »

Le professeur secoua la tête avec gravité.

« C'est exactement la raison pour laquelle cela n'a aucun sens. Tu ne le vois donc pas ? Ces créatures sont si parfaitement adaptées à ce lieu concret, qu'elles ne pourraient survivre nulle part ailleurs. Leurs mœurs nocturnes sont la conséquence de leur morphologie, et celle-ci est le produit d'un habitat spécifique. Cet habitat-ci, affirma-t-il avec emphase en tapotant le sol.

— Le professeur a raison, Ulysse, intervint Cassandra. Sans ce réseau de tunnels où se dissimuler, ils ne survivraient pas à la lumière du jour. Ils sont forcément ici depuis très longtemps.

— C'est combien, très longtemps ? » demandai-je

Cassie haussa les épaules, avouant implicitement qu'elle ignorait la réponse.

« Probablement juste après que cette cité a été abandonnée », et, cherchant du regard l'approbation du professeur Castillo, elle précisa : « Peut-être quatre ou cinq mille ans, au plus. C'est difficile à évaluer. »

La réponse de Valéria à cette supposition ne mit pas longtemps à fuser. Sous la forme, comme il fallait s'y attendre, d'un éclat de rire moqueur.

« Quatre ou cinq mille ans ? releva-t-elle en s'esclaffant avec affectation. Ne dites pas de sottises, mademoiselle Brooks. Il faut des dizaines voire des centaines de milliers d'années pour qu'une espèce évolue. *Homo sapiens sapiens* est apparu il y a plus de quatre-vingt-dix mille ans ; et nous avons à peine changé depuis. Cette nouvelle espèce, ajouta-t-elle en reprenant son sérieux, est infiniment plus ancienne que la cité.

— Mais cela entre en contradiction avec ce qu'a dit ton père, non ? » intervins-je pour donner un coup de main à Cassandra.

Je compris immédiatement que je venais de commettre deux erreurs, au moins.

La première avait été de la contredire, ce qui, à ce qu'il paraissait, ne lui plaisait pas le moins du monde. Mais la deuxième était plus grave, et elle me valut d'être fulminé du regard : j'avais mentionné sa filiation avec le professeur.

« Eduardo est… ou, plus exactement, était professeur d'histoire médiévale. Moi, en revanche – elle souligna le pronom de son pouce pointé sur sa poitrine – je suis docteure en anthropologie physique et sociale, spécialiste des cultures indigènes. » Elle me vrilla de ses yeux bleus et demanda : « Qui a raison, à ton avis ? Cette cité a peut-être quatre, cinq ou dix mille ans, mais vous pouvez être certains d'une chose, c'est qu'elle est bien postérieure à l'apparition des morcegos.

— Notre théorie, c'est qu'ils devaient vivre auparavant dans une région pas très éloignée, qui aurait possédé un réseau de grottes naturelles, déclara Claudio, venant indirectement à la rescousse de son employeur. Quand cet endroit s'est trouvé abandonné, il leur convenait mieux et ils ont déménagé.

— Ou alors…, hasardai-je sans réfléchir, ils l'ont fait plus tôt.

— Qu'est-ce que tu veux dire ?

— Et si les morcegos n'étaient pas arrivés après que cette cité a été abandonnée, mais qu'ils aient été la raison pour laquelle elle l'a été ? »

La voix de Cassandra s'éleva, étouffée et lointaine, comme si la question avait du mal à sortir : « Tu veux dire… »

Je la regardai fixement. « Je veux dire que les morcegos auraient pu arriver en ces lieux alors qu'ils étaient encore habités… et qu'ils en auraient tué toute la population. »

L'équipe de Valéria semblait n'avoir jamais considéré cette théorie, car aucun d'entre eux, pas plus qu'Eduardo ou Cassie, ne trouva le moindre argument pour la réfuter sur-le-champ.

De fait, personne ne parla pendant un long moment ; chacun réfléchissait à cette hypothèse du génocide, jusqu'à ce que la fille du professeur – qui, sinon ? – se mette à secouer la tête.

« Non, affirma-t-elle, catégorique. Ce n'est pas possible. Cela aurait été raconté.

— Raconté ? rétorqua l'archéologue, décidée à ne pas laisser passer l'occasion. Où ça ? » Elle ouvrit les bras tout grands pour englober l'espace intérieur du temple plongé dans la pénombre. « Comment sais-tu que ce n'est pas le cas ? Tu sais peut-être lire l'écriture cunéiforme ? » Elle sourit avec malice.

« Elle, non, intervint soudain Claudio. Mais moi, si.

— Toi ? s'étonna Cassie.

— J'ai fait ma thèse sur l'écriture protoélamite, utilisée dans le sud-est du Moyen-Orient entre 3200 et 2900 avant Jésus Christ. Ce n'est pas exactement celle que nous avons ici, mais elle y ressemble beaucoup.

— Et tu as… – la jeune archéologue en était presque sans voix – tu as réussi à traduire quelque chose ? »

L'Argentin sourit de toute sa dentition parfaite et déclara nonchalamment :

« Pas le moindre mot.

— Alors, intervint le professeur, comment pouvez-vous savoir que la théorie d'Ulysse n'est pas bonne ? »

Claudio se tourna brièvement vers Valéria, avant d'affirmer :

« J'imagine que la docteure Renner faisait allusion aux bas-reliefs.

— Les bas-reliefs ? Quels bas-reliefs ? demanda avidement Cassandra en se penchant en avant.

— Ceux de ce temple.

— Et où sont-ils ? » s'impatienta l'archéologue, ses yeux fouillant l'obscurité.

La fille du professeur sourit de nouveau – quand c'était le cas, à vrai dire, ses traits s'adoucissaient énormément –, et désigna du regard les pieds de Cassandra.

« Sous tes fesses, s'amusa-t-elle, exhibant des dents perlées. Juste sous ton joli postérieur, tu en as autant que tu voudras. »

Valéria en tête, nous descendions en file indienne les marches de pierres d'un étroit escalier en colimaçon ; Cassie et elle portaient chacune une lampe, tandis que le professeur et moi les suivions avec de modestes torches enflammées, tels deux athlètes olympiques égarés.

« Tu es sûre que ce n'est pas dangereux de venir ici ? s'inquiéta Eduardo, sans que je sache trop s'il s'agissait de paternalisme protecteur ou s'il avait la peur au ventre.

— Ne vous faites pas de souci, professeur, répondit Valéria. Comme je vous l'ai déjà dit, j'ignore pourquoi, mais les morcegos n'entrent pas ici.

— Très bien, mais... Tu voudrais bien ne pas m'appeler "professeur" ? Pense que... hum... eh bien, je suis quand même ton père. »

La réponse mit quelques secondes à venir.

« D'accord. Comment voulez-vous que je vous appelle ? Papounet ? suggéra-t-elle avec une pointe d'ironie.

— Si tu m'appelles Eduardo, je me considérerais comme satisfait. Ah, et je te prierais également de me tutoyer.

— Très bien, Eduardo. Quoi d'autre ? »

De derrière le professeur, je vis qu'il allait effectivement dire autre chose. Mais il s'interrompit au dernier moment, la main en l'air, et garda le silence.

Quelques instants plus tard, nous arrivions au sous-sol du temple, juste au-dessous de l'endroit où nous étions assis auparavant, comme nous l'avait dit Valéria.

La salle souterraine s'avéra être aussi lugubre et oppressante que je l'avais imaginée.

Le plafond bas s'appuyait sur une série d'épaisses colonnes qui, comme le sol et les murs, étaient faites de ce granit noir qui semblait avoir présidé à la construction de la cité tout entière.

À la suite de l'anthropologue, nous nous dirigeâmes vers la gauche, jusqu'au mur le moins éloigné ; dans une attitude pleine de révérence,

Cassandra s'en approcha ; le professeur et moi la rejoignîmes en silence.

« C'est un récit, déclara Valéria qui, derrière nous, paraissait apprécier son rôle de maîtresse de cérémonie. Ce que vous voyez là est le récit de l'origine et l'histoire de ceux que les Menkragnotis appellent "les hommes anciens" ».

À la lumière dansante des torches, les parois de la salle se révélaient sculptées du sol au plafond, ornées de figures et de représentations ciselées avec une remarquable maestria. Même si aucun d'entre nous n'était capable d'interpréter les symboles qui les accompagnaient, c'était comme lire une bande dessinée dans une langue étrangère. On ne comprenait pas tout, mais, avec un peu d'imagination, l'argument pouvait être suivi de manière acceptable.

Sauf que la spectaculaire profusion de bas-reliefs occupait trois des quatre murs d'une cave obscure longue de vingt mètres sur dix, et qu'elle était si minutieusement explicite que nous ne tardâmes guère à être plongés dans un tel état d'incrédulité et de confusion que la seule explication possible s'imposa d'elle-même : son auteur avait perdu la raison.

Dans les grandes lignes, l'histoire commençait au moment où les dieux les avaient choisis. C'était un peuple qui se consacrait à la pêche et au commerce, mais les dieux les avaient choisis, eux et nul autre, pour être éclairés de la sagesse qui devait les convertir en peuple élu. Longtemps plus tard, guidés par leurs dieux, ils s'étaient établis là où était leur « Terre promise » : une petite île, représentée entre deux grandes masses de terre, où ils devaient être à l'abri des tribus – agressives et pas encore civilisées – qui habitaient les côtes du continent. Le temps passant, néanmoins, grâce à une technologie supérieure et une meilleure organisation sociale, les Anciens – comme nous avions décidé de les appeler pour aller plus vite – prirent possession des fertiles franges du littoral, au nord et au sud de leur île, repoussant vers l'intérieur des terres les indigènes qui y vivaient.

À partir de là, le récit devenait vraiment étrange.

À un certain point de leur histoire, bien longtemps après leur arrivée sur leur île, alors qu'ils étaient parvenus à édifier ce qui semblait être un fabuleux empire maritime, les mêmes dieux qui les avaient pris sous leur égide décidèrent de les châtier en leur envoyant une inondation d'une ampleur apocalyptique qui faillit bien entraîner la complète annihilation de leur peuple.

D'après les gravures précises, ils furent d'abord frappés de plein fouet par une vague gigantesque, qui balaya tous les temples, pyramides et palais érigés dans l'île-capitale, ainsi que les champs et les villages moins importants de la côte ; puis l'eau avait recouvert complètement et définitivement tout vestige de ce qui, à en juger par les illustrations détaillées, avait été jusqu'alors une civilisation avancée dont l'architecture était très semblable à ce que nous avions vu dans la Cité noire.

Les survivants avaient en premier lieu cherché refuge auprès des peuples qu'ils avaient jadis chassés de leurs terres ; mais ceux-ci, furieux d'avoir vécu dans la soumission pendant des générations, décidèrent d'achever ce que les dieux avaient commencé et harcelèrent impitoyablement les Anciens, déjà fort affaiblis par la catastrophe. Ces derniers embarquèrent alors dans des bateaux et prirent la fuite en haute mer, cherchant un nouvel emplacement où s'installer.

Ce que ne savaient pas ces survivants, c'est que la brusque montée des eaux avait provoqué des changements de température ainsi que des vents et courants que connaissait si bien ce peuple composé essentiellement de marins. En conséquence, leurs bateaux furent entraînés vers le Couchant et furent perdus en mer pendant une longue période. Pourtant, alors qu'ils avaient abandonné tout espoir d'être sauvés, le sort les prit en pitié et ils virent enfin la terre ferme se profiler à l'horizon.

Mais d'autres tribus habitaient déjà ces territoires. C'étaient des peuplades primitives, qui leur offrirent de l'eau et des vivres, mais qui ne leur permirent pas de rester. Les chefs de ces tribus, néanmoins, leur suggérèrent de remonter le fleuve-mer aux eaux troubles, car il y avait, plus loin à l'intérieur des terres, de grandes prairies peu peuplées où ils pourraient s'établir librement sans être dérangés.

Les dirigeants des Anciens ne désiraient pas se mêler à ces hommes, d'une culture clairement inférieure à la leur, mais qui étaient bien plus nombreux qu'eux ; craignant logiquement de s'installer de nouveau près de l'irascible océan, ils décidèrent de suivre ce conseil et naviguèrent sur le fleuve-mer pour pénétrer à l'intérieur de ce qui était alors une immense savane. Ainsi, ils remontèrent les flots dans leurs

317

bateaux jusqu'au moment où, au bout d'un long voyage, ils trouvèrent un lac dont les rives fertiles et giboyeuses n'étaient pas habitées, et ils créèrent là leur premier établissement, qui deviendrait plus tard la Cité noire.

Après nous avoir montré les bas-reliefs et nous avoir aidés à en déceler tous les détails – elle nous avait avoué avoir passé ici de nombreuses heures, en compagnie de Claudio, à étudier chaque centimètre carré de la gigantesque représentation murale – Valéria remonta à l'étage, nous laissant seuls avec nos torches et nos doutes.

Tandis que j'étais absorbé dans la contemplation des bas-reliefs qui racontaient la fondation de la Cité noire, sur les rives d'un lac qui n'existait plus, Cassandra était retournée à l'endroit où étaient sculptées les images de la vague monstrueuse s'abattant sur l'île couverte de temples et de pyramides au style étrange.

« On dirait un tsunami, non ? » murmura-t-elle en passant l'index sur le profil de la formidable vague.

Je la rejoignis en deux grandes enjambées et tendis ma torche pour éclairer l'ouvrage.

« Ça y ressemble, oui.

— Ce qui est bizarre, ajouta-t-elle à voix basse sans que je puisse déterminer si elle me répondait ou si elle parlait pour elle-même, c'est que les scènes suivantes montrent l'île submergée sous les eaux de façon permanente. Un tsunami ne fait pas cela, que je sache.

— Pense quand même que ceci n'est pas une photo, dis-je en tapotant le bas-relief du bout de l'ongle. C'est une représentation qui a probablement été faite des siècles plus tard, d'après des récits transmis oralement.

— C'est vrai, tu as raison sur ce point. Mais, dans ce cas, que s'est-il passé, à ton avis ? L'île aurait-elle pu sombrer pour une autre raison ? Parce que sinon, ils auraient pu reconstruire leur ville, au lieu de venir jusqu'ici en bateau, tu ne crois pas ? »

Ce fut le professeur qui répondit tout en nous rejoignant.

« J'aurais une explication logique pour cela, et ce serait que l'île n'a pas sombré.

— Mais alors ? demandai-je en tournant la tête vers lui.

« — Et si ce n'était pas l'île qui s'est enfoncée, dit-il d'une voix légèrement rauque et incertaine, mais la mer qui est montée ? »

Cassie et moi gardâmes le silence, examinant cette éventualité.

« Mais nous parlerions alors d'une augmentation du niveau de la mer de plusieurs dizaines de mètres, argumenta l'archéologue après avoir réfléchi. À ma connaissance, il n'y a aucune trace d'un événement de cette ampleur au cours de l'histoire.

— En réalité, si, répliqua lentement le professeur, il y en a une. »

La jeune Mexicaine mit un long moment à comprendre l'allusion du professeur. Elle écarquilla les yeux.

« Vous ne pensez quand même pas au Déluge ? demanda-t-elle en arquant les sourcils avec incrédulité.

— Et pourquoi pas ? répondit Eduardo en rajustant ses lunettes. Il existe des versions du Déluge dans presque toutes les cultures du monde, plus de quatre cents, pour être exact. Les Mayas et les Incas, les hindous, les Assyriens, sans oublier, bien entendu, les Juifs… Tous décrivent une inondation d'une envergure globale, qui aurait balayé toute la terre et dont seuls quelques rares élus ont pu réchapper. J'avoue que je ne suis pas croyant, ajouta-t-il devant notre expression sceptique, mais ce que nous avons ici me permet de me demander s'il n'y a pas une vérité derrière le mythe.

— Je comprends, mentis-je, curieux de voir où il voulait en venir. Mais, si nous envisageons sérieusement la théorie du déluge universel, de quelle période serions-nous en train de parler ? Il y a deux mille ans ? Cinq mille ? Dix mille ans ?

— En nous basant sur l'écriture semblable au cunéiforme et le style architectural, je dirais…, expliqua-t-il avec gravité en se frottant le menton, que je n'en sais absolument rien ! » Il sourit et haussa les épaules. « C'est impossible à savoir, avec si peu d'éléments, Ulysse.

— Il m'est bien venu une idée, avançai-je timidement, conscient que j'étais le seul à des mètres à la ronde à ne pas avoir fait d'études universitaires.

— Laquelle ? dit Cassie, qui me posa la main sur l'épaule en un geste d'une surprenante familiarité.

— J'étais en train de penser qu'il existe une ancienne légende, bien connue, qui parle d'une grande cité qui, comme celle-ci, a été détruite par les dieux et a fini submergée par les flots. »

Ils me regardèrent tous deux avec un étonnement amusé.

319

L'archéologue mexicaine fut la première à ouvrir la bouche.

« Tu ne ferais pas référence à l'Atlantide ?

— Que voulez-vous que je vous dise ? Pour moi, ça colle.

— Je ne veux pas en entendre parler ! répliqua le professeur avec fermeté. Le mythe de l'Atlantide, c'est des billevesées, pour le plus grand profit des charlatans qui l'exploitent depuis des années. Un simple conte de bonne femme.

— Oh ! Voyez-vous ça ! ripostai-je en croisant les bras, vexé. Vous êtes prêt à accepter l'existence du Déluge, mais pas celle de l'Atlantide ? Pourquoi ? Parce que vous n'y avez pas pensé vous-même ?

— Non, Ulysse. Parce qu'une inondation universelle, comme je l'ai dit, est relatée dans plus de quatre cents récits similaires dans le monde ; en revanche, la fameuse Atlantide n'est mentionnée qu'en passant, dans les dialogues du *Timée* et du *Critias* de Platon. Deux de ses disciples y parlent entre eux de ce qu'un nommé Solon, ami du grand-père de Critias, dit avoir entendu de la bouche de prêtres égyptiens. En définitive, c'est une histoire très tirée par les cheveux. À part cet extrait, ajouta-t-il pour donner le coup de grâce à mon hypothèse déjà moribonde, il n'existe aucun autre récit, aucune référence, même indirecte, et encore moins de preuves qui puissent apporter un semblant de crédibilité au mythe en question. Tout ce que tu pourras lire sur l'Atlantide n'est rien de plus que des affabulations pour vendre des romans, une flopée de théories fantaisistes et de spéculations sans fondement aucun. » Et, désignant Cassie, il acheva : « Si tu ne me crois pas, demande-le-lui, à elle. »

Comme étrangère à l'interpellation de mon vieil ami, la jeune Mexicaine semblait perdue dans ses pensées.

« Pour moi, murmura-t-elle, l'air absent, il y a quand même quelque chose dans tout ça qui n'est pas vraiment logique.

— Vraiment ? À quoi fais-tu allusion ? demandai-je avec ironie.

— Je ne saurais pas te dire... un peu à tout », répondit-elle sans s'en apercevoir, ou alors en ignorant délibérément le sarcasme. Elle posa la main sur le bas-relief qui illustrait la vague colossale en train de s'abattre sur l'île. « Ce que nous avons là, que la théorie du professeur soit la bonne ou non, est peut-être la jonction qui relie les fils épars de l'histoire, les nombreux mystères qui restent encore à résoudre. Cela pourrait éclairer bien des choses qui n'ont pas trouvé d'explication à ce jour, comme l'universalité de la description du Déluge. Les coïncidences impossibles entre la culture mésopotamienne et les précolombiennes. La légende de Quetzalcoatl, l'homme barbu venu de l'est, selon la tradition maya…

— Le mystère de l'Atlantide… glissai-je.

— C'est pas faux, *mano*, concéda-t-elle avec un sourire en coin. Même l'origine du mythe de l'Atlantide pourrait être expliquée sur ces murs. Vous vous en rendez compte ? Tout est là, répéta-t-elle avec une passion croissante. Comme si l'histoire de l'homme était un puzzle que nous aurions presque fini, mais auquel il manquerait seulement une dernière pièce. La pièce centrale. Celle qui doit donner tout son sens à l'ensemble et faire la lumière sur les inconnues. » La main toujours appuyée sur la pierre, elle affirma avec gravité : « Et je crois que ceci est la pièce. Et pourtant… »

Pendant un instant, on n'entendit plus que le crépitement des torches et le murmure de nos respirations.

« Et pourtant ? » finis-je par demander.

Cassandra secoua la tête, comme si le mouvement pouvait lui éclaircir les idées.

« Et pourtant… il y a quelque chose qui ne va pas.

— Quoi ? voulut savoir le professeur.

— Vous ne le voyez pas, vous non plus ? Où sont les Anciens ? S'ils ont été si décisifs dans l'histoire, pourquoi n'en sait-on rien ? Pourquoi cet endroit n'est-il mentionné nulle part, encore que ce soit dans un conte pour enfants ? Même les plus discrètes civilisations ont laissé une trace que l'on peut suivre à travers les âges ; mais de celle-ci, nous n'en avons jamais rien su. Rien, répéta-t-elle en baissant la voix jusqu'au murmure. Comme si la terre les avait avalés. »

Le souvenir fugace des égouts m'effleura l'esprit, et je me demandai si ce n'était pas exactement ce qui était arrivé aux habitants de la cité. Que la terre les avait avalés.

321

66

Nos torches étaient presque consumées lorsque, pas beaucoup plus tard, nous remontâmes par l'escalier en colimaçon pour aller retrouver Valéria, Claudio et Angélica, qui bavardaient avec animation auprès du feu.

À notre arrivée, l'Argentin leva les yeux.

« Vous avez aimé l'exposition ? sourit-il, s'adressant plutôt à Cassandra.

— C'est incroyable, répondit-elle, l'air absent. Je ne sais pas encore ce que je dois en penser.

— C'est vrai que l'œuvre soulève plus de questions qu'elle n'apporte de réponses. Il faudra des années de travail si nous voulons réussir à déchiffrer ces murs, sans parler de vérifier la véracité de ce qui est narré.

— Avant, tu as dit que tu étais archéologue, n'est-ce pas ?

— C'est ça…, répondit-il avec un clin d'œil. Toi et moi, nous avons beaucoup de choses à nous dire. »

Étrangement, ce clin d'œil à la jeune femme me fit l'effet d'un coup de pied mal placé. Mais qu'elle y réponde en souriant avec coquetterie me fit aussi mal que si elle venait de me castrer.

« Eh bien, si nous ne nous occupons pas d'abord de partir d'ici, intervins-je avec humeur, ce que vous aurez à "vous dire" risque d'être réduit à pas grand-chose.

— C'est vrai, renchérit le professeur. Si nous n'informons pas le monde de notre découverte, la cité se retrouvera engloutie sous les eaux du barrage dans peu de temps, et il ne vous restera plus rien à déchiffrer.

— Je ne parlais pas de cela, prof. Dès qu'il commencera à faire jour, les hommes de Souza se lanceront à notre recherche, et, assumant qu'ils arriveront certainement à suivre les traces que nous avons laissées cette nuit, ils n'auront aucun mal à arriver jusqu'ici. Cet endroit n'est plus aussi sûr.

— Es-tu en train de suggérer que nous partions ? demanda Angélica avec méfiance. Ce sanctuaire est le seul endroit où nous sommes à l'abri des morcegos. L'abandonner serait un suicide.

— Mais si nous restons, objecta le professeur, les sbires du constructeur nous retrouveront, comme le dit Ulysse, et le plus probable est que nous soyons tous exécutés. Dans un cas comme dans l'autre, les perspectives ne sont guère réjouissantes. Si nous ne trouvons pas un moyen de nous échapper, la question se limitera à décider entre quelles mains nous voulons finir. » Il fit une grimace amère et s'assit devant le feu.

« À moins que… pensai-je à voix haute.

— À moins que ? » répéta Cassie, sourcils froncés.

Je mis un long moment à répondre, car l'idée qui m'avait traversé fugacement l'esprit était difficile à suivre, et encore plus difficile à expliquer.

« J'étais en train de penser…

— Voilà qui n'est guère rassurant, grogna le professeur à mi-voix.

— … que là dehors, il y a deux menaces ; ensemble, elles représentent un danger impossible à éviter. » Prenant une profonde inspiration, je continuai, enchaînant les mots avec une extrême lenteur : « Mais si nous pouvions faire qu'elles s'annulent mutuellement…

— Envisagerais-tu de les faire s'affronter entre eux ? demanda Valéria en fermant à demi les yeux dans une expression d'intérêt dubitatif.

— Quelque chose comme ça, oui.

— Mais comment ?

— Je ne sais pas encore, avouai-je avec un haussement d'épaules. Mais si un des problèmes pouvait nous débarrasser de l'autre, nous aurions deux fois moins de problèmes.

— Je te rappelle, objecta Cassandra, que nous avons déjà été témoins d'une rencontre entre les deux camps, et le score n'a pas été précisément en faveur des humains.

— Certes, reconnus-je. Mais tu peux être sûre que ce qu'il s'est passé avec Luizao ne se répétera pas. Ces types-là n'ont pas l'air d'être des amateurs. Alors, qu'ils s'imaginent que c'est nous qui avons décapité ce pauvre mulâtre, ou qu'ils aient découvert que nous ne sommes pas seuls ici, il est clair qu'ils prendront dorénavant bien plus de précautions ; et, le cas échéant, je suis certain qu'ils vendront cher leur peau.

— En admettant qu'ils l'aient encore sur le dos », déclara Valéria dans un accès d'humour noir assez inattendu.

De nombreuses heures s'étaient écoulées autour du feu de camp, et l'aube ne devait plus être bien loin. C'était peut-être en raison d'une conviction inconsciente que nous étions en train de vivre notre dernier jour en ce monde, mais personne n'avait fait mine de vouloir dormir ; alors nous avions passé à nuit à tramer d'invraisemblables plans de fuite quand nous ne parlions pas de tout et de rien. Des sujets les plus profonds aux plus futiles.

Sans raison précise, deux groupes s'étaient formés : Cassie, Angélica et Claudio, d'un côté ; et Valéria, son père et moi-même, de l'autre.

« Qu'a bien pu devenir Iak ? s'interrogea le professeur, d'un ton sincèrement préoccupé. Crois-tu qu'il est encore en vie ?

— Je ne sais pas, prof. Il a certainement bien plus de ressources que nous pour se garder des morcegos et des gros bras de l'entreprise de construction, mais quand même... je ne sais pas. » Caressant ma barbe de deux semaines, je supputais les chances que pouvait avoir un homme seul dans cette jungle infernale. « Peut-être. On ne sait jamais... »

Le professeur Castillo hocha la tête, choisissant de se raccrocher à cet « on ne sait jamais », mais tout aussi conscient que moi que ce serait un vrai miracle s'il s'en sortait. Comme pour écarter de son esprit le destin du Menkragnoti, il se tourna alors vers sa fille, qui regardait fixement les flammes.

« À la fin, tu ne nous as jamais dit quel est l'animal qui a donné sa forme au temple, d'après toi.

— Ah ! Oui, bien sûr, répondit-elle en levant les yeux. C'est évidemment un puma. C'est pour cela que l'on retrouve autant de pentagones dans toute la cité. »

Interloqué, le professeur essaya de déchiffrer la réponse, avant de se rendre :

« Je... je ne comprends pas, Valéria. Quel est le rapport entre les pentagones et un temple zoomorphe ? »

Sa fille grimaça, singeant un étonnement outré.

324

« Tiens donc… j'aurais cru que votre archéologue vous l'aurait déjà expliqué, glissa-t-elle sans daigner accorder un regard à la personne en question.

— Expliquer quoi ?

— Le rapport entre ces symboles. » Elle saisit un bâton au bout brûlé et dessina sur le sol de pierre un polygone à cinq côtés. « Les pentagones sont en réalité une représentation schématique de la constellation d'Orion. » Elle jeta un coup d'œil à son père, qui fit un signe de compréhension. « Dans le zodiaque indigène, cette constellation est appelée Chuqui Chinchay, et elle ne représente pas un chasseur mythologique, comme en Occident, mais un animal. Devine lequel ?

— Ne me dis rien… un puma ! intervins-je, comme un élève du dernier rang que l'on aurait oublié.

— Effectivement, un puma. Le "Félin doré", pour être exacte, est l'animal totémique par excellence des cultures andines. Dans des villes comme Cuzco, au Pérou, le tracé urbain a même été conçu sur la forme d'un puma.

— Cuzco est en forme de puma ? releva le professeur, sincèrement étonné.

— C'était le cas au moment de sa construction, alors qu'elle s'appelait encore Qosqo. »

Pensif, le professeur se frotta les yeux derrière les verres de ses lunettes.

« Alors, si je comprends bien, tu suggères que le culte du puma des civilisations précolombiennes aurait eu son origine dans cette cité ? »

L'anthropologue secoua la tête avec énergie.

« Non, non. C'est bien antérieur. Il est probablement venu de l'autre côté de l'océan, lors de la migration des fondateurs de la cité ; tout comme ils ont apporté l'écriture cunéiforme que l'on retrouve partout, ou les pyramides à degrés si semblables aux ziggourats mésopotamiennes. De fait, ajouta-t-elle avec flegme, le "Félin doré" était également adoré dans le Vieux Monde, et il l'est toujours.

— Tu m'excuseras de te contredire, Valéria, intervins-je en levant le doigt, mais il n'y a pas de pumas ailleurs qu'en Amérique.

— Vraiment ? Et que me dis-tu des félins que l'on peut voir sur de nombreux drapeaux, en héraldique, aux portes des parlements, ou encore dans les textes religieux, pour n'en donner que quelques exemples ?

— Mais ce ne sont pas des pumas, protestai-je. Ce sont des lions.

— Des félins dorés, affirma-t-elle en pointant sur moi le bâton qu'elle tenait à la main. Qu'est-ce qu'un puma, qu'est-ce qu'un lion, sinon de grands félins au pelage doré ?

— Diantre, mais c'est vrai ! s'écria le professeur avec enthousiasme à cette constatation. Un puma n'est pas autre chose qu'un lion sans crinière ! »

Valéria eut un sourire satisfait. « Mais je vais vous dire autre chose. La forme de ce temple... elle ne vous rappelle rien ?

— Eh bien... »

Une fois encore, je pris Eduardo de vitesse, comme un collégien cherchant à se faire bien voir de sa professeure.

« Le Sphinx de Gizeh ! m'exclamai-je. Je savais bien que cela me rappelait quelque chose. Mais le Sphinx a la tête d'un pharaon, et non pas celle d'un animal, non ? »

Valéria rit doucement.

« En effet. Mais, en réalité, la tête du Sphinx était à l'origine celle d'un lion, avant que le pharaon Khéphren ne décide de la faire changer, vers 2500 avant Jésus Christ. » Elle m'adressa un clin d'œil. « Mais tu as raison. Les deux constructions sont presque identiques, ce qui suggère qu'elles pourraient avoir une origine commune. Mais je ne saurais dire laquelle est la première et laquelle est la copie.

— Je suppose que la copie doit être celle-ci, non ? Si l'autre a plus de quatre mille ans... »

Ce fut au tour du professeur de secouer la tête.

« À dire vrai, certaines hypothèses suggèrent qu'elle pourrait être bien plus ancienne, affirma-t-il. Des investigations d'un géologue de l'Université de Boston nommé Robert Schoch ont démontré que les traces d'érosion du Sphinx auraient été produites par l'eau, et non par le sable.

— Par l'eau ? m'étonnai-je. Mais il ne pleut pas, en Égypte.

— En effet, il ne pleut pas... aujourd'hui, précisa-t-il avec un sourire mystérieux. Mais jadis, si.

— Jadis ?

— Quand le Sahara n'était pas un désert, mais une savane fertile.

— Mais c'était il y a des milliers d'années, non ?

— Dix ou douze mille, minimum.

— Pas si vite... Pas si vite ! l'interrompit Valéria, un sourire sarcastique aux lèvres. Serais-tu en train d'insinuer que le Sphinx de Gizeh a été construit voici dix millénaires ? Mais tu as donc perdu l'esprit ? Il n'y avait alors aucune société assez organisée, aucun établissement humain assez important pour élever un tel édifice. Ils ne se seraient certainement pas lancés dans la construction d'un temple de pierre de soixante mètres. Je suis vraiment surprise que tu puisses même envisager une telle chose, déclara-t-elle avec une moue déçue. C'est l'idée la plus ridicule que j'aie entendue depuis longtemps. »

Eduardo respira profondément et remonta ses lunettes d'écaille sur son nez avant de répondre.

« Ce n'est qu'une théorie, Valéria, dit-il d'un ton conciliateur. Il y a une semaine encore, je n'y aurais même pas songé. Mais, après avoir vu les merveilles que j'ai vues ici... Enfin, disons que je garde un esprit ouvert à toute éventualité, toute extravagante qu'elle puisse sembler. »

Et, de manière inattendue, alors que les lèvres de Valéria s'étiraient déjà pour assener une réplique mordante, la voix de Cassandra se fit entendre juste derrière moi.

« Je ne la trouve pas si extravagante que ça, moi », affirma-t-elle en nous rejoignant. Elle s'accroupit devant le feu. « Je dirais même plus : je pense que c'est la plus probable.

— Tu es sérieuse ? » demanda le professeur, étonné de cette adhésion.

Cassie lui dédia un sourire séraphique.

« Parfaitement sérieuse. Je crois que sans le vouloir, vous venez de résoudre le plus grand mystère de la Cité noire. » Et elle lui fit un clin d'œil.

67

Attirés par la tournure que prenait la conversation, Claudio et Angélica avaient rejoint notre cercle, de sorte que nous étions là, tous les six, à débattre d'archéologie au cœur de la nuit, peut-être la dernière de notre vie.

« Le plus grand mystère de la Cité noire ? répéta le professeur. Et je l'aurais résolu, moi ? » Le front plissé et le pouce collé sur la poitrine, c'était la vivante image du scepticisme.

« En vous écoutant, expliqua la jeune Mexicaine, je me suis souvenue d'une autre théorie que j'ai lue il y a des années, alors que j'étais encore à l'université. Une théorie qui, si on la combine avec celle que vous avez mentionnée, pourrait bien être la réponse que nous cherchons.

— La réponse à quoi, exactement ? demanda Claudio, intrigué.

— À la datation, bien sûr.

— Tu veux dire, celle de la cité ?

— Je veux dire de tout, affirma-t-elle avec aplomb. D'un côté, nous avons une civilisation – celle que nous appelons les Anciens –, laquelle, à un certain moment de l'histoire, mais nous ne savons pas exactement quand, est arrivée ici en bateau, après avoir traversé l'Atlantique à cause d'une grande inondation. L'on peut supposer qu'ils venaient de quelque part en Afrique ou en Europe. » En prononçant ces mots, elle tendit une main, paume vers le haut. « De l'autre, nous avons un sphinx, très semblable à celui d'Égypte, que nous ne pouvons pas dater non plus ; mais, s'ils étaient contemporains, il pourrait avoir plus de dix mille ans, suivant la théorie mentionnée par le professeur. » Elle tendit son autre main, mimant une balance.

« Ce n'est pas une réponse, argua Valéria en levant un sourcil. C'est un résumé.

— La réponse vient maintenant, déclara Cassie d'un ton faussement indulgent.

— Pourrais-tu aller droit au but, s'il te plaît ? la pressa l'historien, impatient. Nous sommes sur les charbons ardents. De quoi donc t'es-tu souvenue ?

— De la glaciation ! lâcha-t-elle avec enthousiasme. Je ne sais pas pourquoi je n'y ai pas pensé plus tôt !

— La glaciation ? m'étonnai-je. De quoi parles-tu ? Quelle glaciation ? »

Cassandra écarta les bras, comme si la réponse était parfaitement évidente.

« Je parle de la dernière période glaciaire, bien sûr ! Celle qui a pris fin il y a environ douze mille ans, juste à l'époque que la théorie mentionnée par le professeur considère comme l'âge du Sphinx de Gizeh. Une période glaciaire qui a recouvert un tiers de la terre d'une couche de glace et de neige d'un à trois kilomètres d'épaisseur, et durant laquelle les déserts d'aujourd'hui étaient des plaines fertiles et des savanes.

— Tu m'excuseras, objecta Eduardo Castillo, mais je ne vois pas le rapport entre une chose et l'autre.

— Je ne l'ai pas vu tout de suite non plus, avoua-t-elle. Mais je me suis rappelé un article d'un géologue des États-Unis qui expliquait qu'à la fin de la dernière période glaciaire, alors que la glace fondait de plus en plus vite et que le niveau de la surface des océans était environ cent vingt mètres au-dessous de l'actuel...

— Pardon ? la coupai-je, croyant avoir mal entendu. Tu viens de dire que le niveau de la mer, il y a douze mille ans, se trouvait cent mètres plus bas qu'aujourd'hui ?

— Entre cent vingt et cent quarante mètres, si je me souviens bien.

— Je n'en avais aucune idée, avouai-je, stupéfait.

— En voilà un plongeur sous-marin à deux sous, se gaussa le professeur. Tu ne savais donc pas que les paysages que tu vois en immersion étaient à l'air libre il n'y a pas si longtemps ?

— Franchement, ce n'est pas le genre de choses qui sont enseignées dans les écoles de plongée.

— Peut-être... mais tu ne t'es jamais demandé où va toute la glace fondue après une période glaciaire?

— Pour être sincère, la seule glace qui m'ait intéressé jusqu'à maintenant, c'est celle que je mets dans mon verre de rhum vieux. »

Cassandra secoua la tête avec commisération.

« Enfin... Tu me permets de poursuivre mon explication ?

— Bien sûr, répondis-je avec une révérence ironique. Continue, je t'en prie.

— Je disais donc, reprit-elle après s'être éclairci la gorge, qu'à la fin de la période glaciaire, le dégel a fait naître une grande mer au milieu du glacier qui occupait la totalité de ce qui est aujourd'hui l'Amérique du Nord. Une mer intérieure immense, qui contenait huit fois plus d'eau que la Méditerranée. »

Je ne pus retenir un involontaire sifflement d'admiration qui l'interrompit une fois de plus.

« Tu vas me laisser finir, oui ou non ? » protesta-t-elle avec humeur.

Pour toute réponse, je passai deux doigts sur mes lèvres, fermant une fermeture éclair imaginaire.

« Cette immense mer intérieure, poursuivit-elle en me guettant du coin de l'œil, que certains géologues appellent mer laurentidienne, a continué de s'étendre au cours de la déglaciation, jusqu'au moment où il n'est plus resté qu'un fin mur de glace pour la séparer de l'océan, comme un gigantesque barrage naturel. Inévitablement, la pression colossale a fini par rompre cette digue de glace. » Elle illustra son propos de ses deux mains ouvertes placées l'une contre l'autre, avant de les séparer brusquement. « Des millions de kilomètres cubes d'eau ont déferlé en quelques instants. Cela a provoqué une vague haute de cinq cents mètres, un tsunami comme le monde n'en a jamais connu depuis, qui a balayé la planète, entraînant une inondation catastrophique. En quelques heures, le niveau de toutes les mers du globe s'est élevé de plus de cent mètres. »

Médusé, j'essayai d'imaginer une vague d'un demi-kilomètre de haut en train de s'abattre sur toutes les côtes du monde.

« Est-ce que c'est vrai ? finit par murmurer Angélica.

— Ce n'est qu'une théorie, répondit Valéria. J'en ai également entendu parler. Ce que je ne vois pas, c'est quelle conclusion tu penses en tirer, ajouta-t-elle en se tournant vers Cassie.

— N'est-ce pas assez clair ? demanda celle-ci en nous regardant tour à tour. N'avons-nous pas vu des bas-reliefs qui représentent un grand tsunami et la disparition sous les eaux d'une île tout entière ? Cela nous donnerait une fourchette, et, sur la base de cet événement, nous pourrions dater tout le reste. »

Tous les assistants gardèrent un silence songeur. Je n'aurais pas su quoi dire, mais Eduardo prit la parole.

330

« Cela se pourrait… admit-il en se caressant la barbe. Je suppose qu'il y a une certaine logique là-dedans. Et quand dis-tu que serait survenu ce mégatsunami ?

— À la fin de la période glaciaire, il y a environ douze mille ans. Je suis d'ailleurs sûre que c'est ce qui a donné naissance au mythe du Déluge, et c'est aussi pourquoi on le retrouve, avec seulement quelques variations, dans presque toutes les cultures du monde. Pour la simple raison que c'est arrivé sur toute la planète ! Sincèrement, je crois que cela expliquerait très bien le pourquoi de la traversée des Anciens jusqu'ici, et comment leur île a été submergée.

— Dans ce cas, avança le professeur, si nous considérons comme acquis que les constructeurs du Sphinx de Gizeh ont également édifié ceci, cela voudrait dire que tous deux dateraient au plus de la fin de l'ère glaciaire, longtemps avant l'apparition de la civilisation de l'Égypte antique, ou de toute autre civilisation connue à ce jour.

— Et ils auraient apporté, ajouta Claudio, les bases de ce qui deviendrait l'écriture cunéiforme, que nous n'avions vue qu'au Moyen-Orient, ainsi que l'architecture des pyramides et des ziggourats. »

Valéria, quant à elle, secouait ostensiblement la tête, comme si elle venait d'entendre que les éléphants sont roses et volent à ravir.

« Vous faites erreur, affirma-t-elle, péremptoire, et manifestement ravie de doucher notre enthousiasme. D'après ce que j'en sais, il n'y a aucune trace d'utilisation de l'écriture cunéiforme en Mésopotamie au-delà de cinq mille ans seulement, ce qui vient réfuter votre hypothèse. Elle n'aurait jamais pu être introduite à leur arrivée si elle n'avait pas encore été inventée, vous ne croyez pas ?

— J'ai déjà réfléchi à ce détail, argumenta Cassie, prête à défendre bec et ongles son hypothèse, et l'explication est toute simple. Nous sommes partis du principe que les inscriptions que nous voyons ici s'inspirent de l'écriture cunéiforme sumérienne, mais… et si c'était l'inverse ?

— Tu veux dire…

— Que l'écriture que nous retrouvons partout, ici, pourrait être en fait l'authentique cunéiforme. Dit en d'autres termes, celle-ci serait l'originale, et non l'autre. Pourquoi ne pas envisager la possibilité que le courant culturel soit allé dans le sens contraire à celui que nous pensions, voire simultanément dans les deux sens ?

331

— Serais-tu en train de suggérer que toutes nos connaissances sur l'histoire de l'humanité seraient erronées, demanda l'anthropologue avec réticence, et que le véritable berceau de la civilisation se trouverait... ici ? » Elle prononça ce dernier mot avec la même expression qu'elle aurait eue pour faire référence à une montagne d'excréments.

Cassandra se passa les mains sur le visage avec une lassitude infinie.

« Je ne sais pas, avoua-t-elle avec franchise. Ils ont peut-être fait l'aller-retour. Ils ont pu venir ici, puis retourner là-bas. Qui peut le savoir ? » Elle haussa les épaules. « Les Anciens n'ont peut-être pas disparu, mais sont tout simplement partis. Ou alors, certains sont allés vers l'ouest et y ont fondé les grandes cultures précolombiennes tandis que d'autres retournaient sur le continent africain et y ont construit le Sphinx et les pyramides ! » La jeune archéologue fit une pause, pour reprendre son souffle et son calme. « Ce qui est sûr, poursuivit-elle, c'est que les deux parties du monde ont été en relation d'une façon ou d'une autre, et que cet échange culturel, dont nous ignorions tout jusqu'à aujourd'hui, pourrait expliquer tout ce que nous avons vu ici. De fait, cela offrirait même une nouvelle perspective de l'histoire de l'humanité et ferait la lumière sur beaucoup de ses mystères. »

Cette fois, même Valéria n'osa pas la contredire ouvertement. À mes yeux de profane, cette hypothèse avait l'air terriblement solide.

Elle résolvait d'un trait de plume le problème de l'universalité de la légende diluvienne, le mystère du Sphinx de Gizeh, les inexplicables similitudes entre les pyramides mésopotamiennes et celles des Mayas, et, bien entendu, l'origine des Anciens et l'existence même de la cité où nous étions attrapés.

« Je crois bien que tu as mis dans le mille, Cassie, la félicitai-je avec un sourire. Si, comme tu le dis, cet endroit revêt une telle importance, je ne m'étonne plus que les Allemands y aient envoyé une expédition. »

Trois têtes se tournèrent vers moi d'un seul mouvement.

« Des Allemands ? s'étonna Angélica. Quels Allemands ? »

J'aurais juré leur avoir déjà parlé de notre découverte, mais, de toute évidence, ce n'était pas le cas.

332

« Eh bien, approximativement de l'autre côté de la cité, nous avons trouvé un temple, avec des vestiges d'un campement nazi des années quarante.

— Des nazis ? » L'anthropologue interrogea son père du regard comme attendant de lui qu'il vienne corroborer mes dires. « Comment savez-vous que c'était un campement nazi ?

— C'est-à-dire... l'énorme bannière rouge et blanc avec une croix gammée au milieu nous a un peu mis sur la piste.

— Et comment on y va ? intervint Claudio. Vous sauriez y retourner ? »

J'échangeai un regard avec Cassie et Eduardo, et nous acquiesçâmes.

« Certainement, répondit le professeur. Mais pourquoi cet intérêt ?

— Pourquoi cet intérêt ? s'indigna Valéria avec de grands gestes. Tu m'annonces qu'une autre expédition est venue ici il y a quatre-vingts ans, et tu demandes pourquoi cela m'intéresse ? Mais tu ne vois pas ? Ils pourraient avoir découvert tout ce que nous, nous n'avons pas trouvé ; ils pourraient avoir déchiffré les symboles cunéiformes ; ils pourraient...

— Assez, assez ! dis-je en levant les mains. Nous avons visité les lieux, et je ne crois pas qu'il y ait rien de ce dont tu parles. Il y avait des boîtes de conserve périmées, des bonbonnes, des caisses en bois vides et un joli officier nazi momifié. La seule chose qui t'aurait peut-être été utile, ce sont les carnets de notes et les journaux de l'officier en question (soit dit en passant, je comprends maintenant pourquoi il a décidé de s'enfermer là-dedans puis de se tirer une balle dans la tête), mais j'ai bien peur qu'ils ne soient dans un petit sac à dos rouge que m'ont pris les mercenaires.

— Alors nous devons le récupérer ! »

Je ne pus retenir un sourire devant la candeur de cette injonction.

« D'accord. Tu veux y aller toi-même ou on leur demande de te les apporter ?

— Je parle sérieusement. Ces carnets renferment peut-être la clef de cette énigme, et ne pas chercher à les leur reprendre serait irresponsable.

— Et le faire, un suicide ! rétorquai-je du tac au tac, irrité par son insistance. Ce que contiennent ces cahiers n'a aucune importance. Personne ne mourra pour eux. »

333

Je l'ignorais encore, mais je me trompais encore une fois.

68

À l'aurore, nous étions arrivés à la conclusion que, puisque l'éventualité que les mercenaires découvrent la piste que nous avions laissée la veille nous interdisait de demeurer plus longtemps dans le sanctuaire, le vieux campement nazi était un endroit comme un autre où nous cacher pendant la journée. Et nous bénéficiions en outre d'un avantage imprévu : le niveau de l'eau avait beaucoup monté – elle nous arrivait désormais à la cheville – ce qui, bien que compliquant nos déplacements dans la forêt, rendrait également la tâche fort difficile aux mercenaires qui chercheraient à retrouver nos traces.

Ce que nous ferions ensuite, la nuit venue, nous ne voulions même pas y songer.

Épuisés et les traits marqués par notre longue nuit sans sommeil, mais heureux de sentir sur notre visage les rayons de soleil fugaces qui perçaient la canopée, nous rejoignîmes aussi furtivement que possible la grande chaussée de pierre ; puis nous la suivîmes en direction de l'est, priant pour ne pas nous trouver nez à nez avec les hommes de Souza.

Au bout d'une heure environ, certains endroits commencèrent à nous paraître plus familiers, et, après nous être trompés de chemin une fois ou deux, nous émergeâmes finalement sur l'esplanade qui entourait l'édifice à l'intérieur duquel les nazis avaient établi la base sommaire qui devait devenir leur ultime retranchement avant d'être leur dernière demeure.

À la lumière des récents événements, il était clair que le cimetière aux croix sans tombes du petit enclos extérieur avait été consacré aux hommes qui avaient « disparu » aux mains des morcegos ; que la bataille dont ne restait que le témoignage muet de centaines de douilles répandues sur le sol avait été le chant du cygne des soldats survivants, qui avaient vécu leurs dernières heures dans une horreur inimaginable ; quant à l'officier mort auprès de sa table de travail, il avait de toute évidence préféré se faire sauter la cervelle plutôt que de connaître la même terrible fin que ses hommes.

« Impressionnant, murmura Valéria lorsque nous débouchâmes devant les ruines.

— Pourquoi ont-ils débroussaillé toute la zone alentour, s'étonna Claudio en découvrant la large frange de terre nue.

— Les paris sont ouverts, répondit Cassie, qui avait décidément bien sympathisé avec l'Argentin. Ils avaient peut-être besoin d'espace pour leur installation.

— Je dirais plutôt que c'était pour se protéger, intervins-je, essayant de me mettre à la place des pauvres soldats. Un périmètre défensif leur permettait de voir qui s'approchait.

— Peut-être même avaient-ils dressé des réflecteurs, voire de simples torches, pour dissuader les morcegos », ajouta le professeur en suivant des yeux la démarcation de la clairière.

Guère intéressée par notre conversation, Valéria nous interrompit, faisant un pas en avant :

« Bon, assez de bavardages, dit-elle en se frottant les mains avec ravissement. Qu'attendons-nous pour entrer ? »

Muni cette fois d'une lampe, il me fut bien plus facile d'avancer parmi les décombres jusqu'à l'étroit passage où je rampai devant mes compagnons avant d'émerger dans la grande salle à colonnade du temple.

« Maintenant que je sais ce qui est arrivé aux hommes qui étaient là, déclara le professeur en balayant de sa torche l'intérieur oppressant, avec son plafond bas et ses larges piliers, j'ai l'impression de sentir l'odeur de la mort.

— Je crois que nous avons effectivement tous besoin d'une bonne douche, prof », ironisai-je dans une piètre tentative pour alléger l'atmosphère.

Suivant le même parcours que deux jours plus tôt, nous traversâmes le bâtiment jusqu'aux barricades jonchées de douilles, et, un instant après, je les invitais à franchir le seuil de la deuxième pièce, tel un concierge empressé.

« Ah oui, c'était bien des nazis, constata Angélica, qui avait éclairé en entrant l'énorme drapeau pendu au plafond.

— La grande question, c'est comment ont-ils trouvé cet endroit, et qu'ont-ils bien pu découvrir de plus que nous ? dit le professeur.

— J'ajouterais autre chose, fit sa fille, de l'autre bout de la salle. Qu'ont-ils trouvé et emporté ? »

Je me tournai vers elle, éteignant ma lampe pour économiser les piles.

« Qu'est-ce qui te fait penser qu'ils ont emporté quelque chose qu'ils auraient trouvé ?

— Viens voir ici. »

Je la rejoignis, me guidant sur sa voix, puis sur le faisceau de lumière de sa lampe, dirigé sur l'intérieur d'une caisse de bois dont elle avait soulevé le couvercle. Elle y plongea la main jusqu'au coude, et la ressortit pleine d'une poignée de copeaux de bois.

« Ils devaient y conserver leurs échantillons », affirma-t-elle avec assurance.

Lors de notre première visite, je n'avais pas fouillé à fond, et ce qu'elle disait ne manquait pas de logique, mais ce n'était pas la seule possibilité.

« Comment le sais-tu ? Ils auraient aussi pu avoir utilisé ces caisses pour protéger leur propre matériel pendant le transport jusqu'ici. »

Valéria me répondit avec calme.

« Ils auraient pu, mais non. Ces caisses étaient destinées aux échantillons, sans aucun doute.

— Mais... » protestai-je encore, tenant à ma théorie.

Avant que je puisse continuer, elle leva le doigt pour réclamer le silence, puis, du même mouvement, elle le posa sur le côté de la caisse où, de la caractéristique écriture germanique du début du vingtième siècle, figurait une brève légende accompagnée du numéro 57.

« *Box nr.57 Archäologischen proben*, ce qui signifie, "échantillons archéologiques. Caisse numéro 57". Mes grands-parents étaient Autrichiens », expliqua-t-elle avec un sourire.

À la lumière des lampes, nous pûmes explorer les lieux bien plus en détail que la première fois. Nous y trouvâmes une grande quantité de matériel d'observation astronomique, d'instruments de topographic, et d'autres objets dont nous ne sûmes pas déterminer la fonction. Je dénichai même un antique appareil photo à soufflet, toujours sur son tripode rongé aux vers ; encore plus surprenant, à quelques mètres à peine, à l'extérieur de la pièce, nous découvrîmes une nouvelle salle, dans laquelle avaient été entreposés les objets les plus volumineux.

Il y avait là un vieux générateur à essence complètement rouillé avec plusieurs barils de combustible vides et, alignés contre le mur, de nombreux cylindres oxydés qui, d'après la traduction de Valéria, avaient contenu de l'hydrogène sous pression.

« Ils étaient drôlement bien équipés, observa Claudio avec un coup de pied dans un bidon d'essence qui sonna le vide.

— Ce n'était pas encore assez, dis-je en évoquant la bataille perdue d'avance qui s'était livrée de l'autre côté de la porte.

— Ce devait être une expédition éminemment scientifique : je ne crois pas qu'ils aient été préparés à ce qui les attendait, argumenta Cassie pour leur défense.

— Quand même, dis-je en pensant à l'officier SS momifié, toujours allongé par terre derrière sa table, le type de l'autre salle ne ressemble pas vraiment à un scientifique.

— Les nazis n'étaient pas seulement des soldats, tu sais, Ulysse, fit remarquer le professeur. Le parti d'Hitler était comme toute organisation politique : parmi ses affiliés, il y avait aussi bien des militaires que des commerçants, et aussi des scientifiques et des archéologues. L'officier qui s'est suicidé pouvait donc fort bien être un des rares militaires de l'expédition.

— Vous avez peut-être raison, fit la voix d'Angélica, qui farfouillait sur une étagère. Mais regardez ceci. » Elle leva une main pleine de longues balles de fusil, qu'elle laissa retomber dans une caisse qui en était remplie à ras bord. « Je trouve que cela fait beaucoup de munitions pour une expédition archéologique, vous ne croyez pas ? »

Nous nous approchâmes tous avec curiosité, et Claudio fut le premier à manifester sa déception :

« Dommage que nous n'ayons pas d'armes pour pouvoir en tirer parti.

— Les armes ne sont pas forcément indispensables », dis-je un peu vite.

Cassie eut un sourire moqueur.

« Ah non ? Et comment penses-tu les tirer ? En prenant ton élan ?

— Je veux juste dire que nous devrions les emporter, répondis-je en lui rendant son sourire. Nous pourrions en avoir l'utilité.

— Si tu veux, Ulysse, déclara le professeur avec un haussement d'épaules. Mais aux types de dehors, je dirais qu'elles ne leur ont pas servi à grand-chose. »

69

De retour à l'extérieur, nous nous assîmes un moment près de l'entrée pour nous reposer et savourer la clarté lumineuse du soleil qui baignait à flots cette enclave exceptionnellement dégagée. C'était là tout le paradoxe : nous avions beau être au cœur d'une chaude forêt tropicale, jouir des rayons directs du soleil était un luxe rare.

Une fouille minutieuse du bâtiment qui était derrière nous nous avait révélé qu'il ne comportait pas d'autres pièces que celles occupées par les Allemands, et que comme nous nous y attendions, les fusils et mitraillettes abandonnés sur le sol étaient inutilisables. Notre moisson se limitait seulement à deux couteaux militaires rouillés au manche orné d'un svastika ; une caisse de balles – petite, mais lourde – ; une bouteille de verre contenant presque un litre d'essence récupéré au fond de plusieurs bidons ; et un nouveau chapelet de questions sans réponses.

Allongé sur une colonne abattue, sur la droite du portail, j'essayais depuis un bon moment de me relaxer, mais je ne pouvais éviter d'entendre la conversation de mes compagnons, quelques mètres plus loin.

« Mais alors, disait la voix de Valéria, si la caisse que nous avons vue porte le numéro 57... où sont les cinquante-six autres ?

— À l'intérieur de l'édifice, c'est sûr que non, répondit son père.

— Ils les ont peut-être rangées autre part.

— Ce ne serait pas très logique, fit observer Cassie. Là-dessous, il y a largement assez de place, et, si c'était leur base d'opérations, c'est là qu'elles auraient été le mieux protégées.

— C'est vrai, concéda le professeur. Ce qui, à mon avis, ne nous laisse que deux possibilités : soit quelqu'un s'en est emparé, soit les nazis eux-mêmes sont parvenus à les sortir d'ici d'une façon ou d'une autre.

— J'éliminerais la première, fit Claudio tout en faisant des dessins dans la boue avec un bâton. Si quelqu'un avait emporté les caisses, il aurait également pris les journaux que vous avez trouvés.

— Bien vu, convint Cassandra. Il ne reste plus que l'autre hypothèse : les nazis eux-mêmes auraient réussi à les déménager.

— C'est une évidence, ma chère, rétorqua Valéria avec l'habituelle nuance d'animosité dans la voix. La question, c'est *comment*, et *vers où*.

— En avion, c'est impossible, se précipita le professeur avant que ne fuse une réplique acerbe de Cassie. Dans les années quarante, les avions-cargos n'avaient pas assez d'autonomie pour venir jusqu'ici, et les hélicoptères n'étaient guère qu'une excentricité.

— Et nous savons que le Xingu n'est pas navigable, ajouta Angélica.

— Donc, il ne nous reste que la voie terrestre, conclut Valéria. Ils sont forcément venus à pied. »

Cassandra éclata ostensiblement de rire.

« Tu parles sérieusement ? Tu dis ça comme s'il s'agissait d'aller se promener au parc. Sans mentionner le fait que l'Allemagne et le Brésil n'étaient pas dans le même camp, pendant la guerre. »

Le soleil me réchauffait agréablement le visage, et séchait mes vêtements imbibés de l'humidité permanente qui régnait dans la forêt ; ce fut donc sans bouger, confortablement étendu, les mains derrière la tête, que je me décidai à prendre part à la conversation, en haussant la voix pour être entendu :

« Je crois savoir comment sont venus les nazis, et comment ils ont emporté leurs caisses d'échantillons. »

Cinq paires d'oreilles se tendirent, attendant que je finisse ma phrase.

« Et tu comptes nous le dire gratuitement, ou va-t-il falloir te payer ? lança le professeur en constatant que je ne poursuivais pas.

— Par les airs, répondis-je sans cesser de regarder le ciel, les yeux à demi fermés.

— Impossible. Comme je l'ai expliqué, les avions du début du siècle...

— Je ne crois pas qu'ils aient utilisé des avions », le coupai-je.

Je n'avais pas besoin de voir son visage pour être certain que le professeur fronçait les sourcils et avait croisé les bras.

« Qu'est-ce que tu suggères : des soucoupes volantes ou des oiseaux mythologiques ? ricana Cassandra.

— Pas exactement, répliquai-je en me redressant juste assez pour voir leurs expressions sceptiques. C'est quelque chose de beaucoup plus simple, bien connu, et dont la pièce où ils rangeaient leur matériel nous donne une piste. »

Le silence qui suivit fut brisé par la brusque exclamation de Valéria.

« Merde, bien sûr ! L'hydrogène !

— Le prix pour la demoiselle aux yeux bleus ! la félicitai-je avec un clin d'œil du haut de mon perchoir.

— Mais qu'est-ce que vous racontez ? demanda un Claudio complètement perdu qui nous regardait tour à tour.

— Les caisses ont été emportées par la voie des airs, mais pas en avion ni en soucoupes volantes, expliqua Valéria avec un coup d'œil vers Cassie. Ils ont utilisé des ballons dirigeables à l'hydrogène, qui étaient presque un symbole de l'Allemagne nazie. Les zeppelins avaient assez d'autonomie pour aller n'importe où dans le monde, avec l'avantage de pouvoir s'arrêter à volonté et la capacité de transporter de grandes cargaisons. Mais comment n'y ai-je pas songé plus tôt ? » Elle se tourna vers moi et ajouta, avec une révérence gracieuse : « Monsieur Vidal, vous avez gagné ma plus sincère admiration. »

En lui rendant son salut d'une inclinaison de tête, je ne pus éviter de détailler avec ravissement les traits harmonieux de la fille du professeur ; et de trouver qu'elle m'observait avec un intérêt qui n'avait rien d'académique.

« Nous devons récupérer les cahiers, répéta Valéria pour la troisième fois, revenant sur un sujet que je croyais clos. Vous le savez aussi bien que moi ! »

Avec son père et Claudio, ils faisaient front commun pour nous convaincre, Cassie, Angélica et moi – les deux jeunes femmes, indécises, et moi refusant catégoriquement –, de la nécessité impérieuse de sauver les carnets de notes.

« Ce serait complètement stupide, insistai-je une fois de plus sans prendre de gants. Ces types sont à nos trousses, et pas précisément pour nous dire bonjour.

— Raison de plus, argua le professeur, qui voulait probablement faire preuve de bravoure devant sa fille. Leur campement est le dernier endroit où ils s'attendront à nous voir.

— Prof, cette logique-là ne fonctionne que dans les films de série B, répliquai-je avec toute la patience que je pus réunir. Vous pouvez être sûr qu'il y en aura deux ou trois de garde pendant que les autres nous cherchent.

— Nous, nous sommes six », objecta timidement Claudio.

Je l'observai un instant, le comparant mentalement aux gorilles armés jusqu'aux dents qu'il prétendait affronter.

Je ne me donnai pas la peine de répondre.

« Quoi qu'il en soit, il faut les récupérer, répéta Valéria, inébranlable. Ils représentent la seule piste qui puisse nous mener aux vestiges archéologiques qui nous révéleraient la véritable nature de cette civilisation.

— Je croyais que nous savions déjà cela », m'étonnai-je, me rappelant nos déductions.

L'Argentin secoua la tête.

« Nous n'avons débrouillé qu'une petite partie de l'écheveau. Quelques fragments d'un rébus complexe que nous ne pourrons commencer à résoudre que si nous récupérons les objets que nous supposons avoir été emportés par les Allemands. Et pour cela, il nous faut ces cahiers.

— Tu pourrais aussi bien me demander une troupe de danseuses. La réponse est toujours non.

— Nous avons la majorité, affirma-t-il, un pouce pointé de chaque côté, désignant Valéria et son père.

— Ceci n'est pas une démocratie.

— Ah non ? s'insurgea Valéria, les poings sur les hanches. Es-tu en train d'insinuer que ton opinion a plus de valeur que la nôtre ?

— Plus de sens commun, sans aucun doute. Ce n'est pas moi qui propose d'aller voler un groupe de mercenaires armés jusqu'aux dents.

— Le risque en vaut peut-être la chandelle, intervint étonnamment Cassandra, qui fit un pas en avant pour se ranger du côté des suicidaires. Je sais très bien que ça peut être dangereux, mais après tout ce que nous avons vécu, repartir les mains vides n'aurait aucun sens.

— Partir sans mains en aurait encore moins... », protestai-je sombrement.

La jeune Mexicaine ne répondit pas, mais je la connaissais bien : elle ne revenait jamais sur ses décisions.

Alors Valéria dévisagea longuement Angélica, qui, tête basse et mains dans les poches, passa elle aussi à l'ennemi, non sans m'adresser un fugitif regard d'excuse.

Cinq contre un. Manifestement, la force de persuasion n'était pas une de mes vertus.

« Vous me rappelez les violonistes du Titanic. Ce que nous devrions faire, c'est foutre le camp d'ici le plus vite possible. Après, si vous voulez revenir, amenez la cavalerie avec vous et vous pourrez étudier les lieux en toute tranquillité.

— Nous t'avons déjà expliqué que c'est impossible, argua Valéria. Les morcegos ne nous laisseront pas nous échapper.

— Et même si nous y parvenions, souligna le professeur, plus tard serait trop tard. Tout sera submergé par la retenue du barrage et il ne restera plus rien à étudier.

— Mais si nous y arrivons, insistai-je encore, nous pourrions parler de notre découverte et obtenir que l'inondation soit stoppée. Et peut-être même la faire rétrocéder.

— Sans preuve ? objecta Valéria avec un sourire las. Personne ne nous croirait et nous serions traités comme des charlatans. Il nous faut ces cahiers. C'est la seule façon de retrouver la piste des objets qui ont été emportés, alors nous aurions des preuves de l'existence de cet endroit à présenter. Je ne partirai pas d'ici sans eux, sous aucun prétexte », acheva-t-elle avec fermeté pour ne pas nous laisser le moindre doute quant à sa détermination.

Nul ne dit mot, mais je savais que pour une raison ou pour une autre, tous étaient d'accord avec l'anthropologue. Claudio et Cassie, parce qu'ils étaient archéologues ; Angélica, c'était peut-être par loyauté, ou par obligation contractuelle ; quant au professeur… eh bien, il était clair qu'il ne quitterait pas sa fille, dût-elle sauter dans le cratère d'un volcan.

J'étais donc seul, absolument convaincu que ceci revenait à nous jeter dans le bassin aux requins déguisés en phoques, mais incapable de les persuader qu'ils faisaient fausse route. Et malheureusement tout aussi incapable de les abandonner à leur sort.

« De toute manière, dit alors Valéria, conciliante, nous ne pouvons pas partir d'ici tant que nous avons les mercenaires sur nos traces pendant la journée, et les morcegos qui rôdent alentour durant la nuit. Même si nous réussissions à sortir de la cité, nous n'irions pas bien loin ». Elle pensait évidemment aux membres de son expédition qui avaient essayé de s'échapper et dont les morceaux avaient réapparu deux jours après. « Alors, autant courir un peu plus de risques, et tenter de récupérer ces cahiers. » Elle s'approcha, tout près, et me saisit le bras avec douceur tandis que ses prunelles azurées s'emparaient des miennes. « C'est toi qui disais, la nuit dernière, qu'il fallait les faire s'affronter entre eux. Je suggère seulement que nous en profitions pour reprendre les cahiers. »

Cette obstination pour de simples carnets de notes qui, en outre, pouvaient être absolument sans valeur, me semblait absurde et obsessive, mais je n'arrivais pas à le lui faire comprendre.

Non sans effort, je détournai les yeux de Valéria et regardai Cassie, puis le professeur.

« Inutile d'essayer de vous convaincre d'oublier ça, n'est-ce pas ? »

Tous deux secouèrent la tête en même temps.

« Très bien... » Rejetant la tête en arrière, je poussai un long soupir, puis je baissai les yeux sur mes cinq compagnons d'infortune déguenillés. « Il y a peut-être un moyen. »

Valéria écarquilla des yeux énormes.

« C'est vrai ? Tu as un plan ? demanda-t-elle avec excitation.

— Plus ou moins... », répondis-je. J'aurais voulu pouvoir retenir les mots qui s'échappaient de mes lèvres.

Je pensais toujours que nous commettions une terrible erreur que nous allions forcément regretter. Mais je ne pouvais pas les abandonner à leur sort, et, puisqu'il fallait se lancer dans la tourmente, je préférais tenir la barre.

De sorte que, ignorant les sonnettes d'alarme qui retentissaient dans ma tête, je commençai d'expliquer la stratégie téméraire qui avait germé dans mon esprit.

Quelques heures plus tard, je devais me lamenter de ne pas avoir écouté ces signaux d'avertissement.

Si je l'avais fait, nous serions peut-être encore tous en vie.

70

« Il y a quelque chose qui ne tourne pas rond dans ta tête ! »
Ce fut la première réaction du professeur dès que j'eus fini de leur exposer mon idée.
« Il est complètement cinglé, renchérit Cassie avec découragement. Complètement cinglé ! »
Les trois autres, qui n'auraient pas osé parler avec tant de familiarité, me dévisageaient néanmoins de la façon dont on regarde les spécimens qui se promènent avec un entonnoir sur la tête, la main glissée entre les boutons de la chemise, en donnant des ordres pour que leurs hussards attaquent le flanc gauche de l'infanterie de Wellington.
« Tu crois sérieusement que cela pourrait marcher ? demanda enfin Valéria, sans dissimuler tout à fait une légère intonation moqueuse.
— Si vous avez une meilleure idée, rétorquai-je en croisant les bras, adossé aux restes d'une antique colonne, je suis tout ouïe. »
Voyant que je ne plaisantais pas, Angélica fit la grimace. « Mais, ce que tu proposes est drôlement dangereux, et un peu... comment dire ?
— Débile ? suggéra Claudio en secouant la tête. J'ai rarement entendu quelque chose d'aussi débile.
— Fichtre, m'amusai-je, je vois que vous avez adoré l'idée.
— Mais tu t'es écouté ? protesta le professeur. Même venant de toi, cela semble complètement insensé. Tu penses réellement ce que tu dis ?
— Le sensé est surévalué, rétorquai-je avec un sourire. Et, avec un peu de chance, nous pourrons résoudre tous nos problèmes d'un coup.
— ... un peu de chance ? me singea Cassandra en arquant les sourcils.
— C'est vous qui voulez les cahiers du nazi, non ? Moi, je vous propose juste une manière de les obtenir, et, accessoirement, d'essayer de sortir d'ici en un seul morceau.
— Non, Ulysse. Ce que tu proposes, c'est de jouer à la roulette russe. »
Je ne m'étais jamais targué d'être particulièrement patient, mais là, toutes ces objections commençaient à m'énerver prodigieusement.

345

« Voyons voir, dis-je en me passant la main sur le visage avec lassitude. Je suis parfaitement conscient des risques que nous allons courir. Ce sera extrêmement dangereux, et la probabilité que quelque chose tourne mal est si élevée qu'il est inutile d'en parler. En réalité, ce sera très certainement le cas et nous mourrons tous, mais, de mon point de vue, nous n'avons que deux options. » Je marquai une pause, avant de poursuivre : « Ou nous nous asseyons ici et nous attendons qu'à plus ou moins brève échéance, les sbires du constructeur ou les morcegos nous trouvent et nous massacrent comme des agneaux... ou nous prenons le taureau par les cornes et nous jouons notre va-tout. Au pire, si tout va mal, bref... ce sera seulement allé un peu plus vite », achevai-je avec un haussement d'épaules.

Le silence qui succéda à mon discours révélait que quoi qu'ils en disent, ils pensaient plus ou moins la même chose.

« Mais je... », hésita le professeur dans un dernier sursaut de réticence, comme résistant à se laisser convaincre.

À ma grande surprise, sa fille le fit taire en lui posant une main sur l'épaule.

« Alors, que veux-tu exactement que nous fassions ? »

Nous passâmes l'heure suivante à décider de qui ferait quoi, et dans quel ordre, ce qui était d'une importance primordiale pour le succès du plan complexe que j'avais en tête.

À de multiples reprises, l'un ou l'autre refusait catégoriquement, avec de grands gestes d'incrédulité, pour finir par me donner raison... comme on la donne à un fou. Nous réussîmes néanmoins à mettre au point tous les détails de cet extravagant scénario, et, comme nous ne disposions que de quelques heures pour le mener à bien avant la tombée de la nuit, nous nous mîmes en branle après avoir synchronisé nos montres, chacun partant s'occuper de sa propre partie.

Dans mon cas, cela ressemblait assez à une immolation.

71

À croupetons dans les fourrés, je me traînais dans la boue épaisse, suivi du professeur et de Cassie. Essayant de ne faire aucun bruit, nous nous approchions du campement des mercenaires.

Alors que nous n'en étions plus qu'à une cinquantaine de mètres, sur une portion de terrain encore sec, je dressai la tête avec précaution et pus dénombrer quatre hommes, dont Souza, qui étaient assis en cercle, en train de faire un sort à des sachets de nourriture lyophilisée. Ils avaient l'air calmes et ne semblaient pas avoir décelé notre présence.

« Il en manque deux, chuchotai-je en me retournant. Ils doivent être en train de monter la garde quelque part.

— Ou alors, ils ont servi de goûter aux morcegos, suggéra Cassie.

— En tout cas, soyez prudents. Vous savez ce que vous avez à faire.

— Celui qui doit faire attention, c'est toi, Ulysse, affirma le professeur Castillo. Je pense toujours que c'est une folie.

— Quand le vin est tiré… », répondis-je, un nœud dans la gorge. Je m'arrachai un sourire qui se voulait rassurant. Mais, à l'expression de mes amis, je crois plutôt que j'avais arboré celui qui clamait « je suis un imbécile qui n'a aucune idée de ce qu'il fait ».

Je sentis une main chaude, familière, se poser sur la mienne et la serrer avec force.

Cassie ne dit rien. Elle n'avait pas besoin de parler.

Je ne dis rien non plus.

Nous nous regardâmes longuement ; les mots étaient inutiles.

Puis, sans un regard en arrière, je me faufilai entre les arbustes, laissant derrière moi deux des personnes que j'aimais le plus au monde et que je ne reverrai probablement jamais plus.

Rampant comme un serpent – et priant pour ne pas me trouver nez à nez avec un –, je mis à profit un angle mort, à l'abri des tentes canadiennes, pour m'approcher du campement sans être vu.

Il s'en fallait encore de beaucoup pour que le soir arrive et que les ombres s'allongent, mais la pénombre de la jungle jointe à la couche de boue et de crasse que j'avais accumulée pendant plusieurs jours – j'en avais perdu le compte – était un camouflage suffisant pour que je ne craigne pas d'être découvert. *Il est plus probable qu'ils me sentent avant de me voir*, songeai-je fugitivement.

Les mercenaires parlaient d'une voix tranquille, ce qui me conforta dans ma conviction qu'ils étaient bien loin d'imaginer que je me trouvais à moins de dix mètres, caché derrière une de leurs tentes. À quatre pattes et prenant un soin extrême de ne pas trahir ma présence en marchant sur une branche sèche, je me glissai jusqu'à la tente suivante, puis derrière une autre, de plus en plus près de l'entrée de la grotte.

Et juste à cet instant, alors que je me redressais pour pénétrer dans l'obscure caverne, un léger bruit me fit me retourner ; tout ce que j'eus le temps de voir, ce fut la crosse d'acier qui m'arrivait sur la figure.

« Tiens, tiens, tiens… dit Souza, planté devant moi, poings sur les hanches, tandis que j'étais à genoux, les mains attachées dans le dos. Voyez qui nous avons là. » Il s'accroupit et me releva le menton pour m'obliger à le regarder en face. « On te manquait ? »

Tout le côté gauche de mon visage me faisait horriblement souffrir, et, lorsque j'ouvris la bouche, j'eus l'impression que le coup de crosse m'avait fracturé la pommette.

« Je voulais voir si vous aviez un téléphone à me prêter… bafouillai-je. Il faut que j'appelle ma mère pour lui dire que je ne rentrerai pas dîner. »

Le chef des commandos eut un sourire cynique tandis qu'il sortait de son étui un énorme couteau qu'il me posa sur la gorge.

« Je devrais te tuer immédiatement pour ce que vous avez fait à Luizao, dit-il d'une voix glaciale en appuyant la lame sur ma trachée.

— Ce n'était pas nous, soufflai-je en sentant ma peau céder sous le fil froid de l'acier. Ce sont les morcegos. »

Souza cilla, sans alléger la pression.

« Les morcegos ? Tu prétends t'en tirer avec un conte pour enfants ?

— Vous faites erreur. Ils sont réels et ils sont ici, mais ils ne sortent que la nuit.

— Ouh ! Comme les fantômes ! Oh que j'ai peur, se gaussa-t-il en agitant les mains en l'air. Alors, je présume que la disparition d'un autre de mes hommes, la nuit dernière, c'était aussi l'affaire de ces morcegos ? » L'expression de Souza clamait haut et fort qu'il ne croyait pas le premier mot de ce que j'avais dit. « Et bien entendu, tu vas me dire que vous n'y êtes pour rien ? »

Je levai les yeux, dans une tentative de le convaincre du regard.

« Je ne sais pas ce qui est arrivé à votre homme… mais je vous assure que nous n'avons rien à y voir. »

La réponse prit la forme d'une botte militaire pointure 44 qui se planta violemment dans mon estomac.

« Je ne te tue pas tout de suite, cracha-t-il avec une rage contenue à grand-peine, parce que je veux que tu me dises où sont les autres.

— Quels autres ? »

Un nouveau coup de pied brutal, plus bas que l'estomac, cette fois.

Sous la douleur insupportable, je tombai en avant, le nez dans la boue. Je pouvais à peine respirer. Une main s'agrippa à mes cheveux pour me relever. Les yeux de Souza brillaient d'une excitation malsaine.

La pointe du couteau se promena de nouveau sur mon visage, s'arrêtant sous mon œil droit, auquel j'avais toujours été fort attaché.

« Je vais te le demander encore une fois… Où sont les autres ?

— Si je vous le dis, haletai-je, vous allez les tuer.

— Possible », rétorqua-t-il avec un rictus sinistre.

Je pris une profonde inspiration :

« Je vous propose un marché. »

L'éclat de rire de Souza avait dû s'entendre à des kilomètres à la ronde.

« Tu es complètement idiot ou quoi ? Tu ne peux proposer aucun marché. Ou tu me le dis immédiatement, ou je t'arrache les yeux, je te coupe la langue, et je t'attache à un arbre pour laisser les fourmis te bouffer lentement. »

La perspective n'était pas des plus attrayantes, et ce n'était pas du tout ce que j'avais prévu.

« Vous pouvez… répliquai-je en m'efforçant de garder un visage impassible, mais alors vous devrez chercher mes amis vous-même. Et la forêt est grande. Avant que vous les trouviez, si vous les trouvez, vous aurez tous été massacrés par les morcegos, dis-je avec un coup d'œil en direction du reste du groupe. Que vous me croyiez ou non, ils existent, et ils vous tueront un par un, chaque nuit que vous passerez ici. C'est ce qui est arrivé à vos deux copains. Ou vous croyez peut-être qu'à un type

349

comme Luizao, nous aurions pu lui arracher la tête, les mains attachées dans le dos ? »

L'argument sembla faire mouche parmi mes geôliers, qui échangèrent quelques regards furtifs.

Clairement, ce détail leur était déjà venu à l'esprit.

Souza, dubitatif lui aussi, se leva et me jaugea du regard.

« Qu'est-ce que tu proposes ? demanda-t-il enfin.

— C'est très simple. Je vous conduis jusqu'à mes amis, mais vous, vous me donnez votre parole que nos vies seront respectées et que vous nous ramènerez à la civilisation. En échange, nous signerons un accord de non-divulgation et nous ne parlerons jamais de ce qui est arrivé ici ni de ce que nous y avons vu.

— Ah, alors maintenant, vous allez croire à ma parole ? ironisa-t-il.

— Nous avons le choix, peut-être ? répliquai-je amèrement. Vous êtes notre seule chance de quitter cet endroit. »

Le mercenaire réfléchit un long moment avant de consulter ses hommes du regard et de recevoir leur approbation silencieuse.

Par-derrière, deux bras musclés me relevèrent sans effort et me remirent debout.

« D'accord, déclara Souza. Conduis-nous à tes amis et nous vous tirerons de là.

— Alors, vous me donnez votre parole qu'il ne leur sera fait aucun mal ?

— Tu as ma parole de soldat. »

Nous nous échangeâmes un long regard, puis je partis dans la direction où je savais trouver le professeur et Cassie.

72

J'eus beau l'assurer que ce n'était pas nécessaire, Souza considéra qu'il valait mieux prendre mes amis par surprise et leur tomber sur le poil avant qu'ils n'aient le temps de dire ouf. Suivant ses instructions, ses hommes se déployèrent donc en éventail. Pendant ce temps, on m'avait non seulement attaché de nouveau les mains derrière le dos, mais j'avais également été bâillonné pour ne pas risquer que je donne l'alerte au dernier moment.

Nous progressions lentement. De mon côté, j'essayais de ne pas trébucher et m'étaler ; eux, fusils d'assaut à hauteur de visage, scrutaient à droite et à gauche, presque invisibles dans leurs tenues de camouflage qui se fondaient dans la végétation.

Après quelques pas, Souza leva un poing fermé, et ses hommes s'arrêtèrent immédiatement, immobiles comme des statues. À courte distance, le professeur et Cassie étaient assis, nous tournant le dos ; ils bavardaient tranquillement au sujet des représentations murales et des origines possibles de la cité.

Sur un signe de leur chef, trois des mercenaires se précipitèrent soudain dans la clairière où, criant sans cesse de les garder en joue, ils les obligèrent brutalement à se mettre à genoux, les mains sur la nuque.

Aussitôt, le lieutenant me saisit le bras, et, m'ayant ôté mon bâillon, il m'expédia violemment dans la clairière, où je m'écroulai dans la boue. Le professeur et Cassie me regardèrent avec stupéfaction, sans comprendre.

Goguenard, Souza prit la parole.

« Merci beaucoup, monsieur Vidal, de m'avoir montré où étaient vos amis. Vous voyez, ce n'était pas si difficile. »

Cassandra redressa la tête et me regarda avec incrédulité.

« Tu leur as dit où nous étions ?

— J'ai fait un marché avec eux, me défendis-je. Ils ont promis de ne pas nous faire de mal et de nous emmener loin d'ici.

— Ce que tu peux être con ! m'accusa-t-elle. C'est notre arrêt de mort que tu as signé ! »

Le professeur ne disait rien. Il secouait seulement la tête en silence, ce qui me faisait plus mal que les imprécations de l'irascible Mexicaine.

« À ma place, vous auriez fait la même chose, alléguai-je faiblement.

— C'est ce que tu aimerais croire, pauvre type. Mais tu sais que ce n'est pas vrai. »

Le lieutenant Souza jouissait visiblement de la situation, se pourléchant de voir Cassie m'insulter tandis que je faisais le dos rond.

« Bon, finissons-en », déclara-t-il lorsqu'il jugea qu'il avait suffisamment profité du spectacle. Sur un signe, ses hommes nous mirent en joue. « Je suppose que vous n'avez trouvé aucun membre de l'autre expédition, je me trompe ?

— Il n'y a personne d'autre, ici », répondis-je, penaud. Mais, pendant un dixième de seconde, mon regard s'était tourné vers les fourrés.

Cela n'échappa pas au mercenaire, qui m'examina avec défiance pendant un instant ; puis, en silence, il leva deux doigts de la main droite, et, après les avoir placés devant ses yeux, il les pointa en direction des mêmes fourrés.

Deux de ses hommes avancèrent alors avec prudence sur l'étroit sentier ; l'un d'entre eux s'accroupit presque aussitôt, il palpa le sol, leva trois doigts, et fit le geste de marcher avec deux de ceux-ci.

Il avait découvert les traces de trois personnes.

Souza eut un sourire carnassier. « Alors, vous croyiez pouvoir me tromper ? »

Aucun de nous ne prit la peine de répondre à une question purement rhétorique.

Il m'empoigna de nouveau le bras, et, laissant deux hommes pour garder Cassie et le professeur, il me poussa sans ménagement sur les traces nettement visibles dans la terre boueuse.

Quelques bouquets d'arbustes plus loin, nous débouchâmes dans une nouvelle clairière où les deux pisteurs nous attendaient, au bord d'un trou obscur qui s'ouvrait dans le sol. C'était une large brèche qui donnait sur le réseau de tunnels ; de fait, c'était précisément celle par où nous étions sortis lorsque Valéria et son équipe nous avaient sauvés des morcegos. Les empreintes bien reconnaissables de trois paires de bottes allaient se perdre à l'intérieur.

Souza hocha la tête, saisi d'une subite compréhension.

« Alors vous vous déplaciez dans les couloirs... C'est pour ça qu'on n'arrivait pas à retrouver votre piste. Où mènent ces tunnels ? demanda-t-il en se tournant vers moi.

— Je... je ne sais pas.

— Écoute fiston, dit-il en portant la main à la crosse de son pistolet, on peut faire ça gentiment... ou moins gentiment. Si tu ne dis rien, j'abats tes deux amis sans me poser de questions ; mais si tu m'aides... il se pourrait que j'envisage sérieusement de respecter notre marché.

— Et qu'est-ce qui me dit que vous tiendrez votre promesse ?

— C'est moi qui tiens le pistolet. Ça te va, comme argument ? »

Certes, c'était un bon argument. Du genre irrévocable. Je ne doutai pas que si je ne faisais pas ce qu'il ordonnait, la vie de mes deux amis courrait un danger immédiat.

Me mordant les lèvres, j'acquiesçai sans mot dire.

« Très bien. Maintenant, je vais te poser la question encore une fois : où mènent ces tunnels ?

— À une sorte de sanctuaire, où nous nous sommes réfugiés, à l'abri des morcegos... et de vous.

— C'est très loin ? demanda-t-il en s'accroupissant pour examiner l'étroitesse du conduit.

— À moins d'un kilomètre. Je peux vous faire un plan, si vous voulez. »

Le lieutenant Souza se releva et m'adressa un sourire torve.

« Ce type s'imagine vraiment que je suis un imbécile, grogna-t-il en se tournant vers ses hommes.

— Mais je ne...

— Pas la peine de faire un plan, me coupa-t-il, parce que c'est toi qui vas nous servir de guide, là-dessous. Si ton intention était de nous perdre ou de nous tendre bêtement un piège, tu ferais bien de t'ôter cette idée de la tête. Tu marcheras devant. Et, si j'ai l'impression qu'il y a quelque chose de bizarre, je te flanque une balle dans la nuque. Je me suis bien fait comprendre ? Ah, encore autre chose, ajouta-t-il avec un sourire sadique, l'index me vrillant la poitrine, je laisserai des ordres aux deux hommes qui surveillent le grand-père et la fille : si nous ne sommes pas de retour dans deux heures, ils étriperont le vieux et s'amuseront un moment avec la blonde... avant de l'étriper elle aussi. »

353

Et il se retourna en éclatant de rire, comme le psychopathe qu'il était sans nul doute.

Les plans sont ces affaires qui ne se déroulent jamais comme prévu, avais-je entendu un jour, et c'était la pensée que j'avais à l'esprit tandis que je contemplais l'accès au terrifiant tunnel dont j'avais juré ne plus jamais m'approcher, et que j'imaginais l'atroce destin qui attendait peut-être tous ceux qui m'avaient fait confiance.

Désormais, leurs vies étaient entre mes mains ; et la mienne, entre celles d'un assassin.

Pour être sincère, les choses ne se présentaient pas vraiment bien.

73

Avec pour motivation non négligeable un canon de neuf millimètres pointé sur la nuque, je me laissai glisser dans le trou pour atterrir, debout, sur le fond inondé de ces égouts primitifs. Le niveau de l'eau avait beaucoup monté depuis ma première visite.

Une seconde plus tard, un des mercenaires me rejoignait, suivi de l'autre, et enfin de leur chef, pistolet au poing.

« Bien, mon gars, tu n'as pas beaucoup de temps, alors ne le gaspille pas et essaye de ne pas te perdre. Vers où allons-nous ?

— Avant, détachez-moi les mains et donnez-moi une lampe.

— Pas question, répliqua-t-il, catégorique.

— Et comment voulez-vous que me m'oriente, dans le noir ?

— On te fera de la lumière, ne t'inquiète pas.

— Ça ne marche pas comme ça. Pour ne pas nous perdre dans ce labyrinthe, nous avons fait des petites marques sur les murs ; si je ne peux pas les éclairer moi-même, je ne les retrouverai pas. Vous avez peur que je vous attaque avec une lampe-torche ? »

Souza poussa un soupir de contrariété, mais finit par céder à contrecœur ; il fit signe à un de ses hommes de me passer sa lampe.

« Voilà, dit-il en m'enfonçant le canon de son pistolet dans le dos, tu as ta loupiote. Mais pas question de te détacher les mains. Maintenant, avance ! »

En me contorsionnant, je réussis à passer mes mains liées sous mes jambes pour les amener devant moi et pouvoir ainsi tenir la torche. Puis je commençai à marcher lentement, l'eau presque jusqu'à la poitrine, tout en fredonnant à voix basse.

« La ferme ! ordonna le chef des mercenaires. Tu cherches peut-être à les prévenir que nous arrivons ?

— Ni plus ni moins, affirmai-je. Ils ont les armes que portait Luizao quand il a été tué par les morcegos. Si je ne les préviens pas, s'ils ne sont pas certains que c'est moi, ils pourraient nous tirer dessus. Sincèrement, je n'ai aucune envie qu'on fasse des trous à ma chemise préférée.

— Si tu mentionnes encore une fois cette idiotie sur les morcegos, tout ce que tu vas gagner c'est une balle dans le pied », menaça Souza sans une once d'humour.

Néanmoins, je distinguai les chuchotements inquiets des deux autres mercenaires, derrière lui. De toute évidence, ils avaient entendu parler de la légende, et la disparition d'un compagnon et la mort brutale d'un deuxième les avaient rendus plus que nerveux.

« Hé, ho ! criai-je subitement, m'offrant la satisfaction de voir le lieutenant sursauter. C'est moi, Ulysse ! J'arrive, ne tirez pas ! »

En réalité, je n'avais pas la moindre idée de l'endroit où nous étions : je faisais seulement semblant de suivre des marques qui n'existaient pas. Il ne me restait plus qu'à m'en remettre à la providence ; je priai pour voir arriver ce que j'espérais… qui était aussi ce que je craignais le plus.

Et mes prières furent exaucées.

Nous n'avions pas fait cent mètres qu'un grognement sourd surgit des ténèbres, non loin devant nous, accompagné d'une indescriptible odeur de sueur rance et de viande pourrie.

« *O que foi* ? demanda avec angoisse un des hommes.

— Silence ! » lui intima la voix coupante de Souza.

Le lieutenant approcha ses lèvres de mon oreille.

« Je vois clair dans votre petit jeu, dit-il sans montrer la moindre tension, mais avec moi, ça ne marchera pas. Alors, tu dis à tes copains d'arrêter leurs conneries et de sortir immédiatement si tu ne veux pas que je te troue la peau ici même. »

Et il souligna ses mots en appuyant le canon de son arme dans mon dos.

« Je vous jure qu'il n'y a pas d'entourloupe », affirmai-je, inquiet – à cause du pistolet qui me menaçait, évidemment, mais j'avais encore plus peur de ce que je ne voyais pas et qui nous guettait dans le noir –. « Je vous ai déjà dit qu'il y avait des morcegos… et vous venez d'en avoir la preuve.

— La seule preuve que j'ai eue, c'est que vous êtes doués pour les imitations. Et maintenant, si tu ne veux pas que ta promenade se termine ici, continue d'avancer.

— Mais vous ne comprenez donc pas ? répliquai-je avec fermeté, face à face avec Souza dont l'arme était à présent pointée sur mon front. Si nous restons dans ce couloir, nous sommes tous morts. »

356

Son doigt se replia sur la détente ; et, alors que j'attendais de voir ma vie entière défiler devant moi, je vis – ou plutôt, je devinai – un mouvement furtif, derrière le deuxième mercenaire.

Une fraction de seconde, je détournai involontairement le regard des prunelles sombres de Souza… pour discerner deux yeux injectés de sang qui surgissaient du néant, sertis dans une ombre élancée.

L'ombre tendit deux longs bras. Avant que je puisse appréhender pleinement ce que je voyais, le sergent Gerias était pris dans leur étreinte mortelle et entraîné violemment dans les ténèbres.

Le malheureux n'avait même pas eu le temps de savoir ce qui lui arrivait.

L'horreur de la scène dut se refléter sur mon visage, car les deux autres mercenaires se retournèrent, avec une extrême lenteur, comme s'ils craignaient de se retrouver face à leurs peurs les plus terribles.

L'expression du pauvre sergent était figée par la stupéfaction, mais il n'avait pas poussé un cri tandis que la chose l'emportait, ne laissant derrière elle qu'un sillage d'eau agitée.

C'était comme s'il n'avait jamais été là.

Pendant une longue seconde, un silence irréel nous enveloppa, comme dans une espèce de transe incrédule… mais cela ne dura pas.

Souza parut soudain réaliser ce qui venait d'arriver à son second.

« Sergent ! s'alarma-t-il. Sergent, répondez ! »

Cessant de me viser, il tourna son arme dans la direction d'où ne viendrait aucune réponse.

Prenant conscience que son homme ne répondrait plus, Souza commença à tirer vers les ombres, imité par Fabio, qui vidait le chargeur de sa mitraillette en rafales assourdissantes dont l'écho se réverbérait dans l'étroit couloir envahi de fumée blanche.

C'était l'occasion que j'attendais.

C'est maintenant ou jamais, me dis-je.

J'éteignis ma lampe et, tournant le dos aux deux mercenaires qui faisaient feu dans le vide, je me mis à courir à l'aveuglette, une main tendue devant moi, cherchant à m'en éloigner le plus possible avant qu'ils ne découvrent que j'avais décidé de filer à l'anglaise.

Plié en deux pour ne pas me cogner la tête au plafond, les doigts glissant sur la paroi pour conserver mon orientation, je réussis à progresser péniblement dans le bon mètre d'eau qui inondait les tunnels jusqu'au moment où je pus considérer que les faisceaux de lumière des lampes-torches ne risquaient plus de m'atteindre. Ce n'est qu'alors que je m'arrêtai, haletant. Je regardai brièvement en arrière, et pus encore distinguer, à une cinquantaine de mètres dans le long couloir, les éclairs des coups de feu qui accompagnaient le crépitement tonitruant de la mitraillette et les cris sauvages des deux hommes.

Des cris dont je n'aurais su dire s'ils étaient de fureur aveugle ou de terreur viscérale.

Essayant de ne pas me sentir coupable pour le sort qui les attendait à brève échéance, et en même temps heureux de la distance que j'étais parvenu à mettre entre nous, je repris la marche à un rythme moins soutenu, tandis que la réverbération des détonations devenait de plus en plus lointaine. Je n'osais pourtant pas encore utiliser ma lampe, de peur de trahir ma présence ; je continuai donc dans le noir, tâtonnant le mur comme un ivrogne qui cherche à rentrer chez lui. C'est alors que mon appui se déroba soudain, et, déséquilibré, je tombai bruyamment dans l'eau stagnante.

Le mur que je suivais avait disparu.

Je me relevai non sans mal, car j'avais toujours les mains liées, et pus constater deux choses : une bonne et une mauvaise. La bonne, c'était que je venais de trouver un couloir latéral qui coupait la ligne de vision directe des mercenaires, ce qui me permettrait d'allumer ma lampe-torche ; la mauvaise, c'était que dans ma chute malencontreuse, j'avais lâché celle-ci.

Elle était quelque part, sous l'eau, mais, après avoir tenté de la retrouver en retenant ma respiration, je compris que je ne pouvais pas perdre mon temps à la chercher. Il faudrait me débrouiller sans elle.

Par chance, j'avais déjà envisagé cette éventualité : j'avais glissé dans ma chaussette le Zippo de feu Luizao. Essayant de faire abstraction d'un hurlement déchirant – j'ignorais s'il était humain ou pas –, et faisant bien attention de ne pas le laisser tomber lui aussi, je sortis donc lentement le briquet de sa cachette.

Le tenant coincé entre deux doigts, je réussis à l'allumer, puis, contorsionnant poignets et phalanges, je m'efforçai d'approcher la petite flamme de mes liens. Je dus répéter l'opération à trois reprises, incapable de supporter les brûlures de mes poignets, avant que les brides de plastique ne commencent à fondre.

Mais le truc fonctionna, et je finis par me libérer de mes menottes de fortune.

Le problème, maintenant, était de sortir de là, et il aurait fallu pour cela que je sache où je me trouvais.

Sauf que je n'en avais pas la moindre idée.

M'éclairant de la flamme tremblante de mon briquet, j'avançai prudemment dans ce nouveau couloir. Les bruits du combat ne me parvenaient plus, mais j'ignorais si c'était parce que j'en étais assez loin ou parce qu'un des deux camps en avait fini avec l'autre.

Même si j'avais eu dès le départ l'intention d'introduire les mercenaires sur le terrain des morcegos, en cet instant précis, à la lueur de la flamme ridicule, désarmé et mon imagination me montrant cerné par d'horribles monstres, l'idée ne me paraissait plus aussi brillante. Lorsque je l'avais proposée, quelques heures plus tôt, enhardi par la chaude lumière d'un soleil au zénith, j'avais été traité de fou et d'insensé.

À présent, je me rendais compte que c'était probablement avec raison.

À quoi diable pouvais-je donc bien penser ?

Mais, comme l'on disait dans ces cas : quand le vin est tiré, il faut le boire. Mais j'étais – presque littéralement – dans l'eau jusqu'au cou et je n'avais plus d'autre option que d'aller de l'avant. Continuer d'avancer dans l'obscurité, et prier pour que mon ange gardien ne soit pas en congé.

« Nous avons vu pire, mon ami », murmurai-je pour me donner du courage.

Mais au fond de moi, je savais bien que ce n'était pas vrai.

J'étais au cœur du territoire ennemi, et mon briquet allumé était comme d'avoir sur la tête une affiche lumineuse annonçant buffet libre. Mais mon instinct – également appelé peur panique – m'empêchait de l'éteindre. De toute façon, les morcegos avaient une vision nocturne si développée qu'ils finiraient bien par me voir – ou me sentir – à un moment ou un autre. Ma seule chance était de sortir de ce cloaque infect le plus vite possible, ou mon espérance de vie ne serait plus mesurable qu'en minutes.

J'avançais très lentement en traînant les pieds pour ne pas faire de bruit dans l'eau ; par conséquent, lorsque j'entendis l'écho d'un clapotis un peu plus loin, je sus immédiatement qu'il y avait quelqu'un sur mes pas.

J'éteignis vivement le briquet et me collai contre le mur, allant jusqu'à retenir mon souffle pour mieux écouter.

C'était sans compter avec mon propre cœur, dont les battements affolés palpitaient dans mon oreille comme des salves d'artillerie. Je parvins néanmoins à distinguer le son d'une respiration que je crus, m'en réjouissant presque, être celle de Souza ou d'un de ses compères.

Le son, rauque et caverneux, s'approchait lentement, mais inexorablement. Je demeurai complètement immobile, l'oreille tendue pour essayer de déterminer la nature de ces poumons ; si c'était un des mercenaires, je pourrais mettre à profit l'élément de surprise et, avec de la chance, arriver à le désarmer en lui sautant dessus sans qu'il me voie dans l'ombre.

Mais mon plan s'écroula avant même d'avoir été mis au point.

Une bouffée fétide emplit mes narines lorsque je me risquai enfin à respirer, et je sus que ce qui venait furtivement vers moi n'était pas un homme.

74

Une vague de panique irrationnelle, de celles qui vous hérissent le poil de la nuque comme un chat, me parcourut tout entier, du sommet du crâne à la pointe des orteils. J'étais certain que le morcego – en admettant qu'il n'y en avait qu'un – m'avait déjà localisé et que son approche silencieuse n'était que le prélude à l'attaque qui jaillirait des ténèbres impénétrables.

J'étais pétrifié, ne sachant quoi faire et convaincu qu'après un combat à découvert contre les mercenaires, la misérable flamme de mon briquet serait loin de l'intimider suffisamment, même s'il ne supportait pas la lumière. Avec de la chance, je pourrais au mieux le déconcerter un bref instant, mais pas plus ; et c'était déjà beaucoup, au vu des circonstances.

Finalement, je compris que je n'avais pas d'autre option que de continuer de bouger, ce que je fis, le briquet toujours allumé, comme si je ne m'étais pas aperçu de sa présence. Il était évident que si je me mettais à courir follement – ce qui serait par ailleurs assez difficile, avec de l'eau jusqu'à la taille – le morcego, certainement plus rapide que moi et indubitablement plus habitué à cet environnement, m'attraperait à coup sûr. Je continuai donc d'avancer, m'efforçant de sembler stupidement insouciant, mais l'oreille aux aguets et le briquet tendu devant moi, sa flamme juste un peu plus tremblotante qu'un instant auparavant.

À quelques mètres, un reflet ténu me disait que j'atteignais l'extrémité du couloir, où un mur recouvert de lichen et de mousse me barrait la route.

Mon cœur s'accéléra brutalement lorsque je compris que cette poursuite parcimonieuse n'avait d'autre but que me repousser délibérément dans cette voie sans issue.

Je cherchais désespérément une improbable solution, tandis que chaque pas me rapprochait un peu plus du bout du chemin – celui du tunnel et le mien –, mais en vain. Je n'en réchapperai pas.

L'invisible nuage pestilentiel était de plus en plus suffocant, mais je devais continuer d'avancer ; une fois acculé contre la paroi de pierre, j'avais l'intention de me battre et de vendre cher ma peau. Ou au moins, de ne pas la lui céder gratuitement.

Ma respiration se faisait déjà plus profonde, pour me remplir les poumons ; mes muscles se tendirent ; et c'est alors qu'à moins de deux mètres du mur, je découvris que c'était en réalité une bifurcation en forme de T, deux couloirs s'ouvrant de part et d'autre, tout aussi sombres et oppressants, mais qui m'apparurent aussi somptueux que le hall d'entrée du Ritz, portier et tapis rouge compris.

Je faillis pousser un cri d'allégresse.

Sans trop réfléchir, je pris l'embranchement de droite, mais j'y avais à peine posé un pied qu'un sifflement étouffé me parvint de l'intérieur.

Fausse route.

Je fis lentement demi-tour, l'air de rien, et décidai que l'autre voie était plus recommandée.

Sans oser regarder en arrière, craignant ce que j'aurais pu voir, je me penchai à l'entrée de la galerie de gauche et tendis le briquet allumé.

Il n'y avait pas un bruit ; alors, me rendant compte que je serai pendant quelques instants hors de vue de mon poursuivant, je pénétrai dans le sombre couloir et me mis à courir de toutes mes forces.

Le morcego ne tarda pas à comprendre le stratagème, mais j'avais au moins gagné quelques secondes. Lorsque j'entendis derrière moi son clapotement pressé, j'étais déjà assez loin dans ce nouveau passage qui, à la lueur vacillante de la flamme, me sembla soudain étrangement familier.

Mes soupçons se virent confirmés quand, atteignant une autre bifurcation, je découvris dans un coin une petite flèche, grossièrement gravée dans la mousse, qui pointait dans la direction opposée. C'était l'une des marques faites par Cassie, la veille, lorsque nous étions entrés dans les égouts, et je réalisai que si je les suivais à rebours, elles me conduiraient à la sortie. Ma salvation. Qui dépendrait néanmoins de l'habileté que mettraient les morcegos à me pourchasser.

Je me sentais comme une souris dans un labyrinthe, poursuivie par un chat géant. Si des paris avaient été ouverts, même le joueur le plus téméraire n'aurait pas misé un centime sur moi.

Tant qu'il y a de la vie, il y a de l'espoir, songeai-je pour me donner du courage tandis que je persévérais dans ma course effrénée, guettant à présent les marques en forme de flèche à chaque croisement que je rencontrais. Je me contraignais à ignorer le halètement profond qui s'approchait, ainsi qu'une imagination inopportunément exacerbée qui me faisait pressentir une longue griffe noire constamment tendue à quelques centimètres de mon cou.

Je suppose qu'à force de mobiliser mon esprit à ce genre de choses, je mis un moment à me rendre compte qu'il n'y avait plus de marques sur les murs, et que le tunnel s'élevait progressivement : l'eau, qui m'atteignait la taille un instant plus tôt, ne m'arrivait plus que jusqu'aux genoux. Je sus alors que j'étais complètement perdu. Je n'étais jamais passé par ici, mais, plus je monterais, plus près je serais de la surface et de la lumière du soleil. Galvanisé par cette pensée, j'accélérai le rythme avec l'espoir de m'éveiller un peu plus vite de ce cauchemar.

Lorsqu'au bout d'un moment je calculai, d'après la distance parcourue sans cesser de monter, que je devais être à peu près au niveau du sol de la forêt, je commençai à m'inquiéter. Mais j'entendais toujours le halètement terrifiant derrière moi ; je ne pouvais ni m'arrêter ni faire demi-tour.

Je ne pouvais que poursuivre ma fuite en avant, où que doive me mener ce lugubre passage.

Et si le morcego était tout simplement en train de me pousser là où il le veut, comme on conduit du bétail à l'abattoir ? songeai-je avec angoisse.

Le faible halo de la petite flamme me révéla alors, quelques mètres plus loin, les restes d'un éboulement ; en l'atteignant, je grimpai sur le monticule bas que formaient les débris au milieu du couloir, et tendis le briquet, espérant découvrir une issue au plafond. Hélas ! il ne s'agissait que d'un éboulement superficiel, et le trou, au-dessus de ma tête, ne faisait pas plus d'un mètre de profondeur.

Il était clair que ce n'était pas par là que j'allais pouvoir m'échapper.

Encore que…

75

Ramassé dans une niche étroite et suspendu à presque deux mètres du sol, les genoux et les coudes encastrés dans les anfractuosités de la pierre, je luttais pour conserver mon équilibre sans que le moindre son s'échappe de ma bouche.

Lorsque j'avais éteint le briquet, le noir était devenu absolu, et seules la respiration râlante du morcego et la puanteur croissante me permettaient de deviner qu'il était de plus en plus près.

Mon plan était simple.

J'attendrai que l'être qui me pourchassait passe au-dessous de moi sans me voir, et, une fois qu'il se sera éloigné dans le couloir pentu, je me laisserai tomber et reviendrai sur mes pas pour retrouver le labyrinthe, où je savais avec certitude qu'il existait au moins une issue vers la surface.

Je n'eus pas à attendre bien longtemps avant que l'odeur méphitique, presque palpable, imprègne chaque bouffée d'air et que j'entende le son rocailleux d'une respiration rauque et difficile, juste au-dessous de moi. Dans ces ténèbres épaisses, j'étais incapable de voir quoi que ce soit ; mais je ne doutais pas que la tête du morcego n'était qu'à quelques centimètres de la mienne. S'il avait l'idée de lever les yeux, il me découvrirait, tapi dans mon trou et sans défense. Il n'était pas nécessaire d'être devin pour savoir ce qui arriverait alors.

Une hypothèse que je crus être une prémonition lorsque le bruit presque imperceptible de ses pas sur la roche s'arrêta brusquement ; je distinguai nettement les sons qu'il faisait en flairant. Il devait avoir décelé mon odeur toute proche malgré son puissant fumet personnel.

Terrorisé, je serrai les dents en retenant ma respiration, m'efforçant de les empêcher de claquer. J'essayai de me convaincre que j'étais invisible et que la créature poursuivrait sa route.

Enfin, au bout de quelques éternelles secondes d'angoisse, mes prières furent exaucées. Les pas reprirent, et l'écho du halètement rauque s'éloigna jusqu'à devenir inaudible... sauf qu'il n'allait pas dans la direction espérée.

Maudissant le sort, je compris que le morcego avait fait demi-tour et repartait par le même chemin.

Mon plan venait de tomber à l'eau.

Dès que j'eus cessé d'entendre la respiration râlante du morcego, je descendis précautionneusement de mon abri précaire pour retrouver le sol. J'étirai mes muscles endoloris par la posture acrobatique que j'avais dû maintenir.

Le silence était si complet que je craignis un instant que mon poursuivant ne soit en train de me guetter, tout près, embusqué dans l'ombre. Mais il m'était impossible d'en être certain, et, comme je ne pouvais évidemment pas rallumer le briquet pour m'en assurer, je m'efforçai de bannir cette pensée dans un recoin de mon esprit. Ce fut donc à tâtons, en effleurant la paroi du bout des doigts, que je repris ma progression vers le haut du couloir.

Je n'avais pas le choix : puisque le morcego était redescendu, il ne me restait plus qu'à continuer de monter en espérant découvrir une issue plus loin.

J'avançais la main tendue, essayant de ne pas faire de bruit de peur que d'autres morcegos ne soient à l'affût, et tendant l'oreille pour suppléer le sens de la vue que je ne pouvais pas utiliser, mais ce n'était pas nécessaire. Un silence sépulcral régnait dans ce corridor interminable ; et le manque de références, visuelles et auditives, était si perturbant que je toussotai une fois ou deux pour vérifier que je n'étais pas devenu sourd.

Je ressentais la pulsion impérieuse d'allumer le briquet pour mitiger un peu cette obscurité si dense, et je devais lutter pour que mon bon sens s'impose à mon instinct, m'obligeant à le laisser où il était, bien à l'abri dans la poche arrière de mon pantalon.

Par chance, le dilemme se résolut tout seul quelques minutes plus tard : après un coude, le passage débouchait dans une grande caverne, illuminée en son centre par un épais rayon de lumière, comme le faisceau d'un projecteur, qui pénétrait par un trou au plafond, à une vingtaine de mètres du sol.

Un rayon de soleil diffus, mais qui éclairait assez pour révéler une vaste grotte arrondie, large d'une quarantaine de mètres, dont les parois verticales, symétriques et couvertes d'écriture cunéiforme, montraient qu'elle avait été façonnée de main d'homme.

365

En examinant l'intérieur de l'immense salle, je découvris également qu'outre les caractères cunéiformes, un sens esthétique douteux avait conduit à orner les murs d'épouvantables crânes humains grandeur nature, dont les sombres orbites vides semblaient me surveiller avec méfiance. Cela ressemblait un peu à ce que j'avais déjà eu l'occasion de voir, à moindre échelle, dans des gisements aztèques et mayas du Mexique et du Guatemala, avec lesquels il devait y avoir quelque sorte de relation.

L'impression que dégageait cet endroit était d'une majesté terrible et effrayante ; mais, dans cet indescriptible espace onirique, cauchemardesque, ce qui mobilisait toute mon attention se dressait au centre de la pièce monumentale, juste sous le rayon de lumière.

Atteignant presque le plafond, une déconcertante pyramide constituée apparemment de branchages et de pierres jaunâtres s'élevait sans structure visible, comme une montagne de débris de plusieurs mètres de haut.

Poussé par la curiosité, mais sans cesser de regarder de tous côtés, j'avançai vers le monticule, et vers la lumière qui l'éclairait d'en haut comme une promesse de liberté.

Mais soudain une odeur de putréfaction m'assaillit les narines ; je me figeai. Pétrifié sur place. Je n'osai même pas battre des paupières.

Je tendis l'oreille, m'attendant à déceler les sons déjà familiers que font les morcegos lorsqu'ils bougent et respirent.

Mais rien. Le silence était absolu.

Soit ils étaient endormis, soit ces émanations écœurantes venaient d'autre part.

Je réalisai néanmoins le danger que je courais à rester ainsi à découvert, sans la protection que m'offrait l'obscurité. Si un morcego était caché ici pour surveiller les lieux, il me verrait immédiatement, et serait enchanté d'avoir son repas servi à domicile.

Mais je ne pouvais pas me résoudre à partir ainsi, abandonnant derrière moi l'espoir de m'échapper par une issue qui m'attirait comme une lampe attire les insectes. De sorte que, prenant mon courage à deux mains, je décidai de traverser l'énorme salle, directement vers la lumière, déterminé à sortir d'ici au plus tôt.

De fait, mon plan ne pouvait pas être plus simple : avancer tout droit le plus furtivement possible, et, au moindre signe d'avoir été découvert, déguerpir à toute allure en récitant les quelques rares prières que je connaissais.

Qu'est-ce qui pouvait aller mal ?

L'étrange monticule dans ma ligne de mire, je commençai à marcher sur la pointe des pieds, espérant ne pas faire de bruit sans le vouloir et ne pas trouver sur mon chemin de gouffre que je n'aurais pas vu avant d'y tomber.

Je tâtai le sol du bout du pied, comme un aveugle sans canne, le cœur battant et la bouche aussi sèche que de l'étoupe.

Les symptômes de la terreur. Une vieille compagne d'aventures, que je croisais bien trop souvent à mon goût.

Les exhalaisons fétides de viande pourrie devenaient de plus en plus insupportables, comme si l'origine en était la montagne de décombres elle-même.

Mon pas se fit plus précautionneux, prudent, comme au ralenti.

Je levais un pied, je le reposais, le talon d'abord, puis la plante ; jambes fléchies, je déplaçais le poids de mon corps ; puis je levais l'autre pied. Je l'avançais, je le posais lentement… et soudain, poussant un juron étouffé, je glissai sur une matière visqueuse et tombai brutalement sur le dos, lâchant un gémissement involontaire en heurtant le sol dur.

Pendant une éternelle minute, je demeurai complètement immobile, allongé par terre, n'osant même pas respirer et certain d'avoir été découvert.

J'avais fait assez de bruit dans ma chute pour attirer l'attention de tous les morcegos des environs qui ne soient pas sourds. Mais, aussi incroyable que cela paraisse, rien ne bougea ; cela voulait-il dire que tout compte fait, il n'y avait personne d'autre ici ?

Décidant de prendre cette éventualité comme une certitude, je me relevai et tâtai le sol pour identifier ce qui m'avait fait patiner ; mes mains rencontrèrent un liquide épais ; je les portai à mes narines… et j'eus du mal à me retenir de vomir lorsque je compris que je venais de glisser sur les fluides qui s'écoulent des chairs en putréfaction.

Par réflexe, je reculai avec dégoût, et faillis trébucher et tomber de nouveau.

Le liquide purulent ne pouvait provenir que d'un cadavre en décomposition.

Faisant appel à tout mon courage, et convaincu à présent qu'aucun morcego ne me guettait, je me risquai à prendre le Zippo, et, le dissimulant à moitié de la main pour atténuer l'éclat de la flamme, je fis quelques pas en avant.

La vision dantesque qui apparut devant moi me retourna l'estomac à un point tel que je ne pus cette fois m'empêcher de vomir violemment, en proie à des spasmes incoercibles.

Ce que j'avais d'abord pris pour un amoncellement de décombres s'avérait être un charnier apocalyptique où s'entassaient os, crânes, et chairs putréfiées.

Un torse d'homme sans tête ni bras en dépassait, grouillant de légions de petits vers blancs.

Où que je pose les yeux, je ne voyais que des squelettes, une infinité de squelettes. On les accumulait là depuis des siècles, peut-être.

Luttant contre les haut-le-cœur insupportables que me causait l'odeur infecte, j'approchai du torse démembré, encore vêtu d'un t-shirt raidi de sang séché – qui arborait ironiquement la devise *Amazônia é vida* –, et d'un gilet à poches comme en portent les photographes et les chasseurs. C'était probablement l'un des disparus de l'expédition de Valéria. Serrant les dents pour ne pas recommencer à vomir, je lui fouillai les poches, pour le cas où il aurait eu sur lui quelque chose qui puisse m'être utile.

Je me sentis comme un misérable détrousseur de cadavres. Mais je n'avais pas le choix, et il n'allait pas protester.

Je trouvai un paquet de cigarettes, des comprimés d'aspirine – Dieu a décidément un sens de l'humour assez tordu –, un stylo-bille, et, par chance, quelque chose de vraiment utile : un feu de détresse. Encore bouleversé, mais avec mon petit trésor dans les poches, j'abandonnai les restes du malheureux et entrepris de grimper, titubant sur les crânes et les tibias, vers le sommet du macabre monticule, vers ce que j'espérais être la sortie de cet étrange cimetière.

Entre nausées et horreur mêlées, je faisais de mon mieux pour ne briser aucun os en marchant dessus, pour n'écraser aucune tête... Soudain, un bruit métallique me fit baisser les yeux : quelque chose était enfoui à mes pieds. Je m'accroupis et écartai des os jaunis et indubitablement humains ; en fronçant le nez, je plongeai la main jusqu'au coude dans les ossements avant de la ressortir d'un coup sec, amenant à la lumière quelque chose qui me sidéra : c'était une épée. Une très reconnaissable épée en acier rouillé, comme celles des conquistadors, cinq cents ans auparavant.

Et, alors que j'examinais avec attention l'objet que tenait ma main droite, je compris soudain que cela faisait des siècles que ces créatures tuaient pour se protéger des êtres humains. Pas pour les manger ni pour boire leur sang, comme dans les légendes, mais par instinct territorial ou de préservation. Certes, ils étaient brutaux et impitoyables, je n'en avais aucun doute, mais je commençais à soupçonner qu'ils se battaient purement pour leur survie. Ils avaient peut-être l'intuition que si le monde extérieur apprenait leur existence ou celle de la cité, leurs jours seraient comptés.

Cette hypothèse expliquait probablement aussi pourquoi cet endroit était demeuré inconnu, puisque personne n'en était jamais revenu... et pourquoi ils ne laisseraient aucun d'entre nous en partir vivant.

Je lâchai l'épée en voyant ce que je reconnus immédiatement comme étant une tenue de soldat qui enveloppait un squelette, qui n'avait plus de tête, lui non plus. Un uniforme allemand, comme je le vérifiai en me penchant dessus. Il avait encore sur la poitrine l'aigle en argent tenant un svastika entre les serres. L'insigne se détacha du tissu dès que je le touchai, et je l'élevai à la hauteur de mes yeux pour mieux l'observer.

« Incroyable... murmurai-je, ébahi, l'insigne entre les doigts. Cet endroit est un véritable musée. »

Devant le caractère singulier de ce lieu, j'imaginai un instant l'expression d'incrédulité qu'auraient le professeur et Cassie lorsque je leur raconterai ma découverte, si toutefois je parvenais à en sortir. Cette pensée me fit revenir à moi : à chaque seconde que je passais dans cette caverne, je risquai un peu plus d'être rattrapé.

Sans perdre plus de temps, je continuai d'escalader l'effroyable colline de cadavres, ne m'arrêtant plus avant d'en avoir atteint le point le plus haut ; un sommet que couronnait une plateforme arrondie, en pierre, tapissée de ce que je devinai être une épaisse croûte de sang séché.

De là, seuls deux ou trois mètres ne me séparaient plus de la gueule du puits qui s'ouvrait au-dessus de ma tête ; l'issue par laquelle j'espérais m'échapper. La lumière qui s'en déversait tombait en plein sur moi, m'illuminant comme un chanteur de rock au milieu de la scène.

Malheureusement, quelques secondes à peine après cette découverte chargée d'espoir, un feulement sourd et menaçant se réverbéra entre les murs de la grotte.

76

Trois paires d'yeux injectés de sang m'observaient du pied de la montagne d'ossements, la fureur flambant dans leurs pupilles.

Avec les longs crocs blancs que laissaient voir leurs bouches entrouvertes, c'était pratiquement tout ce que je pouvais distinguer dans la pénombre, à la limite des ténèbres, car leurs corps d'ébène se fondaient dans l'ombre ; on aurait pu croire être face à des êtres immatériels qui, à l'instar du chat du Cheshire, n'auraient été constitués que d'yeux et de dents flottant dans l'obscurité.

Les trois morcegos semblaient être à la fois furieux et indécis ; ils grognaient rageusement, mais ne faisaient pas un pas. C'était un comportement étrange, qui ne ressemblait pas à ce que j'en avais vu jusqu'à présent ; ils avaient plutôt l'habitude d'attaquer à la première occasion. Mais là, ils faisaient preuve d'une sorte d'hésitation, se balançant avec des mouvements syncopés tout en exhibant leurs crocs aigus. Je me demandais pourquoi ils ne s'étaient pas encore jetés sur moi, lorsque je captai le regard que l'un d'eux posait sur le monticule par où j'avais commencé à grimper, puis tourner de nouveau les yeux vers moi avec un regain de fureur.

Bien sûr.

C'était cela.

Ce tas d'ossements devait posséder une signification pour eux, et le fait que je sois dessus les déconcertait et les irritait tout à la fois. Si je n'en descendais pas, ils ne m'attaqueraient peut-être pas ; mais c'était là un statu quo bien précaire, qui prendrait fin à l'instant où ils émergeraient de leur stupeur. Ce qui, à en juger par l'intensité croissante de leurs grondements, ne devait pas tarder à arriver.

Il me fallait trouver une solution à cet équilibre fragile, avant qu'ils ne la trouvent, eux ; mais j'étais sûr que si j'essayais de sauter pour atteindre les bords irréguliers de l'ouverture, et que ma tentative échoue, ils se jetteraient sur moi instantanément.

J'avais besoin d'un miracle, mais je subodorais que ni Dieu ni ses saints n'avaient pour habitude de se pencher sur ces souterrains de l'inframonde.

Je réalisai alors que j'avais retenu ma respiration un long moment, et, quand je relâchai l'air de mes poumons, cela sembla être le signal qu'attendaient les morcegos : ils firent prudemment un pas en avant, puis un autre, et encore un autre. Pour ma part, je fis un pas en arrière... et ce fut tout. L'espace réduit de mon refuge m'interdisait davantage.

Les morcegos, eux, s'enhardissaient et continuèrent d'avancer. Ils atteignaient le pied du charnier.

Ma fin approchait, et le miracle ne venait pas.

Je regardai tout autour de moi, comme espérant voir s'éclairer une sortie de secours dans les ténèbres.

Et c'est alors que je sentis quelque chose dans mon dos, quelque chose qui dépassait de la poche arrière de mon pantalon.

J'eus un instant de flottement, puis je me souvins : c'était le feu de détresse.

Instinctivement et d'un geste vif, je le saisis et en frappai la base, provoquant le jaillissement d'une flamme rouge qui m'aveugla momentanément ; mais les morcegos, qui avaient commencé à grimper, firent un bond en arrière.

J'imposai à la fusée un mouvement de balancier, juste devant mes pieds, pour qu'ils s'éloignent davantage, puis je regardai vers le haut ; teintées d'écarlate par la lumière rougeoyante, je découvris des lianes pendantes qui, enracinées au plafond, rejoignaient le bord du trou.

Il fallait exploiter le maigre avantage que je venais de gagner ; je pris le feu de Bengale entre les dents, et, passant outre le fait qu'il me brûle les lèvres et m'empêche presque de respirer, je choisis la liane qui me semblait la plus robuste et sautai pour l'attraper.

La liane tint bon ; malheureusement, ce ne fut pas le cas des fines racines qui la retenaient au plafond. Sous mon poids, elles se détachèrent de la roche, et une partie de la plante qui me supportait descendit assez bas pour me laisser à la portée des morcegos.

Ils ne mettraient pas longtemps à s'apercevoir que, de l'endroit d'où je venais de sauter, ils pourraient facilement atteindre la liane ; je devais grimper, et vite.

Par chance, l'épaisseur et la forme du perchoir auquel je m'accrochais comme un singe offraient assez de prises pour pouvoir me hisser et arriver rapidement au bas du puits. L'éclat du feu de détresse me permit de voir que même si l'ouverture d'à peine plus d'un mètre de diamètre ne présentait pas d'appuis évidents, les irrégularités de la paroi de pierre et quelques racines saillantes pourraient suffire à réaliser une ascension de cheminée à la force des bras et des jambes.

Je jetai un coup d'œil en bas... et découvris, horrifié, que les morcegos s'étaient remis de leur surprise initiale et, se révélant être d'excellents escaladeurs, ils grimpaient déjà le long de la liane, bien plus vite que je ne l'avais fait moi-même.

Ils allaient me rattraper avant que je puisse sortir du puits.

Je me forçai à les ignorer et commençai à gravir les parois du conduit, muscles bandés au maximum, sans même faire attention où je posais les mains et les pieds. C'était une folie qui pouvait m'amener à faire un faux mouvement qui s'achèverait au fond.

Mais je n'avais pas le choix si je voulais essayer de survivre.

Au bout de ce tunnel vertical, je voyais la lumière du jour, comme une porte ouvrant sur le Paradis. Dans sa signification la plus profonde, cette lumière représentait la vie, alors que les ténèbres d'où montaient les féroces grognements qui s'approchaient incarnaient la mort. Une mort atroce. Et j'étais de plus en plus certain que je n'allais pas pouvoir l'esquiver.

Me calant contre la paroi de la cheminée à l'aide des pieds et d'une main, je repris de l'autre la fusée de détresse et la pointai vers le bas.

Je n'aurais pas dû.

Juste au-dessous, à moins d'un mètre de la semelle de mes bottes, deux spectres démoniaques rugirent de fureur lorsque je les aveuglai. Deux faces crispées par une rage animale qui évoquait plus le prédateur sanguinaire que l'hominidé.

Une terreur viscérale me paralysa un instant, au risque de me faire lâcher prise et glisser.

Comprenant que si je ne faisais rien ils seraient sur moi en quelques secondes, je coinçai la fusée de détresse dans une anfractuosité de la paroi, priant que cela me fasse gagner un peu de temps.

Et je repris la folle escalade, me massacrant ongles et genoux sur la roche, les yeux fixés sur le cercle de lumière dont je m'approchais, centimètre à centimètre, au prix d'un effort indicible, refusant de regarder au-dessous de moi.

Chaque mouvement m'arrachait un han sourd ; c'était un combat désespéré contre la peur ; mes muscles tétanisés n'étaient plus que douleur cuisante, et je devais leur demander de résister encore un mètre...

Mais je remarquai soudain du coin de l'œil que l'éclat rougeoyant s'atténuait : la courte vie du feu de Bengale arrivait à sa fin. Lorsqu'il s'éteignit, quelques secondes plus tard, le chœur de cris furieux retentit de plus belle entre les parois rocheuses et je sus que l'implacable poursuite venait de reprendre.

J'avais gagné un léger avantage grâce à la fusée, mais je n'étais pas certain que cela suffise. De fait, un nouveau coup d'œil vers le bas me montra trois paires d'yeux luisants, bien plus proches que je ne l'aurais cru.

L'ouverture du puits était tout près, mais ils l'étaient encore plus.

Leur souffle rauque et leur puanteur devenaient de plus en plus prégnants, mais je ne pouvais rien faire d'autre que continuer de grimper. Je discernais même l'horripilant crissement de leurs ongles grattant la pierre, leurs halètements qui s'approchaient inexorablement.

La sortie était à moins de quatre mètres ; je commençais à croire que, tout compte fait, la chance était peut-être avec moi et que je pourrais échapper, contre tout pronostic, à une mort certaine... quand une serre puissante se referma sur ma cheville.

Je m'agrippai de toutes mes forces à une anfractuosité de la paroi, mais la traction vers le bas avait été trop brutale : je sentis mes mains glisser, et, perdant pied, je tombai dans le vide.

77

Poussant un cri étranglé, j'agitai frénétiquement les bras, et réussis à me raccrocher à quelque chose que je n'identifiai pas immédiatement.

Inexplicablement, je venais de tomber sur le dos du morcego qui m'avait attrapé. Il n'y avait pas assez de lumière pour y voir clairement, mais je n'en avais pas besoin : je sentais parfaitement que mon bras droit passé par-dessus son épaule se croisait sur sa poitrine, tandis que ma main gauche s'agrippait à son avant-bras.

On aurait dit un chimpanzé juché sur le dos de sa mère.

Si ce n'était que l'intention de la créature était de m'arracher la tête, la scène aurait même pu être assez cocasse.

La peau glabre du morcego était visqueuse et glissante ; quant à la puanteur qui en émanait, à présent que j'avais pratiquement le nez dessus, c'était quelque chose d'indescriptible. Un cocktail de sueur, de crasse, d'urine et de charogne, si pénétrant que je faillis en tourner de l'œil.

Aussi surpris que moi, le morcego essaya de se dégager ; mais comme il avait besoin de ses deux mains pour supporter son poids et le mien, il ne pouvait pas faire bien plus que s'agiter spasmodiquement et pousser des rugissements menaçants.

Évidemment, les deux autres morcegos ne devaient pas être très loin, et ils pouvaient venir au secours de leur congénère d'un moment à l'autre.

Sans le vouloir, j'avais réussi à neutraliser l'attaque, mais le statu quo ne pourrait être maintenu bien longtemps. Je devais trouver quelque chose.

Mais le morcego me prit de vitesse et décida d'agir : au risque de tomber, il ôta sa main gauche de la paroi et lança le bras en arrière pour essayer de m'attraper la tête. Son mouvement avait été rapide, mais j'eus le temps de me recroqueviller suffisamment pour que ses griffes acérées ne fassent que m'effleurer la tempe, et, presque sans m'en rendre compte, je me cramponnai désespérément à son cou.

La respiration coupée, il tenta de se dégager et planta violemment ses griffes dans le bras qui l'étranglait ; je poussai un cri de douleur et mon autre bras se noua lui aussi autour de son cou... au même moment, la serre d'un deuxième morcego me crochetait la jambe.

Pendant un bref instant, la créature se retrouva à supporter d'une seule main son propre poids, le mien et une partie de celui de son semblable, qui tirait sur ma cheville.

Inéluctablement, il arriva ce qui devait arriver.

Incapable de tenir, le morcego lâcha prise et nous précipita sur ses congénères.

Instinctivement, je le laissai aller, et, brassant l'air désespérément, cherchai à me rattraper à quelque chose. Et, peut-être pour compenser les infortunes des derniers jours, la providence me sourit : je portais encore autour du poignet, comme un bracelet, une des brides avec lesquelles m'avaient menotté les hommes de Souza ; elle s'accrocha à une racine saillante et je restai suspendu au-dessus de l'abîme grâce au fin ruban de plastique.

Quant à mes poursuivants, j'entendis le bruit que faisaient leurs corps en s'écrasant sur la montagne du charnier. Mon chasseur avait entraîné les autres dans sa chute, et tous étaient tombés au fond du puits.

Le temps de reprendre haleine, j'assurai de nouveau ma prise sur les parois de la cheminée du mieux que je pus, et, dès que me sentis avec assez de force, je continuai mon escalade, anxieux de sortir de ce lieu.

Avec d'extrêmes précautions pour ne pas glisser au dernier moment, j'atteignis le haut du conduit et pus enfin offrir mon visage à la chaleur du soleil de l'après-midi, après ce qui m'avait semblé une éternité de ténèbres.

Dans un ultime effort, je me hissai à l'extérieur en rampant presque. Dès que mes yeux se furent réhabitués à la lumière éblouissante et que j'eus récupéré mon souffle, je me redressai, à genoux, pour examiner l'endroit où je venais d'émerger.

Surpris, je vis que je me trouvais un peu au-dessus du niveau du sol, en un lieu qui me parut étrangement familier. Je me retournai lentement, et sus immédiatement où j'étais, car devant moi se dressaient les dix mètres de pierre noire de l'énigmatique monolithe.

Stupéfait de me retrouver ici, je réalisai que je venais d'escalader ce que nous avions cru être un abîme insondable ; je fis volte-face pour me pencher sur le puits, quand un hurlement terrifiant, douleur et rage mêlées, surgit de la gueule ténébreuse.

Il n'était pas difficile de décider que c'était un bon moment pour prendre mes jambes à mon cou.

De plus, j'avais un rendez-vous auquel je devais me rendre de toute urgence.

78

Je dévalai les degrés de la ziggourat aussi vite que mes jambes me le permettaient, et, sans m'arrêter une seconde, je filai vers l'endroit où j'avais laissé Cassie et le professeur sous la garde des deux derniers mercenaires encore vivants.

Je n'avais pas l'intention de les surprendre, au contraire : dès que je fus à proximité, je glissai les mains dans mes poches et avançai nonchalamment en sifflotant, comme si j'avais été en train de me promener tranquillement dans la campagne.

Lorsque je pénétrai dans la clairière, où mes amis étaient assis par terre, tenus en joue par l'un des sicaires, l'autre homme vint à ma rencontre, stupéfait de me voir apparaître, seul et désinvolte, au lieu de son commandant et ses deux compagnons.

« Hello ! souris-je en le saluant des deux mains pour qu'il voie bien que je n'avais pas d'arme.

— Pourquoi as-tu mis si longtemps ? interrogea le professeur, mains croisées sur la nuque.

— J'ai été un peu occupé. Je vous raconterai plus tard. »

Le mercenaire mit un moment à réagir, puis, visiblement choqué, il se précipita vers moi et pointa son semi-automatique sur ma poitrine.

« *O que ha aconteceu ?* demanda-t-il avec inquiétude. *Onde estão os outros ?*

— Morts, répliquai-je sans perdre le sourire. »

Faisant un autre pas, le mercenaire vint presser le canon de son arme sur mon ventre.

« *Isso é uma mentira ! Diga-me onde estão eles, ou eu vou matá-lo.*

— Je te l'ai dit, insistai-je, ils sont morts. Et si tu ne baisses pas ton arme, tu ne tarderas pas à l'être aussi.

— *Tem certeza ? Eu não acredito*, dit-il avec un bref ricanement. Et, le canon de son MP5 appuyant plus fort, il ajouta : *Temos as armas, e você não.*

— Certes, concédai-je en feignant d'être confiant, mais ce que tu ne sais pas, c'est qu'il y a des gens dissimulés dans la forêt qui eux si sont armés et vous ont dans leur ligne de mire. À mon signal, ils vous tueront si vous ne lâchez pas vos armes immédiatement. Si ce n'est pas vrai, pourquoi crois-tu que je suis ici et Souza, non ?

— *Você está mentindo* », répondit-il en ramenant la gueule noire de sa mitraillette devant mes yeux.

Alors, d'un geste lent pour ne pas le rendre encore plus nerveux, je levai la main droite ; aussitôt, un coup de feu retentit dans les fourrés, le projectile venant percuter le sol non loin des pieds du mercenaire.

Il se tourna vivement dans la direction de la détonation, mais la végétation dense ne lui permettait pas de voir quoi que ce soit, alors que son compagnon et lui étaient à découvert, au beau milieu de la clairière.

« Tu me crois, maintenant ? dis-je en croisant les bras. Jetez vos armes et nous ne vous ferons aucun mal. Nous ne sommes pas des assassins, nous. Sinon, vous mourrez ici même et sans tarder. »

Celui qui me menaçait quelques instants plus tôt se tourna vers son compagnon et l'interrogea du regard ; ce dernier lui répondit d'un geste résigné sans équivoque. Nous avons tiré les mauvaises cartes, semblait-il dire, alors mieux vaut nous retirer de la partie tant que nous le pouvons encore.

Je pouvais lire la reddition dans les yeux de ces brutes aguerries, mais subitement, alors que celui qui était le plus près de moi me tendait déjà son arme, son regard se porta sur un point derrière moi, et son expression se modifia le temps d'un battement de paupières, passant de la capitulation à un sourire cruel. Il releva le canon de son pistolet-mitrailleur et le pointa sur moi.

Sans comprendre, je me retournai pour voir à quoi était dû ce brusque changement d'attitude. Je mentirais si je disais que je ne restai pas sans voix lorsque je vis apparaître ce que je pris pour un revenant.

Clopinant et couvert de sang de la tête aux pieds, une vilaine blessure à l'épaule gauche et la poitrine traversée des quatre larges entailles parallèles d'un terrible coup de griffes, le lieutenant Souza s'avançait vers moi, le pistolet visant ma tête.

« Dis à tes copains qu'ils se montrent, dit-il entre ses dents, le visage déformé par un masque haineux. Sinon, je te fais exploser la cervelle… et après, on ira les chercher.

— Ils ne le feront pas, répondis-je. Ils sont armés et… »

Sans prévenir, il se tourna vivement vers Cassie et tira. L'archéologue hurla de douleur et enfonça les genoux dans la boue : elle avait été touchée à l'épaule.

« Tu veux me mettre à l'épreuve ?

— T'es qu'un fils de pute ! » criai-je en me jetant sur lui.

Mais en dépit de son état lamentable, il m'esquiva sans le moindre effort et pointa de nouveau sur moi le canon de son arme.

« Je ne le répéterai pas ! aboya-t-il. Sortez immédiatement ! »

Alors, un léger remue-ménage se fit entendre dans les fourrés, trahissant la présence des survivants de l'expédition de Valéria ; Angélica et Claudio apparurent, les mains en l'air.

« C'est tout ? fit Souza d'un air déçu.

— Il n'y a plus que nous, répondit Claudio.

— Mais… et la fille du professeur ? Comment s'appelait cette salope, déjà ? Celle qu'ils cherchaient ?

— Je m'appelle Valéria Renner, fit alors une voix derrière le lieutenant, et la salope, c'est ta putain de mère. »

À partir de cet instant, les événements se succédèrent si rapidement que j'eus à peine le temps d'assimiler ce qu'il se passait que tout était déjà terminé.

Ce fut tout d'abord l'expression de stupeur de Souza lorsqu'il se retourna pour voir une jeune femme aux cheveux noirs et aux yeux exorbités lui flanquer un grand coup de bûche sur la tête. Le lieutenant s'écroula, inerte comme une marionnette dont on aurait coupé les fils, probablement avec le crâne fracassé.

Ripostant, les deux autres mercenaires ouvrirent le feu ; mais Cassie, profitant qu'ils lui tournaient le dos et en dépit de sa blessure, avait enfoncé les mains dans la boue jusqu'aux poignets, et les ressortait, tenant comme une étrange racine le fusil d'assaut qu'elle avait enterré devant elle avant le début de cette farce. Sans leur donner le temps de réagir, la Mexicaine tira à bout portant sur le premier ; le second fut touché à la jambe, mais il parvint à se réfugier derrière un tronc d'arbre, qu'elle cribla de balles jusqu'à ce que son chargeur soit vide.

Mais le type, bien que seul et blessé, était un combattant professionnel.

À l'instant où il comprit que l'archéologue n'avait plus de munitions, il sortit de son abri, et, adossé à l'arbre pour ne pas pouvoir être atteint par-derrière, il se planta devant Cassie, leva sur elle son MP5… et on ne saura jamais s'il sentit la balle de neuf millimètres du pistolet que j'avais arraché de la main de Souza lui traverser la poitrine tandis que son sang éclaboussait le visage de la jeune femme.

Chancelant sous l'impact, le mercenaire baissa les yeux sur sa blessure sans comprendre, puis se tourna vers moi avec un regard interrogateur, comme pour me demander comment j'avais pu oser lui faire cela.

Il fit alors mine de lever de nouveau son arme, mais, avant qu'il puisse achever son geste, je tirai à deux reprises et il tomba à la renverse, mort avant de toucher le sol.

L'écho des derniers coups de feu encore dans les oreilles, nous restâmes tous les six figés et silencieux, n'arrivant pas à réaliser que le cauchemar venait de prendre fin dans la lumière déclinante du crépuscule imminent.

Le professeur était encore assis par terre, une expression hallucinée sur le visage ; Cassie, le sang coulant de son épaule, tenait un chargeur vide dans une main et son fusil dans l'autre ; et moi, allongé dans la boue, l'œil fixé sur le guidon du pistolet fumant, je visais toujours le mercenaire, comme si j'avais peur de le voir se relever.

« Il s'en est fallu d'un cheveu…, souffla le professeur avec soulagement. J'ai vraiment cru que nous n'allions pas nous en sortir.

— Je vous crois ! » renchéris-je. Je rejoignis Cassandra et m'accroupis près d'elle, inquiet. « Comment vas-tu ? »

La jeune femme porta la main à son épaule, arrêtant un instant le sang qui en coulait.

« Ça fait mal, répondit-elle, le visage crispé, mais ce n'est qu'une égratignure. » Elle jeta un regard de mépris aux corps inanimés des mercenaires. « Je suis sûre que ces salauds ont une trousse de premiers secours quelque part.

— Je vais te chercher ça tout de suite… Au fait, ajoutai-je en me relevant, "cc que tu peux être con", "pauvre type" ? Tant d'effusions n'étaient peut-être pas nécessaires.

— Je devais paraître très fâchée, allégua-t-elle d'un air innocent. Et puis, c'est la première chose qui m'est venue à l'esprit.

— Ouais… c'est exactement ce qu'il m'a semblé.

— Bon, l'important, c'est que nous allions tous bien, dit le professeur Castillo en se mettant debout non sans difficulté.

381

— Presque tous », précisa Angélica avec un regard sur les mercenaires ensanglantés qui gisaient dans la boue.

Claudio s'approcha de l'un d'eux et lui envoya un grand coup de pied dans les côtes.

« Ces ordures n'ont que ce qu'ils méritent.

— Sans aucun doute. Mais ce que je ne m'explique pas, dis-je en jetant un coup d'œil au corps de Souza, c'est d'où a bien pu sortir ce salaud. J'étais certain que les morcegos leur avaient réglé leur compte à tous.

— Eh bien, tu vois que ce n'était pas le cas, répliqua le professeur. Au fait, où est Valéria ? »

Il s'était passé tant de choses en si peu de temps que j'aurais été incapable de dire ce qu'elle était devenue après avoir cogné sur Souza.

« Je ne sais pas, répondis-je en me tournant vers les fourrés. Elle était juste derrière moi quand la fusillade a commencé.

— Valéria !, appela son père. Où es-tu ? »

Silence.

Le professeur et moi échangeâmes un regard déconcerté, qui tourna rapidement à l'inquiétude.

« Valéria !

— Valéria !

— Valéria ! »

Chacun appelait dans une direction, les mains en porte-voix, mais le résultat était le même. Un silence profond et inaltérable qui semblait être une plaisanterie perverse de cette forêt impitoyable.

L'inquiétude fit place à l'angoisse. Eduardo levait de nouveau les mains pour crier le nom de sa fille, quand, au-delà des épais fourrés qui bordaient la petite clairière, un cri de femme nous parvint.

Immédiatement, le professeur Castillo se précipita en direction de cette voix, sans réfléchir à autre chose qu'à la rejoindre ; je me lançai à sa suite, pistolet au poing, sans quitter des yeux le dos de mon ami, qui se frayait un chemin dans l'enchevêtrement d'arbustes et de plantes grimpantes avec une énergie nourrie de panique et d'horreur.

En quelques secondes, nous atteignîmes le campement des mercenaires au centre duquel nous nous arrêtâmes pour regarder aux alentours.

Mais il n'y avait personne.

« Valéria ! Valéria ! », hurla le professeur, complètement désespéré.

Et, de nouveau, un cri.

Mais il semblait plus lointain, cette fois, et sonnait comme s'il sortait d'un vieux mégaphone.

Nous nous tournâmes tous deux dans cette direction, et comprîmes en même temps.

La voix venait de l'intérieur de la grotte où nous avions été retenus par les mercenaires. Une caverne obscure qui m'apparut soudain comme une sorte de gueule maléfique avide de nous dévorer. Une entrée menant aux entrailles de l'enfer.

Et ce que nous en connaissions jusqu'à cet instant me disait que c'était exactement le cas.

Sans prendre le temps de réfléchir, le professeur se précipita en criant le nom de Valéria ; et, de nouveau, je courus derrière lui. Mais, cette fois, ce fut pour le rattraper et l'arrêter avant qu'il ne pénètre, seul et désarmé, dans les ténèbres profondes de la grotte.

« Laisse-moi ! vociféra-t-il, hors de lui, en essayant de me repousser. Je dois la retrouver ! »

Je me vis dans l'obligation de le jeter à terre d'une prise, et de m'asseoir à califourchon sur lui pour le maîtriser.

« Non, professeur ! Si vous la suivez, ils vous attraperont, vous aussi !

— Ôte-toi de là ! insistait-il, hystérique, en se débattant. Je ne peux pas les laisser l'emporter !

— Ils l'ont déjà emportée ! éclatai-je en le saisissant par les revers de sa veste pour approcher son visage du mien. Ils l'ont déjà emportée !

— Mais je dois y aller, cria-t-il en désignant l'entrée de la grotte. Je dois y aller !

— Nom d'un chien, professeur ! Calmez-vous et écoutez-moi !

— Elle est là…, gémit-il, comme pour me convaincre que j'étais tout ce qui s'interposait entre sa fille et lui. Elle est juste là… »

Je secouai la tête et relâchai ma prise avant de continuer, d'une voix adoucie :

« Je suis désolé, professeur… Je suis vraiment désolé. Mais je ne peux pas vous laisser suivre votre fille. C'est ce qu'ils veulent nous voir faire, affirmai-je en tournant la tête vers la ténébreuse ouverture, c'est pour cela qu'ils l'ont emportée. »

Nous fûmes rejoints à cet instant par Cassandra, Angélica et Claudio, qui comprirent aussitôt la situation.

Le professeur Castillo respira profondément et ferma ses yeux baignés de larmes ; lorsqu'il les rouvrit, son regard bleu étincelait.

« Alors, elle est vivante, déclara-t-il avec assurance.

— Ce n'est pas ce que j'ai dit.

— Mais c'est logique ! s'écria-t-il tandis que je m'écartais pour le laisser se relever. Ils n'emportent pas leurs proies, ils les tuent sans attendre. Donc, s'ils ont emporté Valéria, comme tu le dis… ce doit être pour nous tendre un piège. »

Je poussais un soupir et m'essuyai le front d'un geste infiniment las.

« C'est possible, concédai-je. Mais même si c'est le cas, nous ne pouvons toujours rien y faire.

— Oh, si, nous pouvons », rétorqua-t-il aussitôt.

Ce fut la voix de Cassie, derrière moi, qui formula la question que je ne voulais pas poser, car j'en connaissais déjà la réponse.

« Ah oui ? Et que pouvons-nous faire ? »

Le visage du professeur s'éclaira d'un sourire dément.

« Tomber dans le piège. »

Le professeur Castillo fouillait les sacs à dos des mercenaires pour y prendre fusées de détresse, lampes-torches, munitions, et toute autre chose qui puisse nous être utile.

« C'est de la folie, professeur, répétait Cassandra pour la énième fois en le poursuivant à travers le campement. C'est un putain de suicide. Vous ne vous souvenez pas de ce qui nous est arrivé pas plus tard qu'hier ? Cet endroit est un labyrinthe dont vous ne pourrez pas sortir. À quoi votre mort servira-t-elle ? À Valéria ? Non… vous ne pouvez plus rien faire pour elle… Vous ne comprenez donc pas ? »

Cette fois, pourtant, le professeur cessa de faire ce qui l'occupait et saisit les deux mains de l'archéologue.

« Comment va ton épaule ? s'enquit-il de manière inattendue, les yeux posés sur l'habile bandage qu'Angélica avait fait après avoir désinfecté la blessure.

— Comment ? s'étonna-t-elle, interloquée. Mon épaule ? Elle va bien, merci. Mais ce n'est pas le sujet !

— Écoute-moi, très chère, dit-il en baissant la voix, avec un calme étrange, comme résigné à son sort. Je suis venu dans ce coin perdu de l'Amazonie à la recherche de ma fille, et je n'en partirai pas sans elle. Je conçois que cela te semble insensé que j'entre dans cette caverne, et tu as probablement raison. Mais s'il y a la plus petite chance de retrouver Valéria vivante, je ferais n'importe quoi pour la sauver.

— Mais vous allez être tué... »

Le vieux professeur s'approcha de la jeune Mexicaine aux yeux verts et déposa deux baisers sur ses joues. Un geste d'adieu.

« Peu importe », dit-il avec un doux sourire.

Les joues ruisselantes de larmes qui traçaient de longues rigoles dans son masque de poussière et de boue, Cassandra se tourna vers moi avec un regard implorant qui me suppliait d'intervenir auprès du professeur et de le ramener à la raison.

Mais, incrédule, elle me vit me lever du tronc où j'étais assis, et, sans dire un mot, accrocher une radio à ma ceinture avant de glisser dans ma poche une poignée de feux de détresse.

« *La gran diabla* ! » protesta-t-elle, scandalisée, lorsqu'elle me vit imiter le professeur. « On peut savoir ce que tu fais, Ulysse ? »

L'historien se tourna vers moi, prêt à me désapprouver.

« Pas un mot ! ordonnai-je avant que quiconque ait ouvert la bouche, le doigt en l'air et les regardant tour à tour. S'il y va, j'y vais aussi. Il m'a sauvé la vie, l'an dernier, à Yaxchilan. C'est grâce à lui si je suis ici aujourd'hui. Alors, si nous ne pouvons pas le convaincre de ne pas y aller, je l'accompagnerai. »

Le professeur secoua la tête avec énergie.

« Mais toi, tu...

— Fermez-la, prof ! l'interrompis-je avec brusquerie. Vous savez bien que, s'il existe une toute petite chance de sauver votre fille, vous n'y arriverez pas tout seul. Alors, si vous vous obstinez à commettre cette folie, le mieux, pour vous comme pour Valéria, c'est que j'aille avec vous. »

Derrière ses lunettes à monture d'écaille, le professeur d'histoire médiévale à la retraite hésita un instant, tenté de me contredire encore une fois.

Mais, finalement, il acquiesça en silence en bafouillant un remerciement inaudible.

Celle qui parla, ce fut Cassandra, qui claqua la langue avec désapprobation, et, jurant comme un charretier, se mit également à fouiller dans les sacs à dos.

En la voyant, je fronçai les sourcils avec énervement.

« Ce n'est pas la peine que tu viennes, toi, Cassie. »

L'archéologue sous-marine leva sur moi un regard de défi.

« C'est vous qui allez me dire ce que je peux ou ne peux pas faire, ô mon maître ? bafouilla-t-elle, furieuse. Tu ne te souviens peut-être pas que j'étais dans la pyramide avec toi ? Et que le professeur a aussi sauvé ma vie ce jour-là ? »

Ledit professeur essaya de mettre son grain de sel une fois de plus.

« Aucun de vous deux n'a de dette envers…

— La ferme ! aboya la Mexicaine en se tournant vers lui avec brusquerie. Si vous y allez, moi aussi, alors arrêtez vos conneries et dépêchons-nous. La nuit ne tardera pas à tomber. »

À quelques mètres de nous, quelqu'un se racla la gorge. Claudio, debout auprès d'Angélica, réclamait un moment d'attention.

« Nous venons également, annonça-t-il en regardant la docteure brésilienne du coin de l'œil. Plus nombreux nous serons, meilleures seront nos chances de succès.

— Pourquoi ne retournez-vous pas au temple ? suggéra le professeur. Vous y serez à l'abri.

— Oui, déclara Angélica. Mais pour combien de temps ? Si vous échouez, nous resterions seuls. Sans vivres ni possibilités de fuir, nous finirions par mourir nous aussi.

— Mais…

— Les chances de survie sont plus grandes à cinq qu'à trois, argumenta Claudio. Alors, n'en parlons plus. » Il pointa le pouce par-dessus son épaule. « Pendant que vous ramassez ce qu'il y a ici, la docteure et moi nous irons là-bas récupérer les armes des morts. »

Sur ces mots, ils firent volte-face et repartirent vers la clairière.

« Je peux vous poser une question, professeur ? demanda Cassie après leur départ.

— Bien sûr, mon enfant. Dis-moi.

— Comment pensez-vous trouver Valéria, là-dedans ? Je suppose que vous vous souviendrez que, la dernière fois, nous nous sommes perdus ; la boussole ne fonctionnait même pas, dans les tunnels. »

Eduardo Castillo sembla réfléchir à la question un long moment, avec la même expression que s'il avait eu une arête de poisson plantée dans le palais.

« Je ne sais pas, finit-il par avouer avec un haussement d'épaules. Il faudra parcourir les tunnels jusqu'à ce que nous la trouvions. S'ils l'ont prise pour qu'elle serve d'appât, je ne crois pas qu'ils l'auront emmenée bien loin.

— Mais ils nous attendront... Nous nous jetterons dans la gueule du loup.

— Je sais, reconnut-il à regret. Mais il n'y a pas d'autre solution que les suivre et déclencher le piège. C'est la seule manière de découvrir où elle est.

— Peut-être pas », fis-je d'une voix songeuse.

Ils se tournèrent vers moi avec étonnement.

« Que veux-tu dire ? demanda Cassandra.

— Je crois savoir où ils l'ont emmenée, avançai-je, me remémorant ce que j'avais vu peu de temps avant.

— Quoi ? Comment ? Pourquoi ? » Les questions se bousculaient dans la bouche du professeur. « De quoi es-tu en train de parler ?

— Je ne vous ai pas encore raconté ce que j'ai découvert, là-dessous. Il y a un endroit, vraiment bizarre, où il semblerait qu'ils emmènent leurs... » J'hésitai un instant sur le mot à choisir, mais je ne parvenais pas à trouver un synonyme adéquat « ... leurs victimes.

— Où ? s'impatienta Eduardo. Quel est donc cet endroit ?

— Ce sera un peu long à expliquer, et il y a une trotte avant d'y arriver. » Je m'emparai d'une corde d'alpinisme d'une cinquantaine de mètres de long. « Alors je vous le raconterai en chemin. »

79

Au bout de vingt minutes de marche à travers la jungle, sous les ultimes rayons du soleil avant le soir, nous atteignîmes l'affleurement rocheux où se dressait, imposant, le sombre monolithe.

Un moment après, cinq têtes se penchaient sur le puits obscur dont j'étais sorti il n'y avait pas bien longtemps. L'ouverture était aussi noire que le monument qui l'abritait ; et c'est par là que nous avions décidé de nous introduire, bien conscients de ce qui nous y attendait.

Une décision qui, à en juger par les visages de mes compagnons, ne leur semblait plus une aussi bonne idée que lorsque nous en avions discuté.

« C'est votre dernière chance de changer d'avis », lançai-je à la cantonade, décelant dans leurs yeux des doutes qui n'y étaient pas un instant plus tôt.

Mais, prenant les devants, le professeur laissa tomber la corde qu'il portait à l'épaule, et demanda :

« Où allons-nous attacher ceci ? »

Pendant que je faisais des nœuds à la corde tous les cinquante centimètres afin de faciliter la descente, Cassie s'occupa de rappeler aux autres le fonctionnement des armes qu'ils avaient apportées : comment ôter et remettre le cran de sûreté, comment substituer le chargeur et comment les monter pour commencer à tirer. Moi, j'avais appris cela au service militaire. Elle, c'était son père qui le lui avait enseigné, lorsqu'elle avait eu quatorze ans.

Malheureusement, nous n'avions plus le temps de nous entraîner au tir.

Lorsqu'elle eut terminé, j'avais de mon côté attaché la corde au monolithe, lui faisant faire deux tours avant de l'assurer à l'aide d'un nœud de chaise. Avant de la laisser pendre dans le vide, nous allumâmes néanmoins plusieurs fusées de détresse longue durée et nous les jetâmes dans le puits, espérant que les morcegos resteraient ainsi à distance pendant que nous descendions.

« Puisque je suis le seul à être déjà venu ici, je crois que je devrais passer le premier », suggérai-je avec un certain fatalisme en désignant la sombre ouverture d'un mouvement de tête.

Je ne m'attendais pas vraiment à ce que quelqu'un me contredise, mais constater que personne ne proposait d'y aller à ma place, encore que ce soit pour la forme, n'était pas pour me donner du courage. Ils se contentèrent d'acquiescer en silence, acceptant mon bon sens.

Je ne sais pas comment je me débrouillais, mais, quoi que je fasse, je finissais toujours par être dans la m... dans les ennuis jusqu'au cou. *Si je m'en sors*, songeai-je, *je prends rendez-vous chez le psy, juré.*

Néanmoins, la descente, bien qu'effectuée avec une extrême prudence, me sembla – ce qui était assez logique – bien plus courte et aisée que mon ascension désespérée de l'après-midi. Les nœuds aidant, ma prise sur la corde était ferme et, prenant appui des pieds contre la paroi, je ne mis que quelques minutes à arriver au niveau du plafond de la salle.

Une fois là, je n'eus pas de mal à atteindre le sommet du macabre monticule, où je pris le temps de m'assurer qu'il n'y avait pas de danger en vue, et de me réhabituer à la puanteur brutale qui régnait en ces lieux, avant d'envoyer à mes compagnons le signal qu'ils pouvaient commencer à descendre.

L'endroit paraissait désert, mais je doutais fort que ce soit vraiment le cas ; ses occupants devaient être dissimulés, aux aguets, attendant leur heure.

De ma position, et grâce à la lumière des fusées que nous avions jetées d'en haut, je pouvais enfin appréhender l'ampleur de cette immense salle taillée dans le rocher, avec ses murs couverts d'écriture cunéiforme et la macabre frise de crânes sculptés qui en faisait le tour.

Je discernai aussi, de chaque côté de la caverne, les ouvertures ourlées de symboles gravés d'une demi-douzaine de galeries pentagonales que je n'avais pas pu voir avant.

J'en connais qu'il ne va pas être facile de déloger d'ici... songeai-je en imaginant combien mes compagnons allaient être époustouflés par cet endroit.

Et j'eus à peine le temps de formuler cette pensée que je sentis quelqu'un descendre le long de la corde, et, tout de suite, la voix du professeur derrière moi.

« Par tous les saints du Paradis... », murmura-t-il, ébahi.

Entre exclamations d'admiration et nausées insurmontables, le reste du groupe nous avait rejoints sans problème sur la solide plateforme qui couronnait le sinistre plateau de dépouilles humaines amoncelées comme les ordures dans une décharge.

Même Angélica, d'abord circonspecte, avait fini par descendre ; je soupçonnais néanmoins que c'était plus par peur de demeurer seule que par véritable intérêt scientifique.

« C'est la chose la plus démentielle et abominable que j'aie vue de ma vie, affirma Cassandra, stupéfaite, qui tournait sur elle-même, lampe à la main. C'est répugnant, horrible, perturbant...

— Inhumain... », ajouta Angélica dans un souffle.

À cet instant, Claudio, Eduardo et moi avions déjà entrepris de descendre le long de la montagne d'ossements ; en arrivant près du corps décapité et gonflé, vêtu du t-shirt orné de la devise sur l'Amazonie, l'Argentin confirma qu'il s'agissait de leur guide.

Ou plutôt, ce qui restait de leur guide.

À notre grande frayeur, Angélica trébucha alors sur des côtes qui s'étaient prises dans la jambe de son pantalon, et fit la culbute sur plusieurs mètres, provoquant une avalanche méphitique en même temps qu'un boucan de tous les diables.

« S'ils ne savaient pas que nous étions là... grognai-je en dirigeant ma lampe vers le couloir qui s'ouvrait devant nous, m'attendant à y voir apparaître une longue et menaçante silhouette noire, maintenant, ils sont au courant. »

Je rejoignis la docteure pour m'assurer qu'elle allait bien et je l'aidais à se relever tandis qu'elle se confondait en excuses, lorsque quelqu'un poussa un juron de surprise.

« Bordel ! chuchotai-je avec irritation en me retournant. Vous voulez arrêter de faire du boucan une... »

Je m'interrompis.

J'étais incapable, de même que mes compagnons, de prononcer un seul mot en voyant ce que l'effondrement accidentel venait de laisser à découvert.

Ce que j'avais pris pour une simple plateforme construite à la cime de la pyramide d'ossements était en fait le sommet d'une tête de pierre. La tête d'une statue colossale, qui nous présentait son visage sévère

390

teinté du sang de centaines, peut-être même de milliers, d'hommes et de femmes.

La face impassible était haute de plus d'un mètre, et l'on pouvait deviner qu'elle était coiffée de ce qui semblait être un casque de guerrier antique, de forme arrondie et aplatie sur le dessus. Regardant un lieu au-delà de la grotte, les yeux fixes étaient séparés par un nez droit au-dessus d'une bouche cruelle ; la mâchoire était large et les traits durs étaient encadrés de ce qui était indubitablement une barbe longue et épaisse qui allait se perdre sous le manteau d'ossements qui montait plus haut que le cou.

J'entendis le professeur Castillo balbutier quelques mots sans suite, et Cassie pousser un juron d'une clarté cristalline.

« *Hijo de la gran puta…* »

80

Oublieux de l'endroit où nous nous trouvions, et des raisons qui nous y avaient amenés, nous étions tous restés pétrifiés à l'apparition de la gigantesque tête de pierre qui se dressait, imposante, au-dessus de la macabre montagne d'ossements humains.

« On croirait une statue grecque... », ânonna le professeur que l'ébahissement rendait presque muet.

Claudio secoua la tête.

« C'est plus ancien, affirma-t-il, très ému. Elle me rappelle beaucoup l'effigie de bronze de Naram-Sin, roi d'Akkad, de 2300 avant Jésus-Christ.

— Ni l'un, ni l'autre. » Cassie s'était plantée devant le buste à côté des deux hommes, illuminée d'écarlate par le feu de détresse qu'elle tenait à la main. « Ce n'est ni mésopotamien, ni grec, ni romain. Cela les précède de beaucoup. C'est... Ancien ! » acheva-t-elle avec une nuance d'admiration dans la voix.

Bien que comprenant à quel point cette découverte pouvait les fasciner, j'avais remarqué que les fusées qui brûlaient autour du périmètre commençaient, lentement, mais inexorablement, à perdre de leur éclat.

« Je déteste devoir vous interrompre, mais les feux ne vont pas durer plus d'un quart d'heure. Il faut partir.

— Mais regarde ça ! protesta Claudio en désignant la statue. C'est absolument incroyable !

— Tu vois tous ces morts, sous tes pieds ? rétorquai-je avec un mouvement de ma lampe. Eh bien, ce que tu viens de dire a probablement été la dernière phrase qu'ils ont prononcée. »

Douché, l'Argentin dodelina de la tête en maugréant, mais n'ajouta rien.

« C'est vrai, dit le professeur en secouant sa stupeur. Nous devons partir à la recherche de Valéria. » Il dévala rapidement la montagne de squelettes, jusqu'au sol, où Angélica et moi attendions, et éclaira autour de lui d'un mouvement circulaire de sa lampe-torche. « Alors, tu crois qu'ils l'ont amenée ici ?

— C'est plus que probable, mentis-je, affichant une assurance que j'étais loin de posséder. Vous pouvez constater que cela a l'air d'être un lieu très spécial pour les morcegos ; un lieu de culte, ou de réunions.

— À mon avis, cela ressemble plus à un abattoir », déclara inopportunément la docteure brésilienne en se bouchant le nez dans une vaine tentative d'éviter l'odeur de putréfaction.

Par chance, le professeur Castillo ne l'entendit pas, ou ne voulut pas l'entendre ; prenant à sa ceinture le pistolet que je lui avais donné, il regarda les lugubres couloirs qui s'ouvraient à droite et à gauche :

« Je suggère que nous fassions deux groupes, pour couvrir plus de terrain. Toi et moi, nous irons à droite ; Angélica, Cassandra et Claudio peuvent jeter un coup d'œil dans ceux de gauche. Tu es d'accord ?

— Non, prof, objectai-je avec fermeté. Il n'en est pas question. Nous ne savons pas ce qu'il y a dans les tunnels, et notre seule chance de sortir tous d'ici est de rester ensemble tout le temps. Cela permettra peut-être que les morcegos y réfléchissent à deux fois avant de s'approcher. Si nous nous séparons, nous serons des proies faciles. Alors, quoi qu'il se passe, restons en groupe et vigilants. Pas juste à portée de vue, mais en groupe, comme une cohorte romaine. »

Je fis une pause et, alors que Cassie et Claudio nous rejoignaient, je promenai mon regard sur eux tous pour m'assurer que personne n'avait de doute.

« Et une dernière chose, ajoutai-je en me touchant le nez. Souvenez-vous qu'avec l'odeur qui règne ici, nous ne pourrons pas sentir venir les morcegos. Alors, ne vous fiez pas à votre nez. D'accord ? Maintenant, enlevez le cran de sûreté de vos armes, mais ne laissez pas le doigt sur la détente. Ce serait embêtant de trébucher et de nous tuer les uns les autres. »

En prononçant ces paroles, je regardai tour à tour les membres de notre pathétique commando de sauvetage, cinq naufragés émaciés et effrayés, dont seuls Cassie et moi avions un minimum d'expérience avec les armes à feu.

Malgré toutes nos précautions et mes beaux discours, je savais que ceci était pratiquement une mission-suicide et qu'il faudrait un miracle pour que nous revoyions la lumière du jour. J'espérais seulement que mes compagnons en étaient conscients, eux aussi.

« Très bien, dit le professeur, étranger à mes sombres pressentiments. Vers où irons-nous ? Gauche, droite ou centre ?

— Cet après-midi, je suis arrivé ici par le tunnel du milieu, et je n'y ai rien vu de spécial. Je le garderais donc pour la fin. Quant aux deux autres… je ne sais pas. Que vous dit votre intuition paternelle ? »

Eduardo Castillo regarda d'un côté et de l'autre, essayant de scruter les ténèbres, au-delà des portails pentagonaux. À son air concentré, je compris qu'il avait pris au pied de la lettre le détail de « l'intuition paternelle » : il semblait s'efforcer de capter quelque chose, au-delà des sens.

« Décidez-vous, professeur », le pressa Cassie. Rester plantée au milieu de cette caverne illuminée par les feux de détresse la rendait nerveuse.

Mais le professeur se tourna vers moi, et je ne m'attendais pas à la question qu'il me posa.

« Tu crois que les morcegos savent déjà que nous sommes ici ?

— Vous pouvez en être sûr », répondis-je, pensant au tintamarre que nous avions fait avec les os, sans compter les fusées et toutes les lampes allumées que nous avions sur nous. « C'est pour cela que nous devons nous mettre en marche tout de suite.

— Je comprends… », répondit-il d'une voix songeuse.

Alors, de manière inattendue, mon vieil ami fit avec décision la dernière chose que j'aurais imaginé le voir faire en ces circonstances.

De fait, lorsque je réalisai ce qu'il s'apprêtait à faire, cela me sembla si insensé que je restai planté comme un poteau, incapable de réagir.

En voyant son geste, Cassie, elle, essaya de l'arrêter avec un cri étouffé, « NON ! », qui venait trop tard.

Le professeur émérite d'histoire médiévale de l'Université Autonome de Barcelone avait déjà placé ses mains en porte-voix et criait à pleins poumons le nom de sa fille.

Dans le silence sépulcral de la grotte, les parois se renvoyaient le nom de l'anthropologue dont l'écho allait se perdre dans les tunnels jusqu'à s'éteindre avec la distance.

« On est foutus ! pesta Cassie, prenant sa tête entre ses mains.

— Mais pourquoi avez-vous fait cela ? l'apostropha Claudio, incrédule. Maintenant, tous les morcegos vont venir ici ! »

Le professeur haussa les épaules.

« Je devais essayer, se borna-t-il à dire. De toute façon, ils savent déjà que nous sommes là.

— Putain, prof, protestai-je, c'est sans doute le cas, mais ce n'est pas la peine non plus de leur annoncer que le dîner est servi.

— Tu connais un meilleur moyen de la chercher ? répliqua-t-il. Si elle est consciente, elle peut nous entendre et nous répondre. »

Et il porta derechef les mains à sa bouche, et l'appela de toute sa voix.

« Valéria ! »

Même si je croyais que les cris du professeur n'allaient pas changer grand-chose à nos chances de survie, rester sans rien dire tandis qu'il bramait était assez perturbant. C'était comme nager dans une mer infestée de requins alors que quelqu'un lance des biftecks dans l'eau. Une mauvaise idée, quelle que soit la manière de l'envisager.

« Valéria !

— Prof, ça suffit, maintenant, dis-je en posant la main sur son épaule. Elle ne répond pas.

— Valéria !

— Mais vous n'écoutez pas ? s'insurgea Angélica, visiblement nerveuse. Ne recommencez pas !

— Valéria !

— Merde, prof…, fit Cassie en jetant des regards inquiets autour d'elle. Arrêtez de crier, s'il vous plaît.

— Valéria ! hurla-t-il, ignorant l'une et l'autre.

— Eduardo ! tonnai-je enfin, le saisissant par les épaules. Taisez-vous ! »

Au travers des verres sales de ses lunettes, le professeur posa sur moi un regard navré.

« Si elle n'a pas encore répondu, dis-je d'une voix radoucie, c'est parce qu'elle ne peut pas le faire. »

À la surprise générale, comme si elle n'avait attendu que le moment où je prononcerais ces mots, on entendit alors appeler une faible voix de femme, lointaine comme si elle nous parvenait du fond d'un puits insondable.

« Ici…, disait la voix plaintive. Je suis ici…

— Cela vient d'un couloir de… » commença Cassie en dirigeant sa lampe vers la gauche.

Mais, avant qu'elle n'ait fini sa phrase, le professeur s'était déjà précipité dans le couloir en question, ignorant tous mes conseils en même temps que les derniers vestiges de bon sens qu'aurait encore pu abriter son crâne chenu.

« Attendez ! » criai-je en essayant de le retenir.

Mais j'avais encore une fois été un peu trop lent à réagir.

Il ne me restait plus qu'à le suivre sans perdre une minute ; je courus et franchis à mon tour le haut portail pentagonal, m'efforçant de ne pas perdre de vue le faisceau tremblotant de sa lampe-torche.

J'espérais seulement que les autres nous suivaient et ne resteraient pas en arrière.

Mais il était également un peu tard pour m'en préoccuper.

81

Heureusement que j'avais vingt-cinq ans de moins que le professeur Castillo, ce qui me permit de le rattraper quelques mètres plus loin.

Je lui saisis le bras sans ménagements, comme l'on retient un enfant qui a failli traverser la rue sans regarder le feu rouge.

« Mais qu'est-ce que vous faites ? Merde ! lançai-je avec irritation, m'efforçant de ne pas trop élever la voix. Vous allez tous nous faire tuer !

— C'est Valéria ! répondit-il seulement avec un geste vers l'avant, comme s'il pensait que je ne m'étais aperçu de rien. Elle est vivante !

— Je sais bien, grommelai-je entre mes dents. Mais utilisez votre tête, pour l'amour de Dieu ! »

Le reste du groupe nous rejoignit à cet instant. Nous étions de nouveau tous ensemble.

« Vous l'avez dit vous-même. Ils utilisent votre fille comme appât pour nous attraper tous. Vous ne voyez pas que vous faites exactement ce qu'ils attendent ? Les morcegos sont quelque part par là, aux aguets…, dis-je avec un geste vers les ténèbres presque tangibles qui nous enveloppaient. C'est pour ça que nous ne les avons encore ni vus ni entendus.

— Mais…

— Il n'y a pas de mais ! Si vous recommencez à vous séparer du groupe, non seulement vous allez vous faire tuer, mais ils tueront aussi tous les autres. Notre seule chance de sortir d'ici en vie est de rester tous ensemble. » Je regardai nos compagnons, et insistai : « Que personne d'autre ne parte de son côté, quoi qu'il arrive, c'est assez clair ? »

Ils acquiescèrent tous sans discuter, et nous nous remîmes en marche, le professeur et moi en tête, suivis d'Angélica qui éclairait le plafond, et finalement venaient Claudio et Cassie, qui allaient à reculons pour s'assurer que nous ne serions pas surpris par derrière.

Nous avancions presque sur la pointe des pieds, sans dire un mot, dans un silence absolu ; mais, plus que par prudence, c'était par peur.

Comme les petits enfants qui, s'imaginant qu'il y a un monstre dans le placard, se cachent la tête sous les draps en essayant de respirer sans faire de bruit.

Lentement, attentifs au moindre signe de mouvement insolite, nous nous enfonçâmes ainsi sur plus de cent mètres dans le corridor – qui s'inclinait légèrement vers le bas –, jusqu'au moment où le cercle de ma lampe frontale sur le mur disparut soudainement. Je m'arrêtai net.

D'abord un peu déconcerté, je compris que ce n'était pas ma lampe qui ne marchait plus : la paroi du tunnel venait de s'interrompre.

Il y avait à sa place un espace vide et obscur.

« Mais qu'est-ce que… », bredouillai-je avec étonnement en faisant quelques pas.

Au bout du couloir, devant moi, s'ouvrait une nouvelle caverne, encore plus grande que la précédente. Une caverne apparemment vide, assez vaste pour y loger une salle de basket.

« Mon Dieu, s'exclama Claudio en me rejoignant dans la salle. C'est… c'est énorme !

— Regardez les murs du fond, à mi-hauteur, remarqua Angélica, qui éclairait l'autre bout de la grotte. Qu'est-ce que c'est ? On dirait… des petites cavités. »

Cassandra s'approcha soudain de moi et me saisit la main avec force.

« Ce sont des tanières, dit-elle d'une voix tremblante lorsqu'elle vit les marches taillées dans la roche qui y menaient. Des centaines et des centaines de tanières… »

La terreur nous paralysa tous lorsque nous comprîmes qu'elle avait raison, et ce que cela impliquait.

Nous nous trouvions au pire de tous les mauvais endroits possibles.

C'était là le repaire des morcegos.

Mais, avant que quiconque ait eu le temps de faire un geste ou d'ajouter un mot, la voix de Valéria se fit entendre de nouveau. Plus claire et plus proche, cette fois.

« Ici ! cria-t-elle. Dans le trou ! »

Tous les faisceaux de lumière convergèrent alors vers l'endroit d'où provenaient les cris, révélant, au milieu de la caverne, ce qui semblait être un puits creusé dans la roche.

Inévitablement, le professeur fut le premier à parcourir la vingtaine de mètres qui nous en séparaient, et, lorsque nous le rejoignîmes, il était déjà allongé par terre, la moitié du corps dans le vide pour éclairer le puits de sa lampe.

À l'intérieur, debout au centre d'un trou parfaitement circulaire, large de quatre mètres et profond d'autant, se tenait sa fille. Sale, les vêtements déchirés et les yeux exorbités, mais saine et sauve.

« Dieu soit loué ! » souffla-t-elle avec un sanglot ; elle leva les bras et les rabattit derrière la nuque dans un mouvement d'incrédulité en répétant : « Dieu soit loué ! »

À l'aide de nos chemises nouées bout à bout, nous improvisâmes une corde assez solide et assez longue pour arriver jusqu'à Valéria, que nous réussîmes à sortir de là – non sans effort – tandis qu'Angélica montait la garde.

« Merci… balbutia l'anthropologue, qui tomba à genoux dès qu'elle se vit hors du trou. Merci à tous ! répéta-t-elle, les yeux noyés de larmes. J'ai cru que… qu'ils… »

Le professeur s'agenouilla devant elle et l'étreignit comme seule peut être étreinte une personne chère que l'on croyait perdue à jamais. Ils pleurèrent ensemble un long moment, dans les bras l'un de l'autre.

« T'ont-ils fait quelque chose ? finit par demander Eduardo, bouleversé, en s'écartant un peu pour mieux la regarder. Es-tu blessée ? »

Valéria hocha la tête et sécha ses larmes avec sa manche.

« Ils m'ont surprise par-derrière. J'ai voulu aller au campement des mercenaires, pour y chercher les journaux, et puis… je ne sais pas exactement ce qui s'est passé. Lorsque je suis revenue à moi, ils me traînaient dans les tunnels… et ils m'ont amenée ici. Puis ils ont disparu. Ils m'ont laissée seule, dans le noir. J'ai cru que… » Un sanglot nerveux lui fit trembler la lèvre inférieure. « … j'ai cru qu'ils me *gardaient* pour plus tard.

— Calme-toi, mon enfant, dit Eduardo, en réalité pas beaucoup plus calme qu'elle. Tu es sauve. Nous allons te faire sortir d'ici. »

Elle se releva, chancelante, et s'appuya à l'épaule de son père. « Mais comment m'avez-vous retrouvée ? Vous n'avez pas pu me suivre, c'est impossible. »

Le professeur se tourna vers moi avec un regard reconnaissant.

« Tu n'as qu'à lui poser la question. »

Je secouai la tête, refusant de m'en attribuer le mérite.

« C'est une longue histoire. Mais nous aurons le temps d'en reparler plus tard.

— Attends un peu, intervint Claudio qui s'était approché de Valéria. C'est… »

L'anthropologue fit un geste d'assentiment, et, devant nos regards interrogateurs, elle se tourna pour nous montrer son sac à dos rouge ; celui où j'avais mis les livres de l'officier nazi.

« C'est pour cela que je suis allée au campement, expliqua-t-elle avec un petit sourire contrit. Je devais récupérer ces journaux. » Elle enleva le sac à dos et le tendit à son père.

Cassandra eut un claquement de langue réprobateur.

« Alors, c'est pour ces putains de cahier qu'on en est où on en est…, grommela-t-elle, juste assez fort pour être entendue de Valéria.

— Cela n'a plus d'importance, maintenant, intervins-je avant qu'elles n'entament une dispute. Pour l'instant, notre priorité est de partir d'ici sans perdre une seconde de plus.

— Je suis complètement d'accord, déclara Angélica, qui se dirigeait déjà vers la sortie. Cet endroit me donne des fri… »

Et elle se tut brusquement.

Sa lampe-torche fit entendre un petit tintement lorsqu'elle lui échappa des mains.

Surpris, je tournai la tête vers la docteure, qui s'était avancée de quelques mètres vers l'entrée du tunnel, s'écartant du groupe.

La lumière de ma lampe frontale éclaira son dos, et mon cœur manqua un battement lorsque je vis qu'elle n'était pas seule.

Devant elle se dressait une svelte silhouette noire, haute de plus de deux mètres, immobile et menaçante, avec sa tête allongée où je ne distinguais qu'une rangée de dents pointues et deux yeux jaunâtres, son torse puissant et ses bras interminables et griffus.

C'était une ombre dans les ombres. Une sinistre statue d'ébène que personne n'avait vue arriver, et dont – seulement maintenant – commençait à nous parvenir l'odeur fétide.

Les yeux cireux fixaient Angélica, comme si la créature réfléchissait à ce qu'il lui fallait faire à présent ; la Brésilienne, elle, était comme hypnotisée, paralysée de terreur.

Je n'osais pas faire un geste, craignant une réaction imprévisible de cet être de cauchemar.

Personne ne bougea un muscle.

Alors, l'être noir leva la tête et nous regarda, paupières à demi-fermées pour se protéger de la lumière de nos lampes. Nous jaugeant.

Il lâcha un grondement, long et profond.

Sa bouche s'ouvrit pour bien nous montrer ses crocs et il cracha comme un chat en colère.

Puis il reporta son attention sur Angélica, qui était à moins d'un mètre de lui.

Elle était complètement figée.

Le morcego la toisa, cracha encore une fois, et fit mine de faire demi-tour.

Il fit seulement mine de faire demi-tour.

Car tout se précipita soudain.

À une vitesse telle que je ne pus distinguer clairement son mouvement, le morcego se jeta sur Angélica.

Il l'entoura de ses bras pour qu'elle ne s'effondre pas, et, le regard posé sur nous, comme s'il voulait s'assurer que nous voyions bien ce qu'il allait faire, il ouvrit la gueule et la mordit sauvagement au cou.

La malheureuse ne put émettre qu'un gémissement étouffé. Dans mon dos, un chœur de hurlements éclata.

Je levai mon arme, prêt à faire feu, mais le morcego avait soulevé la docteure et, les dents toujours plantées sans sa gorge, il s'en servait de bouclier.

Pendant une seconde, j'hésitai, ne sachant si je devais tirer ou non ; il n'en fallait pas davantage à la créature pour se rejeter en arrière, et, d'un seul mouvement de tête, déchirer la trachée de sa victime, d'où jaillit un flot de sang comme d'une horrible fontaine.

« Non ! » cria quelqu'un.

Ce fut le signal qui me fit sortir de ma transe et appuyer furieusement sur la détente de mon fusil d'assaut.

82

Balayant l'espace devant moi, je vidai mon chargeur en même temps que Cassie et Claudio faisaient de même, au milieu d'un enfer assourdissant de fumée et de plomb.

J'avais d'abord essayé de viser le morcego sans toucher Angélica, mais la fumée des coups de feu voilait si bien les faisceaux de lumière que je ne pouvais plus distinguer leurs corps l'un de l'autre.

Et puis, je savais bien que notre compagne était morte.

Lorsque le percuteur du MP5 se tut, je plongeai immédiatement la main dans ma poche pour y prendre un nouveau chargeur, prêt à continuer de tirer jusqu'à en finir avec cette abomination.

Mais, alors que j'élevais de nouveau de fusil jusqu'à mon visage, le professeur Castillo me retint par le bras.

« Il n'est plus là, Ulysse ! cria-t-il pour dominer le tumulte. Il est parti ! »

Je ne compris pas tout de suite ce que voulait dire mon vieil ami ; mais, lorsque je cherchai des yeux dans la fumée la noire silhouette du morcego, il n'y avait plus rien.

« Cessez le feu ! criai-je à l'attention des deux archéologues qui, postés à ma droite, continuaient de tirer. Cessez le feu ! »

Eux aussi mirent un moment à réaliser qu'ils tiraient dans le vide.

Leurs armes encore pointées, ils fixaient l'endroit où s'était tenu le morcego, tandis que le rideau de fumée se dissipait peu à peu.

Cinq secondes passèrent.

Dix.

La lumière blafarde de nos lampes traversa l'espace qui nous séparait du couloir, nous révélant les contours irréguliers des murs de pierre.

Le morcego avait disparu.

J'étais certain de l'avoir blessé, mais il avait quand même pu s'échapper. Nous étions de nouveau seuls.

Mais il y avait pire : il avait emporté le corps d'Angélica.

« Oh, non… balbutia Cassandra. Oh, non…

— Ce n'est pas possible..., fit Claudio d'une voix faible, incapable de croire ce que lui disaient ses propres yeux. Angélica... »

Je ne savais plus quoi dire ; les pensées se bousculaient dans mon esprit, mais aucun mot n'arrivait à franchir mes lèvres.

D'Angélica, il ne restait plus qu'une mare de sang, et le macabre sillage qui allait se perdre dans les ténèbres du couloir.

Non. Il n'y avait vraiment rien à dire.

Ce fut Valéria, cette fois, qui prononça les mots justes :

« Partons d'ici ! nous exhorta-t-elle. Partons d'ici immédiatement ! »

Puisque l'éclat des lampes ne suffisait plus à faire fuir ces créatures, nous allumâmes chacun un feu de détresse, éclairant ainsi jusqu'aux moindres recoins de la caverne.

Instantanément, en réponse à cette explosion de lumière rouge, des grognements et des crachements furieux se firent entendre, surgissant de toutes les cavités disséminées un peu partout.

Quelques crânes noirs et difformes émergèrent même des tanières rocheuses. Mais ils étaient peut-être là depuis le début, et nous ne les voyions que maintenant.

Il était impossible d'évaluer le nombre de morcegos qui pouvaient occuper ces niches, mais j'étais néanmoins sûr d'une chose : il y en avait beaucoup. Et ils n'étaient pas contents.

« Avance, chuchotai-je à Cassie, comme si je craignais que les morcegos m'entendent. Passe devant avec Claudio. Moi, j'irai le dernier et je couvrirai l'arrière-garde.

— Fais attention, dit-elle, le regard inquiet.

— Sois tranquille. » Je lui fis un clin d'œil avec une confiance feinte.

Le professeur s'appuyait sur sa fille, le bras autour de ses épaules ; il semblait capable de marcher, mais l'on pouvait remarquer une certaine faiblesse dans ses jambes. Comme si, une fois Valéria retrouvée, ses forces l'avaient abandonné subitement.

« Allons, prof, avancez lentement, mais sans vous arrêter.

— Lentement ? s'étonna-t-il. Pourquoi ?

— Si nous courons, ils se jetteront sur nous, comme le font tous les animaux. Restons groupés et calmes, ajoutai-je en regardant Cassie du coin de l'œil. S'ils se doutent que nous avons peur, ils nous massacreront. »

Lorsqu'elle passa près de moi, à la suite de Cassandra et Claudio, Valéria me regarda furtivement et secoua imperceptiblement la tête.

Sans un mot, elle venait de dire la même chose que je pensais. Ce que nous ferions ou ne ferions pas était sans importance, car les dés de notre sort étaient jetés.

Ainsi, avec lenteur, nous retournâmes dans le couloir par lequel nous étions arrivés. Les deux archéologues éclairaient le sol devant eux avec leurs lampes frontales, tandis que je faisais de même à l'arrière du groupe, un feu de détresse tenu bien haut dans la main gauche, et mon fusil d'assaut dans l'autre.

Nous n'étions plus qu'une grande tache rouge se déplaçant dans un tunnel interminable comme des troglodytes. Une fragile bulle de clarté errant dans la nuit absolue. Une minuscule flamme pour éclairer l'enfer.

Tout compte fait, les Menkragnotis avaient raison, songeai-je avec une grimace. On ne pouvait pas dire que nous n'avions pas été prévenus. Cet endroit était l'Enfer.

Dans la caverne que nous laissions derrière nous, les bruits gutturaux ne cessaient de croître en intensité et en virulence.

Les crachements s'étaient transformés en grondements, les feulements en rugissements, et ils se rapprochaient.

Comme s'ils nous harcelaient.

« Nous sommes encore loin ? m'impatientai-je, sans oser regarder vers l'avant.

— On arrive, répondit Cassie. Juste derrière ce coud… Oh ! merde !

— Qu'est-ce qu'il y a ? »

Un long silence.

Une respiration qui s'accélère.

« Ils sont là… susurra-t-elle d'une voix hachée, comme qui découvre une vipère lovée dans son lit.

— Qui ?

— Tous, Ulysse, répondit-elle faiblement. Ils sont tous là. »

404

La grande caverne, où quelques minutes auparavant il n'y avait que la statue colossale et son linceul de dépouilles humaines, grouillait à présent de morcegos aux longues griffes et aux dents acérées.

Qui haletaient.

Qui crachaient.

Qui grondaient.

Qui irradiaient la violence contenue.

Tendus comme une horde d'hyènes prêtes à se jeter sur une proie sans défense, sachant qu'elle ne pourra s'échapper.

C'était une masse informe de corps noirs et visqueux. Une armée d'ombres où seuls ressortaient les yeux sauvages teintés de rouge par le halo des feux de détresse.

J'évoquai de nouveau les légendes indiennes qui les dépeignent comme des démons, et la justesse de cette description.

Ces créatures de l'averne nous étudiaient avec le même intérêt qu'un loup observant un agneau.

Tout ce qui nous séparait de la mort, c'était la lumière de nos lampes, et les fusées de détresse qui les maintenaient à distance. Sauf qu'elles étaient bien près de s'éteindre.

« Par tous les saints du Paradis, souffla le professeur. Il y en a des centaines… des milliers, peut-être.

— Comment peuvent-ils être si nombreux, s'étonna Claudio en chuchotant. Je n'aurais jamais cru que... » Il ne finit pas sa phrase, mais déglutit avec difficulté. « Qu'allons-nous faire ?

— Avancer, répondis-je sans hésiter.

— Comment ? douta Valéria, comme si j'avais suggéré de nous envoler. Ils sont trop nombreux. Nous ne pourrons pas atteindre la corde.

— Il faudra bien, rétorqua Cassie. C'est la seule issue.

— Nous pourrions utiliser le couloir par où Ulysse… commença Claudio.

— N'y pense même pas », le coupai-je en haussant la voix, très légèrement, mais suffisamment pour voir les morcegos les plus proches s'agiter nerveusement. « Ils nous attraperaient l'un après l'autre comme des lièvres.

— Alors…

— Comme le dit Cassie… il n'y a qu'une issue.

— Mais comment allons-nous passer ? s'inquiéta le professeur.

405

— Là aussi, la réponse est simple. De la seule manière possible. »
Et je lançai mon feu à main en direction de la multitude de corps noirs,
qui s'écartèrent instantanément de la lumière brillante ; puis je levai
mon fusil d'assaut et sortis de ma poche une nouvelle fusée, que je tins
au-dessus de ma tête après l'avoir allumée.

Comprenant que c'était notre seul espoir, le reste du groupe
m'imita aussitôt : tous jetèrent leurs fusées devant eux et en allumèrent
d'autres.

Telle une phalange macédonienne armée de torches enflammées,
nous nous mîmes en marche, dos à dos, en direction du colosse de
pierre et de la corde qui pendait au-dessus de sa tête.

Sans hâte, nous nous frayâmes un chemin au milieu de la multitude
menaçante des créatures qui, se tenant prudemment à trois ou quatre
mètres de distance, montraient les dents et donnaient de fugitifs coups
de griffes, qui heureusement n'atteignaient personne.

Même de si près, je ne pouvais pas distinguer avec précision les
formes de ces êtres étranges, au crâne ridiculement allongé, aux allures
d'animal et dont le corps aux proportions grotesques faisait hésiter au
sujet d'une éventuelle parenté.

Nous progressions pas à pas, avec une extrême lenteur, cernés par
ces myriades de dents pointues et d'yeux énormes qui s'écartaient sur
notre passage pour se refermer derrière nous. Nous enveloppant dans un
cercle de plus en plus étroit.

« Ils s'approchent, dit Cassandra d'une voix tendue.

— Je sais, répliquai-je en dissimulant mon inquiétude. Continue
d'avancer.

— Je ne sais pas si nous y arriverons…

— Nous ne sommes plus loin. Occupe-toi seulement de les tenir à
distance. »

Je prononçai ces mots alors que nous étions déjà en train
d'escalader le charnier, vers la tête de pierre, agitant nos feux de
détresse à l'instar de dompteurs enfermés dans l'enclos des tigres.

Les morcegos, eux, étaient sur nos talons et de plus en plus
déchaînés, comme furieux que nous ajoutions, au sacrilège d'avoir
pénétré sur leur territoire, celui de profaner leur lieu le plus sacré.

Les grondements avaient fait place à un chœur de rugissements, et
les coups de griffes étaient de plus en plus dangereux. Je vis même

l'une de ces bêtes se protéger les yeux avec un bras et lancer l'autre en avant, dont les griffes acérées ne passèrent pas très loin de ma cuisse.

« Attention ! s'écria le professeur. Ils commencent à ne plus craindre les fusées !

— Il faut leur tirer dessus ! glapit Claudio, au bord de la panique.

— Attendez ! criai-je par-dessus le tumulte croissant. Si nous tirons, ils se jetteront sur nous et nous serons perdus ! Ne faites feu qu'en dernier recours ! »

À reculons, nous escaladâmes gauchement la montagne d'ossements, enveloppés d'un halo de lumière rouge agonisante.

Nous nous obstinions comme des Spartiates déterminés à vendre chèrement leur peau ; sauf que dans notre cas, il n'y aurait personne pour venir prendre acte de nos exploits ni de film pour les magnifier.

« Commencez à grimper à la corde ! m'époumonai-je. Professeur ! Passez le premier !

— Non ! répliqua-t-il. Ma fille d'abord !

— Arrêtez de dire des conneries et grimpez ! » Ma fusée s'affaiblissait. J'allumai la dernière, mais elles étaient de moins en moins efficaces, et je compris qu'il nous faudrait sous peu utiliser nos armes. « Allons ! Nous n'avons plus le temps ! Les autres, montez aussi ! Vite ! »

Cette fois, personne ne protesta, mais, alors que je regardais Valéria aider son père à se hisser sur la tête de pierre, un morcego apparut soudain derrière celle-ci, et, mettant à profit le bref instant de confusion de l'anthropologue, il se jeta sur elle, lui plantant les griffes dans l'abdomen, qu'il lacéra sauvagement.

« Valéria ! » hurla Eduardo avec horreur. Ignorant le morcego, il s'agenouilla près de sa fille qui se tenait le ventre, le visage crispé de douleur.

Le démon, le corps ramassé sur lui-même et les griffes dégouttantes du sang de la jeune femme, tourna son petit faciès malveillant vers le professeur, prêt à l'attaquer par-derrière pendant qu'il était penché sur sa fille.

Et il bondit.

Je levai mon fusil, tout en sachant que je ne pourrais pas faire feu à temps.

Le morcego s'était déjà élancé ; une détonation résonna dans la caverne ; la créature se recroquevilla dans un spasme, et roula jusqu'à ses congénères.

Muet de stupéfaction, je me retournai pour voir une volute de fumée blanche flotter hors du canon de l'arme de Cassandra.

Elle venait de sauver le professeur.

Mais, en même temps, elle avait donné aux morcegos le signal qu'ils semblaient attendre.

La bataille allait commencer.

Pendant un bref instant, un infime laps de temps, mais qui parut ralentir et devenir éternel, un silence irréel s'empara des lieux tandis que l'écho étouffé du coup de feu achevait de s'éteindre entre les parois de la grotte.

Les morcegos avaient cessé leur étourdissante cacophonie.

Du côté des humains, personne ne bougea, personne ne dit mot, de peur de briser le sortilège.

Mais ce n'était que le calme qui précède la tempête.

En dépit de nos armes du XXIe siècle, nous serions tous morts dans quelques secondes.

« Économisez vos balles... » Ce fut tout ce que j'arrivai à dire avant de laisser tomber ma dernière fusée à mes pieds. J'empoignai mon MP5 des deux mains.

Un rugissement de fureur et de haine indescriptible explosa parmi les légions démoniaques. Alors, comme une grande vague noire avide de sang, ils se jetèrent sur nous.

83

« Montez ! Montez ! Vite ! » Ce furent les derniers mots que je prononçai avant d'appuyer sur la détente.

Mon fusil d'assaut était réglé sur le mode semi-automatique, et j'eus une fois de plus l'occasion de constater à quelle rapidité se vidait un chargeur. Le pire étant que je n'étais même pas certain d'avoir touché les morcegos.

J'avais tiré au jugé, cherchant plus à les maintenir à distance qu'à les tuer, mais ils n'avaient manifestement pas capté l'intention. Sans Cassie qui, à côté de moi, tirait toujours avec une précision militaire, je n'aurais même pas eu le temps de prendre le pistolet de Souza dans la poche de mon pantalon.

Cette fois, je visai les morcegos les plus proches, qui escaladaient la montagne d'ossements à quatre pattes avec une agilité stupéfiante. Je touchai les deux premiers, qui reçurent chacun deux balles de neuf millimètres et tombèrent à la renverse ; je mettais en joue le troisième, tout en calculant mentalement qu'à deux balles par tête je n'en avais pas pour plus de sept ou huit, sur les centaines qui étaient presque sur nous, lorsque le miracle eut lieu.

La marée de crocs et de griffes se figea subitement comme une seule entité et les hurlements assourdissants cessèrent d'un seul coup.

Du coin de l'œil, je captai un éclat de lumière jaune, juste au-dessus de la tête de la statue.

Je regardai vers le haut, sans comprendre.

Et je vis qu'il y avait quelqu'un d'autre. Un homme. Un homme qui tenait dans la main une petite torche allumée.

À la lumière de la flamme, je pus discerner ses traits.

C'était Iak.

J'ouvrais déjà la bouche pour lui dire de partir immédiatement s'il ne voulait pas perdre la vie, lorsque le Menkragnoti eut un geste inattendu.

Il leva la torche au-dessus de sa tête, puis, de toutes ses forces, il la lança sur la foule des morcegos qui se pressait à nos pieds.

Une explosion soudaine m'aveugla ; lorsque je pus y voir de nouveau, une grande flaque de feu nous séparait des morcegos, qui reculaient avec des hululements de rage et de frustration.

Ce n'était pas une torche.

Je me rappelai alors la bouteille d'essence que nous avions récupérée dans l'entrepôt des Allemands.

Iak avait confectionné un cocktail Molotov.

Je secouai ma stupeur avec effort et me tournai vers mes compagnons.

« Allez ! Montez ! criai-je en désignant la corde. C'est notre chance ! »

Comprenant que nous devions mettre à profit la confusion qui s'était emparée des morcegos, tous achevèrent d'escalader le buste, puis grimpèrent dans le puits grâce à la corde à nœuds.

Le professeur, Claudio et Iak passèrent les premiers ; une fois en haut, ils hissèrent à la force du poignet Valéria, que Cassie et moi avions liée avec la corde. La fille du professeur avait une vilaine blessure au ventre, mais elle respirait et semblait consciente.

Lorsqu'ils l'eurent récupérée, ils nous renvoyèrent la corde pour que nous puissions les rejoindre, non sans avoir jeté un dernier coup d'œil en bas, ce qui nous permit de voir que les flammes de la flaque d'essence décroissaient rapidement.

Lorsque j'émergeai du puits, juste derrière Cassandra, je me retournai aussitôt vers l'abîme ténébreux pour remonter la corde d'alpinisme. Je ne doutais pas que dès que le feu se serait éteint, les morcegos sortiraient de leur caverne et nous pourchasseraient, puisque la nuit était tombée. Mais je ne voulais pas non plus leur faciliter les choses.

Lorsque j'eus terminé, mes compagnons étaient penchés sur Valéria et tamponnaient sa blessure à l'aide de leurs vêtements.

Pour ma part, je m'approchai d'Iak et le serrai dans mes bras avec reconnaissance.

« Mon ami ! Tu nous as sauvé la vie ! Mais comment nous as-tu trouvés ? »

L'indigène haussa les épaules, comme pour minimiser son exploit.

« Moi suivre vous chaque jour, sans me montrer. Iak reconnaître chef des soldats : lui venir à village pour dire nous partir. Quand moi voir tous entrer dans le puits, moi savoir vous avoir besoin aide.

— Eh bien, tu ne pouvais pas mieux tomber ! Tu es vraiment arrivé à point nommé ! »

Ensuite, je rejoignis les autres pour prendre des nouvelles de Valéria.

« Il faut faire quelque chose », souffla le professeur d'une voix tremblante, penché sur sa fille qui, étendue sur le sol, saignait toujours abondamment en dépit de leurs efforts pour arrêter l'hémorragie.

« Elle va perdre tout son sang, murmura Cassie à mon oreille. Je n'aime vraiment pas l'aspect de sa blessure.

— Moi non plus, avouai-je avec inquiétude en regardant le tas de linge imbibé de sang qui s'amoncelait à côté d'elle. Mais nous devons rentrer au temple immédiatement, avant que ces bêtes ne sortent de leur tanière. »

Laissant son pauvre père s'occuper de la blessée, nous confectionnâmes une civière improvisée avec des branchages liés à l'aide de rubans de feuilles de palmier, et nos chemises, déjà en piteux état, pour servir de base.

Puis nous y déposâmes précautionneusement Valéria, et, ayant rechargé nos armes, nous nous mîmes en route pour le temple.

Le seul endroit où nous pensions être à l'abri lorsque les morcegos viendraient nous chercher.

Nous allions vite découvrir que nous nous trompions.

Cassandra prit la tête du cortège, un fusil dans chaque main ; Eduardo et moi portions le brancard tandis que Claudio et Iak couvraient l'arrière-garde, le premier armé d'un MP5 et le second de son arc et ses flèches, prêts à tirer au moindre signe de mouvement derrière nous.

J'avais pour ma part le Glock de Souza passé à la ceinture, tandis que le professeur avait refusé catégoriquement toute arme, alléguant qu'il visait si mal qu'il risquait d'être plus dangereux que les morcegos eux-mêmes.

Le chemin, que j'avais trouvé si facile en d'autres occasions, s'était converti, à la tombée de la nuit, en un champ d'obstacles invisibles sur lesquels nous trébuchions constamment ; la progression devenait difficile dans la forêt inondée, où les pieds s'enfonçaient jusqu'aux chevilles dans l'eau sombre et la boue spongieuse qui semblait chercher à nous retenir.

Mais nous allions aussi vite que possible, exhortés par les gémissements de douleur de Valéria, et par la certitude que si les morcegos nous rattrapaient, c'en serait fini de jouer au chat et à la souris : cette fois, nous serions tous tués.

C'est alors que, surgi des entrailles les plus profondes de la jungle, un épouvantable concert de hurlements et de rugissements rageurs déchira l'air nocturne, et je sus que ces rejetons des ténèbres n'étaient pas simplement partis en chasse.

Ce qu'il y avait d'humain en eux réclamait du sang.

Notre sang.

Cela criait vengeance.

84

Avancer à la lumière erratique des lampes en pataugeant bruyamment dans un empan d'eau tout en essayant de ne pas se prendre les pieds dans une racine submergée, avec une civière, était une entreprise pénible à l'extrême.

J'entendais le professeur ahaner devant moi, à bout de forces, et je craignis de le voir s'effondrer.

« Courage, prof ! Vous y arriverez !

— Je vais bien, haleta-t-il. Je vais bien.

— Ne vous arrêtez pas, nous enjoignit Cassie en se tournant vers nous, nous y sommes presque. »

Nous savions tous que ce n'était pas vrai, mais personne ne dit mot.

Pendant une longue minute, les hurlements furieux des morcegos avaient cessé de se faire entendre, mais, paradoxalement, ce silence nous apparaissait encore plus menaçant.

Je savais qu'ils étaient à notre poursuite, et cette discrétion subite ne pouvait signifier qu'une seule chose : qu'ils s'approchaient et s'apprêtaient à attaquer.

Et soudain, le présage devint réalité et la végétation derrière nous parut s'animer d'une vie propre.

Ce qui commença d'abord comme un simple bruissement dans les fourrés se transforma progressivement en craquements de branches et feuilles agitées. Révéler leur présence semblait ne plus avoir d'importance pour eux, certains qu'ils étaient que nous ne pouvions pas nous échapper.

Les bruits et les grognements nous parvinrent, dans un premier temps de l'arrière, puis, très vite, des deux côtés du sentier invisible que nous nous efforcions de suivre dans la nuit.

« Ils nous encerclent ! » s'écria Cassie.

En effet, les morcegos tentaient de nous couper la route pour nous empêcher d'atteindre notre refuge.

« Tire sur les flancs ! criai-je, essoufflé. Qu'ils ne passent pas devant ! »

Elle ouvrit le feu aussitôt, tirant à droite et à gauche simultanément avec ses deux mitraillettes, arrosant de balles l'impénétrable sous-bois sans savoir si elle atteignait une cible, mais espérant pouvoir intimider suffisamment les morcegos pour avoir la voie libre jusqu'au temple.

Avec des cris de fureur, l'archéologue tirait, rechargeait, et tirait encore.

Je ne pouvais pas voir ce qui se passait derrière moi – bien que ce n'était pas difficile à imaginer –, mais j'avais devant moi une petite Mexicaine qui vidait chargeur sur chargeur dans un nuage de fumée et un bruit de tonnerre, avec ce regard égaré et fiévreux des soldats lorsqu'ils ont dépassé le cap de la peur. *Le regard des mille yards.*

Les détonations et le crépitement des armes au sein de l'obscurité la plus absolue conféraient à cet instant une atmosphère d'apocalypse où l'on aurait pu croire être les derniers survivants sur terre en train de lutter pour leur vie contre toutes les cohortes infernales.

Quand soudain, de manière inattendue, la voix de Claudio se fit entendre par-dessus les coups de feu.

« Ils s'éloignent ! cria-t-il avec exultation. Nous les distançons ! »

Je n'arrivais pas à y croire, et pourtant, lorsque je tournai la tête, l'Argentin était en effet planté au beau milieu du chemin, le fusil triomphalement levé.

Et juste au même instant, pendant que je le regardais, une ombre plus noire que la nuit noire se laissa tomber d'un arbre et atterrit brutalement sur lui, le culbutant face la première dans l'eau boueuse, écrasé sous l'impact.

Comprenant subitement ce qu'il se passait, l'archéologue argentin releva son visage maculé de boue, nous regarda, et ouvrit la bouche en un gémissement suppliant.

Un gémissement qui se convertit soudain en un terrible hurlement de douleur lorsque le spectre ténébreux lui déchira le dos d'un violent coup de griffes.

En l'entendant, Cassie se retourna et poussa un cri d'horreur en découvrant Claudio prisonnier des serres du morcego.

Tenant le brancard où reposait Valéria, je ne pouvais pas venir en aide à l'archéologue ; je ne pouvais que regarder, aussi impuissant que le badaud qui ne peut rien faire, mais qui est incapable de détourner les yeux du macabre spectacle.

Deux autres silhouettes surgirent à leur tour des deux côtés du chemin pour se jeter sur le pauvre garçon, et je compris qu'il était perdu.

Iak fut le seul à avoir assez de cran pour faire ce qui devait être fait : avec un sang-froid stupéfiant, il encocha une flèche et visa ces yeux aux pupilles dilatées par la peur qui nous fixaient toujours, cette bouche ouverte sur un hurlement muet tandis que le malheureux sentait les morcegos le réduire en pièces. Il lâcha la corde.

« Vous courir ! cria le Menkragnoti en se retournant. Sans arrêter ! »

Pendant une interminable seconde, tout le monde demeura figé, et ce fut le professeur qui, le premier, secoua son effarement.

« En avant ! » hurla-t-il.

Et suivit toute une litanie de jurons que je n'aurais jamais pensé entendre un jour sortir de sa bouche, nous exhortant à aller de l'avant, à continuer de fuir pour sauver notre vie.

Notre chance fut que les morcegos restèrent en arrière, occupés à déchirer sauvagement la dépouille du pauvre Claudio, ce qui nous donna l'opportunité d'atteindre enfin le monumental escalier du temple refuge, dont nous fîmes l'ascension à toute allure.

Nous ne nous arrêtâmes pas avant d'être arrivés au milieu de la grande salle, où nous nous effondrâmes, épuisés, mais nous sentant enfin à l'abri.

Hors d'haleine, nous restâmes allongés sur le sol de pierre, incapables de prononcer un mot tandis que nous essayions de reprendre notre souffle et d'effacer de notre esprit la scène terrifiante à laquelle nous venions d'assister.

J'avais l'impression d'avoir les poumons complètement vidés, et l'air chaud et humide de l'Amazonie tout entière me semblait encore insuffisant pour les remplir de nouveau. Dans l'immensité de la vaste pièce, on n'entendait plus que la toux et les halètements entrecoupés des survivants.

Jusqu'au moment où un gémissement plaintif me fit relever la tête pour regarder Valéria, étendue sur son brancard de fortune, son père lui tenant la main.

« Tu sais s'ils avaient une trousse de premiers secours ? » demandai-je à Cassie tandis que je me redressais avec effort.

Dans l'obscurité, la lampe frontale de la Mexicaine se tourna vers moi, puis éclaira les maigres possessions de la malchanceuse expédition anthropologique de l'Université de Vienne. Cassandra finit par dénicher une petite sacoche rouge ornée d'une croix blanche. Elle l'ouvrit, et, abattue, m'en montra le contenu : un thermomètre, un tube de gel iodé, de l'aspirine, des ciseaux, un rouleau de sparadrap, et un petit paquet de bandes.

« C'est tout ? m'étonnai-je, déçu.

— Je crois que la trousse d'Angélica a été emportée par les morcegos, la nuit qu'ils ont été attaqués. Ça, c'est seulement le kit de secours de Claudio.

— Il n'y a pas de calmants, pas d'antibiotiques, pas de fil pour suturer la blessure.

— Juste de l'aspirine, et nous ne pouvons pas lui en donner si nous ne voulons pas que l'hémorragie augmente encore, et un peu d'iode, dit-elle en prenant un petit tube, comme de dentifrice, plein d'une pâte jaune. Nous aurions dû chercher la trousse de secours des mercenaires. Il y en avait sûrement une au campement. »

Cassie avait raison, il y en avait sûrement une. Mais il était impossible d'aller la chercher maintenant.

Je claquai la langue avec irritation, furieux contre moi-même de ne pas y avoir pensé.

Munis du peu que nous avions, nous nous approchâmes de Valéria pour nettoyer la blessure avec l'eau d'une gourde avant d'y appliquer la dose homéopathique d'iode.

Lorsque nous retirâmes les bandages improvisés, le professeur porta la main à sa bouche, étouffant une exclamation horrifiée.

Trois longues et profondes entailles barraient le ventre de sa fille, juste au-dessus du nombril. Trois incisions qui semblaient avoir été faites au bistouri et d'où sourdait un sang épais et foncé, presque noir.

Cassie me jeta un bref coup d'œil et, en silence, secoua imperceptiblement la tête. Nous savions tous les deux ce que cela signifiait.

Elle s'appliqua néanmoins à désinfecter les plaies avec l'iode, puis les recouvrit du peu de gaze dont nous disposions.

« Calme-toi, ma chérie, répétait le professeur, la main de sa fille entre les siennes. Calme-toi, ça va aller. »

Valéria poussa un nouveau gémissement de douleur.

416

Avec une tendresse indicible, son père lui caressa la joue avant de déposer un baiser sur son front.

« Chut... murmurait-il à son oreille. Tout va s'arranger, ma chérie. »

Il se tourna vers moi, les yeux rouges et pleins de larmes.

« Je t'en prie..., supplia-t-il. Il faut faire quelque chose ! »

Je ne pouvais rien répondre. Je me limitai à le serrer dans mes bras et le laissai pleurer sur mon épaule.

« Je suis désolé, mon ami, soufflai-je. Je suis désolé. »

Il se dégagea et, avec un geste vers la trousse rouge, il apostropha Cassandra :

« Il n'y a même pas de calmants, dans cette trousse ? »

La jeune Mexicaine secoua la tête avec pitié.

« Nous ne pouvons rien faire de plus. »

Alors, le professeur se tourna vers Iak, qui se tenait non loin dans une attitude d'expectation.

« Et toi, supplia-t-il plus qu'il ne demanda. Tu n'as rien qui puisse l'aider ? »

Le Menkragnoti réfléchit un instant avant de répondre.

« Elle mourir, affirma-t-il d'une voix funèbre. Mais moi pouvoir donner même médecine que donner à toi quand avoir ver dans le dos.

— Il te reste de l'ayahuasca ? » Sans relever la première partie du diagnostic, le professeur s'était redressé d'un bond.

« Pas ayahuasca, précisa l'Indien en glissant la main dans sa bourse. Mais si moi donner beaucoup, elle dormir et pas sentir douleur.

— Alors, donne-lui-en ! cria le père éploré. Qu'attends-tu ?

— Elle perdre beaucoup de sang. Si moi donner pour dormir... peut-être elle pas réveiller. »

À cette éventualité, le doute apparut sur le visage du professeur, qui nous jeta un coup d'œil interrogateur, cherchant désespérément un conseil.

Cassie et moi fîmes un signe d'assentiment.

Debout près de l'indigène, le pauvre homme posa les yeux sur sa fille ; celle-ci fit entendre un nouveau gémissement d'agonie.

« Donne-lui-en, décida-t-il alors, plongeant son regard bleu dans les yeux bleus du Menkragnoti. Donne-lui ce que tu as, mais, pour l'amour de Dieu, qu'elle cesse de souffrir. »

Quelques minutes plus tard, un feu brûlait sur le sol de pierre, et Iak faisait bouillir les écorces qui contenaient les substances anesthésiques pour Valéria.

« Demain matin, dis-je à Cassandra, il faudra aller au campement de Souza pour y prendre tous les médicaments que nous trouverons. Nous devons la maintenir en vie. »

Avant de répondre, la jeune Mexicaine coula un regard vers la gauche, où, à quelques mètres, gisait la pauvre femme. Son père était auprès d'elle et lui tenait la main.

« Elle ne survivra pas, dit-elle tout bas. Je le sais, tu le sais. Même Iak le sait.

— Nous ne pouvons pas en être certains. Demain nous pourrons recoudre la blessure et lui donner des antibiotiques. »

Cassie soupira avec lassitude, comme au regret d'avoir cette conversation avec moi.

« Ce sang noir provient des intestins, ce qui signifie qu'il y a une hémorragie interne. C'est impossible à recoudre. Elle finira par se vider de son sang, ou elle mourra de septicémie.

— Tant qu'il y a de la vie, il y a…

— Ne viens pas maintenant avec tes dictons à deux balles ! s'exclama-t-elle d'une voix contenue. Même nous, nous ne pouvons pas prétendre survivre bien longtemps ici. Combien de temps crois-tu que nous tiendrons ? Une semaine ? Un mois ? J'envie presque Valéria. Elle, au moins, aura une fin rapide, comparée à la nôtre.

— Iak a survécu, lui, alléguai-je en prenant le Menkragnoti pour preuve vivante. Au fait, Iak, comment as-tu fait pour survivre, avec les morcegos qui traînaient dans le coin ? »

Le descendant des Fawcett haussa les épaules.

« Eux pas chercher moi. Trop occupés à chasser vous.

— Enfin, peu importe, fis-je en reportant mon attention sur le corps inerte de Valéria. Je suggère d'essayer de la garder en vie et endormie, et nous chercherons le moyen de partir d'ici et de l'emmener à l'hôpital. »

Cassie me vrilla avec dureté de ses prunelles émeraude.

« Mais qu'est-ce que tu racontes ? lâcha-t-elle, mâchoire crispée. L'emmener à l'hôpital ? Mais tu as donc reçu un coup sur la tête ? Nous aurons de la chance si nous pouvons survivre encore quelques jours enfermés ici. À mon avis, ajouta-t-elle tristement avec un bref regard à Valéria, le mieux qui puisse lui arriver après avoir pris la médecine d'Iak, c'est de ne jamais se réveiller.

— Tu veux… qu'elle meure ?

— Elle est déjà morte, murmura l'archéologue en baissant les yeux. Je veux juste lui épargner de souffrir.

— Et c'est pour ça que je veux qu'on l'endorme, dis-je tandis qu'Iak se levait pour porter son breuvage chaud à Valéria, mais pas la tuer. Essayons de la garder en vie, même droguée jusqu'aux yeux, et ensuite nous aviserons. »

Cassie secoua la tête une fois de plus, et son expression finale équivalait à dire : « Faites comme bon vous semble. Au bout du compte, le résultat sera le même. »

À dire vrai, je comprenais parfaitement les arguments de Cassandra. Ce n'était en somme pas très différent de ce qu'Iak avait fait lorsqu'il avait vu Claudio tomber sous les griffes des morcegos ; c'était peut-être même ce que j'aurais suggéré moi-même si j'avais été à sa place.

Mais il y avait un détail d'importance qu'elle ne soupçonnait pas.

Quelque chose qui aurait pu la faire changer d'avis.

Il y avait de l'espoir.

85

Un peu plus tard, tandis que Cassie et le professeur étaient occupés à changer les bandages de Valéria, je cherchai Iak du regard. Il y avait un bon moment que je ne le voyais plus.

Fouillant des yeux les ombres de la grande salle, je finis par le découvrir, accroupi à l'entrée, sous le haut portail qui s'ouvrait telle une énorme bouche carrée sur la nuit et ses démons.

Je m'approchai furtivement – même si j'étais sûr qu'il m'entendait parfaitement –, et, m'accroupissant à côté de lui, je lui dis d'une voix rassurante :

« Ne t'inquiète pas. Pour une raison ou une autre, ils n'entrent pas ici. Nous sommes en sécurité. »

Le Menkragnoti se tourna vers moi et me regarda longuement de ses insolites prunelles bleues.

« Et comment toi savoir ? s'enquit-il avec défiance.

— Je le sais parce que j'ai déjà passé une nuit ici ; et Valéria, bien plus. C'est elle qui m'a dit que les morcegos n'avaient jamais essayé de pénétrer dans ce temple. »

Iak se retourna vers l'obscurité, inquiet, observant attentivement quelque chose.

Je l'imitai, mais j'avais beau forcer, je ne voyais rien que la nuit. Mais je ne doutai pas que les morcegos étaient là, dehors, à l'affût, guettant l'occasion de nous attraper.

« Et toi croire vraiment que cette nuit être comme les autres ? » demanda alors le Menkragnoti avec un fatalisme presque palpable, sans détourner les yeux des ténèbres.

L'insinuation voilée m'avait déjà effleuré l'esprit, mais j'avais préféré l'écarter de mes pensées.

À ce moment-là, pourtant, tandis que je retournai vers le professeur et Cassie agenouillés auprès de Valéria comme pour une veillée mortuaire prématurée, je compris que nous ne pouvions plus ignorer la réalité de la situation.

« Je crois que nous devrions faire aussi un feu près de l'entrée, au cas où », déclarai-je avec un geste en direction de l'endroit où se tenait toujours Iak.

Cassie leva sur moi un regard étonné.

« Pourquoi ? Tu sais bien qu'ils n'entrent pas ici.

— Non, répondis-je d'une voix cassante. Ce que je sais, c'est que pour l'instant ils ne sont pas entrés… Ce qui ne veut pas dire qu'ils ne puissent pas le faire.

— Et qu'est-ce qui te fait croire que, précisément aujourd'hui, ils pourraient changer leur comportement habituel ?

— Justement cela, rétorquai-je. Aujourd'hui n'a rien eu d'une journée habituelle. »

Tous deux me regardèrent sans répondre.

« Allons chercher du bois », finit par dire la Mexicaine en se mettant debout.

Une demi-heure plus tard, un grand brasier flamboyait sur les marches qui menaient au portail du temple. Un moyen qui, pour primitif qu'il soit, s'avérait bien plus rassurant que de se fier au comportement conditionné de créatures dont nous ignorions complètement le mode de raisonnement.

Sous les effets de la drogue que lui avait donnée Iak, à défaut de pouvoir en faire davantage pour elle, Valéria dormait profondément sur son brancard, tout près de nous. Si ce n'était le sang qui tachait ses vêtements et les nombreux linges maculés qui s'amoncelaient autour d'elle, elle aurait pu être simplement en train de jouir d'un bon sommeil réparateur auprès du feu.

Dormir. Un luxe que nous ne pouvions pas nous permettre malgré notre épuisement. Et pas seulement en raison du péril qui nous guettait de l'autre côté des murs, mais aussi à cause des scènes terrifiantes auxquelles nous avions assisté et que nous ne pouvions pas nous ôter de la tête.

Aussi éreintés physiquement que brisés émotionnellement, le professeur, Cassie et moi étions assis autour du feu dans un silence pesant. Mon vieil ami semblait perdu dans ses pensées, comme si seul son corps était avec nous tandis que son esprit errait autre part, en un lieu encore plus sombre et désolé.

Cherchant à secouer mes idées morbides, je regardai autour de moi lorsque mes yeux tombèrent sur le fameux sac à dos rouge qui renfermait les cahiers du nazi. Je les pris, décidé à y jeter un coup d'œil. Je commençai par celui qui portait le numéro un inscrit sous l'étrange symbole de la *Deutsches Ahnenerbe* ; un nom figurait au dos, probablement celui de l'officier SS dont nous avions trouvé le cadavre.

Dans une étrange écriture gothique manuscrite, l'on pouvait lire : *Oberst. Franz Stauffel*, puis un texte incompréhensible où se distinguaient les mots *Führer* et *Schutzstaffel*.

Au contraire de ce que je m'attendais à voir, les pages suivantes n'étaient pas celles d'un journal retraçant les activités de l'expédition, mais plutôt une sorte de registre de comptabilité. Une liste précise, accompagnée de numéros et de dates, que je supposai être le détail de leurs découvertes.

C'était indéchiffrable pour moi, et je tournai les pages en perdant peu à peu tout intérêt, jusqu'à arriver approximativement à la moitié du cahier. À partir de là, les feuillets jaunis par le temps étaient vierges.

Et tu n'es pas allé plus loin, ami Franz, pensai-je avec une grimace. *Tu aurais dû acheter un cahier moins épais.*

Déçu, je reposai l'ouvrage et hésitai à en examiner un autre. Je levai les yeux, mais les visages sombres et mornes de mes compagnons me décidèrent, encore que je ne doive rien trouver d'intéressant dans le cahier suivant.

L'ouvrant au hasard, je vis immédiatement que je me trompais dans mes suppositions : car celui-ci était un carnet de dessins.

Revenant donc à la première page, je commençai à étudier avec attention les croquis détaillés que l'auteur avait faits de nombreux édifices de la cité, intérieurs et extérieurs, dont la plupart m'étaient inconnus.

Sur une feuille, l'artiste avait reproduit avec talent le mystérieux monolithe noir, à côté duquel était esquissé un soldat allemand pour bien marquer les impressionnantes proportions du monument. Il y avait également un schéma de la constellation d'Orion, de sa forme pentagonale que l'on retrouvait partout dans la cité, et de son intégration dans la constellation du « Grand Félin doré » de la cosmogonie précolombienne.

J'eus à cet instant l'absurde envie de montrer à Valéria ce dessin extraordinaire, qui reprenait si bien ce qu'elle nous avait expliqué la veille.

Je lui jetai un coup d'œil furtif, et la voir ainsi, étendue sur ce misérable brancard et couverte de son propre sang, m'emplit d'un découragement si prégnant que je faillis en pleurer.

Était-ce là le destin inéluctable qui nous attendait tous ?

Avalant ma salive, je me forçai à détourner les yeux de l'anthropologue heureusement assommée par les drogues, et reportai mon attention sur le carnet que j'avais devant moi.

L'ouvrage ouvert sur les genoux, je tournai la page, et la première pensée qui me vint alors à l'esprit, c'était que j'avais déjà vu cela.

Le dessin représentait des bas-reliefs, fidèlement reproduits sur le papier, que je pris tout d'abord pour ceux qu'il y avait sous mes pieds, au sous-sol du temple. Mais, en les regardant mieux, je constatai qu'il n'en était rien.

C'en était d'autres. Avec d'autres symboles. Et ils racontaient une histoire bien différente.

Je commençai à les étudier avec attention, m'efforçant de suivre le récit comme je l'avais fait avec ceux qui narraient l'histoire des Anciens, les déchiffrant comme si je lisais une bande dessinée dans une langue qui me serait inconnue.

Quelques subtilités pouvaient bien entendu m'échapper, mais l'histoire avait été ciselée dans la pierre – puis copiée par une main habile – pour que tout homme, quelle que soit son époque ou sa culture, soit capable de la comprendre sans avoir recours à un texte écrit.

Ainsi, essayant de ne perdre aucun détail, je tournai les pages dans un ébahissement croissant. Je revenais parfois en arrière, et même souvent, pour vérifier que je n'avais pas tout compris de travers. Repassant des yeux chaque tracé comme un calligraphe, craignant d'avoir sauté un fragment du récit qui aurait pu changer le sens de mon interprétation.

La transcription de ces bas-reliefs étonnants prenait fin au bout de vingt pages ; et, vu l'histoire inconcevable qui y était relatée, je n'étais pas loin de croire que tout ce que contenait ce carnet n'était que pure invention.

Mais, après avoir réfléchi un moment, le regard perdu dans les flammes du feu de camp, je compris qu'aussi inimaginable que cela me paraisse, ce que je venais de voir n'était rien d'autre que la reproduction minutieuse de bas-reliefs authentiques, qui devaient être à l'intérieur d'un bâtiment que nous ne connaissions pas.

J'allai jusqu'à me demander s'il ne se trouverait pas dans quelque salle obscure, dans les entrailles mêmes de la cité, au cœur du royaume souterrain des morcegos.

Ce qui avait du sens, car c'était précisément le sujet de ce récit : les morcegos.

Ou, plus exactement, la véritable origine des hommes morcegos.

86

Au lieu d'expliquer à mes compagnons ce que j'avais vu dans ce carnet de cuir marron vieux de quatre-vingts ans, je les incitai à le découvrir par eux-mêmes. À dire vrai, je dus presque secouer le professeur pour le tirer de son apathie. À présent, nous étions tous les quatre – car Iak nous avait rejoints – penchés sur le livre ouvert à l'avant-dernière page, que Cassie tourna avec d'infinies précautions. Nous étions arrivés à la fin du récit.

Au bout de longues minutes, la jeune Mexicaine referma brusquement le cahier, comme si elle craignait, en le laissant ouvert, que quelque entité maligne s'en échappe.

Et elle fit également le premier commentaire, bien qu'il ne s'agisse pas d'une opinion rigoureusement académique.

« Maudits bâtards fils de la *gran puta*... grinça-t-elle entre les dents. Comment ont-ils pu faire une chose pareille ? »

Aucun de nous ne contesta cette appréciation de Cassandra.

Essentiellement parce que nous pensions tous la même chose.

Difficile de faire autrement, après ce que nous avaient dévoilé ces dessins.

Suivant la narration précise de centaines de gravures – qui ne laissaient guère de place au doute –, les Anciens se considéraient comme les élus des dieux, destinés à gouverner le monde, et il leur avait donc été révélé le savoir nécessaire pour créer un alphabet et une écriture, ainsi que la manière d'édifier de grands temples, de multiplier les récoltes et d'améliorer le bétail au moyen de sélection et de croisements entre différentes races d'élevage. Cela avait naturellement contribué à accroître aussi bien le niveau de vie que l'égocentrisme de cette civilisation, très supérieure aux sociétés voisines et contemporaines. Ce qui les amena inévitablement à une soif d'expansion et de domination qui déboucha finalement sur les affrontements militaires.

Les dirigeants des Anciens, en prévision de ces guerres contre les peuples limitrophes, et forts de leurs connaissances rudimentaires en génétique et en transmission héréditaire qu'ils avaient acquises de l'élevage des animaux, donnèrent l'ordre à leurs savants d'entreprendre une expérience impensable…

S'appuyant sur les méthodes de croisements qu'ils utilisaient pour avoir des chevaux plus rapides, des chiens plus féroces ou des bœufs plus vigoureux, l'idée leur était venue de faire la même chose avec des êtres humains. Ou, plus exactement, avec ceux qu'ils considéraient comme des sous-humains.

Apparemment, ils capturaient des indigènes d'une région située au sud de leur royaume – le professeur avança qu'il pourrait s'agir de l'Afrique et que les indigènes en question aient été des Noirs –, ils les sélectionnaient et faisaient s'accoupler entre eux ceux qui remplissaient certains critères de taille, de courage et de force. Ensuite, lorsque les enfants naissaient, ils employaient des techniques primitives – mais indubitablement efficaces – pour les modifier dès leur plus jeune âge : ils leur allongeaient les membres, ils les obligeaient à vivre dans l'obscurité pour améliorer leur vision nocturne, et, plus effarant encore, ils façonnaient leurs crânes et leurs mâchoires à l'aide de moules et d'armatures qui les déformaient affreusement.

Par la suite, lorsque ces hommes étaient en âge de procréer, ils les appariaient de manière à accentuer encore les caractéristiques voulues par leurs « créateurs ».

Ainsi, durant des dizaines, ou même des centaines de générations, ils amplifièrent les traits qui se rapprochaient le plus de leurs sinistres objectifs, obtenant de la sorte des exemplaires d'une force exceptionnelle pour servir de main d'œuvre, ou d'autres particulièrement séduisants, afin de les utiliser comme esclaves sexuels.

Mais surtout, ils atteignirent le but original de cette perverse expérimentation, qui n'était autre que de mettre au point, grâce à ces techniques d'altération physique et un brutal conditionnement psychologique, une nouvelle race de guerriers terribles et impitoyables.

Cependant, le destin – ou les dieux, selon les auteurs des bas-reliefs – décida de jouer la carte apocalyptique et de punir l'arrogance des Anciens en rasant leur terrifiant empire naissant, les obligeant à traverser l'Atlantique sur les quelques vaisseaux qui leur restaient.

Ainsi aurait pu s'achever l'histoire des Anciens et de leurs expériences génétiques, sur un acte de contrition et de repentir pour leur orgueil démesuré. Mais non.

Bien loin d'avoir des remords et ignorant les manifestations de la colère divine, ils avaient amené avec eux au Nouveau Monde quelques couples de ces malheureux, et, lorsqu'ils bâtirent la Cité noire où nous nous trouvions maintenant, le sous-sol fut conçu pour servir d'habitat à leurs créations mortifères.

Le labyrinthe souterrain que nous avions parcouru, et que le professeur avait erronément identifié comme un réseau d'égouts était en réalité constitué par les rues d'une ville privée de lumière du jour, destinée à ces êtres et à leurs descendants.

Les bas-reliefs, si fidèlement reproduits dans le cahier de l'officier nazi, s'achevaient sur une image saisissante qui montrait les êtres disproportionnés, avec leurs grandes griffes et leurs crânes allongés, en adoration devant une statue colossale qui représentait leurs maîtres et créateurs. Pour leur rappeler en permanence ceux qui leur avaient donné forme et à qui ils devaient une obéissance aveugle.

Et c'était sans nul doute la même statue que nous avions trouvée, couverte de restes humains jusqu'à disparaître.

Ce récit ne faisait aucune allusion à la destinée des Anciens, mais il répondait au moins à bien des questions que nous nous étions posées quant à la nature et l'origine de ces démons assoiffés de sang.

Les morcegos n'étaient venus de nulle part ailleurs. C'étaient eux, les premiers habitants de cette cité que, sous les ordres de leurs maîtres, ils avaient édifiée pierre à pierre, de leurs propres mains, des milliers d'années auparavant.

Une cité désormais en ruines, mais dont ils pouvaient, en toute justice, être considérés comme les maîtres légitimes.

Car ils étaient les derniers habitants de la Cité noire.

Le seul foyer qu'ils aient jamais eu.

Une fois un peu remis du choc de la révélation, Cassandra, le professeur et moi commençâmes à discuter de ce que cela impliquait. Iak, de son côté, ne se fiant toujours pas au calme apparent des morcegos, avait préféré retourner monter la garde à l'entrée.

« Mais cette "expérience", disait Cassie avec répugnance, a dû s'étendre sur plusieurs siècles. Les humains ne peuvent pas être modifiés comme si c'étaient des caniches. En plus… il y a dans tout ça quelque chose qui ne colle pas.

— Que veux-tu dire ? demanda le professeur.

— Je veux dire que je comprends parfaitement ce qui est expliqué dans ces dessins, mais j'ai du mal à croire que, rien qu'en croisant des hommes et des femmes entre eux, l'on puisse en arriver à créer de telles… aberrations.

— À dire vrai, cela me paraît étrange à moi aussi, reconnus-je. Je n'aurais jamais cru que cela soit possible à faire avec des êtres humains.

— Tout bien considéré, fit Eduardo en se caressant la barbe, Gregor Mendel et Charles Darwin avaient déjà décrit clairement les lois naturelles il y a près de deux cents ans, non ? »

Cassandra répondit avec une brusquerie inattendue.

« Darwin ? La théorie de l'évolution n'a rien à voir avec ça. »

Probablement surpris par le ton de l'archéologue, le professeur mit une seconde de plus à répondre.

« Tu fais erreur, ma chère. Lors du fameux voyage du *Beagle* qui permit la naissance de la théorie de l'évolution, Darwin a découvert que sur chaque île de l'archipel des Galápagos, les mêmes espèces animales s'étaient adaptées à leurs divers habitats, au point d'en développer des comportements et des caractéristiques physiques particulières. Par exemple, il a identifié quatorze pinsons qui, tout étant issus d'un ancêtre commun, avaient évolué très différemment selon les sources d'alimentation à leur portée. Certains avaient opéré des changements spectaculaires de taille et d'apparence, poursuivit-il comme s'il donnait un cours, suivant qu'ils se soient nourris de cactus, de graines ou de fruits : la forme de leur bec et leurs habitudes alimentaires s'étaient modifiées en fonction des ressources disponibles, pouvant même en arriver à des extrêmes surprenants, comme dans le cas du *Geospiza difficilis septentrionalis*, parfois surnommé le pinson vampire.

— Le pinson vampire ? relevai-je, convaincu que c'était une plaisanterie. Vous voulez dire que…

— Ils se nourrissent de sang, confirma l'historien. Généralement le sang d'autres oiseaux.

— Je n'en avais pas la moindre idée », avouai-je, éberlué.

Cassie secoua la tête, sceptique.

« Cela ne prouve rien. Les êtres humains ne sont pas des volatiles de dix centimètres de long.

— Mais nous sommes quand même des animaux, non ? objecta le professeur en haussant les sourcils. Par conséquent, si l'on dispose des connaissances et du temps suffisant pour mettre en œuvre des modifications génétiques, le principe est exactement le même.

— Comment pourrait-il être le même ? m'étonnai-je. Les oiseaux, c'est une chose, mais les humains…

— Un gène est un gène, rétorqua-t-il en ouvrant les bras. Qu'il appartienne à un homme, à un oiseau ou à un cafard ; la possibilité de le modifier est la même dans tous les cas. J'espère que tu ne vas pas me sortir la divinité de l'homme et d'autres histoires du même acabit.

— D'accord, mais quand même, remarquai-je, croyant avoir trouvé une faille à son raisonnement, les expériences des Anciens ont pris fin il y a des siècles. Je peux assumer que les modifications génétiques aient perduré si les morcegos se reproduisent exclusivement entre eux, mais que me dites-vous de leur comportement ? S'il y a cinq cents générations que leurs maîtres ne sont plus là pour les pousser à agir avec une férocité meurtrière, pourquoi le font-ils encore ?

— Il a raison, renchérit Cassie. Les humains, même modifiés physiquement, n'ont pas naturellement cette tendance à l'extrême violence. De fait, je ne vois aucun animal qui soit aussi agressif que les morcegos. Ni les requins, ni les tigres sauvages, ni même les serpents les plus venimeux ne sont, et de loin, aussi sanguinaires qu'eux. »

Le professeur haussa les épaules avec lassitude.

« Je ne possède pas toutes les réponses, Cassandra. Mais tous les exemples que tu viens de donner sont ceux d'animaux qui ont évolué naturellement, au long de centaines de milliers d'années. En revanche, ces êtres-là, dehors, dit-il en tournant les yeux une fraction de seconde vers l'entrée, ces… monstres, ils n'ont rien de naturel. Ce sont des créatures qui ont été transformées en quelques milliers d'années. C'étaient peut-être des êtres humains jadis, mais il n'en reste absolument rien, et nous ne pouvons pas imaginer à quel point ces changements ont pu avoir une influence sur leur cerveau et les convertir en autre chose. En une chose en marge des lois naturelles de l'évolution.

— En machines à tuer », précisai-je pour suivre le raisonnement.

Cette fois, l'archéologue ne le contredit pas, car, à la lumière des explications de mon vieil ami, le cauchemar devenait d'une logique démentielle.

« En tout cas, ce qui n'est pas dit ici, déclarai-je en désignant le journal, c'est pourquoi ces créatures puent le chien mort.

— Si, dire », intervint Iak, qui s'était approché sans que nous nous en apercevions. Il saisit le carnet et chercha une page en particulier. « Réponse être ici. »

J'observai avec intérêt ce que voulait nous montrer le Menkragnoti, imité par le professeur et Cassie. Je reconnus aussitôt les silhouettes familières des morcegos ; un homme vêtu d'une tunique semblait leur indiquer ce qu'ils devaient faire de leurs ennemis morts.

Je ne compris pas tout de suite. Ou bien c'était peut-être mon cerveau qui refusait de comprendre.

« Ça ne se peut pas… », bredouilla Cassandra avec répugnance.

Je sus alors que ce n'était pas mon esprit tordu qui me jouait un mauvais tour.

Sous mes yeux, parfaitement dessiné, l'on voyait comment on leur avait appris à démembrer leurs ennemis, à s'en nourrir, et enfin, à se badigeonner du sang et des viscères de leurs victimes.

Cela expliquait non seulement la puanteur qu'ils dégageaient, mais aussi la noirceur de leur peau, qui se devait en partie au sang séché et à la souillure qui les recouvraient en couches successives tout au long de leur vie.

Pas étonnant qu'ils aient inspiré de la terreur à quiconque osait s'opposer aux Anciens, pensai-je*, et qu'on les ait pris pour des êtres démoniaques.*

« Je me demande bien pourquoi tous les peuples que se croient les élus de Dieu finissent invariablement par devenir d'authentiques fils de pute, murmurai-je avec amertume.

— Attends un peu, Ulysse, objecta le professeur. Ne juge pas non plus ces gens selon les paramètres de la civilisation occidentale d'aujourd'hui. Il existe encore actuellement des systèmes de castes en Inde, il y a de l'esclavage en Afrique, et les femmes sont discriminées dans de nombreux pays, où elles ne sont pas considérées comme bien plus que des machines à faire à manger et des enfants. Il faut voir les choses sans préjugés, ou tes sentiments fausseront ton jugement.

— Au diable le jugement, prof. Ce qu'ont fait les Anciens est une aberration.

— Tu dois l'envisager en perspective, insista-t-il avec patience. Même si c'est difficile, il faut laisser notre moralité de côté pour comprendre l'Histoire, ou nous ne ferons qu'émettre des jugements de valeur et en tirer des conclusions erronées. Et ceci *est* de l'histoire. Ce n'est pas de l'éthique ni de la philosophie. C'est de l'histoire. »

Pourtant, Cassandra secoua la tête.

« Vous pouvez penser ce que vous voulez, professeur, dit-elle, éclairée par les lueurs du feu qui glissaient des reflets orangés dans ses yeux. Moi, je pense, comme Ulysse, que ces Anciens étaient de véritables ordures, et je suis bien contente qu'ils se soient éteints. Franchement, j'espère qu'ils ont payé pour leurs crimes. »

Ce commentaire de Cassie provoqua un déclic quelque part dans ma tête, et une idée prit forme.

« Merde... Je le crois, qu'ils ont payé ! »

L'archéologue me jeta un regard étonné.

« Que veux-tu dire ?

— Je sais quel a été le sort des Anciens. »

Je fis une pause avant de continuer, un instant de silence où l'on n'entendait que le crépitement du bois en train de brûler.

« Vous ne le voyez pas ? Il s'agissait de toute évidence d'une civilisation très avancée, qui avait en outre des soldats invincibles ; alors, elle ne pouvait pas avoir de rivaux dans ces contrées. Je ne crois pas que la cause de leur extinction soit venue de l'extérieur. »

Le professeur m'interrompit, les mains levées. « Attends un peu, je n'ai jamais parlé d'extinction. Ils ont pu simplement abandonner les cités, comme l'on fait les Mayas.

— Mais les descendants des Mayas sont toujours là, rétorquai-je aussitôt, bien vivants. Ils se comptent par dizaines de millions et on les retrouve dans toute l'Amérique Centrale. En revanche, où sont les descendants des Anciens ? Lorsque Christophe Colomb est arrivé, il n'y avait pas d'hommes blancs barbus en Amérique, que je sache.

— Où veux-tu en venir ? demanda Cassie.

— Au fait que si la cause de leur annihilation n'est pas à chercher au-dehors... c'est peut-être parce qu'elle est venue de l'intérieur. »

Le professeur fronça les sourcils.

« Tu suggères une sorte de guerre civile entre les Anciens eux-mêmes ?

— Pas exactement. Je pensais à quelque chose d'encore plus... intérieur.

— Alors qu'est-ce que… » Cassandra ne finit pas de formuler sa question. Avant cela, je vis briller dans ses yeux un éclair de compréhension. « Tu crois que les morcegos…

— Ce sont eux qui l'ont fait, affirmai-je avec assurance. Il est arrivé un moment où, pour une raison ou pour une autre, ils l'ont fait. » J'observai le visage de mes amis, l'expression d'acceptation de cette vérité terrible, qui m'apparaissait désormais aussi limpide qu'irréfutable. « Ils ont tué et peut-être dévoré jusqu'au dernier des Anciens, repris-je comme si ces événements s'étaient déroulés sous mes propres yeux. Ils ont annihilé la race qui les avait soumis et torturés et ils n'ont pas laissé de survivants. Ils se sont vengés de ces hommes qui les avaient créés pour les utiliser comme des animaux… et, des milliers d'années après, ils le font toujours.

— Un génocide, murmura Cassandra. L'extinction d'une race des mains des monstres qu'elle a créés. Je dirais que ce n'est que justice divine.

— Ou plutôt la morale de Frankenstein, rectifiai-je avec un sourire torve.

— Les choses prennent tout leur sens, à présent…, déclara le professeur. Cette atroce montagne d'ossements humains entassés sur la grande statue de la caverne… Ce ne sont pas des offrandes, c'est pour la bafouer.

— Un geste de mépris, renchérit l'archéologue, la démonstration d'une haine immémoriale envers l'être humain, qu'ils se transmettent de génération en génération pour les siècles des siècles.

— Voilà pourquoi ils sont ce qu'ils sont, et font ce qu'ils font, résumai-je en baissant la voix. C'est pour cela qu'ils veulent nous tuer. Et, à dire vrai, je ne peux pas le leur reprocher. »

Je regrettai instantanément ces mots, craignant que le professeur ait entendu, mais, par chance, ce n'était pas le cas.

Il ne nous écoutait plus ; l'air absent, il regardait Valéria comme seul un père peut regarder sa fille au seuil de la mort, et je devinai que dans son for intérieur, il maudissait les Anciens lui aussi. Ces hommes dont l'orgueil et l'immoralité avaient engendré une telle abomination que, des milliers d'années après leur disparition, elle continuait de crier vengeance.

Pour ma part, voyant que Cassie demeurait elle aussi songeuse et lointaine, je repris le cahier.

432

En observant de nouveau ces dessins à la lumière du feu de camp, je pensai aux malheureux dont les Anciens avaient fait d'abord des esclaves, puis des démons difformes et sanguinaires.

Malgré la terreur qu'ils m'inspiraient, je ne pouvais éviter de les voir comme les descendants de misérables hommes et femmes qui, bien longtemps auparavant, avaient été transformés en morcegos contre leur volonté.

87

Iak abandonna peu après son poste de surveillance pour nous rejoindre ; assis en tailleur devant le feu, il gardait les yeux fixés sur les flammes dont s'échappaient de temps en temps de petites particules incandescentes.

À dire vrai, c'était ce que nous faisions tous : regarder le feu. Chacun plongé dans ses propres pensées, pour ne pas avoir à envisager ce que nous réservait le proche avenir.

Ce fut probablement ce calme tendu qui me permit d'entendre un très léger bruit au-dessus de nous.

« Qu'est-ce que c'était ? » demanda Cassie en sursautant.

Je levai ma lampe, mais on ne voyait rien d'autre que le haut plafond, qui culminait à plusieurs mètres.

« Je ne sais pas, mentis-je du mieux que je pus. Un animal, peut-être. »

La Mexicaine posa sur moi un regard silencieux qui demandait sans rien dire si je la prenais pour une imbécile.

« Ce sont eux…, déclara le professeur, qui se rapprocha de sa fille dans une attitude protectrice.

— Il n'y a pas de souci à se faire, mentis-je derechef pour les rassurer. Nous savons qu'ils n'osent pas entrer ici. Et puis, le feu que nous avons allumé dans l'escalier les tiendra à distance.

— Et s'il existe une autre façon d'entrer ? s'inquiéta-t-il soudain.

— La nuit dernière, Claudio me disait… », commença Cassie avant de s'interrompre brusquement : en prononçant le nom de l'Argentin, elle avait réalisé qu'elle était en train de parler de quelqu'un qu'elle avait vu mourir. Elle déglutit et ferma les yeux, serrant les paupières avec force. « Il m'a dit qu'ils avaient fouillé partout et qu'ils n'avaient trouvé aucun autre accès. »

Un flot de larmes inonda ses joues, remuant en moi les sentiments qu'elle m'inspirait et qui avaient été relégués au second plan durant ces derniers jours de chaos et de démence.

À cet instant, alors que je la contemplais, avec son épaule couverte d'un épais bandage taché de sang, ses vêtements sales et déchirés, et son visage sillonné de traînées de boue et de poussière, je pensai que c'était la plus belle femme au monde.

Une vague de tendresse m'envahit soudain ; sans rien dire, je me levai et fis le tour du feu de camp pour aller m'asseoir à côté d'elle.

Elle ouvrit les yeux. Ces prunelles immenses et vertes comme un jaillissement d'émeraudes, et elle me regarda.

« Salut, beauté, lançai-je en affectant une désinvolture outrancière. Tu viens souvent dans le coin ? »

Un faible sourire voleta sur ses lèvres tremblantes.

« Nous allons mourir, n'est-ce pas ?

— Il reste moins de trois heures avant l'aube, répondis-je en éludant la question et prenant sa main entre les miennes. Et je te donne ma parole que c'est la dernière nuit que nous passerons dans cette cité.

— Oui, bien sûr. Demain nous serons morts.

— Non. Demain, nous serons partis. »

La jeune femme claqua la langue avec dérision.

« Ne te fatigue pas, Ulysse. Je ne suis pas une petite fille qu'il faut consoler avec des mensonges.

— Tu as confiance en moi ?

— Évidemment que non.

— Cassie… s'il te plaît.

— Et que veux-tu que je te dise ? demanda-t-elle, mi-sarcastique, mi-désespérée. Que je crois que les anges vont descendre du Ciel en chevauchant des licornes pour nous sauver avec leurs épées de feu ?

— Non. Dis seulement que tu me fais confiance.

— Et qu'est-ce cela nous apporte ?

— Dis-le.

— C'est bon, *mano*. J'ai confiance en toi. Satisfait ?

— Dis-le comme il faut. »

L'archéologue fit une moue excédée et se passa la main sur le front d'un geste impatient.

« D'accord…, soupira-t-elle de guerre lasse. J'ai confiance en toi, Ulysse Vidal.

— Merci. Maintenant, fais-toi une coupure dans la paume de la main pour conclure le pacte de sang. »

La jolie Mexicaine écarquilla les yeux, posant la main sur son sein.

« Mais qu'est-ce que tu racontes ? s'écria-t-elle, horrifiée.

— Calme-toi…, dis-je avec un large sourire. En crachant dans la main, ça marche aussi. »

Cassandra mit encore un instant à réaliser que je ne parlais pas sérieusement.

« Toi et tes fichues blagues…, grommela-t-elle, esquissant néanmoins l'ombre d'un sourire.

— Avant, elles te faisaient rire.

— Avant ?

— Lorsque nous étions un couple.

— Nous l'avons été ? fit-elle en arquant un sourcil.

— Jusqu'au moment où j'ai tout foutu en l'air, oui. »

Cassie ne put dissimuler son étonnement devant cet aveu de ma part.

« Moi, j'ai toujours eu le sentiment que nous n'étions rien de plus que deux personnes qui s'envoyaient en l'air et vivaient sous le même toit, déclara-t-elle, me donnant l'impression qu'il y avait longtemps qu'elle aurait voulu me le dire. Chaque fois qu'on nous demandait si nous étions ensemble, tu rigolais et tu répondais "pour le moment".

— Je faisais ça ?

— Invariablement.

— Eh bien, quel con ! Comment as-tu pu me supporter aussi longtemps ? »

Cette fois, l'archéologue prit tout son temps pour répondre. Moi, je ne la quittais pas des yeux ; ses cheveux blonds, toujours si brillants, pendaient à présent en grosses mèches emmêlées comme les tresses d'un rastafari. Mais elle était malgré tout d'une beauté à couper le souffle, et je n'avais qu'une envie, c'était de prendre son visage entre mes mains pour l'embrasser avec passion.

« Je suppose… que c'est parce que j'étais follement amoureuse de toi, finit-elle par dire.

— Moi, je le suis encore, avouai-je immédiatement. Et je voudrais te demander pardon pour tout ce que j'ai abîmé. »

Cassandra en resta muette de stupéfaction.

Bouche bée, elle semblait chercher, dans le riche vocabulaire qui était le sien, une combinaison de mots cohérents.

Mais avant qu'elle ne la trouve, nous entendîmes de nouveau un remue-ménage au-dessus de nos têtes.

Et bien plus fort qu'avant, cette fois.

Cela ressemblait à un bruit de pas pressés, joint à celui que ferait un objet traîné sur le toit.

Nous levâmes des yeux inquiets, nous demandant ce qu'ils pouvaient bien faire pour provoquer cette agitation.

« Je peux commencer à me préoccuper, maintenant ? » fit le professeur à voix haute tout en pointant sa lampe dans toutes les directions.

Ils semblaient se déplacer le long du toit, se dirigeant vers un endroit concret.

Les bruits, comme si l'on traînait des objets pesants sur le sol, cessèrent soudainement.

Ce fut alors que nous réalisâmes qu'ils s'étaient arrêtés juste au-dessus de l'entrée.

Comme un seul homme, nous baissâmes les yeux sur le portail illuminé par le grand feu que nous avions allumé sur l'escalier, et, retenant notre souffle, nous attendîmes que quelque chose d'horrible arrive.

88

Les secondes s'écoulèrent, rien ne se passait, et l'angoisse commença à se dissiper lentement tandis que je me forçais au calme, essayant de me convaincre qu'il n'y avait pas lieu de s'inquiéter.

Ici, à l'intérieur, protégés par les flammes, nous étions complètement...

Mes pensées s'interrompirent abruptement.

Juste à l'endroit que je regardais, exactement au-dessus du grand feu de l'entrée, un paquet informe venait de tomber dans le vide et s'arrêtait brutalement au bout de la liane tendue qui le rattachait au toit.

Quelqu'un hurla derrière moi ; je sursautai si violemment que mes pieds se décollèrent du sol.

« Dieu tout-puissant..., fit le professeur d'une voix faible.

— Non, je vous en supplie, pas ça ! » implora Cassie.

Réprimant à grand-peine un terrible haut-le-cœur, je compris que la forme inerte que les flammes venaient lécher n'était autre que Claudio.

Ce qui restait de Claudio.

Ces bêtes immondes lui avaient arraché les membres. La tête était toujours là, pour pouvoir lui passer la corde au bout de laquelle le corps se balançait doucement comme celui d'un pendu.

Et comme si cela ne suffisait pas, dans un acte d'une cruauté inconcevable, ils l'avaient ouvert en canal de la gorge à l'aine, laissant la masse sanguinolente de ses entrailles se répandre sur les marches du temple.

Une fois certains que nous avions bien vu, les morcegos lâchèrent la liane et le cadavre s'écroula dans le feu. Ce qui était peut-être encore pire, car nous fûmes immédiatement enveloppés de l'atroce odeur de sa chair en train de brûler. Jamais je ne pourrai oublier cette puanteur effroyable.

Non contents d'avoir tué, ils voulaient que nous sachions ce qui nous attendait. À leur manière démente, ils nous envoyaient un message.

Ils nous montraient notre avenir.

« Fils de pute…, grognai-je d'une voix rendue rauque par la colère, les dents serrées à se briser.

— Chaman dire, nous rappela Iak, les yeux fixés sur l'entrée. Eux être démons, et nous venir dans leur enfer.

— Iak, demanda alors Cassie, bouleversée. Comment as-tu fait pour survivre deux jours dans la forêt sans que les morcegos t'attrapent ?

— Eux pas chercher moi, répondit-il simplement en se posant la main sur la poitrine.

— Je sais bien… mais comment as-tu réussi ? »

L'Indien haussa les épaules.

« Pas être facile. Morcegos être démons, mais pas intelligents comme Iak.

— Alors, tu crois que tu pourrais sortir de la cité sans qu'ils te prennent ?

— Moi pouvoir, affirma-t-il avec conviction.

— Et nous emmener ? »

Pour le coup, l'indigène prit son temps pour répondre, nous regardant l'un après l'autre. Ses yeux se posèrent d'abord sur l'archéologue, puis sur le professeur chenu, sur la moribonde étendue sur son brancard, et ils s'arrêtèrent finalement sur moi, livide et émacié comme je ne l'avais jamais été de ma vie.

Avant qu'il ouvre la bouche, je savais déjà ce qu'il allait dire.

« Non, dit-il d'un ton bref. Si emmener vous, tous mourir. Vous et moi. »

Pendant un long moment, nul ne dit mot. Nous savions qu'il avait raison.

« Eh bien, vous je ne sais pas, mais moi, je préfère me risquer dehors plutôt que rester enfermée ici, déclara enfin Cassie. Nous avons des armes, ce qui nous laisse une chance.

— Moi, je pense à une autre possibilité, dit le professeur en se grattant la barbe. Nous pourrions résister ici pendant qu'Iak va chercher de l'aide et que l'on vienne à notre secours.

— Hum… l'idée n'est pas mauvaise non plus, approuva Cassandra.

— En théorie, non, objectai-je en secouant la tête. Mais en pratique, qui Iak pourrait-il prévenir ? Combien de temps lui faudrait-il pour entrer en contact avec quelqu'un ? Et pour mettre en œuvre les moyens nécessaires pour nous secourir ? Nous aurions de l'eau jusqu'aux oreilles avant. Et puis, il y a pire : qui le croirait ? À l'exception, bien sûr, de ceux-là mêmes qui ont envoyé des mercenaires nous tuer...

— Évidemment, le plan n'est pas parfait, Ulysse, dit le professeur. Mais il pourrait réussir. Je ne crois pas que nous ayons d'autres possibilités. »

Sans répondre tout de suite, je tournai la tête vers l'intérieur de la grande salle, m'assurant que nous avions tout ce dont nous allions avoir besoin.

« Moi, je crois que si, déclarai-je enfin.

– Si... quoi ?

— Je crois qu'il y a une autre possibilité que nous sortions d'ici.

— Tu es sérieux ? s'étonna Cassie. Je pensais que tu cherchais seulement à me remonter le moral.

— Eh bien non », dis-je. Et, voyant leur expression dubitative : « J'ai un plan.

— Encore un ? Aussi brillant que le dernier ? »

Je fis claquer ma langue sans relever.

Mais, juste au moment où j'allais les mettre au courant de mes intentions, une autre suite de pas et de chocs se firent entendre au-dessus de nous.

Alarmé, le professeur leva les yeux. « Et que diable trament-ils donc à présent, ces démons ?

— Certainement rien de bon, déclarai-je.

— Je propose que nous gardions nos armes à portée de main, cette fois, au cas où... », suggéra Cassie à voix basse.

Je tournai les yeux vers le grand portail, vers la nuit où se dissimulaient les créatures dont le seul objectif était de nous tuer de la plus horrible manière possible, et je sus qu'elle avait raison.

Les bruits se déplaçaient de nouveau vers l'entrée, et, comme la fois précédente, ils s'arrêtèrent brièvement... je supposai qu'ils s'organisaient pour mener à bien leur nouvelle action. Quelle qu'elle soit.

Je crus un instant qu'ils jetteraient le cadavre d'Angélica comme ils l'avaient fait de celui de Claudio, dans un divertissement macabre qui allait durer toute la nuit.

Mais je me trompais.

Ce fut pire.

Bien pire.

Ce fut si terrible que cette éventualité ne nous avait même pas effleuré l'esprit.

Comme un rideau sale retombant sur la scène, une avalanche de terre et de boue se déversa du haut du toit, directement sur le feu qui défendait le seuil.

En quelques secondes, nous vîmes avec impuissance comment le grand brasier s'éteignait dans un chuintement, comme une chandelle sous la pluie.

Affolé, je regardai l'amas de débris fumants qui avait été le feu sur lequel nous comptions pour nous protéger.

Un frisson glacé me parcourut l'échine lorsque je compris ce que signifiait cette manœuvre inattendue.

Les morcegos allaient entrer.

89

« Tout le monde en bas ! hurlai-je. Vite ! Emportez les armes !

— Ulysse ! cria à son tour Cassie au milieu de la confusion. Porte Valéria ! Le brancard ne peut pas passer par l'escalier.

— Prof ! prenez la caisse de balles ! vociférai-je tout en enfilant sur mon épaule la courroie d'une mitraillette après avoir glissé le Glock dans mon pantalon.

— Pourquoi ?

— Faites-le ! »

Rapidement, et avec toutes les précautions que les circonstances me permettaient, je soulevai Valéria dans mes bras – par chance, elle était toujours complètement droguée – et filai vers l'escalier en colimaçon qui menait au sous-sol.

Aller se réfugier sous terre n'était peut-être pas ce qu'il y avait de plus sensé à faire dans une telle situation, mais nous n'avions pas d'alternative.

La salle souterraine ne possédait qu'une seule et étroite entrée qui serait beaucoup plus facile à protéger que l'énorme temple, avec ses larges espaces et ses nombreux recoins, que je laissais derrière moi tandis que je descendais l'escalier.

Ce lieu sombre serait donc notre dernier bastion, notre Numance, notre Fort Alamo, et notre capacité à le défendre des assauts des morcegos déciderait si nous devions voir un nouveau jour se lever.

Essayant de ne pas trébucher dans la pénombre, car je n'avais pour m'éclairer que ma lampe frontale, je pénétrai dans la vaste salle, suivi du professeur qui portait la lourde caisse et le sac à dos ; Cassie était aussi chargée d'armes et de munitions que si elle devait déclarer une guerre à elle seule ; fermant la marche avec un fardeau de bois sous un bras et une torche dans l'autre main, Iak descendait les derniers degrés sans perdre un iota de sa dignité.

En nous rejoignant dans la grande cave, le Menkragnoti annonça avec gravité :

« Morcegos être ici. »

Pour organiser notre défense, nous commençâmes par empiler quelques branchages à l'entrée et y mettre rapidement le feu ; nous espérions que la fumée qui monterait dans la cage d'escalier comme dans un conduit de cheminée serait suffisamment dissuasive pour qu'ils y réfléchissent à deux fois avant de descendre.

Si cela échouait, nous n'aurions plus que l'arc d'Iak et les armes à feu ; mais, connaissant le destin funeste qui avait été celui des mercenaires et des nazis, je doutais que cela puisse vraiment marquer la différence si nous en arrivions à devoir les utiliser. Mais j'avais eu une autre idée. Une fois le feu allumé, je me postai devant l'entrée, pistolet-mitrailleur prêt, et je demandai à mes compagnons de mettre à profit ce moment de calme pour ouvrir les douilles des vieilles balles de plomb des Allemands et en extraire la poudre.

« Pourquoi ? dit immédiatement le professeur. Qu'est-ce que tu veux en faire ?

— Vous vous rappelez le livre que j'ai pris dans le bureau du nazi mort ?

— Celui d'Hitler ?

— Il est dans le sac à dos rouge, avec les cahiers. Et je crois lui avoir trouvé une meilleure utilité que servir de papier hygiénique. »

Cassie nous observait alternativement d'un air intrigué.

« Je ne vois vraiment pas de quoi vous parlez.

— Moi, je crois avoir compris, affirma le professeur après avoir jeté un bref regard aux balles. Tu vas nous demander d'envelopper la poudre dans les pages du *Mein Kampf*, n'est-ce pas ?

— Exactement, répliquai-je en me tournant vers lui pour lui faire un clin d'œil.

— Mais…, insista Cassandra sans comprendre.

— Des pétards, expliqua le professeur en réponse à la question qu'elle n'avait pas posée. Nous allons fabriquer des pétards. »

Au fond de la salle, nous fîmes un autre petit feu avec des restes de torches, auprès duquel nous déposâmes Valéria.

Malgré la modestie des flammes, leur vision chaleureuse nous remontait un peu le moral, plus que ne le faisait la froide lumière des lampes-torches.

« Je ne comprends pas ce qui a poussé les morcegos à pénétrer dans le temple justement cette nuit, grommela le professeur tout en s'affairant à vider les douilles. Ils ne l'ont pas fait une seule fois pendant les semaines précédentes, tout en sachant parfaitement qu'il y avait des gens ici.

— À mon avis, nous les avons contrariés, affirma Cassandra avec une lassitude sarcastique. Ils n'ont pas dû beaucoup apprécier que nous profanions leur *Saint des Saints*, que nous leur tirions dessus, et qu'Iak leur balance un cocktail Molotov pour finir. Je crois que nous sommes passés du statut de dîner sur le pouce à celui de grave menace.

— Eh bien, je ne trouve pas que nous ayons gagné au change, remarqua le professeur avec une grimace.

— Moi, je ne suis pas si convaincu, déclarai-je, sans quitter des yeux le seuil de pierre, que ce soit cela – ou du moins, cela seulement – qui les a altérés à ce point.

— À quoi fais-tu allusion ?

— Eh bien, au vu du comportement de nos amis, là dehors, j'ai l'impression que le qualificatif de "chauve-souris" ne leur a pas été donné uniquement pour la couleur de leur peau ou pour leurs habitudes nocturnes. Je me trompe, Iak ? »

Pendant une minute, le Menkragnoti sembla hésiter à répondre.

« Légendes dire que morcegos aimer boire sang d'hommes.

— Mais qu'est-ce que tu racontes ? fit Cassie, incrédule. Ce seraient des vampires ? »

L'indigène aux yeux bleus secoua la tête.

« Vampires boire sang pendant sommeil, et toi pas sentir, lui rappela-t-il. Mais si morcego boire sang… toi te rendre compte.

— Je peux l'imaginer, Iak, grogna-t-elle. Merci pour cette explication imagée.

— En plus, poursuivit l'Indien, légendes dire morcegos capables de flairer sang. Comme piranhas dans rivière.

— Tu veux dire qu'ils peuvent sentir l'odeur du sang et que cela les attire ? demanda le professeur qui réfléchissait à cette notion macabre. Mais, si c'était le cas, quel sang s… »

Eduardo Castillo s'interrompit brusquement, lorsqu'il se rendit compte que la réponse à sa question était endormie à côté de lui.

Et c'est alors, comme si les démons avaient été attentifs à notre conversation, que l'on entendit des grondements féroces qui provenaient de l'intérieur du temple.

Presque aussitôt, dans un déferlement de rage, de haine, et d'une soif de sang fébrile, les morcegos se précipitèrent dans l'escalier.

90

Des toux qui semblaient encore humaines s'approchaient rapidement et résonnaient, de plus en plus près, entre les murs de pierre de la salle souterraine. Mais, au dernier moment, la fumée parut faire l'effet espéré : les morcegos s'étaient arrêtés, bloqués par cet obstacle inattendu qui les empêchait de respirer et contre lequel ils étaient impuissants. Ils finirent par reculer avec hésitation, abandonnant derrière eux l'écho de rugissements qui ressemblaient à des reproches.

Dans l'immédiat, aucune horrible face de morcego ne se montrerait plus ; mais j'étais absolument certain, tandis que je les écoutais se replier en haut de l'escalier – genou en terre et le rectangle de l'entrée dans la ligne de visée de mon arme –, que ce premier assaut n'avait été qu'une attaque de reconnaissance.

Les heures qui restaient à la nuit allaient être très, très longues.

Nous décidâmes donc de nous relayer pour surveiller l'entrée, afin que la fatigue ne vienne pas affecter la concentration de la sentinelle. Le professeur lui-même, bien que ne s'éloignant de sa fille qu'à contrecœur, prit sa demi-heure de garde, pendant que les autres poursuivaient la tâche fastidieuse de démonter les munitions pour en extraire la poudre, puis d'envelopper celle-ci bien serrée dans plusieurs couches de feuillets jaunis couverts de texte en allemand.

Les premiers pétards paraissaient avoir été confectionnés en pleine crise d'épilepsie, mais, la pratique menant à la perfection, nous arrivions à présent à fabriquer des cartouches assez présentables, auxquelles nous ajoutions du papier imprégné de poudre en guise de mèche.

« Et tu crois que cela les arrêtera ? demanda le professeur, assis par terre à côté de moi, sans cesser de comprimer la poudre dans le papier enroulé.

— Puisqu'ils semblent plutôt sensibles à la lumière, quelques éclairs bien placés pourraient nous aider lorsque les choses tourneront au vinaigre.

— Tu veux dire "si" les choses tournent au vinaigre. On dirait que la fumée les tient à distance. »

J'étais sur le point de répliquer, mais me ravisai, jugeant inutile de lui faire partager mes craintes.

« Oui, bien sûr, répondis-je avec un entrain forcé. Ils se sont probablement lassés et nous laisseront tranquilles pour aujourd'hui. »

Cassandra, qui était alors de garde à la porte, se retourna et me jeta un bref regard.

Ses yeux disaient très clairement : « Tu mens vraiment trop mal ! »

Une longue heure s'était écoulée, lorsque nous entendîmes de nouveau un remue-ménage au-dessus de nous.

Une fois de plus, c'était comme s'ils traînaient une lourde charge sur le sol du temple. J'essayais de deviner de quoi il s'agissait, lorsqu'un bruit sourd se fit entendre, suivi d'un son bien reconnaissable.

« Bordel de… » Ce fut tout ce que j'eus le temps de dire avant qu'une petite cascade d'eau boueuse dévale l'escalier et fasse irruption dans la salle, éteignant le feu sur son passage.

Ils avaient recommencé ! Ils étaient plus malins qu'ils paraissaient.

« Aux armes, hurlai-je. Ils seront là d'un moment à l'autre ! »

Comme une démonstration de ce que je venais de dire, le feu était à peine éteint que la première face de morcego apparut à l'entrée, exhibant ses longues incisives en une grimace furieuse.

Nous ouvrîmes le feu instantanément, déchaînant un véritable enfer, et le morcego fut criblé de balles avant d'avoir pu mettre un pied dans la salle.

Mais avant même qu'il ne touche le sol, un de ces congénères prit sa place, indifférent au sort de son semblable, et s'élança vers nous pour être reçu de manière identique.

Lorsqu'il tomba, un autre sombre faciès l'avait déjà remplacé et montrait ses terribles crocs.

« Les pétards ! » criai-je en me tournant vers Cassie, calculant qu'à ce rythme, nos munitions seraient épuisées avant que leur fureur ne se calme.

L'archéologue comprit ce que je voulais sans que j'aie besoin de donner d'explications. S'emparant d'un des plus gros pétards, elle alluma la mèche, et le jeta vers l'entrée pendant que je tirais toujours.

Moins comprimée que dans un pétard normal, la poudre ne provoqua pas une explosion, mais un éclair violent, comme le flash au magnésium d'un vieil appareil photo de western. Néanmoins, l'effet en fut encore meilleur que nous nous y attendions : les morcegos n'apprécièrent pas le moins du monde, et ceux qui se pressaient à l'entrée reculèrent vivement au milieu d'un nuage de fumée et une âcre odeur de poudre.

« Ça marche ! s'exclama le professeur. Cela les effraye plus que les coups de feu !

— Ils ne comprennent peut-être pas vraiment ce que font les balles, dis-je. Mais on dirait que les éclairs lumineux les affectent davantage.

— Ce qui est sûr, fit remarquer Cassie en éclairant les trois cadavres criblés de balles qui gisaient devant l'entrée, c'est qu'on ne les a pas ratés. Je ne crois pas qu'ils reviennent de sitôt.

— Eux revenir », affirma Iak derrière nous.

Accroupi à côté de Valéria, au fond de la salle, le Menkragnoti s'appuyait lourdement sur son arc près du petit foyer que nous prenions soin d'alimenter.

« Et comment le sais-tu ? demanda Cassandra.

— Eux haïr hommes-nous, rappela-t-il laconiquement. Eux pas vouloir nous ici, lutter pour terre. Eux mourir si nécessaire. »

Hélas ! la logique de l'indigène était irréfutable, et aucun de nous n'avait d'arguments à lui opposer. Même si ce n'était pas notre intention première, nous les avions provoqués.

Mais que pouvions-nous faire d'autre ?

Il s'agissait de notre peau, et, à tort ou à raison, nous voulions la conserver le plus longtemps possible. Nous pouvions laisser les considérations éthiques pour quand nous serions loin d'ici.

Si nous parvenions à partir, évidemment.

Je réfléchissais aux chances réelles que nous avions de sortir vivants de ce sous-sol, lorsque je perçus du coin de l'œil un léger mouvement ; je me tournai instinctivement vers l'entrée qui, à présent que le feu était éteint, était plongée dans la nuit.

Ce ne fut que lorsque la lumière de ma lampe frontale perça l'épais manteau d'obscurité et de fumée que je pus distinguer la silhouette bien reconnaissable d'un morcego qui, parfaitement silencieux, guettait de l'autre côté du seuil.

Comme au ralenti et en retenant mon souffle, je levai mon arme et visai l'ombre qui s'approchait furtivement.

Ayant remarqué mon geste, mes compagnons suivirent des yeux le faisceau de ma lampe, et, tout comme moi, se figèrent, hypnotisés par la discrète apparition.

Le doigt caressant la détente, j'attendais que la face grotesque qui appartenait à cette ombre soit clairement visible pour ne pas risquer de manquer mon tir, lorsqu'il arriva une chose si imprévisible qu'aujourd'hui encore, je ne suis pas certain de ne pas l'avoir imaginée.

91

Les mains en l'air comme pour chercher à nous convaincre de ses intentions pacifiques, le morcego émergea du nuage de fumée et, en quelques pas prudents, se plaça bien en vue, complètement exposé.

Son corps élancé, nu et d'une minceur trompeuse, luisait à la lumière des lampes, nous permettant de distinguer les muscles d'acier sous la peau couleur de jais. Un physique qui aurait pu être celui d'un champion de saut en hauteur aux Jeux olympiques, si ce n'étaient quelques détails terrifiants : il y avait bien sûr les bras, longs et puissants, qui s'achevaient par des ongles robustes, démesurés et aiguisés comme des griffes – on se demandait même s'ils n'avaient pas été limés de façon à être le plus meurtriers possible –, et semblaient parfaitement capables d'arracher un membre d'un seul geste ; mais ce qui en faisait des êtres foncièrement différents de ce que nous connaissons sous le nom d'*Homo sapiens*, c'était surtout leur tête. Leur tête horrible et difforme. Ce crâne étiré jusqu'au ridicule, cette figure où s'ouvraient deux rangées de longs crocs jaunâtres sous un nez camus flanqué des yeux noirs, énormes, au regard assassin.

Nous ne bougions pas un muscle, hypnotisés par cet instant de tension immobile dont personne ne savait comment il allait tourner.

Ce face-à-face avec un spécimen venu d'un autre temps, c'était comme se trouver devant une entité avec laquelle nous n'aurions rien eu en commun ; et pourtant, nous appartenions à la même branche de l'évolution. Et, pour le morcego, il s'agissait d'une évolution artificielle, entreprise de nombreux siècles auparavant par une civilisation désormais disparue.

En réalité, songeai-je fugacement, *ce monstre cauchemardesque est le seul chaînon encore vivant entre les mystérieux Anciens et nous.*

Nous regardions le morcego comme si nous étions hypnotisés, disais-je, et nous étions en même temps observés par lui. Son attitude n'était cependant pas celle d'une rage animale irrationnelle, mais une posture de défi orgueilleux, comme le chien qui, satisfait d'avoir effrayé un intrus, reste fièrement sous le porche, le poil hérissé et le port altier.

Je savais que cette créature pouvait me sauter dessus à la moindre occasion et m'égorger sans remords. Mais je comprenais également qu'elle avait été conçue pour cela, et qu'elle n'était pas plus fautive que le taureau de corrida qui attaque un chiffon rouge.

Je ne tirai pas.

Pendant de longues secondes, nos regards se croisèrent, scrutateurs, essayant d'identifier l'étrange espèce qui nous faisait face, et, qui sait, de déterminer dans quelle mesure il serait possible, voire nécessaire, d'être assez miséricordieux pour épargner la vie de l'adversaire. Si ses valeurs ou son intelligence étaient suffisantes pour que cela vaille la peine de courir le risque.

Je pris conscience que nous devions lui paraître aussi épouvantables que nous les voyions, nous, voire davantage, et qu'ils ne faisaient que défendre le seul foyer qu'ils aient jamais connu et où ils étaient confinés depuis le jour de leur conception. Dans ces yeux démesurés adaptés à l'obscurité, je crus voir – ou voulus voir – comme une trace d'humanité qui pouvait permettre une certaine communication, ou, au moins, une courte trêve.

À cet instant, le morcego ouvrit la gueule… et, de manière inattendue, d'étranges borborygmes en sortirent, évoquant terriblement ceux des enfants qui apprennent à parler, ou ceux d'un muet qui tente de se faire entendre.

Évidemment, cette succession fragmentée de voyelles et de consonnes nous était totalement incompréhensible, mais la créature essayait manifestement de nous dire quelque chose, s'exprimant peut-être dans les vestiges d'une langue oubliée depuis cinquante siècles.

Mais ce fugace moment de curiosité mutuelle prit fin lorsque, comprenant peut-être avant moi qu'il est des ponts qui ne peuvent être tendus, le morcego plissa les yeux avec frustration et, lâchant une sorte de soufflement qui pouvait dénoter aussi bien le mépris que l'avertissement, il nous tourna le dos, saisit par le bras deux de ses congénères morts, et les emporta hors de vue.

Pendant plus d'une minute, nous restâmes immobiles comme des statues, dans un silence absolu, attendant sa réapparition. Mais il ne revint pas. Nous vîmes seulement le troisième morcego abattu glisser sur le sol, traîné par les pieds dans l'ombre, abandonnant derrière lui un sillage de sang.

« Que… que vient-il de se passer ? finit par bredouiller le professeur.

— Nous avons été sur le point d'établir le contact, murmura une Cassandra extatique.

— Oui, rétorquai-je. Le contact de ses dents sur nos cous.

— Ça a été incroyable ! balbutiait la jeune archéologue, profondément impressionnée. Vous avez remarqué ses yeux ? Ils étaient indéniablement intelligents. Avec des moyens et de la patience, nous pourrions essayer de communiquer.

— Mais qu'est-ce que tu racontes ? la coupai-je. Tu n'as donc rien compris ? Comme le dit fort bien Iak, nous avons fait irruption chez eux sans leur demander la permission, nous avons tué plusieurs des leurs, et eux, ils veulent juste qu'on leur fiche la paix. Ils savent que s'ils nous laissent partir vivants, d'autres viendront après nous. C'est pour cela qu'ils nous tuent, par simple instinct de survie.

— Et parce qu'ils nous haïssent, précisa le professeur Castillo. Ils nous haïssent à mort.

— Mais ce sont quand même des êtres humains, insista la Mexicaine. C'est une race unique. Dieu sait ce qu'ils pourraient nous enseigner ! Nous pouvons… non, nous devons chercher un moyen de communiquer avec eux.

— Non, Cassandra, je comprends tes arguments, mais, dans ce cas, c'est Ulysse qui a raison. Le seul moyen que nous devons chercher, c'est celui de sortir d'ici le plus tôt possible.

— Mais il n'a montré aucun signe d'agressivité, protesta-t-elle, comme si nous étions incapables de voir l'évidence, il est clair que nous avons assisté à une première tentative d'approche. »

À l'étonnement général, Iak se planta alors devant l'archéologue et la fixa sévèrement.

« Toi voir seulement ce que toi vouloir voir… Morcego naître pour tuer hommes et apprendre à arracher cœurs… » Il tendit une main en forme de serre vers la poitrine de la jeune femme, puis fit le geste de la porter à sa bouche. « … et puis manger. Si toi croire pouvoir parler avec eux, toi faire erreur et toi mourir. Morcegos revenir, affirma-t-il, et tuer toi. Tuer tous. »

Alors, du haut de l'escalier nous parvint un épouvantable rugissement de haine, émis par un gosier vaguement humain, comme un point final sans appel. Un rugissement qui dissipa le moindre doute qui aurait pu demeurer quant à ce que venait de dire Iak.

Les morcegos nous attaqueraient, et, si nous ne réussissions pas à nous enfuir de cette cité en ruines, nous mourrions comme tous ceux qu'ils avaient tués au long de milliers d'années.

92

Cette dernière veillée nous parut éternelle.

Nous relayant par équipes de deux afin d'éviter que quelqu'un ne s'endorme, nous ne cessâmes pas un instant de surveiller l'entrée, les minutes longues comme des heures et les heures comme des journées entières. J'étais néanmoins si épuisé que je pus somnoler un peu, couché sur le froid sol de granit comme sur le plus moelleux des matelas.

Pour une raison que nous ignorions, les morcegos n'attaquèrent plus cette nuit-là et nous pûmes au moins prendre un peu de repos. Ils s'étaient peut-être assez amusés pour le moment.

Lorsque l'alarme de ma montre sonna six heures du matin, je poussai un juron et regardai le cadran lumineux, croyant n'avoir dormi que quelques secondes.

Mais ce n'était pas le cas, et, même si l'obscurité régnait toujours dans cette cave, la lueur ténue qui venait de l'escalier révélait que, dehors, le soleil s'était levé.

« On se remue, les enfants ! m'écriai-je d'une voix pâteuse tout en me redressant péniblement. C'est l'heure de se réveiller.

— La paix…, protesta Cassie sans ouvrir les yeux.

— Allez, insistai-je, faisant un immense effort pour paraître en pleine forme, alors que j'avais mal jusqu'aux cils. Nous avons beaucoup de travail devant nous.

— De quoi parles-tu ? Quel travail ? demanda le professeur en s'étirant avec peine.

— Vous verrez bientôt.

— Pourquoi fais-tu toujours tant de mystères ? » fit Cassandra.

Je glissai un regard en coin vers la Mexicaine, qui se frottait les yeux en bâillant.

« J'imagine que vous aimeriez connaître l'idée que j'ai eue pour sortir d'ici.

— J'en tremble déjà…, soupira Eduardo en s'essuyant le front de la main.

— Moi aussi, renchérit Cassie. Mais je suis curieuse. Quelle est cette idée ?

— C'est simple, répondis-je avec un sourire qui se voulait confiant. Vous avez vu *La Nuit de l'évasion* ? »

Après avoir remonté prudemment l'escalier, attentifs à une éventuelle surprise qu'auraient pu nous laisser les morcegos, nous retournâmes dans la vaste salle où, jusqu'à la nuit précédente, nous nous étions sentis complètement à l'abri.

Mon premier geste, après avoir reposé Valéria sur son brancard, fut d'aller voir à l'entrée, pour découvrir que la dépouille de Claudio avait disparu, et que de notre grand brasier il ne restait plus que quelques bouts de bois fumants.

C'est mieux ainsi, me dis-je avec une grimace. Puis j'examinai l'intérieur, et constatai avec satisfaction que les morcegos ne s'étaient pas acharnés sur les affaires que nous avions abandonnées la veille au soir : nos maigres possessions étaient en désordre et éparpillées dans toute la salle, mais pratiquement tout avait l'air intact.

La lumière matinale, qui pénétrait maintenant dans le temple, non seulement nous rassurait, mais nous rendait presque joyeux en nous faisant prendre conscience que nous avions réussi à survivre à cette nuit, ce qui n'était pas rien.

« Bon, maintenant que nous sommes ici, chuchota Cassie qui détourna les yeux de Valéria pour les poser sur moi, tu vas nous expliquer en quoi consiste cette idée hollywoodienne que tu as eue ?

— Bien sûr. Je ne sais pas pourquoi, hier j'ai pensé à ce film, inspiré de faits réels. Il raconte l'histoire de deux familles d'Allemagne de l'Est qui ont réussi à passer le rideau de fer dans une montgolfière qu'ils avaient fabriquée eux-mêmes. Alors j'ai pensé… bref, nous pourrions essayer de faire la même chose en utilisant l'hydrogène que nous avons trouvé dans l'entrepôt des nazis. »

La tête de mes amis valait le détour. Mais je ne leur laissai pas le temps de réagir. M'agenouillant sur le sol, je traçai sur la pierre à la pointe du couteau un schéma de ce que je voulais réaliser avec leur aide, sous des yeux de plus en plus éberlués.

Les commentaires les plus bienveillants que reçut mon exposé sommaire allaient des allusions peu élégantes à une douteuse santé mentale aux railleries à propos de la rareté des neurones qui meublaient mon cerveau, en passant par de sérieux soupçons quant à l'ingénuité enfantine qui me faisait croire que ce qui marchait dans les films de Walt Disney allait aussi fonctionner dans la vie réelle.

Malgré tout, l'historien et l'archéologue finirent par apporter des avis plus ou moins bien argumentés au sujet de l'idée – folle, avouons-le – que je venais de proposer.

« Ça ne marchera pas, conclut péremptoirement Cassandra.

— Si, ça marchera, affirmai-je.

— Pourquoi ?

— Eh bien… parce que ça doit marcher, répondis-je faute d'avoir trouvé mieux.

— Mais tu t'entends ? fit le professeur en secouant la tête. Tu dis cela comme si c'était facile à faire, mais ce ne l'est pas. As-tu calculé combien d'hydrogène il faudra pour que le ballon s'élève avec cinq personnes ? Le rapport poids-poussée ? Le volume nécessaire qu'il doit avoir pour voler ? »

Je haussai les épaules.

« Aucune idée. Moi, j'ai fait lettres.

— Alors, si tu n'as pas effectué les calculs préalables, comment veux-tu que… »

Je levai la main pour l'interrompre avant qu'il ne finisse de poser la question.

« Je sais tout ça, prof, soupirai-je en me passant une main lasse sur le visage. Ça a l'air absurde, et ça l'est probablement. Mais, croyez-moi, nous n'avons pas d'alternative. Il faudra le fabriquer, et prier pour qu'il fonctionne.

— Mais, Ulysse… tu te rends compte qu'on dirait le plan d'un enfant de dix ans ? maugréa le professeur, loin d'être d'accord.

— Je suis conscient que c'est une idée farfelue, mais c'est la seule possibilité de sortir d'ici vivants qui me soit venue à l'esprit. Je suis prêt à écouter n'importe quelle autre suggestion, mais si personne n'en a une meilleure, c'est celle que je propose. Nous en avons les moyens, à part l'ingéniosité et la nécessité. Qu'est-ce que vous voulez de plus ?

— Un taxi ?

— Allons…, insistai-je. Il faut nous y mettre dès maintenant. Il n'y a pas de temps à perdre.

— Mais, en admettant que ce soit faisable, c'est une entreprise très difficile à mener à bien, objecta le professeur, circonspect. Combien de jours cela prendra-t-il, à ton avis ? »

Je posai les yeux sur Valéria, inerte et livide comme une figure de cire. La fille du professeur avait perdu beaucoup de sang au cours de la nuit, et toute couleur semblait avoir déserté définitivement ses lèvres et ses joues.

« Pas question de parler en jours, répondis-je avec fermeté. Nous devons le construire aujourd'hui même et partir avant la tombée de la nuit. Sinon, elle mourra. Et probablement nous aussi. »

93

« Par quoi on commence ? s'enquit Cassandra, une fois convaincue que mon plan n'était pas complètement stupide. Personnellement, je n'ai pas la moindre idée de comment faire. »

Je désignai l'entrée d'un signe de tête.

« Dans le campement des mercenaires, à côté de leurs provisions, j'ai vu les sept sacs où ils ont rangé leurs parachutes. Si nous y ajoutons les sept ventraux, qui doivent également y être, nous aurons quatorze parachutes. À vingt-cinq mètres de toile chacun, cela nous fait approximativement... » Les maths n'avaient jamais été mon fort, mais, alors que je me concentrais en fronçant les sourcils, le professeur me prit de vitesse :

« Trois cent cinquante mètres carrés.

— C'est ça, merci, prof... Donc nous n'avons qu'à les réunir tous de la manière que vous ai montrée.

— Mais comment ? demanda Cassie. J'ai peur d'avoir oublié la machine à coudre à la maison.

— Je n'y ai pas encore réfléchi, répliquai-je avec un clin d'œil. Mais vous devrez bien aller les chercher au campement, revenir ici et les coudre d'une façon ou d'une autre. Sachant que c'est vous qui en serez chargés, et qu'à vous deux vous cumulez plusieurs diplômes universitaires, je suis certain que vous aurez une idée.

— Serait-ce ta pathétique revanche pour ne pas avoir dépassé le bac ?

— Possible, fis-je avec un sourire torve.

— Et toi, demanda le professeur, que feras-tu, pendant ce temps ?

— Moi j'irai avec Iak, répondis-je en m'approchant de ce dernier, pour récolter quelque chose dont nous aurons besoin pour étanchéifier les coutures. »

Lorsqu'ils partirent au pas de course pour aller chercher les parachutes et la trousse de premiers secours que nous espérions trouver au campement des mercenaires, Iak avait déjà administré à Valéria une nouvelle dose de narcotique ; dès que nous nous fûmes assurés qu'il faisait son effet et que la fille du professeur était de nouveau plongée dans un profond sommeil, le Menkragnoti et moi nous mîmes en marche pour remplir notre part de l'audacieux projet.

Si l'on dit que le temps, c'est de l'argent, celui de ce jour-là devait être du platine serti de diamants.

« Combien de lait d'arbre toi vouloir ? demanda le Menkragnoti en trottant vers un bosquet où il disait avoir vu bon nombre d'arbres à caoutchouc.

— Je ne sais pas, avouai-je, le souffle court. Tout ce que nous pourrons récolter avant midi. »

L'Indien sang-mêlé me regarda d'un air étrange, comme si j'étais un faible d'esprit qu'il est inutile d'essayer de contrarier.

« Toi venir avec moi pour premier arbre et voir comment moi faire. Après, chacun aller tout seul pour faire plus d'arbres. D'accord ?

— C'est parfait », approuvai-je.

Au bout de quelques centaines de mètres, nous atteignîmes la zone qu'Iak avait repérée. Là, des douzaines d'arbres à caoutchouc, dont l'écorce me rappelait les hêtres, se dressaient à l'ombre des imposants kapokiers.

Comme il l'avait dit, l'indigène aux yeux bleus me montra comment saigner les arbres en pratiquant une incision oblique sur leur tronc, puis, à l'aide de petites lianes et de coques de noix de coco ramassées par terre, en récolter la sève sans faire de mal à l'arbre – bien que je doive avouer qu'à cet instant, la santé des arbres ne comptait pas au nombre de mes priorités. Dès que j'eus bien compris, nous nous mîmes donc à l'œuvre, ayant accordé avant de nous séparer que nous nous rejoindrions au temple lorsque le soleil serait au zénith, avec tout le latex que nous aurions pu recueillir.

La tâche s'avéra être beaucoup plus ardue que je ne m'y attendais, et, entre la chaleur, les moustiques, et ma quête impatiente de nouveaux arbres dont extraire la précieuse substance, je finis épuisé, trempé de sueur, et badigeonné de gomme poisseuse de la tête aux pieds. De plus, même si j'avais finalement réussi à prendre le tour de main, mes premiers arbres semblaient refuser de me livrer leur sang de bon gré, et plusieurs s'étaient retrouvés lardés de coups de couteau comme par un psychopathe.

Au bout de quatre heures, pourtant, je revenais au temple avec trois tronçons de bambou en guise de récipients, remplis de la sève qui, je l'espérais, nous aiderait à sortir d'ici avant le coucher du soleil.

« Regardez ce que j'apporte, m'écriai-je fièrement en montant les escaliers, chargé de mes récipients de fortune. Plein de caoutchouc liquide !

— Oh, magnifique, fit le professeur avec indifférence, après y avoir jeté un bref coup d'œil. Mets-les dans le coin, là-bas, avec ceux qu'Iak a apportés. »

Je me tournai dans la direction qu'il indiquait, pour voir plus d'une douzaine de troncs de bambou comme les miens, empilés contre le mur, et pleins à ras bord de latex.

Pendant mon absence, Cassie et le professeur avaient réussi l'impensable et achevé la tâche que je leur avais assignée seulement cinq heures plus tôt. Non seulement ils étaient allés au campement, et y avaient trouvé la précieuse trousse médicale, ce qui leur avait permis de nettoyer et de bander les blessures de Valéria, mais ils avaient eu aussi le temps d'assembler les quatorze parachutes, avec un enchevêtrement de cordages, de nœuds et de reprises qui auraient rendue folle une couturière, mais qui, semblait-il, remplissaient parfaitement leur office.

« C'est fantastique, dis-je en m'approchant et voyant leur ouvrage presque terminé. Vous êtes des génies de la haute couture.

— Renard affamé est plus rusé, rétorqua le professeur, et en cet instant, je le suis énormément.

— J'espère qu'Iak ne tardera pas trop à apporter des fruits pour déjeuner, déclara Cassie en se frottant le ventre. Je suis au bord de l'évanouissement.

— En attendant, dis-je en contemplant la grande nappe de toile, nous pourrions commencer à badigeonner les coutures d'une couche de latex, pour les étanchéifier un minimum. Comme me l'a expliqué notre ami menkragnoti, il faut d'abord faire un petit feu pour chauffer les récipients de bambou. Après, il faudra appliquer le latex avec une sorte de spatule tant qu'il est chaud et collant. En refroidissant, il se transformera en une espèce de gomme flexible et adhésive.

— Et tu crois que cela… fonctionnera ? demanda le professeur qui regardait, sceptique, l'informe tas de tissu multicolore qui avait été des parachutes.

— En vérité, je n'en ai pas la moindre idée. » Je haussai les épaules avec un sourire. « Mais il fallait bien trouver à s'occuper pendant la journée. »

Assumant que je venais de lancer une boutade – ce qui n'était pas tout à fait vrai – nous fîmes chauffer le latex, puis, à l'aide de morceaux d'écorce, nous commençâmes à en appliquer partout, prenant soin de ne pas oublier la moindre jointure, ce qui pourrait sonner le glas de notre plan, de l'invention, et finalement, de nos vies.

Nous travaillions vite, car le latex refroidissait en quelques secondes, prenant alors une consistance qui rendait son application impossible. Notre tâche fut donc achevée en très peu de temps.

Nous avions presque terminé lorsque nous entendîmes des pas derrière nous ; je me retournai pour reprocher à Iak d'avoir mis si longtemps pour ramasser quelques fruits.

Mais ce n'était pas le Menkragnoti qui se dressait sous le linteau du portail, nous observant avec curiosité.

« Tiens, tiens, tiens…, dit l'homme en tirant une énorme machette de son fourreau. Quel plaisir de nous retrouver… et au complet, cette fois, ajouta-t-il en posant sur Valéria son unique œil valide. On dirait bien que, tout compte fait, je vais quand même pouvoir terminer le travail. »

94

Profitant de ce que l'anthropologue blessée retenait l'attention de Souza, je fis un pas furtif vers les armes que nous avions hélas ! laissées à l'entrée, appuyées contre le mur. Juste à côté du mercenaire.

Je croyais me glisser en marge de son champ de vision, mais l'ex-militaire capta mon léger mouvement et n'eut besoin que d'un bref coup d'œil pour saisir mon intention.

« Le premier qui bouge, dit-il froidement en pointant sur moi sa machette, je lui coupe la gorge. »

Il avait beau être dans un état lamentable, je ne doutais pas qu'il serait parfaitement capable de mettre sa menace à exécution. Essayer de nous emparer d'un des pistolets-mitrailleurs, même si nous tentions le coup tous à la fois, ne ferait rien sinon avancer l'exécution sommaire que Souza avait certainement en tête. Une hypothèse qui ne fit que se confirmer lorsqu'il s'approcha des armes à feu et s'appropria un des MP5 tout en glissant sa machette dans son fourreau.

« Si vous faites ça… si vous nous tuez, vous mourrez vous aussi, dit alors Cassandra.

— Vraiment ? fit le Brésilien avec un air de curiosité amusée tandis qu'il ôtait le cran de sécurité et chargeait le fusil. Et pourquoi donc ?

— Vous n'avez rien vu ? poursuivit la jeune femme avec un geste vers l'extérieur. Cet endroit grouille de morcegos. Tôt ou tard, ils vous trouveront et vous tueront.

— Mouais… Et c'est vous qui allez me protéger contre ces monstres, ricana-t-il.

— Mieux encore, intervint le professeur, qui fit un pas en avant. Nous avons un plan pour partir d'ici, et vous pourriez venir avec nous.

— Un plan ?

— En effet. » Eduardo se tourna vers l'informe tas de tissu étalé sur le sol. « Nous allons prendre la voie des airs, dit-il en faisant le geste de s'envoler, et si vous voulez sortir d'ici, vous aurez besoin de notre aide. Sinon, comme vous le disait Cassandra, les morcegos vous tueront… probablement dès cette nuit. »

Souza nous regarda un à un et baissa légèrement son arme. Il semblait réfléchir à la proposition du professeur.

Mais le faible espoir de trouver un terrain d'entente s'évanouit bien vite tandis qu'un rictus plein de cruauté se dessinait sur les lèvres du mercenaire.

« Malheureusement, je dois vous donner deux mauvaises nouvelles, déclara-t-il d'un air faussement affligé. La première, c'est que j'ai déjà un moyen pour qu'on vienne me chercher d'ici quelques heures, dit-il en tapotant la radio qu'il portait à la ceinture, et la deuxième, c'est que vous ne vivrez pas assez longtemps pour le voir ». Et il redressa le canon de son arme.

« Mais vous ne comprenez pas ? insista le professeur. Ce qu'il y a dans cette cité va au-delà de n'importe quelle autre découverte de l'histoire. C'est quelque chose qui changera le monde. Si vous nous tuez, personne n'en saura jamais rien ; mais, si vous nous laissez partir, vous pourriez être mentionné en tant que codécouvreur, et devenir riche et célèbre.

— Être célèbre ne m'intéresse pas, et le *senhor* Queiroz me paye très généreusement.

— Queiroz ? relevai-je. C'est ce Queiroz qui veut nous voir morts ?

— Ça ne vous regarde pas.

— Mais…

— Assez causé, me coupa-t-il. Je n'ai rien contre vous, personnellement. Vous êtes juste une affaire que je dois régler. Et je suis un professionnel qui... »

Il s'interrompit brusquement et ouvrit démesurément les yeux dans une expression incrédule.

Muets de surprise nous aussi, nous regardions l'extrémité d'une flèche qui était apparue au beau milieu de la poitrine de Souza et la tache rouge sombre qui s'élargissait rapidement sur sa chemise sale.

Le mercenaire baissa les yeux sur la pointe effilée qui dépassait de son torse, comme s'il se demandait comment diable cette chose-là avait bien pu sortir de son corps. Interloqué, il porta la main à son dos, là où avait pénétré la flèche gracile qui venait de le traverser de part en part.

Il nous interrogea du regard, puis, comprenant soudain, il se retourna avec lenteur, arme levée… Mais il n'eut pas le temps d'achever son mouvement : une deuxième flèche siffla dans l'air pour aller se planter dans son crâne, entrant par une tempe et ressortant par l'autre.

Souza s'effondra sur le sol du temple au milieu d'une mare de sang. Derrière lui était apparue la silhouette d'Iak qui montait l'escalier, l'arc à la main.

L'Indien s'approcha de l'homme qu'il venait d'abattre et lui cracha au visage avec mépris.

« Toi mort, lui dit-il comme s'il était nécessaire de le mettre au courant. Et maintenant, plus te relever. »

Reprenant nos esprits, nous félicitâmes le Menkragnoti pour cette apparition à point nommé, et ce fut sans le moindre remord que je l'aidai à emporter le cadavre à l'extérieur, où nous l'abandonnâmes aux vautours et aux fourmis.

En revenant, nous ramassâmes le panier de palmes qu'il avait laissé au bas de l'escalier, rempli de fruits que nous dévorâmes aussitôt avec avidité. Nous devions ressembler à des hommes des cavernes, à nous empiffrer ainsi de mangues, de goyaves ou de bananes, oublieux de tout ce qui n'était pas assouvir notre faim de loup.

Enfin repus, nous restâmes étendus par terre, nos forces renouvelées et l'estomac apaisé pour quelques heures. Mais même si la fatigue, la chaleur et la digestion ne me faisaient qu'aspirer à faire une bonne sieste jusqu'à l'année suivante, je n'avais pas le choix : au prix d'un dur combat contre chaque muscle de mon corps, je me levai et demandai à mes amis d'en faire autant.

Le soleil descendait déjà vers l'horizon, et si nous n'avions pas quitté la Cité noire lorsqu'il disparaîtrait derrière les arbres, les heures qui nous resteraient à passer dans le monde des vivants nous seraient comptées.

Et, pourquoi mentir ? ce n'était pas un mauvais stimulant.

95

Tels des exilés ayant échappé de justesse à un bombardement, le professeur et Cassie pataugeaient dans la jungle inondée, ployant sous le volumineux appareil – trois cent cinquante mètres carrés de tissu ne sont pas un poids négligeable ! – que nous avions fabriqué. Iak et moi portions des sacs à dos bourrés de cordes et de harnais, ainsi que le précaire brancard de Valéria, auquel nous avions fixé une branche verticale où était suspendue une poche de plastique pleine d'eau. Nous y avions dilué un sachet de sérum déshydraté et une dose de morphine, le tout tiré de la trousse de secours des mercenaires, où nous avions également trouvé le long tube de caoutchouc et l'aiguille hypodermique qui nous avaient permis d'improviser une perfusion.

Mais cette solution ne pouvait qu'être de courte durée : avec tout le sang qu'elle avait perdu, l'anthropologue avait le teint de plus en plus cireux.

« J'espère que nous ne sommes plus loin… », haleta le professeur Castillo, qui disparaissait presque sous l'énorme charge qu'il portait sur la tête.

Je jetai un coup d'œil en arrière, et l'image qui me vint à l'esprit fut celle d'une espèce de chenille dégingandée longue de quatorze mètres et pourvue de deux paires de pattes qui se promènerait dans la forêt. Le rêve du biologiste ou le cauchemar du jardinier.

« Être près, maintenant, répondit brièvement Iak.

— C'est la troisième fois que tu dis ça ! protesta Cassie. Je vais commencer à mettre ta sincérité en doute.

— Tu es sûr que nous ne nous sommes pas égarés ? demanda le professeur. Dans mon souvenir, le trajet était plus court.

— Il était plus court, confirmai-je. Nous suivons un autre sentier, un peu plus long, mais assez large pour que nous puissions passer avec tout ce que nous portons.

— Et tu ne pouvais pas le dire avant ? renâcla-t-il.

— Pour quoi faire ? Je fais comme vous, je suis notre ami, et s'il dit qu'il faut passer par ici, alors on passe par ici.

— J'espère quand même qu'il ne se perdra pas.

— Cela n'arrivera pas, soyez tranquille. En plus… être près, maintenant », achevai-je, imitant l'indigène.

Iak tint parole et nous conduisit jusqu'à la haute esplanade où se trouvait le bâtiment qui avait jadis servi de refuge aux nazis. À présent entourée d'eau de tous côtés, elle s'était transformée en une sorte d'île au milieu du marécage.

Une fois là, nous posâmes tout sur le sol, et, après avoir permis à mes compagnons de souffler quelques minutes, je les houspillai à nouveau : cette fois, il fallait pénétrer dans l'édifice pour aller y chercher quelque chose qui allait nous être indispensable.

De la démarche vacillante de ceux qui sont à bout de forces, Cassie, Iak et moi nous mîmes au travail, laissant Eduardo prendre soin de sa fille. De toute façon, le professeur était si exténué qu'il ne nous aurait pas été d'une grande aide.

Sans perdre de temps, nous employâmes nos dernières réserves d'énergie à élargir la brèche irrégulière qui donnait accès à l'intérieur ; utilisant des troncs comme leviers, nous déplaçâmes des tronçons de colonnes effondrées et d'énormes fragments du linteau qui avait jadis coiffé l'entrée de ce lieu.

La sueur dégoulinant sur nos visages émaciés, nous vîmes enfin nos efforts couronnés de succès, et, d'un pas rendu chancelant par l'épuisement, nous pénétrâmes dans l'édifice à la fois énigmatique et familier pour aller dans l'ancien entrepôt des nazis.

« Il est presque seize heures, annonçai-je lorsque nous en franchîmes le seuil, éclairant de ma lampe la file de bouteilles d'hydrogène rangées contre le mur du fond. Il nous reste moins de trois heures.

— Ça va être juste, murmura Cassandra, qui savait bien ce qui nous attendait encore. Très, très juste… »

Même en les roulant, emporter toutes ces bonbonnes de fonte hautes de près de deux mètres demandait des efforts presque surhumains en regard de nos forces amoindries ; pour la plupart d'entre elles, nous dûmes nous y mettre à trois pour les pousser jusqu'à l'entrée, rendant la tâche encore plus pénible que nous nous y attendions.

Lorsqu'elles furent toutes regroupées près de la sortie – il y en avait dix-sept, pour être exact –, nous les traînâmes une par une jusqu'au milieu de la clairière à l'aide de cordes attachées à leur col – avec la collaboration du professeur, cette fois – et les laissâmes devant l'édifice.

Mais cet ultime effort avait eu raison de nos dernières forces, et, lorsque nous eûmes terminé, nous nous écroulâmes dans l'herbe.

J'avais les bras douloureux, le dos douloureux, les jambes douloureuses, et même mon front était douloureux, après avoir si longuement bataillé contre ces bouteilles de plongée pour géants. Si l'on ajoutait à cela deux nuits blanches, et nos affrontements perpétuels contre hommes et morcegos – aussi déterminés les uns que les autres à nous faire avaler notre bulletin de naissance –, j'étais bon pour la casse en dépit de ma condition physique honorable. Sur un marché aux esclaves, on ne m'aurait pas acheté pour le prix d'une carotte.

Ce ne fut que lorsque je levai les yeux et vis que le soleil commençait à descendre derrière la cime des plus hauts arbres que je réussis à rassembler assez de courage pour me remettre debout et montrer à mes compagnons l'astre-roi déclinant sur l'horizon pour les inciter à faire de même.

Encore que, pour être sincère, ce qui les poussa vraiment à m'obéir, ce ne furent pas mes paroles, et encore moins mon don de persuasion.

Ce fut un hurlement lointain qui, surgi de quelque part dans une forêt de plus en plus sombre, nous glaça le sang dans les veines.

96

« L'autre bout est bien attaché ? » criai-je, les mains en porte-voix.

Cassie leva la main, le pouce et l'index formant un cercle, pour indiquer que tout allait bien à la manière des plongeurs sous-marins.

Je repassai mentalement les étapes finales, inquiet de la possibilité – extrême probabilité aurait été un terme plus exact – que tout rate au dernier moment. Donc, alors que l'après-midi se transformait progressivement en une nuit redoutée, je ne voulais pas me risquer à faire le dernier pas avant d'être absolument certain de ne rien avoir omis.

Toutes les amarres étaient attachées, avec des lianes et des cordes, à de gros blocs de pierre ou des arbres proches. Les courroies des harnais étaient solidement fixées, et un filet fait de suspentes de parachutes entrecroisées recouvrait le tissu, ce qui, espérais-je, suffirait à donner à l'ensemble la rigidité nécessaire.

Bien, me dis-je après une énième révision, *alea jacta est* !

« Prof ! Iak ! criai-je avec de grands moulinets de bras. Ouvrez les valves ! »

Ils commencèrent aussitôt à ouvrir les robinets des bouteilles, que nous avions réussi à redresser non sans peine.

Le gaz sous pression se mit à jaillir, provoquant des convulsions spasmodiques du patchwork de parachutes, comme si, à l'intérieur de ce cocon de tissu, un gigantesque papillon se débattait furieusement pour sortir.

Lorsque les deux premières bouteilles furent vidées de leur hydrogène, ils en ouvrirent deux autres plus progressivement, afin d'éviter qu'un afflux de gaz trop brutal ne déchire la toile. Deux autres suivirent, puis encore deux, et ce qui n'était qu'un monceau de tissu entassé sur le sol commença à prendre forme. De manière brusque et déséquilibrée au début, puis plus lente et majestueuse, l'immense surface de toile s'éleva peu à peu, révélant sa forme finale, assez semblable à un gros cigare gonflé.

Mais je continuais d'y voir un énorme ver multicolore qui, pour quelque raison mystérieuse et en dépit du bon sens, aurait été capable de voler.

« Cela fonctionne ! » s'écria le professeur, presque plus étonné que content.

Cassie, elle, ne dit pas un mot, mais elle me jeta les bras autour du cou et me planta un baiser sonore sur la joue.

« Je n'arrive pas à y croire… », dit-elle à mi-voix, les yeux levés sur cet abracadabrant aérostat, rempli d'hydrogène allemand vieux de plus de quatre-vingts ans, qui montait doucement vers le ciel en tendant ses amarres pour rester suspendu à trois mètres du sol.

Lorsque le dirigeable – c'était une façon de parler, car cet engin n'avait ni gouvernail ni rien qui y ressemble pour le diriger – fut gonflé au maximum sans qu'il y ait eu besoin de toutes les bouteilles – et non, je n'échappai pas aux regards assassins de mes amis quand ils comprirent que nous aurions pu nous épargner une bonne partie des efforts mis en œuvre pour déplacer les dix-sept bonbonnes –, et resta à flotter nonchalamment au-dessus de nous, nous fîmes une injection de morphine à Valéria et fixâmes au ballon le brancard sur lequel elle était également attachée.

Puis, j'aidai le professeur à passer son harnais – livide, il serrait poings et paupières devant l'inéluctable perspective de devoir voler avec cette invention –, puis Cassie, et, lorsque vint le tour d'Iak, ce dernier me jeta un regard d'étonnement amusé.

« Toi croire Iak monter là ? dit-il en désignant la montgolfière comme si c'était une bonne plaisanterie.

— Évidemment ! C'est pour ça que nous l'avons fabriqué ! »

Le Menkragnoti secoua la tête.

« Non. Ce… chose, être seulement pour vous. Moi aller dans forêt, a pied.

— Mais, et les morcegos ? Ils te pourchasseront, même si tu sors de la cité.

— Pas être problème. Moi m'échapper dans jungle, moi être plus malin.

— J'en suis certain, mais ce serait bien plus sûr si tu venais avec nous, en volant. Là-haut, nous serons totalement en sécurité. »

469

Iak regarda de nouveau en l'air, examinant de haut en bas le gigantesque ouvrage de rafistolage qui faisait grincer les cordes qui le retenaient au sol, impatient de s'élancer vers la Lune.

« Non, dit-il alors, riant presque. Moi croire que non.

— Ne te laisse pas abuser par son apparence, insistai-je une dernière fois, tout en sachant que je n'arriverais pas à le convaincre. On dit que voler est plus sûr que d'aller en voiture. »

Le Menkragnoti me regarda fixement.

« Moi être Indien, pas idiot. » Il fit un geste en direction du ballon et ajouta : « Iak aimer mieux lutter contre morcegos que monter à ça.

— D'accord... », capitulai-je, comprenant que je m'efforçais en vain. Je le serrai dans mes bras. « Lorsque nous serons revenus à la civilisation, je te promets que nous raconterons tout ce que nous avons vu ici. Nous arrêterons l'inondation du barrage et nous sauverons ton peuple. Tout ceci a été possible grâce à toi. » Je reculai, le tenant toujours par les épaules. « Le jour où nous nous reverrons, je suis sûr que tu seras un grand chef de ton village. »

En dépit de l'obscurité de plus en plus profonde, il me sembla voir briller d'un éclat un peu trop humide les yeux de l'indigène, qui me donna une autre accolade.

« *Muito obrigado* », dit-il en reculant d'un pas. Il fit un signe d'adieu au professeur et à Cassie qui, suspendus dans leurs harnais, observaient la scène.

Puis, sans plus de cérémonie, il fit volte-face et s'enfonça dans le sous-bois, avec son arc, ses flèches et son petit sac pour tout bagage, pour affronter la nuit pleine de menaces qui s'appesantissait sur la jungle.

« *Muito obrigado* », répondis-je, alors qu'il ne m'entendait plus. Et, pendant quelques secondes, j'élevai une prière pour qu'il puisse rentrer sain et sauf auprès des siens.

Je me retournai, sous les yeux interrogateurs de mes amis qui quémandaient une explication.

« Je n'ai pas réussi à le convaincre », dis-je seulement en ouvrant les bras.

Fuyant leurs regards accusateurs, je me dirigeai vers mon harnais, suspendu à une extrémité du ballon – Dieu seul sait s'il s'agissait de la proue ou de la poupe –, et, après l'avoir enfilé et vérifié qu'il était bien attaché, je pris mon couteau – que j'avais récupéré au campement – et le tint en l'air tandis que de l'autre main je saisissais une des lianes qui nous retenaient au sol.

« Prêts ?

— Prête !

— Pas prêt du tout !

— À trois, nous lâchons les amarres ! » annonçai-je après m'être assuré qu'ils faisaient comme moi.

Le soleil venait de disparaître à l'horizon. Nous ne pouvions plus attendre une seconde de plus.

Je pris une profonde inspiration, et, après avoir pris mentalement congé des pyramides, des temples, et des cadavres démembrés :

« Un ! Deux ! Et... trois ! »

Nous lâchâmes simultanément nos trois amarres, et, enfin libéré, le ballon gonflé à l'hydrogène eut un soubresaut et s'éleva de plusieurs mètres... Un instant après, il redescendait lentement, jusqu'à ce que nos pieds reposent de nouveau sur la terre.

Nous n'étions pas allés loin.

97

Le professeur s'agita dans son harnais, inquiet.

« Mince ! Que s'est-il passé ?

— Je... je ne sais pas, répondis-je, aussi perplexe que lui. Je n'en ai aucune idée. Vous êtes sûr que tous les câbles ont été lâchés ?

— Certain, affirma-t-il après avoir vérifié d'un coup d'œil.

— Merde ! Mais qu'est-ce qui lui arrive, bordel ?

— Ça aiderait si je descends pousser ? demanda Cassie, sarcastique.

— Peut-être, répliquai-je, vexé. Pourquoi ne pas essayer ?

— Cessez vos bêtises, pour une fois ! s'écria le professeur. Ce qu'il faut faire, c'est enlever du poids. Jeter les armes, l'eau, les vivres, tout ce qui pèse.

— Vous avez raison, reconnus-je. Il faut nous débarrasser de tout. »

À contrecœur, et non sans proférer un chapelet de jurons des plus inélégants, la Mexicaine laissa tomber son arme et trancha la corde qui retenait le sac à dos contenant les provisions.

Nous l'imitâmes, éliminant sans état d'âme tout objet qui pesait plus de cent grammes.

Instantanément, le dirigeable fit un autre bond vers le ciel et sembla s'élever enfin... Sembla seulement.

Car la force de gravité, obstinée, avait repris ses droits.

Nous étions donc de nouveau impuissants, suspendus comme des jambons en train de sécher à un abracadabrant ballon multicolore, et au centre, ligotée sur son brancard, Valéria, que j'eus la surprise de voir tourner la tête pour me regarder avec perplexité.

« Où sommes-nous, bredouilla-t-elle d'une voix rendue pâteuse par la morphine.

— Comment te sens-tu, ma chérie ? demanda aussitôt son père.

— Ça fait mal... » Faisant visiblement un effort, elle se pencha sur sa blessure couverte d'une montagne de gazes imbibées de sang.

« Ne t'inquiète pas, lui dit-il avec un faible sourire. Nous serons partis d'ici en un rien de temps et nous t'emmènerons à l'hôpital. Tu guériras, ma chérie. »

L'anthropologue leva les yeux, puis les posa sur nous, suspendu à nos harnais avec la pointe des pieds qui effleurait le sol.

« S'il vous plaît, dites-moi que nous sommes morts… et que c'est ainsi que l'on monte au Ciel. » Elle sourit faiblement et, ce faisant, cracha un peu de sang sur sa poitrine.

« Nous avons l'intention de nous enfuir en ballon, répondit son père, mais nous subissons quelques… difficultés avec le décollage. » Disant ces mots, le professeur me transperça du regard.

« En ballon ? répéta Valéria avec un filet de voix et les paupières à demi fermées. Qu'est-ce que j'ai manqué ?

— Nous t'expliquerons plus tard. Pour l'instant, détends-toi et essaye de te reposer. Nous nous occupons de tout. »

Elle ouvrit la bouche pour répondre, mais une violente quinte de toux la saisit ; elle cracha encore du sang.

« Mais alors…, demanda-t-elle quand se fut calmée, si nous sommes en ballon… pourquoi ne volons-nous pas ?

— C'est une bonne question, observa la Mexicaine.

— J'ai peut-être mal calculé, hasardai-je. Il n'y a peut-être pas assez d'hydrogène.

— Ou bien il y a trop de poids, souffla Valéria.

— Possible. Mais nous nous sommes déjà débarrassés de tout ce que nous pouvions, et il est un peu tard pour faire un régime. La seule chose qui me vient à l'esprit, dis-je en portant la main à la boucle de mon harnais, c'est descendre et voir si, en ajoutant de l'hydrogène… »

À cet instant précis, un concert de hurlements brisa de nouveau le calme du crépuscule.

Mais ils n'étaient plus si lointains, maintenant.

Mille mètres, peut-être, calculai-je.

Ils savaient où nous étions, et venaient directement vers nous.

« Ils arrivent ! » cria le professeur, terrifié.

Le feuillage de la forêt sembla se mettre à bouillir sous l'implacable avancée des morcegos, révélant qu'ils étaient bien plus près que je ne croyais.

Ils seraient sur nous d'une minute à l'autre.

C'est alors que je remarquai que Valéria s'était détachée du brancard et se redressait légèrement.

« Mais qu'est-ce que tu fais ? lançai-je, stupéfait. Rattache-toi tout de suite ! Tu risques de tomber ! »

473

Sans répondre, elle regarda son père, et, esquissant un sourire étrangement serein, elle porta la main à son cœur.

« Je regrette que nous n'ayons pas eu plus de temps pour nous connaître…

— Comment ? Oui, bien sûr. Mais ne t'inquiète pas, ma chérie. Dès que nous serons de retour à la maison, nous rattraperons le temps perdu. Rattache-toi, maintenant.

— Je… je suis désolée. J'espère que tu me pardonneras.

— Te pardonner ? Qu'est-ce qu'il y a à pardonner ? »

Alors, sa fille ferma les yeux et prit une profonde inspiration.

« Je t'aime… papa. »

Et avant que quiconque ne saisisse ce qu'il se passait, elle roula sur elle-même et tomba à mes pieds dans la boue.

Cassandra porta la main à sa bouche pour étouffer un cri d'horreur.

Eduardo hurla le nom de sa fille, et commença à se bagarrer avec son harnais pour l'ouvrir et sauter à son tour.

« Non ! criai-je en le voyant. Restez où vous êtes, professeur ! Je vais la chercher ! »

S'il se lâchait lui aussi, je n'aurais pas le temps de les remonter tous les deux. Notre seule chance de la sauver était d'agir seul.

Je défis vivement mon harnais et sautai à terre, où je m'agenouillai à côté de l'anthropologue. Celle-ci leva la tête, et, de la main, me fit signe d'arrêter.

Je ne compris qu'alors qu'elle n'était pas tombée ; elle s'était jetée.

Au même instant, je vis du coin de l'œil que les pieds du professeur quittaient le sol, et, très lentement, le ballon commença à s'élever tandis que les murmures de la végétation devenaient vacarme, et que les rugissements des morcegos s'enflaient comme une marée.

Réalisant ce que signifiaient ces bruits, Valéria se tourna dans la direction d'où ils venaient.

« Remonte tout de suite ! cria Cassie d'une voix désespérée. Le ballon est en train de s'envoler !

— Nous allons remonter, dis-je à la fille du professeur, faisant la sourde oreille aux appels aussi bien qu'au tumulte des morcegos qui approchaient. Je vais te nouer une corde autour de la taille et je te hisserai avant qu'ils arrivent.

— Pas le temps…, souffla-t-elle en regardant l'aérostat s'éloigner du sol. Le ballon vole, maintenant... Tu dois partir.

— Tu peux oublier ça, je ne vais pas te laisser ici.

— Je veux rester.

— Mais tu ne comprends pas ? m'énervai-je en tendant la main vers la forêt. Ils vont te tuer ! »

Valéria esquissa une moue résignée.

« Tu te trompes. » Elle posa la main sur ses bandages ensanglantés avant de murmurer, avec une grimace de douleur : « Je suis déjà morte.

— Pas question, refusai-je avec fermeté tout en essayant de la prendre dans mes bras. Je vais te remonter dans le ballon immédiatement. »

Mais, avec le peu de forces qui lui restaient, elle se débattit pour m'en empêcher.

« Non…, grogna-t-elle entre ses dents. Va-t'en… »

Le tumulte de la vague de morcegos était devenu assourdissant.

Ils étaient près, tout près, et ils approchaient vite.

Dans mon dos, le professeur criait d'une voix pressante.

« Valéria ! Valéria !

— Sois maudite ! » Je la saisis par les épaules et la secouai. « Ton père t'attend !

— Dis-lui… que je l'aime.

— Ne me fais pas ça, suppliai-je. Ne lui fais pas ça. »

Elle secoua la tête, les traits crispés de douleur, réussissant néanmoins à s'arracher un faible sourire.

De nouveau, la voix du professeur. Prégnante. Au bord de la crise de nerfs.

Les rugissements ne devaient pas être à plus de deux cents mètres. Moins, peut-être.

« C'est pour lui que je le fais…, murmura-t-elle en levant une main pour toucher mon visage. Pour vous…

— Je ne partirai pas, affirmai-je en croisant les bras pour bien signifier que je liais mon sort au sien. Nous mourrons tous les deux.

— Je te demande juste… de faire quelque chose pour moi », dit-elle seulement en fermant les yeux et renversant la tête en arrière.

Le tumulte des morcegos atteignait l'orée de la forêt, et je sus qu'ils allaient faire irruption dans la clairière d'un instant à l'autre.

Cassandra cria mon nom d'une voix paniquée.

« Ulysse ! Ils sont là ! »

Il ne nous restait que quelques secondes avant que ces démons ne se ruent sur nous.

Je ne pouvais plus rien faire.

Je secouai la tête.

Découragé.

Résigné.

« Ce que tu voudras », répondis-je à la fille du professeur, comprenant enfin que c'était là la dernière volonté d'une moribonde.

Elle me regarda fixement un moment, puis baissa les yeux sur la crosse du pistolet qui dépassait de mon pantalon.

Lorsque je réalisai à quoi elle pensait, je commençai d'articuler un non catégorique, mais aucun son ne franchit mes lèvres.

« Je t'en prie... », murmura Valéria qui, lisant l'hésitation dans mes yeux, me prit la main.

J'étais paralysé. J'étais tout aussi incapable de faire ce que m'implorait de faire cette femme qui était en train de se sacrifier pour les autres, que de l'abandonner pour remonter dans le ballon qui, déjà à presque trois mètres du sol, s'élevait rapidement.

Lorsque les premières ombres sortirent des fourrés, à quelques dizaines de mètres seulement, la femme que j'avais vue pour la première fois sur une photo aux côtés de son père, un million d'années plus tôt, conduisit ma main jusqu'à l'arme, le regard suppliant.

« Fais-le..., insista-t-elle en pressant mes doigts, consciente de l'imminence de l'assaut des morcegos. Maintenant. »

Je jetai un bref coup d'œil derrière moi.

Le ballon, libéré de ses amarres et du poids de deux personnes, s'élevait de plus en plus vite. Mais je pouvais encore distinguer nettement les deux visages bouleversés qui nous regardaient en s'éloignant dans le crépuscule.

Le professeur Castillo ne cessait d'appeler sa fille, les traits tordus par l'épouvante. Les bras désespérément tendus vers elle.

Cassandra vociférait en désignant le sous-bois.

« Si tu ne fais rien, nous mourrons tous les deux », déclara Valéria. Et, réunissant ses maigres forces, elle dégagea l'arme elle-même, pressa le canon sur son front, et prit ma main pour la poser sur la crosse.

C'était peut-être la seule issue. Mais il n'était pas question que je le fasse.

Pas comme ça. Pas à elle.

« Si tu ne le fais pas, toi, siffla-t-elle sans lâcher le pistolet, comme si elle lisait dans mes pensées, eux le feront.

— Je ne peux pas... je suis désolé.

— Attention ! » hurla la voix de Cassie.

Réagissant instinctivement à l'avertissement, je relevai la tête pour voir un groupe de spectres noirs courir directement vers nous, les yeux exorbités, la gueule ouverte et bavante dans un rugissement de rage et de soif de sang.

Levant le Glock, je tirai sur le plus proche.

Je le touchai à l'épaule et il trébucha, mais ce n'était pas suffisant pour l'arrêter.

Je fis feu de nouveau, visant les trois autres, et réussis à les ralentir. Mais eux non plus ne cessèrent pas d'avancer, précédés de leurs hurlements terrifiants.

« Ulysse ! » cria encore la voix de Cassandra, bien plus lointaine.

Le ballon était presque au niveau de la cime des arbres, et le harnais auquel je devais m'accrocher était désormais hors de portée.

Ce fut alors que, profitant de ce fugitif instant de distraction, Valéria empoigna le canon du pistolet et le prit dans sa bouche. Elle serra les dents.

Puis elle pressa son doigt sur le mien, et, sans que je puisse rien faire pour l'en empêcher, elle appuya sur la détente.

98

Un cri d'horreur déchira le ciel de la jungle.

« Non ! »

La balle avait traversé la tête et la jeune femme s'était affaissée, inerte entre mes bras.

« Valéria ! hurlait inutilement le professeur d'une voix rauque. Valéria ! Valéria ! »

Mais elle ne pouvait plus l'entendre.

Couvert du sang de l'anthropologue, je regardai le pistolet que je tenais à la main, et, pendant un instant, je songeai à suivre son exemple.

C'était une issue facile.

La seule, sans doute.

Mais, comprenant peut-être ce que j'avais à l'esprit, quelqu'un cria mon nom.

« Ulysse ! suppliait la voix, loin au-dessus de moi. Je t'en prie ! »

Cassandra.

Sa voix fut comme une bouée de sauvetage alors que j'étais sur le point de sombrer.

Elle, elle donnait un sens à mon existence. Pour elle, cela valait la peine de lutter. Jusqu'à la mort, s'il le fallait.

Je levai les yeux.

Une nouvelle vague de morcegos émergeait de la forêt.

Un flot de démons sadiques se déversait de toutes les directions, hurlant une haine alimentée pendant des siècles.

Laissant aller le corps sans vie de Valéria, j'empoignai le pistolet à deux mains et ouvrit le feu.

Je ne pouvais rien faire d'autre. Me battre jusqu'au dernier moment, avant de tomber sous les griffes de ces demi-hommes qui m'encerclaient.

Ma vie ne durerait plus que ce que dureraient les balles de mon chargeur.

« Les bouteilles ! brama alors Cassandra d'en haut. Tire sur les bouteilles ! »

Je tournai la tête vers les grandes bonbonnes d'hydrogène comprimé que nous n'avions pas utilisées, et je compris.

Sans hésitation, je visai les bouteilles, et, serrant les dents, je tirai les trois balles qui me restaient.

Les deux premières ne provoquèrent que deux frustrantes éclaboussures de terre.

J'avais la main si tremblante que je n'aurais pas réussi à toucher un éléphant endormi.

Je fermai les yeux, respirai profondément, et, retenant mon souffle, j'ouvris l'œil droit pour tirer ma dernière balle.

Alors cela arriva.

Une énorme boule de feu, haute de plus de vingt mètres, explosa dans la nuit, illuminant la clairière comme si le soleil s'était subitement levé ; simultanément, l'onde expansive m'expédiait à plusieurs mètres où j'atterris sur le dos, tandis que le souffle ardent me brûlait visage et bras.

Mais le sort des morcegos les plus proches fut bien pire ; certains périrent immédiatement dans l'explosion, tandis que d'autres étaient la proie des flammes et couraient follement dans d'atroces hurlements de douleur.

Les autres morcegos reculèrent, impressionnés par la puissance de la déflagration et saisis d'effroi au spectacle de leurs congénères en flammes.

Mais la peur fut rapidement remplacée par une colère décuplée dont j'étais l'objectif.

Je regardai désespérément autour de moi, cherchant quelque chose pour me défendre ; je regrettais à présent de ne pas avoir gardé une balle dans le revolver désormais inutile que je laissai tomber sur le sol.

Pas très loin, je vis l'une des mitraillettes que nous avions lâchées pour alléger notre montgolfière ; quoique, trente balles de plus n'allaient pas faire grande différence.

L'idée m'effleura de partir en courant, mais je savais bien qu'ils me rattraperaient instantanément.

Il n'y avait plus rien à faire.

À bout de forces, je baissai les bras et me résignai à l'inévitable.

C'est alors que la voix de Cassie me parvint de nouveau, de très haut et sur un ton de reproche excédé :

« *Caramba*, Ulysse ! Tu veux grimper à ce putain d'arbre une bonne fois ! »

Surpris, je levai la tête : le ballon était toujours là.

Inexplicablement statique.

Je mis un moment à comprendre.

J'ignorais comment, mais l'astucieuse Mexicaine avait réussi à enrouler un des filins d'amarre à la plus haute branche d'un grand kapokier, immobilisant la montgolfière à plus de trente mètres du sol.

« Je n'y crois pas… », soufflai-je, ébahi.

Tout compte fait, j'allais peut-être bien l'avoir, ma dernière chance.

Dépassant au pas de course deux morcegos atrocement brûlés qui se tordaient sur la terre, j'agrippai une des épaisses tiges grimpantes qui enveloppaient le tronc lisse du kapokier, et, tirant jusqu'aux ultimes parcelles d'énergie de mes muscles, je commençai mon escalade, presque en aveugle, regardant à peine où je posais les mains et les pieds.

Une pensée unique me portait : monter dans cet arbre, m'accrocher à la corde, atteindre le dirigeable et fuir cet enfer.

« Dépêche-toi ! cria Cassandra. Ils montent derrière toi ! »

Un coup d'œil vers le bas me révéla que les morcegos avaient récupéré du choc de l'explosion et qu'ils s'étaient remis en chasse, poussés par une incontrôlable fureur meurtrière.

Lorsque j'atteignis le niveau des premières branches, je sentis renaître mon optimisme.

Mais une répugnante odeur de putréfaction m'assaillit les narines, et je n'avais pas besoin de me retourner pour savoir que ces créatures implacables étaient sur mes talons.

Redoublant d'efforts, je saisis la branche suivante et me hissai dessus, puis me mis debout pour attraper celle d'au-dessus.

Je me mouvais sans regarder, déchirant mes vêtements et me griffant la peau, conscient que je risquais de glisser et de me rompre le cou. Mais c'était une course contre la mort, et il n'y avait pas de seconde place possible.

Je pus alors distinguer, au-delà de la cime de l'arbre, les silhouettes de mes amis suspendues au ballon, et je me demandai fugitivement pourquoi ils ne tiraient pas sur les morcegos que j'avais aux trousses.

Il me fallut une seconde pour me rappeler, avec une grimace mentale, que c'était moi qui leur avais ordonné de jeter leurs armes pour lâcher du lest.

Mais les regrets étaient inutiles.

La salvation était toute proche.

Malheureusement, les morcegos l'étaient plus encore.

Éperonné par la proximité des rugissements, je grimpai à ce que j'espérais être la dernière branche de cet arbre interminable. Une branche longue et fine, presque verticale, que je craignis de voir ployer ou se briser sous mon poids.

Mais je poursuivis néanmoins mon ascension désespérée ; ce ne fut qu'en atteignant le faîte que je découvris le nœud coulant qui enserrait une fragile poignée de feuilles qui, tendues par la traction du dirigeable, semblaient sur le point d'être arrachées.

Cassandra me cria qu'ils étaient derrière moi, à moins d'un mètre.

Sentant déjà en pensée les griffes qui m'attraperaient la cheville au dernier moment, je tendis le bras pour saisir le filin, et, ayant fait glisser le nœud, je m'y agrippai des deux mains.

Le ballon s'éleva immédiatement, et je m'accrochai de toutes mes forces pour ne pas lâcher la corde.

Il s'en était fallu d'un cheveu. Poussant un soupir de soulagement, je levai les yeux vers Cassie, qui me rendit mon sourire... un sourire qui se figea sur ses lèvres.

Suivant son regard, au-delà de mon épaule, je compris pourquoi elle avait si soudainement changé d'expression.

Un morcego avait grimpé jusqu'à la cime de l'arbre, et il se trouvait juste à mon niveau, à deux mètres de distance. Et il s'apprêtait à sauter.

Je le vis plier jambes et bras pour prendre son élan, et je ne doutai pas que l'espace qui nous séparait ne représentait pas grand-chose pour ses muscles puissants ; quant à moi, je ne pouvais rien faire d'autre que m'agripper à la corde qui me rattachait à un ballon freiné par mon poids.

Le morcego me vrilla de ses énormes yeux noirs, et, lâchant un beuglement de colère, il bondit, les bras ouverts pour m'attraper.

Mais les antiques dieux de la Cité noire devaient avoir décidé de me laisser vivre encore un jour : juste au même moment, un brusque coup de vent poussa la montgolfière. Ce n'était qu'un petit mètre, très peu, en vérité, mais assez pour que le morcego ne puisse pas rectifier sa trajectoire, et, brassant l'air avec désespoir, rate sa cible de peu.

Hélas ! la courbe qu'avait décrite la créature avant d'être précipitée vers le sol, beaucoup plus bas, avait quand même permis que ses griffes m'effleurent le mollet.

Comme si je venais d'être coupé par quatre scalpels, le sang jaillit des quatre profondes entailles qui déchiraient ma chair lacérée.

Étouffant un cri entre mes dents serrées, j'ignorai la douleur fulgurante et, à la force du poignet, je réussis à grimper le long de la corde jusqu'à atteindre mon harnais. À bout de souffle après cet effort terrible, je m'y glissai et assurai les attaches. Puis j'arrachai un morceau de tissu crasseux de la jambe de mon pantalon et le nouai autour de ma cuisse pour arrêter l'hémorragie.

Ce ne fut qu'alors que je regardai en bas.

Au-dessous de nous, des centaines de démons couleur de jais s'agitaient dans un délire frénétique, évoquant irrésistiblement un tableau de Jérôme Bosch, dans un concert de feulements, de hurlements, de rugissements pleins de fureur, les yeux fixés sur l'étrange créature volante qui nous emportait. Ils étaient probablement aussi stupéfaits que moi que cette invraisemblable évasion digne d'un baron Münchhausen ait réussi.

99

Nous nous élevions rapidement, plus haut que les plus grands arbres et définitivement hors de portée des morcegos.

Le soleil déversa un ultime rayon de lumière ensanglantée sur la forêt, comme s'il voulait par là nous remettre en mémoire tout le sang répandu pendant les quatre jours que nous avions passés dans la Cité noire, et ce fut exactement à cet instant que je pris conscience que, contre tout pronostic, j'avais survécu.

Cela aurait pu être un moment de joie débordante, mais il n'y eut ni geste de victoire ni cris de jubilation.

Au contraire, nous étions tous les trois plongés dans un mutisme aussi profond que désolé.

Cassie était suspendue à son harnais à l'avant du ballon – avec, remarquai-je, le petit sac à dos rouge sur son sein –, le professeur était au milieu, et moi à l'autre bout, derrière eux. Et c'était une chance, car je ne voyais que le dos voûté du père de Valéria. Je n'aurais pas pu le regarder en face.

Immobile, le visage dans ses mains, mon vieil ami paraissait submergé par une douleur inimaginable.

Et, tandis que nous survolions la sinistre forêt, silencieuse comme un cimetière, je ne pouvais pas éviter d'entendre ses sanglots inconsolables. Voir mourir son enfant, et d'une manière aussi atroce, ne pouvait souffrir aucune comparaison.

Il n'y avait rien que l'on puisse dire pour le réconforter.

Et encore moins si cela sortait de ma bouche.

Et pourtant, j'avais été là.

L'arme avec laquelle Valéria s'était ôté la vie était dans ma main lorsqu'elle avait appuyé sur la détente.

Et c'était mon ami, que diable !

« Eduardo…, appelai-je tout bas. Je… je voudrais… »

En dépit de l'obscurité croissante, je pus voir la jeune Mexicaine se tourner vers moi, et, sans dire un mot, poser un doigt sur ses lèvres en secouant la tête.

Elle avait certainement raison.

Alors je me tus, et restai à regarder s'éloigner lentement les silhouettes pyramidales qui perçaient la jungle, tels de lugubres îlots de pierre, tandis que les dernières traces visibles de la Cité noire s'évanouissaient dans l'ombre.

Lorsque l'obscurité fut complète, les étoiles piquetèrent le ciel comme une armée de lucioles indisciplinées et la terre ferme disparut ; c'était comme si nous volions dans le néant, comme si rien n'existait au-dessous de nous.

Au cours de la nuit, les sanglots désespérés du professeur se convertirent en gémissements étouffés qu'une plainte tourmentée interrompait parfois, puis en soupirs, pour finalement s'éteindre lorsqu'il s'endormit dans son harnais, vaincu par l'épuisement.

Pour ma part, bien que n'ayant pratiquement pas dormi depuis plusieurs jours, la nuit était déjà bien avancée quand le sommeil qui se refusait m'emporta enfin. Je ne réussis à me détendre que lorsque je commençai à entendre les bruits familiers des animaux de la jungle, qui eurent sur moi l'effet apaisant d'une berceuse.

Car c'était le signe indubitable que nous avions laissé derrière nous le territoire des morcegos.

Évidemment, l'aérostat artisanal avait des fuites d'hydrogène, et, chaque fois que je me réveillais, j'avais l'impression que la ligne vague de l'horizon était un peu plus haute qu'avant.

Vers le milieu de la nuit, notre altitude s'était sensiblement réduite, mais le vent nous poussait toujours à vingt ou trente kilomètres à l'heure vers le nord-ouest, et nous volions encore à plus de deux cents mètres au-dessus de la cime des arbres, sous l'éclairage réconfortant d'une énorme lune qui baignait enfin l'infinité amazonienne de sa lumière froide.

Des heures plus tard, à la naissance d'une nouvelle journée, Cassie remarqua des lueurs jaunes et vacillantes, à environ un kilomètre, en plein sur notre trajectoire, et nous comprîmes aussitôt deux choses : que c'étaient des feux allumés par des êtres humains... et que nous allions les dépasser.

Je n'avais aucun moyen d'obliger notre vilain zeppelin à descendre, mais j'étais également conscient que cela pouvait être notre première et dernière chance d'être sauvés.

C'était assez exaspérant de nous voir de plus en plus proches de ces feux – nous pouvions déjà discerner qu'il s'agissait d'un petit village fait de bois et de tôle sur la rive d'un cours d'eau large et tranquille –, en sachant que nous ne pourrions pas interrompre notre voyage incontrôlable, qui pourrait bien nous emporter des kilomètres plus loin.

« *La gran diabla* ! s'écria Cassie, furieuse. Nous allons le dépasser !

— Ce fichu machin peut mettre encore des heures à perdre tout son gaz, gémis-je en regardant le ballon pansu avec découragement. Va savoir où nous finirons.

— Dire que tu n'as même pas pensé à un système pour atterrir ! récrimina la Mexicaine. Il faut vraiment être idiot !

— Tu m'excuseras. La prochaine fois, je me souviendrai d'ajouter un minibar et des sièges inclinables.

— Arrête ton char, tu aurais dû y penser avant. »

À notre grande surprise, le professeur Castillo éleva la voix.

« Ça suffit ! explosa-t-il, émergeant brusquement de son long mutisme. La dernière chose dont nous avons besoin maintenant c'est de nous disputer. Aucun de vous n'a d'idée pour nous faire descendre ? »

Un silence éloquent lui répondit.

« Moi, je sais ce qu'il faut faire, finit par déclarer Cassandra. Ce que je ne sais pas, c'est comment.

— Qu'est-ce que tu veux dire ?

— C'est évident : il faut faire en sorte que l'hydrogène s'échappe plus vite. L'inconvénient, c'est que nous n'avons aucun moyen d'y arriver. »

Je levai les yeux, et je sus qu'il n'y avait qu'une seule manière de le faire.

« Dans ce cas, dis-je en serrant les dents, il faudra en fabriquer un. »

J'avais parlé bas, mais ils m'avaient entendu et leurs têtes se tournèrent. Alors je sortis mon couteau de son étui et, le tenant en l'air, je les interrogeai du regard.

Devinant mon intention, ils ne dirent rien. Ce qui me suffisait. Sans me défaire de mon harnais, je me hissai à la force du poignet le long de la corde qui m'unissait au ballon, et, l'enroulant autour de ma jambe gauche, je réussis à libérer une main pour empoigner le couteau que je tenais entre les dents. Je jetai un dernier coup d'œil à mes compagnons

485

de vol qui, tendus, n'avaient cessé de m'observer, et, voyant leurs visages résignés, je levai le bras au-dessus de ma tête et fit une longue incision dans la toile de parachute. L'hydrogène commença aussitôt à s'en échapper.

Cela fait, je redescendis pour me retrouver de nouveau suspendu à mon harnais, et vis avec satisfaction que notre altitude se réduisait.

Comme je l'avais prévu. Puis, un peu plus rapidement que je n'aurais voulu… et, au bout de quelques secondes, beaucoup plus vite que je ne l'aurais souhaité.

Plus précisément : nous ne descendions pas ; nous tombions.

« Mesdames et messieurs les passagers…, murmurai-je, nous vous prions de bien vouloir attacher vos ceintures, replier les tablettes et redresser vos sièges en position verticale. »

Le dirigeable stabilisa sa descente à un angle à quarante-cinq degrés, et le toit de la canopée semblait s'approcher de nous à une vitesse exponentielle.

Au loin, devant nous – probablement alertés par nos voix –, deux habitants du cru étaient sortis de leurs masures et, les yeux levés vers le ciel de l'aube, observaient avec stupéfaction l'indéfinissable vaisseau qui fondait droit sur leur hameau comme un châtiment divin.

Nous devions leur apparaître comme une escadrille de martiens à deux sous dont la soucoupe volante *low-cost* était sur le point d'atterrir.

Et quand je dis toucher…

Nous tombions de plus en plus vite, comme dans une montagne russe sans dernier virage pour nous sauver de l'écrasement sur le sol.

Mon seul espoir de ne pas finir en bouillie était que, avant d'atteindre la place du village vers laquelle nous nous dirigions en ligne droite à toute allure, le ballon se prenne dans un des grands arbres qui l'entouraient et que nous y restions suspendus. Probablement meurtris et avec quelques os cassés, mais vivants.

Mais lorsque nous fûmes à quelques dizaines de mètres de ces arbres, je compris que cela n'arriverait pas.

Les effleurer du bout du pied, peut-être, mais y rester accrochés, non.

Nous allions nous écraser.

« Pliez les genoux ! Et essayez de rouler lorsque nous toucherons terre ! » criai-je. Mais personne ne m'écouta, tout simplement.

Embarqués dans l'accomplissement d'un funeste présage et hypnotisés par la vision de la terre rouge qui se précipitait vers nous, nous savions tous que mon conseil était à peu près aussi utile que de leur demander d'agiter les bras pour regagner de l'altitude.

J'avais déjà les yeux fixés sur la petite cabane en bois contre laquelle nous allions nous cogner à plus de cinquante kilomètres à l'heure, lorsque, au-delà de son toit de palmes, je vis une chose avec laquelle je n'avais pas compté.

Le fleuve.

Si nous tombions dans l'eau, nous pourrions encore en réchapper.

Hélas ! si nous poursuivions sur notre trajectoire, il nous manquerait une vingtaine de mètres pour l'atteindre.

Il n'y avait plus rien à faire.

« On est foutus... », annonça Cassandra.

Ou alors...

Je regardai le couteau que je tenais toujours à la main, et, sans y réfléchir à deux fois, je posai le tranchant aiguisé sur le filin qui me rattachait au ballon.

Mon unique pensée était que je pouvais encore sauver Cassie et le professeur, dont les vies me paraissaient, à cet instant, bien plus précieuses que la mienne.

Nous survolions déjà les derniers arbres qui entouraient le village... Alors, sans prendre le temps de dire adieu ni d'annoncer mon geste, je coupai la corde d'un seul coup et me laissai tomber dans le vide, espérant que cela suffirait pour leur faire gagner les quelques mètres qui leur manquaient pour atteindre le fleuve.

Puis je commençai à heurter, brutalement et méthodiquement, chacune des branches d'un arbre interminable, droit vers le sol.

... Et je ne me souviens de plus rien ce matin-là.

Je ne repris connaissance que dans l'après-midi, au fond d'une pirogue pilotée par deux indigènes, avec chaque os de mon corps aussi douloureux que si j'étais passé sous un rouleau compresseur.

100

Des jours qui suivirent, je ne garde que quelques souvenirs épars, car j'en passai la majeure partie sous sédation ou inconscient.

Je me rappelle avoir été transporté en pirogue, puis sur un brancard, à travers une épaisse forêt. M'être réveillé une ou deux fois sur le pont d'un bateau, car j'entendais le ronronnement grave des moteurs en contrepoint de voix d'enfants. Les sourires apitoyés des infirmières lorsqu'elles me déplaçaient pour changer mes draps ou me demandaient comment je me sentais ce matin. Et invariablement, à chacun de ces flashes apparaissaient les visages de Cassandra et du professeur Castillo en train de m'observer avec une inquiétude mal dissimulée.

Je me souviens de moi devant un miroir, et de ne pas me reconnaître dans cet *ecce homo* qui me renvoyait mon regard, avec sa figure violacée couverte de coupures, les ecchymoses de son corps cachées sous les bandages et son bras droit en écharpe.

J'avais eu de la chance, disait le médecin, qui m'assurait que c'était un miracle d'avoir pu survivre à une chute de trente mètres avec seulement un bras disloqué, un traumatisme crânien, quelques ligaments déchirés et six côtes fracturées.

Une chance folle, pensais-je tandis que le traumatologue me récitait en une espèce de sabir portugais les précautions que je devrais prendre pendant quelques mois, le temps que mes côtes se soient ressoudées.

Un peu plus tard ce matin-là, je pris l'ascenseur de l'*Hospital Estatal de Santarém* jusqu'au rez-de-chaussée, où mes amis m'attendaient.

Soutenu par une béquille, je clopinai jusqu'à la salle d'attente où, me voyant apparaître, ils se levèrent d'un bond et coururent me serrer dans leurs bras, comme s'il y avait des années que nous ne nous étions pas vus.

« Attention aux côt... », commençais-je, craignant qu'ils ne les recassent.

Mais, m'ignorant royalement, ils me pressèrent contre eux jusqu'à ce que, satisfaits, ils reculent d'un pas pour m'examiner de haut en bas.

« Tu as bonne mine », affirma Cassie, mentant sans vergogne. Elle portait une légère robe à fleurs qui laissait voir le bandage qui recouvrait la blessure par balle de son épaule.

Elle si, elle avait bonne mine. De fait, non seulement elle avait récupéré son aspect plein de santé, mais elle devait avoir pris quelques bains de soleil au cours des derniers jours, au vu de la délicieuse teinte dorée de sa peau, qui contrastait avec ses cheveux blonds et les deux émeraudes qu'elle avait pour prunelles.

« Tu peux marcher ? » s'enquit le professeur. Lui aussi semblait être un autre homme, et pas seulement pour sa bonne mine, mais surtout pour l'éclat de vigueur qui brillait dans ses yeux, débordants d'énergie et de détermination.

J'ignorais comment ce miracle avait bien pu avoir lieu, mais j'étais convaincu que Cassandra y était pour quelque chose. Tout comme en ce qui concernait le style tropical et décontracté qu'il arborait à présent, diamétralement opposé à ses habituelles tenues de retraité récalcitrant. Il n'était pas jusqu'à ses lunettes d'écaille – qu'il avait perdues dans le cours d'eau dans lequel le ballon avait achevé son vol – qui avaient été remplacées par une monture colorée et moderne.

Car, contre tout pronostic, ma manœuvre désespérée avait été couronnée de succès.

Allégé de mon poids lorsque je m'étais laissé tomber, le dirigeable avait redressé l'angle de sa trajectoire et avait fini sa course au beau milieu du fleuve, de l'autre côté du village.

L'impact avait néanmoins été violent. Mais, à la différence de s'encastrer dans une maison d'adobe, tomber dans l'eau permettait de vivre pour le raconter.

Ils étaient donc là, tous les deux, souriants malgré tout.

Au cours des jours précédents, lors d'une de leurs visites à l'hôpital, j'avais tenté, une unique fois, de demander pardon au professeur pour ne pas avoir réussi à empêcher ce qui était arrivé à Valéria.

À mon grand étonnement, il m'avait interrompu pour m'assurer qu'il avait vu ce qu'il s'était passé, qu'il m'était très reconnaissant d'avoir essayé, et que je ne devais plus jamais aborder la question.

Cassie, qui était là, avait acquiescé imperceptiblement, me faisant comprendre que tout allait bien, et que, du moins pour l'instant, je ne devais pas insister.

J'avais toujours du mal à imaginer la profonde souffrance que devait ressentir mon ami après la mort horrible de sa fille, mais savais aussi que c'était un processus long et complexe, et que mes paroles d'excuse ou de réconfort ne feraient que retourner le couteau dans la plaie.

De sorte que je ne revins pas sur le sujet, décidé à ne pas le faire avant qu'il n'en prenne lui-même l'initiative.

« Regarde, dit alors Cassie qui, me tendant un feuillet imprimé, me tira de mes songeries.

— Qu'est-ce que c'est ? » J'avais les yeux posés sur ce qui semblait être une photo aérienne d'une vaste étendue de jungle.

« Regarde bien », intervint le professeur en indiquant un point sur l'image.

Il me fallut un moment pour identifier, sur la gauche, une frange bleutée qui serpentait comme une rivière ; puis, plus loin, suivant le doigt de Cassie, distinguer une série de lignes droites, difficiles à discerner au premier abord, mais qu'il était impossible de ne plus remarquer une fois qu'on les avait repérées.

Des lignes qui dessinaient une irrégulière étoile à cinq branches sur la toile de la jungle, formant une figure intérieure bien reconnaissable : un pentagone. Exactement semblable à celui que nous avions vu si souvent reproduit dans la Cité noire.

Bouche bée, je levai les yeux du feuillet.

« C'est… ?

— Ni plus ni moins, répliqua le professeur, enchanté.

— Nous l'avons tirée de Google Earth, précisa Cassandra. J'ai simplement introduit les coordonnées que nous connaissions et… roulement de tambour ! Elle était là, parfaitement identifiable. Impossible de ne pas la voir, quand on sait ce qu'on cherche.

— On ne voit pas les bâtiments ni les pyramides, observai-je.

— Souviens-toi qu'ils étaient couverts de végétation, Ulysse. D'une perspective zénithale, il est impossible de les distinguer. En revanche, ajouta-t-elle avec satisfaction, ce qui pourrait bien être la grande chaussée pavée que nous avons parcourue est parfaitement visible, même de l'espace.

490

— La photo n'est pas truquée ?

— Mais où tu vas, *mano* ? s'indigna-t-elle. Évidemment que non ! Elle est telle qu'elle a été prise par un satellite, en juillet 2018, à la disposition de quiconque voudrait la voir.

— Mais alors… pourquoi personne ne s'est-il encore aperçu de son existence ?

— Pour la même raison qu'a mentionnée Cassie il y a un instant, déclara le professeur. Parce que personne ne la cherchait. Les seules personnes à l'avoir remarquée jusqu'à aujourd'hui, ce sont probablement les gens d'AZS qui ont planifié les travaux.

— Je vois, dis-je tout en m'efforçant d'assimiler cette découverte inattendue. Et, puisque nous parlons d'AZS… Vous êtes arrivés à faire tout ce que vous vouliez ? »

Eduardo Castillo hocha la tête, mortellement sérieux.

« Nous avons contacté tous ceux que nous avons pu. Nous leur avons raconté tout ce qu'il s'est passé dans la jungle : les meurtres, l'existence de la Cité noire, et ce qui s'y trouve… Nous avons également parlé de la situation précaire des Menkragnotis devant l'inondation imminente. Mais, ni le gouvernement brésilien, ni la FUNAI, ni la police d'État ne nous ont écoutés. Dès que je mentionnais la société de construction AZS, ils fronçaient le nez et haussaient les épaules, comme pour accuser la divine providence de tous les maux du monde.

— Je regrette de dire que je m'y attendais.

— Nous aussi, affirma-t-il. Mais il fallait quand même essayer.

— Bien sûr, bien sûr… Et, l'autre chose ? dis-je en me tournant vers Cassie. Vous avez pu faire ce que je vous ai demandé ?

— Nous l'avons fait, confirma-t-elle avec gravité. Jusqu'au moindre détail.

— Parfait, souris-je avec satisfaction. Dans ce cas, j'ai besoin que vous m'achetiez un billet d'avion pour cet après-midi.

— Quoi ? s'alarma Cassie. Non ! Tu dois d'abord te remettre. Tu ne peux pas y aller comme ça.

— Mais si, je peux. Nous avons déjà perdu trop de temps.

— Mais tu n'as même pas encore ton autorisation de sortie ! protesta-t-elle avec un geste qui englobait la salle aseptisée où nous nous trouvions.

— Nous ne pouvons pas attendre davantage, Cassie. Chaque minute compte.

— Mais...

— Nous le devons à Iak. »

L'archéologue renonça à me convaincre, mais le professeur demanda encore :

« Tu es donc décidé à le faire ?

— Absolument. »

Eduardo sembla méditer sur cette réponse, à laquelle il s'attendait sûrement, et finit par hausser les épaules avec résignation.

« Dans ce cas, dit-il, nous ferions bien de rentrer à notre hôtel et que tu manges quelque chose avant de partir.

— Voilà une idée de génie, prof. L'ordinaire de l'hôpital est mortifère. » Je salivais déjà à la perspective d'un filet de bœuf avec ses frites. « Mais avant, j'aimerais que nous passions par un magasin de vêtements ; je dois m'acheter un bon costume et une mallette. »

101

Deux jours plus tard, bien rasé et vêtu d'un costume gris anthracite, cravate noire au cou et mallette en cuir à la main, je me présentais en boitant à l'accueil du gratte-ciel qui appartenait à AZS. Un géant de verre et d'acier, intégralement occupé par les bureaux de l'entreprise, en plein centre financier de Sao Paulo.

« *Bom dia*, dit un des réceptionnistes derrière son comptoir de design. *Como posso ajudá-lo ?*

— Bonjour, répondis-je avec un aplomb étudié. Je voudrais voir monsieur Queiroz. »

L'employé haussa un sourcil sceptique.

« Vous voulez voir monsieur Luciano Queiroz ? répéta-t-il dans un castillan parfait, incertain d'avoir bien entendu. Le président ?

— Lui-même. »

Le concierge me toisa d'un air guindé, examinant d'un œil entraîné mes vêtements et ma coupe de cheveux, quoique s'attardant avec soupçon sur les cicatrices qui me griffaient le visage.

« Vous avez rendez-vous ?

— Non. Mais je suis certain que monsieur Queiroz aura grand intérêt à me voir.

— Sans rendez-vous, c'est impossible que... »

Je l'interrompis d'une main levée et lui désignai le téléphone.

« Si vous ne voulez pas perdre votre place, je vous suggère d'appeler monsieur Queiroz. Dites-lui que je suis Ulysse Vidal, et que j'ai des preuves irréfutables qui l'obligeront à arrêter l'inondation du barrage du Xingu. Vous pouvez également ajouter que s'il ne veut pas voir les preuves en question sortir au grand jour aujourd'hui même, il ferait bien de me consacrer quelques minutes de son temps... si ce n'est pas un trop grand dérangement.

— Il est certainement en réunion, allégua le concierge sans se décider à décrocher le combiné.

— Eh bien, qu'il mette fin à sa réunion », insistai-je en me penchant sur le comptoir, le visage presque collé au sien.

Deux minutes plus tard, après être passé sous l'arche d'un scanneur et avoir permis que les employés de la sécurité fouillent ma mallette, je montai dans l'imposant ascenseur métallisé pour me rendre au dernier étage du gratte-ciel, sous la surveillance d'un énorme type avec un écouteur dans l'oreille, un costume tendu à se déchirer sur les pectoraux, et l'air de ne pas avoir un seul ami au monde.

Je savais que j'étais en train de me jeter dans la gueule du loup, et, dans l'ascenseur silencieux, j'avais conscience des battements désordonnés de mon cœur sans que je puisse rien faire pour le calmer. Pourtant, l'émotion qui menaçait de me submerger en cet instant, ce n'était pas la peur, mais la colère. Une colère que je m'efforçais de contrôler, mais que je sentais grandir en moi au rythme des étages qui se succédaient et dont les numéros changeaient rapidement sur l'écran de la cabine.

Au cinquante-deuxième, nous nous arrêtâmes enfin, et la porte coulissa sans bruit pour s'ouvrir sur une luxueuse salle d'attente moquettée de gris perle, meublée de canapés de cuir noir et dont les murs, également gris, étaient ornés de grandes peintures abstraites.

Le gorille me poussa doucement pour me faire avancer, et me conduisit jusqu'à un bureau derrière lequel m'attendait une époustouflante créature aux yeux en amande, dont les cheveux de jais étaient tirés en queue de cheval, lui donnant un air absolument sérieux et compétent.

« Monsieur Vidal ?

— C'est moi.

— Entrez, je vous prie, dit-elle en me montrant une porte de bois massif. Monsieur Queiroz vous attend.

— Merci. »

Et, pendant que mon chaperon allait se planter près de la porte en me jetant un dernier regard d'avertissement, je saisis la poignée, la fis tourner, et après avoir pris une profonde inspiration, j'entrai dans le bureau de l'homme qui, deux semaines auparavant, avait envoyé des assassins pour se débarrasser de nous.

J'avais au préalable cherché sur Internet des informations sur Luciano Queiroz Vargas. Un multimillionnaire de cinquante-sept ans, qui avait hérité de son père une entreprise de construction qui n'était qu'une miette de ce qu'elle était à présent, et qui, avec ses costumes à la coupe impeccable, sa bouche mince, ses cheveux poivre et sel et son regard inquisiteur, révélait un caractère ambitieux et sans scrupules. Mais ce qui me surprit le plus, lorsque le président d'AZS se leva de son fauteuil derrière son bureau d'acajou, c'était sa taille : il dépassait d'une bonne tête mon mètre quatre-vingt. L'entrepreneur devait mesurer largement plus de deux mètres, et je supposai que se mettre debout quand quelqu'un entrait dans son bureau devait être chez lui une tactique habituelle pour intimider le visiteur par sa présence imposante.

« Asseyez-vous », ordonna-t-il en désignant le fauteuil devant la table, d'une voix râpeuse et grave assortie à son physique.

Il n'y eut ni échange de salutations ni courtoisie ; nous savions tous les deux qui était l'autre et ce qu'il cherchait. Et puis, j'aurais préféré me couper la main plutôt que de serrer celle de cette ordure sans cœur.

« Qu'est-ce que vous avez, et que voulez-vous en contrepartie ? me lança-t-il sèchement, sans préambules. Car vous êtes venu me faire une proposition, n'est-ce pas ? Si ce n'était pas le cas, vous n'auriez aucune raison d'être assis là. »

Soutenant son regard, je laissai passer quelques secondes avant de répondre. Puis, j'ouvris la mallette, d'où je sortis un dossier. Il renfermait un document de plusieurs pages que je posai sur le bureau.

« Ce que je veux, dis-je en poussant le document vers lui, c'est que vous signiez ce contrat. Vous vous y engagez à arrêter immédiatement l'inondation du barrage du Xingu, à faire l'acquisition des terres qui devaient finir sous l'eau pour les céder gracieusement et sans condition à la tribu des Menkragnotis, et, finalement, à indemniser généreusement les survivants, ainsi que les familles de tous ceux qui sont morts, directement ou indirectement par votre faute. Le contrat a été dûment rédigé et enregistré par un cabinet d'avocats de la ville, achevai-je en m'accommodant dans le confortable fauteuil, il n'y manque donc plus que votre signature pour qu'il prenne effet. »

Pendant un instant, Luciano Queiroz demeura immobile et silencieux, avec l'expression d'un homme qui n'en croit pas ses oreilles, ou qui attend que son interlocuteur avoue se moquer de lui. Mais lorsqu'il comprit que cela n'arriverait pas, il éclata d'un rire qui vira à la quinte de toux tandis qu'il donnait de grands coups sur la table, comme s'il venait t'entendre la meilleure blague de sa vie. Son teint cramoisi me fit même craindre qu'il fasse un infarctus sur-le-champ.

« Vous êtes impayable ! dit-il lorsqu'il put prononcer un mot, essuyant ses yeux larmoyants. Et vous ne voulez rien d'autre ? Une Ferrari ? Une fusée spatiale ?

— Juste que vous signiez le contrat. Ce sera suffisant. »

Il secoua la tête avec incrédulité.

« Vous me faites perdre mon temps avec ces bêtises, assena-t-il en reprenant son sérieux. Même dans vos rêves les plus fous, je ne signerais pas ces papiers.

— Moi, je crois que si, affirmai-je tranquillement. De fait, je suis certain que je sortirai d'ici avec les documents signés sous le bras. Sinon, les preuves que j'ai contre vous et votre entreprise seront communiquées aux rédactions de tous les journaux dès cet après-midi. »

Queiroz leva les yeux des papiers que j'avais laissés sur son bureau, et, se carrant dans son fauteuil, il reporta toute son attention sur moi avec un sourire suffisant.

« Et qu'est-ce qui vous fait croire qu'un journal publierait un article qui pourrait me causer quelque tort ? Je dépense des millions de dollars chaque année en publicité dans les médias, et ceux qui ne font pas directement partie de mon conglomérat d'entreprises, je peux vous assurer que, tant qu'à choisir, ils aimeront mieux garder un bon client que publier ce que vous leur offrirez.

— Je ne parle pas seulement de la presse brésilienne. Je parle de journaux et de télévisions de plusieurs pays à travers le monde, et même vous, vous ne pourrez pas les influencer tous. »

Le président-directeur général d'AZS secoua de nouveau la tête, sans perdre son sourire.

« Vous ne comprenez pas, monsieur Vidal. Les nouvelles ne subsistent que quelques secondes dans la mémoire de l'opinion publique. Elles sont vite remplacées par les dernières frasques sexuelles d'un *people* quelconque ou par le match de foot du dimanche. Des indigènes doivent déménager de quelques kilomètres pour éviter d'être inondés ? Des vieilles ruines finiront plusieurs mètres sous l'eau ? Tout le monde s'en fout, en fait, affirma-t-il en ouvrant les mains. Allons, réveillez-vous, vous n'avez rien qui puisse m'affecter le moins du monde. Ni moi ni mes affaires. »

496

Essayant de rester imperturbable et de conserver ma meilleure « face de poker », j'ouvris une fois de plus la mallette pour y prendre une simple enveloppe de papier kraft que je posai sur les documents.

« Et que voulez-vous me montrer, maintenant ? demanda Luciano Queiroz, presque amusé.

— Là-dedans, déclarai-je en appuyant le doigt sur l'enveloppe, il y a la preuve qui vous fera signer le contrat que je vous ai apporté.

— Vous en êtes encore là ? dit-il en se rejetant en arrière, comme si sa patience était à bout. Vous êtes long à la détente. Je vous ai déjà dit qu'il n'y a rien au monde qui puisse me forcer à signer, alors je vous prie de sortir de mon bureau. Et cessez de me faire perdre mon temps si vous ne voulez pas que j'appelle la sécurité. »

L'imitant, je me carrai moi aussi dans mon fauteuil et me mis à examiner mes ongles d'un air indifférent.

« Pour moi, vous pouvez faire ce que vous voudrez. C'est vous qui risquez de tout perdre. »

Queiroz regarda fugitivement la vulgaire enveloppe marron, mais j'eus le temps d'entrevoir dans ses yeux une lueur d'inquiétude qui n'y était pas l'instant d'avant.

« S'il s'agit d'une photo compromettante de moi avec une demoiselle, dit-il en croisant les doigts sur sa poitrine, je vous garantis que cela n'ira pas bien loin. Ma femme est au courant de mes aventures et les accepte, quant à l'opinion publique, cela pourrait même l'amuser. Nous sommes au Brésil, ne l'oubliez pas.

— Ce n'est rien de ce genre, souris-je avec calme. Vous pourriez vous déguiser en hôtesse *Playboy* toutes les nuits, cela me serait bien égal. »

Le magnat de la construction posa de nouveau les yeux sur l'enveloppe, sans plus dissimuler son intérêt, puis me regarda fixement.

« Je vous ai déjà dit que je me fiche de ce qu'il y a là-dedans. Mais, pour être sincère, je commence à être assez curieux de savoir ce que vous croyez détenir.

— Ouvrez l'enveloppe et vous le découvrirez », répliquai-je avec un haussement d'épaules.

Luciano Queiroz hésita un instant, mais il finit par tendre la main, presque avec mépris ; il saisit l'enveloppe et l'ouvrit, avant d'en sortir une photographie.

Pendant un moment, celui qui était certainement l'un des hommes les plus puissants du Brésil contempla la photo d'un air déconcerté, sourcils froncés ; puis il leva les yeux, et, me jetant un regard furieux, il la retourna pour me la montrer.

« Vous pouvez m'expliquer ce que c'est que cette plaisanterie ? »

102

Je ne pus éviter de sentir une certaine satisfaction lorsque le président d'AZS me montra la photo avec une expression interloquée.

Sur le cliché, je saluais l'objectif en souriant, une canette de bière à la main.

« Vous ne l'aimez pas ? Je pensais y être à mon avantage. Si vous préférez, j'en ai une autre, de profil », dis-je en faisant mine de glisser la main dans ma poche.

Luciano Queiroz se leva de toute sa masse et me désigna la porte.

« Hors de mon bureau immédiatement ! exigea-t-il, furibond. Vous avez deux secondes avant que j'appelle la sécurité.

— Vous n'allez rien faire de tel, croyez-moi.

— Ah non ? demanda-t-il avec défi, l'index déjà sur le bouton rouge de son interphone.

— Si vous ne voulez pas mourir, je vous le déconseille.

— Et vous me menacez, maintenant ? brama-t-il, hors de lui, en se penchant sur sa table.

— Vous menacer ? Absolument pas. Ce n'est pas nécessaire… parce que, voyez-vous, vous êtes déjà mort. »

De manière inattendue, le Brésilien éclata d'un rire tonitruant et retomba dans son fauteuil.

« Je comprends tout, maintenant ! s'écria-t-il en se frappant le front. Vous êtes fou à lier ! Mon Dieu, il y a cinq minutes que je discute avec un malade mental ! » rigola-t-il de bon cœur.

Je me mis à rire moi aussi, mais, lorsqu'il se tut, je jetai un coup d'œil à ma montre et claquai la langue, simulant la préoccupation.

« Je me réjouis que vous le preniez comme ça. Surtout si l'on tient compte qu'il vous reste moins de cinq minutes à vivre. »

L'expression de Queiroz se mua en étonnement, puis revint à l'irritation.

« Mais à qui croyez-vous parler ? Je sais parfaitement qu'avant d'arriver à mon bureau vous êtes passé par un scanneur et vous avez été fouillé, il est donc impossible que vous ayez une arme dissimulée. Et si votre intention est de m'agresser d'une autre façon, sachez qu'avant que vous puissiez le faire mon garde du corps aura ouvert la porte et vous aura tiré une balle dans le dos. Alors, juste par curiosité, comment pensez-vous me tuer ? »

Bras croisés, je lui offris le plus faux de mes sourires.

« Vous ne m'écoutez pas... Je n'ai pas dit que j'allais vous tuer. J'ai dit que je vous avais déjà tué.

— Mais qu'est-ce que vous racontez ?

— Vous venez d'être empoisonné, monsieur Queiroz. Alors, à moins que je vous donne l'antidote que j'ai dans la poche, dis-je en tapotant mon veston, d'ici cinq... pardon, quatre minutes, vous serez mort sur la moquette, victime d'une crise cardiaque.

— Vous me prenez vraiment pour un imbécile ! éclata-t-il, furieux, après avoir assimilé mon affirmation. Je n'ai rien bu, vous ne m'avez pas piqué avec une aiguille empoisonnée, ni rien de ce genre.

— Les poisons n'agissent pas tous de la même manière. Pour certains, il suffit qu'ils entrent en contact avec la peau.

— Mais je ne vous ai même pas serré la main ! »

Je regardai alors l'innocente photo restée sur la table, et une lueur de compréhension apparut dans les yeux du magnat.

« Ce n'est pas possible... », murmura-t-il comme pour s'en convaincre tout en se frottant les doigts qui avaient tenu la photo ; dessus, il découvrit une fine poudre blanche, semblable à du talc.

« La connaissance qu'ont certaines tribus de l'Amazonie en matière de remèdes et poisons est une chose fascinante, n'est-ce pas ? Ils sont capables d'en élaborer qui, rien qu'au contact de la peau, provoquent un infarctus en quelques minutes. Incroyable, non ?

— Non... C'est impossible, balbutia-t-il sans cesser de regarder les doigts de sa main droite. Ce n'est qu'une ruse.

— Bon, dans un moment nous serons fixés, vous ne croyez pas ? » Dans la poche intérieure de mon veston, je pris une minuscule éprouvette en verre qui contenait quelques millilitres d'un liquide sombre. « Sans ceci, vous n'arriveriez même pas à la porte. De fait, vous devriez déjà ressentir les premiers effets. Vous ne remarquez pas un léger engourdissement des doigts et des orteils ? »

À la tête qu'il fit, les yeux écarquillés, je sus que c'était effectivement le cas.

« Et bien, ce n'est que le début. Peu à peu, cette sensation s'étendra à tout le corps jusqu'à atteindre votre cœur qui cessera de battre. Moi, je resterai assis là, à vous regarder placidement crever par terre, l'écume aux lèvres.

— Vous venez de signer votre arrêt de mort, dit-il en se mettant debout dans une attitude menaçante. Mon agent de sécurité va entrer par cette porte, vous prendre l'antidote et, ensuite, il vous tuera.

— Le premier et le dernier point sont possibles, répliquai-je avec confiance, mais le deuxième, j'en doute. Ce n'est pas par hasard que j'ai apporté l'antidote dans une fragile éprouvette de verre. Avant que vos gorilles posent la main sur moi, je l'aurai réduite en miettes, et vous, vous n'aurez plus d'antidote.

— Peu importe, mes médecins...

— Vos médecins ? le coupai-je d'une voix moqueuse. Avant qu'ils soient au courant, vous serez déjà mort. »

L'entrepreneur me jeta un regard sous ses sourcils touffus, et son expression de rage me rappela celle des morcegos. Je savais que s'il avait cru avoir la moindre possibilité de s'en sortir sans antidote, il aurait déjà donné l'ordre de me tuer.

« Mais... pourquoi faites-vous cela ? demanda-t-il, la mâchoire crispée de fureur.

— Vous me demandez pourquoi ? répliquai-je en me rapprochant de la table, ne contenant ma colère qu'à grand-peine. À cause de votre avarice, des gens innocents sont morts, des personnes que j'appréciais et qui ne méritaient pas de mourir. Et vous avez le culot de me demander pourquoi ? Permettez-moi de vous dire que vous êtes un salaud sans scrupules, et que vous ne méritez pas la chance que je vous offre de sauver votre misérable peau en ne perdant qu'un peu d'argent en échange.

— Un peu d'argent ? Si le barrage du Xingu n'entre pas en service, ce sont des centaines de millions que nous perdrons. C'est le plus ambitieux projet d'AZS. Nous y avons investi la plus grande part de nos ressources. Je ne peux pas signer ce que vous demandez !

— Trois minutes...

— C'est ridicule ! s'écria-t-il, exaspéré. Il ne s'agit que d'opérations financières ! Il n'y a rien de personnel là-dedans !

— Eh bien, dans mon cas, si, c'est personnel, monsieur Queiroz... très personnel.

— Mais cela me ruinera, ainsi que mon entreprise ! Vous ne comprenez pas que je ne peux pas faire ce que vous voulez ? »

Je me réinstallai confortablement dans le fauteuil, parfaitement convaincu que je faisais ce qu'il fallait.

« Il me semble que c'est vous qui ne comprenez pas. Vous avez une balance avec deux plateaux. Dans l'un, il y a l'argent, dans l'autre, votre vie. Lequel choisissez-vous ?

— Et vous voulez arrêter l'inondation ? Ne soyez pas stupide ! Je peux vous donner vingt... non, cinquante millions de dollars dans moins d'une heure sur un simple coup de fil. Vous serez un homme riche pour le reste de votre vie.

— Hum... voilà une offre tentante, dis-je en me frottant la mâchoire d'un air pensif. Mais je ne crois pas, non. Tout ce que je veux, c'est votre signature sur ces documents.

— Et si je ne le fais pas ? lâcha-t-il avec défi. Si j'appuie sur ce bouton, mes hommes entreront et vous, vous ne sortirez pas de l'immeuble. Vous serez accusé de meurtre, s'ils ne vous tuent pas avant.

— C'est possible, reconnus-je. Mais à ce stade, je n'ai plus rien à perdre, et vous savoir en train de pourrir en enfer sera un grand réconfort. Tout bien considéré, fis-je à mi-voix en ressortant l'éprouvette de ma poche pour la regarder à contre-jour, ce n'est peut-être pas une mauvaise idée. Vous voir mort pourrait être une compensation, pour moi et mes amis. Ce ne serait que justice, finalement, au vu de tout le mal que vous avez causé. »

À son corps défendant, Luciano Queiroz tendit la main pour prendre les documents et commença à les lire.

« Vous feriez bien de vous dépêcher, suggérai-je. Il vous reste moins de deux minutes.

— Mais comment pourrais-je signer cela sans l'avoir lu ? s'indigna-t-il.

— Imaginez que vous êtes un indigène analphabète en train de brader ses terres pour une télé en couleur, répliquai-je, me délectant de l'angoisse du millionnaire. Mais vous pouvez être tranquille : je vous donne ma parole que le contrat ne porte que sur ce que je vous ai dit. Avec quelques clauses supplémentaires pour éviter que vous ayez la tentation de faire machine arrière plus tard, évidemment. »

Le magnat s'appuya à son bureau comme s'il était sur le point de s'évanouir, puis, prenant son stylo-plume, il commença d'apposer son paraphe avec raideur, comme s'il signait son arrêt de mort.

« N'oubliez pas de signer chaque page, lui rappelai-je. Je vous préviens que je les vérifierai une par une. »

Sans lever les yeux, il continua de signer jusqu'au bout, et, avec un indicible mépris, me jeta les feuillets au visage.

« Vous avez ce que vous voulez. Maintenant, donnez-moi l'antidote.

— Bien sûr, dis-je, tenant la fragile éprouvette entre le pouce et l'index. Mais, maintenant que nous sommes amis, j'aurais un petit service à vous demander. »

103

Dix minutes plus tard, je franchissais la porte principale de l'édifice.

Marchant tranquillement comme n'importe quel autre homme d'affaires, j'arrêtai de la main le premier taxi libre, y montai, et demandai au chauffeur de me conduire à l'aéroport international de Guarulhos.

J'avais laissé Luciano Queiroz écroulé sur son bureau, plongé dans un profond sommeil dont je savais qu'il ne s'éveillerait pas avant huit ou dix heures. Sur mes indications – condition pour lui remettre l'éprouvette –, il avait lui-même donné l'ordre à sa secrétaire qu'on ne le dérange sous aucun prétexte et qu'on ne lui passe aucun appel ; personne ne le découvrirait donc avant le milieu de l'après-midi, et, lorsque cela arriverait, je serais déjà au-dessus de l'Atlantique, à bord d'un avion à destination de Barcelone.

Le plus amusant de l'histoire – du moins pour moi –, était d'imaginer la tête du magnat de la construction lorsque son médecin lui ferait l'indispensable examen médical et l'informerait que personne ne l'avait empoisonné, mais qu'il avait juste eu la réaction typique à l'extrait de la fleur de para-para d'Amazonie, qui provoque des fourmillements intenses et l'engourdissement des extrémités, mais rien de plus. Et le même examen révélerait aussi que ce qui était censé être un antidote au prétendu poison, n'était pas autre chose qu'une dose d'anesthésique pour chevaux mélangée à du Coca-Cola, ce qui l'avait fait dormir pendant presque une journée entière.

Je jure que j'aurais payé pour voir l'expression du président d'AZS au moment de découvrir ce qui lui était vraiment arrivé.

J'en souriais encore dans la voiture qui roulait à bonne allure sur la *Rodovía Presidencia Dutra* lorsque se dessina au loin la silhouette de la tour de contrôle de l'aéroport et quand le taxi s'arrêta devant le terminal des départs.

Je descendis après avoir donné un généreux pourboire et respirai profondément l'air tiède de cette journée brésilienne, sachant bien que si je ne voulais pas avoir de problèmes, je serais obligé d'attendre bien longtemps avant de pouvoir remettre le pied dans cet incroyable pays.

On ne peut pas tout avoir, me consolai-je en contemplant le ciel si lumineux.

Comme je voyageais sans bagages, l'enregistrement ne prit qu'un moment, et, chargé seulement de la mallette qui contenait les documents signés et tamponnés par Luciano Queiroz, je franchis les arches des détecteurs de métaux et me dirigeai vers la zone des restaurants pour manger quelque chose avant d'embarquer.

Je pris place dans le premier restaurant que je vis, et, après un bref passage par le libre-service, je commençai à faire un sort à deux sandwiches à la dinde arrosés d'un thé glacé à la pêche.

Mais à cet instant, je faillis m'étrangler avec ma bouchée de pain : deux mains venaient de me saisir fermement aux épaules.

« Cette fois, vous ne nous échapperez pas, monsieur Vidal », grogna une voix dans mon dos.

Toussant et près de m'étouffer, je me retournai vivement, pour découvrir le professeur et Cassandra, un air rigolard sur leurs visages bronzés.

« Merde ! protestai-je en avalant avec difficulté tandis qu'ils faisaient le tour de la table pour s'asseoir devant moi. Vous voulez me faire mourir de peur ?

— Pas de pleurnicheries. Je te rappelle que c'est ta faute si nous nous sommes écrasés avec cet effroyable ballon.

— Et ça ne joue pas en ma faveur, le fait que je me sois jeté dans le vide de trente mètres de haut pour essayer de vous sauver ?

— Bah, c'est un détail. Mais raconte. Comment ça a été ? »

Je regardai tour à tour mes deux amis, qui m'observaient avec expectation.

« Pas mal, déclarai-je, imperturbable, en m'essuyant la bouche avec une serviette en papier.

— Qu'est-ce que ça veut dire précisément, "pas mal" ? demanda Cassie, intriguée.

— Eh bien… si ce que nous voulons, ce sont les documents signés, ils sont tous là, dis-je en posant la mallette noire sur la table. Paraphés de la main de Luciano Queiroz avec le tampon et l'en-tête d'AZS. Je dirais, ajoutai-je en souriant cette fois ouvertement, que tout s'est passé exactement selon notre plan. La jungle du Xingu ne sera plus inondée,

505

et, en prime, nous avons obtenu une part des indemnités substantielles versées par l'entreprise.

— J'étais sûre que tu y arriverais ! » s'écria la Mexicaine, faisant se tourner la tête des autres clients.

Et elle s'approcha pour me serrer dans ses bras avec enthousiasme, puis elle se recula un peu, son visage tout près du mien me souriant avec bonheur jusqu'à ses beaux yeux verts.

Quatorze heures s'étaient écoulées. J'étais dans un taxi qui roulait sur la *Gran Vía* sous un ciel nuageux, en direction de l'immeuble du professeur, et je regardais ma ville natale au travers du voile gris de l'indifférence.

Pour une raison que j'ignorais, ce retour à la sécurité de mon foyer qui, quelques jours plus tôt, me semblait être un rêve inaccessible, je l'accueillais à présent avec une apathie résignée. Un avant-goût de l'ennui et de la routine quotidienne que j'associais non seulement à Barcelone, mais à tous ces modes de vie sédentaires et civilisés qui, pour bien des motifs, ne me plaisaient pas.

Je pouvais même dire que je les détestais.

Le professeur était assis à l'arrière avec Cassandra, et tous deux avaient également la morosité silencieuse de ceux qui rentrent chez eux et se rendent compte qu'il n'y a rien ni personne qui les y attende. Ou du moins, rien qui en vaille vraiment la peine.

Je me tournai sur mon siège près du chauffeur, et interrogeai Cassie du regard avant de demander :

« Tu veux dormir chez moi ?

— Je ne crois pas que ce soit une bonne idée, répondit-elle trop vite, comme si elle s'attendait à cette question.

— Tranquille, insistai-je. Je dormirai sur le sofa. »

La jolie Mexicaine me regarda longuement et secoua la tête.

« Je crois qu'il vaut mieux ne pas compliquer les choses.

— Comme tu voudras », répliquai-je avec un sourire de circonstance. Et je me retournai vers l'avant.

Elle avait probablement raison, je le savais.

Nous retrouver de nouveau sous le même toit, encore que ce soit juste pour quelques heures, n'allait rien changer à la situation entre nous, cela pouvait même l'embrouiller davantage. Mais pourquoi me mentir ? J'avais la nostalgie de nos cafés partagés, de nos rires, et même de nos disputes véhémentes.

Après un trajet silencieux, rallongé par les feux rouges et le crachin qui s'était mis à tomber, nous arrivâmes chez le professeur. Le taxi attendant, nous descendîmes lui faire nos adieux.

Eduardo et Cassie s'étreignirent avec tendresse, puis elle remonta vite dans la voiture se mettre à l'abri de la pluie.

« Bon, dis-je en serrant la main du professeur. On déjeune ensemble demain, non ?

— C'est cela. Je t'attends vers une heure. Ne sois pas en retard.

— Parfait, je serai là. »

Ayant pris congé jusqu'au lendemain, je rejoignis Cassandra dans le taxi et pris place à côté d'elle.

« Tu crois que ça va aller ? » demanda-t-elle, regardant par la fenêtre le professeur qui ouvrait la porte de son immeuble.

Avant de répondre, j'observai la silhouette un peu voûtée de mon vieil ami qui disparaissait dans la pénombre de son caverneux vestibule.

« Je l'espère. Mais à dire vrai, je n'en sais rien, avouai-je. Je ne crois pas qu'il le sache lui-même. Mais c'était une bonne idée de lui laisser les cahiers. Il aura l'esprit occupé pendant un moment.

— Assez pour oublier la mort de sa fille ?

— Au moins assez pour apprendre à vivre avec, j'espère. »

Nous regardâmes tous deux le grand portail de fer forgé se refermer derrière lui, comme si nous voulions nous assurer qu'il arrivait chez lui sain et sauf.

« Où on va, maintenant ? » demanda alors le chauffeur de taxi avec une nuance d'impatience, s'adressant à moi par le biais du rétroviseur.

Je me tournai vers l'archéologue, attendant moi aussi sa réponse.

Silencieuse, elle regardait toujours par la fenêtre, les yeux perdus sur les gouttes de pluie qui glissaient sur la vitre.

« Cassie ? » fis-je, supposant qu'elle n'avait pas entendu le chauffeur.

Elle se retourna. « D'accord. Allons chez toi. »

Sans comprendre la raison de ce brusque revirement, tout ce qui me vint à l'esprit fut de demander : « Tu en es sûre ? »

Avant qu'elle ne réponde, j'eus heureusement assez de présence d'esprit pour donner rapidement mon adresse au chauffeur, qui démarra immédiatement. J'espérais que la jeune femme ne changerait pas de nouveau d'idée avant d'arriver chez moi.

Mais elle, au bout d'un moment, ajouta tout bas :

508

« Ne me fais pas le regretter. »

Dans mon petit appartement sous les toits – où Cassie entrait pour la première fois depuis bien longtemps, mais c'était comme si elle était partie la veille –, je trouvai quelques vêtements à elle qui étaient restés dans mon armoire, et elle fila sous la douche sans avoir dit un mot.

J'avais beau être très ému de la voir de nouveau ici, je n'osai pas parler non plus, craignant de provoquer des malentendus qui auraient brisé notre trêve incertaine. Néanmoins, lorsqu'elle sortit de la salle de bain, enveloppée d'une serviette et avec ses cheveux mouillés tombant sur ses épaules nues – je remarquai qu'elle avait enlevé le bandage qui couvrait sa blessure, montrant la cicatrice violacée qui zébrait sa peau bronzée –, je ne pus éviter de la regarder d'un air ahuri, comme si je la voyais pour la première fois.

« Quoi ? demanda-t-elle en levant un sourcil lorsqu'elle s'en rendit compte.

— Non, rien, bredouillai-je. C'est juste que… tu es ravissante.

— Ulysse…, murmura-t-elle d'un ton d'avertissement.

— Ne t'inquiète pas. Je ne vais pas me jeter sur toi. Mais te voir de nouveau ici… comme ça… ça me rappelle de vieux souvenirs.

— Et c'est ce que c'est, précisa-t-elle, des souvenirs.

— Oui… je sais. »

Cassandra posa sur moi un long regard scrutateur, comme si elle cherchait à découvrir quelles étaient mes pensées. Ce qui était du reste impossible, car je ne le savais pas moi-même.

« Il y a quelque chose pour dîner ? demanda-t-elle brusquement, brisant l'inconfortable silence.

— Dîner ?

— Oui, tu sais, c'est comme déjeuner, mais le soir.

— Je crois qu'il y a des pizzas dans le congélateur, dis-je avec un geste vers la cuisine.

— Fantastique. Alors, va te doucher pendant que je les mets dans le four. Et tu ferais bien de sortir avant qu'elles soient prêtes, ajouta-t-elle avec un sourire carnassier, parce que j'ai tellement faim que je serais capable de les manger crues. »

Une demi-heure plus tard, nous mangions, assis face à face dans la cuisine, en évoquant ce que nous avions vécu dans la jungle, ainsi que le retournement de situation des événements de ces derniers jours.

« Bon. Nous avons réussi à arracher à Querioz l'accord qui stoppera le projet de barrage, et les Menkragnotis vont récupérer leurs terres, dit Cassie en s'essuyant la bouche avec sa serviette. Et maintenant ?

— Maintenant… quoi ? m'étonnai-je.

— Eh bien, cela n'était qu'une partie du problème.

— Une partie seulement ? fis-je, sarcastique. Enfin. Laisse-moi finir de dîner et je m'occupe d'arranger la faim dans le monde et le réchauffement climatique.

— Ne sois pas stupide ! grogna-t-elle en me jetant à la figure sa serviette en papier roulée en boule. Je parle de toutes les questions sans réponses, toutes les énigmes non résolues que nous avons laissées derrière nous.

— J'ignorais que c'était un problème, déclarai-je, perplexe.

— Pour moi, ça l'est. Et sûrement pour le professeur aussi.

— Pour le professeur ? Je ne comprends pas.

— *Caramba*, Ulysse ! Il a perdu sa fille dans cette foutue jungle, dit-elle en tendant le bras, comme si l'on pouvait voir l'Amazonie de la fenêtre. Il veut des réponses. Savoir pourquoi elle est morte. Et faire qu'elle ne soit pas morte en vain.

— C'est lui qui t'a dit cela ?

— Nous avons beaucoup parlé, pendant que tu étais à l'hôpital. »

Je reposai dans mon assiette la portion de pizza que j'avais à la main, troublé par la tournure que prenait la conversation.

« Et qu'est-ce que vous voulez faire, exactement ? demandai-je.

— Je te l'ai dit. Continuer nos recherches sur la Cité noire et les Anciens. Dérouler le fil pour voir où il nous mène.

— Mais… vous n'avez quand même pas l'intention de retourner là-bas ? m'inquiétai-je. Dis-moi que cela ne vous a pas effleuré l'esprit. »

L'archéologue s'agita sur sa chaise, apparemment mal à l'aise.

« En principe, ce n'est pas ce que nous avons prévu.

— En principe ? En principe seulement ?

— Tranquille, Ulysse. Ce ne serait qu'en ultime recours, et je te jure que j'ai aussi peu envie que toi de me retrouver dans cet endroit. Mais rappelle-toi que je suis archéologue. » Elle eut un haussement d'épaules, comme si elle parlait d'une maladie incurable. « Cette cité représente la plus grande énigme archéologique du dernier siècle. Je veux arriver au fond de cette histoire coûte que coûte ; découvrir la véritable origine des Anciens, la présence inexplicable de ce monolithe, la fondation de la Cité noire et pourquoi elle a été abandonnée...

— Je croyais que nous savions déjà tout cela », relevai-je, un peu surpris.

Cassie secoua la tête avec ostentation.

« Pas du tout, Ulysse. Nous avons à peine égratigné la surface, et tout ce que nous avons, ce sont des hypothèses. Nous n'avons pas une seule preuve, pas même une photo. Pratiquement tout ce qui nous permettrait de connaître la vérité et de la révéler au monde entier, c'est encore là-bas, dans la forêt.

— D'accord. Dans ce cas, nous n'avons qu'à communiquer les coordonnées au *National Geographic*, et ils organiseront eux-mêmes une expédition pour prouver que nous disons la vérité, et que la Cité noire existe bel et bien. »

Cassandra secoua de nouveau la tête.

« Non, dit-elle avec gravité. Nous ne ferons pas ça.

— Non ? Et pourquoi ? »

L'archéologue poussa un léger soupir avant de répondre.

« Parce que cette découverte est *la nôtre*, merde ! Elle a coûté la vie à trop de gens, dont Valéria, pour que nous laissions des fichus *gringos* s'en attribuer tout le mérite et nous retrouver relégués au rôle de simples randonneurs tombés par hasard sur la Cité noire. Non, insista-t-elle. Je refuse d'en faire cadeau à quiconque, et je peux t'assurer que le professeur Castillo pense exactement comme moi. Nous le devons à la mémoire d'Angélica, de Claudio... de Valéria. Nous le ferons nous-mêmes, ou personne ne le fera. »

La gravité qui accompagnait sa déclaration affirmait haut et clair que ce point ne souffrirait aucune discussion. Quoi que je dise, je ne pourrais pas la convaincre du contraire.

« D'accord, cédai-je en me massant la racine du nez avec lassitude. Alors, si tu ne vas pas retourner dans cet enfer, mais que tu ne veux pas non plus que d'autres y aillent, qu'est-ce que tu as en tête ? »

Cassandra esquissa un sourire malin. Évidemment, elle n'attendait que cette question.

« Nous avons encore les journaux du nazi. »

Je les avais presque oubliés. Et j'avais aussi oublié que le professeur les avait emportés chez lui pour les traduire.

« C'est vrai, reconnus-je, mais je me souviens de t'avoir entendu dire que seuls, ils n'avaient aucune valeur. Que n'importe qui pourrait déclarer que ce sont des faux.

— Je n'envisageais pas de les utiliser comme preuves, répliqua-t-elle avec un sourire en coin, mais comme point de départ de nos investigations. Avec ce que nous avons tiré de Queiroz, nous disposons d'un joli pécule. » Elle me fit un clin d'œil. « Tu ne crois pas qu'il serait bien employé si nous l'utilisions pour suivre la piste des cahiers et voir où ils nous mènent ? »

J'avais mal entendu, ou Cassie venait d'employer la deuxième personne du pluriel pour parler de l'avenir ?

« Tu veux dire… toi et moi ?

— Et le professeur, naturellement.

— Oui, bien sûr. Mais… Et ton travail ? Les fouilles de Cadix ? Tu ne dois pas y retourner ?

— Au diable les putains de fouilles, répliqua-t-elle avec un geste de la main. De toute façon, ils vont mettre des mois à identifier, classifier et cataloguer les pièces que nous avons sorties de la vase. Ils n'ont définitivement pas besoin de moi pour ça.

— Et toi, tu crois que ces journaux renferment davantage que ce que nous avons déjà vu ? »

La jeune femme me considéra avec étonnement.

« Tu rigoles ? Nous avons seulement pu jeter un coup d'œil aux reproductions des bas-reliefs. Nous ne savons rien de ce que racontent les centaines de pages écrites en allemand. Les nazis ont passé beaucoup plus de temps que nous là-bas, et ils ont pu y faire des trouvailles inimaginables avant que… bref, avant d'être tous tués par les morcegos, dit-elle avec un claquement de langue de dégoût. Nous ignorons même ce qui a pu être emporté dans les caisses d'échantillons archéologiques, et où. Ces caisses sont peut-être dans les caves d'un quelconque musée allemand, oubliées et couvertes de poussière. Grâce aux cahiers, nous pourrons peut-être les retrouver. »

Les yeux de l'archéologue étincelèrent à l'évocation de centaines de caisses jamais ouvertes et pleines de trésors extraordinaires.

Moi, pourtant, j'avais en tête une pensée qui me tracassait depuis notre seconde visite au campement nazi.

« Et il ne t'est pas venu à l'esprit que les Allemands de la Cité noire n'y sont peut-être pas allés pour faire des fouilles archéologiques ? »

Cassandra fronça les sourcils, déconcertée.

« Et que diable seraient-ils allés y faire, sinon ? Il n'y a aucune raison d'y aller à part l'archéologie. Il n'y a rien d'autre à voir, là-bas.

— Si, il y a autre chose, Cassie. Et qui avait peut-être beaucoup plus de valeur aux yeux des nazis.

— Mais quoi ? Nous n'avons vu ni or ni joyaux nulle part. Tous les objets de valeur ont dû être emportés avec leurs dirigeables.

— En fait, je ne parle pas de *quoi*, Cassie. Je parle de *qui*.

— Qui ? Je ne comprends pas. Dans les ruines, il n'y avait personne d'autre que… » Et elle réalisa brusquement.

Cette possibilité lui tomba dessus comme une chape de plomb et elle blêmit.

« Tu crois que… balbutia-t-elle enfin, s'efforçant s'assimiler cette éventualité et ses implications, que les nazis sont allés à la Cité noire… pour les morcegos ?

— Ce n'est qu'une hypothèse, déclarai-je prudemment. Mais, en vérité, je trouve qu'elle ne manque pas de sens.

— Mais… pourquoi ? Dans quel but ? »

Je hochai la tête avec une grimace.

« Dans quel but ? répétai-je en réprimant le sarcasme. Pourrais-tu imaginer soldat plus terrifiant qu'un morcego entraîné à l'utilisation de l'armement du XXe siècle ? Pense à ce qu'ils auraient représenté sur un champ de bataille. Il se pourrait même, remarquai-je, songeur, que les morcegos aient été l'arme définitive qu'Hitler se vantait de posséder dans ses discours. Qui sait, il projetait peut-être de les capturer et de les faire se reproduire pour constituer une armée comme l'avaient fait les Anciens il y a des milliers d'années.

— Mais… ils auraient mis des siècles à y arriver, allégua Cassandra, incapable de concevoir cette idée.

— Oui, dis-je avec un haussement d'épaules. Mais rappelle-toi qu'Hitler augurait un Reich qui devait durer mille ans. Ces gens-là faisaient des projets à très long terme. »

Cassie secoua la tête, comme pour écarter cette pensée. « Dans tous les cas, ce qui est important c'est qu'ils n'ont pas réussi. »

Je ne pus m'empêcher de lever les sourcils avec un rictus sceptique.

513

« Et comment le sais-tu ?

— Qu'est-ce que tu veux dire ? Si les nazis avaient utilisé des morcegos comme soldats, ça se saurait.

— Comme l'existence de la Cité noire, ou des Anciens ? » souris-je à demi.

L'archéologue allait répliquer, mais elle comprit que cette conversation ne menait nulle part, sans preuves sur lesquelles se baser ; ce n'était là qu'une inquiétante possibilité. Tirée par les cheveux, mais une possibilité quand même.

« Enfin..., soupira-t-elle. Quand le professeur aura traduit ces journaux, nous en apprendrons sans doute davantage.

— Peut-être », répondis-je avec une apparente indifférence.

Je savais parfaitement que ce que je venais de suggérer paraissait complètement fou. Mais, malheureusement, les mots « nazi » et « folie » se complétaient généralement très bien dans la même phrase ; et la combinaison entre nazis et morcegos s'avérait être particulièrement terrifiante. Par chance, le temps de ces maniaques n'était plus, et, semblait-il, tout ce qu'ils avaient pu obtenir de leur expédition en Amazonie était mort avec la disparition de leur régime de terreur avant qu'ils aient pu en tirer profit.

Ou, du moins, on n'en avait plus de nouvelles.

Pas encore.

« Qu'est-ce qui t'arrive, *mano*, m'interrompit Cassandra d'un air amusé. Où es-tu parti ?

— Excuse-moi. J'étais en train de réfléchir à ce que tu as dit, au sujet de faire des recherches pour notre compte. Je dois avouer que c'est assez tentant, admis-je en grattant mon menton mal rasé. Même si, tu le sais, l'archéologie ne m'intéresse pas spécialement, j'aimerais en apprendre plus sur les morcegos. Savoir si les nazis ont vraiment essayé de les emmener en Allemagne, et s'ils ont fini par y parvenir.

— Alors... tu es partant ?

— Ce n'est pas ce que j'ai dit.

— Moi, il me semble que si », sourit-elle malicieusement.

Et devant ce sourire, j'étais sans défense.

Et puis, sa bonne humeur était contagieuse. « Tu as raison, reconnus-je aussitôt. Je suis partant, évidemment. Comment pourrais-je ne pas l'être ? »

La Mexicaine se pencha en avant, l'air satisfait, et poussa un léger soupir. Elle garda quelques instants un silence songeur.

« Tu sais quoi ? Je ne croyais pas revenir un jour dans cette maison, déclara-t-elle, sautant du coq à l'âne. M'asseoir à cette table et manger avec toi.

— Moi non plus, avouai-je, étonné de ce revirement inattendu de la conversation. La vérité, c'est que j'avais perdu tout espoir de nous voir de nouveau ainsi... toi et moi, ensemble. »

Elle me regarda, mais ne dit rien.

« La vérité, continuai-je, décidé à me jeter à l'eau, c'est que tu m'as manqué, Cassie. Tu m'as manqué chaque jour qui est passé depuis que tu es partie, et j'ai fini par me rendre compte que je t'aime... comme jamais je n'ai aimé dans ma vie. »

L'archéologue garda le silence pendant un moment qui me parut éternel, et je craignis qu'elle me réponde que ce n'était pas son cas, qu'elle avait été très heureuse depuis l'instant de notre séparation, et qu'elle aurait mieux aimé retourner avec les morcegos plutôt qu'avec moi.

Mais elle s'appuya au bord de la petite table de cuisine et se pencha dessus, pour approcher son visage du mien.

« T'es qu'un idiot », déclara-t-elle dans un murmure.

Et, me laissant sans voix, elle déposa un baiser fugace sur mes lèvres.

Assommé par la surprise, je ne réagissais pas. Je mis deux secondes à réaliser ce qui venait de se passer, et qu'il n'y avait qu'une seule chose à faire.

Je me jetai sur la table, faisant tomber à grand fracas verres, bouteilles et couverts, et, prenant son visage entre mes mains, je l'embrassai de toute mon âme, profondément, passionnément, comme j'en rêvais depuis des mois.

J'ouvris les yeux juste au moment où un rayon de soleil inattendu se glissait entre les nuages et jaillissait dans la cuisine, illuminant le monde de sa chaude lumière automnale. Les lèvres encore sur les miennes, Cassandra souriait.

Et je souris aussi, heureux comme je ne me souvenais pas avoir été depuis longtemps.

Finalement, songeai-je, le cœur gonflé de joie, *cette nouvelle aventure ne fait peut-être que commencer.*

FIN

NOTE DE L'AUTEUR

Bien évidemment, *La dernière cité perdue* est un roman d'aventures, né de l'imagination de votre serviteur, dont la trame, les protagonistes et les dialogues sont pure fiction, mais, contredisant la phrase consacrée, toute ressemblance avec la réalité n'est ni fortuite ni involontaire.

Pour commencer, beaucoup de personnages, comme le colonel Fawcett et son fil, sont véridiques, ainsi que la tribu des Menkragnotis, la polémique autour du barrage du Rio Xingu, et même les terrifiants morcegos, sur lesquels courent de multiples fables dans l'immense forêt amazonienne, encore mal connue.

Ce roman a vu le jour après plus de deux ans d'écriture, de corrections et de recherches, qui m'ont amené à découvrir des circonstances et des faits historiques incroyablement intéressants, mais qui demeurent trop souvent relégués au grenier des mythes.

Des explorateurs nazis ont effectivement parcouru une bonne partie de l'Amazonie, pour des raisons que nous ignorons encore, et les vestiges de certains de leurs établissements sont toujours debout aujourd'hui, dans la jungle profonde de l'état du Para. Il existe également de solides théories scientifiques au sujet d'une inondation apocalyptique, au niveau global, qui aurait donné naissance au mythe si répandu du Déluge, que l'on retrouve dans des cultures nombreuses et diverses en différents points du monde. La cause de cette inondation inimaginable qui aurait balayé en quelques jours les côtes de la terre, il y a 12.000 ans, faisant monter le niveau des mers de plusieurs dizaines de mètres, est encore inconnue, mais la théorie du débordement de la *mer laurentidienne* qui est expliquée dans ce roman est, pour le moment, celle qui semble la plus plausible.

D'autre part, la Cité noire telle que je la décris dans ce livre est évidemment une invention. Mais son existence et sa localisation ne le sont peut-être pas. Même si c'est difficile à croire, quatre-vingt-quinze pour cent de la forêt amazonienne n'a encore jamais été exploré, et l'on y trouve, encore aujourd'hui, des tribus et des peuples indigènes qui

517

n'ont jamais été en contact avec l'homme blanc, ignorant jusqu'à son existence. Nous avons à peine égratigné la surface de ces territoires impénétrables, mais on y a déjà découvert des gisements archéologiques qui prouvent la présence par le passé de grands établissements humains et de civilisations inconnues dont nous ne soupçonnions même pas l'existence il y a quelques années encore.

Ainsi, examinant des centaines de cartes et d'images satellite, avec les yeux bien ouverts et des litres de cafés, j'ai remarqué une étrange structure, large de près de cinq kilomètres et en forme d'étoile à cinq branches – comme vous pouvez le voir sur la photo qui accompagne cette note – qui suggère sans équivoque l'intervention de la main de l'homme. Une structure inexplorée, enclavée au cœur du territoire kayapo et, plus précisément, sur celui de la tribu menkragnoti, à quelques kilomètres de la turbulente rivière appelée *Rio Xingu*, exactement aux coordonnées gravées dans la montre de Fawcett.

Cette région inexplorée, où se déroule la majeure partie de ce récit, n'a donc pas été choisie au hasard, et, même si je doute fort que l'on puisse y trouver une cité comme celle que j'ai imaginée – j'en serais le premier surpris, croyez-moi –, si vous observez attentivement la photographie, vous conviendrez qu'il peut difficilement s'agir d'une formation naturelle.

Qui sait ce que la jungle cache en ce lieu ? Mais vous pouvez être sûrs d'une chose :

Il y a là... *quelque chose*.

Je ne voudrais pas manquer de mentionner dans cette note Javier Reverte – qu'il repose en paix – et son magnifique livre intitulé *El río de la desolación*, qui m'a été d'une aide inestimable pour recréer une partie de l'Amazonie que je ne connaissais pas, et à qui j'ai emprunté quelques descriptions et anecdotes personnelles que j'ai attribuées aux protagonistes de ce roman.

Et pour finir, si vous vous interrogez au sujet de l'authenticité des *Anciens* ou du déconcertant monolithe, je vous dirais seulement que ces deux détails reposent également sur une base historique, fort peu connue – le nom dont j'ai baptisé les *Anciens* est imaginaire –, et, tout comme ce que j'ai mentionné plus haut, il y a derrière tout cela des montagnes de documentation et d'investigations. Ainsi, l'existence de cette civilisation préhistorique qui en a précédé de nombreuses autres a non seulement une origine définie et un épicentre exact dans la biographie de l'humanité, mais, avec des recherches, un œil attentif peut en suivre la trace subtile au cours de l'histoire.

Une civilisation fabuleuse, qui nécessitera tout un livre pour être révélée. Ce qui arrivera, dans le prochain épisode de cette série de romans qui ont pour protagonistes Ulysse Vidal, Cassandra Brooks et le professeur Eduardo Castillo.

Merci infiniment de m'avoir accompagné au cours de ce voyage extraordinaire. Nous nous retrouverons dans la prochaine aventure !

FERNANDO GAMBOA
@gamboaescritor

Image réelle de la forêt amazonienne où l'on peut voir une section du Rio Xingu, *ainsi qu'une structure d'origine humaine de 4.5 km de large, en forme d'étoile à cinq branches avec un pentagone intérieur, qui correspond à la localisation de la Cité noire indiquée par le colonel Fawcett.*

Photographie prise le 18 mai 2018 par un satellite de la NASA et disponible sur Google Earth.

Chers lecteurs, j'espère que vous avez aimé ce livre.

Si c'est le cas, n'hésitez pas à prendre quelques instants pour le noter sur la page Amazon où vous en avez fait l'acquisition.

Merci mille fois.

Vous pouvez aussi me suivre :
www.gamboaescritor.com

LA DERNIÈRE CRYPTE
Le spectaculaire *best-seller* qui précède *La dernière cité perdue*

Manufactured by Amazon.ca
Bolton, ON

30758297R00305